ROUGE DANS LA BRUME

Gérard Mordillat, écrivain et cinéaste, a publié de nombreux romans, parmi lesquels, *Vive la sociale !*, *L'Attraction universelle*, *Les Vivants et les Morts* (Prix RTL-*Lire* 2004), *Notre part des ténèbres*, ainsi que plusieurs essais sur les textes du *Nouveau Testament*, *Le Capital* de Karl Marx, la propagande économique contemporaine. Il a réalisé pour le cinéma et la télévision une vingtaine de films et de documentaires : *La Voix de son maître* (coréalisé par Nicolas Philibert), *Cher frangin*, *Paddy*, *En compagnie d'Antonin Artaud*, *Les Vivants et les Morts* (adapté de son roman) et, en collaboration avec Jérôme Prieur, les célèbres séries pour Arte « Corpus Christi », « L'origine du christianisme », « L'Apocalypse ». Il est par ailleurs un complice de toujours des « Papous dans la tête » de France-Culture.

Paru dans Le Livre de Poche :

L'Attraction universelle
Notre part des ténèbres
Les Vivants et les Morts

GÉRARD MORDILLAT

Rouge dans la brume

ROMAN

Postface inédite de l'auteur

CALMANN-LÉVY

© Calmann-Lévy, 2011.
ISBN : 978-2-253-16209-4 – 1re publication LGF

« Rouge dans la brume le cœur de l'insensé. »

Jean-Paul de Dadelsen,
Goethe en Alsace,
Le Temps qu'il fait, 1982, 1995.

Pour Odile.

I
Le cœur de l'insensé

Carvin

Personne n'a senti le vent se lever.

Carvin pas plus que les autres.

Il a salué ses collègues de la Méka en s'excusant de devoir partir si vite et a quitté l'usine à moto, droit devant, à fond, comme d'habitude.

Dix minutes plus tard il est arrivé en ville, à Neuvin-sur-Arcq.

Il avait fait chaud toute la journée, comme il peut faire chaud dans le Nord. Une chaleur métallique sous un ciel brûlant de fièvre d'orage. Le soir venant, l'air était devenu plus frais, plus vif, et chacun s'en réjouissait. Il y avait encore beaucoup de monde aux terrasses, dans les magasins, sur les terrains de jeux, dans les rues. C'était enfin agréable d'être dehors, de sortir, de marcher, de sentir sur son visage cette brise mutine venue de nulle part, rafraîchissante.

Carvin se hâte vers la pâtisserie où il doit prendre le gâteau commandé par sa femme. L'anniversaire d'Océane tombe en plein milieu de semaine, mais pour Chantal il est hors de question de fêter les quatre ans

de leur fille un autre jour que le jour exact de sa naissance. D'autant que, pour une fois, son frère Christian et Pauline, sa belle-sœur, peuvent être présents.

Un enfant court en zigzag après un papier de clémentine qui flotte au vent, blanc, léger, une aile de papillon. Carvin l'évite. Plus loin une vieille dame se débarrasse en râlant d'un sac plastique venu se coller contre sa canne :

— Ah, flûte alors !

Une bourrasque se faufile sous la jupe d'une jeune fille au moment où Carvin la double pour entrer dans la pâtisserie. Il l'entend rire tandis qu'il referme la porte.

— Bonjour, je viens chercher...

— Oh, je suis au courant, monsieur Carvin ! Votre femme a déjà téléphoné deux fois pour savoir si vous étiez passé...

Le pâtissier lui réclame un instant. Il tient à faire un joli paquet.

— Vous êtes en voiture ? demande-t-il, présentant le moka rose orné d'un *Bon anniversaire Océane* en pâte d'amande et en perles de sucre.

— Non, en moto, répond Carvin.

— Il ne faudrait pas que ça dégringole, dit le pâtissier, plaçant précautionneusement le moka dans un carton.

— Je ne suis pas loin...

Et, sincèrement admiratif de la décoration du gâteau :

— C'est magnifique... La petite va être contente.

Le pâtissier incline la tête, saluant comme un acteur.

Carvin paye. En tournant la tête vers l'extérieur, il voit passer une page de journal transformée en cerf-volant du bout du monde. À la rubrique « Économie »,

on parle de la grève à la Zitex et de problèmes sociaux à la Méka, mais comment lire un journal qui va se coincer dans les branches d'un arbre ?

Le vent forcit.

S'arrachant à la torpeur qui les assommait une heure avant, les météorologues s'affolent devant le caractère imprévisible, totalement fou de la tempête qui s'annonce. Aussitôt Lhotard, le chef du centre météo, la baptise « Élisa », l'anagramme d'« asile ». La dépression qui vient pourrait bien dépasser en puissance celle qui a ravagé la France et l'Europe à Noël 99 !

Carvin s'oblige à faire une halte au cimetière avant de rentrer. À chaque anniversaire de la petite, il vient se recueillir sur la tombe de sa mère, morte avant la naissance d'Océane. Pour lui, c'est une blessure toujours vive qu'elle n'ait pas connu sa petite-fille. En remontant l'allée centrale, il se souvient des chansons que sa mère lui chantait pour l'endormir. L'une surtout, la seule qu'elle ait retenue des cours d'anglais :

> *Ba ba black sheep, have you any whool ?*
> *Yes sir, yes sir, three bags full...*

Il aurait aimé l'entendre la chanter à Océane de cette voix grave, sérieuse, concentrée qu'elle prenait toujours jusqu'à ce qu'il dorme. Pourquoi aimait-elle chanter dans une langue qu'elle ne parlait pas et ne comprenait pas ? Pour que ce soit leur langue à eux ? Une langue à laquelle son père n'avait pas accès. Même quand ses sœurs sont nées et qu'il a grandi, elle a continué à chanter pour lui, assise sur le bord de son lit, sa main

douce posée sur son front. Et à la fin de sa vie, quand elle pouvait encore parler, ils l'avaient chantée ensemble dans la chambre d'hôpital, mais c'était lui qui était assis au bord du lit.

Deux mamies trottinent vers la sortie. Elles saluent Carvin en passant, un peu étonnées de le voir penché sur la tombe de sa mère sans fleurs à déposer, un gâteau emballé à la main. Un pot tombe dans l'allée parallèle, puis un autre, un crucifix en céramique se décroche et se brise sur le marbre, faisant fuir un chat, mais ni les mamies ni Carvin ne s'en rendent compte.

C'est seulement quand le ciel se voile de gris en même temps que monte un murmure confus, des conversations à voix basse, un dialogue mystérieux de l'air, que Carvin juge qu'il est temps de rentrer avant l'orage. Il faisait grand jour et soudain tout s'assombrit. Les arbres jouent de la crécelle, bruissent comme un orchestre qui s'accorde. Ce qui n'était qu'une rumeur devient un tumulte. Le vent n'est plus l'elfe farceur qui enchantait le jour, c'est un buffle furieux et obstiné, l'œil aussi noir que la peau.

Il commence à pleuvoir.

— Merde, grommelle Carvin, c'est pas le jour...

Les deux mamies se pressent. Elles se signent, murmurant des « Jésus-Marie-Joseph » pour se protéger de ce qui va tomber du ciel. Sur leur route, à droite et à gauche, des croix s'inclinent comme si les morts, sentant enfin venue la fin des temps, s'apprêtaient à jaillir de terre. Carvin retourne à sa moto au pas de course. Il pose le gâteau sur le réservoir, ôte son blouson et le place dessus pour le maintenir et le garder au sec. Carvin rentre la tête dans les épaules et s'élance sans oser rouler aussi vite qu'il le pourrait à cause du vent et de

la pluie, à cause surtout du précieux paquet qu'il ne veut pas faire tomber.

Carvin est obligé de traverser Neuvin pour repartir.

Il n'est pas dix-huit heures.

Une lumière jaunasse plombe les rues qui se vident au rythme d'un sauve-qui-peut général. Sur la place de la Résistance, la première rafale vraiment sérieuse fait glisser trois tuiles d'un toit, renverse un parasol à la terrasse de la brasserie Météor et fait claquer une fenêtre restée ouverte au rez-de-chaussée. Stoppé à un feu, Carvin s'impatiente, faisant ronfler le moteur. Dès que la voie est libre, il démarre sur les chapeaux de roue. Les magasins baissent leurs rideaux de fer, remontent leurs stores, mettent à l'abri leurs étalages.

Carvin sort de la ville par la route qui longe l'Arcq, le gâteau coincé par ses genoux, protégé par son blouson. Devant le supermarché les publicités sur pied s'affalent d'un coup, heurtant à la jambe un homme qui pousse son Caddie plein à ras bord. Des cartons, des cageots se dispersent sur le parking avec de petits buissons secs et des gobelets vides, pour le bonheur d'un photographe amateur. Le pépiniériste voit sa rangée d'arbres en pot se plier d'un côté, puis de l'autre, avec une grâce de corps de ballet, et se coucher en silence tant la clameur du vent écrase tous les bruits. Sur les étendoirs, le linge se gonfle de corps invisibles, les rafales remplissent les culottes et les soutiens-gorge, étarquent les draps, agitent les maillots en étendards et les chaussettes en fanions. Une cheminée s'écroule, l'auvent d'un abri à vélo est arraché, l'averse s'invite, courte, brutale, soutenue par de petits puis par de grands éclairs qui illuminent tout dans un grondement sinistre. Les martinets, les hirondelles, les corneilles, les

étourneaux trouvent refuge sous les gouttières, dans les granges et sous les hangars.

Carvin arrive devant la tour où il habite trempé de la tête aux pieds, frigorifié, étourdi, mais sain et sauf. Des trombes d'eau tombent sur la chaussée, les égouts crèvent mais il a échappé au pire ! Il tourne pour se garer d'urgence et c'est là, au dernier moment, qu'il dérape. Sa moto part en travers, glisse, bascule sur le côté. Carvin tente une manœuvre désespérée pour la redresser. En vain. Elle heurte de plein fouet un plot de béton, tombe comme une masse, envoyant Carvin et le gâteau s'étaler cinq mètres plus loin sur le bitume. Carvin s'est fait mal à la jambe et au coude mais ses douleurs ne sont rien à côté de ce qu'il ressent lorsqu'il découvre que le gâteau a plus souffert que lui de la chute. Le paquet est écrasé, taché de boue, déchiré sur un coin. À l'intérieur, le moka ressemble à une terre violentée par un séisme et la plaque *Bon anniversaire Océane* est en morceaux, les perles de sucre dispersées. Carvin demeure interdit, indifférent à la pluie, à la voix grave d'un vent hurleur qui, insidieusement, s'engouffre entre les deux barres d'immeubles que tout le monde appelle « les Nougats », à cause de la couleur des façades qui leur donne un air de confiserie méridionale. Un vent hurleur d'autant plus cruel qu'il y a du rire dans sa rage à tout balayer devant lui…

Anniversaire

Ils en sont au café.

Christian, le frère aîné de Chantal, travaille comme représentant pour Bottle's, un groupe anglais dont le siège est à Luxembourg. D'ordinaire, il passe plus de temps sur les routes que chez lui. Sa femme, Pauline, n'est pas non plus très souvent à la maison. Elle est employée à Neuville, dans une clinique pour vieux exploitée par une congrégation religieuse. Des sœurs qui la payent au smic, l'assurant qu'elle gagne son paradis en s'y attelant jour et nuit. Ils n'ont pas d'enfants et restent inconsolés de la mort d'un yorkshire qu'ils ont gardé huit ans, Bébé.

Même s'ils ne sont pas passés à l'église pour l'officialiser, Christian et Pauline sont le parrain et la marraine d'Océane. Ils tiennent à ce titre et, « ma filleule par-ci... ma filleule par-là... », s'en vantent à toute occasion. Malgré ça, ils n'ont accepté l'invitation de Chantal qu'à la condition de dîner tôt et de partir dès qu'Océane serait couchée. Comme tous les ans à cette époque, huit jours de vacances en Espagne les attendent. Pauline parle couramment l'espagnol et aime pratiquer cette langue qui était celle de ses grands-parents, enterrés à Tolède. Malgré le temps, Christian et Pauline prendront la route de nuit pour rejoindre l'hôtel Xaloc à Platja d'Aro sur la Costa Brava où ils ont retenu une chambre. Une promotion : une semaine sur place, dont un week-end, pour moins de mille euros en demi-pension.

La BMW est garée en bas de l'immeuble, les bagages sont chargés, le plein est fait, niveau d'huile et pression des pneus sont vérifiés.

Christian se sert de sa voiture aussi bien à titre privé que pour son travail.

Il l'entretient avec un soin maniaque.

Dehors, les nuages roulent des muscles pour montrer leur force. L'eau s'amasse dans leurs ventres obèses et se libère d'un coup, comme un barrage se rompt. À la clameur du vent battu par deux grandes ailes invisibles, au fracas de la pluie s'ajoutent les sirènes des pompiers, des secours, le vrombissement d'un hélicoptère de la Sécurité civile volant à basse altitude. Ici un incendie s'est déclaré, là c'est un mur qui menace, ailleurs ce sont les vitres d'une école qui viennent d'exploser.

Carvin, son beau-frère et sa belle-sœur peuvent entendre Chantal répéter comme une plainte à Océane : « Dors mon bébé... fais dodo... dodo... » Carvin ne décolère pas depuis le début de la soirée, contre le temps pourri qui l'a jeté au sol avec le gâteau de sa fille, contre la politique raciste et xénophobe du gouvernement, contre la lettre de Mékamotor qui l'attendait à son retour de l'usine. Une enveloppe avec un timbre célébrant la Saint-Valentin : « Monsieur, bla-bla-bla, la crise actuelle, bla-bla, les nécessités économiques, bla-bla-bla, une activité déficitaire bla-bla-bla nous contraignent à engager les procédures bla-bla-bla, ce qui nous conduira à fermer définitivement le site au plus tard fin novembre. En conséquence, bla-bla-bla... »

— En conséquence, ils veulent tous nous foutre à la porte !

Carvin fait voler la lettre au-dessus de la table pour que son beau-frère puisse la regarder de près.

— D'abord la DRH annonce au CE qu'ils « envisagent » un plan de restructuration à cause d'une chute dans le carnet de commandes. Huit jours plus tard, en

guise de restructuration, ils n'envisagent plus rien et préfèrent arrêter la production et fermer la boîte. Ils nous virent et, en prime, ils se foutent de notre gueule ! T'as vu leur timbre, un cœur avec des fleurs autour ?

— C'est spécial, c'est rigolo...

— Tu trouves ?

— Il n'y a pas de quoi en faire un fromage ! Ils ont mis les timbres qu'ils avaient sous la main. Bon, et alors ?

— Alors, leur timbre de la Saint-Valentin, tu sais où je me le mets ?

— Parle moins fort, tu vas réveiller la petite ! gronde Chantal en les rejoignant à table... Vous entendez ce qui tombe ? J'ai eu assez de mal pour...

Christian lui coupe la parole, rendant sa lettre à Carvin :

— Vous n'avez rien vu venir ?

— Personne n'a rien vu. Ni les syndicats, ni les délégués, ni personne.

Christian ricane :

— Vous êtes comme la météo ! dit-il en se tournant vers la fenêtre où la pluie cingle les vitres. Personne n'a vu venir ce qui nous tombe dessus et pourtant il n'y avait qu'à observer le ciel pour se douter de ce qui allait arriver. Pas vrai, Pauline ? Qu'est-ce que je t'ai dit, cet après-midi ?

— C'est vrai, tu m'as dit : « Il fait trop beau, ça va tomber »...

Le bavardage de sa belle-sœur n'intéresse pas Carvin, pas plus que les sentences de son beau-frère.

— N'empêche que leur timbre, c'est de la provocation, insiste-t-il. C'est insultant.

— Qu'est-ce que tu veux ? demande Christian. C'est sûr qu'ils auraient pu y mettre les formes. Mais, pour

le fond, ça ne me choque pas. Faut s'y faire, on est dans la mondialisation. On ne peut plus réfléchir juste au niveau national.

— Tu trouves qu'ils ont raison de nous virer ?

Christian ne veut pas dire ça. Non, bien sûr, il ne veut pas dire ça. Il se rengorge :

— Vous virer, c'est pénible. Bien sûr, c'est pénible, mais c'est pas la cause, c'est l'effet. La cause, c'est la crise mondiale. La bagarre est chaque jour plus dure et les entreprises doivent se défendre.

— Et, pour se défendre, elles ferment les usines ?

La question jette un froid. Christian se sert un verre du vin qu'il a apporté, un meursault qu'il boit avec une grimace de plaisir avant de s'essuyer la bouche. Puis, comme si ses paroles lui gâtaient le goût, il soupire :

— Oui, en fermant les usines où elles ne sont plus rentables.

Et, chassant une invisible goutte de sueur de son front :

— Si on peut produire en Slovénie ou en Roumanie la même chose pour deux fois moins cher, elles doivent y aller sans états d'âme. C'est dur, mais c'est la loi du marché. Et il n'y en a pas d'autre.

Carvin ne veut pas répondre du tac au tac. Il cherche un appui auprès de Chantal avant de se lancer, mais sa femme baisse les yeux sur son reste de moka et avale en vitesse une perle de sucre sauvée de la chute. Quant à Pauline, comme toujours, elle approuve son mari d'un sourire mécanique par crainte des disputes.

Il ne pleut plus.

— Je ne suis pas du tout d'accord, conteste Carvin en allant refermer la fenêtre du balcon qu'une rafale vient d'ouvrir brusquement. Et je combattrai toujours ceux qui défendent les mêmes idées que toi.

D'un regard, il défie son beau-frère.

— Oui, je les combattrai.

Christian rit de bon cœur. Il la trouve bien bonne.

— Ça vaudisse ! Ah oui, ça vaudisse ! T'es coco maintenant ?

— Non, je ne suis pas communiste, se défend Carvin, venant se rasseoir. Je n'ai pas ma carte du Parti, si c'est ce que tu veux dire. Mais oui je suis communiste, dans l'idée que les richesses doivent être réparties entre tous, à chacun selon ses besoins.

La réflexion de Carvin déclenche une nouvelle cascade de rires.

— T'es bourré ou tu rêves ? s'esclaffe Christian, imité par sa femme avec un temps de retard.

Carvin ne se laisse pas impressionner.

— Je ne suis pas bourré et je ne rêve pas, réplique-t-il d'un ton ferme. Et je peux t'assurer que je ne vais pas me laisser virer comme un malpropre par une poignée de types qui n'ont jamais vu une usine ou un ouvrier et s'en mettent plein les poches en se débarrassant de nous comme si nous étions du papier cul.

Il y a un éclair muet, puis un gros nuage se brise par le milieu avec un bruit de tôle ployée. Très vite, la pluie revient. Ses gouttes tambourinent et rebondissent sur le congélateur installé sur le balcon.

— Oh, lala ! gémit Pauline, effrayée comme elle le serait par un essaim d'abeilles. Oh, lala ! quand je pense qu'on doit prendre la route…

— Vous êtes sûrs que vous ne préférez pas dormir là ? demande Chantal, effrayée elle aussi.

Pauline est fataliste :

— Puisqu'on doit y aller, autant y aller le plus vite possible… Et puis où tu nous mettrais ? Il n'y a pas de place.

— On se serrerait…

Christian plisse le front, moins préoccupé par ce qui tombe que par son beau-frère. Carvin le désole. D'ordinaire il le désole déjà (qu'est-ce que sa sœur a été se marier avec un type comme ça ?) mais là, il le désole de plus en plus, une désolation sans fond.

— T'es toujours délégué ? demande-t-il, roulant de la mie de pain sous ses doigts, sans regarder Carvin.

— Oui, pourquoi ?

— Pour savoir. Ça s'appelle comment, déjà, ton truc, ton syndicat à la mords-moi-le-nœud ?

— Sud.

— Ah oui, dit Christian, j'en ai vu à la télé, des mecs de Sud. Des excités.

Et, se tournant vers Pauline :

— Hein, tu te souviens ?

— Oui, concède-t-elle d'une voix peureuse.

— Vous croyez qu'il n'y a pas de quoi ? demande Carvin.

Christian n'a que mépris pour les syndicats. Et plus encore pour celui de son beau-frère.

— Toi et ton putain de syndicat, vous me faites bien marrer. À quoi vous servez ? À que dalle. À ouvrir votre gueule et à faire les malins devant les journalistes avant de distribuer les Kleenex quand tout est foutu et que vous n'avez pas eu votre mot à dire ! Si tu veux mon avis, tu peux toujours te battre. C'est comme faire des moulinets dans le vide, ça ne sert à rien. C'est du temps perdu. De l'énergie gâchée. Tu ferais mieux de chercher tout de suite autre chose.

— Quoi, autre chose ?

— Chercher un autre boulot, eh, banane ! Pas un autre syndicat !

Carvin baisse la tête :

— Et dire merci ?

— Et pourquoi pas ? Pourquoi pas dire merci ? C'est peut-être une chance formidable qui s'offre à toi. Une chance de tout changer dans ta vie. De partir, d'aller à l'étranger, d'entreprendre. Tu crois que c'est le rêve pour Chantal et la gosse de moisir ici, dans votre deux-pièces à dix balles ?

— Moi, ça me plairait d'aller à l'étranger, glisse Chantal, tournée vers sa belle-sœur. Ça changerait.

— Je t'enverrai une carte d'Espagne. Au moins, là-bas, il fait beau…

Le vent a tourné. Par vagues successives, la pluie cogne contre la fenêtre du balcon. Christian se lève pour se dégourdir les jambes et vérifier qu'elle ne va pas s'ouvrir à nouveau. Il pérore en regagnant la table :

— Nous, on n'a pas de syndicat chez Bottle's. Personne pour nous dire ce qu'on doit faire ou ce qu'on doit penser. On se démerde tous comme des chefs. Chacun pour soi, et c'est très bien comme ça. C'est la loi de la nature.

Il se penche vers Carvin pour s'assurer qu'il l'écoute attentivement.

— Quand j'entends que des ouvriers veulent prendre la direction des usines, je crie : halte au feu ! Les ouvriers n'ont pas la capacité de diriger les usines. Leurs patrons sont là pour ça. Et il ne faut jamais oublier que le premier devoir d'un ouvrier, c'est d'obéir.

Carvin ne peut plus se contenir. Il explose :

— Je n'ai jamais rien entendu de plus con !

— Tais-toi, souffle Chantal. Ne parle pas comme ça à mon frère !

Christian fait signe à sa sœur de ne pas s'en mêler. Lui aussi hausse le ton :

— Tu te crois malin, peut-être ? Tu te crois assez

malin pour diriger une boîte ? Mais, si t'es si malin que ça, pourquoi tu ne la montes pas toi-même, ta boîte ? Pourquoi tu ne deviens pas un patron ? Je vais te le dire : tu ne montes pas ta boîte parce que tu serais bien infoutu de la faire fonctionner, que tu n'as pas de couilles pour prendre des risques et pas assez de tête pour faire du fric. Alors reste à ta place et évite de me bassiner avec ton Sud et tes combats à la manque.

C'est au tour de Carvin de s'amuser :

— Tu ne chanteras pas la même chanson quand ce sera ton tour d'être viré !

— C'est pas demain la veille, réplique Christian, les dents serrées.

Pauline se trémousse sur sa chaise.

— C'est vrai, s'enthousiasme-t-elle, les yeux brillants. Il vient d'être nommé chef de secteur. Vous vous rendez compte, il a douze gars sous sa responsabilité maintenant… !

— Oui, et ils ont intérêt à m'amener des résultats. Ils savent que moi, je ne fais pas de sentiment.

Le portable de Carvin se met à vibrer dans la poche.

— Excusez-moi…

La conversation est brève.

— Que je revienne maintenant ? T'as vu ce qui dégringole ? Bon, bon. OK. J'arrive… dit-il en toute hâte.

Et, se levant :

— Les types viennent de voter l'occupation de l'usine et la grève illimitée. Faut que j'y retourne.

Chantal s'alarme :

— Tu ne vas pas partir tout de suite ? C'est trop dangereux, t'es déjà tombé. Regarde, il y a de l'orage, du vent, de la…

— Faut que j'y aille, tranche Carvin. Ne t'inquiète pas, je passerai entre les gouttes.

Christian aussi se décide à partir sans attendre.

— Nous aussi, on s'en va.

Il fait signe à sa femme d'un claquement de doigts.

— Si tu dois aller pisser, va pisser maintenant, parce qu'on ne s'arrêtera pas. Ça ne m'amuse pas de conduire par ce temps de merde mais on a de la route à faire ! La chambre est à disposition à partir de midi et je n'ai pas l'intention de leur faire cadeau d'une minute de vacances !

Pauline embrasse Chantal quatre fois :

— Allez, je vais faire pipi et faut qu'on se sauve. Tu ne nous en veux pas de te laisser tout le bazar ?

— Je me débrouille.

— Je vais l'aider, dit Carvin, embrassant à son tour sa belle-sœur.

— Tu ne cours pas occuper l'usine ? ricane Christian. T'as intérêt à savoir nager, si tu veux mon avis.

Carvin est à deux doigts de lui voler dans les plumes, il ironise :

— Tire-toi vite, sinon tu risquerais de perdre une minute de vacances !

— Que je me tire ?

— Oui, tire-toi.

— Tu me fous à la porte ?

Carvin sourit, le menton en l'air :

— Puisque tu me donnes ton avis, je te donne le mien : ne perds pas une minute, fonce vérifier qu'une jardinière ou qu'un bout de bois ne sont pas tombés sur ta précieuse bagnole…

Les deux hommes se font face. Pauline prend le bras de son mari et l'entraîne vers la sortie. Tant pis, elle ira plus tard au petit coin :

— Allez, c'est pas le moment de vous disputer ! C'est loin, l'Espagne...

— T'es pas près de me revoir ! lance Christian, tiré, poussé vers l'ascenseur. Ça, tu n'es pas près de me revoir. Et j'espère que tu vas te faire...

La porte lui claque au nez avant qu'il ait pu terminer sa phrase.

Chantal

Avec méthode le vent établit son camp plein est.

Il augmente régulièrement sa vitesse pour atteindre et dépasser les cent kilomètres heure, puis les cent cinquante et atteindre en pointe les deux cents. Il n'y a pas qu'un vent mais une armée de vents avec ses généraux, ses lieutenants, sa cavalerie, sa troupe aux mille mains, ses tornades qui ouvrent son territoire, brisent les frontières. Le ciel noir se ride de nuages aux formes tourmentées, des nuées qui se tordent et se retordent sur elles-mêmes comme la chevelure d'un enfant capricieux qui crie et tape du pied.

Carvin s'adosse au chambranle :

— Putain, j'en peux plus, j'en peux plus de ce type. Que ce soit ton frangin ou pas, je ne veux plus qu'il foute les pieds ici. Jamais. Qu'il aille au diable avec ceux de son espèce et qu'il ne la ramène plus !

Dehors, la tempête rage, s'enrage contre tout ce qui lui résiste. La nuit retentit de brames sauvages, de sons inconnus, un mugissement effrayant venu d'on ne sait où. Ils se taisent, à l'écoute des bruits lointains. L'air semble se figer, le temps s'arrêter. Une immobilité mal-

saine. Ni Carvin ni Chantal ne semblent décidés à bouger, pourtant il y a urgence. Tout le monde attend Carvin à la Méka, mais avant il faut débarrasser la table, tout mettre au lave-vaisselle, secouer la nappe et les serviettes, les fourrer dans le panier à linge, repousser les chaises, déplier le canapé-lit...

Les yeux de Chantal changent de couleur :

— Je veux divorcer.

— Quoi ?

— T'es devenu sourd ou tu fais l'idiot ?

Elle répète le plus clairement possible :

— Je veux divorcer.

— Parce que j'ai viré ton connard de frère ?

— Parce que je veux divorcer.

Carvin s'arrache à la gangue qui semble le paralyser. Il prend une profonde inspiration.

— T'as entendu : la Méka est en grève, ils ont voté l'occupation, si ça se trouve je vais me retrouver chômeur demain et tous les autres avec moi. Ton frère te dirait de mettre le nez à la fenêtre ! C'est la tempête, là-bas comme ici. On se prépare à des semaines terribles, je ne crois pas que ce soit le moment de parler de divorce...

— Je ne veux pas en parler, je veux divorcer, s'entête Chantal, le front plissé.

— Mais merde, s'emporte Carvin. Ça te prend comme ça, d'un coup, comme une envie de pisser ! Tu veux divorcer. Divorcer ! Divorcer ! Qu'est-ce que ça veut dire, divorcer ?

Chantal se retient de pleurer. Elle doit être forte :

— Je ne t'aime plus. Je ne peux plus vivre avec toi. J'en ai marre de toujours entendre les mêmes histoires de bagarres syndicales. Les mêmes refrains sur la politique ! Mon frère a raison. Ça ne mène à rien. Ça ne

sert à rien, surtout pas à nous. On vit comme des paumés. Avec des paumés qui nous ressemblent. J'ai envie d'autre chose. J'ai envie d'une vie avec de l'argent, des vacances, des loisirs ! Pas la merde où je me traîne et où tu m'as traînée...

— Je ne t'ai traînée nulle part, répond froidement Carvin.

Chantal s'emporte :

— J'aurais pu avoir un salon de coiffure si tu ne m'en avais pas empêchée ! Mon dossier était béton. Chez Couaff Couaff, j'aurais eu ma franchise à Douai...

— Ta « franchise », c'était une escroquerie.

— Ça aurait changé notre vie !

— Tu parles ! Tu aurais eu le droit de travailler sous leur marque, de te crever au boulot pour leur compte, d'engager tout ton argent personnel et de toucher des clopinettes si par bonheur tu avais pu toucher quelque chose !

— Je m'en fous. J'aurais été ma patronne, bougonne Chantal en croisant les bras sur sa poitrine.

— Arrêtons de parler de ça. Ce n'est pas le moment. Je t'aide à débarrasser et je file là-bas. Je ne sais même pas comment je vais pouvoir y arriver...

Carvin se tourne vers la fenêtre. Il esquisse un sourire un peu forcé :

— Ce doit être ce putain de temps qui nous met sur les nerfs. L'orage, la pluie, le vent, ça nous pousse à dire des conneries...

— Je ne dis pas de conneries.

— Je ne dis pas que tu dis des conneries, mais on s'énerve, on crie, on se dispute alors que ce devrait être la fête. C'est l'anniversaire d'Océane. Merde ! C'est un peu notre anniversaire, non ? Dans notre vie, il ne nous est rien arrivé de mieux qu'Océane. C'est pas une fois

par an qu'on devrait fêter sa naissance, mais tous les jours...

— Avec du gâteau écrasé, persifle Chantal.

— Je ne l'ai pas fait exprès, se défend Carvin. J'ai eu un accident...

— N'empêche.

— T'aurais préféré que je me pète une jambe ?

— Si t'étais allé le chercher plus tôt, ça ne serait pas arrivé !

Carvin ne veut pas entendre ça.

— Je suis parti le plus vite que j'ai pu, proteste-t-il, mais ça chauffe un max à l'usine.

— T'as toujours une bonne excuse ! Mais moi je crois que le gâteau, c'est pas un hasard. C'est un signe.

— Un signe ? Un signe de quoi ? ricane Carvin.

— Un signe que notre vie, elle est comme le gâteau. Tu ne peux pas dire le contraire ! Un truc tout cabossé, en bouillie, dégueulasse. J'en ai marre, plus que marre. Faut que ça s'arrête. Que ça s'arrête maintenant.

Carvin pose ses mains sur les épaules de sa femme.

— T'as raison, notre vie, elle est peut-être cabossée comme l'emballage du gâteau d'Océane. Peut-être que le gâteau lui-même est comme nous, aplatis, bosselés, un peu écrasés par ce qui nous arrive. Peut-être qu'il n'y a pas plus de décoration dessus qu'ici. Mais tout ça c'est le vernis, l'extérieur, le superficiel. Parce que, si on veut bien y plonger la main, dans ce gâteau, et s'en barbouiller la figure comme Océane, on se rend compte tout de suite que le paquet, le ruban, les chichis, ça ne compte pas. Ce qui compte, c'est qu'on mange pas la présentation. Et ce qu'on mange, c'est plein de crème, de sucre, de perles et de nougatine, c'est notre vie ! Le meilleur de notre vie.

Chantal n'entend rien à ce que Carvin raconte. Elle résiste d'un mot médiocre :

— Ma vie, c'est pas du gâteau !

— C'était pour que tu comprennes, soupire Carvin, lassé de cette discussion qui ne mène qu'à raconter des bêtises.

Chantal n'a pas besoin d'explications. Pour elle, c'est clair et net :

— Tu n'écoutes pas ce que je te dis.

— Mais si, je t'écoute. Tu veux changer de vie, changer de maison, changer de tout. Appelle ça « divorcer » si tu veux. Et là je suis d'accord. Moi aussi je veux divorcer de ce qui nous rabaisse tous les jours un peu plus, qui nous écrase comme le gâteau. Moi aussi je veux changer, transformer le monde, divorcer de cette société de merde !

Carvin ouvre les bras en signe de paix :

— Avec ce qui nous tombe dessus, de toute façon, tout va changer. Peut-être que ton frère a raison avec ses conneries, c'est une chance de recommencer de zéro…

— Mais je ne veux pas recommencer de zéro ! Si tu perds ton boulot, je sais ce qui m'attend, le changement, ce sera aller de pire en pire. On ne pourra même plus bouffer chez Leader Price, on fera la queue aux Restos du cœur !

— C'est pour ça qu'il faut se battre. Pour que ça n'arrive pas.

Chantal s'agite.

— Ah, tais-toi ! Tais-toi ! Tu dis n'importe quoi ! Je ne veux plus entendre parler de se battre ! De lutte ! De combat ! Je veux une belle vie, tu peux comprendre ça ? C'est simple : une belle vie, répète-t-elle. Pas de combat, pas de lutte ! Du confort, de l'argent, de la

tranquillité ! Je veux ma part du gâteau, pour parler comme toi. Surtout, je veux du calme. Du calme !

— Et quoi encore ? Des fringues, des bijoux, des sorties ?

— Oui, tout ce que tu es incapable de m'offrir ! crie Chantal qui ne peut plus retenir ses larmes.

Carvin passe sa main dans ses cheveux avec une lenteur calculée.

— T'as quelqu'un ? demande-t-il, les yeux baissés.

— Tu me prends pour qui ?

— Je te pose la question. Cette belle vie qui t'attend, elle a un nom ?

— J'aimerais bien ! J'aimerais bien avoir quelqu'un ! Quelqu'un qui s'occupe de moi. Qui soit là quand j'ai besoin de lui. Qui me parle, qui m'écoute. Quelqu'un qui n'ait pas toujours quelque chose de mieux à faire que de rester avec moi !

— Je ne m'occupe pas assez de toi ? répond Carvin, laissant percer une menace sous sa voix.

Chantal en a gros sur le cœur.

— Tu n'es jamais là ! Quand tu n'es pas au boulot, t'es à la fédé ou à la section et, le week-end, tu trouves toujours un moyen de courir à un congrès ou d'avoir un déplacement « indispensable »...

— Je t'ai proposé dix fois de m'accompagner.

— Pour faire la potiche ? Non merci. Surtout pour aller à Montceau-les-Mines ou à Sarreguemines !

— Sarreguemines, c'est une grande ville.

— J'en ai rien à foutre de Sarreguemines et de tous ces bleds crasseux où tu voudrais me traîner ! C'est comme ici !

La lumière vacille et disparaît d'un coup.

— Merde, ça a sauté !

Carvin sent la sueur lui couler dans le dos. Sa poitrine l'oppresse. Debout près de la porte, cerné d'obscurité, il étouffe soudain.

— Tu crois que j'y vais pour mon plaisir ? demande-t-il presque à voix basse, cherchant la bougie qu'il laisse toujours sous le compteur au cas où...

Elle y est.

Il l'allume avec son briquet et se dirige vers la cuisine pour en chercher d'autres.

— Je ne sais pas pourquoi t'y vas, bredouille Chantal en le suivant à petits pas.

— Tu déconnes ? Tu sais très bien pourquoi...

Carvin passe la bougie allumée à sa femme et s'agenouille pour sortir les neuves, rangées dans une boîte sous l'évier.

— T'y vas parce que ça te plaît, aboie Chantal à la lueur de la flamme qui menace de s'éteindre à chaque mot qu'elle prononce. Parce qu'il y a beaucoup de nanas au syndicat. Parce qu'il vaut mieux s'amuser avec elles que s'emmerder avec sa femme et sa fille. Et, en déplacement, ce ne sont pas les occasions qui manquent ! Je sais que Christian, une fois ou deux...

Carvin allume une à une cinq bougies blanches qu'il colle dans des verres.

— Ne me compare pas avec cet abruti.

— Tu n'aimes pas que je te parle de filles, hein ?

Carvin fait un pas vers sa femme :

— Si, j'aime bien que tu m'en parles, dit-il, s'approchant tout près d'elle. Et, puisque tu m'en parles, je vais t'en parler aussi. T'as raison, t'as tapé dans le mille. Autant que tu le saches, dans chaque meeting, dans chaque congrès, dans chaque manif, il y a une fille avec moi. Une jeune, super belle, marrante, qui ne me quitte jamais. J'ai même sa photo dans mon portefeuille. Tu

veux savoir son nom ? Elle s'appelle Océane. Parce que tout ce que je fais, je ne le fais pas pour moi, mais pour elle, pour ma fille. Pour qu'elle ait, comme tu dis, une belle vie quand elle sera grande. Pour qu'elle sache que tout ne tombe pas tout rôti dans le bec, qu'il faut se battre chaque jour pour gagner notre vie et que c'est ça qui nous fait vivre !

— Ça te fait peut-être vivre, mais moi ça me fait crever ! Tu te mets en quatre pour les autres mais, tu verras, quand ils n'auront plus besoin de toi, ils te laisseront tomber comme une merde. Et qu'est-ce qui te restera ? Rien. Rien de rien. Et moi je serai une sous-merde !

— Je préfère prendre le risque, plutôt que ne rien faire, déclare Carvin, un pli amer au coin des lèvres.

Chantal lui redonne rageusement la bougie qu'elle tenait et s'écarte de lui avec brusquerie.

— Eh bien, tu vas le prendre tout seul, ton risque, parce que moi j'en ai marre, marre, marre ! Je me tire, je me barre, ne compte pas sur moi pour t'attendre avec la trousse à pharmacie et les mouchoirs quand ton fameux risque t'aura explosé à la figure !

— Tu n'as pas le droit, s'insurge Carvin. Tu ne peux pas être contre moi. Tu dois être à mes côtés.

Le ton sentencieux de son mari fait doucement ricaner Chantal :

— J'ai pas le droit ? Et pourquoi j'aurais pas le droit ? Pourquoi je devrais rester ? Pour te dire que tu es beau, courageux, que tu parles bien, parce que t'aimes qu'on t'écoute ?

— Chantal...

— Non, c'est pas la peine d'essayer de m'avoir au boniment. C'est fini. Je ne veux plus. Plus jamais. J'ai assez donné de soirées à mourir d'ennui pour la cause,

j'ai assez eu de maux de crâne à t'entendre discuter jusqu'à pas d'heure, je me suis assez fait chier à t'attendre alors qu'on n'a même pas la télé ! Encore ce soir, tu trouves le moyen de...

Et, pointant un doigt accusateur vers Carvin :

— C'est ta faute si j'ai grossi !

Chantal soupèse ses seins, tâte ses hanches, se pince le ventre. Elle en a toujours eu un peu, mais là c'est trop, ça déborde, ça fait un bourrelet.

— Tous ces kilos de trop, c'est l'angoisse, c'est l'ennui, c'est le chagrin. C'est le poids du malheur. De la graisse dégueulasse. Je suis malheureuse. Une grosse malheureuse, voilà ce que tu as fait de moi !

Et, s'apitoyant sur elle-même :

— Je suis si malheureuse !

— Tu es très bien comme tu es, dit Carvin, d'une voix qui se perd.

— Je suis grosse, gémit Chantal, essayant en vain de glisser ses doigts dans la ceinture de sa jupe.

— Tu es comme une femme qui a eu un enfant.

— Il y en a qui en ont eu quatre et qui sont toutes fines !

— Des malades.

— Des femmes heureuses.

Carvin se débarrasse de sa bougie. Il n'en peut plus.

— Qu'est-ce que tu racontes ? T'as lu ça dans tes magazines ?

Il essaye de garder un peu de bon sens.

— Si tu te trouves trop grosse rien ne t'empêche de faire du sport et de manger des salades... dit-il pour la raisonner.

— Ah, c'est malin de dire ça !

Carvin secoue la tête, il ne comprend pas, il ne comprendra jamais.

— Je ne veux pas comprendre ces loufoqueries de poids ! Merde, tu as ce qu'il faut où il faut et, même si tu en as un peu plus qu'il y a un an, tu me plais comme ça. Tu sais bien que je...

Chantal l'interrompt comme si elle le frappait sur les dents :

— Alors pourquoi tu vas voir ailleurs ?

— Qu'est-ce que je vais voir ?

— Je sais que tu préférais coucher avec ma sœur, que tu as couché avec la grande qui tenait le chamboule-tout à la kermesse de l'école, que tu couches avec la rousse des Achats dans ta boîte. Je sais tout, c'est pas la peine de faire l'innocent...

Une petite voix se fait entendre :

— Maman !

Océane s'est réveillée. Traînant son doudou, elle vient se serrer contre sa mère qui la prend dans ses bras.

— Qu'est-ce que tu fais là, mon bébé ?

— J'ai peur, c'est tout noir...

Chantal l'embrasse, la cajole.

— Faut pas avoir peur, mon bébé, maman est là.

— Pourquoi on voit rien ?

— C'est en panne. Tu vois, c'est joli, on a mis des bougies, comme pour ton anniversaire.

Océane rit :

— Papa il a mis mes bougies sur un yaourt !

— Retourne vite faire dodo, dit Chantal, qui ne veut pas revenir sur le désastre du gâteau.

— Ça fait boum dans ma chambre.

— C'est l'orage. Tu te souviens, je t'ai expliqué : c'est quand Dieu est en pétard et que le petit Jésus fait pipi...

Le mot met en joie Océane. Elle répète :

— Pipi !

Les flammes des bougies dansent gaiement dans les verres. Des farfadets. Des feux Saint-Elme. Océane s'accroche au cou de sa maman, répétant « Pipi ! Pipi ! » comme une formule magique capable d'effacer l'orage, d'oublier la nuit et sa frayeur.

— T'as envie de faire pipi ?
— Caca !

Carvin se tait, soufflant fort, serrant les dents, les épaules lourdes, tête basse, ne sachant s'il doit partir ou rester. Chantal se sent épuisée soudain.

— Pars, puisqu'il faut que tu partes, lance-t-elle à son mari, emmenant Océane aux toilettes. Je t'ai dit ce que j'avais à te dire, je ne le répéterai pas. C'est fini, je veux divorcer.

— Tu veux quoi, maman ?

Moto

En moto, d'ordinaire Mékamotor est à un quart d'heure de chez Carvin, vingt minutes s'il y a du monde sur la route. Mais là, avec ce qui tombe, avec les rafales de plus en plus rapprochées, de plus en plus violentes, Carvin n'est même pas sûr d'arriver à bon port sans avoir pris une branche ou une parabole sur la tête.

La nuit est d'une étrange couleur, un blanc d'écume, moitié brouillard, moitié rideau de pluie perlé d'étincelles.

Carvin se sent hors du monde.

Tout ça d'un coup !

Tout ça au cours d'une même journée. Le timbre avec le cœur cerné de fleurs sur l'enveloppe, la fermeture annoncée, les licenciements, la tempête, l'anniversaire de la petite, le gâteau écrabouillé, son pompeux crétin de beau-frère et sa dinde de femme et, pour finir, cette histoire de divorce. Carvin se débat comme dans un rêve où les images s'accumulent sans que le rêveur puisse en saisir le lien, mais il ne s'avoue pas vaincu. Il ne s'avouera jamais vaincu. Ce qui arrive n'est pas le résultat d'un manque de courage, de perspicacité, de détermination, mais d'une erreur qu'il finira bien par découvrir.

La route est un cauchemar.

Des arbres sont déracinés, des palissades de chantier couchées au sol ; les vitres d'un Abribus effondrées, en mille morceaux. Dans les longues lignes droites, Carvin doit affronter les bourrasques qui jouent au chat et à la souris avec lui. Le vent est un adversaire sournois qui mène la charge à toute force et rompt subitement l'assaut pour revenir en guérilla par les flancs, un coup à gauche, un coup à droite, d'autant plus dangereux quand il fait mine d'abandonner le combat. Lorsqu'il y repart, c'est avec plus de force, avec une autre voix, d'autres formes, d'autres angles d'attaque. Tantôt il frappe Carvin sous les côtes, tantôt à la tête ; il cogne ses bras, il heurte ses jambes ; il cherche à le pousser à terre, lui écrase la poitrine comme pour le retenir. C'est une falaise d'air, un mur mobile qui un moment souffle chaud, l'instant suivant souffle froid, comme si ce souffle ne venait pas d'une même bouche, n'exhalait pas la même haleine. Sans répit, sans trêve, Carvin roule contre cette montagne mouvante, cette mer invisible qui cherche à l'égarer, à le punir de son audace.

Carvin en a vu d'autres.

Il tient bon.

La traversée des villages éteints est plus périlleuse que la route en rase campagne. Partout l'électricité a été coupée, il fait noir ; un noir étrange, d'une opacité crayeuse, lugubre, sans âme qui vive. Les rues sont transformées en manches à air géantes où, si le vent souffle de face, il l'étrangle, le gèle, déchire son visage ; et, s'il vient de dos, il le précipite en avant, le fait zigzaguer, cherche à le drosser sur les murs, à le mettre en travers.

C'est un combat de chaque instant. Une lutte solitaire.

Heureusement Carvin connaît la route.

Il chute dans un virage barré d'un arbre déraciné qu'il ne peut éviter. Il se relève sans mal mais dix fois, vingt fois, une rafale soudaine fait bondir son cœur dans sa poitrine et raidit ses muscles pour garder sa moto sur la route. La pluie est sans fin, inexorable. Carvin n'y fait pas attention. L'eau ruisselle sur son visage, coule sur son dos, l'attaque de mille flèches ou se déverse sur lui à seaux. Quand elle cesse un instant ce sont des nuées brouillardeuses qui l'encerclent et font disparaître la route sous leurs voiles. Puis l'averse revient, persiste, enfle, divague jusqu'à ce que de nouveau le déluge soit suspendu. L'eau, le vent, le brouillard, le vent, le brouillard, l'eau, le brouillard, le vent, l'eau, Carvin traverse la nuit, têtu, livré aux éléments en guerre contre lui, porté par l'idée que ni le vent, ni le brouillard, ni l'eau n'auront raison de sa volonté. Quand il s'arrête enfin devant les grilles de la Méka, pour la deuxième fois de la journée, Carvin est bon à tordre, tremblant de froid, les joues marbrées de rouge et de bleu, les yeux inondés d'eau et de larmes.

Il grelotte, il a la fièvre.

La porte est symboliquement cadenassée avec une chaîne.

Mortier sort en courant de la guérite d'entrée et vient ouvrir, couvert d'une bâche plastique qu'il tient comme il peut au-dessus de sa tête. Il s'éclaire d'une lampe-torche :

— Qu'est-ce que tu foutais ? Tout le monde te cherche !

— J'avais l'anniversaire de ma fille, se défend Carvin qui claque des dents. Ils en sont où ?

— Ça fait une heure qu'ils discutent à l'intérieur... Elle était contente, la petite, tu l'as gâtée ?

— Oui, super. Tout a sauté ici aussi ?

— Oui, on est passés sur les groupes de secours. C'est dingue ce qui dégringole ! Et, bordel, qu'est-ce que ça souffle...

— C'est pour nous virer plus vite !

Mortier laisse entrer Carvin, referme et retourne se mettre à l'abri, réclamant qu'on vienne le relever rapido :

— Je me les gèle et moi aussi j'ai des choses à dire !

Carvin file tout droit vers la porte de l'atelier nº 1. Il y a des branches cassées dans la cour, des graviers, des bouts d'Eternit, des morceaux de film plastique, de tôle et des cartons éparpillés un peu partout.

Paysage de désolation où la pluie redouble, opiniâtre.

AG

Malgré la tempête, mis à part les mères de famille, tout le personnel est réuni dans l'atelier nº 1, éclairé

par des projecteurs d'appoint branchés sur des groupes électrogènes. Weber, le secrétaire du CE, délégué CGT de la boîte, homme d'expérience, toujours soigné, interpelle Carvin dès qu'il le voit entrer comme un chien battu :

— T'arrives bien ! On se demandait si t'accepterais d'être notre porte-parole pour la presse et pour tous les contacts à l'extérieur…

— Pourquoi moi ?

— Fais pas ta rosière. Tu parles bien et t'aimes ça ! Alors ?

Carvin hésite.

— Oui, pourquoi pas. Mais dis-moi d'abord où vous en êtes…

— T'avais qu'à être là plus tôt.

— Va donc faire un tour sur la route avant de me faire des reproches ! C'est déjà un miracle que j'aie pu arriver jusqu'ici.

— Tu crois aux miracles, toi, maintenant ?

— Je suis tombé deux fois. Il y a des arbres en travers de la route partout, plus une lumière, plus rien que ce putain de vent et cette putain de flotte. Alors, vas-y, accouche et fais pas chier !

Weber grimace, l'emportement de Carvin contre la colère du ciel ne lui fait ni chaud ni froid. Elle le porterait plutôt à rire s'ils n'étaient, eux aussi, dans une tempête plus dangereuse que celle qui assaille le toit et fait trembler les portes.

Pour Carvin, il reprend de zéro, desserrant sa cravate :

— T'as reçu comme nous la lettre avec un cœur…

Cette remarque déclenche des sifflets et des huées. Weber réclame le silence.

— Je crois qu'on est tous d'accord pour dire que c'est des enfoirés, et je reste poli. Partant de là, il y a

plusieurs choses à considérer. Un, bien entendu refuser la fermeture du site, les licenciements et demander un audit indépendant au cabinet Syntex pour prouver la viabilité de l'usine. Ça va de soi. Deux, empêcher qu'ils déménagent en douce les machines comme ça s'est fait ailleurs. Ça paraît difficile mais « impossible n'est pas français », alors prudence. Donc, on se déclare en grève illimitée, on occupe, on garde la main sur le matos et les stocks. OK, c'est réglé. Mais faut aussi passer à l'offensive. Je propose deux directions – mais il y en a peut-être d'autres, c'est de ça qu'on est en train de discuter. Un, on va intenter une action auprès du tribunal de commerce pour contester et la fermeture du site et le « plan de sauvegarde de l'emploi ». Sans rire, PSE, c'est comme ça qu'ils appellent maintenant la procédure pour nous foutre à la porte ! Deux, on va intenter une autre action – et, là, ça peut être une action collective, mais aussi individuelle – pour détournement de fonds publics. Je vous rappelle qu'il y a trois mois le groupe a touché de l'État 55 millions d'euros au titre du FMEA[1], et je ne parle pas de ce que la mairie avait déjà versé à la fin des années 2000 pour les aider à s'implanter ici. C'est simple et clair : les aides publiques sont utilisées de manière frauduleuse et nous, en tant qu'employés de la boîte mais aussi, j'insiste, en tant que contribuables, nous ne pouvons pas l'accepter !

Le discours de Weber se termine sous des applaudissements qui semblent soutenus par le crépitement de la pluie sur le toit. C'est dans le brouhaha qu'il précise :

---

1. Fonds de modernisation des équipementiers automobiles.

— J'ai contacté Mme Dangerville, maître Dangerville, l'avocate de l'intersyndicale, pour mettre tout ça en musique…

Mais personne ne l'écoute.

Carvin secoue ses cheveux trempés et réclame la parole, cherchant du regard Djuna, la rousse des Achats. Elle n'est pas là…

— Je pense que tout le monde est d'accord avec ce que tu viens de dire. Mais j'ai une question à laquelle tu as peut-être déjà répondu : qu'est-ce que dit la direction ?

— La direction est aux abonnés absents ! claironne Weber.

Et, se passant la main sur les joues où la barbe commence à pousser :

— Impossible de joindre qui que ce soit au téléphone, ni la DRH, ni Socko, ni Fayet, personne…

Il soupire :

— On verra ça demain puisqu'une réunion exceptionnelle du CE est prévue à onze heures.

— C'est toujours d'actualité ?

— Les convocations sont lancées officiellement. Ils ne peuvent pas se dérober. Je ne vois pas pourquoi ils se mettraient hors la loi. Quel intérêt ?

Carvin hoche la tête. Il est sceptique.

— S'ils envoient du courrier et ne répondent pas au téléphone, c'est que ce n'est pas aussi simple et clair que tu le dis.

— On verra, répond Weber. On verra demain s'ils mijotent quelque chose…

— Tu connais la maxime : « Demain, il sera trop tard » ?

— Pose ta question plutôt que de ramener ta science.

— OK, je la pose : si le CE se tient comme prévu, qu'est-ce qu'on fait ?

— Comment ça, qu'est-ce qu'on fait ? Je viens de le dire : on exige des explications, on commande un audit indépendant sur la situation réelle de la boîte et on les avertit des deux actions que nous entreprenons auprès des tribunaux. T'as une meilleure idée ?

Carvin prend son temps pour répondre, mi-sérieux mi-blagueur :

— S'ils viennent, je crois qu'on devrait leur conseiller d'apporter leurs duvets et leurs baise-en-ville...

— Tu veux quoi, les séquestrer ?

— Je veux les retenir le temps qu'ils disent vrai, quitte à leur laver la bouche au savon s'ils nous mentent. Et, comme tu le sais, sans vouloir ramener ma science, dans les guides de bonnes manières on admet qu'« un peu de retenue ne nuit pas »...

Carvin fait rire.

Il attend que l'assemblée se calme pour reprendre la parole.

— Je crois qu'on pourrait les garder avec nous jusqu'à ce qu'on obtienne des réponses claires et précises. De vraies réponses. Parce que je serais prêt à parier qu'ils ne nous répondront pas vraiment, ou de manière à noyer le poisson à la sauce technocrate. Tu sais, quand on te parle de « coût du travail » pour ne pas prononcer l'horrible mot de « salaire » et « création de valeurs et de richesses » pour ne pas dire « profit »...

Il marque un temps.

— Mais, avant même de les entendre, j'ai une question à vous poser, à vous tous. Les Américains ont décidé de fermer le site, qu'est-ce qui pourrait les décider à faire marche arrière ?

Des voix fusent :

— La grève !
— L'occupation !
— Les tribunaux !
— L'État !

— OK, dit Carvin, n'en jetez plus ! La grève, l'occupation, les tribunaux, l'État, vous croyez vraiment que ça fera plier la direction à Detroit ? Vous avez des exemples à me citer ? Vous avez la liste des boîtes qui sont revenues sur leurs projets de fermeture et de licenciements parce qu'il y a eu des grèves, des occupations, l'intervention des pouvoirs publics ?

Seul un silence consterné lui répond.

— Bien sûr que vous n'en avez pas ! Vous n'en avez pas parce qu'il n'y en a pas. Et il n'y en a pas parce que, quoi qu'on fasse, l'État, les pouvoirs publics, les officiels finissent toujours par se ranger du côté des patrons au nom de la raison ; de la raison raisonnante, de la raison économique, de la raison politique.

Weber l'interrompt :

— Je ne vois pas où tu veux en venir. Ça n'a rien à voir avec nous !

— Ça a à voir avec nous, dans le sens où nous ne devons pas faire comme si nous ne savions pas comment ça se passe pour les autres. Comment ça s'est passé pour Sony, 3M, Caterpillar, Molex, Scapa, Faurecia, New Fabris, Nortel et j'en oublie ! Le modèle est si classique que j'ai honte de vous le rappeler : annonce de fermeture, de licenciements, grève, occupation, manifestations, pétitions, séquestration, négociation, compromis, et la défaite en chantant qu'on peut être fiers de ce qu'on a fait, qu'on peut se balader la tête haute, qu'on ne s'est pas fait virer comme des merdes, etc.

— Tout ça on le sait ! crie Bogdan, un chef d'équipe, dix-sept ans d'ancienneté.

Carvin fait un signe d'assentiment :

— C'est bien ce que je dis, on le sait. Alors, puisqu'on le sait, ce serait peut-être le moment où jamais d'éviter de remettre nos pieds dans les traces de ceux qui nous ont précédés, d'être imaginatifs si on ne veut pas finir embourbés et nous noyer dans la merde.

— On comprend rien à ce que tu racontes ! plaisante Paulin.

— C'est pour ça qu'on l'a choisi comme porte-parole ! renchérit Bouquet, déclenchant une nouvelle salve de rires.

Carvin rit avec eux.

Il lève le bras pour réclamer le silence.

— Je m'explique. Tout ce qu'on a prévu, c'est très bien, c'est très noble, c'est très légal, c'est très républicain, c'est très classique en somme. Mais je vous fiche mon billet que ça ne fera pas reculer la direction d'un poil et que le site sera fermé avant que nos plaintes soient traitées par les tribunaux ; que notre grève ne mènera à rien de concret et qu'on sera sans doute dégagés par les flics devant les caméras pour faire un bon sujet au journal de vingt heures. Donc…

Carvin marque un temps pour s'assurer que tous suivent sa démonstration.

— Donc, nous devons nous y prendre autrement, conclut-il du ton le plus ferme possible.

Le silence se fait impressionnant. Carvin voit les visages qui l'entourent refléter l'étonnement, la perplexité, le doute, peut-être la colère. Weber perd patience.

— Autrement, t'en as de bonnes ! Autrement… Autrement comment ? interroge-t-il assez fort pour être entendu d'un bout à l'autre de l'atelier.

— J'y viens. Demain, si le CE a bien lieu, je suis certain que les zouaves de la direction ne seront pas tous là. Ça aussi, c'est classique. C'est une technique de base dans les négociations telles qu'on les enseigne au Medef : ne pas parler d'une seule voix, toujours laisser la possibilité à un autre de démentir ou de nuancer des propos contestés.

Carvin se masse le front, tête basse, comme s'il avait besoin de mettre de l'ordre dans ses idées.

— Bon, reprend-il après un instant, j'enfonce une porte ouverte : ceux de la direction qui seront là seront là et nous aussi. Et je veux qu'ils nous disent, par exemple, depuis quand le siège a pris la décision de fermer la boîte. Je parie ma chemise que ce n'est pas d'hier et que la crise leur sert d'alibi inespéré, sans parler de la tempête. Qu'est-ce qu'on va devenir ? Qu'est-ce qu'ils veulent faire de nos techniques ? Qu'est-ce qu'ils veulent faire de notre carnet de commandes ? De nos clients ? Qu'est-ce qu'ils veulent faire des machines ? Ce qu'on a ici, c'est le dernier cri de la technologie, je ne crois pas qu'ils envisagent de les envoyer à la ferraille. Où veulent-ils les envoyer, alors ? En Chine, en Inde, dans les pays de l'Est pour augmenter les dividendes des actionnaires ? Je rejoins ce que disait Weber : où sont passées les aides locales, les aides de l'État ?

Carvin reprend son souffle.

— Si vous êtes d'accord pour retenir la direction, faut prendre des mesures tout de suite, ce soir. Il faut barricader toutes les entrées, toutes les issues, parce que, dès que ça se saura, ils nous enverront la maréchaussée, casquée et bottée, pour nous déloger. Et, quand les flics seront là, les télés rappliqueront.

Il y a des sifflets, des injures.

Carvin réclame le silence. Les cris ne servent à rien.

— C'est là que je voulais en venir, dit-il. Aujourd'hui les batailles se livrent autant sur le petit écran que sur le terrain. Il ne faut pas se gourer. On aura très peu de temps et une seule fenêtre de tir. Les journalistes de la télé essaieront de nous faire raconter ce que leurs patrons veulent entendre...

Il secoue la tête.

— Pas ce que nous avons à dire, articule-t-il en détachant chaque mot, ce qu'ils veulent entendre parce que, leurs patrons et les nôtres, c'est les mêmes. C'est cul et chemise. Alors, si je dois être votre porte-parole, c'est ça que nous devons formuler avant demain matin : un message clair et précis que je placerai si on m'en donne l'occasion. Un message qui donnera le *la* de tout le reste.

Carvin tend la main vers la salle.

— Quel sera ce message que nous voudrons faire passer ? J'attends vos suggestions. N'oubliez pas le slogan qu'ils avaient en 68 et qu'on doit reprendre à notre compte : « Mettons l'imagination au pouvoir. »

Le premier à intervenir est Chavarre, un petit gars sec, nerveux, qui aime jouer les rigolos :

— Si je t'ai bien compris, le PSE c'est leur mouche tsé-tsé ! La mouche PSE-PSE, ça t'endort !

Chavarre fait rire, il est content.

— Moi, enchaîne-t-il, pour réveiller tout le monde, voilà ce que je propose : on retient les patrons et on menace de foutre le feu aux stocks. Rien que dans mon atelier, à la peinture, je suis bien placé pour savoir que ça ferait mal ! Et, si ça ne suffit pas, on brûle le siège social !

— Voilà une proposition ! applaudit Carvin. Une autre ?

— Oui, dit Mortier, enfin relevé de sa garde à l'entrée. S'ils veulent nous foutre dehors, faut que ça leur coûte. Nous devons réclamer une prime de cinquante mille euros par personne, dix-huit mois minimum de période de reclassement et ne céder sur rien, sinon on allume le feu.

Un chœur lui fait écho, parodiant Johnny Hallyday :
— Allumer le feu !

Tout le monde y va dans la surenchère : flamber, brûler, tout faire sauter, raser, anéantir Mékamotor, ses ateliers, ses stocks, ses bureaux !

— Pour moi, tout ça c'est des conneries, s'étrangle Weber, que ce manque de sérieux exaspère. Vous vous excitez comme des mômes avec une boîte d'allumettes, mais c'est des conneries. Ce n'est pas avec des idées comme ça qu'on s'en sortira ! Se battre seulement pour de grosses primes de départ, c'est inacceptable pour le mouvement syndical. On se bat pour l'emploi. D'abord et toujours pour l'emploi !

— Pour moi aussi c'est des conneries, approuve Carvin. C'est suicidaire.

Mortier est vexé :
— Pourquoi ce que je propose, c'est des conneries ?

La main charitable de Mlle Poinseau « qui n'est point sotte », la belle plante célibataire du labo de chimie, tend un verre d'eau à Carvin.
— Merci.

Il le vide d'un trait et se tourne vers Weber.
— Je dis ce que j'ai à dire et tu répondras après, d'accord ?
— Si tu veux.

Carvin commence par une remarque de bon sens :
— D'abord, pour nous, le problème n'est pas de « s'en sortir », pour reprendre le mot malheureux de

Weber, mais bien d'y rester. De rester dedans ! Parce que dehors il pleut, il fait froid et que la seule chose qui peut nous arriver c'est d'être foudroyés ou de prendre une branche sur le coin du nez !

Puis, il poursuit :

— Je reprends les deux propositions, celle de Chavarre et celle de Mortier. Ce qui ne signifie pas que j'oublie ce qu'a suggéré Weber sur les actions en justice, l'audit et le reste. Chavarre propose qu'on se barricade, qu'on piège les stocks et les machines et qu'on discute en menaçant de déclencher l'Apocalypse.

Chavarre veut intervenir, mais Carvin l'en dissuade d'un geste de la main. Il est loin d'avoir fini.

— Ça, c'est la première proposition. Mortier, lui – sans doute convaincu que la fermeture et les licenciements sont inévitables –, ajoute à ce qu'a dit Chavarre l'idée qu'on fixe à cinquante mille euros la prime de départ pour chacun d'entre nous.

Il interpelle Mortier :

— C'est bien ça ?

— Oui, c'est ça ! Cinquante mille euros et dix-huit mois de reclassement, si c'est ce que tu appelles « des conneries », je me demande dans quel monde tu vis ! réplique Mortier, prenant ses voisins à témoin de l'énormité de l'accusation. T'offres des cadeaux de cinquante mille euros à ta fille pour son anniversaire ?

— J'aimerais bien !

Carvin se veut conciliant :

— Comprends-moi, je ne voulais pas te vexer. Je dis simplement que, réclamer une prime, c'est d'emblée donner une arme de premier choix à nos adversaires. Pourquoi ? Weber va encore râler que je la ramène, mais tant pis ! Je prends un exemple. C'est une règle d'airain : si tu joues au poker, tu ne peux pas gagner

contre quelqu'un de plus riche que toi. Tu peux gagner une partie, deux, dix ! Mais, au bout d'un certain temps, mathématiquement tu te mettras à perdre et, quand toi tu perdras, tu perdras tout parce que tu n'auras rien pour assurer tes arrières.

— T'occupes pas de mes arrières ! rigole Mortier en se donnant une claque sur les fesses.

— Merde, jure Carvin, que ça ne fait pas rire. Réfléchis cinq minutes, se mettre sur le terrain de l'argent, c'est se placer sur le terrain que les patrons préfèrent. C'est un terrain sans danger pour eux. Tant qu'on parle pognon, il n'y a aucun risque et le temps joue pour eux parce que, quoi que tu fasses, au bout d'un certain nombre de jours de grève, tu ne peux plus tenir, t'as plus rien, t'es lessivé, épuisé, affamé, t'es comme les Bourgeois de Calais, la corde au cou, la tête basse, implorant, prêt à accepter n'importe quoi. Tu piges ?

Mortier ne sait quoi répondre.

— Notre vie ne vaudrait que cinquante mille euros, et encore, à condition qu'on les obtienne ? C'est rien, que dalle, reprend Carvin. La semaine dernière, ils ont vendu à Deauville un cheval neuf cent cinquante mille euros ! Notre vie ne vaudrait même pas le vingtième du prix d'un canasson ? Personnellement, je crois que ma vie vaut plus que ça. Je trouve humiliant de fixer un prix. Humiliant et dangereux. Humiliant parce qu'on accepte leur logique commerciale, chacun de nous « vaudrait » quelque chose, comme un meuble ou un outil, ce qui, excuse-moi, est exactement une condition d'esclave. Dangereux, parce qu'en faisant ça on donne une base à la négociation.

— Et alors, il n'y a pas de honte à négocier ! proteste Weber.

— S'il y a négociation, si on accepte de s'asseoir à la même table que les patrons ou leurs chiens de garde, ça veut automatiquement dire qu'on accepte l'idée de la fermeture et des licenciements. Et c'est pas tout, s'il y a négociation ça veut dire aussi que le prix de base est à débattre et que, forcément, il faudra en rabattre. Vous voulez que je vous cite le nombre de conflits où il y a eu ce genre de demandes et où les types sont partis la queue entre les jambes avec dix mille euros pour solde de tout compte ?

— À part refuser de négocier, qu'est-ce qu'il nous reste ? demande Mortier, déstabilisé par les arguments de Carvin.

— Je n'ai rien de spécial à proposer pour l'instant. Je veux seulement insister sur le fait que demander du fric c'est se leurrer nous-mêmes. C'est un cul-de-sac ou, plus exactement, une nasse où le patronat sera trop content de nous enfermer.

— T'oublies ce que j'ai dit, proteste Chavarre. S'ils savent qu'on peut tout faire sauter, ils ne sont pas cons, ça les forcera à réfléchir à deux fois avant de nous balancer...

Un murmure d'approbation traverse l'assemblée. Oui, Chavarre a raison, ils auront les jetons, les flubes, la trouille. Oui, il faut qu'on le fasse, qu'on piège tout, qu'on boucle la taule et qu'on tienne le siège. Oui, il faut faire voir qu'on en a et qu'on ne se laissera pas faire. Oui. Oui. Oui. Et, si ça tourne mal, c'est pas cinquante mille mais cent mille euros qu'il faudra exiger !

— Écoutez-moi, dit Carvin, haussant le ton. Écoutez-moi !

Le calme revient.

— Vous êtes tous d'accord pour piéger l'usine ?

— Oui !

— Vous êtes tous d'accord pour réclamer une prime de départ maousse si on doit vraiment plier bagage ?

— Oui !

— Et pour les dix-huit mois de reclassement ?

Oui, oui, oui, trois fois oui.

— Alors je vous repose la question que j'ai déjà posée : qu'est-ce qu'on fait ?

— Comment ça, qu'est-ce qu'on fait ? interroge Chavarre avec lequel dix autres font chorus. T'as que ça à la bouche : qu'est-ce qu'on fait ? Qu'est-ce qu'on fait ? On fait ce qu'on a dit, voilà ce qu'on fait !

Carvin n'est pas convaincu :

— Ça ne répond pas à ma question, assène-t-il d'une voix dure. Vous pouvez me gueuler dessus mais c'est bien à ça que nous devons répondre, je le répète et je le répéterai autant de fois que nécessaire : qu'est-ce qu'on fait ? Si la fermeture et les licenciements sont confirmés, si nos revendications sont refusées ou réduites à peau de chagrin comme c'est arrivé à un tas d'autres, qu'est-ce qu'on fait ? Qu'est-ce qu'on fait de nos prétentions ? Qu'est-ce qu'on fait de nos menaces ? On fout le feu, on fait tout sauter ou on sort nos mouchoirs pour dire adieu à la boîte et cacher notre honte d'avoir accepté l'inacceptable ?

La discussion dure encore longtemps mais c'est sans importance. Ils ne font que ressasser, dire et redire ce qui a été dit, sans qu'une position claire soit définie. Sans qu'une réponse soit apportée aux questions de Carvin. Et, un par un, ils s'écartent du groupe pour trouver un coin où dormir dans l'atelier. À la fin, il n'y a plus que Weber et Carvin pour vouloir remettre tout à plat et recommencer à zéro.

Café

Trois heures du matin, déjà !

Carvin hésite à retourner chez lui au milieu de la nuit, surtout par ce temps. Il ne veut pas risquer de réveiller Chantal et la petite, de leur faire peur en surgissant dans le noir comme un djinn ou un esprit agitant des chaînes. À quoi bon les alarmer par une visite éclair ? Il y a déjà bien assez d'éclairs dans le ciel... Il veut croire que l'incident est clos, que Chantal et lui sont quittes après s'être balancé à la figure tout ce qu'ils avaient sur le cœur. Il comprend la frustration de sa femme, elle doit comprendre son engagement. L'aurait-elle aimé s'il n'était pas ce qu'il est ? Il recommence la discussion, fait pour lui seul les questions et les réponses. Jure, mais sans y croire, de s'amender, d'être d'abord un mari, un compagnon de tous les jours, de participer au ménage, à la décoration de leur intérieur... Mais non, il ne peut pas se mentir. Tout cela n'a aucune importance pour lui. Il s'en fout que les rideaux soient jaunes ou rouges, qu'il faille des verres à pied pour le vin et une machine spéciale pour mixer les légumes. Si Chantal pouvait lire autant qu'il aime lire, militer dans des associations, chercher les autres au lieu de s'enfermer chez elle, ils vivraient en paix, l'un pour l'autre, l'un avec l'autre. En fait, Carvin ne sait pas s'il veut aller tout de suite dire cela à Chantal ou s'il ne le souhaite pas. Ses idées sont comme un vase brisé à ses pieds. Au fond, rien ne le presse. Il décide d'attendre que la tempête se calme, d'y voir plus clair, de réfléchir en laissant à Chantal le temps de réfléchir elle aussi. Sûr du pouvoir des mots, il lui envoie un SMS qui dit

très simplement « je t'aime »... alors que le tocsin sonne dans sa tête.

— Je t'offre un café ? demande Weber en glissant une pièce dans la machine.

Carvin accepte avec plaisir :

— Merci, de toute façon, je n'ai pas sommeil, dit-il, rangeant son portable dans la poche.

— T'appelais ta fédé ? demande Weber qui vient d'appeler la sienne.

— Non, j'envoyais un SMS à Chantal.

— Elle va comment ? Ça fait une paye que je ne l'ai pas vue...

Depuis le temps qu'ils se connaissent, Carvin ne peut pas mentir à Weber.

— Elle veut divorcer, dit-il d'une voix sourde.

— Ah merde ! C'est pas vrai...

— Si, c'est la cata.

— Elle a quelqu'un ?

— J'en sais rien mais je ne crois pas, répond Carvin. Elle en a marre de moi, de notre vie, de l'usine, des bagarres syndicales, des réunions, de tout. Et maintenant avec ce qui arrive...

— Elle n'a jamais retrouvé de boulot ?

— Non. Elle reste à la maison toute la journée à ruminer des trucs glauques, à lire des magazines débiles, à pouponner et maintenant, voilà, elle veut tirer un trait.

— Ce genre de truc, ça ne tombe jamais bien, philosophe Weber, mais là on peut dire que ça tombe spécialement mal.

— Oui, on peut le dire, approuve Carvin.

Il ne tient pas à s'étendre sur la question.

— Et toi, avec Geneviève, ça roule toujours ? demande-t-il, pour ne plus parler de Chantal. Pas de problèmes ?

— Comme tout le monde, mais on se serre les coudes. Avec trois gosses, il y a intérêt.

Sa femme est assistante sociale. Weber propose :

— Peut-être qu'elle pourrait passer voir Chantal, discuter avec elle. Elle a un peu l'habitude de ce genre de situation. Et, comme disait maman : « Si ça ne lui fait pas de bien, ça ne peut pas lui faire de mal »...

Carvin remercie Weber d'une grimace en forme de sourire.

— Oui, pourquoi pas...

Mais il n'y croit pas. Non, il n'y croit pas...

Ses yeux se creusent, son visage se ferme, sa respiration se fait plus pénible. Weber sent Carvin glisser dans les eaux noires de la mélancolie. Il intervient d'urgence :

— À la télé, commence-t-il pour le tirer de là, ils nous rebattent les oreilles avec les espèces en voie de disparition : les thons rouges, les tigres, les baleines, les orangs-outangs et tout et tout... Mais il y a une espèce en voie de disparition dont ils ne parlent jamais : les ouvriers. Tu peux te marrer, mais nous sommes une espèce en voie de disparition. Dans dix ans, dans vingt ans, il n'y aura plus un seul ouvrier sur la terre comme il n'y aura plus de grands singes dans les forêts, de poissons dans la mer...

Carvin acquiesce :

— J'ai lu un roman de science-fiction où on raconte qu'il n'y a plus d'animaux dans le monde, que des automates à plumes et à poils, plus de végétation, que des arbres et de l'herbe synthétiques et des flics, des flics, des flics armés jusqu'aux dents et du béton partout pour préserver le seul bien précieux pour le capitalisme : le fric.

— Tu connais le proverbe espagnol : « Si la merde valait de l'or, les pauvres naîtraient sans cul » ?

Carvin le connaît. Weber revient à la situation de la Méka.

— Chez nous, à la fédé, ils ont déjà dû balancer un communiqué à la presse. L'info passera vite.

— Si on fait trois lignes en bas de page dans les canards on pourra s'estimer heureux.

— Pour les nationaux, c'est sûr qu'ils ne vont pas se précipiter. Au moins, espérons qu'ils se bougent sur le plan local…

— Espérons… dit Carvin, en prenant son gobelet brûlant.

— Il faudrait que les politiques s'en mêlent…

— Et que les corbeaux volent le bec en arrière ?

— Quand même, ils ne sont pas tous pourris ou cons ! défend mollement Weber.

Carvin ne prétend pas ça.

— Tu sais comme moi, explique-t-il, que le problème c'est que les politiques sont pieds et poings liés par le pouvoir économique, le seul et vrai pouvoir. Les politiques servent à amuser la galerie, à distraire les électeurs de petites phrases en petites phrases. Tu peux dire ou écrire ce que tu veux sur les politiques dans les journaux, ça ne prête pas à conséquence. Au contraire, ça les sert, même quand tu te fous de leur gueule, même quand tu les injuries, on parle d'eux et c'est tout ce qui compte. Mais essaye d'attaquer le pouvoir économique, là, ça ne rigole plus. Les informations sont bloquées, étouffées, enterrées. C'est « circulez, y a rien à voir ! ». Dans ce qui nous arrive, c'est ça, le problème majeur. Il n'est pas impossible qu'on ait un jour ou l'autre la visite d'un ministre venu nous assurer que le gouvernement, lui-même, les siens, la terre entière sont à nos

côtés. Mais, pendant ce temps-là, dans la coulisse, notre sort sera réglé au couteau par les Américains à Detroit et les fonctionnaires du ministère des Finances. Et la presse la bouclera. Le pire, c'est que les journalistes n'auront même pas besoin de recevoir d'ordres pour se taire. Ils le feront de leur propre initiative, sachant d'avance qu'on les laissera au mieux pleurer des larmes de crocodile sur notre mort, mais rien d'autre.

Weber soupire en se servant à son tour un café :

— Je ne suis même pas sûr qu'on sera soutenus par la direction nationale de la Cégète. Pour eux, c'est toujours pareil : si les types veulent lutter, ils les suivent, mais s'ils acceptent de se faire licencier, ils pensent que c'est leurs oignons ! On est vraiment dans une merde noire.

Carvin répond par un autre soupir :

— Ravo et la CTI ferment aussi ?

— Non, il n'y a que nous.

— Seulement nous dans le groupe ?

— T'as entendu Socko au CE. On coûte trop cher, on n'est plus rentables dans le contexte de la concurrence mondialisée, etc., etc., etc.

— À d'autres !

— Tu l'as dit : à d'autres notre boulot, aux patrons les milliards !

Carvin demande, le front soucieux :

— Qui était au courant de la lettre, ici, dans les bureaux ?

— J'en sais rien, avoue Weber. En tout cas personne à notre niveau. Si la direction savait, rien n'a filtré.

— La lettre n'est pas partie d'ici ?

— Non, de Paris. Ça aussi, ça a été délocalisé ! Qui était à la manœuvre ? Mystère.

— Un philatéliste, plaisante Carvin.

Ils rient mais le cœur n'y est pas.

Weber essaye d'avaler une petite gorgée du liquide noirâtre sorti bouillant de la machine. Il y renonce. Trop chaud.

— Là où le bât blesse, c'est qu'on est au bout de la ligne, constate-t-il en reposant son gobelet. Là-bas, à Detroit, ces messieurs les financiers donnent une pichenette à l'entreprise et, un à un, tous les dominos se cassent la gueule jusqu'à Paris et de Paris jusqu'ici. Les patrons de filiales n'ont pas voix au chapitre. Ils tombent en cascade, comme nous. Mieux payés que nous, mais comme nous. Nous, on est simplement le point d'aboutissement de la pichenette initiale.

Carvin est d'accord.

— C'est ça, c'est exactement ça ! approuve-t-il, revigoré par le jus brûlant prétendu café « expresso ». Ça fait combien ? Quinze ? Vingt ans que le chômage progresse sans arrêt ? T'ajoutes à ça la remise en cause du code du travail, l'éclatement des statuts, la précarité appelée flexibilité pour faire plus présentable, tu comprends que les salariés soient considérés comme les candidats désignés à l'ajustement de toutes les tensions qui n'ont pu l'être plus haut dans la chaîne...

— Sur notre fiche de paye, c'est ce qu'ils devraient mettre. Profession : « variable d'ajustement » ! Pas de nom, un matricule ou un code-barres, ça irait plus vite pour nous effacer.

À nouveau Weber tente de boire un peu de café. Il en recrache la moitié :

— Tu crois qu'on peut y arriver ?

Carvin hausse les épaules :

— Oui, mais en marchant sur un fil et en ne faisant pas comme les autres.

— Quand même, tout ce qu'on a entendu ce soir, vouloir faire tout sauter, séquestrer les cadres et le reste, c'est loufoque, non ?

— Loufoque ? Jusqu'à un certain point… lâche Carvin, posant sa main amicalement sur l'épaule de Weber. Moi, tu vois, autant j'ai peur de me noyer dans la mélasse des négociations, autant je ne crains pas l'affrontement. Si on fait tout de suite le choix de l'affrontement, c'est nous qui mettons la pièce en musique. Si on les laisse faire, ils nous feront bêler en chœur comme un troupeau de moutons conduits à l'abattage.

Paroles de dirigeants

Nicolas Sarkozy (président de la République) : « Je voudrais que chacun comprenne qu'il ne peut y avoir d'économie sans morale. L'opinion publique n'acceptera pas qu'après la crise que nous avons connue, le monde redevienne comme avant. Elle n'acceptera pas la spéculation qui n'enrichit que quelques-uns en faisant prendre des risques à tous. »

Stephan Brousse (conseiller du Medef) : « La priorité du chef d'entreprise aujourd'hui, c'est de maintenir ou d'augmenter son chiffre d'affaires pour l'année qui vient. Ce n'est certainement pas d'augmenter les salaires. »

Visite

Élisa a frappé fort, très fort.

Le vent a soufflé jusqu'à deux cent vingt kilomètres heure. Un ouragan. Les dégâts sont considérables. Lignes à haute tension coupées, arbres abattus, déracinés, enchevêtrés, toits envolés. Il y a des centaines d'oiseaux morts sur les routes qui, pour la plupart, sont impraticables. Plus de mille pompiers ont été mobilisés, deux cent cinquante véhicules, trois hélicoptères. Du jamais vu, même en 99. En ville, c'est encore plus spectaculaire. Beaucoup de toitures sont à terre. Des paquets de tuiles se sont encastrés dans les voitures en stationnement, certaines maisons sont littéralement éventrées. On déplore trois décès, dont un enfant de huit ans, et de nombreux blessés.

À la Méka tout le monde s'emploie à nettoyer la cour et les façades des bâtiments. On ramasse les vitres brisées, on allume un grand feu pour brûler tout ce qui traîne, les palettes, les cartons, les branches portées jusque-là par le vent. Le correspondant local de *La Voix du Nord* arrive en scooter, encore secoué de ce qu'il a vu en chemin.

— C'est l'Apocalypse ! dit-il avant même de se présenter. Vous ne vous imaginez pas le détour que j'ai dû faire pour arriver…

C'est un jeune homme ventripotent aux yeux curieusement exorbités. Il est stagiaire. C'est lui qui vient aux nouvelles parce que tous les journalistes sont mobilisés par la tempête et ses conséquences. On va chercher Carvin pour qu'il réponde à ses questions. Le stagiaire lit la première soigneusement rédigée sur un bloc de papier quadrillé :

— Pourquoi occupez-vous l'usine ?

Carvin est tenté de lui demander s'il est vraiment con ou s'il le fait exprès. Il se retient parce que, derrière ses lunettes rondes, le visage de Jean-Baptiste est enfantin :

— Nous occupons l'usine parce que, après l'annonce au CE d'une possible restructuration, nous avons tous reçu une lettre de la direction nous avertissant que le site sera définitivement fermé avant la fin de l'année, répond-il posément. Ce n'est pas une restructuration, c'est un assassinat. Or cette usine est viable, très viable même. Notre carnet de commandes est rempli et nous sommes à la pointe dans ce secteur. L'intersyndicale va d'ailleurs commander un audit indépendant pour le démontrer, chiffres à l'appui.

Jean-Baptiste, qui n'a pas vraiment écouté, lit sa deuxième question, écrite sous la première :

— Va-t-il y avoir des licenciements ?

Carvin est fixé : c'est un con, un demeuré aux cheveux gras, à la chemise sortant du pantalon. Cependant, il garde provisoirement ses conclusions pour lui.

— Si la Méka devait effectivement fermer, nous serions tous licenciés, explique-t-il. Trois cent quarante-sept emplois... sans compter les intérimaires et les sous-traitants. Un licenciement massif uniquement justifié par le fait qu'il faut, à toute force, contre toute logique industrielle, augmenter les dividendes des actionnaires.

Jean-Baptiste prend note. Il s'applique à lire sa troisième question, un peu plus longue que les deux précédentes :

— Sous quelles conditions la fermeture du site pourrait-elle être remise en cause ?

— Premièrement, si les pouvoirs publics font valoir les sommes considérables qui ont été attribuées

au groupe AMC[1] pour soutenir l'activité, sous forme d'aide directe ou de crédit d'impôts, sans compter des aides municipales à la Méka.

— Le groupe AMC ?

— La Méka est une filiale d'AMC, comme Ravo en Normandie ou la CTI dans la région parisienne. Le siège est à Detroit aux États-Unis... Nos vrais patrons sont des Américains tenus à la laisse par un fonds spéculatif...

Jean-Baptiste note sans comprendre, en hochant la tête pour se donner une contenance.

— Deuxièmement ? demande-t-il, les sourcils froncés.

— Deuxièmement quoi ?

— Pour la fermeture du site, vous avez dit « premièrement », alors je vous demande « deuxièmement » ?

Carvin ne peut s'empêcher de sourire. Si c'est ce qu'on leur apprend dans les écoles de journalisme...

— Deuxièmement... articule-t-il, très pédagogue. Deuxièmement, parce que la justice va être saisie des plaintes que nous allons déposer pour connaître l'usage qui a été fait de ces fonds publics.

Carvin s'assure que Jean-Baptiste a bien tout enregistré.

— Vous avez tout noté ou vous voulez que je répète ?

— Non, j'ai bien tout noté.

Carvin reprend, appuyant sur chaque mot :

— Troisièmement, parce que la mobilisation du personnel, en grève illimitée, prouve que nous sommes fermement décidés à ne pas nous laisser jeter à la rue comme des malpropres alors que ça fait des années que

---

1. American Mecanic Company.

nous nous levons à quatre heures du matin pour faire tourner cette boîte à un niveau d'excellence reconnu par tout le secteur.

Carvin attend la question suivante mais Jean-Baptiste n'en a pas préparé d'autre. Et aucune ne lui vient à l'esprit.

— Pas d'autre question ? s'étonne Carvin.

— Non, non, je n'en ai pas écrit... bredouille Jean-Baptiste, fourrant son bloc dans la plus grande poche de sa veste. Est-ce que je peux vous photographier ?

— Vous ne voulez pas plutôt photographier un groupe devant l'usine ?

— Ils m'ont dit de faire un portrait. Je ne peux pas... Je dois faire un portrait.

— S'ils vous ont dit ça...

Jean-Baptiste photographie Carvin tenant une enveloppe avec le timbre en forme de cœur et s'en va, soufflant, soupirant que ça ne l'amuse pas du tout de faire le chemin inverse, sur des routes défoncées, dans des paysages dévastés, au risque d'un accident ou même pire. Il ne sait que répéter :

— C'est l'Apocalypse, je vous jure, c'est l'Apocalypse... J'ai même vu une vache morte !

Réunion

Loin des intempéries, la direction de la Méka est réunie dans un salon de l'hôtel L'Ermitage, à Lille. Sont présents : Hubert Socko, le directeur de l'usine, de nationalité française mais culturellement, intellectuelle-

ment, politiquement, religieusement polonais à 100 % ; Fayet, le directeur adjoint ; Anath Werth, la DRH ; Antoine Bischoff, son amant, directeur administratif et financier ; Paul Lammert, le directeur commercial ; Raphaël Thorins, le directeur technique ; et maître Million, avocat, représentant la direction générale aux États-Unis.

Maître Million, au visage d'un blanc malsain, prend la parole :

— Bien entendu ils sont en grève, bien entendu ils occupent, bien entendu, c'était prévu... Je pense que cela ne surprendra personne.

Non, cela ne surprend personne.

— De toute façon, commente Socko, ils peuvent faire ce qu'ils veulent, la restructuration est inéluctable. Si on ne délocalise pas aujourd'hui, on robotisera demain. Comme ça, fini avec les trente-cinq heures ! Sans compter qu'un robot, ça travaille jour et nuit, ça ne prend pas de vacances ni de congés maternité et ça ne fait pas grève !

Million, agacé d'avoir été interrompu, demande s'il peut continuer. Socko, que ses propres réflexions réjouissent, ne l'écoute pas :

— Excusez-moi, maître, mais ces histoires de grève, d'occupation et tout le bazar moyenâgeux syndical, ça m'exaspère, c'est si régressif, si conservateur. Vous avez lu *Le Figaro* ? « La grève est un cancer ». Je suis d'accord. Si nous ne débarrassons pas nos entreprises de ceux qui représentent l'ancienne culture sociale, syndicale, ils ne cesseront jamais de combattre. Le monde moderne est en marche, à nous de marcher au moins aussi vite que lui et surtout pas de tenter de le freiner !

Enfin, il lui rend la parole :

— Je vous en prie...

— J'ai eu Detroit en direct. Nos instructions sont limpides, reprend l'avocat sans quitter Socko du regard. Vous lirez les détails dans le petit mémo que je viens de vous distribuer : nous fermons l'usine, dont les activités seront délocalisées en Serbie. Je m'occuperai des formalités auprès du tribunal. Nous réglons les indemnités légales, toutes les indemnités légales mais rien de plus les indemnités légales. Nous n'avons aucun mandat pour négocier quoi que ce soit d'autre. D'ailleurs à quoi cela servirait-il ? Ce ne serait qu'une perte de temps, y compris pour le personnel remis sur le marché du travail…

Anath Werth, la DRH, s'interroge à voix haute :

— Alors pourquoi annuler le CE prévu aujourd'hui ? Il est important que nous respections les formes. Plus vite nous agirons, plus vite cette affaire sera réglée.

À nouveau Socko intervient avant que Million ne le fasse :

— Je vais vous répondre ce que répondrait un ostéopathe si, comme moi, vous aviez des douleurs dans le dos : il ne faut jamais traiter le mal à chaud. Aujourd'hui, vous pouvez être certaine qu'ils sont tous le couteau entre les dents, qu'ils s'échauffent en AG interminables, que leur imagination fonctionne à la vitesse du vent cette nuit. Laissons-les mijoter trois ou quatre jours, le temps qu'ils se déchirent entre les durs, les mous et les indécis, et nous interviendrons dans le CE comme les porteurs de la raison avec un grand R.

Maître Million ne peut qu'approuver :

— Nous sommes jeudi, dit-il. Je suggère de reprendre contact avec les membres du CE après le week-end. Pas avant. Avant, c'est black-out total. De toute façon, ils en ont pour un bout de temps à nettoyer, après ce qui est tombé…

— Vous ne craignez pas que la presse s'étonne de ce délai ? demande Fayet, faisant circuler la cafetière. Parce que ça va sortir dans les journaux…

La remarque amuse l'avocat :

— Mon cher, la presse ne s'étonne que de ce qu'on lui désigne comme sujet d'étonnement ! Regardez, elle s'étonne bien que la pluie mouille et que le vent souffle. Pour le reste, je m'en charge…

— Le reste ?

— Si tout le monde en est d'accord je parlerai en votre nom, au nom du groupe. Je crois qu'il est inutile que vous apparaissiez nommément. Toute la communication passe par moi sous le contrôle du siège.

Socko, légèrement irrité, l'invite à détailler :

— Et que direz-vous en notre nom ?

L'avocat répond, ignorant le ton condescendant de la question :

— C'est très simple : premièrement, cette crise est spectaculaire et douloureuse pour nous. Nous sommes les victimes de la conjoncture internationale. C'est la mort dans l'âme que nous devons nous séparer de Mékamotor mais il n'y a, hélas, pas d'autre solution si nous voulons garantir l'emploi sur les deux autres sites du groupe ; deuxièmement, nous ne sommes pas opposés à la reprise de la Méka par un industriel, mais nous ne pourrons accepter qu'un repreneur développe la même activité que nous au risque qu'il devienne notre concurrent, ce qui serait d'ailleurs paradoxal étant donné la crise dans le secteur ; troisièmement, nous mettons en œuvre toutes les procédures de reclassement, de préretraite et les stages de reconversion qui faciliteront le retour à l'emploi des personnels qui ne pourront être transférés dans nos autres usines. Car l'emploi demeure notre souci majeur…

Million est applaudi. Son cynisme réjouit la compagnie.

— C'est vraiment ce que vous allez dire à la presse ? insiste Fayet, un sourire au coin des lèvres.

— Mot pour mot !

— Et ils le publieront ?

— Je prends les paris…

Personne ne s'y risque. C'est si gros que ça risque de marcher !

La réunion s'achève.

En quittant la salle, Antoine Bischoff s'arrange pour échanger quelques mots avec Anath Werth :

— Tu es libre à déjeuner ?

— Et toi ?

— Mon toit ne s'est pas envolé, à part un vieil églantier mes arbres sont toujours debout, mes enfants sont à l'abri, ma femme aussi et la Méka est en grève. Qu'est-ce qu'on peut dire ? Merci la tempête, merci la crise, j'ai tout mon temps…

Jouant les cruches, Anath bat des cils et soupire :

— Si tu me traites comme une reine, je veux bien me laisser inviter. Je meurs de faim !

— Tu veux manger comment ? Dans le luxe, sur le pouce ou à la romaine ?

— Tu veux dire allongée ?

Canapé

Le CE, prévu à dix heures, est reporté, la direction arguant de la tempête qui a perturbé les échanges pour

obtenir un délai supplémentaire afin d'informer complètement les membres du CE.

Carvin patiente pour être certain qu'aucun des dirigeants ne se présentera à l'usine. Mais à midi il n'en peut plus d'attendre. Chantal n'a pas répondu à son SMS. Il doit la voir, lui parler, la convaincre qu'elle se trompe sur lui et sur tout. Il ne parvient pas à penser à autre chose, à participer aux conversations qui se déroulent dans tous les secteurs de l'usine, dans les ateliers, au labo, dans les bureaux.

Une équipe se porte volontaire pour aller au ravitaillement, Carvin profite de sa sortie pour filer chez lui, promettant d'être de retour pour la nouvelle AG convoquée après déjeuner.

Le stagiaire de *La Voix du Nord* ne mentait pas. Sur la route, c'est l'Apocalypse, en campagne comme dans les hameaux. Partout les agents de l'ERDF s'activent à rétablir l'électricité, les cantonniers dégagent les arbres morts, la solidarité s'organise entre voisins, entre communes. Même s'il roule le plus vite qu'il le peut, Carvin a le temps de voir un gros déploiement de secours autour d'une église dont un clocheton est tombé sur le chœur, arrachant tout, éventrant tout, entraînant dans sa chute bois, fer, pierre sur les marches en marbre, sur les dalles et les bancs. Soudain, il craint pour Océane et pour Chantal.

Mais, à peine a-t-il ouvert la porte de chez lui, qu'il comprend que Chantal est partie. Tout est parfaitement rangé, propre, en ordre. Seule une odeur de pain grillé laisse deviner que, récemment encore, une famille habitait là. Carvin ne serait pas plus embarrassé, plus désorienté s'il visitait un meublé à louer. Il referme

lentement la porte avec son dos et reste un instant immobile contre le chambranle.

Il n'y a plus rien dans la chambre d'Océane.

Plus un vêtement, plus un jouet. Pas même le petit matelas de son lit. Chantal a tout pris, tout emporté avec elle. Carvin croise son visage dans le miroir coccinelle fixé au-dessus de la table à langer. Il trouve qu'il a vieilli de dix ans d'un coup, à moins que ce soit son véritable visage qu'il voit pour la première fois. Carvin ferme les yeux, plaque sa main sur sa bouche et sort de la chambre comme si la douleur qu'il ressent s'apprêtait à le dévorer.

À tout prendre il aurait préféré retrouver la maison retournée, les rideaux déchirés, les meubles brisés, la vaisselle en miettes. Cet ordre militaire, cette propreté maniaque, l'agresse plus que s'il y avait des tags sur les murs, une poubelle renversée, un évier débordant d'eau grasse.

Le silence l'étouffe, le hérisse.

Carvin fait quelques pas jusqu'au coin cuisine, sans but précis, pour se sentir en mouvement, pour être dans l'espace du quotidien. Il veut boire, manger un petit quelque chose, combler le vide qui l'oppresse. Il sort du frigo un reste de comté, mais cela ne lui dit rien. Pas plus que le pain posé sur une étagère où s'entassent les boîtes de conserves, des bocaux vides, des cartons de céréales à moitié entamés. Tous alignés à côté des livres de cuisine. Tous classés par taille, du plus petit au plus grand, calés par un horrible singe en plâtre souriant de toutes ses dents au-dessus de l'inscription *BONHEUR*. Carvin a envie de tout balancer, de tout casser, les boîtes, les bocaux, les livres, de jeter le singe et son bonheur à la poubelle, mais il se contient.

Si Chantal et Océane revenaient ?

Il prend un verre, ouvre le robinet et laisse l'eau déborder, sans boire une goutte, incapable d'avaler quoi que ce soit. Puis, comme s'il était soudain impératif de sortir un couteau, une fourchette, il ouvre le tiroir du buffet et demeure interdit. Ce qui, il y a encore un instant, était familier est devenu étranger, agressif, désespérant. Carvin essaye de se raisonner. C'est impossible. Le lino imitation marbre jauni, les meubles, les ustensiles, les torchons, les couverts, les aliments sont sans mémoire, sans pensées. Il veut refermer le tiroir aussi brusquement qu'il l'a ouvert, mais la force lui manque. Le chagrin l'emporte comme la mer se retire. L'amour s'est brisé contre la vie courante. Il pleure, pourquoi dresser l'inventaire des offenses réciproques ? Des blessures ? Des erreurs ? Il se sent mal devant les couverts comme s'il avait devant les yeux tous les morts de sa famille depuis la nuit des temps. Comme s'ils le mettaient en accusation.

Carvin se laisse tomber sur le canapé où son prénom est écrit en gros sur une feuille de papier à lettres pliée en quatre. Il s'essuie les yeux d'un revers de manche. Le message de Chantal tient en peu de phrases :

Je te l'écris puisque tu ne veux pas l'entendre : je veux divorcer. J'ai pris la voiture malgré le temps. Je pars habiter chez ma mère en attendant de me retourner. Océane est avec moi. Je ne sais pas quand tu pourras descendre la voir. Viens quand tu veux mais, simplement, préviens-moi pour être sûr que nous soyons là. Pour le divorce, je crois qu'il vaudra mieux prendre le même avocat, ça évitera les frais. Je préfère que tu m'écrives plutôt que de me téléphoner. Je te rappelle l'adresse de maman...

Carvin chiffonne la lettre et la lance devant lui.

Chantal et Océane roulent vers Perpignan !

Comment veut-elle qu'il aille à Perpignan ? Qu'il y aille maintenant qu'ils sont en grève, qu'ils occupent l'usine, que les hostilités sont déclenchées ?

— Maintenant... murmure-t-il, comme s'il craignait que quelqu'un l'entende.

L'heure tourne.

Carvin ne bouge pas du canapé, saisi par la profondeur du silence.

Il attend sans savoir quoi, sans pensées, sans rêves, la tête lourde. C'est un demandeur d'emploi qui souhaite être reçu, un patient espérant une consultation, un damné dans l'antichambre de l'enfer. Son cœur est partagé entre la douleur et la colère. Cela fait six ans qu'ils vivent ensemble, avec Chantal, huit qu'ils se connaissent, quatre qu'ils sont mariés, juste après la naissance d'Océane. Carvin a d'abord connu Muriel, la sœur aînée de Chantal, une collègue de Geneviève, la femme de Weber, et de sa propre sœur Sophie qui faisait les mêmes études qu'elles. Il avait rencontré Muriel dans une manif pour protester contre l'expulsion de travailleurs sans papiers. Une fille formidable, toujours prête à rire, toujours prête à faire la fête, de bonne humeur, sans tabous, sans chichis, une beauté nature assassinée par un dingue un jour qu'elle rendait visite à une famille dans une cité. Même les télévisions en avaient parlé...

La mort de sa sœur avait rapproché Chantal de Carvin. Avant, ils ne se voyaient que de loin en loin, toujours chaperonnés par Muriel. La première fois qu'ils couchèrent ensemble, Carvin découvrit qu'à vingt ans Chantal était encore vierge, qu'il était le premier. Elle avait eu des flirts, des copains, mais sans aller plus loin que des promenades au bord de la mer, des séances de

cinéma ou des tours à la ducasse, jamais vraiment de petit ami. Elle était timide, réservée, avec parfois des accès de colère qui stupéfiaient son entourage par la violence de ses mots et de ses gestes. C'est ce qui avait plu à Carvin. Chantal était une bombe de sentiments dans un corps aux rondeurs émouvantes. Une amoureuse ardente cachée dans un biscuit en porcelaine.

La naissance d'Océane avait été une grande joie mais une source d'ennuis aussi. Chantal avait dû arrêter de travailler dans le salon de coiffure qui l'employait. La santé fragile de la petite réclamait qu'elle s'en occupe tous les jours. Ils n'avaient plus que le salaire de Carvin pour vivre. Parfois Chantal parvenait à trouver des clientes qui se faisaient coiffer à domicile. Mais c'était rare, épisodique. La plupart du temps, elle restait chez elle à soigner le bébé, à faire le ménage, les courses, la cuisine, sans voir beaucoup de monde. Elle tournait en rond, s'abîmait dans la lecture de magazines, se laissait aller. Elle avait grossi. De son côté, Carvin militait de façon de plus en plus active. Aucune cause ne lui semblait étrangère. Il était sur tous les terrains, sur tous les fronts. Non seulement à Mékamotor, mais hors de l'entreprise, luttant pour les retraites, l'augmentation des salaires, les SDF, les sans-papiers…

Carvin rattrape avec son pied le mot de Chantal pour le relire.

Huit ans de vie peuvent-ils être réduits à ce papier chiffonné ?

Le quotidien, l'ordinaire les ont-ils rejetés sur les bords d'un fleuve si large qu'ils ne peuvent se rejoindre ?

Sa vue se brouille. Les lignes s'entremêlent, les lettres dansent la gigue, le papier flotte au milieu de vagues.

Est-ce une lettre d'amour ou une lettre d'adieu ?

Carvin cligne des yeux, force son attention, rien n'y fait. Il est là mais il n'est plus là. Il s'absente, disparaît dans un trou noir. Il ne voit plus, n'entend plus, ne sent plus rien. Dehors, c'est la pétarade ordinaire des jeunes qui font les zouaves avec leurs mobylettes, l'appel rageur des klaxons de ceux qui ne peuvent sortir du parking ou sont coincés dans la rue, le roulement sourd des camions du chantier voisin, les cris, les jurons, l'écho lointain des enfants qui jouent dans la cour de l'école, les sirènes des pompiers et de la police. Les bruits de la ville, les bruits de la vie qui lui parviennent comme s'il était hors du temps, dans un éther où plus rien ne compte, plus rien ne pèse. Soudain, comme on se réveille en sursaut, Carvin pense qu'il n'aura pas la force de mener deux guerres à la fois. L'une contre Chantal, l'autre contre les patrons de la Méka.

Deux guerres...

Contre Chantal il a déjà perdu. Elle détient une arme imparable : leur fille Océane. Jamais il ne fera quelque chose qui puisse lui nuire, la tourmenter, la chagriner. Si sa mère veut la garder près d'elle, elle la gardera. Et elle le voudra, sinon elle ne l'aurait pas emmenée.

Chantal aurait-elle quelqu'un ?

Non, il le saurait.

Voudra-t-elle refaire sa vie avec un autre ?

Peut-être...

Ce serait le pire pour Carvin.

Non pas parce qu'un autre homme partagerait le lit de Chantal, mais parce que cet autre homme verrait sa fille grandir, lui volerait les jours d'Océane. Ces moments si précieux où rien ne semble important, où tout est essentiel. Il ne la verrait plus sucer son pouce en tortillant une mèche de ses cheveux, il ne l'entendrait plus appeler « Papa ! » pour qu'il prépare son petit

déjeuner aux premières heures du jour, il n'aurait plus à la convaincre de sortir couverte en hiver et aux beaux jours sans son manteau préféré, sa cagoule et des bottes…

Carvin n'ose penser qu'il ne verra plus Océane qu'à heure fixe, des jours fixes, comme on visite les prisonniers au parloir. Il repousse cette idée, la récuse, serre les poings, prêt à combattre la terre entière pour garder sa fille. Mais qui combattre quand il n'a devant lui que du vide ? Un vide où il se sent tomber plus vite qu'Icare est tombé du ciel.

Contre la Méka, c'est une autre histoire. Il n'est pas démuni, même si les patrons pensent que les armes des ouvriers ne sont que des hochets d'enfants plaintifs. Il doit d'urgence convaincre les autres de refuser d'entrer dans le scénario écrit par la direction. Refuser même d'en discuter le moindre terme. Il ne s'agit plus de défendre son boulot, son salaire, la survie de l'entreprise. Il s'agit d'autre chose, de bien plus vaste, de bien plus important : penser un autre monde possible. L'inventer par la lutte. Ses idées sont claires, son corps musclé. Il est inconsolable. Il n'a plus rien à perdre. S'il pleure, c'est en dedans, et ses larmes le trempent comme l'acier le plus dur. Désormais son chagrin fait sa force.

Privé de sa fille, Carvin choisit sa guerre.

Geneviève

Geneviève, la femme de Weber, tombe sur Carvin au moment où il sort de son immeuble pour retourner à l'usine.

— Chantal est là ? demande-t-elle, émergeant d'une sorte de brume qui se lève lentement du sol.

— Elle est partie, répond Carvin, se penchant pour l'embrasser trois fois sur les joues.

— Elle est sortie ?

Même si ça lui coûte, Carvin annonce sans détour :

— Non, elle a tout embarqué et elle a fichu le camp avec Océane.

— Elles sont où ? demande Geneviève, sans montrer d'émotion, très calme, parfaitement dans son rôle d'assistante sociale.

— Chez la mère de Chantal, à Perpignan.

Geneviève reçoit la nouvelle avec un petit grognement.

— Tu crois que c'est temporaire ou définitif ?

— J'en sais rien, admet Carvin.

— T'as envie qu'elles reviennent ?

— Bien sûr, et vite, mais, sincèrement, je ne sais pas ce que Chantal veut faire.

Pourquoi se mentirait-il ? Il avoue, il sait, il sait très bien :

— Je crois qu'elle ne reviendra pas.

Geneviève baisse la tête, l'aveu l'embarrasse :

— J'arrive trop tard ? s'excuse-t-elle, comme prise en faute.

— Non, ça n'aurait rien changé.

— T'es sûr ?

— Non. Oui. Peut-être… Qui sait ?

La lumière est douce et blanche.

Ils se taisent un instant tandis qu'une ambulance passe, sirène hurlante.

— Tu te souviens de cette manif où avec ma sœur vous m'avez présenté Muriel ? demande Carvin en se dirigeant vers sa moto.

Geneviève l'accompagne.

— Oh, lala ! Ça fait des lustres ! dit-elle, allongeant le pas.

Carvin tape des mains et du pied pour faire s'envoler devant lui trois pauvres pies qui picorent un reste de pain.

— Pourquoi tu les chasses ? s'étonne Geneviève.

— Parce qu'il n'y a plus rien à espérer ici, répond-il, l'œil noir.

Et, comme s'il voulait chasser ce qu'il vient de dire aussi vite qu'il a chassé les oiseaux, il marmonne :

— Il y a un truc que je me suis souvent demandé. Qu'est-ce qu'auraient été nos vies si, ce jour-là, j'étais parti avec toi plutôt qu'avec elle…

— Tu crois que ça aurait pu se faire ?

— Pas toi ?

Carvin ne doute de rien ! Geneviève sourit, émue de raviver les souvenirs de leurs sorties en bande qui se finissaient toujours à pas d'heure. C'était le bon temps…

— C'est vrai que tu me plaisais, concède-t-elle, mais ça ne risquait pas. J'étais déjà enceinte de Marilou…

— Weber le savait ?

— Il l'a su ce soir-là ! Et dans l'instant il m'a demandé ma main. Aussi vite, j'ai dit oui !

Carvin se gratte la tête comme le ferait un vieux bonhomme.

— Il a combien de plus que toi ?

— Quinze ans.

— Et tu t'en foutais ?

Geneviève remonte le col de son manteau, le froid le transperce ; elle est frileuse, c'est vrai, un rien la glace.

— Ça ne me dérangeait pas, au contraire, même, ça me rassurait qu'il ait déjà eu une vie avant moi.

— D'autres femmes ?

— Et alors ? Je n'étais pas vierge non plus ! Aujourd'hui nous avons trois enfants et, c'est con à dire, mais je l'aime peut-être encore plus qu'au premier jour. Je suis sa femme et c'est mon homme. Et puis, à cinquante ans, il est pas si vieux que ça !

— Mais moi, j'ai le même âge que toi, fait remarquer Carvin, comme s'il ne se résolvait pas à la laisser filer.

— T'avais surtout le même âge que Muriel ! s'exclame Geneviève. Et finalement tu as épousé sa sœur qui avait cinq ans de moins… Tu vois que l'âge ça ne compte pas. Tu regrettes d'avoir épousé Chantal ?

— Non, je n'ai aucun regret, dit-il, par affection, par fidélité. Je ne veux me souvenir que des belles choses que nous avons vécues ensemble.

Geneviève connaît Carvin depuis trop longtemps pour accepter ce qu'il dit sans discuter.

— Sois honnête, dit-elle, si Muriel n'avait pas été assassinée, c'est elle que tu aurais épousée.

— Oui, puisque je ne pouvais t'épouser toi, répond Carvin, enfourchant sa moto.

Geneviève s'éloigne en lui adressant un geste d'au revoir.

— Ça n'aurait jamais duré, tous les deux ! lance-t-elle, marchant dos au vent.

— Qu'est-ce que t'en sais ?

Geneviève met ses mains en porte-voix. Elle crie, mais pour Carvin seul :

— Tu aimes trop les femmes pour n'en aimer qu'une seule !

Paroles de dirigeants

Christine Lagarde (ministre de l'Économie) : « Le cap de la politique économique, conforté par la fin de la récession […], sera maintenu […] bien que le chômage devrait augmenter pendant encore quelques trimestres. »

Alain Minc (économiste) : « En période de crise, il n'y a qu'en France qu'on connaît cette culture de la grève pour réclamer quelque chose. Cette gréviculture très française, on ne voit ça nulle part au monde. »

Prime

L'AG a commencé depuis dix minutes quand Carvin revient à la Méka. Tout le personnel est réuni dans l'atelier n° 1, y compris les mères de famille absentes la veille, dont plusieurs sont accompagnées de leurs enfants, à cause de la fermeture provisoire des écoles à la suite des intempéries. Carvin ne veut pas se mêler tout de suite à la discussion provoquée par le report du CE. Coiffé de sa casquette noire marquée « Sud », la visière rabattue sur les yeux, il va s'asseoir dans un coin et, les bras serrés autour de ses genoux, il écoute, replié sur lui-même, sur le départ de Chantal, sur l'absence d'Océane.

C'est encore la question de la prime qui les agite.

Laugier, un gros chauve des bureaux, a la parole :

— Les licenciements ne sont pas encore entérinés mais, à partir du moment où c'est dit, c'est comme si c'était fait. Nous ne devons pas nous voiler la face. La Méka, c'est déjà du passé même si nous sommes encore là à en discuter. Une question : pour combien de temps ?

Timbault renchérit :

— C'était fatal, ça devait arriver. Ça arrive partout, pourquoi ça n'arriverait pas ici ? C'était inévitable.

Laugier insiste :

— On sait très bien qu'on ne pourra pas lutter. C'est le pot de terre contre le pot de fer. En revanche, quand les boîtes font des bénéfices, comme ici, on peut obtenir des primes plus importantes.

— C'est vrai, approuve sa collègue Mme Gobert, déléguée FO, si on ne réussit pas à sauver l'emploi, faut réorienter notre lutte pour obtenir des primes. Vous pouvez être certains que ceux de la direction en auront, eux, et des belles ! Et je n'oublie pas les périodes de reclassement…

Laugier a une belle-sœur qui fait du recrutement :

— Elle m'a découpé un article dans *Les Échos* sur le groupe. À Detroit, ils se félicitent d'avoir « un excellent *cash flow* » et ils ont même reçu le prix d'une association de managers pour saluer un trimestre record « malgré la crise ». Vous savez combien ils ont fait de bénéfice en trois mois ? 666 millions d'euros !

— 666 ? demande Monnier. T'es sûr du chiffre ?

— Oui, pourquoi ?

— Parce que, dans la Bible, 666, c'est le chiffre de la Bête, du Démon, de l'Antéchrist !

Il y a ceux que cela effraye, ceux qui rient, ceux qui applaudissent et ceux qui ne veulent pas entendre

parler de superstitions religieuses, mais Monnier persiste, pour lui le symbole est significatif : 666 !

— Il ne faut pas rêver, dit Laugier, insistant pour continuer sa démonstration, s'ils veulent nous virer, ils nous vireront. Même si on tient le siège pendant deux ans comme je ne sais plus quelle boîte dans les années quatre-vingt ! Alors, pour moi, il n'y a qu'un objectif : que nous ayons notre part de ce « record ». Une vraie part. Une part conséquente du gâteau. Vous savez ce qu'on dit : « Mieux vaut arriver borgne au paradis qu'en enfer avec ses deux yeux ! »

Corda donne de la voix pour se faire entendre :

— Eh bien moi, je préfère aller en enfer les yeux grands ouverts. Ce que j'y verrai ne sera pas pire que ce que je vois sur terre.

Et, le ton grave :

— Le problème, c'est qu'on est seuls et que, si on le reste, à ce moment-là, Laugier a raison, on est morts de chez mort.

Corda développe son idée tant qu'il la tient.

— Dans tous les trucs qui se passent en ce moment, dit-il, ce qui me frappe, c'est que personne ne semble s'intéresser aux luttes qui ont lieu des fois à peine à quelques kilomètres. Regardez, à Hénin, ça fait au moins quatorze jours que la Zitex est en grève. Est-ce qu'on y est allés pour les soutenir ? Est-ce qu'on leur a parlé ? Est-ce qu'on a proposé de les aider ? Non. Rien. On ne veut pas savoir, on ne veut pas voir. On fait comme s'ils n'existaient pas. On est comme les trois singes, un qui se cache les yeux, l'autre qui se bouche les oreilles et le troisième qui s'empêche de parler. Tout le monde mène sa bagarre dans son coin sans penser à celle du voisin, comme si ça n'avait aucun lien. Moi, je crois qu'on n'aurait pas ces discussions, prime ou pas

prime, stages ou pas stages, si on était capables d'élargir notre combat à toutes les autres boîtes qui sont dans la même situation que nous… Et même à celles qui ne le sont pas, ne serait-ce que dans le groupe, comme Ravo et la CTI ! C'est-à-dire avoir une vraie perspective politique, pas seulement syndicale ou corporatiste.

Weber applaudit :

— Corda a raison ! D'ailleurs il y en a d'autres qui ont réussi à faire ce qu'on n'est pas capables de faire. Chez Freescale, où plus de mille emplois sont menacés, ils ont fait une manif commune avec ceux de TDF et ils veulent remettre ça avec Molex, EDF, Continental, Milan Presse, Orange et même des universités…

— Oui, mais les manifs communes ça ne suffit pas, complète Corda, ce sont les luttes que nous devons mener en commun ! Les luttes, la bagarre, les occupations, pas seulement les marches de protestation. Dans toutes nos entreprises nous sommes confrontés à la même gestion, à des logiques financières et non industrielles. En réalité, nous faisons tous partie d'une seule et même entreprise, unis par une seule et même colère. Il faut arrêter d'être compréhensifs, d'êtres responsables, d'être polis, il faut que cette colère embrase tout le pays !

— Élargir les luttes, ça, c'est le boulot des syndicats ! lance quelqu'un.

Weber se sent visé :

— Tu crois qu'on reste là sans rien faire ?

— Concrètement, qu'est-ce que vous faites ?

— T'es syndiqué ?

— Non.

— Ben voilà. Si tu l'étais tu saurais qu'on se bat tous les jours, qu'on utilise tous les recours pour le maintien de l'emploi, que nous commandons des expertises pour

démontrer les erreurs stratégiques de nos dirigeants, que nous veillons au respect de l'application des conventions collectives, que nous consultons des experts juridiques ou industriels comme le cabinet Syntex...

— Avec ça, si tu prends pas ta carte ! rigole Chavarre, donnant un coup de coude à son voisin.

L'homme grogne :

— À quoi ça me servirait de prendre ma carte maintenant si on doit être virés ? Je préfère garder mon pognon pour autre chose.

Carvin se lève et s'approche de lui en se grattant le front sous sa casquette :

— Tu t'appelles comment ?
— Sidot.
— T'es dans quel atelier ?
— Au 6, à la peinture. Pourquoi ?
— Parce que, Sidot du 6, tant que les patrons auront des animaux domestiques comme toi, ils pourront dormir tranquilles.
— Je t'emmerde.
— C'est pas vrai ce que je dis ?

Sidot se redresse d'un bond :

— Tu me cherches ?
— Je ne te cherche pas, je t'ai trouvé. Tu ne penses pas plus loin que le bout de ta prime. Tu ne penses pas, d'ailleurs. Ou, plutôt si, tu ne penses qu'à toi. T'as entendu Corda. C'est ça, la plus grande victoire du patronat, de la droite, des libéraux, appelle-les comme tu veux ! Fourrer dans la tête des ouvriers qu'ils ne doivent penser qu'à eux, à leur famille et se foutre des autres.

Carvin n'attend qu'une chose, qu'ils en viennent aux mains. Que Sidot bouge le petit doigt pour lui rentrer dans le lard. Pour décharger contre lui son trop de

solitude, pour lui faire payer le départ de Chantal et de la petite, pour éteindre sa souffrance à coups de poing. Il est là, debout, dressé dans sa colère face à l'autre dont la peau suinte par tous les pores le mépris, la lâcheté, la sournoiserie rampante.

Weber s'interpose :

— Vous perdez la tête, les mecs. Vous croyez que c'est le moment de vous foutre sur la gueule ?

— Il n'a pas à dire des trucs pareils, grince Sidot, qui fait face, même s'il n'en mène pas large.

— Tu veux que je le répète ? provoque Carvin.

Weber les écarte d'un geste autoritaire :

— Faites pas chier. Vous n'êtes pas d'accord. Très bien, vous n'êtes pas d'accord. Maintenant faut laisser dire aux gens ce qu'ils ont à dire. Alors allez chacun dans votre coin et fermez-la !

Djuna

Djuna, la rousse des Achats, s'approche discrètement de Carvin. Elle a bien vu que c'était lui qui cherchait la bagarre.

— Vous vous êtes encore engueulés avec ta femme ? s'inquiète-t-elle, sans le regarder.

Carvin n'a pas un geste vers elle. Une froideur inhabituelle pour un homme d'ordinaire câlin, au risque de se faire repérer.

— Elle est partie chez sa mère, à Perpignan, déclare Carvin, tête basse. Océane est avec elle...

— Oh putain !

Le cri lui a échappé. Heureusement, personne ne l'a entendue.

— Qu'est-ce que tu vas faire ?

— Je ne sais pas. Avec ce qui se passe ici, je suis pieds et poings liés.

— Si ça se trouve, elle va revenir…

Retrouvant ses manières ordinaires, Carvin, calme et tranquille, appuie doucement son épaule contre l'épaule de Djuna :

— Elle sait pour nous…

— Tu déconnes ?

— Je ne sais pas ce qu'elle sait, mais elle sait qu'on se voit.

— Quelqu'un nous a balancés ?

Ils se taisent alors que Weber harangue les autres :

— Les prétendues « actions violentes » ne choquent que lorsqu'il s'agit d'ouvriers ! Les actions violentes des paysans ne choquent personne. Les paysans peuvent faire ce qu'ils veulent. Ils peuvent faire flamber le parlement de Bretagne, déverser des tonnes de fruits ou de fumier devant les préfectures, hacher menu les CRS, c'est normal. Ils jouissent d'une immunité complète. Pourquoi ? Parce que ce sont des propriétaires ! Qui plus est des propriétaires terriens. Et, en France, personne n'ose contester ou attaquer la propriété, surtout la propriété de la terre. Les socialos pas plus que la droite. Tous d'accord avec Pétain : la terre ne ment pas ! Les ouvriers, qui eux sont des salariés, s'ils en font moins du centième, ils sont traînés devant les tribunaux et condamnés. Les paysans, jamais. Ils ne sont pas arrêtés, pas même inquiétés. Et je ne parle pas de la violence patronale, dont personne ne semble connaître l'existence dans les médias ; comme si c'était aussi grossier de l'évoquer que de péter à table ; comme si les

patrons étaient de tendres moutons entourés de loups féroces prêts à les dévorer !

Tandis que Weber enchaîne sur le rôle des télévisions et des radios dans la pression que le gouvernement exerce sur la population, Carvin glisse à Djuna l'inévitable question :

— Et ton mari, tu crois que... ?
— Je suis prudente, répond-elle. Je me force.
— Tu te forces à baiser avec lui ?

Djuna baisse les yeux, l'aveu l'humilie :

— Je suis bien obligée de passer à la casserole si je ne veux pas qu'il se doute de quelque chose...

Téléphone

L'AG est provisoirement suspendue pour laisser le temps à l'intersyndicale de se réunir. Avant de rejoindre les autres délégués, Carvin s'isole pour téléphoner à sa belle-mère.

— Bonjour Mireille, c'est Lucas, vous pouvez me passer Chantal ?
— Elle n'est pas là.
— Elle n'est pas arrivée ?
— Elle est partie en Espagne.
— Quoi ?
— Christian lui a trouvé une chambre à côté de la sienne. Il lui offre le séjour. Je l'ai à peine vue...
— Océane est avec elle ?
— Où voulez-vous qu'elle soit ?
— Donnez-moi le numéro de téléphone, je dois lui parler.

— Je ne l'ai pas. Je ne sais même pas où ils sont. Au bord de la mer, mais où ?

— Vous ne vous souvenez pas du nom de l'hôtel ?

— Vous savez, moi, l'espagnol…

— Comment Chantal a-t-elle pu aller en Espagne avec Océane ?

— La petite est sur son passeport et puis c'est l'Europe…

— Elle revient quand ?

— La semaine prochaine. Dites donc, j'ai vu à la télé, ça a drôlement soufflé chez vous. On a vu les dégâts…

Carvin coupe court.

— Si elle vous appelle, dites-lui de me joindre, c'est urgent.

— Vous êtes toujours en grève ?

— Oui, et ça se durcit.

— Ça va être long ?

— J'en sais rien, en tout cas je ne suis pas près d'aller en Espagne prendre des vacances.

Intersyndicale

Weber prend l'initiative d'ouvrir la séance dès qu'ils sont installés dans la salle de réunion, une pièce nue au-dessus de la ligne de fabrication n° 4.

— Carvin avait raison d'être sceptique, ils ne sont pas venus et on ne sait pas ce qu'ils complotent. Nous n'avons eu personne en direct, seulement un mail émanant du cabinet d'avocats qui conseille le groupe. Il nous informe que « le CE est reporté à une date ulté-

rieure », la tempête, la crise, les complications administratives, les communications avec Detroit, la direction a besoin de temps, etc., etc., le baratin habituel sur leur désir de préserver l'emploi, de garantir les droits du personnel, j'en passe et des meilleures...

— Le CE reporté ou annulé ? demande Mme Gobert, élue FO. Je n'ai pas vu le mail...

— Le mail dit « reporté »... Ils ne peuvent pas l'annuler sans se mettre en tort.

Étienne Rolland, CFDT, veut savoir si quelqu'un a répondu à la direction.

— Non, personne, dit Weber. On est justement ici pour ça.

— Ça ne doit pas être très difficile de trouver l'adresse de Socko ou de Mme Werth, fait remarquer Monnier de la CGC. Socko, je sais qu'il a une maison à Croix et le mari de Mme Werth enseigne à la fac...

Carvin feint de s'étonner :

— Tu veux passer à « Action directe », aller tirer dans le tas ?

— Je ne plaisante pas, dit Monnier, je trouve ça d'une grossièreté inadmissible que nous soyons traités de cette façon ! Ces gens n'ont aucune morale, aucune classe.

— C'est vrai, dit Mme Gobert, déjà le timbre avec le cœur c'était dur à avaler, mais là vraiment ils se fichent de nous !

Étienne Rolland ne veut pas perdre son temps à discuter de l'attitude des patrons :

— Est-ce qu'on pouvait s'attendre à autre chose ? Non. Au CE ça m'a toujours frappé. Quand Socko intervenait, c'était jamais pour soutenir ses cadres, mais toujours pour les désavouer ! Vous vous souvenez de

sa formule : « Si tu veux être aimé, prends-toi un chien. Dans les affaires, fais-toi respecter. »

Il soupire :

— Entre eux, ce sont des chiens, alors vous pensez, vis-à-vis de nous...

— OK, dit Weber, avançons.

— Moi je vais trouver l'adresse de Socko, s'obstine Monnier. Et de Werth et de tous les autres. Ils verront ce que ça fait de recevoir du courrier comme ils nous en envoient. S'ils pensent que nous sommes totalement idiots, faites-moi confiance, ils vont vite déchanter !

Weber le félicite de son initiative, même s'il est un peu étonné d'une telle détermination chez un homme d'ordinaire si mesuré, si gris.

Il continue sur sa lancée :

— J'en ai entendu plusieurs dire « on ne peut rien faire », « de toute façon c'est comme ça », « ils savent bien qu'ils gagneront toujours », « c'était fatal que ça nous tombe dessus, avec tout ce qui se passe ailleurs ».

Weber frappe du plat de la main sur la table :

— C'est un mot que je ne veux plus entendre, assène-t-il, le mot « fatalité » ! C'est un mot que nous devons rayer de notre vocabulaire ! Ce qui nous arrive n'est pas le résultat d'une puissance céleste qui exercerait son pouvoir contre nous. Ceux qui ont décidé notre mort sont des sectateurs du dieu profit, auquel ils nous sacrifient sans aucun problème de conscience.

— Tu veux dire que nous ne devons pas avoir non plus de problèmes de conscience ? blague Carvin, sourire en coin.

Weber ne se laisse pas entraîner sur ce terrain :

— Je sais où tu veux en venir, mais pour moi ce n'est pas la question. L'alternative est simple : ou on se dit, comme Laugier, quoi qu'on fasse, quoi qu'on fera,

c'est mort et autant s'en sortir le plus honorablement possible ou, comme je le pense, on se dit qu'on est capables de les faire plier. Et, là, il faut savoir jusqu'où nous sommes prêts à aller. C'est ça le choix. Donc : qu'est-ce qu'on choisit, la lutte – et quelle forme de lutte – ou la négo – et jusqu'où ?

— Tu viens de dire que tu ne veux plus entendre le mot « fatalité », répond Carvin, prenant tout le monde de vitesse. Moi, il y a une attitude que je ne supporte plus : celle du hérisson. Celle qui consiste à se rouler en boule en espérant que les prédateurs passeront leur chemin. Les prédateurs d'aujourd'hui roulent en trente-cinq tonnes et se foutent des hérissons, même roulés en boule. Ils les écrasent. Alors, s'il n'y a pas de fatalité à se faire écraser, c'est clair : nous pouvons nous battre, nous devons le faire, il n'y a pas d'autre choix. Mais je répète : cela ne signifie pas pour moi de passer obligatoirement par les voies traditionnelles de la lutte sociale.

Mme Gobert ne saisit pas ce que Carvin réclame :

— Qu'est-ce que tu veux dire par les « voies traditionnelles » ?

— Les « voies traditionnelles » c'est ce que nous vivons en ce moment, ce que vivent ceux de la Zitex et des tas d'autres usines dans un tas d'autres conflits. Tous conduits de la même manière, tous aboutissant au même résultat : la porte pour les ouvriers, les dividendes pour les actionnaires. Nous ne devons pas les imiter, sauf à vouloir se suicider. Selon moi, il faut donner une date butoir à la direction pour régler le problème et, si ça ne se règle pas à notre avantage, passer à des actions plus violentes. Un point, c'est tout.

— Je ne suis pas pour la violence ! proteste vigoureusement Mme Gobert. Ah non, je refuse la violence. Je la refuse !

— Calme-toi, moi non plus je ne suis pas pour la violence, répond Carvin, posant sa main sur le bras de Mme Gobert pour la rassurer. Mais tu dois comprendre que nos patrons non seulement sont pour, mais ne se contentent pas de l'approuver, ils l'exercent dix fois plus que nous. Et, comme l'a remarqué Weber, « sans aucun problème de conscience ». Tu ne trouves pas ça particulièrement violent de mettre quatre cents personnes au chômage et de rayer de la carte une usine hyper-performante parce que ça peut te rapporter cent sous de plus dans les pays de l'Est ou en Chine ?

— C'est pas pareil.

Carvin s'enflamme :

— T'as raison, c'est pas pareil, c'est pire. C'est pire parce que c'est feutré, hypocrite, cynique. C'est pire, d'une, parce qu'on te dit clairement que tu comptes pour rien, que tu ne vaux rien, que tout ce que tu as fait pour l'entreprise n'a jamais rien valu, que tu ne mérites rien, pas même le minimum de respect, puisqu'on t'envoie des timbres farces pour t'annoncer ton licenciement. T'as plus de nom, plus d'identité, plus d'histoire, t'es une variable d'ajustement. Deuzio, c'est pire parce que les patrons soutenus par les médias réussissent à te fourrer dans la tête, à fourrer dans la tête des salariés qui se défendent, que les violents ce sont eux, qu'en se dressant contre la direction, les actionnaires, ils sont des délinquants, des voyous, des archaïques qui ne comprennent rien aux règles modernes de l'économie et de la gestion. Conclusion que tu peux lire dans tous les journaux et entendre à la télé : si les entreprises ferment, ce n'est pas la faute des patrons, mais celle des ouvriers et des employés irresponsables !

Pour une fois, Monnier est sur la même longueur d'ondes que Carvin :

— C'est vrai, il a raison. Nous avons le droit et la morale de notre côté. Je suis chez Méka depuis plus de seize ans, j'estime que cela mérite du respect, oui, du respect, de la considération. Or, comme Carvin vient de le souligner, nous sommes totalement méprisés. Je refuse d'avaler ça !

Weber laisse Monnier retrouver son calme et propose d'avancer. Il veut mettre les propositions noir sur blanc pour expédier la réponse sans délai :

— Alors, on réclame une prime ou pas ? Ceux qui sont pour la prime lèvent la main...

Pas une main ne se lève. Carvin constate avec satisfaction qu'il les a convaincus. Weber prend acte avec une petite moue de scepticisme :

— Pas de prime.

— Pas de négociations non plus, propose Carvin, poussant son avantage.

Personne ne conteste.

— OK, dit Weber, pas de négociations.

Et, se tournant vers Carvin :

— Pas de prime, pas de négociations... Mais quoi alors ?

— On va répondre au mail en donnant quarante-huit heures à la direction pour réunir le CE. Pas une minute de plus.

— C'est tout ?

— En préalable nous pouvons indiquer que le personnel rejette unanimement la fermeture du site, dont les performances sont patentes. Que nous refusons les licenciements que rien ne justifie, ni sur le plan technique, ni sur le plan commercial.

Weber grimace :

— Tu crois que ça suffit ? Tu crois pas qu'il faut dire que ce n'est pas négociable ?

— Non, si nous utilisons le mot « négociation », même de façon négative, ils en déduiront que nous voulons négocier.

— T'as peut-être raison…

— Ce n'est pas la peine d'étaler nos munitions, théorise Carvin. Faisons comme eux. Ils ne les étalent pas, nous non plus. Quand nous les aurons en face, ce ne sera plus la même histoire. Ni pour eux, ni pour nous.

Appel

Maître Million aime être seul, agir loin de tout regard, dans des lieux anonymes où nul ne peut soupçonner sa présence, une chambre inconnue, l'arrière-salle d'un café, le vestiaire d'une piscine. S'il voulait, il est assez riche pour s'offrir une grande maison, un appartement avec terrasse, une résidence à Paris ou ailleurs ; même aux États-Unis. Il pourrait, mais non, il ne veut pas. Il veut se sentir libre, un n'importe qui logeant tantôt dans la chambre cinq étoiles d'un palace, tantôt dans celle d'un motel pouilleux, le plus souvent dans des bars, dans des boîtes ouvertes vingt-quatre heures sur vingt-quatre, voire dans des voitures de location qu'il conduit de préférence dans des zones peu habitées, des quais déserts, des docks, des terrains vagues. D'une chambre où personne ne peut soupçonner sa présence, il appelle au club house du golf où, au contraire, il est toujours sûr de trouver Socko. Surtout après une tempête comme celle qui vient d'endommager gravement le parcours.

— Sockovski ? Million… J'ai leur réponse, prévient-il d'emblée.
— Alors ?
— Laconique, ricane l'avocat. Très laconique.
— Mais encore ?
— Ils sont assez malins pour ne rien dire, ne rien réclamer. Ils affirment leur refus de la fermeture du site et des licenciements et nous donnent quarante-huit heures pour convoquer un nouveau CE en reprenant notre formule « en raison des circonstances présentes ».
— Ils se foutent de nous !
Million est plutôt admiratif :
— Ils nous rappellent la loi. C'est de bonne guerre…
— Vous allez les envoyer promener ? demande Socko.
— Non.
— Vous allez faire le mort ?
— Pas du tout. À malin, malin et demi… Je vais répondre positivement à leur demande.
— Vous voulez que je réunisse le CE ?
— Le CE ? Non, nous ne sommes pas encore tout à fait prêts pour ça. N'est-ce pas, que nous ne sommes pas tout à fait prêts ?
— Non, pas tout à fait…
— Bon, je vais prendre l'initiative d'une « réunion d'information » dans les quarante-huit heures.
— Une quoi ? demande Socko, incrédule.
Million est patient.
— Une réunion d'information, répète-t-il, en détachant chacun de ses mots.
Et, avec gourmandise, il détaille :
— À titre de conseil, si vous le permettez, je vais aller là-bas avec votre DRH et votre directeur financier pour faire un tour d'horizon social et économique de

la situation, tant sur le plan local que mondial. Je compte sur eux pour mettre en perspective Mékamotor et les transformations industrielles en cours dans une économie désormais globalisée…

— Je ne vois pas l'utilité d'une telle démarche… Mme Werth, notre DRH, a raison, autant en finir le plus vite possible.

Million baisse la voix :

— Hubert, avez-vous déjà assisté à une corrida ? demande-t-il, quasiment sur le ton de la confidence.

— Pourquoi me demandez-vous ça ?

— Répondez-moi.

— Bien sûr que j'ai déjà assisté à une corrida. Même une fois, à Mont-de-Marsan…

Million ne le laisse pas s'égarer dans ses souvenirs :

— Ce que nous allons faire, tranche-t-il, c'est ce que fait le picador dans une corrida, fatiguer la bête, lui faire courber la tête.

— Elle n'est pas assez courbée pour vous ?

— Non, répond sèchement maître Million.

Socko émet une sorte de soupir, de râle, de grognement, il a compris, oui ça y est il a compris.

— Vous touchez combien s'ils n'obtiennent rien ou trois fois rien pour partir et surtout pas de prime exceptionnelle ?

— Cela ne vous regarde pas.

— Mais vous touchez ?

La réponse est limpide :

— Je suis un professionnel. Je suis rémunéré aux résultats. Et j'obtiens toujours des résultats. J'ai un gros cabinet à faire vivre…

Il y a un silence troublé de voix lointaines, comme si de petits êtres transparents s'agitaient dans les airs.

— Allô ? s'inquiète Million, craignant que la ligne soit coupée.

— J'imagine que je dois vous laisser faire, remarque froidement Socko lorsqu'il retrouve la parole.

— Ne le prenez pas mal, Hubert. Nous avons tous les deux à y gagner. Quand le CE se réunira je m'effacerai, la mise à mort vous reviendra, et soyez sûr qu'à Detroit ils vous féliciteront. Et pas seulement en compliments...

Maître Million, assez satisfait de lui-même, s'apprête à raccrocher mais Socko a encore une chose à lui dire :

— Je vous prie de noter une fois pour toutes que mon nom est « Socko », pas Sockovski. Sockovski, c'était le patronyme de mes grands-parents...

— Vous l'avez francisé ?

Vies parallèles 1

Deux couples somnolent au lit après avoir fait l'amour, Carvin et Djuna au Sylvania, un petit hôtel où la patronne les reçoit comme s'ils étaient de sa famille, Anath Werth et Antoine Bischoff dans l'appartement du frère de Fayet, un charmant endroit qui a l'immense avantage d'avoir une entrée secrète via un garage privé.

Ils sont couchés dans l'ombre. Ils ne disent rien, étendus côte à côte, repoussant le sommeil qui les guette. Djuna a pleuré. Elle pleure souvent quand ils font l'amour. Carvin appelle ça « mes larmes de récompense ». Marée d'émotions, torrent d'envies, cascade de plaisirs. Quand elle jouit, Djuna explose du haut comme du bas. Elle se lâche, débonde. Ça gicle, ça roule, ça dégouline, ça pleut, ça ruisselle. Carvin n'est pas en reste. Il sue à grosses gouttes, l'inonde autant qu'elle le noie.

Le lit est en eau.

— Pourquoi tu as toujours le ventre chaud et moi le ventre froid ? demande Carvin en posant sa tête sur celui de Djuna.

— C'est physiologique, répond-elle, d'un ton docte.

— Quoi ?

— L'appareil génital de la femme occupe la majeure partie de son ventre et est puissamment irrigué d'artères, de veines et de vaisseaux... Alors que celui de l'homme...

Carvin l'interrompt :

— Tu veux dire que je plonge là dans une sorte de courant chaud...

Il cherche ses mots.

— Dans une sorte de Gulf Stream ? dit-il en pointant son doigt au-dessus de son nombril.

— Oui, et j'aime ça, murmure Djuna, lui caressant les cheveux, les yeux mi-clos. Même si tu aurais pu trouver autre chose que le Gulf Stream pour parler de mon ventre...

Elle se rapproche de lui. Son visage est celui de l'enfance :

— Tu sais, j'ai peur, dit-elle d'une voix qui s'éteint.

— Peur de quoi ? Que je sois emporté par le courant ?

Djuna ne badine pas.

— J'ai deux gosses sur les bras, dit-elle avec lucidité, la boîte de mon mari bat de l'aile. J'ai peur que tout s'effondre. J'ai peur de devoir expliquer à la famille, aux amis que je n'ai plus de boulot. J'ai encore plus peur de le dire aux enfants.

Elle s'arrête pour souffler.

— Tu le sais comme moi, on est dans une société où on te demande ce que tu fais dans la vie avant même de te demander qui tu es, dit-elle. Comment dire à ses gosses : je n'étais pas grand-chose, je ne suis plus rien. Je suis une chômeuse de plus parmi des millions d'autres. Un code-barres au Pôle emploi. Et qu'est-ce que je peux espérer qu'ils répondent quand on leur demandera : « Qu'est-ce que tu veux faire plus tard ? » Ils répondront qu'ils ne savent pas, qu'ils n'ont aucune idée, aucune envie et que de toute façon ça sert à rien, parce qu'on peut être viré du jour au lendemain et n'être plus rien.

— Tout n'est pas encore complètement foutu, assure Carvin, plus volontaire qu'optimiste. Ça pourrait repartir…

— T'y crois, toi ?

— Je vais me battre pour.

— Mais si ça ne repart pas ? Si Mékamotor ferme, si on est tous virés, qu'est-ce que je deviens ? Qu'est-ce que mes gosses deviennent si je ne peux plus gagner ma vie ?

Carvin se souvient d'un truc marrant qu'il a entendu à la radio :

— Un type disait : « Si tu veux gagner ta vie, travaille ; si tu veux devenir riche, trouve autre chose... »

La remarque ne tire pas un sourire à Djuna. Carvin demande alors avec sérieux :

— Tu crois vraiment que tu gagnes ta vie à la Méka ?

— Si c'était pas pour gagner ma vie, il y a longtemps que j'aurais fichu le camp... Dis tout de suite que ça m'amuse de rester assise tous les jours que Dieu fait devant un écran.

— Non. Bien sûr que ça ne t'amuse pas.

— Tu vois...

Pour Djuna c'est évident, pas pour Carvin.

— Ce que je vois, c'est que la Méka ça te permet de vivre, mais ce n'est qu'une permission, explique-t-il. Réfléchis : tu vis en permission. En liberté surveillée. Surveillée par ta famille, par ton boulot, par l'État. Ta vie est sous surveillance, sous condition. Tu crois gagner ta vie, tu la perds. Tu la perds à la gagner. Et, un matin, tu te réveilleras en te demandant pourquoi.

— Je me demanderai jamais ça !

Carvin prend sa voix grave pour dire :

— Tu as tort.

— Non, je n'ai pas tort. Je vis pour mes enfants, voilà pourquoi je vis. Et en mourant je ne chialerai pas, je ne chercherai pas de coupables...

La voix de Djuna s'élève :

— Ne me dis pas que tu ne vis pas pour ta fille ?

— Bien sûr que je vis pour ma fille ! Mais ça ne peut pas être une fin en soi. Parce que ma fille, comme tes gosses, un de ces quatre dira : ciao ! bonsoir ! Et filera vers sa propre vie.

— Et alors ?

— Alors tu dois te demander ce que veut dire « gagner sa vie ». La vie n'est pas un lot à gagner, c'est un droit. Le droit de vivre. Mais ce droit, pourquoi certains doivent le « gagner » alors qu'à d'autres il est donné ? T'as déjà entendu un patron, un industriel, un propriétaire, dire qu'il « gagne » sa vie ? Non, il fait du fric, il amasse une fortune, il joue à la Bourse. Il gagne des biens matériels mais sa vie, il ne la gagne pas, elle lui est offerte par ceux qui, justement, se tuent à la gagner pour lui.

Djuna hausse les épaules. Elle voudrait répondre mais les mots ne viennent pas.

— Ça fait combien de temps que tu es à la Méka ? demande Carvin.

— Cinq ans, et trois que je suis avec toi ! répond-elle, lui donnant un baiser dans le cou.

— Moi, ça fait dix ans. Et, depuis que je suis à la Méka, combien de types j'ai vus partir ? Accidents, cancers, ruptures d'anévrisme, dépressions, plan social n° 1, plan social n° 2, suicides...

Carvin n'a pas besoin d'en dire plus. Djuna sait tout ça.

— Toi qui es si malin, tu perds aussi ta vie chez Mékamotor ? demande-t-elle, d'un ton réprobateur.

— Ma vie ? ricane Carvin. Peut-être. Moi, en tout cas, je me perds. Je renie tout ce que je sais, tout ce que je suis, tout ce que je pense pour livrer le produit de mon travail à quelqu'un qui en tire un bénéfice mille fois supérieur au salaire que je touche. Je me souviens d'un tract qui disait : « Tu acceptes de perdre un tiers de ton temps en travaillant et de gâcher les deux tiers restants à t'en remettre. » C'est ça, se perdre. C'est accepter ça.

— Qu'est-ce que je devrais dire ! Moi, je fais la même chose tous les jours, toutes les semaines, d'un an

sur l'autre. Trois ans à faire des devis, des devis, des devis…

— Et qu'est-ce que tu gagnes ?

Djuna grimace, Carvin l'a menée où il voulait. Elle doit reconnaître :

— Je gagne des devis et je perds ma vie…

Appartement du frère de Fayet

Le frère de Fayet, l'adjoint de Socko, prête volontiers son appartement, comme Jack Lemmon dans *La Garçonnière*, le film de Billy Wilder. Anath Werth et Antoine Bischoff y ont leurs habitudes, au moment du déjeuner ou en fin d'après-midi. Quand ils ne sont plus M. le directeur financier de la Méka et Mme la DRH.

Anath et Antoine aiment jouer des rôles.

Ils ont un code d'amour dont les figures sont connues d'eux seuls. Selon l'humeur, ils font le méchant garçon, la sale fille, le bébé cochon, la fiancée romaine, le pâtre grec, le navire des filles perdues, la chrétienne aux lions, les Énervés de Jumièges… Ils aiment s'enduire de mille choses, se lécher, se manger, se salir, se souiller, s'étriller, se frotter. S'ils n'étaient en ville, ils feraient l'amour dans un bourbier.

— Confidence pour confidence, murmure Antoine à qui Anath n'a rien demandé, ce maître Million me soulève le cœur…

Elle le taquine :

— Je croyais que rien ne te dégoûtait ?

— Tu veux que je te fasse le maître Million ?

Anath se penche vers lui, prête à en découdre :
— L'endive molle ? Tu oserais ?
Antoine triomphe d'un grand rire :
— Tu vois, toi aussi il te dégoûte !
Anath retombe vaincue sur l'oreiller.
— « Dégoûter » n'est pas le mot exact. Il est mou, il est visqueux. J'éprouve de la répulsion, pas du dégoût.
— Million, tu parles d'un nom ! Ça tombe bien pour un avocat d'affaires ! Je me demande où ils sont allés le chercher.
— Il a travaillé vingt ans aux States. Il les connaît bien. Je me demande même s'il n'a pas obtenu la nationalité...

Elle fait une petite grimace, comme toujours quand elle va dire des méchancetés.
— Il a la réputation d'être un dur de dur, impossible à fatiguer dans les négos. Il ne cède jamais, ne recule jamais. Et, comme il est flasque, on ne peut pas l'attraper. Il n'y a pas de prise. C'est une méduse...
— Habillé pour l'hiver ! s'exclame Antoine, donnant un baiser à Anath. Et de main de maître !
— De maîtresse, si tu veux bien. Je n'ai pas encore changé de sexe...
— Ça te plairait ?
— Ça ne me déplairait pas. Et toi, ça te plairait d'être une femme ?
— Je signe tout de suite !
— Tu te fous de moi. Tu veux que je te dise combien je gagne et combien tu gagnes ?
— Je ne te parle pas de ça. J'aimerais ressentir ce que tu ressens quand on fait l'amour.

Plus tard, ils sont dans la salle de bains.

— Tu vois ça comment ? demande Antoine, ouvrant la douche.

Anath s'assied sur les toilettes et pisse avec satisfaction :

— Quoi ? La suite ? Ça va être long. Ils ne vont pas se laisser faire comme ça. Il va y avoir de la bagarre, des discussions.

— Tu crois que les syndicats sont capables de les faire tenir ?

L'eau coule.

Anath rejoint Antoine et se glisse contre lui :

— Il ne faut pas les sous-estimer. Il y a des types très bien au CE. Regarde Weber, celui de la CGT, tu ne peux pas le prendre en défaut sur les conventions collectives ou le code du travail. Il en sait autant que moi, sinon plus. La petite dame de FO est plus fragile, mais ça ne veut pas dire qu'elle est prête à tout accepter. Celui de la CFDT est plus classique. C'est un réformiste, il ira de concession en concession. Il voudra négocier. Quant au représentant des cadres, Monnier, c'est un vieux ronchon, très procédurier mais très filou. Dans les mots croisés on dirait « madré » en cinq lettres et « *furbo* » en italien…

Anath offre son dos à Antoine pour qu'il la savonne :

— Et celui que tu aimes bien, le type de Sud ?

— Carvin ?

— Je ne sais plus son nom, mais j'ai remarqué que, chaque fois qu'il prend la parole, tu es comme…

Il savoure ce qu'il va dire :

— Hypnotisée !

— T'es jaloux ? s'étonne-t-elle en se retournant.

Antoine lui arrose le visage :

— Avoue que le monsieur ne t'est pas indifférent !

Anath secoue la tête, vraiment il est trop bête.

— Tu sais ce qui me plaît chez lui ? Pas son physique, il est ni beau ni laid. Non. Mais il a un je-ne-sais-quoi. Une sorte de feu dans le regard, masqué par une tristesse latente… Quelque chose de la *morbidezza* italienne. Tu sais, cette douceur veloutée prêtée au duc de Castiglione par Raphaël.

— Ah, ça c'est la meilleure ! Tu me la copieras. La prochaine fois que je le vois, ton Carvin, je l'appellerai « monsieur le duc » !

— Tu peux rigoler autant que tu veux mais, observe-le bien, tu verras que ce n'est pas faux.

Anath frotte énergiquement Antoine au gant de crin. Elle ajoute :

— En plus, il m'intrigue. Il sort toujours des références pêchées je ne sais où. Des trucs littéraires, de l'histoire, même des réflexions entre philo et économie. D'où ça vient ? De ses lectures ? De la télé ? Je n'arrive pas à savoir si c'est superficiel ou vraiment profond. En tout cas, il parle bien et il en impose. Tu te souviens du jour où il a cloué le bec à Socko en disant : « Est-ce que nous sommes condamnés à vivre dans une société fondée sur la cupidité, l'envie et la haine ? » C'était sacrément bien envoyé.

— En tout cas, ça t'a marquée…

— Oui, admet Anath, ça m'a marquée, et je suis certaine que sa voix comptera pour beaucoup dans la suite des événements.

— La voix de la révolte ? demande Antoine, sortant de la douche pour échapper à l'étrillage.

Anath réfléchit.

— Va savoir…

Antoine sourit, la discussion lui a redonné de l'allant.

— Et si je te faisais le syndicaliste révolté ?

Convocation

Antoine est le premier dans sa voiture, une petite anglaise nerveuse avec laquelle il fait des rallyes amateurs. Anath réactive son portable juste avant de remonter dans la sienne, une Saab, plus grosse, plus confortable. Elle a un message de maître Million. Il l'attend à vingt heures chez André, une vieille brasserie de la ville. Il ne s'agit pas réellement d'une invitation. Le ton est celui d'une convocation à laquelle il semble impossible, voire impensable de se dérober. Anath veut en parler à Antoine mais il ne comprend pas le signe qu'elle lui adresse. Répondant d'un grand salut, il démarre, tourne rapidement sur la rampe d'accès et disparaît du parking comme s'il prenait le départ d'une course.

Anath est mariée au professeur Richard Werth, auteur de plusieurs livres sur la Réforme, titulaire d'une chaire d'histoire à la fac. Un spécialiste du XVIe siècle. Elle prend le temps de le prévenir qu'elle ne sera pas là pour dîner, qu'il trouvera de quoi dans le frigo ; s'il préfère se faire livrer, il y a un Post-it sur le placard avec le numéro du traiteur bio. Richard Werth est un homme qui éveille l'instinct maternel chez les femmes. Même absente, Anath est toujours aux petits soins pour lui. Il la remercie de l'appel et des recommandations, promettant de ne rien laisser traîner sur la table de la cuisine, et lui souhaite bon courage.

— Sois sage et, si tu n'es pas sage, soit prudente ! lance-t-il, selon la formule traditionnelle qui conclut toutes les conversations avec Anath.

— Ne t'inquiète pas, je rentrerai saoule, comme d'habitude, répond-elle, tout aussi traditionnellement.

Anath et Richard n'ont pas d'enfants.

Restaurant

Vitres brisées, cheminées tombées sur la chaussée, plantes vertes renversées dans leurs bacs, branches d'arbres, ordures apportées par le vent, toute la rue est en travaux. Le grand store jaune du restaurant a été arraché. Les ouvriers qui le remplacent sont encore au travail quand Anath arrive à son rendez-vous. Il y a peu de monde dans la salle. Maître Million a réservé une table isolée dans un angle de la brasserie.

— Je n'étais pas sûr que vous accepteriez mon invitation... dit-il en se levant pour accueillir Anath.

Elle s'assied sans attendre qu'un garçon vienne l'aider à reculer sa chaise :

— Était-ce vraiment une invitation ?

— Sans l'ombre d'un doute. Que cela aurait-il pu être d'autre ?

— Une convocation.

— Ne jouons pas sur les mots. Je dois vous parler. Puis-je vous offrir une coupe de champagne ?

— Pourquoi pas ?

Le garçon se tient prêt. Dès que Million lui adresse un signe de tête impératif, il vient servir.

Anath et Million trinquent. L'avocat ne quitte pas Anath des yeux, insolent, satisfait, comme s'il posait sa main sur elle en imagination.

— Qu'attendez-vous de moi ? demande Anath en finissant sa coupe.

— Beaucoup de choses... susurre l'avocat.

— Mais quoi encore ?

— Vous êtes juive, n'est-ce pas ?

Anath dévisage Million et, brusquement, s'écarte de la table :

— Je crois que je n'aurais pas dû venir.

— Ne vous emballez pas, dit l'avocat. C'était une question innocente.

— Je ne trouve pas.

Million boit une gorgée de champagne :

— Excusez-moi, je suis très maladroit, dit-il d'un air contrit.

Son visage, si pâle, rosit par plaques :

— Je vais vous faire un aveu. Je le fais parce que vous m'êtes étrangère et qu'il faut toujours avouer l'inavouable à des étrangers, jamais à ses proches. Je porte le deuil d'un grand amour.

— Avec une juive ?

— Oui, avec une juive.

— Vous parlez d'un grand amour et en même temps vous prononcez le mot « juive » avec une sorte de grimace de dédain.

— D'amertume, plutôt ?

Anath sourit en regardant la carte :

— Elle vous a fait manger les herbes amères de la Pâque ?

— Très amères.

— Vous n'êtes pas juif ?

— J'en ai l'air ?

Ce type la répugne. Anath prend sur elle de ne pas tout envoyer promener.

— Arrêtons de discuter de ça. Je m'en fous que vous soyez juif ou pas. Je ne suis pas là pour débattre de votre rapport à la judaïté ni du mien. Allez droit au but, je vous écoute.

Million lui fait glisser l'e-mail des grévistes.

— Qu'en pensez-vous ?

Anath parcourt rapidement le texte.

— C'est très vague.

— Oui, c'est très vague et je crois que c'est délibéré. Ils nous testent.

— Vraiment ?

— J'en suis sûr. Aussi ai-je décidé de répondre favorablement à leur demande. Dans les quarante-huit heures, pour respecter le délai qu'ils indiquent, je vais organiser une réunion d'information. Je tiens à ce que vous m'y accompagniez. Vous et M. Bischoff. Vous serez d'ailleurs les signataires de la proposition. Je ne serai que votre conseil…

— Une réunion d'information à la place du CE ?

— Oui, j'ai prévenu Socko. Il se tiendra à l'écart. Officiellement il aura été appelé au siège, à Detroit. Nous devons faire durer, le temps de peaufiner certaines choses. Dès que nous serons prêts, le CE pourra se réunir. C'est l'affaire de quelques jours, pas plus.

— Quelles choses ?

— Des opérations complexes qui ne concernent pas directement le personnel.

— Et vous comptez sur moi pour occuper le terrain ?

— Sur vous et sur M. Bischoff. Je crois que vous vous entendez très bien.

Anath feint de n'avoir pas entendu l'allusion.

— À part gagner du temps, qu'est-ce que vous escomptez d'une telle réunion ? demande-t-elle. Pour moi, ça n'a aucun sens.

Le maître d'hôtel vient prendre la commande : du ris de veau pour Million, une sole pour Anath, le tout accompagné de vin blanc. Million attend son départ pour répondre :

— Je n'en attends rien, dit-il avec une sorte de raillerie méchante dans la voix. Ou plutôt ce « rien » est précisément ce que j'attends. Après la réunion, nous

nous séparerons satisfaits d'un échange de vues constructif, et sur la promesse de nous revoir afin de réunir un CE au plus vite, dès que la situation sera éclaircie.

— Mais la situation est parfaitement claire !
— Pour vous, pour moi, mais pour eux ?

Anath se sent de plus en plus mal à l'aise :

— Je n'aime pas ces méthodes, dit-elle en se penchant vers l'avocat. Nous ne jouons pas aux échecs ni au go. L'avenir de ces personnes est en jeu, leur vie familiale, professionnelle. De surcroît, vous auriez tort de les sous-estimer et plus encore de les mépriser.

Million réplique avec gourmandise :

— Puis-je vous avouer que je n'ai encore jamais perdu une seule affaire ? Et je n'ai pas l'intention de perdre celle-là, même au nom de sentiments charitables...
— Vous craignez de la perdre ?
— Non.
— Même avec une femme juive ?
— Ne me provoquez pas.
— Ce sont vos confidences...
— Oubliez-les.
— Alors ?
— Je veux seulement m'assurer qu'on ne me tirera pas dans le dos. Beaucoup d'argent est en jeu.

Anath n'en croit pas ses oreilles.

— Qu'on vous tire dans le dos ?
— Oui, qu'on me trahisse.
— C'est pour ça que vous m'avez convoquée ? Vous craignez que je vous trahisse ? Que je vous fasse manger des herbes amères ?

Million ignore la perfidie.

— Si la manœuvre est évidente, elle est aussi délicate. Très délicate même. Les syndicats, à juste titre,

s'étonneront du report du CE. Il ne faut pas que ça déborde, que ça finisse devant les tribunaux. Vous comprenez ? Il faut gagner le temps qui nous est nécessaire, pas nous pendre au gibet.

Tandis que les plats sont servis, Anath et Million ne se quittent pas des yeux.

— Je vous conseille de vous asseoir dos au mur lors de la réunion d'information, dit-elle, découpant sa sole avec habileté. Je ferai mon boulot, j'informerai très précisément les personnels de notre situation, mais ne comptez pas sur moi pour leur faire des tours de magie afin de les égarer.

— Donc, je peux compter sur votre loyauté ?

« Loyauté », le mot fait tiquer Anath, mais elle ne relève pas pour ne pas prolonger la rencontre au-delà du nécessaire.

— Dans cette limite, oui, vous pouvez y compter. Ce n'est pas le premier plan social que j'ai à affronter. Je peux être très dure mais je suis toujours très franche.

L'annonce réjouit Million qui parle la bouche pleine :

— Alors vous pourrez compter sur moi ! Ni votre mari, ni la femme de M. Bischoff n'auront à connaître la nature des intéressantes réunions où vous vous retrouvez en tête à tête dans l'appartement du frère de… comment s'appelle-t-il déjà ? Fayet. Oui, Fayet !

Anath se lève d'un bond et jette sa serviette dans son assiette :

— Vous êtes l'un des êtres les plus répugnants que j'aie rencontrés.

— Tromper son tendre et cher, ce n'est pas répugnant ?

— Ça vous fait jouir de faire ça ?

— Pas vous ?

Home

Le professeur Richard Werth, le mari d'Anath, est au travail avec Alain Cerus, un doctorant dont il dirige la thèse d'histoire des religions.

— Nous sommes dans mon bureau ! crie-t-il dès qu'il entend sa femme rentrer. Ferme bien ! Ils ont annoncé à la météo que ce n'était pas fini...

Anath les rejoint, après s'être débarrassée de son manteau, de son sac et de ses clefs sur la grosse commode du vestibule. Elle est encore scandalisée par ce qu'elle vient de subir. Sa colère est d'autant plus grande qu'elle ne comprend pas ce que cherche Million.

— Tu connais Alain, n'est-ce pas ? dit Richard, pinçant la joue étrangement glabre de son élève, une joue de fille.

— Bien sûr, répond Anath. Toujours sur *Adversus Judaeos* ?

Elle lui tend la main qu'il serre délicatement en s'inclinant.

— Toujours ! Je ne lâche pas Luther...

— Bon courage ! L'ordure est coriace.

— Quand elle sera publiée, sa thèse fera l'effet d'une bombe ! s'enthousiasme le professeur. C'est pour ça que nous devons être scandaleux dans l'esprit et irréprochables académiquement parlant.

Il avale une gorgée de whisky et se recule dans son fauteuil pour admirer sa femme. Il la trouve belle, rayonnante, la classe, la grande classe, une lionne.

— Alors, ce dîner ? demande-t-il avec ce petit air concentré et compétent qu'il affiche volontiers.

— Infect. Ce type est infect.

— L'avocat ?

— Oui. Le représentant des gens de Detroit. Il s'y croit.

Le professeur Werth remplit son verre, un scotch très rare, son seul luxe, et se tourne vers Alain pour lui donner quelques explications :

— La boîte de ma femme ferme. Elle est fichue à la porte. Mais, chut ! Elle est déjà réembauchée dans un grand journal anglo-saxon...

— Le *He...*

— Silence, malheureux ! dit Werth en levant la main. Secret d'État...

Ce petit jeu n'amuse pas Anath.

— Je vous laisse, dit-elle, retenant un bâillement. J'ai froid, je vais me coucher, ce temps me détraque. La journée a été rude et ce maître Million me reste sur l'estomac. Et toi, qu'est-ce que tu as mangé ? demande-t-elle à son mari, comme s'il s'agissait d'une simple politesse. Je ne te demande pas ce que tu as bu...

— J'ai mangé le taboulé qui était dans le frigo, du jambon maigre et un fromage blanc 0 %.

— Pas de fruits ? Pas de légumes ?

— Je t'aime, dit Werth en envoyant un baiser du bout des doigts à Anath, mais je n'en avais pas envie. Tu me pardonnes ?

Anath hausse les épaules, découragée :

— Vous en avez pour longtemps ? demande-t-elle, pour ne pas s'appesantir sur les mauvaises habitudes alimentaires de son mari.

— Aussi longtemps que durera l'antisémitisme chrétien, répond Richard d'une voix de crooner.

Anath lève les yeux au ciel. Elle n'est pas d'humeur :

— Je vous laisse à vos formules. Bonsoir.

— Bonsoir, madame, dit Alain, légèrement rougissant.

Le professeur s'assure qu'Anath monte jusqu'à sa chambre. Dès qu'il entend la porte du haut se fermer, tout à trac il demande à Cerus :

— Que pensez-vous de ma femme ?

— C'est une très belle femme, bafouille le jeune homme, surpris par la question.

— Je ne parle pas de ça. Bien sûr qu'elle est belle ! Et même plus belle que ça. C'est la femme de l'Apocalypse, « vêtue de pourpre et d'écarlate, et parée d'or, de pierres précieuses et de perles ».

Cerus rougit, terriblement embarrassé :

— Ce n'est pas une comparaison très flatteuse...

— Bien sûr que si ! Quitte à être prostituée, autant être La Grande Prostituée...

— Excusez-moi, professeur, mais je ne tiens pas à parler de Mme Werth. Sa vie ne me regarde pas.

— Vous êtes un enfant ! Ma femme est prostituée au grand capital, je ne crois pas qu'elle traîne dans les bordels. Quoique...

Cerus avance timidement :

— Vous plaisantez ?

— Ma femme couche peut-être à droite à gauche, je n'en sais rien et, en fait, je m'en fiche. Je ne suis pas jaloux. Je ne l'ai jamais été. Je n'ai aucun goût pour les biens matériels et je n'envie pas ce que les autres possèdent. Dans ma jeunesse on professait que la jalousie était un sentiment bourgeois. Un sentiment de propriétaire. Eh bien, j'en suis resté là !

À nouveau il se verse à boire :

— D'ailleurs je ne dirai jamais qu'Anath me trompe si elle couche avec d'autres hommes. Relisez Lucrèce, vivre c'est jouir. Nous sommes des agrégats d'atomes réunis pour jouir le plus possible avant la mort. L'important est de vivre au plus haut degré d'intensité

possible parce que après il n'y a plus rien. « *Nullos esse deos. Inane caelum* », comme disait Martial : « Il n'y a pas de dieux, le ciel est vide. » Quand on vit on ne trompe personne. Anath vit, je vis. Vivre. Il faut vivre !

Le professeur Werth fait un grand geste de la main :

— Oubliez ça, c'est sans importance ! dit-il en prenant une grande inspiration. Je me parlais tout seul à voix haute. Revenons plutôt à votre texte. Là, page 114, il manque la référence de la citation de Karl Jaspers.

— Laquelle ?

— Quand Jaspers affirme qu'on trouve dans le texte de Luther « tout le programme nazi ». Vous sortez ça d'où ?

Corda

Carvin téléphone encore deux fois à sa belle-mère. Les deux fois, il obtient la même réponse : Mireille ne sait rien, rien de rien, ni où sont Christian et sa femme, ni où sont Chantal et la petite. Elle sait qu'ils sont ensemble en Espagne, mais où ? Mystère et boule de gomme. Et non non non, trois fois non, ni Chantal ni Christian n'ont appelé pour donner des nouvelles.

— Une semaine, ce n'est pas long... conclut-elle. Je vous promets de vous appeler si je reçois une carte ou s'ils me téléphonent.

Puis, fataliste :

— En plus, j'imagine que vous avez du pain sur la planche. Sans parler du temps...

Carvin range son portable en jurant entre ses dents. Il n'appellera plus ! Si Chantal veut la bagarre, elle

l'aura ! L'idée que sa fille est loin de lui, avec cet abruti de Christian et sa pétasse de Pauline, lui fait monter le rouge aux joues de rage et de dépit.

Carvin, serrant les poings, rejoint Corda plongé dans la lecture d'un article sur le cyclisme dans *L'Équipe*.

— Si je me souviens bien, tu connais quelqu'un à la Zitex ?

— Oui, pourquoi ?

— Tu peux le contacter ?

— Sans problème. Je fais du vélo avec lui...

— Il s'appelle comment ?

— Bonaventure ! Jean-Marie Bonaventure, dit Bona !

— C'est un Black ?

Corda rigole, Bonaventure, oui, ça pourrait, mais non :

— Ou alors il cache bien son jeu ! Il est bien blond, bien rose...

Et, pour compléter le portrait :

— Bona, c'est un type tout simple. Il ne boit pas, il ne fume pas, il ne joue pas, se fout du fric et de la frime. Il n'a qu'un défaut : quand il a commencé à parler, tu ne peux plus l'arrêter, et il est tellement sûr de lui qu'il soupçonne tous ceux qui ne sont pas d'accord d'être malhonnêtes ! À part ça, c'est une crème...

— On va y aller, dit Carvin, qui ne tient pas à en savoir plus. On va aller voir ce qu'ils font à la Zitex. On va leur raconter ce qu'on fait, ce qu'on voudrait faire. On va leur demander où ils en sont, leurs projets, leurs idées. Ça a fait tilt quand tu as dit qu'on avait l'impression que les conflits actuels n'avaient aucun lien entre eux. Que chacun se bagarrait pour sa boutique comme si les autres n'existaient pas. T'as mis le doigt sur quelque chose d'essentiel. Nous devons coordonner

nos luttes. Nous, la base, sans attendre que les centrales lancent des mots d'ordre. S'il faut déborder les syndicats, nous devons les déborder. Nous devons penser politiquement notre action.

— Tu prêches un converti.

— Excuse-moi, je suis comme ton copain, je parle trop. Je suis énervé. J'ai eu ma belle-mère au téléphone…

— T'as pas à t'excuser. Je suis d'accord. Les défaites dans les boîtes qui ferment ne prouvent rien. Elles prouvent seulement qu'on est trop peu nombreux, trop isolés dans les luttes. Quant à ceux qui ne se bougent pas et regardent sans rien faire, ils devraient avoir honte. Nous on est nombreux et solidaires. On va leur montrer de quel bois on se chauffe. Il y a quand même de plus en plus de salariés qui comprennent ce qui leur arrive et qui en est responsable. Il y a de plus en plus de colère, maintenant nous devons fédérer les luttes. Je vais appeler Bona et on va faire une descente là-bas.

Carvin le remercie :

— Le plus vite sera le mieux.

— C'est comme si c'était fait !

Self

Carvin et Weber se retrouvent en tête à tête au self pour dîner de hachis parmentier et de salade de mâche, préparés par Mlle Poinseau.

— Geneviève est passée tout à l'heure avec les gosses pour que je les embrasse, raconte Weber en attaquant son plat. On t'a cherché mais on ne t'a pas

trouvé. Elle m'a dit que vous vous étiez croisés en bas de chez toi...

— Oui, elle venait voir Chantal. C'était gentil mais trop tard.

— C'est con. C'est vraiment con, grogne Weber en servant à boire.

Et, après avoir avalé un grand verre d'eau, il poursuit :

— Tu sais, si tu veux te tirer pour rejoindre ta femme et ta môme, vas-y. On se démerdera ici. On est assez nombreux pour tenir le coup.

Carvin refuse sans hésiter.

— Non, je reste. Je ne peux pas aller là-bas, je ne veux pas. Qu'est-ce que j'irais foutre à Perpignan ? D'abord on n'est pas si nombreux que ça et ensuite je ne peux pas mener deux guerres de front. J'ai choisi. Avec Chantal, à cause d'Océane, je capitule en rase campagne : je ferai ce qu'elle voudra. Mais, ici, c'est différent, ma place est en première ligne.

— À toi de voir, dit Weber. Enfin, tu sais que si c'est une question de fric...

Carvin l'interrompt d'un geste.

— Laisse tomber. Je te remercie, c'est très généreux, mais laisse tomber. D'ailleurs, c'est plutôt moi qui devrais te proposer de te mettre à l'abri.

Le front de Weber se plisse. Qu'est-ce que Carvin va encore inventer ?

— Me mettre à l'abri ? Et pourquoi j'irais me mettre à l'abri ? demande-t-il, comme s'il se découvrait naufragé sur un îlot de silence.

— Tu as une femme qui t'aime – et j'espère que tu sais à quel point elle t'aime – et trois gosses à élever, commence Carvin. Si ça tourne mal ici, si ça chauffe,

t'as rien à gagner à être au milieu de la bagarre. Rien à gagner et tout à perdre.

— T'oublies que je suis délégué, fait remarquer Weber, s'essuyant la bouche.

— Moi aussi, je suis délégué, réplique Carvin.

Weber sourit.

— Et toi, t'as rien à perdre ? demande-t-il, badin, provocateur.

Les yeux de Carvin s'assombrissent :

— À ton avis ?

Nuit

La nuit bleuit.

Djuna est éveillée comme si elle n'avait jamais eu l'intention de dormir. D'abord parce qu'elle dort toujours mal dans le canapé du salon et qu'elle a dû laisser son lit à sa belle-mère, débarquée à l'improviste ; ensuite parce que son mari n'a pas voulu la laisser tranquille, qu'elle a dû y passer bien qu'elle n'en ait pas la moindre envie et que cela la gênait de savoir que la vieille entendait tout de la chambre à côté ; enfin parce qu'elle broie du noir, imaginant ce qui les attend si le déluge emporte tout, si la Méka ferme, si elle est licenciée, si son mari perd son travail, si les enfants lâchent l'école...

Si, si, si... méchants fantômes.

Parfois, elle voudrait croire, avoir un dieu vers qui se tourner. Un être qui écouterait ses plaintes, ses supplications et la consolerait. Mais Djuna ne croit ni à Dieu ni à diable et refuse de s'apitoyer sur elle-même.

Elle sait bien qu'elle n'a droit qu'à un court passage sur terre, qu'il n'y a pas d'au-delà. Sortie de la nuit pour naître, elle y retournera dans la mort et ne se souviendra pas plus de l'avant que de l'après. D'ailleurs, elle se moque de savoir si elle a été ou ce qu'elle a été avant de naître. Cela la laisse indifférente et ne l'angoisse pas. Ce qui l'angoisse, c'est la souffrance qui vient avec la vie, et avec elle seule. Une fois morte, ça aussi elle s'en fichera ! Elle ne comprend pas les lubies de sa belle-mère, le soin qu'elle prend à organiser par avance ses obsèques, l'argent qu'elle dépense pour s'assurer une bonne place au cimetière, dans un cercueil qu'elle aura choisi, avec tant de décorations, tant de fleurs...

Une fois morte on la jetterait à la déchetterie qu'elle n'en saurait rien et n'en éprouverait pas la moindre douleur.

L'ombre molle du corps de son mari contre le sien la dérange, son souffle l'exaspère et la tiédeur de la literie l'oppresse. Djuna ne peut plus rester couchée. Dès qu'elle ferme l'œil, Carvin lui apparaît, comme si son image était tatouée sous ses paupières.

Et s'il avait raison ?

Si elle était en train de perdre sa vie en essayant de la gagner ?

Mais comment faire autrement ?

Sans diplôme, avec deux enfants, un mari, un salaire minable, des dettes à n'en plus finir, que peut-elle espérer d'autre que survivre ?

Carvin est le seul à la reconnaître pour ce qu'elle est réellement, non pour les services qu'elle rend, le travail qu'elle fournit. Avec lui, elle s'épanouit. Elle sent vivre en elle la véritable Djuna mais un sentiment atroce la déchire : ça ne durera pas. Ça ne peut pas durer ! Elle

ne tiendra pas le coup, ils ne tiendront pas le coup. Le secret qui les protège les étouffera.

Cette idée la fait suffoquer.

Djuna se lève d'un bond et rallie la cuisine comme si elle marchait sur de l'eau. Elle n'allume qu'une petite lampe pincée sur l'étagère où trône la radio branchée sur le secteur. Djuna prend un yaourt dans le frigo pour se caler l'estomac, puis un reste de pain, cherchant à se convaincre que ça l'aidera à trouver le sommeil. Elle mange sans bouger et reste avec le pot vide à la main, les yeux dans le vague, quand sa fille Aurélie entre dans la cuisine. Elle a huit ans. Sans un mot la fillette, aussi nue que sa mère, vient sur les genoux de Djuna et se blottit contre sa poitrine comme un nouveau-né qui veut téter. Djuna l'embrasse, la berce, la caresse :

— Va te recoucher, mon bébé, va te recoucher. C'est pas l'heure…

Elle s'attarde sur les fesses si douces et si rondes de sa fille, lui murmurant qu'il fait encore nuit, qu'il faut retourner au lit, faire de beaux rêves…

L'enfant ne l'entend pas ou ne veut pas l'entendre.

Elle presse son visage contre le gros mamelon de sa mère, s'y frotte, les lèvres humides, la bouche légèrement ouverte, les yeux mi-clos comme si elle n'avait plus pour langage que ces gestes de somnambule. Djuna sent les larmes l'envahir, elle déborde de tendresse, d'amour, mais ne veut pas s'abandonner, se laisser partir jusqu'au vertige. Elle a honte. Elle a peur d'être vue languissante de donner le sein à sa fille, peau à peau contre elle, enfiévrée. Elle enfouit sa tête dans les cheveux d'Aurélie pour s'y cacher, pour s'étourdir de son odeur, l'étreindre comme si elle pouvait à nouveau la faire entrer dans son ventre, la dérober aux yeux de tous. Aurélie geint doucement, sa mère la serre trop

fort mais elle se laisse faire. Elle aussi ne veut faire plus qu'une avec Djuna. Être sa fille, être sa mère, n'être qu'un seul corps de femme et d'enfant comme pendant les neuf mois de la grossesse.

Djuna murmure :

— Ma vie...

Aurélie entend :

— Ma fille...

Et se rendort dans l'instant.

Paroles de dirigeants

François Chérèque (CFDT) : « Les militants CFDT dans les entreprises privilégient la défense de l'emploi. [...] Et quand il n'y a pas de solution industrielle, alors on se bat pour la reconversion des sites. La pire des choses, c'est de retrouver, un an ou deux ans après un plan social, des gens qui ont dépensé leur indemnité de licenciement, épuisé leurs droits au chômage, et un site industriel où il n'y a pas d'emploi. »

Bernard Thibault (CGT) : « Quand la revendication des salariés se focalise sur l'enveloppe de départ, c'est aussi une façon d'exiger la reconnaissance de leur dignité. Et que l'on ne s'y trompe pas : trente mille, quarante mille, voire cinquante mille euros, ce n'est pas un montant très conséquent lorsqu'on se retrouve au chômage pour plusieurs années. Et cela arrange les patrons de régler un conflit en payant. »

Zitex

Mlle Poinseau aime les couleurs vives ! Si ça ne tenait qu'à elle, il serait interdit de porter du noir, du marron, du gris. Surtout en hiver. Pour elle, s'habiller, c'est se vêtir d'arc-en-ciel. Elle est persuadée que la vie serait plus gaie si tout le monde faisait l'effort d'afficher de la gaieté sur soi : jaune ! rose ! bleue ! Plus belle plante que jamais dans sa robe à fleurs, elle remonte le col de son blouson et se hâte de se glisser au volant de sa Twingo, ébouriffée par une rafale. Le vent n'a pas perdu ses mauvaises habitudes. Il souffle encore mais avec réserve, sans pluie ni orage. Son souffle suffit, suffisamment constant, suffisamment puissant pour que personne ne puisse ignorer qu'à la première occasion il réaffirmera ses droits et châtiera ceux qui contesteront sa loi. Ils sont quatre à partir à la Zitex, Mlle Poinseau qui les conduit, Carvin, Corda et Bogdan. Djuna aurait bien voulu en être. Mais elle n'a pas pu, retenue chez elle par ses gosses, son mari et sa belle-mère dont elle doit s'occuper.

La Zitex est implantée au milieu de nulle part, à la sortie d'un virage. Une seconde d'inattention et vous la ratez, d'autant que les deux grands chênes qui marquent l'entrée sont restés debout après la tempête et cachent la vue. L'entreprise fait de l'impression sur tissus, des produits destinés aussi bien à l'habillement qu'à la décoration. Alors qu'il n'en existe que trois semblables en Europe – et que celle d'Angleterre vient de renoncer à son activité, laissant en friche une énorme clientèle potentielle –, les actionnaires de la Zitex ont

décidé de fermer l'usine afin d'aller faire des profits ailleurs.

À peine sont-ils descendus de voiture, que Bona, le grand cycliste ami de Corda, s'indigne sans prendre vraiment le temps de les saluer :

— À quoi on assiste ? Au pillage, il n'y a pas d'autre mot, au pillage des ressources du travail par les fonds de pension, fonds d'investissement, fonds spéculatifs et autres. Mais cela ne leur suffit pas. Ils veulent que nous disions merci et que nous baisions la main qui nous étrangle.

— J'ai lu que vous étiez en redressement judiciaire, note Carvin, lui emboîtant le pas en essayant d'éviter les flaques qui grêlent le sol.

Bona grimace comme s'il avalait de force un jus amer :

— Oui, dit-il, les patrons ont déposé le bilan, ils ont fait une « déclaration de cessation de paiements ». Un administrateur a été nommé, mais on ne sait pas où on va, surtout que la mairie et le sous-préfet veulent être de la partie. Soit il y a un moratoire qui maintient les choses en l'état, dans ce sens on a déposé au tribunal une demande d'annulation ou de suspension de la procédure de fermeture de l'usine, soit on dégote un repreneur, soit c'est la liquidation et ce sera au tribunal de grande instance de se prononcer.

— La liquidation, ça dit bien ce que ça veut dire…

— Oui, mais, si par malheur on en arrivait là, nous ne le laisserons pas approcher, le liquidateur. Ce genre de rapace, on sait ce qu'il veut : vendre le site au plus vite, solder les machines à la Bulgarie ou la Roumanie, toucher sa com et bonsoir Clara !

Alors qu'ils franchissent les barrages dressés à l'entrée et traversent la cour, Corda demande :

— Vous n'êtes plus payés depuis combien de temps ?

— D'après eux, leurs caisses sont vides ! Tu parles, elles ne sont pas vides pour tout le monde. Ils nous doivent deux mois de salaire plus les congés payés et les primes. Mais on tient. On est encore au moins une trentaine ou une cinquantaine à tenir selon les jours !

— Sur combien ?

— Sur plus de cinq cents au départ.

— Putain !

— Oui, putain ! Mais faut comprendre, ceux qui ont des gosses, les stagiaires, les intérimaires… c'est difficile pour eux d'être aussi mobilisés que nous.

Ils s'arrêtent un instant pour saluer un groupe de grévistes en train de restaurer une immense banderole : *Zitex Vivra !* déchirée par les dernières intempéries.

Bona repart à grands pas.

— Qu'est-ce qu'il y a comme perspectives ? demande Carvin sur ses talons.

— Rien ou presque. C'est ça qui crée de la désespérance. Non seulement dans les boîtes mais dans toute la société. Regarde, sur le département tu ne trouves plus de donneurs d'ordres et la plupart des sous-traitants, comme vous à la Méka, sont sous la coupe de capitaux étrangers.

Bona s'arrête à nouveau et force Carvin à faire de même.

— Pour nous, ici, c'est la même chose. La meilleure piste de reprise semble être celle d'un industriel adossé à un fonds d'investissement américain prêt à s'engager en échange d'une restructuration sévère et de quelques millions d'aide publique.

— Quel genre de restructuration ?

— Genre Attila. Où elle passe, l'emploi ne repousse jamais. Le repreneur promet au mieux l'embauche d'une vingtaine d'entre nous sur les cinq cent trente-deux que la Zitex compte actuellement.

Comité

Carvin, Bona et les autres rejoignent le comité de grève qui siège derrière une grande table à l'entrée des ateliers. Chacun se présente, se salue. Mlle Poinseau s'inquiète de savoir où sont les toilettes et disparaît le temps d'aller…

— On peut être une grosse dondon et avoir une petite vessie ! lance-t-elle en cherchant à leur faire partager sa bonne humeur.

Zertal, un délégué de la CGT, refait un bref historique du conflit, des actions entreprises par les salariés, évoque la préparation d'une grande manifestation en ville et se tourne vers le fond de l'usine :

— Vous voyez les containers là-bas ? dit-il en désignant des cylindres métalliques. Ils sont pleins d'encre. L'encre qui nous sert pour les impressions. Nous en avons placé tout autour de l'usine. Le maire et le sous-préfet savent que nous sommes capables de tout déverser s'ils ne se bougent pas le cul pour nous. Nous sommes prêts à passer à l'acte, on a un tel dégoût…

— S'il y a une décision collégiale, on ouvre les vannes, même si certains disent que ce serait se faire hara-kiri… explique Lousson.

Zertal, baissant la voix, le regard complice, précise :

— Mais on ne le fera pas.

— Pourquoi ?

— On se mettrait tout le monde à dos ici. Ce serait se tromper de cible. C'est une menace symbolique. En tout cas, ça marche pour les médias. Depuis qu'on a lancé ça, on a eu droit à un papier dans le journal !

Il ajoute :

— Si la Zitex doit disparaître, ce que je ne peux pas imaginer, nous, ce qu'on veut, c'est de bonnes primes, de bons reclassements, de bonnes formations. C'est pour ça qu'on tient les murs.

Bona revient un peu en arrière :

— Vous vous souvenez, en 2004, les types dans l'Est qui ont fait sauter les machines de leur usine ? Ça les a menés où ? Nulle part, au tribunal. Et la plupart d'entre eux ont dû partir loin de chez eux pour retrouver du travail, quand ils ont pu en retrouver…

— Je me souviens de ça, dit Carvin. Je me souviens aussi que ça m'avait fait réfléchir à quelque chose. Les types de cette boîte… La…

Il cherche le nom qui lui échappe.

— La Kos ! dit Bona.

— Oui, la Kos ! Les types de cette boîte, ils ont fait quelque chose de formidable. Mais quelque chose de formidable qui ne dépassait pas le bout de leurs revendications. C'était du désespoir à l'état brut. Ce qui aurait été vraiment formidable, c'est qu'ils fassent sauter les machines chez eux et que, dans le mouvement, ils foncent à la première usine en grève à cent kilomètres de là – je suis sûr qu'il y en avait une – pour convaincre ceux qui y étaient d'en faire autant. Et ainsi de suite… Que ça fasse tache d'huile.

— Tu rêves ! ricane Bona. Si ça arrivait, ce serait la révolution…

— Bien sûr que je rêve, répond Carvin. Mais je rêve éveillé. Il suffit parfois d'un rien pour qu'une tempête se déclenche sans que personne ne puisse le prévoir. T'as qu'à lire le journal…

Bona n'est pas d'accord, il trouve l'argument trop facile, la comparaison trop infantile. Carvin a d'autres arguments :

— Qu'est-ce qu'on fait ici ? On est venus vous donner la main. Pour vous aider, pour que vous nous aidiez. Pour que ce qui vous arrive ici et ce qui nous arrive là-bas soit bien vu comme un seul et même conflit social. Et qu'importe qu'on soit dans la mécanique et vous dans le textile. C'est la même idéologie qui nous condamne, les mêmes tueurs qui nous exécutent, les mêmes politiques qui tournent la tête pour ne pas voir ce qui se passe.

Bogdan, qui n'est pas intervenu jusqu'alors, fait entendre sa voix rocailleuse :

— Je ne veux pas être prophète. Mais j'ai assez de route pour avoir vu le démantèlement des mines, de la métallurgie, du textile, de l'automobile, de toutes les grandes industries. Vous voulez que je vous dise quelle sera la prochaine ? La prochaine, ce sera l'aéronautique. Encore un effort et il ne se construira bientôt plus un seul avion en France !

— Il faut qu'on arrive à coordonner nos actions, articule Corda, comme s'il cherchait à se convaincre lui-même.

Frétillante, Mlle Poinseau revient en se rajustant au moment où Lousson, assis à côté de Zertal, pose la question qui lui semble fondamentale :

— Vous avez l'intention de foutre le rif chez vous ?

— On n'en est pas encore là, répond Carvin avec un sourire.

— Mais on y viendra peut-être ! corrige Bogdan, montrant le poing. Si ça ne bouge pas en haut lieu, ils auront des morts sur la conscience.

Carvin l'invite à la modération :

— J'ai défendu une idée simple – vous avez le droit de ne pas être d'accord et ce que je vois ici me montre que vous êtes loin de l'être... L'idée est qu'à partir du moment où on profère une menace il faut la considérer comme réelle et donc, si la réponse à la menace n'est pas satisfaisante, mettre ses actes en accord avec ses paroles.

— Donc tout envoyer en l'air ? insiste Lousson, pour faire confirmer qu'il a bien compris.

— Donc faire ce qu'on a dit, répond Carvin, éludant la question, les mains ouvertes comme s'il soupesait deux idées. Je prends exemple sur les patrons. Quand ils décident de fermer une entreprise, qu'est-ce qu'ils font ? Ils la ferment. On doit leur reconnaître ça : ils ne parlent pas à la légère et ont de la suite dans les idées. Qu'est-ce que font les ouvriers qui se bagarrent contre la fermeture de leurs boîtes ? Ils menacent de foutre de l'acide, de l'encre, du pétrole, n'importe quoi, de tout faire flamber, de tout faire péter. Et qu'est-ce qu'ils font ? Rien. Ils ramassent l'aumône qu'ils finissent par obtenir et rentrent chez eux en regardant leurs pieds, fauchés, corrigés, morts de honte et criant victoire pour le cacher.

Carvin tient à être très clair :

— Si la menace est symbolique, vous serez d'accord pour dire que ce n'est plus une menace. Est-ce que vos adversaires, les nôtres, les patrons, les actionnaires, les fonds de pension, les politiques agissent dans le symbolique ? Non. Ils cognent dans le vrai. Alors, s'ils sont convaincus qu'en face les salariés sont tout juste

capables de taper du pied, d'agiter un sabre en bois et d'être tout rouges de colère, ils savent qu'ils n'ont rien à craindre. Pourquoi s'en feraient-ils ?

— Tu crois que les proprios de la Zitex pensent ça de nous ? demande Bona, chagriné par ce qu'il vient d'entendre.

Carvin ne se dérobe pas :

— Oui, je pense qu'ils vous nient, qu'ils vous méprisent. De la même manière je pense que notre direction nous prend pour des veaux et des cons qu'il suffira de fatiguer et d'affamer avant de les conduire à l'abattoir.

— Le CE a été reporté, explique Bogdan. Maintenant ils nous proposent une « réunion d'information » mais tout ça, ce sont des manœuvres. Parler, parler, parler... Ils veulent nous parler, nous faire parler jusqu'à ce que nous perdions le sens des mots et de la réalité.

— Qu'est-ce que vous allez faire ?

— Je ne sais pas encore ce qu'on va faire, répond sincèrement Carvin. Mais je sais un truc que racontait ma mère. Tu prends une grenouille, tu la jettes dans une bassine d'eau chaude, elle ne mettra pas deux secondes pour en sortir. Tu prends la même grenouille, tu la mets dans une bassine d'eau froide que tu fais chauffer tout doucement. Ta grenouille mourra bouillie sans s'être jamais rendu compte qu'on la tuait. Eh bien, c'est ce que nos patrons – les nôtres, comme les vôtres – sont en train de faire ! Ils veulent nous faire crever à petit feu, au bain-marie. Et, si on ne fait rien, on sera vite cuits, la bassine sera pleine de nos cadavres et personne n'aura entendu ni un cri ni une plainte...

Toutes les traces de la tempête sont effacées. Méka-motor est transformée en camp retranché, grilles fermées à la chaîne, renfort de barres métalliques, plaques de bois en travers. Une immense banderole a été tendue sur la façade : USINE EN GRÈVE. Dans les ateliers, les issues sont cadenassées, les fenêtres aveuglées. Il n'y a plus qu'un seul accès, une porte étroite gardée à tour de rôle par trois ou quatre grévistes. Plus personne n'entre ni ne sort sans montrer patte blanche. Ceux qui viendront pour la réunion d'information doivent savoir qu'ils entreront en territoire ennemi.

Mme Landreau, assistante « paye » d'Anath Werth, la DRH, recueille les fonds et gère la caisse commune pour le ravitaillement. Ravitaillement assuré principalement par les épouses des grévistes qui tiennent une permanence en face du lycée, dans une grande tente où chacun est invité à venir soutenir la lutte. Peu de femmes de la Méka passent la nuit sur place, seulement celles qui n'ont ni mari à la maison ni enfants à s'occuper. Quatre ou cinq, jamais plus. Mais toujours Mlle Poinseau, célibataire, fidèle au poste dans ses tenues fleuries. Les discussions sont permanentes, par service, par atelier, au sein de l'intersyndicale et très régulièrement en assemblée générale pour maintenir les troupes mobilisées.

Carvin fait un rapide récit de la rencontre avec ceux de la Zitex, des points d'accord, de désaccord, notamment sur les menaces qu'ils pourraient être amenés à exprimer. Il informe que les Zitex organisent une grande manifestation en ville et demandent à ceux de la Méka de s'y joindre pour faire nombre et montrer leur solidarité.

— Quand, leur manif ? demande Weber.

— Samedi prochain, là-bas, à Hénin, répond Corda.

— Donc, après notre fumeuse réunion d'information ?

Weber s'amuse de son lapsus, il se corrige :

— Notre « fameuse » réunion !

— Oui, après. Comme ça, on n'aura pas de mal à trouver les slogans…

Bogdan monte sur une chaise :

— Que ceux qui sont pour se joindre à la manif des Zitex lèvent la main !

Toutes les mains se lèvent.

— OK, dit Carvin. On ira à la manif. Mais peut-être pas tous. Nous devons garder un peu de monde ici. On ne sait jamais…

— T'as raison, approuve Weber. Je crois que ce serait bien d'envoyer à la manif ceux qui peuvent défiler en famille, papa, maman et les enfants, pour faire masse. Et qu'il reste ici suffisamment de lascars pour assurer une permanence.

— Lascar toi-même ! lance Corda.

Et tout le monde se sépare en plaisantant sur ceux qui seront les lascars en sentinelle et ceux qui auront droit à un bon de sortie.

Vies parallèles 2

C'est dans des lieux inhabituels qu'Anath et Antoine d'un côté, Carvin et Djuna de l'autre, se retrouvent, enveloppés de secret. Ils s'effacent aux yeux des autres. Terrain neutre, no man's land, même l'air qu'ils respirent leur est mesuré.

Chaufferie

Djuna attend Carvin au sous-sol de l'usine. Ils s'enferment dans un réduit qui sert de lieu de stockage aux pièces de rechange des plus vieilles machines. Personne ne vient jamais là. Dans sa désolation paisible, la pièce pue l'huile et la poussière. Ils s'embrassent à la seule lueur d'une veilleuse de sécurité. Djuna n'est pas en forme.

— Excuse-moi, mais j'ai la libido à zéro, dit-elle avec un sourire bizarre. En plus ma belle-mère a débarqué pour la semaine !

— Encore ?

— Je ne sais pas ce qu'elle a. Elle s'amène sans prévenir, prend pension et n'en fout pas une rame... Comme si c'était le moment ! Surtout que ça va être dur de s'échapper, maintenant qu'ici tout est bouclé et que l'école est fermée pour dix jours, le temps de réparer le toit qui s'est envolé.

Carvin propose :

— Et si tu restais un soir au piquet ?

— Je t'ai dit, j'ai les gosses, ma belle-mère...

— Ton mari ne peut pas...

— Non.

— Ah merde !

— T'es fâché ?

— Je ne suis pas fâché, je suis triste, dit Carvin en lui caressant tendrement la joue. J'ai tellement envie de t'avoir dans mes bras, de te sentir contre moi, de réchauffer mon ventre froid à ton Gulf Stream...

Djuna baisse les yeux, elle n'a pas la tête à ça.

— Tu sais, il s'est passé un drôle de truc cette nuit, dit-elle en regardant le mur. Je n'arrivais pas à dormir,

comme ça m'arrive souvent en ce moment. J'étais à poil dans la cuisine à bouffer n'importe quoi quand ma fille, à poil elle aussi, est venue me rejoindre. Sans rien dire, elle est montée sur mes genoux et s'est mise à me téter le sein. J'ai cru m'évanouir mais je l'ai laissée faire. Tu crois que je suis normale ou que je devrais me faire soigner ?

— Je crois qu'elle avait tellement besoin de toi qu'aucun mot ne pouvait le dire, avance Carvin.

Djuna s'emporte, chassant de la main ce qu'elle ne veut pas entendre :

— Tu trouves toujours une explication à tout !

— Qu'est-ce que tu veux que je te dise ? Que c'est de l'inceste ? Que c'est de la perversion ? Que t'as envie de baiser avec ta fille ?

— Sois gentil, ne te moque pas. J'ai honte, avoue Djuna l'air malheureux. J'arrive pas à me sortir ça du crâne. Ça revient tout le temps. Aurélie a huit ans, ce n'est plus un bébé !

— T'as aimé qu'elle te tète ?

— Oui, concède-t-elle en rougissant.

Carvin serre Djuna dans ses bras, il lui picore les joues de baisers, en glisse sur les pommettes, sur son nez, sur ses paupières.

— Tu aimes ta fille et elle t'aime encore plus, lui chuchote-t-il à l'oreille. Il n'y a rien de honteux ni de malsain à le dire avec ou sans paroles. Surtout que c'est peut-être la dernière fois…

— La dernière fois que quoi ?

— La dernière fois où tu l'auras nue contre toi. Elle va grandir, se développer, devenir une femme. Tu ne pourras plus la voir comme ça, la laver, la cajoler, la bercer. Tu ne pourras plus la toucher. Alors tu te souviendras de ce moment comme d'un moment magique.

Carvin marque un temps et se fait grave :

— À propos de ce qui s'est passé cette nuit, il n'y a qu'un mot que tu dois garder en tête et effacer tous les autres…

— Un mot ? Quel mot ? Qu'est-ce que tu veux que je garde ?

— Fais un effort.

— Je ne sais pas, s'irrite Djuna. C'est quoi ?

La réponse vient sans hâte ni urgence, montée du fond des âges :

— Le mot « amour »…

Djuna ferme les yeux mais les larmes perlent quand même entre ses cils :

— Et toi, tu m'aimes ? demande-t-elle d'une voix plaintive.

La question surprend Carvin, l'émeut plus qu'il ne le montre.

— C'est la première fois que tu me le demandes.

Il embrasse Djuna sur les lèvres :

— Oui, je t'aime. Même si les chaînes qui nous tiennent prisonniers loin l'un de l'autre m'empêchent de t'aimer comme je le voudrais, comme il faudrait, je t'aime, je t'aime, je t'aime…

Musée

Anath et Antoine se retrouvent au sous-sol du Palais des Beaux-Arts, dans l'obscurité propice de la salle des plans-reliefs.

— Je ne pouvais pas te parler quand tu as appelé, dit-il avant même de rejoindre Anath. J'étais avec…

Et, comme s'il réalisait soudain où ils se trouvent :

— Qu'est-ce qu'on fait ici ?

Son œil s'allume :

— Toi, t'as une idée derrière la tête.

Bien qu'il y ait rarement du monde, surtout à cette heure-là, Antoine se penche pour chuchoter à l'oreille d'Anath :

— Tu as envie qu'on...

— Cet enfoiré de Million me drague.

Antoine pouffe :

— Arrête tes conneries ! Cette nouille trop cuite ?

Anath ne s'arrête pas. D'une voix étrange, précipitée, elle raconte leur dîner, l'attitude de Million, ses confidences sur ses peines de cœur avec une juive, ses sous-entendus menaçants. Et, sans montrer ni sa colère ni son émotion :

— D'une manière ou d'une autre, je crois qu'il veut nous faire chanter.

— Chanter pourquoi ?

— Chanter parce qu'il sait où, quand, comment nous baisons ensemble. Je ne serais pas étonnée qu'il ait des photos, des enregistrements, peut-être même des vidéos.

Antoine blêmit, le sang déserte son visage :

— Tu crois que Fayet ou son frère nous ont...

— J'en sais rien. Peut-être que l'appart est piégé ?

— Je vais aller lui défoncer la gueule, jure Antoine, les dents serrées. Et je vais aussi aller...

— Tu ne vas rien faire, tranche Anath. D'une, parce que tu es bien incapable de te battre avec qui que ce soit, de deux, parce que nous n'avons pas le choix. Nous sommes entre ses mains et, paradoxalement, ça nous protège.

— Ah oui, tu crois ça ? Un pourri veut nous faire chanter et tu crois que…

Anath fait quelques pas, intriguée par le plan-relief d'Ath, comme si son nom avait été mutilé.

— C'est une intuition, dit-elle, mais j'ai l'impression qu'il manœuvre pour son propre compte et qu'il a besoin de nous au sujet de ce qu'il mijote avec la Méka. Qu'est-ce qu'il mijote ? Je n'en ai pas la moindre idée mais, tant qu'il a besoin de nous, nous ne sommes pas en danger. Pour le reste…

Anath marque une hésitation. Antoine l'encourage à poursuivre d'un ton glaçant :

— Pour le reste…

— Pour le reste, nous aviserons quand il sera temps. Surtout pas après les négos. Nous devrons agir avant la conclusion du conflit. Juste avant. Parce que, ensuite, si nous ratons notre coup, il pourra faire ce qu'il voudra.

Anath se colle contre Antoine :

— Et, s'il veut que j'écarte les cuisses, il pourra me contraindre à le faire et, si c'est toi qu'il veut à genoux, ce sera tout aussi facile.

Croix

Socko reçoit Raphaël Thorins, le directeur technique de la Méka, dans sa maison de Croix, la banlieue chic de Lille. Une belle propriété que sa femme tient de sa famille mais que Socko a fait rénover de fond en comble.

Socko et Thorins sont très liés.

En dehors de l'usine, les deux hommes se tutoient. Les grands-parents maternels de Thorins sont des Polonais de Lublin, Stanislas et Maria Kubiczek, ceux de Socko, les Sockovski, sont de Cracovie ; Thorins et Socko chantent dans la même chorale, les chœurs de la Vierge noire de Czestochowa. Une fois chez l'un, une fois chez l'autre, ils célèbrent traditionnellement Noël ensemble.

Marie-Christine, la femme de Socko, vient leur servir du café dans la véranda.

— Merci, dit Socko. Maintenant, laisse-nous…
— Je n'avais pas l'intention de vous déranger…
— Tu vas voir Rose ?
— Je vais voir qui je veux.
— Eh bien, vas-y ! Ne traîne pas dans nos pattes !

Marie-Christine s'éloigne, haussant les épaules, maugréant « c'est pas Dieu possible, il me rendra folle ! », et elle rejoint Rose, la femme de Thorins, sa meilleure amie depuis l'époque où elles étaient en pension ensemble.

— L'avocat me prend pour un con, commence Socko dès qu'ils sont seuls, mais cela n'a aucune importance. Au contraire, ça m'amuse et ça nous sert ! Pendant qu'il fatigue tout le monde avec ses calculs foireux et ses manœuvres en coulisses pour s'en mettre un maximum dans la poche, nous ne l'avons pas dans les pattes pour préparer ce que nous avons à faire…

— J'ai avancé, dit Thorins. J'ai des infos de première main sur ce qui se passe chez nous.

— Des infos comment ?

Thorins élude la question :

— Tu sais qu'ils sont toujours en grève à la Zitex ?
— Les connards de Hénin ?
— Oui, ceux-là.

— Alors ?

— Alors, une délégation de chez nous est allée leur rendre visite…

Socko revient à la charge :

— Comment tu sais ça ?

— T'occupe, ce n'est pas important. Je le sais, c'est tout. Ce qui est important, c'est que la rencontre s'est conclue par un accord d'aide réciproque et, pour commencer, de se joindre à la manif que la Zitex organise samedi prochain. Ils veulent frapper fort, faire descendre toute la ville dans la rue et même les alentours. Trois cents ou quatre cents types venant en renfort, c'est inespéré pour eux…

Le visage de Socko s'illumine de bonheur.

— C'est surtout inespéré pour nous !

— Oui, comme ça nous avons la date : samedi prochain. Les camions sont prêts, j'ai quatre équipes de démontage en stand-by et un service d'ordre mobilisé pour tout encadrer. Tu es sûr que le préfet nous enverra du monde ?

— Une plainte a été déposée. Ce sera de son devoir de faire cesser l'occupation. En plus, Ghislain est un ami. Il n'en touche pas une au golf, mais c'est un ami. Enfin, une relation…

— Tu avertis Detroit ou tu attends que ce soit fait ?

— J'ai le feu vert *off record* de Walters. Ils ne veulent pas savoir comment je m'y prendrai mais ils comptent sur moi pour que les machines soient en Serbie à la fin du mois. Et elles le seront !

Paroles de dirigeants

Benoît Hamon (député socialiste) : « Depuis des années le PS s'était laissé aller à une forme de conversion aux thèses de la modération salariale. Nous ne traitions cette question qu'au travers des compléments de type prime pour l'emploi, RSA… Nous acceptions l'idée que l'on soit sous-payé au travail et que la collectivité apporte le complément. Aujourd'hui, Martine Aubry se prononce pour que les salariés obtiennent la part des richesses qui leur revient. Nous progressons sur le fond. »

Christian Estrosi (ministre UMP) : « Le new deal industriel qui se prépare, la nouvelle donne industrielle que je vous propose aujourd'hui de préparer ensemble générera bientôt, vous pouvez en être sûrs, un nouveau pacte social. Cette révolution, car c'en est une, pénétrera partout. Dans les foyers. Dans les usines, jusque et y compris dans les classes de nos enfants… »

Petit déjeuner

Anath et son mari font chambre à part. Ils n'ont plus qu'occasionnellement des relations sexuelles. D'ailleurs, le professeur Werth dort plus souvent dans son bureau que dans sa chambre et s'il se passe quelque chose c'est Anath qui en prend l'initiative. Cela ne les empêche pas de vivre en bonne intelligence – la paix des braves ! –

et d'être extrêmement soucieux de ne jamais heurter l'autre ni le blesser d'une plainte ou d'un reproche.

— Tu as bien dormi ? s'enquiert Anath quand son mari entre dans la cuisine pour partager le petit déjeuner avec elle.

— Horrible ! gémit le professeur, serrant la ceinture de son vieux peignoir vert d'eau.

Il se laisse tomber sur sa chaise, respirant bruyamment :

— Quand Alain est parti, soupire-t-il, j'ai ouvert le *Münzer* de Bloch pour vérifier quelque chose. Eh bien, tu me croiras si tu veux, je me suis encore fait prendre par ce damné livre que j'ai déjà lu et relu je ne sais combien de fois ! Bref, je me suis laissé allé à lire une soixantaine de pages avant de m'endormir dessus sans m'apercevoir de rien...

Anath lui tend une moitié de pamplemousse qu'elle vient de préparer :

— J'espère qu'au moins tu n'as pas dormi tout habillé ?

Le professeur grogne :

— Non. Non, ne t'inquiète pas. Je me suis réveillé en sursaut vers trois heures...

Il pose sa main sur celle d'Anath :

— Je me suis déshabillé en quatrième vitesse et je me suis allongé sur mon canapé...

Inutile d'épiloguer. Werth pose le pamplemousse sans y toucher et se verse une grande tasse de café noir :

— C'est aujourd'hui ta réunion ?

— Oui, à dix heures. Bischoff passe me chercher. Nous prendrons Million à son hôtel, c'est sur le chemin.

— Votre patron ne vient pas ?

— Pas pour l'instant. L'avocat veut que nous gagnions du temps.

— Ah, pourquoi ?

— La direction dit qu'elle n'est pas tout à fait prête pour l'acte V : fermeture définitive, licenciements, indemnités, etc. Je ne sais pas ce qu'ils préparent mais ils ont gagné un délai.

— Tu ne sais pas ce qu'ils préparent ?

— Non, pas tout.

— Pourquoi ?

— Ils mènent la bataille, j'apporte les pansements…

— Et ils avaient besoin d'un délai pour astiquer leurs armes ?

— Sans doute.

Le professeur fait la moue :

— Grande stratégie ! À nous Clausewitz ! À nous Sun Tse !

Et d'un ton malicieux :

— Les grévistes vont se laisser enfumer ?

— Jusqu'à un certain point, répond-elle, ordonnant d'un doigt autoritaire à son mari de manger son pamplemousse. Pour l'instant, c'est le groupe qui a la main. Les ordres viennent de Detroit. Ici, la direction ne fait qu'obéir. Les grévistes n'ont pas une grande visibilité sur l'opération.

— Tu l'as, toi ?

— À peine. C'est pour ça que je vais à cette foutue réunion à la vitesse d'un âne qui recule. Ça ne me dit rien d'être un pion dans une partie dont on me cache la règle du jeu.

— Qui te la cache ? L'avocat, là, maître… ?

Anath approuve d'un hochement de tête :

— C'est sûr qu'il ne nous dit pas tout. En même temps, il n'a pas non plus les mains libres. Il est la voix du groupe mais ce n'est pas lui qui commande.

— Ce sont les Américains ?

— Oui. Les vrais chefs dirigent un fonds d'investissement qui tient le groupe par les couilles.

Le professeur finit sa moitié de pamplemousse en grimaçant. Anath connaît son numéro par cœur. Elle ne se laisse pas impressionner et pousse vers lui le yaourt 0 % qui fait partie du régime qu'elle lui impose pour son bien.

— Il n'y a pas de sucre ? risque-t-il timidement.

— Pas de sucre, pas de confiture.

Werth s'exclame sur un ton de prophète offensé :

— Qu'est-ce que j'ai fait au bon Dieu pour mériter ça ?

— Tu m'as épousée... répond Anath, le gratifiant de son sourire le plus insolent.

La scène est bien réglée et se répète presque tous les matins. S'ils étaient au théâtre Anath et Richard se lèveraient et salueraient le public. Le professeur fait une ultime tentative :

— Il n'y a pas de fromage ?

Le jeu s'achève par un silence sans réplique.

Ils peuvent parler sérieusement.

— Tu lis les journaux comme moi, dit le professeur en enlevant ses lunettes pour les essuyer avec une serviette en papier. On ne peut plus en ouvrir un sans découvrir une nouvelle fermeture d'usine, de nouveaux plans de licenciements. Même *Le Figaro* est obligé d'en parler ! Tu ne crois pas que ça va péter ?

— Non, je ne crois pas, dit Anath après un temps de réflexion. C'est vrai qu'il y a une sorte d'attente, un espoir de grand changement, peut-être même d'insurrection, mais les gens ont peur...

— Peur de quoi ? Peur de perdre leur boulot ? C'est déjà fait. Peur de l'avenir ? Ils n'en ont pas. Peur de qui ? Du grand méchant patron ? De leur ombre ? De

l'enfer promis aux âmes damnées par des générations de curés ?

— Peur tout simplement. Depuis au moins vingt ans les entreprises vivent sous le régime de la peur et ça va aller en empirant.

Le professeur remet ses lunettes.

— Une pétroleuse comme toi n'a pas honte de participer à ça ? demande-t-il d'un air faussement sévère.

— J'y participe le moins possible, répond Anath. Je compte les points en essayant de ne pas prendre de balle.

— Tu as quand même déjà conduit un plan social à la Méka, raille le professeur. Tu en as précipité dans le feu éternel !

— J'assume. J'ai fait mon travail.

Et, vexée, elle se reprend :

— Pourquoi j'aurais honte ?

— Je ne te comprends pas. Je t'ai entendue dix fois, cent fois, dénoncer ce système et tu me sors une réponse neutre, lâche, technocratique, comme si tu avais baissé les bras.

— Tu m'accordes des circonstances atténuantes ?

— Aucune.

— Qu'est-ce que je devrais faire ?

— Mettre ta vie en accord avec ta morale.

Le professeur Werth ne laisse pas le temps à Anath de protester contre la sentence :

— Je ne crois pas que ce « régime de la peur », comme tu l'appelles, avec ce qu'il entraîne d'humiliations, de souffrances, puisse durer *ad vitam aeternam*. Je ne sais pas d'où ça viendra ni comment ça viendra, mais il y aura d'abord une toute petite fissure comme sur de la porcelaine, puis la lézarde s'agrandira, deviendra cassure, fente, crevasse et la terre s'ouvrira en deux

pour précipiter dans le gouffre les salauds, les cyniques et les traîtres.

— Tu es parfait en pasteur millénariste ! s'exclame Anath, les yeux rieurs, la bouche moqueuse. Allez, un petit effort, monsieur le professeur, et dites-moi tout du Grand Soir et de l'Apocalypse !

— OK, je reviens sur terre, concède le professeur. Tu veux que je te dise de quelle manière a commencé la guerre des Paysans en Allemagne au XVIe siècle ? demande-t-il en forme d'excuse. Enfin, comment on le raconte.

— Tu veux me réciter ton cours ?

— Ce n'est pas dans mon cours. C'est une légende transmise par la mémoire populaire.

— Désolée, mais je dois y aller, dit-elle en se levant. Et, se penchant pour l'embrasser sur le front :

— J'étais ton élève, mais je ne le suis plus...

— Rassieds-toi, tu as bien une minute. Je suis sûr que tu ne le regretteras pas.

Anath ne veut pas faire d'histoires. Elle obéit, se rassied et se verse une dernière tasse de thé pour laisser son mari rassembler ses idées. Elle l'invite à se hâter en regardant sa montre. Elle veut bien être patiente, aimable, mais elle déteste être en retard. Puisqu'elle n'échappera pas à la leçon, autant l'entendre au plus vite.

— Voilà, dit Werth, tout commence un dimanche, pendant le carême. La femme du seigneur du lieu ordonne à ses serfs d'aller cueillir des jonquilles et de ramasser des coquilles d'escargot pour qu'elle et ses dames s'en fassent des colliers. Même si la demande leur paraît extravagante, les serfs ne peuvent qu'obéir ! Ils ramassent donc des coquilles d'escargot et cueillent des jonquilles. Quand les paysans du village à côté s'inquiètent de ce qu'ils font un dimanche de carême,

ils répondent : « Nous cueillons des jonquilles et ramassons des coquilles d'escargot pour que la femme de notre maître et ses dames se fassent des colliers. » Et ils invitent leurs voisins à leur prêter main-forte. Ainsi de suite, de village en village...

Le professeur marque un temps pour mesurer son effet :

— Et, un mois plus tard, dit-il en regardant Anath bien en face, l'armée paysanne comptait cent mille hommes...

Journal

L'article de Jean-Baptiste paraît sous le titre « Mille emplois sauvés », illustré par une photo de maître Million et non par celle du timbre en forme de cœur sur les lettres adressées au personnel pour les informer de la fermeture de l'usine. Les déclarations de l'avocat occupent les trois quarts du papier. Entre autres : « La crise qui nous frappe est si spectaculaire et si douloureuse parce qu'elle n'épargne personne, ni aux États-Unis ni en Europe », « Le groupe AMC a dû se résoudre à fermer la Méka, qui est déficitaire, afin de sauver les mille emplois des deux autres usines du groupe », « Nous sommes tout à fait favorables à la reprise du site par un industriel. Je peux même dire que nous l'appelons de nos vœux. Nous n'avons qu'une réserve : qu'il ne développe pas une activité similaire à la nôtre. Vous avouerez que ce serait paradoxal de mettre le pied à l'étrier à un concurrent au moment même où le secteur est en pleine tempête ». Enfin, en conclu-

sion : « Le groupe AMC propriétaire de la Méka a d'ores et déjà annoncé qu'il va initier un plan de sauvegarde de l'emploi particulièrement énergique. Nous mettons tout en œuvre pour que les procédures de reclassement, les préretraites, les stages de reconversion soient le plus rapidement possible opérationnels et efficaces. Car l'emploi est et demeure la préoccupation constante de la direction à la Méka comme dans nos autres usines. C'est notre combat. » Les propos de Carvin sont réduits à une paraphrase de ce qu'il a dit. Une eau tiède qui ne fait état ni de la détermination du personnel, ni des questions sur la destination des fonds publics et municipaux versés au groupe AMC, mais laisse entendre que les grévistes s'en remettent à l'autorité de l'État pour arbitrer ce conflit qui risque d'avoir des conséquences sur l'emploi. Une seule phrase, citée directement, semble contredire les propos de l'avocat : « Cette usine est viable. » Quant au préfet, interrogé par téléphone, il assure « tout faire pour que cette affaire soit réglée très rapidement en organisant, s'il le faut, une médiation entre les partenaires sociaux et les représentants de la direction de la Méka ». Il affirme « comprendre la colère sociale », mais ajoute que cela n'autorise pas les grévistes à faire et à dire n'importe quoi ni à occuper l'usine : « Rien ne justifie que les lois de la République soient ignorées alors même que nous mettons tout en œuvre pour trouver un repreneur qui assure la pérennité du site et la sauvegarde du plus grand nombre d'emplois possible. »

Couloir

Djuna et Carvin remontent le long couloir aveugle qui conduit au self. Ils marchent à distance l'un de l'autre, comme deux étrangers cheminant dans un désert paisible et silencieux. Djuna lit et relit le journal. Elle n'en revient pas :

— T'es sûr qu'il a bien compris ce que tu lui as dit ?

— Il notait tout frénétiquement sur un bloc à petits carreaux. J'ai vérifié.

— Qu'est-ce que ce serait s'il n'avait rien noté !

— Ce n'est pas dur à comprendre, explique Carvin. Ils sont forts, très forts. Ils connaissent du monde dans les journaux. Ils mangent ensemble, ils sortent ensemble, ils couchent ensemble, ce sont des amis, nous sommes des ennemis. Le pauvre gars qu'ils m'ont envoyé peut écrire ce qu'il veut, on lui fait réécrire jusqu'à ce que ce soit comme ils le veulent.

— C'est une belle bande de salauds !

— Ils ne nous font pas de cadeaux, nous ne devons pas leur en faire non plus.

— Weber est d'accord avec ça ?

Carvin hésite un instant avant de répondre :

— Dans le fond, oui, je crois qu'il est d'accord, mais c'est la vieille école. Il attend sinon le feu vert au moins un signe de Paris pour déterminer sa position définitive.

— Et les autres ?

— Je ne sais pas. Tu veux que je te fasse rire ? Le plus combatif, c'est Monnier, de la CGC. On ne le reconnaît plus. Il veut tout défoncer. Et tu sais pourquoi ? Pas pour un motif syndical. Pas pour un motif politique, c'est un centriste ! Non, il se place du point

de vue de la morale. Pour lui, c'est immoral ce qui nous arrive. Et cette immoralité le transforme en dragon. C'est Hulk !

Self

Il y a peu de monde au self pour boire un café après une nuit passée à l'usine. Carvin se tait, trempant consciencieusement un morceau de pain dans son bol, le journal plié sous son coude. Djuna l'observe en silence. Elle voudrait l'encourager, l'appuyer, le soutenir, mais il ne lève pas les yeux vers elle. Il continue à manger, à boire, le visage fermé, le front barré d'une ride profonde.

— Je sais bien que tu souffres, dit-elle. Même si tu t'arranges pour le cacher aux autres, moi, je le vois. Je te regarde et je le vois.

Carvin répond par une pirouette :

— Je suis comme une bête. Je souffre en silence.

Djuna n'apprécie pas.

— T'es pas une bête mais t'es bête, oui ! Un vrai crétin qui se croit malin en jouant monsieur Je-serre-les-dents !

Et, imitant Carvin :

— Le départ de ma fille et ma femme, ce qui se passe à la Méka, tout ça glisse sur moi. Je suis imperméable ! Ça tombe bien, par les temps qui courent...

— Tu voudrais quoi ? Que je pleure ? Que je me griffe les joues ? Que je m'arrache les cheveux ?

Djuna le rembarre :

— Arrête de fuir tes vrais sentiments.

— Je ne fuis rien, grommelle Carvin entre ses dents.
— Si, persiste Djuna. Tu te tais et tu cavales ailleurs dans ta tête.
— Mes vrais sentiments pour toi ?
— Ceux-là et les autres.
— Quels autres ? demande Carvin, sur la défensive.
— Ceux que tu fuis.
— Arrête avec ça. Tu crois que c'est facile pour moi ?

Djuna ne lâche rien :
— T'es en rogne ?
— Tu l'es pas ? lui renvoie Carvin.
— Qu'est-ce que tu crois ? dit-elle, piquée au vif. Moi aussi je suis en rogne de lire ces merdes dans le journal. Je suis en rogne de voir à quel point on compte pour rien, à quel point ils nous méprisent et se foutent de notre gueule. Ça me fait grimper aux rideaux autant que toi, mais ça ne m'empêche pas de penser à nous.
— À nos vrais sentiments ?
— Si tu ne dis rien, si tu gardes tout pour toi, ce mal finira par te ronger. Tu crèveras d'un cancer du foie et ce sera trop tard pour te consoler. C'est ça que tu veux ?

Carvin soupire, un long soupir comme s'il chutait dans une crevasse.
— Si je savais ce que je veux…

Son regard se perd :
— Je me souviens de ma mère, dit-il, à la fin, à l'hôpital, elle ne disait plus rien. Elle ne voulait plus parler ni qu'on chante ensemble. Elle me regardait et se taisait. Je me suis dit « plus on souffre, plus on se tait »…
— Tu parles d'elle ou tu parles de toi ?

Carvin refuse de répondre. Djuna ne le lâche pas :

— Tu ne me fais pas confiance ?

— Il n'y a personne à qui je fasse plus confiance qu'à toi. Tu es la seule à qui j'ose tout dire. À qui j'ose tout demander, tout faire. Tu n'as pas besoin que je te fasse des serments ou que je te signe un contrat devant notaire. Mais je ne peux pas en dire plus que j'en dis, en montrer plus que j'en montre. C'est moi, je suis comme ça. Je te le répète : je suis comme une bête et je mourrai sans un mot.

Djuna fixe Carvin droit dans les yeux, sa voix sort comme rouillée d'avoir trop répété trop de fois la même chose :

— Tu es chiant ! Tu ne veux jamais dire que tu as mal, que t'es fatigué, que t'en as marre, que je t'emmerde et que t'as envie de me battre !

— Tu voudrais que je te batte ?

— Des fois, oui, répond Djuna, le visage serein.

Carvin sent son dos se raidir :

— Ton mari te bat ?

— Ça va pas la tête ! Qu'il essaye de lever la main sur moi ou sur mes enfants et je pars dans la minute !

— Alors pourquoi... Je ne comprends...

— Tu ne comprends pas ? C'est pourtant facile. J'en ai marre d'être tellement réfléchie, tellement responsable, tellement adulte. Je voudrais qu'on soit comme deux enfants qui s'embrassent n'importe où, qui font ce qu'ils veulent, se disent n'importe quoi ; qui se chamaillent, qui se tirent les cheveux, se donnent des coups de pied et tombent dans les bras l'un de l'autre en pleurant.

À nouveau ils se taisent, à l'écoute de leur propre silence. Carvin sert du café. Ils boivent plus lentement

que nécessaire, s'épiant derrière leurs tasses. L'heure tourne. Ils doivent y aller. Carvin se lève le premier.

— Tu m'aimes ? demande-t-il, faussement désinvolte.

— C'est drôle, maintenant c'est toi qui poses la question, répond Djuna en passant devant lui. Bien sûr que je t'aime ! Si je ne t'aimais pas, tu crois que je serais là à essayer de civiliser une sale bête comme toi ?

Paroles de dirigeants

Serge Dassault (industriel, propriétaire de la Socpress, qui publie *Le Figaro*) : « Aujourd'hui, lorsqu'on pousse les gens à dire qu'il ne faut pas travailler, on est dans l'erreur. Quand on parle d'acquis sociaux, non ! Il n'y a pas d'acquis sociaux ! Il y a le fait que nous sommes dans une situation extrêmement mauvaise. La France, dans l'économie, est pire que les autres, on produit moins, ça coûte trop cher, on démotive les cadres, on a des syndicats qui ne comprennent rien… Les trente-cinq heures, c'est le cancer de l'économie, c'est quelque chose qui nous ronge. C'est quelque chose qui empêche de travailler, qui augmente le coût de production. Avec les trente-cinq heures, c'est le chômage assuré ! Ce ne sera pas trente-cinq heures, ce sera zéro heure ! Alors, ne travaillons pas, ne vendons rien et tout le monde au chômage ! »

Laurence Parisot (présidente du Medef) : « Le Medef exerce une autorité morale mais, en matière

d'encadrement des rémunérations des patrons, nous n'avons pas les moyens ni le désir d'imposer quelque chose qui dépend de la relation contractuelle entre le mandataire social et son entreprise, via le conseil d'administration. »

Résidence

    Peu de gens le savent, mais Mlle Poinseau a un prénom : Marguerite. Marguerite ! Un nom de vache...
    A-t-on idée d'appeler une fille Marguerite au XXe siècle ?
    Une lubie de sa mère dont une grand-tante portait ce nom et n'en a pas pour autant laissé le moindre sou en héritage. À ses collègues Marguerite impose « mademoiselle » ; pour ses amis elle tolère « Mag », mais rien d'autre.
    Thorins, le directeur technique, a aussi un prénom pour l'état civil, Raphaël.
    Dans l'intimité, c'est Raph.
    Ça aussi, peu de gens le savent...
    Raph débarque sans prévenir chez Mag. Dans le deux-pièces d'une petite résidence moderne de trois étages, « Les Maldives ».
    — T'as de la chance de me trouver ! s'exclame-t-elle en ouvrant la porte. J'allais retourner là-bas. Pourquoi tu ne m'as pas téléphoné ?
    Il entre, refermant derrière lui :
    — Je passais pas loin, j'ai eu envie de t'embrasser...
    — Qu'est-ce que tu faisais dans le coin ?
    Il ment :

— J'ai apporté un vieux fauteuil à un cousin de ma femme.

— Tu veux boire quelque chose ? Il me reste du café mais je peux te faire du thé si tu préfères. Après tout, nous sommes en grève, je ne suis pas obligée...

— Je te remercie, mais je n'ai pas le temps. Je te fais un baiser et je me sauve chez le dentiste.

— Seulement un baiser ? demande Mag, caressant sa poitrine.

Raph feint de ne rien sentir, de ne rien entendre :

— Ça se passe comment là-bas ?

— Tout le monde est mobilisé ! Impossible d'entrer ou de sortir sans l'accord du comité de grève. Ça discute dans tous les coins. Je vais te dire : je trouve que ça met une ambiance formidable ! Au fond, si ce n'était pas pour des raisons si graves, ce serait génial d'être en grève...

Thorins lui accorde un rapide baiser sur les lèvres et la force à s'écarter :

— Ils sont tous décidés à aller manifester avec la Zitex ?

— Pas tous ! Il y en a qui resteront à la Méka pour la sécurité. Mais personne ne veut rester. Je crois qu'on va être obligés de tirer au sort...

— Tu iras, toi ?

— Bien sûr que j'irai si je ne suis pas désignée « volontaire d'office ». Je ne veux pas rater ça. Aujourd'hui, on doit commencer à peindre les banderoles.

Thorins hoche la tête. Il réfléchit :

— Je me demande si je ne vais pas y aller aussi, dit-il d'un air convaincu.

— Tu viendrais avec nous ?

— Je fais partie de la direction mais je suis un salarié comme les autres. Un cadre supérieur, mais un salarié. Si la Méka ferme, je me retrouve sur le carreau.

Mag est aux anges :

— Ce serait formidable que tu viennes ! Ça aurait de la classe.

— Faut quand même que je sois un peu prudent, dit-il pour modérer son enthousiasme. Surtout ne dis rien à personne. Il ne faut pas que ça se sache, ni du côté de Socko, ni du côté des ouvriers. Ce qui serait bien, c'est que je vous rejoigne. Je ne tiens pas à être en tête de cortège, sous un slogan syndical. Tu sais ce que je pense des syndicats. Surtout les nôtres. Mais je veux être solidaire du personnel. Je tiens à le faire voir. Je t'appellerai juste avant le départ. Comme ça tu pourras me dire comment c'est organisé et je viendrai vous rejoindre. Et, qui sait ? On aura peut-être l'occasion de s'échapper ?

Voiture

Il tombe une petite pluie fine.

Antoine et Anath attendent maître Million pour le conduire à la Méka. L'avocat sort de son hôtel et monte rapidement en voiture. Il est d'humeur joyeuse :

— Vous avez vu l'article dans le journal ? dit-il, alors qu'ils sont secoués sur les pavés de la porte de Paris. Magnifique. Et ce n'était pas gagné !

— Pourquoi ? demande poliment Antoine, la mâchoire crispée.

— Figurez-vous qu'ils m'ont envoyé un jeune stagiaire qui me débitait ce que disaient les grévistes comme si c'était parole d'évangile ! En plus, il avait une tête épouvantable et était d'un négligé…

Million secoue le journal :

— Avec moi, il n'a pas perdu son temps : je lui ai tout réécrit et je l'ai même mis en rapport avec le préfet ! Vous imaginez ça, il ne connaissait même pas son nom ! Alors son numéro de téléphone, vous pensez bien que...

— Et il n'a rien changé à ce que vous aviez écrit ?

— Il n'avait pas intérêt ! rigole Million. Si, il a mis deux trois trucs sur les grévistes dont il aurait pu se dispenser, mais je ne lui en veux pas pour si peu...

Il pose le journal à côté de lui.

— Nous ne devons pas nous laisser abuser par l'idée idiote que les salariés seraient les meilleurs juges de leurs intérêts, dit-il d'une voix déterminée. Ils ne le sont pas. C'est nous qui le sommes. Vous, madame Werth, vous, monsieur Bischoff, nous, les gens futés, éduqués, instruits. Et nous devons nous assurer que ces idiots ne vont pas nous mettre dans le pétrin en intervenant sur ce qui ne les regarde pas. Dans le domaine économique par exemple...

Il soupire :

— Ce que nous faisons, nous le faisons pour leur bien. Mais ils sont incapables de le comprendre et nous n'avons aucune reconnaissance à attendre d'eux.

Anath va pour lui rétorquer que...

Million l'en empêche d'un geste autoritaire. Il s'en excuse, mais ils vont arriver à la Méka et il tient à distribuer précisément les rôles avant qu'ils ne soient à l'intérieur :

— Madame Werth, en tant que DRH, il vous reviendra de présider la rencontre, ce sera plus convivial. Vous connaissez tout le monde... M. Bischoff et moi-même interviendrons le moins possible, uniquement sur des points techniques de droit ou de finance. Person-

nellement, je ne veux apparaître qu'à titre de conseil et, dans une moindre mesure, de porte-parole du groupe. Surtout, nous ne devons pas nous conduire comme des contradicteurs. Nous écoutons ce que les grévistes ont à nous dire, nous acquiesçons et nous prenons note de tout, attentifs, concernés, mais sans avancer d'objections ni commentaires.

— Et si ça se passe mal ? demande Anath, essayant de contrôler son agressivité. Ces gens doivent être très en colère.

— Pourquoi voulez-vous que ça se passe mal ? Nous sommes des acteurs de second plan, des soutiers de l'entreprise. Nous nous présentons devant eux, faisant preuve d'un certain courage et d'une bonne volonté manifestes.

L'avocat se rengorge :

— Ensuite, je crois qu'il y a toujours, chez les salariés, un respect de l'autorité.

Cour

Antoine n'est pas autorisé à se garer dans la cour de l'usine. Il doit se ranger un peu plus loin et c'est à pied qu'Anath, Million et lui se présentent à la grille.

— Vous êtes sûr que je ne peux pas entrer avec ma voiture ? demande Antoine à Corda qui garde la porte avec Laugier et deux autres.

Les chaînes enlevées, Corda s'efface pour laisser passer les visiteurs :

— Désolé, monsieur Bischoff, pas un véhicule n'entre, dit-il.

Et, malicieusement, il glisse :

— Vous n'avez rien à craindre, il n'y a pas de voyous dans le quartier, pas d'arbres branlants et pas de tuiles qui risquent de dégringoler dessus...

Laugier serre la main des trois arrivants et ouvre la marche.

— On ne va pas dans la salle de réunion ? demande Anath, voyant qu'ils s'éloignent des locaux administratifs, collés à la ligne de production n° 4.

C'est Corda qui répond :

— Non, madame. Puisqu'il ne s'agit pas d'un CE, c'est préférable que tout le monde entende ce que vous avez à dire pour nous informer.

— La réunion a lieu au self, précise Laugier, essuyant la pluie sur son crâne chauve.

Et, sans arrière-pensées :

— M. Socko ne pouvait pas venir ?

Maître Million ne bronche pas.

— Je crois qu'il est en déplacement, répond Anath, après quelques pas en silence.

Elle se tourne vers Million :

— N'est-ce pas, maître ?

— Il a été appelé au siège, à Detroit, lâche l'avocat, de mauvaise grâce.

Réunion

Le silence se fait dans la salle quand Anath Werth, Antoine Bischoff et Million traversent la cantine au milieu du personnel. Ils gagnent la table où sont disposés trois gobelets en plastique à côté de trois petites

bouteilles d'eau. Weber les salue brièvement et les prie de prendre place.

— Vous ne vous asseyez pas avec nous ? demande Anath, reconnaissant au premier rang des grévistes deux femmes de son service qui lui adressent un discret signe de la main.

— Nous poserons les questions de la salle.

Et s'adressant à tous, d'une voix forte :

— Quand vous interviendrez, je vous demande de vous présenter. Et, à ceux qui ont un mandat, de préciser à quel syndicat ils appartiennent.

Anath et les deux autres prennent place.

— Si vous permettez, dit Anath, j'obéis à M. Weber, je fais rapidement les présentations : à ma droite, M. Bischoff, que vous connaissez, notre directeur administratif et financier, et, à ma gauche, maître Million, qui représente ici la direction générale du groupe à Detroit, mais qui n'interviendra que pour préciser des points juridiques qui mériteraient d'être éclaircis. Quant à moi, je ne me présente pas, vous savez qui je suis…

Un murmure d'assentiment parcourt l'assemblée, oui tout le monde connaît Mme Werth… Elle était déjà là quand l'AMC a repris la Méka. Et c'est elle qui a conduit le premier plan social où cent soixante-trois emplois ont été supprimés au nom de la modernisation du site.

Anath ouvre la séance :

— Tout d'abord je veux vous remercier de nous recevoir dans les temps difficiles que nous vivons et dans la situation périlleuse où nous nous trouvons. Et je ne parle pas de la météo…

Elle donne la parole à Antoine.

— Avant toute chose, je crois que M. Bischoff est le plus qualifié pour faire un point général sur notre situation financière…

Monnier intervient en levant la main :

— Monnier, CGC. Pardonnez-moi, madame Werth, mais il y a une question préalable à notre rencontre. Pourquoi M. Socko est-il absent ? Jusqu'à aujourd'hui, il me semble être le directeur de cette usine et le président du CE.

— Je crois qu'il a été appelé au siège, à Detroit, répond Anath avec un certain embarras.

— Vous croyez ou vous en êtes sûre ? Parce que, s'il n'était pas absent, je ne vois pas ce qui nous empêcherait de réunir sans délai un CE. Des décisions capitales pour notre survie sont à prendre. Tout retard nous précipite un peu plus dans l'abîme.

— M. Socko est à Detroit, rappelle maître Million d'un ton feutré, en regardant Anath.

Monnier se tourne vers l'assemblée, pour transmettre l'information jusqu'au dernier rang des grévistes :

— M. Socko est à Detroit !

Puis, porté par le grondement sourd du personnel qui commente la nouvelle, il s'avance vers la table :

— Alors, pouvez-vous m'expliquer ce qu'il faisait chez lui, à Croix, hier après-midi, avec M. Thorins et sa femme ? J'étais garé juste en face, je l'ai vu comme je vous vois… Et ce qu'il y faisait encore il n'y a pas une heure ? Mon fils avait pris le relais pour surveiller ses allées et venues…

— Il n'est pas encore à Detroit, il y part en fin de journée, répond Million sans se démonter.

Mais Monnier ne veut rien entendre :

— Non, monsieur, il n'y part pas, ni en début ni en

fin de soirée, et il n'a jamais eu l'intention d'y aller. Pourquoi d'ailleurs irait-il là-bas ?

— Puisque vous le surveillez, vous n'aviez qu'à le lui demander, rétorque Million, l'air offensé. Il vous aurait répondu.

— Vous nous mentez. Vous, la direction générale du groupe, vous ici derrière cette table, vous n'êtes que des menteurs. De sales menteurs qui mentent sur tout : sur M. Socko, sur la nécessité de fermer cette usine, sur les raisons de la fermer, sur celles du report du CE, celles de votre présence ici. Sur tout ! Et, au mensonge, vous ajoutez le mépris en nous adressant des lettres ridicules et en essayant de nous mener en bateau. Mme Werth a parlé de « temps difficiles » et de « situation périlleuse »... Eh bien oui, les temps sont particulièrement difficiles quand, après des années au service de cette entreprise, nous sommes traités comme des chiens, sans aucun respect. Notre situation n'est pas périlleuse, monsieur, non. Elle est chaque jour plus désespérante et plus désespérée à cause de votre attitude et celle de vos mandants.

Un tonnerre d'applaudissements salue la diatribe de Monnier qui n'en revient pas lui-même d'avoir été si loquace. Maître Million se lève, invitant Anath et Antoine à le suivre :

— Si c'est pour être mis en accusation, je crois que nous n'avons plus rien à faire ici...

Anath et Antoine hésitent, se consultent du regard.

— Ce sont des méthodes staliniennes ! ajoute l'avocat pour les décider.

Carvin vient se planter devant maître Million :

— Excusez-moi, monsieur, mais nous avons encore des questions à vous poser.

— Eh bien moi, je n'ai plus rien à vous dire. Je ne suis pas venu pour me faire traiter de menteur. Je ne me laisserai pas insulter. Si vous avez des griefs à formuler, adressez-vous au tribunal.

Carvin ne perd pas son calme.

— Ce n'est pas une insulte de vous traiter de « menteur », dit-il d'une voix posée, c'est constater ce qui est, rien de plus.

Million veut écarter Carvin :

— Poussez-vous, je m'en vais.

Mais Carvin ne bouge pas d'un pouce.

— Pas si vite. Vous partirez quand nous vous le dirons.

Et, à Anath et Antoine :

— Vous aussi, madame Werth, et aussi monsieur Bischoff...

Le visage de maître Million s'empourpre :

— Vous voulez nous séquestrer ?

Carvin répond le plus aimablement possible :

— Nous allons attendre ensemble que MM. Socko et Thorins nous rejoignent. Et, quand ils seront là, nous réunirons officiellement le CE, comme la loi nous ordonne de le faire... Tous les délégués du personnel sont présents, il ne manque plus que la direction. D'ailleurs, M. Fayet non plus n'est pas là. Vous savez où il est ?

Maître Million sort son portable, ignorant la question :

— J'appelle la police !

Carvin lui ôte l'appareil des mains :

— Avant d'appeler la police, vous allez appeler M. Socko.

— S'il n'est pas déjà dans l'avion ! crie Monnier, qui ne décolère pas.

Des rires fusent.

— Vous voulez que je le fasse ? propose Anath en s'approchant de Carvin.

— Merci, madame, mais je pense que c'est au représentant de la direction générale de le faire, dit-il en désignant Million, dont les pupilles se dilatent de colère. Et d'un poste fixe. Comme ça tout le monde pourra suivre sa conversation par haut-parleur.

Carvin informe Anath et Antoine qu'ils sont libres d'appeler la police s'ils le souhaitent, mais il précise :

— Cela ne vous fera pas sortir plus vite pour autant. Tous les accès de l'usine sont bouclés et bien gardés. Et nous, nous resterons ensemble jusqu'à ce que MM. Socko, Fayet et Thorins soient là. Et M. Lammert aussi ! Nous avons beaucoup de questions à leur poser : où sont passés les fonds publics et municipaux ? Depuis quand a été décidée la fermeture de la Méka ? Quel est notre avenir ?

— Je peux vous répondre, dit Bischoff, d'un ton ferme. Si c'est ça que vous voulez savoir, c'est parfaitement transparent, je peux vous répondre.

Carvin refuse net :

— Je ne vous le demande pas.

— Vous cherchez des ennuis ? intervient Anath, s'interposant entre eux.

Il sourit, la DRH a du cran.

— « Ennuis », c'est votre petit nom ?

— Allez vous faire foutre, grince Anath, sans presque ouvrir la bouche.

Carvin la fixe sans honte mais sans insolence. Anath ne se détourne pas.

Solidement escorté, Million est conduit jusqu'au téléphone posé sur la caisse du self. Il enrage :

— Je porterai plainte ! Vous ne savez pas ce qui vous attend, l'article 224-1 du code pénal...

— Vous ferez bien ce que vous voudrez, dit Carvin, lui coupant la parole, nous n'en avons rien à faire. En attendant vous allez faire rappliquer Socko et les autres.

Million le prend de haut :

— Quand vous aurez pris vingt ans et soixante-quinze mille euros d'amende, vous ferez moins les matamores !

Carvin ne l'écoute pas, les autres non plus. Monnier se charge de composer le numéro. Il met le haut-parleur.

— Bonjour, j'aimerais parler à M. Socko, de la part de maître Million, dit-il. Il est là ?

Marie-Christine, la femme du directeur, répond.

— Je vous l'appelle...

On l'entend crier, écorchant le nom de l'avocat : « Hubert, c'est pour toi, maître Michon ! » Monnier passe le combiné à Million. Socko attaque sans préambule :

— Alors, ça y est, vous m'avez fatigué la bête ? Ces crétins ont bien sué ?

— Nous sommes sur haut-parleur, dit Million d'une voix blanche. Les grévistes réclament votre venue immédiate. Ils nous retiennent...

— Quoi ? s'étrangle Socko. Ils vous... ?

— Oui, ils nous retiennent, répète Million, sans cacher son irritation. Nous sommes prisonniers.

Million, pris en otage, retenu, séquestré ! Socko a du mal à ne pas rire.

— Non, j'y crois pas !

— Je porterai plainte. C'est absolument intolérable. Je n'ai pas du tout l'intention de…

— Que voulez-vous que je fasse ?

Million observe un instant les hommes et les femmes qui l'entourent :

— Je crois que nous n'avons pas le choix, venez. Je ne tiens pas à passer ma vie ici…

Socko n'est pas prêt à répondre à sa requête :

— Pourquoi voudriez-vous que j'aille me foutre dans ce guêpier ? dit-il en ricanant.

— Je vous demande de venir, insiste l'avocat. Il n'y a pas que moi, Mme Werth et M. Bischoff sont également retenus. Nous sommes en danger. Vous ne pouvez pas vous dérober. Prévenez Fayet et…

— Je ne me dérobe pas, répond Socko, mais je suis plus utile et efficace où je suis. Vous savez ce que je vais faire ?

— Vous n'avez qu'une chose à faire, merde ! Venir.

Socko proclame d'un ton martial :

— Je vais avertir la police. Voilà ce que je vais faire.

Et il raccroche sans laisser à Million une chance d'argumenter.

CRS

Trois cars de CRS viennent prendre position devant la Méka. Le commandant Constant se présente à la grille et demande à voir un responsable. Weber vient à sa rencontre, un badge de la CGT accroché à sa veste.

— Mon commandant, je crains que votre présence

ici ne fasse que rendre les choses encore plus compliquées, lance-t-il de loin, avant même de le rejoindre. Vous feriez mieux de retourner d'où vous venez…

— Vous retenez des personnes contre leur gré, rappelle le commandant Constant, très froid. J'ai des ordres. Laissez-moi entrer, je les raccompagnerai en lieu sûr, l'incident sera clos et nous ne resterons pas.

Weber, calme, détendu, explique au CRS d'un ton affable :

— Ces personnes sont en parfaite sécurité à l'intérieur de l'usine. Et je vous garantis qu'il ne leur sera fait aucun mal. Je suis secrétaire du CE.

— Je n'ai pas à le savoir. Je vous demande de les relâcher immédiatement. Un point, c'est tout.

Weber sourit :

— Ils ne sont pas en garde à vue, ni attachés, ni menottés, dit-il pour bien se faire comprendre. C'est une réunion professionnelle. Ils attendent en notre compagnie que les membres absents de la direction nous rejoignent afin que nous puissions tenir un comité d'entreprise.

Les sous-entendus de Weber déplaisent profondément au commandant Constant.

— Ce que vous faites est absolument illégal.

— Et licencier quatre cents personnes ?

— Ce n'est pas la question !

— Au contraire, c'est toute la question.

Constant se rembrunit.

— Je vous avertis. Je vais devoir utiliser la force si vous…

Weber le coupe sèchement :

— Je ne vous le conseille pas, dit-il, le visage soudain pâli.

Et, d'un ton plus amical :
— D'ailleurs je suis sûr que vous ne vous y risqueriez pas.

Télé

La séquestration de maître Million, d'Anath Werth et d'Antoine Bischoff, dans le cadre du conflit à la Méka, fait une brève dans les journaux télévisés nationaux. Socko, seul à être interviewé, déclare :
— Sans renonciation explicite et sans ambiguïté à tout recours à la menace et à la violence, aucune solution ne pourra être trouvée.

Journaux

Dans *Le Point*, Bernard-Henri Lévy écrit : « Il faut arrêter la démagogie. L'arme de la séquestration (d'un cadre supérieur, d'un prof, d'un patron) n'est pas la "dernière arme" dont disposent les offensés pour se faire entendre. Ce n'est pas l'expression (condamnable certes, mais compréhensible car équivalant, nous dit-on, à un "sursaut de dignité") du "malaise", voire de la "détresse", d'une population poussée à bout. Ou si ce l'est, s'il y a des ouvriers qui ont le sentiment, quand ils voient leur usine fermer, se délocaliser ou, simplement, licencier en masse, que c'est leur vie qui n'a plus de sens, la dernière des choses à faire, pour un respon-

sable politique ou syndical, est de les conforter dans ce sentiment et de les encourager à répondre à la violence par cette contre-violence que serait la chasse aux patrons. »

Sylvain Besson, journaliste au *Temps*, à Genève, écrit :

« L'exception française demeure bien vivante. Le dirigeant du plus grand syndicat du pays, Bernard Thibault de la CGT, reste encarté au Parti communiste. La principale formation de gauche, le Parti socialiste, continue de revendiquer l'héritage des communards qui voulurent renverser l'État et brûler les monuments de Paris en 1871. Le président de la République se réclame toujours d'un document de 1944, le programme du Conseil national de la Résistance, qui prévoit "une organisation rationnelle de l'économie, assurant la subordination des intérêts particuliers à l'intérêt général". Toute l'incompréhension française face au libéralisme est là. »

Usine

Antoine prévient son épouse au téléphone et la rassure : il ne faut pas pleurer, ils ne sont pas en danger, c'est désagréable, fatigant, éprouvant mais il suffit d'être patient et tout finira par rentrer dans l'ordre. Il l'embrasse, embrasse les enfants, l'embrasse encore en se détournant d'Anath qui l'observe du coin de l'œil. Le professeur Werth, lui, accueille l'appel de sa femme d'un éclat de rire. Il félicite Anath d'avoir trouvé une

excuse aussi géniale – grandiose ! – pour ne pas rentrer chez eux et prononce leur phrase rituelle : « Sois sage et, si tu n'es pas sage, sois prudente ! » Puis, retrouvant son sérieux, il lui propose de déposer des vêtements de rechange et un duvet à la porte de la Méka. Anath refuse, ce ne sera pas nécessaire. À son tour, elle dit ce qu'il est convenu qu'elle dise quand elle s'absente :

— Ne t'inquiète pas, je rentrerai saoule, comme d'habitude…

Le professeur Werth lui signale qu'Alain Cerus vient d'arriver avec Luther sous le bras. Anath le renvoie à ses études mais, avant de raccrocher, elle ne peut s'empêcher de poser la question qui la tourmente :

— Ce soir, tu manges quoi ?

Maître Million n'a personne à prévenir. Il tourne en rond dans le bureau sous la surveillance de Carvin, de Monnier, de Corda et de cinq ou six autres dont Chavarre. Il râle, il jure, il proteste :

— La plaisanterie a assez duré ! Ça suffit comme ça. Socko ne viendra pas dans ces conditions, ni personne, ni Fayet, ni Lammert. Qu'est-ce que vous croyez ? Où vont vous mener ces conneries ? Vous n'obtiendrez rien en nous retenant prisonniers. Rien. Cela ne peut que vous desservir. Laissez-nous partir et je tirerai un trait sur ce qui s'est passé.

Carvin plaisante :

— Vous n'êtes pas bien, ici ? Vous voulez du café ? Du thé ?

Et, adressant un clin d'œil à Corda :

— Qu'est-ce que vous prenez au petit déjeuner ?

— Vous vous croyez drôle ? grogne Million. Vous croyez vraiment que je vais passer la nuit ici ?

— Il faudra bien si la seule réponse à nos demandes est de nous envoyer des CRS.

— Vous espériez quoi, qu'on vous envoie des fleurs ?

Carvin fixe l'avocat droit dans les yeux.

— Nous les avons déjà reçues, dit-il avec gravité. Sur le timbre de la lettre annonçant que nous étions tous foutus à la porte.

Vies parallèles 3

Sur la Costa Brava, dans une chambre de l'hôtel Xaloc, à Platja d'Aro, Christian et sa femme Pauline ont tiré les rideaux et verrouillé la porte pour être seuls. Le professeur Werth et son élève Alain Cerus sont seuls eux aussi, les heures ne comptent pas pour eux.

Livres

La relecture de la thèse d'Alain Cerus est terminée. Le professeur Werth retourne la dernière page et la pose sur la pile de plus de cinq cents feuillets. On lui arracherait la peau plutôt que de lui faire avouer qu'il est ému, mais il est ému. Il s'emporte soudain comme s'il répondait à un contradicteur invisible :

— Oui, un livre ! Encore un livre ! Toujours des livres !

D'un grand geste il balaie sa bibliothèque. Ce ne sont pas des murs mais des souvenirs. Une mémoire qui l'étouffe :

— Je suis entouré de livres, je vis des livres, j'en lis, j'en écris. Des livres ! Des livres ! Je suis ivre de livres !

Il se penche vers Cerus :

— Je vais vous dire, Alain, parfois les livres me dégoûtent. J'ai envie de les foutre au feu, de les jeter à la benne. Je suis comme Rousseau, j'aspire à revenir à l'état d'avant les livres. Un homme sauvage, nature, une brute. Vous pouvez comprendre ça ?

— Je ne sais pas, murmure Cerus en baissant les yeux.

Werth prend le visage du jeune homme entre ses mains et visse son regard dans le sien :

— Vous avez fait un boulot formidable.

Les lèvres d'Alain tremblent, ses paupières battent, il rougit :

— Merci...

Le professeur se verse un généreux verre de whisky et force son élève à en accepter un.

— Trinquons ! dit-il en se levant.

Alain se lève à son tour.

Ils trinquent.

— Cul sec ?

— À la vôtre !

À l'instant où les deux verres se touchent l'ampoule de la lampe de bureau claque. Ni l'un ni l'autre ne bronchent. Ils boivent d'un même geste, reposent leurs verres et se taisent. Ils ne bougent pas, figés dans la lumière mièvre tombant d'un lampadaire au-dehors. Ce sont deux spectres qui se font face. Le silence se prolonge, imposant, écrasant.

— Je vous aime, avoue brusquement Alain, comme s'il prononçait une formule magique capable de faire disparaître le professeur ou, au contraire, de le précipiter contre lui.

Les mots se bousculent sur ses lèvres. Il ne peut plus s'arrêter :

— Je vous aime, professeur. Je n'en peux plus de mentir. De faire semblant. Je vous aime. J'ai envie de... Je veux...

Ses paroles résonnent dans la tête de Werth comme un appel où la pitié et le désir se mêlent.

— Tais-toi ! ordonne-t-il.

Il tend la main, saisit Cerus par la nuque et plaque sa bouche contre la sienne.

— Tais-toi...

Alain s'offre sans retenue, corps contre corps, lèvres contre lèvres, homme contre homme. Le baiser dure comme si l'un et l'autre craignaient de se séparer ; comme s'ils devaient perdre la notion du temps, s'abandonner à eux-mêmes sans honte, sans répulsion.

Alain cède le premier, des larmes dans les yeux.

— Je vous aime, murmure Alain, réclamant un nouveau baiser.

Werth pose ses lunettes sur son bureau, troublé par une réminiscence de Iago dans Shakespeare : « Il dépend de nous d'être d'une façon ou d'une autre. Notre corps est notre jardin, et notre volonté en est le jardinier. » Très doucement, il déboutonne la chemise d'Alain, déboucle sa ceinture, le met à nu. Le corps d'Alain est d'une blancheur étonnante. Un corps imberbe tout en courbes, tout en rondeurs, une pierre de lune. Presque un corps d'enfant que d'une main ferme il guide jusqu'au divan.

Il ne fait pas encore jour.

Le professeur se réveille en sursaut, Alain est couché sur sa poitrine, les cheveux en désordre. Il fait chaud, une chaleur d'alcôve. Les corps sont lourds, moites,

pleins du poids de la nuit. Werth sent son cœur battre, il transpire, ses lèvres tremblent, sa chair se gonfle, durcit. Il tente de se concentrer sur le lustre, un astre laiteux, un œil mort. Mais le souffle d'Alain l'envahit tout entier tandis que sa main glisse sur le dos de son élève. Précise, aiguë, une terrible angoisse perce soudain sous ses côtes. Les murs semblent se rapprocher, le plafond s'abaisser comme s'il était pris dans une presse géante.

Werth secoue Alain encore endormi :

— Va-t'en. Va-t'en maintenant et ne reviens jamais ! dit-il comme s'il criait au feu.

Alain ramasse ses vêtements, jetés un peu partout, et s'habille en hâte. Werth n'ose le regarder de peur de vouloir le retenir.

— Nous nous reverrons encore une fois pour ta soutenance puis nous ne nous verrons plus, ordonne-t-il, tourné vers la fenêtre. Plus jamais.

Alain s'en va, emportant sous son bras ses cinq cents feuillets.

Il s'en va sans un mot.

Plutôt, il s'enfuit comme un fugitif.

Le professeur Werth entame une bouteille de son meilleur whisky et s'en verse un plein verre en guise de petit déjeuner. Pas de pamplemousse, pas de yaourt 0 %, pas de biscottes sans sel, de l'alcool, rien que de l'alcool ! Il veut oublier, ne plus penser, effacer de sa mémoire cette nuit où il a joui d'une ombre. Au deuxième verre, il se sent cerné par des forces obscures qui lui répètent que ce qu'il a connu avec Alain, il ne l'a jamais connu avec aucune femme, pas même Anath. Que si le mot « amour » a le sens d'« union charnelle », il a aimé ce garçon même si tout en lui condamne cet

amour. Au troisième verre sa tête est si lourde, ses membres si engourdis, ses pensées si confuses qu'il ne parvient ni à rester debout, ni assis, marchant comme égaré entre les quatre murs de son bureau. Il parle tout seul, grogne, ricane et sanglote à sec, récitant du Lucrèce : « Lorsqu'un homme est blessé par les traits de Vénus, lancés par un éphèbe aux membres féminins... » Werth détache sa ceinture et s'en frappe à la manière des flagellants. Mais cela ne lui fait ni bien ni mal. Il a seulement honte d'accomplir un geste si ridicule. Il tombe à genoux la tête dans les mains, psalmodiant non non non non non... Ses gémissements, ses plaintes, ses invocations sont vaines, aussi ridicules que les coups de sa ceinture. Il la jette loin de lui avec horreur et boit encore un verre de whisky. Il en renverse la moitié tandis qu'il compose mécaniquement le numéro d'Alain sur son portable. Dès qu'il l'a en ligne, Werth n'a qu'un mot qui le mortifie :

— Reviens !

Fièvre

Christian écrase sa femme sous lui, suant et soufflant comme un cheval de labour. La tête de Pauline ballotte au rythme de ce qui la pénètre. Elle geint doucement, les yeux clos, patiente. On frappe à la porte.

— C'est moi ! se lamente Chantal en tournant la poignée sans parvenir à ouvrir.

À nouveau, elle frappe, affolée :

— Christian !

— Fous le camp, fais pas chier ! crie son frère, sans se ralentir.

— La petite est malade !

— Merde. Tu ne comprends pas ? Tire-toi !

— Faut appeler un médecin !

— Dé-ga-ge !

Pauline rejette brusquement Christian avec une force inattendue :

— Pousse-toi !

Pauline se lève, laissant son mari stupéfait, et sans prendre le temps de s'habiller va ouvrir la porte, fermée à la chaîne.

— Je ne parle pas espagnol, sanglote Chantal, sans remarquer la nudité de sa belle-sœur. Océane est couverte de boutons et elle a de la fièvre. Il faut appeler un médecin...

— Je m'en occupe, dit Pauline. Je vais téléphoner.

Christian enrage.

— Tu fais vraiment tout pour nous emmerder ! Je t'offre des vacances et tu t'arranges pour tout gâcher...

— Pardon, je savais pas que... s'excuse Chantal, rougissante de voir son frère nu, s'exhibant, assis sur le lit comme un gros baigneur.

Pauline enfile ses vêtements. Elle houspille son mari :

— La petite est malade ! Qu'est-ce que t'attends pour mettre quelque chose ? Tu ne vas pas rester comme ça !

— J'attends que tu viennes finir ce qu'on avait commencé !

— T'as qu'à finir tout seul !

— Viens ici. Viens ici, je t'ordonne de venir ici. Chantal n'a qu'à se démerder !

— Tu te fous d'Océane ? C'est notre filleule, non ?

Christian n'est pas d'humeur à se faire rappeler à l'ordre. Il glapit :

— Et toi, tu te fous de moi ?

La nuit s'étire. Océane dort.

Chantal et Pauline l'ont baignée pour faire tomber la fièvre. Le médecin est venu, un bel homme, sympathique, à l'œil rieur, avec qui Pauline a pris plaisir à parler espagnol. À raconter l'histoire de ses grands-parents de Tolède. Le médecin a fait une piqûre à Océane pour l'apaiser.

— Ce n'est pas grave, la varicelle, a-t-il diagnostiqué. Vous devez surveiller la petite mais, a priori, la fièvre sera tombée dès demain. Il faudra juste l'empêcher de se gratter et suivre le traitement.

Le docteur Mariano Paz a laissé son numéro de portable, au cas où...

— C'est ma faute, pleurniche Chantal d'une voix d'enfant. C'est ma faute. Je suis partie et maintenant elle est malade.

— Qu'est-ce que tu racontes ? dit Pauline. Ce n'est pas ta faute. La petite est malade, parce que les enfants sont malades. Le médecin t'a dit que ce n'était pas grave. C'est la varicelle ! Tout le monde a la varicelle. T'as pas eu la varicelle ?

— Si.

— Tu vois...

— Non, c'est ma faute, s'obstine Chantal. Elle est malade parce que je suis partie...

— Tu regrettes ? Tu veux rentrer ? Tu veux appeler Carvin ?

Le menton de Chantal tremble. Elle balbutie, luttant contre les larmes qui ne demandent qu'à venir. Pauline lui caresse la joue :

— Si tu veux repartir...

— Non... Non... C'est fini. Je ne retournerai jamais là-bas. Jamais. Je suis malheureuse, j'ai grossi, j'ai...

Pauline passe son bras autour des épaules de Chantal et se serre contre elle :

— Tu sais, si j'avais le courage, je ferais comme toi.

— Tu grossirais ?

— Je quitterais Christian.

— Tu ne l'aimes plus ?

— C'est lui qui ne m'aime plus, si jamais il m'a aimée. Je ne suis pas assez bien pour lui maintenant qu'il est chef. Il me trouve trop nulle, mal fagotée. Il me dit tout le temps que je sens le vieux à cause de mon travail, et que j'ai rien dans la tête...

Pauline laisse échapper un petit rire de gorge :

— Eh bien lui, il n'a rien autre part !

La remarque arrache un sourire à Chantal.

— Tu l'as vu tout à l'heure dans la chambre ? ricane Pauline, fronçant le nez.

Elle baisse la voix :

— Il a un tout petit kiki ! Il a un gros ventre, mais il a un tout petit kiki ! T'as pas vu ?

— J'ai pas regardé, je...

Un voile de tristesse couvre soudain le visage de Pauline :

— C'est peut-être pour ça que je n'ai pas d'enfant...

— Ça n'a rien à voir, dit Chantal, reprenant pied. J'ai lu dans *Femme actuelle* que...

Pauline l'interrompt, elle veut savoir :

— Carvin, il en a une comment ? On peut bien se dire ça entre belles-sœurs...

Chantal, désarçonnée par la question, bafouille :

— Une comment ? Comme...

— Comme ça ? demande Pauline en écartant les mains.

— Oui... Je ne sais pas. Comme un homme.

— Tu vois que ça a à voir ! Il t'a mis Océane dans le ventre, bien au fond... Moi, il me bourre comme un sac mais ça ne rentre pas assez. Ça me fait rien.

— Rien ?

— Ni chaud, ni froid, ni un bébé !

— Tu ne prends pas ton pied ?

— Je m'arrange de la main gauche. T'inquiète, c'est bien mieux !

Elles rient.

— Christian m'a raconté qu'il t'avait trompée... avoue Chantal, tête basse.

— Il se vante ! Il n'a pas ce qu'il faut où il faut pour faire le coq. À part une cruche comme moi, je ne vois pas qui voudrait de lui.

Les yeux de Chantal s'éclaircissent.

— Le mien ne se vante pas mais il ne se prive pas de me faire porter les cornes, dit-elle, sentant la colère lui monter aux joues.

— T'es sûre, au moins ?

— Tu sais, en cité, quand tu coiffes à domicile t'apprends tout. Tout le monde te regarde tout le temps, tout le monde parle, tout le monde sait tout ce qui se passe et ne se gêne pas pour te le dire.

Bozo

Quand elle était enfant, Anath s'était inventé un compagnon imaginaire qui ne parlait qu'à elle, un ouis-

titi qu'elle appelait Bozo. Bozo était toujours là quand il fallait, quand elle était seule, quand elle était triste, quand elle ne savait que faire ou que répondre. Bozo lui parlait dans sa tête, la conseillait, la consolait, l'aidait à prendre les décisions importantes qu'elle devait prendre : mettre sa robe à smocks ou sa salopette bleue par exemple. Bozo connaissait tout sur tout et, si Anath est aujourd'hui ce qu'elle est, c'est parce qu'il a été là dans tous les moments décisifs de sa vie. Enfin, jusqu'à son entrée en maternelle où il a pris congé d'elle, jugeant qu'elle était désormais assez grande pour gouverner seule sa vie. Aussi, quelle n'est pas la surprise d'Anath quand son portable sonne et qu'une voix, semblant venir de la nuit des temps, chuchote :

— C'est Bozo...

La farce est vite éventée. C'est Dany, son frère cadet, directeur adjoint de la SCN, une usine chimique près de Rouen. Il vient aux nouvelles.

— C'est bien de ta boîte qu'ils viennent de parler à la radio ?

— Je ne sais pas, répond Anath.

— T'écoutes pas ?

— Je n'ai pas la radio où je suis, mais c'est possible qu'il s'agisse de nous. Nous sommes en grève, le personnel occupe l'usine et je suis personnellement retenue à l'intérieur avec deux autres cadres. Ils en ont parlé à la radio ?

Dany n'en revient pas :

— Déconne pas, t'es séquestrée ?

— N'exagérons rien. Disons plutôt que j'ai une interdiction temporaire de quitter le territoire de l'entreprise...

Le frère d'Anath veut tout savoir :

— T'es enfermée ? T'es comment ? T'es attachée avec une corde ? T'es menottée ? T'es dans une cave ?

Son frère ne changera jamais. Elle lève les yeux au ciel :

— Je suis très bien traitée, affirme-t-elle d'un ton sans réplique. On peut même dire qu'ils sont aux petits soins pour moi. Et j'imagine que c'est pareil pour mes collègues.

— Ils ne sont pas avec toi ?

— Ça fait partie de la règle du jeu : nous sommes chacun dans notre coin, sans possibilité de nous parler.

— C'est dur ? demande Dany qui ne plaisante plus.

— Est-ce que tu m'entends geindre ? Est-ce que tu m'entends me plaindre ? Non. Alors, bien sûr que ce n'est pas spécialement agréable mais ma situation est dix fois moins dure que celle des salariés qui me retiennent et qui vont bientôt se retrouver sans rien, sans même une DRH à qui préparer le petit déjeuner et faire la conversation.

Il y a un silence.

— C'est drôle que tu aies ressuscité Bozo... dit Anath. Ça m'émeut.

— C'est ta conscience !

— Je n'aurais jamais dû te raconter ça.

— Tu m'as toujours tout raconté... Tiens, d'ailleurs comment va...

Dany fait exprès de ne pas prononcer le nom d'Antoine.

— Il est avec toi ?

— Qu'est-ce que ça peut te faire ?

— C'est mon côté historien. Les amours d'Antoine et de Cléopâtre m'ont toujours fasciné. C'est beau, c'est romantique, c'est tragique. Ça ne te dérange pas que je t'appelle Cléopâtre ?

— Si je peux te traiter d'aspic.
— Allez, pas de chichis, je veux tout savoir.
— Pas question. Ça ne te regarde pas. Raconte-moi plutôt les aventures de ta Justine.
— Elle prospère.
— Les prospérités du vice ?
— De la maternité épanouie.

Anath n'insiste pas. Sa belle-sœur n'est pas un sujet de conversation avec son frère.

— Et à l'usine ?
— Ici, avoue Dany, c'est assez calme à part les dégâts que la tempête a faits, comme partout. Sinon, il y a eu une petite alerte parce qu'il a fallu prendre la décision de fermer un atelier qui faisait double emploi avec un autre aux Pays-Bas. Forcément nous avons dû licencier, reclasser le mieux possible ceux qui pouvaient l'être, supporter une manif et trois jours de grève, mais ça s'est vite tassé.
— Et après ?
— Après quoi ?
— Ne me prends pas pour une gourde, Dany. Je suis DRH. Je sais comment on s'y prend pour dégraisser petit bout par petit bout avant de mettre la clef sous le paillasson.

AG

La situation est bloquée, figée comme le ciel uniformément gris au-dessus de la Méka, sans promesse de soleil derrière les nuages, sans mouvement. À Detroit, les Américains réaffirment obstinément leur volonté de

fermer l'usine, une décision définitive, non négociable, non discutable ; en France, Socko, chaque jour plus méprisant pour les grévistes, se répand dans la presse. Il incrimine les syndicats manipulés par l'ultra-gauche, dénonce le nihilisme de ceux qui occupent les ateliers et les stocks, s'insurge contre la séquestration de trois cadres comme aux pires heures du totalitarisme soviétique et chinois. Fayet et Lammert, eux, se tiennent à l'écart, comme si ce qui se passe à l'intérieur comme à l'extérieur de la Méka ne les concernait déjà plus.

Anath passe les nuits dans un sac de couchage, sur un matelas en mousse installé au fond d'un petit bureau mitoyen du labo où travaillent d'ordinaire Mlle Poinseau et ses collègues. Maître Million est cantonné à un bout de l'atelier n° 1, derrière les stocks grillagés où on l'enferme à partir de vingt-deux heures. Il se plaint de tout, de l'inconfort du lit de camp mis à sa disposition, de la nourriture dont il se méfie comme s'il craignait d'être empoisonné ou drogué.

— Non seulement on me prive de liberté mais aussi d'intimité ! proteste-t-il quand il découvre qu'il ne peut aller seul aux toilettes, qu'il doit demeurer sous surveillance.

Antoine Bischoff, de son côté, dort dans le vestiaire des hommes transformé en dortoir collectif avec des couchages de fortune.

Un tour de garde a été établi.

Les ouvriers se relaient toutes les quatre heures pour prévenir une action policière ou une tentative d'évasion de Million et des deux autres. Mais les CRS, toujours stationnés devant la Méka, se contentent de surveiller les mouvements des femmes qui apportent le ravitaillement et repartent aussitôt tenir la permanence dans la tente devant le lycée. Ni Anath Werth, ni Antoine

Bischoff, ni Million ne manifestent de volonté de fuite, bien que cela fasse maintenant trois jours qu'ils sont retenus.

— Trois jours ! remarque Weber, venant chercher Carvin pour l'AG quotidienne. Tu te rends compte : trois jours !

— Et alors ?

— Alors, si ça continue on va entrer dans le Livre des Records ! Dans ce genre d'histoire, d'habitude, les cadres sont relâchés au bout de vingt-quatre heures !

— C'est bien de ne pas se laisser gagner par les habitudes, philosophe Carvin en s'étirant.

L'inactivité lui pèse.

— On y va ?

— Ils nous attendent...

L'ordre du jour est très solennellement présenté par Monnier :

— 1. Point général de nos revendications et de notre action ; 2. discussion à propos des personnes retenues, devons-nous les relâcher ou, au contraire, les garder avec nous ? ; 3. préparation de la manifestation avec la Zitex, organisation, transports, banderoles, slogans, etc.

Monnier réclame le silence :

— Un dernier point. Je demande à chacun de parler à son tour. Vous pourrez tous vous exprimer mais un par un...

Weber est le premier à intervenir.

— Je passe tout de suite la parole à maître Marie-Claude Dangerville, pour vous donner les dernières nouvelles du front...

L'intervention de l'avocate de l'intersyndicale se place d'emblée sur un terrain politique :

— Il y a un paradoxe scandaleux dans notre situation : cinquante millions d'euros ont été versés au groupe AMC et la Méka ferme. Cette aide du FSI, le Fonds stratégique d'investissement, payée par les contribuables, n'a servi qu'à satisfaire les actionnaires alors que dans le même temps près de quatre cents emplois devaient être supprimés. C'est sans conteste du détournement de fonds publics. Les aides du FSI comme du FMEA avaient pour objectif de maintenir l'emploi et d'éviter les délocalisations. Dès lors, le gouvernement doit prendre une position claire et expertiser lui aussi le projet de la Méka. Ce n'est pas à vous que j'expliquerai que l'usine est non seulement performante mais rentable. De deux choses l'une : soit l'AMC prend l'argent et se paye la tête de l'État, soit l'État choisit de laisser faire et détourne le regard pour ne pas voir les basses œuvres de la direction du groupe. Dans un cas comme dans l'autre, le gouvernement est assis sur une bombe.

Par commodité, pendant l'AG, maître Million, Antoine Bischoff et Anath sont regroupés dans le bureau des contremaîtres au centre de la ligne de production n° 1. Ainsi, ils sont sous la surveillance de tous sans que quiconque manque la réunion pour les garder.
Anath, Antoine et Million ne prêtent qu'une oreille distraite aux phrases qui leur parviennent comme d'une autre planète. Une pluie de météorites.

— En France, on n'obtient rien si on est gentil. Souvenez-vous de Gandrange, souvenez-vous de Metaleurop ! Alors qu'est-ce qu'on attend pour descendre dans la rue ? Pour protester contre la vie indigne qu'on nous réserve ?

— Je suis trop jeune pour partir à la retraite et trop vieux pour retrouver quelque chose, alors pas question de céder, de l'avoir dans l'os comme tous ceux qui ont cédé sur tout !

— Mon fils veut arrêter son école d'ingénieurs. Il m'a dit : « Papa, je vais te sortir de la merde ! » Ça m'a fait pleurer…

— Moi, mon fils, il a bac + 4 et il ne trouve rien, même en intérim. Ma femme est au chômage depuis trois ans. Si j'y suis moi aussi, qui va payer pour ma mère qui est en maison de retraite ?

— Le patronat nous dit que c'est la crise, mais qui paye ? Les ouvriers ! La crise, c'est le bon moyen de régler leurs problèmes de trésorerie et de satisfaire leurs actionnaires !

— Je ne vois pas de quoi on pourrait avoir peur. Plus le combat durera, plus le virus de la riposte à l'injustice se répandra ici et là-bas ! Nous ne sommes pas seuls.

— Ils nous prennent pour des péquenauds. Il faut arrêter d'être polis. Leurs idées de fermeture à la con, il faut leur dire qu'ils peuvent se les mettre au cul !

— Quand on vient de Guadeloupe, comme moi, on ne peut pas nous faire croire que maintenant le lion va manger de l'herbe !

Anath, les bras croisés sur la poitrine, observe Million et Antoine qui se font face. Les deux hommes se mesurent du regard. On sent la fatigue sur leurs visages, leurs barbes ont poussé. Les néons qui les éclairent creusent leurs cernes, accentuent la dureté de leurs traits. Antoine parle le premier :

— Alors, dit-il en toisant Million, qu'est-ce que ça fait à Machiavel de se retrouver piégé comme un rat ?

— Ne me faites pas chier, grogne Million. Je ne suis pas d'humeur.

Il se sent sale.

— Je ne vois pas pourquoi je ne vous ferais pas chier ! Nous en sommes là à cause de vous, non ? Cette réunion, c'était bien votre idée...

— Je ne veux pas discuter, dit l'avocat d'une voix lasse.

Et, retrouvant son ton habituel :

— Si vous réfléchissiez deux secondes au lieu de la ramener. Quel était notre objectif ? Organiser une réunion pour faire diversion et gagner du temps. Que faisons-nous ? Nous faisons diversion et nous gagnons du temps. Cerise sur le gâteau : en nous retenant les grévistes se condamnent. C'est sans appel. Non seulement l'usine va fermer mais ils n'obtiendront rien, peut-être même moins que rien, et seront jugés responsables de ce qui leur arrive.

Il marque un temps et plastronne :

— Pour ma part, je considère que j'ai parfaitement atteint les objectifs que je m'étais fixés. Et peut-être même au-delà.

Une idée l'amuse :

— Je vous concède que je ne pensais pas faire personnellement partie de la diversion...

Antoine baisse la tête et passe le dos de sa main sur sa bouche. Il est nerveux. Ses yeux papillotent :

— J'ai une question à vous poser qui n'a rien à voir avec notre situation.

— Alors gardez-la pour vous et essayons d'entendre ce qu'ils disent. Ils vont parler de nous.

Antoine insiste :

— Je ne vais pas me garder de dire ce qui me reste en travers de la gorge. Vous allez y répondre puisque nous avons du temps. Vous venez de vous en vanter. Le temps est à nous. Nous l'avons gagné, n'est-ce pas ?

Million hausse les épaules. Les sornettes d'Antoine l'ennuient. Il se détourne, préférant écouter Carvin qui vient de prendre la parole à l'AG : « Il va falloir choisir entre la peur et la dignité... » Antoine se décolle du mur où il s'appuyait. À pas mesurés, il s'approche de l'avocat.

— Je m'interroge : comment avez-vous pu découvrir les liens qui m'attachent à Mme Werth ?

— Ah ! c'est ça qui vous préoccupe ? ricane Million. Je croyais que c'était...

— Oui, ça me préoccupe, ça me travaille, ça me taraude. Il n'y a pas assez de verbes pour dire ce que ça me fait.

— Faut vous faire soigner.

— Je suis d'accord, je vais me faire soigner. Mais sur la première ligne de l'ordonnance il y a la réponse que j'attends de vous : qui ? pourquoi ? pour combien ?

— Vous espérez vraiment que je vous réponde ?

Antoine réprime une sorte de haut-le-cœur :

— Je n'espère rien, affirme-t-il. Je suis *certain* que vous allez me répondre.

Million le prend de haut :

— Méfiez-vous des certitudes, conseille-t-il, surtout des vôtres.

— Vous allez me répondre, parce que si vous ne me répondez pas...

Antoine hésite un instant. Une veine bat sur sa tempe.

— Si vous ne me répondez pas, répète-t-il la voix assourdie, je vous tue.

— Antoine ! intervient Anath, levant les yeux au ciel. À quoi tu joues ? Tu crois que c'est le moment ?

— Je ne joue à rien.

— Arrête, c'est stupide.

Antoine la fait taire d'un geste de la main.

— Laisse, c'est une affaire entre monsieur et moi.

Million a une moue admirative :

— Vous devriez faire du théâtre, vous avez un don : « Je vous tue ! » Sur scène, vous auriez un grand succès...

Soudain l'air semble se raréfier, le monde se réduire aux quatre cloisons vitrées du bureau. Les yeux d'Antoine sont de cendre.

— Qui vous a informé ? Pourquoi l'a-t-il fait ? Combien avez-vous payé ?

Million tend le bras pour tenir Antoine à distance, très maître de lui.

— Je n'ai pas à vous le dire et je ne vous dirai rien.

— Qui ? Fayet ? Son frère ? Lammert ? Quelqu'un d'autre ?

— N'insistez pas. Vous êtes ridicule.

Antoine se fait menaçant :

— Vous ne me faites pas peur.

— Vous non plus, vous ne me faites pas peur, grommelle l'avocat, irrité de toutes ces questions, de tout ce

cirque sentimental, cette incorrigible sentimentalité qui confine à la stupidité.

— Qu'est-ce que vous avez ? Des films ? Des photos ? Des enregistrements ?

— Quelle imagination !

Le rythme de la respiration d'Antoine s'accélère :

— Je vais vous tuer, dit-il, les dents serrées, marchant sur Million.

Anath s'interpose :

— Arrête tes bêtises. Ce n'est pas toi qu'il veut, c'est moi.

— Quelle perspicacité ! raille l'avocat.

Anath préfère ne pas relever.

— Je n'arrivais pas à comprendre, dit-elle, mais maintenant ça y est. J'imaginais un truc par rapport à la boîte, une tactique, une manœuvre, mais ce n'est pas ça du tout !

— Tu as compris quoi ?

— Écoute-moi Antoine, dit Anath, pleine d'une patiente tendresse. Dans cette histoire tu es, comme à la télé, le « maillon faible ».

Elle désigne Million :

— Ce taré, ce pervers me tient, non par ce qu'il pourrait révéler à mon mari – qui, soit dit en passant, le sait et s'en fout ou le saura et s'en foutra encore plus –, mais ce qu'il pourrait révéler à ta femme. Il sait que je ne laisserai jamais faire ça. Je te protège et je te protégerai, toi et ta famille. Il sait et je sais que, tant que je serai avec lui, je ne te laisserai jamais tomber. Tu n'auras rien à craindre. Ta femme, tes enfants seront tenus dans l'ignorance bienheureuse où ils vivent. Million fait coup double : il nous force à nous séparer et me jette dans ses bras...

Million applaudit :

— On m'a dit que votre mari était une sorte d'alcoolique universitaire et vous ne trouvez rien de mieux comme amant qu'un Antoine Bischoff ! Qu'est-ce que vous faites avec un type comme ça ? Vous êtes une femme magnifique, Anath ! Une intelligence, une beauté...

— Je me passe de vos compliments.

— Je vous offre le monde.

— Rien que ça !

— Dès que nous serons sortis de ce bourbier, je retourne aux États-Unis, je viens d'obtenir ma naturalisation. Je suis appelé à la direction du groupe, comme conseiller spécial et associé. Je ne serai plus avocat. Venez avec moi et vous oublierez vite tous ces médiocres.

— Mon mari vous citerait Shakespeare : « Atteindre le sommet, c'est rouler dans l'abîme... »

— Que m'importe si j'y roule avec vous.

Anath éclate de rire :

— Trois pieds de plus et c'était un alexandrin ! Mais, n'empêche, vous aussi vous êtes doué pour le théâtre !

La réponse est cinglante :

— Oui, mais c'est moi qui écris la pièce.

Le silence se fait. Seul l'écho lointain des discussions de l'AG les entoure comme un brouillard qui se lève. Anath retourne dans le coin où elle était :

— Plutôt que m'offrir le monde, offrez-moi une réponse...

— À quoi ?

— Comment avez-vous su ? demande-t-elle, un vague sourire sur les lèvres. Je suis aussi curieuse qu'Antoine de l'apprendre...

Million ne refuse pas à Anath ce qu'un instant plus tôt il refusait à Antoine.

— Le hasard, répond-il, en souriant lui aussi. Rien que le hasard. J'étais dans l'appartement de Fayet pour travailler tranquille quand vous êtes arrivés. J'y suis resté.

Il se tourne vers Antoine qui semble se décomposer sur place. Il transpire abondamment, ses mains sont moites, ses yeux s'embuent. Million le repousse violemment des deux mains une première fois.

— J'étais là. Vous comprenez, j'étais là.

Puis une deuxième.

— Je vous ai vus, vous et Anath.

Puis une troisième.

— Et ce que j'ai vu m'a donné envie de vomir, dit-il, crachant devant lui et écrasant son crachat sous son pied.

Tente

Geneviève, la femme de Weber, et d'autres femmes d'ouvriers de la Méka – des épouses, des sœurs, des filles, des mères – ne restent pas inactives. Elles ont planté une tente devant le lycée Jean-Baptiste-Botul pour tenir une permanence à l'extérieur de l'usine. Elles écrivent et distribuent des tracts, organisent des discussions avec les habitants de Neuvin qui viennent déposer ou chercher leurs enfants, collectent des fonds pour soutenir les grévistes et leurs familles. Elles assurent également la majeure partie du ravitaillement qui est porté chaque jour à ceux qui occupent le site. La soli-

darité locale joue aussi. Des gens qui n'ont aucun lien direct avec la Méka viennent offrir des vivres, des paquets de pâtes, du riz, du café ; un boulanger dépose régulièrement des kilos de pain et un maraîcher des kilos de fruits.

Mme Rousseau, le maire de Neuvin, arrive sur place flanquée de deux adjoints alors que Geneviève et la femme de Corda sont en train d'arrimer sur un filet de badminton une grande banderole *Méka/Neuvin comme une seule main*.

— Vous savez que vous n'avez absolument pas le droit de vous installer là, dit Mme Rousseau après de brèves salutations. C'est totalement illégal.

— Je ne vous répondrai pas que c'est totalement illégal de mettre à la rue plus de trois cents personnes pour enrichir quelques spéculateurs, vous le savez déjà et ça ne servirait à rien, répond Geneviève, d'une courtoise insolence. Nous sommes là et nous allons y rester tant que les nôtres seront dans l'usine. Je suis certaine que vous allez nous donner une autorisation exceptionnelle pour que notre tente de solidarité reste où elle est implantée...

— Bien sûr que je vais vous donner cette autorisation ! tonne Mme Rousseau. N'empêche que c'est illégal.

— Que vous nous donniez l'autorisation ?

— Que je vous donne l'autorisation et que vous restiez là, les deux !

La femme de Corda propose de cesser les idioties et de passer aux questions sérieuses.

— Vous avez eu le préfet ?

— Non, avoue Mme Rousseau, seulement son chef de cabinet. Il m'a assuré que le préfet...

— ... suivait le dossier avec attention et qu'il ne manquerait pas de vous tenir informée de tous les déve-

loppements de cette affaire qui nous concerne toutes et tous, enchaîne Geneviève dans le plus pur style administratif.

Mme Rousseau la félicite, l'œil rieur :

— Oui, à peu de chose près, c'est ce qu'on m'a dit !

— Ce n'était pas difficile à deviner…

— En tout cas, ça signifie qu'il est clairement du côté de ceux qui préparent un mauvais coup, conclut Geneviève.

— C'est ce que je pense aussi, soupire Mme Rousseau.

— Qu'est-ce que vous pouvez faire ? s'inquiète la femme de Corda.

Mme Rousseau est perplexe.

— Ce que nous pouvons faire ?

— Oui, vous, la mairie.

Mme Rousseau se tourne vers Geneviève :

— Je sais que votre mari a l'intention d'intenter une action en justice, dit-elle. Nous allons en introduire une aussi pour contraindre le groupe AMC à rembourser les fonds municipaux qui étaient destinés à favoriser son implantation et qui sont objectivement détournés.

— C'est tout ?

— Je n'ai pas une très grande marge de manœuvre et presque pas de possibilités d'intervention, soupire Mme Rousseau, le visage défait.

Geneviève ne discute pas. Elle ne conteste pas l'utilité des recours aux tribunaux, même si les chances de victoire sont minces, même si cela prendra beaucoup de temps. Pour elle, il est surtout urgent de prendre des mesures à court terme. Sa fonction d'assistante sociale lui permet d'avoir une vue très précise de la situation à Neuvin.

— Beaucoup de familles souffrent, dit-elle avec force : absence de salaires, crédits à rembourser, dépenses quotidiennes... Chaque jour, c'est un peu plus dur. Au cas par cas, je crois qu'il faudrait que vous débloquiez des fonds pour aider les familles les plus démunies, intervenir auprès des banques, peut-être que la mairie se porte garante des dettes et, en tout cas, assurer la gratuité des cantines scolaires pour que tous les enfants mangent chaud au moins une fois par jour.

Dortoir

À travers les villages les lumières sont éteintes. À la campagne, le matériel agricole, les silos gisent inemployés dans l'humidité grasse des pluies qui n'en finissent pas depuis la tempête. Les hameaux, les bourgs, les petites villes se replient peureusement sur eux-mêmes, craintifs, aux aguets du vent que l'on sent prêt à ranimer sa guerre. Les hommes ne dorment que d'un œil. À la Méka, la journée a été rude avec cette AG qui n'en finissait pas. Tout ça pour aboutir à des décisions déjà prises dans les faits : actions au tribunal contre la direction, audit indépendant, continuation de la retenue des trois émissaires de Socko, participation massive à la manif de la Zitex. « Huit heures de palabres pour en arriver là ! » pense Corda. Dans la pénombre bleutée des veilleuses, il voit Antoine se lever :

— Vous allez où ?
— Aux toilettes...
— Ah...

Corda vérifie du coin de l'œil qu'Antoine va bien où il a dit.

Il y va.

Pas besoin de l'accompagner.

La peinture est récente. Les W-C en ont gardé une odeur de propre, de neuf, d'inachevé. Une odeur faite d'autres odeurs, innombrables, car la ventilation est faible. Un maigre carré grillagé, perché au-dessus de la tuyauterie. Rien d'étouffant dans cette odeur, mais quelque chose de pénétrant qui vous imprègne dès la porte refermée. Antoine réprime un frisson, tousse, fronce le nez et s'assied sur le siège avec un rictus de gêne. Il sort de sa poche un prospectus qu'il pose sur un bout de carton ramassé au passage. Il écrit :

Mon Amour,
Nos jeux n'étaient pas un jeu, c'était ma vie. Si je suis séparé de toi, je n'aime plus ma vie. J'aime ma femme et mes enfants, mais sans toi, plus rien n'a de sens. J'ai honte d'être ce que je suis. Je suis un lâche, un couard. J'aurais dû régler son compte à cette ordure sans même prononcer un mot. Je ne veux pas que tu me protèges. Je ne le mérite pas. Je ne veux pas qu'il te prenne. Je ne veux pas qu'il pose la main sur toi. Je veux te libérer de lui. Tu sais comme moi que s'il obtenait ce qu'il veut, il jetterait une grenade derrière la porte pour blesser ma femme et mes enfants, ou les tuer. Alors, autant en finir. En finir avec ma lâcheté, en finir avec cette ordure. Une fois que je ne serai plus là, Million ne pourra rien contre toi et ma famille gardera l'image que je veux qu'elle conserve de moi. J'ai eu du courage pour t'aimer, Anath. Je n'en ai pas d'autre, mais j'ai celui-là : je t'aime. Tu ne peux pas

savoir à quel point je t'aime et combien cet amour demeure mon seul bien, mon seul bagage et ma dernière pensée au dernier instant. Je t'aime pour toujours.

Antoine signe en pleurant, plie le prospectus en quatre et le scelle d'un morceau de scotch décollé sur l'affiche *Prière de laisser cet endroit aussi propre que vous l'avez trouvé*. Il écrit en grosses lettres *Pour Anath Werth* et glisse le papier dans la poche de sa chemise.

— Ça va ? demande Corda, à voix basse, quand il le voit revenir des toilettes d'un pas mal assuré.

— Non, répond Antoine, ça ne va pas, ça ne va pas du tout.

— Qu'est-ce qu'il y a ? Les raviolis ne passent pas ?

— J'étouffe, je n'en peux plus.

Corda se lève, trop énervé pour trouver le sommeil :

— Chut, dit-il, venez... Moi non plus je ne peux pas dormir.

Les deux hommes quittent le dortoir improvisé dans les vestiaires. Corda remarque que le directeur financier a les paupières rougies.

— Vous avez le cafard ?

— Je pense à ma femme, à mes enfants, dit Antoine, comme s'il se parlait à lui-même.

Corda croit qu'il a besoin d'être rassuré :

— Vous savez que vous n'avez rien à craindre, ici. Tout le monde apprécie que vous soyez venu nous parler. Nous voulons seulement que les autres, ceux qui sont les véritables responsables de ce qui nous arrive, aient le courage de venir nous dire en face pour quoi et pour combien ils nous ont vendus.

Deux vraies larmes coulent sur les joues d'Antoine. Corda s'effraye :

— Ah putain vous chialez ! Ça ne va pas du tout ! Vous voulez appeler chez vous ? Il est tard, mais si ça peut vous faire du bien…

— Il faut que je sorte, gémit Antoine.

Corda est désolé :

— Vous savez que je ne peux pas vous laisser partir.

— Je veux prendre l'air, répète Antoine. Il faut que je prenne l'air, que je voie le ciel.

— Ah, si c'est ça…

Corda a une idée.

— OK, suivez-moi, dit-il en claquant des doigts.

Les deux hommes remontent le couloir orange et gris des vestiaires, passent sur la coursive au-dessus de l'atelier n° 1, grimpent quelques marches métalliques, bifurquent devant le local électrique et s'engagent dans l'escalier droit qui conduit au-dessus, dans la pièce où sont connectés tous les terminaux. Antoine suit Corda comme s'ils traversaient ensemble un nuage cotonneux où tout s'effacerait derrière leurs pas.

Il y a une échelle de secours au fond de la pièce.

Et, en haut de l'échelle, une trappe qui conduit sur le toit.

Corda passe en premier. La lune est dans son premier quartier avec à ses côtés, incroyablement brillante, l'étoile du Berger. Elle est si basse qu'elle paraît toucher la terre. L'air est frais. Corda plaisante :

— Respirez, c'est dans le forfait !

Et, en veine de confidences quand Antoine le rejoint :

— Quand j'étais petit, avec mes cousins, à la campagne, nous avions le droit de veiller quand la nuit était comme ça. Nous nous allongions par terre et une à une

nous comptions les étoiles jusqu'à ce qu'il soit impossible de les compter...

Antoine ferme les yeux, le visage apaisé, heureux de sentir une légère brise le frôler. Il fait quelques pas, découvre au loin une zone éclairée en vert et rouge, l'échafaudage autour du grand clocher endommagé, la terre aveugle des champs inondés, les phares des voitures sur la bretelle d'autoroute.

— Je ne devrais pas vous le dire parce que vous êtes de la direction, soupire Corda, mais ça n'a peut-être plus aucune importance aujourd'hui : comme c'est interdit de fumer pendant la journée, si vraiment on ne peut plus tenir, c'est là qu'on vient...

Antoine lui sourit.

— Je vous remercie.

— Il n'y a pas de quoi, c'est un secret de polichinelle. Vous êtes mieux ici qu'en bas. C'est vrai que ça pue un peu et que Bogdan ronfle comme un cochon. Vous fumez ? Parce que, moi, tant qu'on est là, je vais en griller une...

Antoine sort le papier plié en quatre de la poche de sa chemise.

— Je peux vous confier quelque chose ?

— Qu'est-ce que c'est ?

— Une lettre. Le nom du destinataire est inscrit dessus.

— Faut que je mette un timbre ?

— Non, c'est à remettre.

— À qui ? À quelqu'un d'ici ?

— Oui.

— Si c'est pour ici, vous la donnerez vous-même.

Corda, rigolard, passe rapidement l'ongle de son pouce sur son front :

— Il n'y a pas écrit la Poste !

— Je préfère que ce soit vous... dit Antoine en le forçant à accepter ce qu'il lui tend.

Corda baisse les yeux pour lire le nom écrit en grosses lettres sur le papier.

— Mme Werth ?

Le nom d'Anath agit comme un signal. Antoine court en criant vers le bord du toit :

— Anath !

Et, sans même marquer un temps d'arrêt, saute dans le vide.

Alerte

Dès que l'alerte est donnée, un vent de panique traverse l'usine. Tout le monde s'active. Weber appelle les secours tandis que Carvin tente de réconforter Corda, livide, pris de sueurs froides, secoué de tremblements nerveux. Les autres se regroupent aux portes pour prévenir toute intrusion de la police et laisser entrer le Samu et les pompiers. Million est réveillé par la sirène de l'ambulance, par l'agitation, par les éclats de voix de l'AG improvisée qui s'organise autour de Weber.

— Qu'est-ce qui se passe ? s'inquiète l'avocat, secouant la porte grillagée derrière laquelle il est enfermé.

— Votre collègue s'est suicidé ! répond Chavarre, partant en courant rejoindre les autres.

— Mon collègue ? Qui ça ? Quel collègue ? crie Million. Mon collègue ou *ma* collègue ?

Mais Chavarre est trop loin pour l'entendre.

Au milieu de la nuit, une vingtaine d'hommes sont présents sur le site. Vingt hommes et trois femmes :

Mlle Poinseau, Anaïs qui travaille avec elle, et Anath ; toutes les trois logées dans le même petit bureau qui jouxte le laboratoire. Elles aussi sont alertées par les cavalcades et les cris. Sans comprendre, elles s'habillent à la six-quatre-deux et vont voir ce qui se passe.

Étienne Rolland, le représentant de la CFDT au CE, est catégorique :

— Après un coup comme ça, on ne peut pas retenir les deux autres. Tout le monde va nous tomber dessus, la presse, les flics, l'opinion publique... Il faut les relâcher, et tout de suite.

— Minute, tempère Weber, il s'est suicidé, nous ne l'avons pas tué.

— Il est mort. Tué, suicidé, peu importe, nous serons jugés responsables de ce qui lui est arrivé. Il était sous notre garde, sous notre protection.

— Je suis d'accord pour qu'on les libère, approuve Monnier. C'est la sagesse même.

— Qu'est-ce que ça nous apportera qu'ils soient dehors ? demande Chavarre, arrivant tout essoufflé.

— Ça nous permettra d'atténuer l'effet du suicide, répond Étienne Rolland. Pourquoi s'est-il suicidé ? Parce qu'il était retenu ici ? Pour des raisons personnelles ? Parce qu'il a pris conscience que, si la Méka fermait, sa vie, sa carrière n'avaient plus de sens ? Toutes ces questions nous feront comme un bouclier, puisque personne ne sera capable d'y répondre.

Weber reprend la parole :

— Vous ne croyez pas que nous devrions consulter tout le personnel avant de prendre une décision ?

— Non, dit Monnier, c'est trop grave. Nous devons faire face et décider immédiatement. C'est notre devoir.

Et, emphatique :

— Notre devoir d'hommes, d'élus, de délégués.

Carvin n'est pas d'accord :

— Si nous les laissons partir maintenant, c'est comme si nous endossions la responsabilité de la mort de Bischoff. Comme si nous étions coupables. Or, Étienne l'a bien dit, personne ne sait pourquoi il s'est suicidé. D'après Corda, ça a été sans préavis. Ils étaient là à discuter bien gentiment sur le toit et, tout d'un coup, l'autre s'est balancé dans le vide au milieu d'une phrase.

— Il est où, Corda ?

— Avec les gars du Samu. Ils vont lui donner quelque chose, il est sacrément secoué…

Monnier revient à la charge, reprenant les termes de Carvin :

— Si nous les laissons partir maintenant, ils pourront témoigner que nous avons toujours été parfaitement corrects avec eux. Que nous les avons traités avec le respect que la direction nous refuse. Je crois essentiel que nous soyons moralement inattaquables.

— En plus, ajoute Étienne Rolland, ils vont être obligés de céder à nos demandes. La direction ne pourra plus se défiler, la mairie, la préfecture, les médias feront pression. Ce suicide, c'est une tuile pour nous, c'est aussi une tuile pour eux.

— Et si c'était un de nous qui s'était suicidé ? lance Chavarre, la gorge nouée. Ce serait une tuile pour personne. Pourquoi faire du sentiment sous prétexte que c'est un cadre qui s'est flingué ?

Mlle Poinseau, Anaïs et Anath se faufilent au premier rang sans rien avoir entendu de la discussion.

— Quel cadre s'est flingué ? demande Mlle Poinseau, saisissant au vol le dernier mot.

— Bischoff ! lâche Chavarre, ignorant la présence d'Anath.

Anaïs n'en revient pas. Elle remonte ses lunettes sur son nez :

— Il s'est flingué ? Le directeur financier ?

— Balancé du toit devant Corda, continue Chavarre, toujours révolté par l'injustice qu'il sent entre l'émotion provoquée par cette mort et le peu d'émotion qu'une autre mort aurait causé.

Anath s'évanouit, sans un cri, sans une plainte, une poupée de chiffon que nul ne rattrape lorsqu'elle s'affaisse sur le ciment lissé du sol.

Papier

Une heure plus tard, la décision de relâcher Anath Werth et maître Million est mise aux voix des présents.

Pour : quatorze, contre : huit.

Monnier se charge de prévenir l'avocat, Carvin la DRH. Il retrouve Anath Werth dans le labo où elle dormait à côté de Mlle Poinseau et sa collègue. Elle est assise sur une chaise, les mains sagement posées sur les genoux, les yeux sans regard. Elle rêve, elle pense, consciente, privée de paix, inaccessible à la fatigue sous une flaque de lumière.

— Madame Werth, dit doucement Carvin, ça vient d'être décidé : nous ne vous retenons plus, vous pouvez rentrer chez vous.

Anath, indifférente, semble se nourrir des silences de son corps.

— Vous vous sentez mieux ? Vous voulez que j'aille vous chercher quelque chose ?

Carvin est prévenant. Anath fait l'effort de lui répondre. Elle hoche la tête, elle se sent mal mais oui elle se sent mieux. Carvin sort de sa poche le papier plié en quatre que lui a confié Corda avant d'être pris en main par les médecins.

— C'est pour vous.

— Qu'est-ce que c'est ? Un *Ausweis* ?

Son humour tombe à plat. Carvin tousse, la voix mal assurée :

— M. Bischoff l'a donné à mon collègue avant de…

Sa phrase reste en suspens. Anath prend le papier où son nom est inscrit en majuscules.

— C'est votre collègue qui vous a donné ça pour moi ?

— Non, c'est M. Bischoff qui l'a donné à mon collègue et mon collègue qui me l'a confié pour que je vous le remette.

— Soyez plus clair. Je ne comprends rien, j'ai mal à la tête et…

— C'est une lettre de M. Bischoff qui vous est destinée, explique Carvin, retrouvant son assurance.

Anath tourne vers lui des yeux pleins d'interrogations. Carvin se retire.

— Je vous laisse la lire tranquillement, s'excuse-t-il. Je vous attends…

— Non, restez, demande Anath. Vous pouvez rester, ça ne me dérange pas. Au contraire.

Carvin danse d'un pied sur l'autre, gêné sans savoir pourquoi.

Anath déplie la lettre, « Mon Amour… ». Les lignes se croisent, s'entremêlent, se brouillent jusqu'à former une pâte illisible aux yeux d'Anath, un trou noir. Au dernier mot, elle chiffonne le papier mais le garde dans

son poing fermé, laissant échapper un gémissement plaintif, fort et passionné à la fois.

— Vous pouvez rentrer chez vous maintenant, insiste timidement Carvin. Si vous voulez qu'on vous raccompagne...

— Est-ce que maître Million est parti ?

— Pas encore. Je crois qu'il souhaite que vous sortiez ensemble. Il y a des types de la télé et peut-être des journaux...

— Ah, très bien, dit Anath en se levant. Maître Million m'attend ? Très bien.

Anath se lève, la figure un peu enflée d'avoir pleuré. Elle se tient raide, les mains crispées, observant Carvin dans une expectative sereine, pleine de gravité :

— Très bien, dit-elle.

Il n'y a pas d'hystérie dans sa voix, mais du défi.

Hall

Anath marche sans vie, pleure sans larmes. Elle se tait, si triste qu'elle en sourit. Carvin ne peut rien pour elle, tout juste lui prendre le bras et se taire lui aussi, comme si son silence pouvait éponger un peu de sa tristesse. Il l'accompagne jusqu'au grand hall de l'atelier n° 1 où maître Million s'impatiente, entouré par les grévistes. Dès qu'il les aperçoit, l'avocat s'empresse, compassé, solennel :

— Quelle abomination ! dit-il, s'avançant vers Anath. Mais quelle horreur !

Et, s'inclinant instinctivement :

— Permettez-moi de vous présenter mes condoléances.

Anath s'arrête net devant lui. Son visage est calme, plaisant. Ses yeux se ferment comme ceux d'un enfant qui s'endort. Elle les rouvre, semble découvrir que le jour s'est levé. Anath se sent lourde, si lourde que ses jambes peinent à la soutenir. Lourde d'ignorance, de désarroi. Pourtant, sa chair est à vif et son esprit alerte. D'une voix rêveuse, dans un murmure, elle répète la phrase prononcée par Million dans le bureau des contremaîtres :

— « Je vous offre le monde... »

— Pardon ?

Anath tient toujours dans son poing serré la lettre d'Antoine. Elle hausse le ton :

— Je vous offre le monde, articule-t-elle, à la manière d'un acteur qui force la note.

Million ne voit pas le coup partir.

Un direct du droit qui l'atteint sous la pommette. Et, avant que quiconque intervienne, Anath redouble sa frappe sur la bouche, sur les yeux. Quand l'avocat lève les mains pour se protéger, elle remonte brutalement le genou, l'atteignant dans le bas-ventre. Million tombe à terre en gémissant. Il rampe, appelle au secours. Anath lui coupe toute retraite. Elle cogne, elle frappe, le bourre furieusement de coups de pied avant que Carvin parvienne à la ceinturer.

Le vent et la pluie qui ont corrigé la région ne sont plus que des fantômes. Le ciel est d'un bleu lavasse où traînent encore ici ou là des queues de nuages comme des linges douteux. En ville, le nettoyage touche à sa fin. Les caniveaux roulent une eau jaune et les façades portent les traces de ce qu'elles ont dû subir, mais plus personne ne s'en inquiète. Tout ce qui a été arraché, détruit, tout ce qui s'est écroulé est maintenant sous contrôle. Ici on bâche, ici on mure, ailleurs on étaie, partout on colmate.

À sa sortie de la Méka, maître Million refuse toute déclaration à la presse. Il monte rapidement en voiture et part avec Timbault, désigné pour le raccompagner à son hôtel.

Chacun y va de son explication sur les marques suspectes qui marbrent son visage.

Torture ? Bagarre ? Règlement de comptes ? Accident ?

Les spéculations vont bon train...

Anath s'est calmée. Elle boit un café en compagnie de Carvin, de Weber, de Mlle Poinseau, d'Anaïs et de Monnier.

— Qu'est-ce qui vous a pris ? demande Carvin, assis à côté d'elle.

— Ce type est une ordure, un pervers. Une ordure à un point que vous ne pouvez pas imaginer.

— En tout cas, vous ne l'avez pas raté ! rigole Weber.

— Mon frère faisait de la boxe française. J'en ai fait beaucoup avec lui, avoue Anath, fermant les yeux.

Weber comprend mieux. Carvin, lui, ne comprend toujours pas :

— C'est à cause de ce que vous a écrit M. Bischoff ?
— Je préfère ne pas en parler.
— C'est personnel ?
— Oui. C'est personnel. Ça ne vous concerne pas.

Carvin regrette, mais il pense que, personnel ou pas, ça les concerne :

— Comprenez, quand on lira demain dans les journaux qu'on a tabassé cézigue, maître...
— Million.
— Oui, Million. Quand on verra ce maître Million à la télé avec ses yeux au beurre noir et sa lèvre fendue, il faudra bien que nous répondions.
— Je répondrai, moi, déclare Anath, très sûre d'elle.

Carvin la remercie :

— C'est très gentil mais ils diront que nous vous manipulons, que vous souffrez du syndrome de Stockholm ou ce genre de connerie.
— Ce n'est pas de ça que je souffre, réplique Anath, fixant Carvin.

Mlle Poinseau s'immisce dans la conversation :

— Dès que vous voudrez rentrer chez vous, vous me le direz, propose-t-elle. J'ai ma voiture dehors...

Anath refuse l'invitation :

— Merci, mais je ne vais pas rentrer.
— Vous ne voulez pas... ?
— Non.
— Vous voulez rester là ? demande Weber, incrédule.
— Oui, à moins que ça vous dérange ?
— Non, non, pas du tout, pas du tout, s'empresse de répondre Weber qui en bafouille. Mais, excusez-moi,

nous ne vous retenons plus, ça signifie que vous restez de votre plein gré.

— Absolument, confirme Anath. Je veux être là quand Socko et les autres viendront s'expliquer devant vous. Si je suis là, ça réduira de beaucoup leurs possibilités de vous mentir.

Carvin l'encourage à poursuivre :

— Vous en dites trop ou pas assez…

Anath réclame un autre café et attend d'être servie pour expliquer :

— La décision de fermer la Méka a été prise bien avant que la crise offre au groupe une excuse inespérée, et je ne parle pas du reste, la conjoncture politique, la tempête… Socko et Thorins sont envoyés pour trois ans en Serbie pour mettre en place la nouvelle unité, avec un salaire multiplié par deux plus les frais, les primes, etc. Un pont d'or. Fayet s'est recasé tout seul dans l'Yonne, où il a une maison, comme directeur général d'une coopérative agricole, et M. Bischoff devait intégrer la Financière foncière, la société de son beau-père…

— Et vous ?

La question la fait sursauter, mais Anath n'a pas de secret à protéger. Elle parle franchement :

— Moi ? Je suis recrutée comme DRH au *Herald Tribune*, à Paris. Je commence le mois prochain. Vous voulez connaître mon salaire ?

— Ce n'est pas nécessaire.

Weber revient à ce qui est essentiel à ses yeux.

— Donc, vous étiez avertie de la fermeture, préparée à vous reconvertir, tout était réglé comme du papier à musique ?

— Oui. Il y a des détails que j'ignore et des manœuvres financières en coulisse dont je n'ai pas connaissance. Mais, pour le cadre général, c'est ce que

je viens de vous décrire. Même si elle fonctionnait encore, la Méka n'existait plus pour le groupe depuis longtemps. Ce qui m'épate, c'est que le secret ait pu être si bien gardé et que rien ne vous ait mis la puce à l'oreille...

— C'est cohérent, approuve Weber. Oui, c'est cohérent. Tout s'explique, tout s'éclaire. C'est pas croyable que nous ayons été aveugles à ce point ! Si naïfs...

Il se tourne vers les autres :

— Souvenez-vous, les ingénieurs américains qui sont venus photographier nos procédés de fabrication sous prétexte de les reproduire là-bas, ils se sont bien gardés de nous dire que le « là-bas » n'était pas les États-Unis. Et les stagiaires de l'Est qui prétendaient venir dans le cadre de la coopération européenne après l'élargissement...

Carvin l'interrompt, posant sa main sur le bras d'Anath :

— Où sont passées les subventions ?

— Directement auprès de la direction financière du groupe, à Detroit. Ici, Antoine...

Elle se reprend :

— M. Bischoff ne faisait que répercuter les ordres qu'il recevait. Il ne prenait aucune initiative, n'avait aucune marge de manœuvre.

— Nous voulons les attaquer sur ce terrain, dit Weber. C'est clairement du détournement de fonds publics.

Anath réprime un sourire :

— Bien sûr...

Elle ouvre les mains en signe d'impuissance :

— Vous pouvez toujours les attaquer. Le coût des procès est déjà largement provisionné. Et avant qu'un tribunal français rende une décision, il se sera passé

plusieurs années. À ce moment-là, il se trouvera toujours de bonnes âmes pour expliquer que cela ne sert à rien de se brouiller avec les Américains pour des sommes au fond dérisoires à l'échelle de l'économie mondiale.

Tous se taisent, assommés par ce qu'ils viennent d'entendre.

— Je vous choque ? demande Anath.

— Non, répond Carvin, cela ne fait que confirmer ce que je pense depuis le début.

— Qu'est-ce que vous pensez ?

— Ce qui se passe ici, ce n'est pas un conflit social, c'est une guerre.

Vies parallèles 4

Le professeur Werth est autorisé à voir sa femme à l'intérieur de la Méka. Il lui apporte une valise de vêtements de rechange et un nécessaire de toilette. Djuna et son mari se retrouvent dans un café, un rendez-vous inhabituel, loin de chez eux.

Bureau

Anath reçoit son mari dans le bureau vitré des contremaîtres de l'atelier n° 1. C'est la première fois que le professeur Werth entre à la Méka. Peut-être

même la première fois qu'il entre dans une usine. Il découvre un monde inconnu, inquiétant et fascinant.

— Je dois dire que je t'admire de rester là, dit-il, regardant partout autour de lui, reniflant l'odeur d'huile, de métal qui flotte toujours dans l'air.

— Tu m'as reproché ma neutralité, répond Anath. Tu m'as dit que je te donnais des réponses de lâche, que je baissais les bras. Tu avais raison, je donnais lâchement des réponses de lâche. J'ai décidé de ne plus en faire, de remonter mes manches, d'être au côté de ceux qui se battent ici.

— Tu changes de camp ?

— Je n'ai jamais été dans l'autre. Même si j'ai dû faire des trucs qui pouvaient le laisser croire.

— Ça va faire jaser.

— Je m'en fous. Je suis une pétroleuse, non ?

Le professeur Werth applaudit :

— Je connais peu de gens capables de mettre en accord leurs idées et leurs actes.

— Même pas toi ?

— Ne me sous-estime pas.

Le professeur Werth pose la valise d'Anath sur le bureau.

— J'ai mis dedans tout ce que tu m'avais dit.

— Merci.

— Tu crois que ça va durer combien de temps, cette histoire ?

— Ce ne sera pas réglé en une semaine comme le pensaient certains.

Werth a une moue dubitative.

— Et tant que ça dure...

— Je reste, conclut Anath, finissant sa phrase.

À nouveau le professeur jette un coup d'œil autour de lui et prend une profonde inspiration :

— Eh bien, moi, je vais partir...
— Tu vas où ?
— En Allemagne. Alain et moi, nous voulons aller sur les lieux du crime ! Nous voulons voir tous les coins où Luther a sévi, Wittenberg, Augsbourg, Wartburg...

Anath balance entre l'amusement et l'irritation :

— Et vous partez combien de temps ?
— Je ne sais pas. Peut-être une quinzaine. Peut-être plus, peut-être moins... Nous n'avons pas de plan arrêté.
— Et la fac ?
— Il me restait des jours à prendre.
— Tu vas manger à l'allemande ?
— Venaison et spätzele, et à tous les repas ! répond Werth par provocation. Schnaps et bière à volonté ! Charcutailles en entrée et forêt noire en dessert...

Anath et son mari se font face. Anath baisse puis redresse la tête pour ramener ses cheveux sur ses épaules :

— Est-ce que je dois être jalouse ? demande-t-elle.
— Jalouse de quoi ?
— Quand je t'entends parler de ton escapade avec Alain, j'ai l'impression qu'il s'agit d'un voyage de noces.

Le professeur Werth rit très fort, mais son rire sonne faux. Il contre-attaque :

— Cet avocat qui a été amoché, c'était ton amant, ou c'était l'autre ?
— L'autre, comme tu l'appelles, c'était Antoine Bischoff, un homme que j'ai beaucoup aimé et qui est mort.
— C'était lui ?
— Lui quoi ?
— Celui qui te baisait.

— En tout cas, ce n'était pas toi. Mais peut-être as-tu enfin trouvé chaussure à ton pied ?

Werth esquive et réplique ironiquement :

— « *Pecca fortiter sed crede fortius* », « Pèche fortement et crois plus fortement encore », disait Luther.

Café

Djuna est furieuse, elle n'aime pas ça, ne comprend pas ce qu'ils font dans un café, avec son mari, loin de l'entreprise d'aménagement intérieur où il travaille, loin de la Méka, loin de chez eux. Le garçon prend la commande, deux cafés. Il s'en va, criant pour le bar : « Deux au nombre, deux ! »

— Qu'est-ce qu'on fout là ? demande Djuna, à voix basse.

— J'ai quelque chose à te dire.

— Tu ne pouvais pas me le dire à la maison ?

— Non.

Licenciement ? Divorce ? Procès ? Adultère ? Dans son ignorance, son désarroi d'écorchée vive, Djuna recule sur son siège. Elle sait comprendre avant d'entendre, elle craint d'instinct, prête à recevoir la charge d'une catastrophe.

— On va quitter le Nord, annonce posément son mari.

Djuna est prise à contre-pied :

— Quitter le Nord ? Qui va quitter le Nord ? Ta boîte ?

— Nous.

— Nous ? Où tu veux qu'on aille ?

— À Marseille, chez ma mère.

Le coup est rude. D'autant plus rude qu'il ne vient pas d'où elle l'attendait. Djuna serre les poings, secoue la tête, sûrement pas Marseille, non, non, non :

— Il n'est pas question que j'aille habiter avec ta mère, articule-t-elle, la mâchoire crispée. Si ça te plaît qu'elle nous mate pendant qu'on baise, moi ça me…

Son mari l'arrête d'un geste de la main :

— T'emballe pas ! Je n'ai pas dit qu'on allait habiter *avec* ma mère, mais *chez* ma mère.

— Qu'est-ce qu'on irait foutre chez ta mère ? C'est pas les vacances !

— Qu'est-ce qu'on ira foutre chez nous, assène le mari de Djuna, guettant avec malice la réaction de sa femme.

— Hein ? Chez nous ? Comment ça, chez nous ? C'est quoi, ces conneries ?

Djuna bredouille, Djuna s'étrangle, Djuna marmonne sans parvenir à mettre de l'ordre dans son esprit ni dans ses mots. Son mari, content de son effet, se détend, l'œil allumé, la bouche en cœur :

— Pourquoi on est ici ? Dans ce café ?

— J'en sais rien, ronchonne Djuna, prête à le planter là. Comment tu veux que je le sache ? Tu dois avoir un copain dans le coin ou ça t'amuse de claquer du fric n'importe où.

Elle se lève :

— Viens, on s'en va. On n'a rien à…

Son mari ne veut pas lui chercher querelle :

— Assieds-toi. On est ici, dit-il avec patience, parce que c'est à côté de l'étude de notaire où ma mère nous attend dans une heure.

— Ta mère nous attend ?

— Chez le notaire. C'est pour ça qu'elle est venue passer la semaine. Pour tout mettre en ordre...

Djuna se laisse tomber sur sa chaise. Notaire, étude, mère, heure... Elle prend sa tête dans ses mains. Elle ne sait plus si son mari délire ou si c'est elle qui devient folle.

— Écoute-moi, reprend son mari, lui caressant les cheveux comme on le fait à un enfant. Ma mère part vivre au Canada, chez mon frère. Il a une très grande maison et il peut l'accueillir sans problème depuis qu'il a divorcé. Ma mère nous fait donation de son appartement à Marseille. Celui que tu connais.

Il détaille :

— Cinq pièces avec la petite terrasse, derrière le Vieux-Port.

Djuna ne comprend toujours pas :

— Donation ?

— Dans une heure, ce sera à nous. Tu te rends compte ? À nous, un très grand appartement, au soleil ! Avec une terrasse.

— Et on part là-bas ?

Le mari de Djuna se penche vers elle :

— Mais oui on part là-bas ! Qu'est-ce qui nous retient ici ? Rien, personne. Ta boîte ferme et la mienne débauche à tour de bras avant de mettre la clef sous la porte et d'aller se faire voir ailleurs. On vit à quatre dans un environnement pourri. On ne sort jamais. Tout ce qu'on a passe dans la bouffe, le loyer et les faux frais. À Marseille, je n'aurai pas de mal à retrouver un truc. Avec le TGV qui met Paris tout près, le commerce marche du feu de Dieu, il s'ouvre plein de nouvelles boutiques à aménager. Et toi aussi tu pourras trouver quelque chose. Ça ne peut pas être pire que ce que tu fais ici. Tu n'es pas condamnée à faire des devis toute

ta vie ! Qui sait ? On pourrait même peut-être créer notre propre boîte...

Il s'enthousiasme :

— Et puis il y aura la mer, le ciel, une autre vie et pourquoi pas un autre bébé... On aura cinq pièces ! Cinq !

Djuna ferme les yeux, les rouvre, les ferme à nouveau, maltraite sa bouche, griffe ses joues. Elle se cramponne à ce qu'elle sait, à ce qu'elle voit. Elle veut se faire mal, souffrir pour être sûre qu'elle ne rêve pas. Si elle pouvait, elle se tailladerait les veines au couteau, se frapperait, ferait couler son sang pour que la réalité ne se dérobe pas à son regard.

— Qu'est-ce que tu fais ? demande son mari, effrayé par son attitude qui intrigue leurs voisins et un Black installé au bar.

— J'ai envie de pleurer, dit-elle, mais ça ne sort pas.

— Pourquoi t'as envie de pleurer ?

— Je ne sais pas si je dois être très heureuse ou très malheureuse.

— Tu es malheureuse de partir ?

Le garçon vient servir les cafés.

— Voilà madame, voilà monsieur, deux cafés, deux !

Djuna s'empresse d'avaler le sien brûlant pour ne pas répondre.

Lettre

La route est dégagée. Les arbres abattus par la tempête sont ébranchés et alignés en tas réguliers sur le

bas-côté, les lignes à haute tension sont rétablies, la chaussée nettoyée. Carvin fait rapidement un saut chez lui pour se changer et relever le courrier.

Il n'y a rien de Chantal, pas de lettre, pas de carte, que les factures du gaz et de l'électricité, les promos de la banque, des réclames sans importance et un magazine féminin auquel sa femme est abonnée. La maison lui est devenue aussi étrangère qu'un décor de théâtre. Tout ce qui est devant ses yeux vient de lui : il a fait les peintures et posé les papiers, installé le parquet, acheté les meubles et ce qui se trouve à l'intérieur, mais cela ne lui appartient plus. C'est un cimetière d'objets, de bibelots, de photos encadrées, de livres oubliés comme ces trésors que l'on découvre parfois dans des tombes royales vieilles de trente ou quarante siècles.

La vie s'est enfuie avec Océane et Chantal...

Il ne reste plus que ses chemises, ses pantalons et ses deux vestes dans la penderie de sa chambre à coucher. Ses sous-vêtements sont toujours dans le tiroir du haut de la commode mais, dans les deux autres, il n'y a même plus un collant ou une paire de socquettes.

Carvin s'habille en vitesse et fourre ses vêtements sales dans le panier à linge.

Puis il se ravise, la lessive ne se fera pas toute seule.

Pendant que la machine à laver tourne, pour tromper son impatience, Carvin écrit à Chantal :

Chantal,
Je ne comprends toujours pas pourquoi tu es partie. Je ne peux l'admettre sans un mot, ni l'accepter sans une explication qui en soit une. Surtout maintenant, en pleine bagarre, j'ai presque envie de dire en pleine guerre. Au moment où je risque d'y laisser non seulement mon boulot mais ma peau. La lutte est très

dure. Les patrons ne nous font pas de cadeaux et n'ont qu'une idée : se débarrasser de nous, et vite. Tu ne peux pas savoir à quel point vous me manquez, Océane et toi, au moment même où j'aurais le plus besoin de vous sentir à mes côtés. Ou : si, tu le sais très bien et tu veux me faire souffrir, mais pourquoi ? Parce que je n'ai pas voulu te suivre dans cette folie de salon en franchise ? Parce que je n'ai jamais voulu qu'on achète la télé ? Parce qu'on t'a raconté des choses sur moi ? Parce que je travaille trop ? Parce que je milite ? Mais, tout ce que je fais, j'ai le sentiment, la conviction, la certitude de le faire pour Océane et pour toi. Pour que vous ayez une belle vie et que…

Carvin s'arrête. Il relit ce qu'il a écrit et renonce à aller plus loin. Sa mère disait qu'il y a des lettres qu'il faut écrire mais ne jamais envoyer. Il arrache la feuille du bloc et l'écrase dans sa main. Ce n'est pas à Chantal qu'il va écrire. À son silence il répondra par le silence.
Il écrit à Océane :

*Mon bébé,
Papa pense à toi tous les jours et le soir encore plus. Quand tu fermes les yeux pour t'endormir, dis-toi que je suis là, posé sur tes paupières pour que tu fasses de beaux rêves. Et que quand tu joues dehors, si tu sens du vent dans tes cheveux, c'est encore moi qui t'envoie des baisers. Mais je te les envoie aussi par le soleil. Et pardon si je t'embrasse un peu trop fort et que ça te fait rougir la peau. C'est que je t'aime très fort, si fort que ça peut parfois te cuire un peu. Mais il n'y a pas que ça : l'eau qui te chatouille dans ton bain, les oiseaux qui font floup floup dans le ciel, les chats qui miaoutent, tous sont ma voix. Tends bien l'oreille, ce*

qu'ils disent, il n'y a que toi qui peux l'entendre. C'est notre secret comme les histoires que je te racontais juste avant de faire dodo. Je te smick smack smock, mon bébé, une fois sur les oreilles, une fois sur le bout du nez et des millions de fois partout.

Papa.

Médiateur

Le suicide d'Antoine Bischoff suscite une polémique nationale. Pour les uns c'est la mort d'un cadre venant s'ajouter aux morts de France Télécom, de Renault et de tant d'autres entreprises gouvernées au mépris des hommes ; pour d'autres c'est le symbole même de la dérive syndicale, à la fois incapable d'encadrer ses troupes et les poussant à l'extrémisme par des revendications en dehors de toute réalité économique en temps de crise. Le gouvernement est sommé de réagir. Sur injonction du ministère du Travail, un médiateur est nommé. Un homme d'expérience, Paul-Marie Duchamp, ingénieur à la retraite, ancien président de la chambre de commerce. Un modéré. Une réunion mettant en présence toutes les parties est convoquée à la préfecture. L'objectif fixé est de mettre sur pied un « comité de pilotage » afin d'étudier la faisabilité d'une poursuite de l'activité ou les conditions d'une fermeture digne et ouverte sur l'avenir.

Plus que jamais Carvin doute de l'utilité d'une telle rencontre.

— Qu'est-ce qu'on peut attendre de ça ? demande-t-il alors qu'à nouveau tout le personnel est réuni. Pas grand-chose. Un tour de table des positions de la direction et de nos revendications, des bonnes paroles du médiateur, éventuellement des promesses qui n'engageront que ceux qui les écoutent, et le tour est joué. Le groupe joue le pourrissement. Avec la réunion à la préfecture, il gagne encore du temps et nous enfonce un peu plus dans une crise dont la seule issue sera la fermeture...

Carvin marque un temps, observant tous les visages comme cerclés d'anxiété, d'espérance.

— Vous voulez que je vous raconte la suite ? demande-t-il à l'assemblée, comme un camelot devant les grands magasins.

Djuna l'encourage d'un sourire, ça lui suffit :

— Devant les télés, reprend-il, un ministre, un secrétaire d'État, voire le président de la République, annoncera la réindustrialisation de la région, la création de six cents emplois au moins, le développement de pôles techniques exploitant les nouvelles technologies et, un ou deux ans plus tard, douze emplois auront été triomphalement créés pour les survivants de la Méka et plus personne n'en parlera...

Weber n'est pas si pessimiste :

— À la préfecture, on pourra poser publiquement la question de l'utilisation des fonds versés, dit-il pour répondre à Carvin. Vous avez entendu notre avocate ? Il y a là de quoi enfoncer un coin sérieux dans les arguments de la direction pour fermer le site.

Anath se penche vers Carvin.

— Rappelez-vous ce que je vous ai dit, lui chuchote-t-elle à l'oreille. Ne vous faites pas trop d'illusions. Même s'ils devaient rendre les subventions, ça ne modi-

fierait en rien leur stratégie. En plus, je suis certaine qu'ils ne rembourseront jamais l'intégralité des sommes reçues, au mieux une toute petite partie...

Mortier réclame la parole :

— À la préfecture, je crois que ce sera le moment de mettre nos revendications chiffrées sur la table. Retenir des membres de la direction, ça n'a servi à rien.

Il s'excuse auprès d'Anath :

— Excusez-moi, madame, mais je crois qu'ils se foutent de vous autant que de nous. Que vous soyez cadre, ça n'a aucune importance, vous êtes, vous aussi, une « variable d'ajustement », pas une monnaie d'échange.

Anath sourit poliment. Weber encourage Mortier à faire sa proposition :

— Vas-y, on t'écoute.

— S'ils veulent nous virer, dit Mortier, il faut que ça leur coûte deux cent mille euros par personne...

Le chiffre impressionne.

— Tu veux qu'on réclame une prime de licenciement supralégale de deux cent mille euros ? demande Weber, aussi étonné que les autres.

— Oui, répond Mortier. Et, croyez-moi, ça écornera à peine leurs profits de l'année.

Deux cent mille, pourquoi pas trois cent mille, cinq cent mille, la discussion repart sur la prime, comme s'ils l'avaient déjà dans leur poche.

Carvin refuse de se taire :

— Arrêtez de vous monter le bourrichon ! crie-t-il pour les forcer à l'écouter. Vous n'aurez jamais deux cent mille euros. Si vous en touchez le dixième, vous pourrez être heureux. Mais combien de fois faudra que je vous le dise ? Mettre cette question sur la table, comme le suggère Mortier, c'est sceller la mort de la

Méka, accepter de fait la fermeture, accepter la raison financière des patrons.

— Est-ce qu'on a le choix ? demande Étienne Rolland, approuvé par Laugier d'un vigoureux hochement de tête.

Il précise en appuyant sur chacun de ses mots :

— Est-ce qu'on a encore le choix ?

— Bien sûr qu'on a le choix ! s'emporte Carvin. Cette usine est au top, elle est rentable, tous ceux qui y travaillent connaissent leur boulot et le font bien, toi le premier. Pourquoi elle s'arrête ? Pourquoi on ferme ? Pourquoi on est tous virés ? Parce que, en Serbie, ils feront la même chose que nous pour dix fois moins cher. Et sans doute pour dix fois moins bien…

Il y a des rires.

— Notre choix fondamental, c'est ça : réunir formellement un CE pour que tout soit fait dans les règles, dire non à la fermeture de la Méka, non aux licenciements. Ensuite, si le groupe ne veut plus de nous, s'il vend, c'est de choisir un repreneur.

— On n'a qu'à reprendre, nous ! lance Corda.

— Pourquoi pas ? Peut-être. A minima, on doit être associés au choix sans que le préfet ou qu'un « comité de pilotage » viennent nous expliquer comment un fabricant de lingerie féminine fera parfaitement l'affaire pour sauver dix ou vingt emplois. Enfin, dernier objectif, c'est de récupérer ce qu'on pourra des subventions publiques pour favoriser la reprise et subventionner les stages de reconversion. Une reprise dans notre activité, dans notre métier. Voilà nos choix, des choix offensifs. Réclamer une prime, c'est signer notre défaite avant même d'avoir mené la bataille.

— Et si on se retrouve sans rien ? interroge Mortier.

Carvin répond sans détour :

— C'est un risque.

— Eh bien moi, je refuse que nous prenions ce risque ! J'ai une femme, trois gosses, une baraque à payer sur les bras, je ne peux pas jouer ma vie au casino. En demandant deux cent mille euros nous montrons notre valeur et la valeur de l'entreprise.

— Et si tu ne les obtiens pas ? rétorque Carvin qui n'en peut plus de ces discussions sur la prime. S'ils t'achètent à un prix cassé ? Si tu dois t'asseoir sur le fric et sur ta dignité ?

Mortier n'hésite pas. Ses arguments sont servis avec violence, comme s'il coupait un tronc à la hache :

— C'est ça, la bataille, obtenir ce qu'ils nous doivent. Et, s'ils refusent, faire ce que Chavarre disait. Tout faire flamber, ne rien laisser derrière nous.

— Et ta femme et tes trois gosses ?

— Si c'est ça, ils comprendront.

Miroir

La manifestation se prépare dans tous les secteurs. Tout le monde s'y met. Pour l'occasion, les familles aussi sont de la partie. Geneviève, la femme de Weber, est venue avec ses trois enfants, Marilou l'aînée, Nils et Luna la petite dernière, heureux de faire de la peinture. Il y a aussi le fils, la fille et la femme de Monnier, les deux grands de Corda, ceux de Mortier et beaucoup d'autres, joyeux, actifs, empressés. Sur des banderoles, on peut lire, peints en rouge et noir : *Non à la fermeture, Méka délocalise, ouvrier fais ta valise !*, *Mettons en place le plein-emploi, Méka-Zitex même combat !*, *Protégeons*

nos salaires, pas leurs profits, Le problème, c'est eux, la solution, c'est nous !...

Carvin laisse sa banderole en plan le temps qu'elle sèche : *Méka licencie, Méga profits, Méga connerie !*

Il traverse l'atelier n° 1 pour s'offrir un café.

Les machines sont neuves, en ordre de marche, pourtant, c'est comme si elles n'étaient déjà plus là. Comme si l'annonce de la fermeture du site les avait périmées d'un coup ; qu'on avait jeté sur elles un catafalque ; qu'elles ne devaient plus jamais fonctionner. En tout cas, pas dans cette usine. Carvin s'arrête un instant devant un minuscule bout de miroir coincé entre deux poutrelles. Il veut se voir. Voir si la mort annoncée de la Méka se lit déjà sur son visage.

Djuna se faufile derrière lui :

— La beauté ne se mange pas en salade, lui chuchote-t-elle à l'oreille, avec douceur.

— J'ai vieilli.

— Tu me plais comme tu es.

— Comme un vieux ?

— Comme un bébé qui cherche à se faire dorloter...

Carvin va pour franchir la ligne jaune, la prendre dans ses bras et l'embrasser devant tout le monde. Djuna se recule d'un coup.

— Tu t'en vas ? demande Carvin, tête baissée, ravalant son erreur.

— Il fait un froid bestial ici...

Carvin sourit, il n'y a que Djuna pour parler d'un froid « bestial »...

— Faudrait se bouger pour se réchauffer, suggère-t-il, sans cesser de sourire.

— J'en ai marre de la peinture.

— Je ne pensais pas à ça.

— Tu pensais à quoi ?

— À quelque chose qui réchauffe vraiment, répond Carvin, faisant l'idiot.

— Quelque chose qui me réchaufferait ?

— Je crois, oui.

Djuna hésite, retenue par les sables mouvants de ses envies :

— Est-ce que j'ai besoin d'être réchauffée ?

— À toi de voir, si tu préfères te geler...

— Tu me promets que ça me réchauffera vraiment ?

— Ce sera bestial... jure Carvin, serrant le poing.

Ils se comprennent.

Djuna prend la direction de la sortie d'un pas décidé.

— Pourquoi la DRH est restée ? demande-t-elle, laissant la question s'envoler comme une petite fumée.

Carvin lui emboîte le pas.

— Par solidarité.

— Tu crois ?

— Je ne sais pas, admet Carvin. Il y a de ça et sans doute un truc plus perso en dessous. Je ne sais pas ce qu'ils se sont dit avec son mari, mais il est parti sans se retourner et elle n'a pas eu un geste vers lui. Genre dispute à froid. Ça a dû jouer...

— C'est une belle femme.

— Qu'est-ce que ça change ?

Djuna donne discrètement un petit coup sur l'épaule de Carvin quand ils passent la porte côte à côte :

— Pendant l'AG elle te parlait tout le temps... J'ai l'impression que tu lui as tapé dans l'œil.

Carvin reconnaît que, si elle disait oui, il ne dirait pas non, mais ce n'est pas du tout de ça qu'ils parlaient.

— Tu sais ce qu'elle me disait ?

— Que tu es vieux, moche et que tu n'y arriveras jamais ?

— Elle me poussait à être encore plus radical.

— Plus radical ?

Carvin accorde son pas à celui de Djuna.

— Pour elle, il ne faut pas se faire d'illusions, tout est plié, dit-il en se portant à sa hauteur, il n'y a aucune chance de reprise et encore moins de récupérer ne serait-ce qu'une partie des subventions.

— Elle est vraiment optimiste !

— Elle pense que la seule voie possible, c'est d'être les plus durs, d'y être jusqu'au bout et de ne jamais céder.

— Qu'est-ce qu'elle espère ?

— Rien. Elle tient juste à être aux premières loges du feu d'artifice quand ça pétera vraiment.

Djuna repousse l'explication d'un geste de la main :

— Ça ne tient pas debout ! Il y a autre chose.

— Quoi ?

— J'en sais rien mais je le sens. Quand on est une femme on sent ces choses-là. Il y a autre chose. Elle est là pour autre chose. Quelque chose dont elle a besoin, quelque chose qu'elle cherche.

Et, adressant à Carvin un regard sombre :

— C'est peut-être toi qu'elle cherche ? Oui, toi, Lucas Carvin, l'homme dont elle a besoin…

Sylvania

Ils ont peu de temps.

Le Sylvania, c'est leur repaire, leur antre.

Les murs peuvent témoigner de leurs amours.

Carvin et Djuna font voler leurs vêtements aux quatre coins de la chambre. Ils se glissent d'urgence sous les draps sans même un baiser et se laissent emporter

l'un par l'autre d'un geste inépuisable. Lents mouvements de pendule, énergie d'animal. Le lit grince, ses bois heurtent le mur, la table de chevet branle sur ses pieds, la lampe bascule sur le côté. Djuna, visage en feu, voudrait déchirer les rideaux, lacérer le papier peint, tout noyer de bile noire, souiller la literie, vandaliser le mobilier, briser les miroirs, exploser les faïences. Elle supplie d'une voix de soie :

— Promets-moi. Promets-moi de...

— Je te le promets, jure Carvin, sans savoir, le cœur suspendu à un croc, prêt à se déchirer.

— Promets de...

Les mots s'étouffent dans la gorge de Djuna. Dix fois elle est au bord d'avouer à Carvin que c'est la dernière fois qu'ils font l'amour. C'est fini ! Il est sur elle, il est en elle, ils sont bouche contre bouche, sexe dans sexe, son sperme va jaillir, il va crier, elle va crier, mais c'est fini. Elle va partir loin, très loin, sans autre horizon que mari, enfants, maison, courses, ménage, travail, devis, devis, devis, une vie à gagner, une vie à se perdre. Dix fois elle s'apprête à lui dire adieu. À dire ce « mon amour » qu'elle ne lui a jamais dit ; qu'elle retient de toutes ses forces. « Adieu mon amour », comme si elle se disait adieu à elle-même.

Carvin empoigne ses seins, s'empare de ses fesses, il l'agrippe, la happe, réquisitionne ses lèvres, son regard, la tourne, la retourne. C'est un barbare qui plonge et se redresse à grands coups de reins. Une bête acharnée contre sa sauvagerie même.

Danse muette, impatiente.

Djuna tente de dominer sa respiration.

— Viens, viens, viens, répète-t-elle en chapelet, comme si cela pouvait lui donner paix, résignation, dignité, courage.

« Viens », comme si sa prière avait le pouvoir d'emmener Carvin où elle va.

Sa peau perle d'une sueur argentée, son regard s'assombrit, fiévreux, crépusculaire. Ses mains s'élèvent, retombent sur le dos, sur les fesses de Carvin. Djuna s'alanguit. Elle frémit, tremble de tout son corps. Ses muscles se tendent et se relâchent d'un coup. De chaudes larmes roulent sur ses joues, sur sa bouche. Mais, si ses yeux s'étoilent, ce n'est pas parce qu'elle jouit.

Campagne

Socko et Thorins roulent en voiture dans la campagne en direction de la côte, entre les collines dont la masse est suspendue comme des vagues. Il y a encore beaucoup d'arbres meurtris au bord de la route et des hommes en ciré occupés à les débiter, à les stocker. Les plaies de la terre sont longues à panser.

Officiellement Socko et Thorins doivent participer à une répétition de leur chorale. En réalité ils rejoignent le responsable des déménageurs chargés de démonter les machines de la Méka.

— Putain, il pourra se vanter de m'avoir fait chier jusqu'au bout, jure Socko, évoquant le suicide d'Antoine Bischoff. Non seulement il était toujours là à chipoter sur les chiffres mais, avec sa connerie, il nous laisse dans la merde.

— Tu connais le médiateur ? demande Thorins, que la mort de Bischoff indiffère.

— Duchamp ? Je l'ai eu au téléphone. Je ne le connais pas mais, d'après ce qu'on m'a raconté, c'est un franc-mac.

— Qu'est-ce que tu lui as dit ?

— Rien. Des banalités dans la langue du plus beau bois.

— Si on déménage les machines comme prévu, qu'est-ce que tu vas faire ? Tu vas y aller, à sa réunion ?

— Tu rigoles ? Jamais de la vie ! s'exclame Socko. Pourquoi j'irais ?

Il aborde une descente abrupte suivie d'un faux plat entre deux haies. Socko soupire comme si une soudaine altération de l'air l'essoufflait :

— Je ne te dis pas ce que je vais entendre quand le préfet s'apercevra que ça ne sert plus à rien ! Heureusement, j'ai une excuse toute trouvée.

Il détache chaque mot de sa phrase comme s'il dictait :

— Je refuse de m'asseoir à la même table que les voyous qui ont amoché l'avocat du groupe.

Socko, l'air sardonique, accélère sans s'en rendre compte.

— Je ne sais pas qui a fait ça ni pourquoi mais, si je le pouvais, je lui baiserais les mains. Il a fait exactement ce dont je rêvais depuis qu'on m'a mis ce Million dans les pattes !

Thorins est perplexe.

— Ce qui m'étonne, dit-il, c'est qu'il n'ait pas fait de déclaration ni à la télé ni à la presse. C'est pas du tout le genre à rester en retrait. Je me demande ce que ça cache.

Auberge

Il y a huit énormes semi-remorques alignés à l'arrière de l'auberge, sur le parking en contrebas, invisibles de la route. Socko se gare devant le premier. Il hésite à descendre :

— T'es sûr qu'il faut que je vienne ? demande-t-il à Thorins, sans lâcher le volant.

— Il veut que l'ordre vienne de toi, personnellement.

— Qu'est-ce que ça change, que ce soit toi ou moi ?

— Il est comme ça, de Villedieu, très service-service, discipline-discipline, honneur aux couleurs et respect du chef ! Mais c'est un vrai pro et ce n'est pas la première fois qu'il fait ce genre de boulot.

Socko ne discute plus. Ils y vont :

— Les types sont logés là ?

— Oui. C'est fermé pour travaux mais le patron est un ancien flic qui ne peut pas piffer les syndicats, les cocos, les barbus, les chevelus, les bronzés, etc. Je n'ai pas besoin de te faire un dessin.

Socko regrette.

— Si tu me faisais un dessin, je le ferais encadrer.

Ils rient en se tapant dans le dos.

Joseph de Villedieu les attend à l'intérieur. C'est un homme massif aux yeux porcins, aux doigts épais ornés de chevalières en or. Deux à la main droite, une au petit doigt de la main gauche. Il porte un costume trois-pièces impeccable sur une chemise bleue qu'égaie une étrange cravate fantaisie décorée d'armes médiévales. Thorins fait rapidement les présentations.

— Vous êtes prêts ? s'inquiète Socko, soudain mal à l'aise de se trouver comme un voleur dans cette pièce vide aux rideaux tirés.

— J'attends vos ordres, répond sobrement de Villedieu, resserrant sa cravate.

Thorins prend les choses en main :

— Ils sont simples, dit-il sous le contrôle de Socko. Il n'y aura quasiment personne à l'usine samedi après-midi. Tous seront à une manifestation. J'ai un groupe de sécurité qui vous fera pénétrer dans les lieux et, après, ce sera à vous de jouer. Vous en avez pour combien de temps ?

— J'ai bien étudié les plans, c'est assez compliqué. Si tout se passe bien entre huit et dix heures, peut-être un peu plus.

Socko est contrarié par ce délai. Il n'aime pas ça.

— Ce qui veut dire qu'il faut interdire l'accès de l'usine une fois qu'ils seront à l'intérieur pour démonter, se plaint-il en regardant Thorins.

Thorins le rassure d'un geste :

— Pour l'entrée, mon groupe de sécurité s'en chargera. Et je compte sur toi pour que le préfet ne nous laisse pas tomber... Les CRS seront toujours là ?

— Où veux-tu qu'ils soient ?

De Villedieu s'inquiète.

— Ils sont combien dans votre groupe ?

— Une trentaine, dit Thorins. Et pas des demi-portions, croyez-moi. Des vrais pros du maintien de l'ordre. La SFS, la Société française de sécurité. Vous connaissez ?

— Moulin ?

— Oui, Moulin...

De Villedieu connaît.

Thorins revient à l'organisation du transport.

— Vous prendrez la route dès que les camions seront chargés ?

— Aussitôt. Nous devons être à Novi Sad au plus tard au milieu de la semaine.

— OK, dit Socko en se levant. Je compte sur vous.

Il ne veut pas rester plus longtemps. L'endroit ne lui plaît pas, le type ne lui plaît pas et ces rideaux fermés, ça l'oppresse. Il tend la main à de Villedieu qui le salue sans se lever.

— Vous me garantissez qu'on pourra entrer dans l'usine et qu'il n'y aura personne pour faire chier mes gars quand on démontera ?

— Absolument sûr, garantit Thorins, prêt à partir lui aussi. D'ailleurs, c'est moi qui vous donnerai le top départ. Pas d'autre question ?

— Non, dit de Villedieu, sans regarder personne.

Il se ravise :

— Vous y serez ?

La question réjouit Thorins. Hilare, il lève le poing en partant.

— Je serai à la manifestation !

Toilettes

Mlle Poinseau et Anath sortent en même temps des toilettes. La lumière des néons au-dessus des lavabos n'est pas très flatteuse. Anath se regarde dans le miroir avec l'expression interrogative et esseulée qu'on lui voit parfois. Elle se pince un peu les joues :

— Il y a des jours où on fait vraiment son âge...

Du coin de l'œil, elle observe furtivement Mlle Poinseau qui n'en finit pas de se rincer les mains.

— Vous n'avez pas l'air dans votre assiette non plus. Ça va ?

— Oui, oui, ça va. Je vous remercie.

Mais soudain, comme si aucune force au monde ne pouvait l'empêcher de parler, Mlle Poinseau avoue avec une plainte de chiot battu :

— Je suis enceinte. Je viens de refaire le test. C'est encore positif.

Les yeux d'Anath s'éclairent :

— Félicitations ! Qui est le papa ?

Mlle Poinseau, le visage pâle, répond d'une voix pleine de reproches :

— Le papa est un monsieur marié qui n'a pas la moindre intention de quitter sa femme...

Anath est désolée, elle ne pouvait pas deviner, elle s'excuse...

— Qu'allez-vous faire ? demande-t-elle avec douceur pour chasser le silence qui les fige.

— L'enfant, je le garde. Le papa fera bien ce qu'il voudra. Je m'en fiche !

— Il n'est pas encore au courant ?

— Non, grogne Mlle Poinseau. Et, quand je lui dirai que j'attends un enfant de lui, je ne crois pas qu'il me sautera dans les bras. Je crois plutôt qu'il prendra ses jambes à son cou et priera le bon Dieu de ne plus jamais me trouver sur son chemin.

— C'est quelqu'un d'ici ?

Mlle Poinseau baisse la tête. Elle s'agrippe au lavabo avec la sensation très nette que quelque chose se retourne dans son ventre. Ses pensées roulent en elle, lourdement, trop lourdes d'émotion, d'amour et de chagrin.

— Vous comprendrez que je ne vous réponde pas, dit-elle, dure, anxieuse.

— Oui, pardonnez-moi, s'excuse à nouveau Anath. Je ne voulais pas être indiscrète.

— Non, c'est moi. Je n'avais pas à vous raconter ma vie.

Elles se taisent face au carrelage blanc baigné de lumière froide. Il leur semble impossible de prononcer une parole. Le calme est soudain si absolu qu'il en devient inquiétant. Comme on soulève une charge, Anath s'arrache la première au silence :

— Est-ce que je peux faire quelque chose ?

La phrase est convenue mais Anath n'arrive pas à en trouver une autre moins distinguée, plus rude, aussi nécessaire. Mlle Poinseau la remercie chaleureusement :

— Non, c'est très gentil, dit-elle. Ça m'a fait beaucoup de bien de vous parler. Je ne pouvais pas garder ça pour moi. C'était trop lourd à porter. Je vous remercie mille fois de m'avoir écoutée. Je ne vous demande qu'une chose : gardez ça pour vous. Personne ne doit savoir.

Mlle Poinseau ne veut pas pleurer. Elle lutte, mais c'est plus fort qu'elle. Un poids écrase sa poitrine de jeune reine. Le charme se rompt, la lumière s'éteint, l'orchestre s'en va. Elle tombe en larmes dans les bras d'Anath. C'est une fleur de chiffon, un oiseau touché en plein vol, un ange blessé qui psalmodie :

— C'est rien, c'est les nerfs. C'est les nerfs…

Paroles de dirigeants

Jean-François Copé (président du groupe UMP à l'Assemblée) : « Les Français nous ont dit qu'il y avait un problème d'équité : aujourd'hui, quand vous êtes une femme enceinte et que vous allez en congé maternité, lorsque vous êtes malade et en arrêt de travail, lorsque vous êtes au chômage… vous payez des impôts. Et lorsque vous avez un accident du travail, vous ne payez pas d'impôts ! Il y a une injustice d'une situation par rapport à l'autre. En taxant les indemnisations des accidents du travail, au nom de l'équité, nous prenons nos responsabilités de parlementaires. »

Éric Woerth (ministre du Budget) : « Il est assez naturel de fiscaliser de la même manière que les revenus du travail le revenu qui remplace le travail. C'est une mesure de justice sociale. »

Appel

Thorins s'arrête dans un no man's land industriel, un carrefour misérable entouré de terres boueuses où subsiste étrangement une cabine téléphonique. Il ne veut pas garder trace de cette communication dans son portable. On ne sait jamais, Rose, les enfants… pas de risque ! D'ailleurs, il n'appelle jamais Mlle Poinseau autrement que d'une cabine ou d'un poste fixe dans un café ou ailleurs.

— Comment veux-tu qu'on se retrouve ? demande-t-il dès qu'elle répond.

— Tu pourrais me dire bonjour…

— Pardon, s'excuse Thorins, mais j'ai hâte de te voir. Avec cette foutue grève…

Il ne finit pas sa phrase.

Mlle Poinseau avoue qu'elle aussi a hâte de le voir.

— Parce qu'il faut que…

Elle non plus ne finit pas sa phrase.

— Tout le monde part de l'usine à midi, dit-elle d'une voix claire. Les syndicats ont affrété des cars mais moi, j'ai prévenu que j'irais par mes propres moyens…

— Personne ne reste là-bas ?

— Si, il y avait quatre volontaires pour assurer la permanence et on en a tiré quatre autres au sort. Pourquoi tu me demandes ça ?

Thorins ricane en lui-même « si tu savais ». Il répond :

— Par curiosité. Pour savoir si vraiment tout le monde sera à Hénin. Je crois que c'est important que tout le monde y soit.

— Tout le monde y sera, répond joyeusement Mlle Poinseau qui s'efforce d'être joyeuse. Et toi aussi, et moi aussi on y sera !

Elle baisse la voix sans raison :

— Tu vois où est Bois-Bernard ?

— Oui, pourquoi ?

— Sur la route de Neuvireuil, à gauche, il y a une maison avec un portail vert et des murs moitié en brique, moitié blancs, avec une plaque en céramique marquée *Gambier*…

— Gambier ?

— Oui, c'est chez ma tante. J'ai les clefs. Elle n'est pas là. Elle est en Égypte avec son club du troisième

âge. Si tu veux que je te fasse visiter, je serai là après la manif...

Château

Midi ne va pas tarder à sonner au clocher de l'église. Le temps est clair, la journée s'annonce bleue, fraîche, ensoleillée pour la première fois depuis la grosse tempête. Thorins grimpe par l'échelle de service au sommet d'un petit château d'eau. Une construction de béton brut au pied de laquelle est dressé un calvaire peint d'un rose criard, coiffé d'une couronne en fer forgé : *Don de la famille Lampron, entrepreneurs.* De là-haut, même sans jumelles, Thorins peut épier la Méka sans être vu. Les ouvriers sont en train d'embarquer dans les cars, portant banderoles et pancartes revendicatives. En tendant l'oreille, il pourrait presque entendre Weber répéter ses consignes dans le porte-voix.

Selon la radio locale, présente sur place, à Hénin la manifestation s'annonce très importante. Les CRS stationnées devant la Méka sont appelées en renforts. Elles partent derrière les cars des ouvriers. Ce n'était pas prévu, mais cela n'inquiète pas Thorins outre mesure.

Ils sont partis, ils reviendront...

Thorins repère immédiatement la petite voiture de Mlle Poinseau qui ouvre la route en klaxonnant. Il sourit, c'est comme si, pour lui donner le signal, elle agitait un drapeau rouge !

Thorins passe d'urgence trois appels sur son portable.

À Moulin, le responsable du groupe de sécurité, et à de Villedieu, le patron des déménageurs, il dit : « Vous

pouvez y aller, la voie est libre », et, en polonais, à Socko : « *Poszlo wszystko glatko*[1] ! »

Il n'a pas besoin d'en dire plus.

Sidot

Les quatre volontaires pour garder l'usine sont Carvin, qui ne veut pas croiser Djuna en compagnie de son mari et de ses enfants, Corda, toujours comme ci comme ça après le suicide d'Antoine Bischoff, Timbault, un type des bureaux que la marche à pied décourage, et Sidot, non syndiqué, gréviste de fait mais pas de cœur. Les quatre tirés au sort sont Potard, de l'atelier n° 1, chef d'équipe, Lucien Jean, un Black de la maintenance, Lauris, un jeune, grand amateur de cross qui aime parler moto avec Carvin, et Bourdon, de l'atelier peinture.

Anath aussi est là, jugeant que sa présence serait déplacée dans la manifestation…

— Tenez, prenez ça, je vous sers…

Carvin tend une assiette et des couverts à Anath. Elle le remercie, elle a faim. Ils se partagent du taboulé avec peu de raisins de Corinthe et beaucoup de persil. Carvin dévisage intensément Anath. Pourquoi reste-t-elle avec eux ? Pourquoi s'est-elle battue avec l'avocat ? Pourquoi ?

Carvin dans un haussement d'épaules renonce à ses « pourquoi ? ».

---

1. « Ça n'a pas fait un pli ! »

Questionner Anath ne sert à rien. Même s'il la cuisinait une heure durant, il obtiendrait au mieux un sourire énigmatique, au pire une fin de non-recevoir sèchement expédiée. Carvin mange doucement. Il se force à garder la nourriture longtemps dans sa bouche, à mâcher consciencieusement.

— Vous mangez toujours aussi lentement ? s'étonne Anath.

— Je veux faire durer.

Anath jette un coup d'œil circonspect dans son assiette.

— Vous trouvez que ça en vaut la peine ?

Carvin répond d'un hochement de tête pour ne pas avouer qu'il veut avant tout faire durer le plaisir de manger en sa compagnie.

— La journée risque d'être longue, dit-il, scrutant ce regard bleu qui l'émeut. Le temps qu'ils reviennent…

— J'ai une patience de chat.

— Et une humeur de dogue allemand ?

Carvin réussit à la faire sourire.

— Vous avez quelque chose contre les animaux ? demande-t-elle, retrouvant son sérieux, sa tristesse aussi.

Les yeux dans les yeux, Carvin répond en s'inclinant vers elle :

— Je n'aime que les chats…

Il glisse en confidence :

— Parce qu'il n'y a pas de chats policiers…

— Ce n'est pas de vous ! s'indigne Anath, la fourchette en l'air.

Carvin reconnaît que ce n'est pas de lui :

— C'est de Chaval, un dessinateur qui a dit aussi « Moi n'amuse pas moi »…

— Comment savez-vous tout ça ?
— Parce que mon petit doigt me l'a dit !
— Vous êtes chiant. Répondez. Ne vous esquivez pas.

Carvin salue militairement :
— À vos ordres, madame la DRH !

Sa voix durcit, il ne plaisante plus :
— Pourquoi ne le saurais-je pas ? Parce que je suis un crétin d'ouvrier ?
— Ah non, pas ça, je vous en prie !
— Quoi ?
— Vous n'arriverez pas à me provoquer si facilement, se défend Anath, étonnée de le braquer avec une question aussi innocente. Vous êtes toujours aussi tendu ?

Carvin se renverse sur sa chaise, les mains croisées sur la nuque :
— Vous avez déjà nagé nue dans la mer ?
— Je ne vois pas ce que ça a à…
— Quand on nage nu, la sensation est unique, dit Carvin, sans la laisser terminer. On flotte et on vole en même temps. Le corps ne pèse plus rien et la tête suit le gré des vagues… Pour moi, c'est ça la liberté. L'image, l'idée que je me fais de la liberté.
— Cela ne me dit pas pourquoi vous êtes toujours tellement sur vos gardes.

Carvin ramène ses mains devant lui. Il les observe, comme si elles ne lui appartenaient pas.
— Parce que je ne suis pas libre, dit-il en retrouvant le regard d'Anath. Parce que je ne le serai jamais. Parce que, parce que…

Il se raidit, une stèle de granit sans failles, sans ouvertures.

Anath ne renonce pas, elle remonte à l'assaut des défenses de Carvin par un autre flanc :

— Je crois que nous avons tous en nous quelque chose, commence-t-elle prudemment. Non, peut-être pas vraiment quelque chose, disons une petite porte qu'il ne faut pas ouvrir parce que ce qui se cache derrière nous fait peur...

— Vous me prenez pour Alice au pays des Merveilles ?

— Pour le Lapin blanc.

Et, curieuse :

— Votre fille a vu le film ?

— Non, mais je lui ai lu l'histoire. Je lui en lis beaucoup...

Carvin hausse les épaules. Il fait le fier, pas mécontent de plastronner.

— Nous n'avons pas la télé.

— Par économie ou par choix ?

— Par principe. Dans des mots croisés, à la définition « opium du peuple », la réponse en deux lettres était : « TV ». J'ai trouvé ça bien vu.

— Pour la télé, c'est la moindre des choses ! remarque Anath, s'essuyant délicatement la bouche.

Carvin lève son verre. Il apprécie la réplique...

— À mon tour de vous poser une question ! dit-il. Vous permettez ?

— Je vous en prie.

Il se souvient de la remarque de Djuna, de son intuition.

— Qu'est-ce qui vous manque ? demande-t-il, tout sourires.

— Qu'est-ce qui me manque ? s'interroge Anath, s'étouffant avec sa bouchée de taboulé.

— Vous avez tout ce que la vie peut offrir, vous êtes belle, intelligente, un super boulot vous attend et vous restez enfermée avec nous. C'est incompréhensible. J'en déduis que vous cherchez ici ce qui vous manque ailleurs. Qu'est-ce qu'il y a derrière la petite porte qu'on ne peut pas ouvrir ?

Anath réfléchit, Carvin la déroute :

— Ce qui me manque ? répète-t-elle à voix basse, comme si elle devait ressasser la question avant d'y répondre.

Elle ne s'y risque qu'avec réserve :

— Sans doute ce qui nous manque à tous : agir. Jour après jour, j'ai l'impression que la vie m'a confite dans le quotidien, que notre temps est court et que j'étouffe lentement dans le bien-être, le confort, l'ennui, l'argent... Vous savez, quand on met une grenouille dans l'eau bouillante...

Carvin l'arrête, il connaît l'histoire. Il insiste :

— C'est quoi, « agir », pour vous ?

Anath dédaigne la prudence :

— C'est compter pour quelque chose, dit-elle, révolutionner ce monde où l'individu est ramené à ce qu'il consomme.

L'image de Chantal vient aussitôt à l'esprit de Carvin. Chantal, sa folie d'acheter, ses envies d'acheter, son besoin d'acheter...

— Moi aussi ça me dégoûte, dit-il, les narines pincées mais honteux d'instruire en secret le procès de sa femme.

— Ça vous dégoûte jusqu'à quel point ?

La porte s'ouvre brusquement, Timbault se précipite, tenant ses lunettes à la main :

— Ils viennent déménager les machines !

Une poignée d'hommes habillés en bleu et noir, chaussés de rangers, portant sur la poitrine l'écusson SFS, sont sur ses talons.

— Ils m'ont viré ! Ils ont forcé la grille à l'entrée ! crie encore Timbault, haletant. Des camions arrivent dans la cour !

Anath et Carvin se lèvent dans un même élan.

Moulin, le chef de l'équipe de sécurité, s'approche d'eux, jambes écartées, bedaine en avant, un poids lourd :

— Madame, monsieur, je vous demande de bien vouloir quitter les lieux le plus rapidement possible...

— Je ne vois pas au nom de quoi, dit Anath, faisant front. Que faites-vous ici ?

— Nous avons ordre de la direction de sécuriser cette usine pendant les travaux qui doivent y être effectués.

Anath se présente avec une froideur hautaine :

— Anath Werth. Je suis la DRH de la Méka. Quels travaux ? De qui vient cet ordre ?

— De la direction.

— De qui à la direction ? Je fais partie de la direction...

— De la direction, s'obstine Moulin.

Anath ne se laisse pas impressionner :

— Vous avez un document ?

Moulin fait la sourde oreille :

— Madame, je ne le répéterai pas, je vous demande de quitter ces lieux sans délai. Je n'ai pas le temps de discuter.

— Sinon quoi ? demande Carvin, se plaçant devant Anath.

La question réjouit le chef des vigiles.

— Sinon, nous serons obligés de vous faire sortir.

— Vous nous menacez ?

— J'assure votre sécurité, ricane-t-il en se tournant vers ses hommes qui s'amusent aussi des paroles de Carvin.

Anath reprend sa place.

— Vos menaces sont hors de propos, dit-elle en le toisant. Nous ne quitterons ces lieux que devant un ordre écrit, signé et authentifié. De qui vient l'ordre : du siège ? de Socko ? de Thorins ?

— Je n'ai pas à vous répondre.

— Alors vous n'avez rien à faire ici. Je vous le répète, en l'absence de tout autre membre de la direction, cette usine est sous ma responsabilité. Sous la mienne et celle de personne d'autre.

Anath indique la sortie :

— Je ne vous retiens pas, ni ces messieurs qui vous accompagnent...

Moulin se crispe :

— Ne me faites pas perdre patience, ronchonne-t-il, le rouge aux joues. Une dernière fois, je vous demande de quitter les lieux. Si vous ne le faites pas, je serai contraint de faire en sorte que...

— Et moi, je serai contraint de te mettre une balle entre les deux yeux, prévient Sidot, sorti d'on ne sait où, tenant à la main une arme de chasse au gros gibier.

Sidot met Moulin en joue :

— T'as entendu ce qu'a dit la dame, lance-t-il, avec sur les lèvres un rictus inquiétant. Vous n'avez rien à foutre ici, toi et tes guignols, et vous allez dégager.

Sidot se tourne vers Carvin, le menton haut :

— Toi, t'es fort pour la ramener, mais moi, j'ai du pif !

Moulin fait un pas de retrait vers ses hommes. Sidot tire en l'air, le stoppant net.

— La prochaine fois, c'est pour toi, dit-il. Alors arrête de faire le con et barre-toi avant que ça tourne au vinaigre.

De Villedieu arrive dans l'atelier, ahanant et soufflant :

— Qu'est-ce que c'est que ce bordel ? J'ai entendu tirer ! J'ai mes camions qui...

— Ils sont armés, l'avertit Moulin entre ses dents.

Sidot vise de Villedieu :

— Vous en voulez une aussi ? demande-t-il.

De Villedieu lève les mains par réflexe :

— Mais, merde, ils ne devaient être que huit !

— Qui vous a dit ça ? demande Carvin.

Sidot ne laisse pas à de Villedieu le temps de répondre.

— OK, lance-t-il, on s'en tape. On ne va pas y passer le réveillon. Vous sortez ou je fais un carton ! Et je ne vais pas compter jusqu'à trois. J'ai toujours eu horreur de compter...

— On décroche ! ordonne Moulin. C'est un dingue.

— Tu vas voir si je suis dingue.

Carvin saisit le canon du fusil juste avant que Sidot fasse feu.

Cour

Les chauffeurs des camions, les déménageurs, quatre hommes de la SFS restés à l'extérieur sont regroupés dans la cour. Ils bavardent, pas plus inquiets que ça du coup de feu qu'ils ont entendu ni de ne pas voir leurs chefs revenir. L'heure les préoccupe plus que tout le

reste. Il y a beaucoup à faire et la route à tracer. Ils se demandent si un repas est prévu, une pause, des sandwiches, de la bière...

— Tout le monde dégage ! Tout le monde quitte la cour ! braille Carvin, les mains en porte-voix.

Il y a un moment d'incompréhension quand les chauffeurs et les déménageurs voient sortir de Villedieu et Moulin les bras en l'air. Les hommes s'interrogent du regard, passent d'un pied sur l'autre. Un gros camionneur s'avance.

— Et nos bahuts ?
— Confisqués !

Sidot tire un nouveau coup de semonce.

— Tout le monde débarrasse le plancher ! crie-t-il à son tour. Et fissa ! Vous avez compris ? Dehors ! Vous nous faites chier, tirez-vous !

— Pourquoi faut qu'on se tire ?

— Parce que si vous ne vous tirez pas je vous allume ! répond Sidot, agitant son arme. Allez, en avant marche arrière !

Les hommes renâclent à obéir. Ils traînent des pieds vers la sortie. Sidot, le fusil à la hanche, les encourage à se hâter :

— Vous comprenez le français ? *Raus schnell !*

Enfin, ils passent la grille mais restent plantés là, refusant de s'éloigner de l'entrée. Sidot avance sur eux et tire au sol, une fois, deux fois, faisant voler les gravillons dans leurs jambes jusqu'à ce qu'ils reculent à une trentaine de mètres des grilles.

Les autres de la Méka rejoignent Carvin et Anath.

— Ils ont essayé d'entrer à la peinture ! raconte Potard, un tuyau de plomb à la main.

— Heureusement qu'on avait soudé les portes ! ajoute Lucien Jean.

Lauris n'est pas en reste :

— Putain, ils mériteraient qu'on leur foute sur la gueule !

Sidot les appelle :

— Venez refermer les grilles ! Merde, qu'est-ce que vous attendez ?

Il rigole franchement au nez des déménageurs :

— Vous vouliez nous piquer nos machines et on vous pique vos camions !

— Les flics vont revenir, dit sombrement Timbault, entortillant une chaîne sur la grille principale qu'il referme.

Carvin sort son portable :

— Les nôtres aussi ! J'appelle Weber et je fais rappliquer tout le monde !

Carvin ne pense plus à Chantal. C'est comme s'il ne l'avait jamais rencontrée, qu'il n'avait jamais vécu avec elle, qu'ils ne s'étaient pas mariés.

La grève l'efface de sa mémoire.

Manif

Le cortège est impressionnant.

Ceux de la Zitex marchent en tête, tenant une immense banderole qui proclame : *532 emplois, la Zitex vivra !* Derrière, c'est une forêt de drapeaux où se mêlent les fanions des syndicats et des bannières faites dans les tissus imprimés que produisait l'usine. Les troupes de la Méka suivent, portant haut une grande toile où l'on peut lire en lettres rouges et noires : *Zitex-Méka même combat !*

Les hommes chantent *L'Internationale,* les femmes *Le Chiffon rouge*.

Bona répond aux questions d'une journaliste blonde vêtue d'un grand imper :

— Nos actions sont parfaitement réfléchies. Il n'y a aucun risque de débordement. Il faut être clair, s'il y a un délinquant dans cette histoire, c'est notre patron et ceux qui sont derrière lui.

Weber, sa fille Luna perchée sur les épaules, défile avec Geneviève et ses deux autres enfants. Le message de Carvin parvient alors que tout le monde reprend en chœur :

> *Si tu pends pas l'patron*
> *T'auras pas sa galette*
> *Si tu pends pas l'patron*
> *T'auras pas son pognon !*

À cause du bruit, des chants et des slogans, il est obligé de faire répéter deux fois Carvin. Quand enfin il comprend, il trébuche et manque de tomber de stupéfaction, de colère. Sa réaction est immédiate :

— Faites passer le message ! dit-il à ceux qui l'entourent.

Il repose sa fille à terre.

— Tout le monde aux cars, on retourne à la Méka !

C'est une traînée de poudre.

Bogdan est envoyé devant pour avertir ceux de la Zitex de la situation, les autres quittent le cortège sans attendre. Djuna laisse son mari et ses enfants rentrer sans elle.

— Faut que j'aille avec eux !

Mlle Poinseau ne sait pas si elle doit se réjouir de l'aubaine, filer sans que personne ne le remarque ou

s'indigner de ce qu'elle vient d'apprendre. Elle hésite, part d'un côté, de l'autre, elle espère voir Thorins, ne trouve personne et finalement se laisse emporter jusqu'à sa voiture, garée près des cars.

Maison

Le jour est de toute beauté. Un temps à danser dans les prés et à courir dans les sous-bois pour s'y perdre et voir le loup. Le ciel est en fête, d'un bleu intense que le soleil éblouit. Mais dans la maison de sa tante, tous volets fermés, portes closes, Mlle Poinseau n'en voit rien. Elle tourne en rond dans le salon. Elle ne comprend pas pourquoi Thorins n'est pas là. Pourquoi elle ne l'a pas vu à la manifestation. Pourquoi ne l'appelle-t-il pas ? Pourquoi la fait-il mariner ?
Enfin Thorins arrive :
— T'étais où ? demande-t-elle, à bout de nerfs.
— À la manif...
— Je ne t'ai pas vu, je t'ai cherché partout.
— J'étais au bar, Chez Martine. J'attendais de vous voir passer. Mais je n'ai pas...
Thorins prend Mlle Poinseau dans ses bras, l'embrasse dans le cou, sur la bouche, sur les épaules, dans les cheveux. Elle sent le jasmin.
— Tu sais ce qui se passe ? dit-elle d'une voix encore tremblante d'indignation, ne sachant plus si elle doit s'abandonner à lui ou le repousser pour le punir.
— Ce qui se passe ?
— Des types sont venus déménager les machines à la Méka !

Thorins feint la surprise. Non ? quoi ? hein ?

— Putain, ils ont osé !

Mlle Poinseau répète les paroles de Weber :

— Il paraît qu'ils étaient toute une bande pour faire entrer les déménageurs.

— Les flics ?

— Je ne sais pas. Non, je ne crois pas. Des civils, une boîte de sécurité, d'après ce qu'on m'a dit…

Thorins la serre un peu plus fort contre lui comme pour la protéger. Il la caresse, il la cajole, il a envie.

— Calme-toi. Calme-toi, ma douce, je suis là.

Mais Mlle Poinseau s'écarte de lui.

— On ne peut pas rester ici, dit-elle, soudain décidée.

De toute façon, elle ne veut plus, il l'a fait trop attendre, le désir s'est enfui.

— Ta tante va revenir ?

— Faut que je retourne à la Méka.

— Pour quoi faire ?

Et, plus charmeur que jamais :

— On n'est pas pressés. À nous la belle vie ! Il fait beau, il fait chaud. Tu peux pas savoir comme je vais te faire la fête !

— Non, répète Mlle Poinseau repoussant ses avances, non, je veux y retourner maintenant. Tout le monde doit faire bloc. Ils pourraient essayer de recommencer !

— Recommencer quoi, ma beauté ?

— Recommencer à déménager les machines !

Thorins ne comprend plus :

— Mais tu viens de dire…

— Ils n'ont pas réussi ! Ils ont essayé mais ils n'ont pas réussi ! Ceux de chez nous les ont empêchés !

Thorins, immobile, le souffle coupé, sent le sol se dérober sous ses pieds.

— Ils n'ont pas réussi à déménager les machines ?

— Non, tu ne m'écoutes pas ? Heureusement que non ! C'est pour ça qu'il faut que j'y aille ! Tout le monde est reparti là-bas...

— Ils ne devaient pas être que huit à garder la baraque ? demande Thorins, la voix hésitante.

— Si ! Eh bien, tu vois, ça a suffi ! C'est génial, non ?

— Ah putain de merde ! Putain ! Putain ! Putain !

Thorins sort son portable et le rallume. Il n'a pas besoin de consulter la liste des appels en absence pour savoir qui le cherche. Il doit joindre Socko d'urgence. Il compose son numéro quand Mlle Poinseau referme sa main sur la sienne pour l'empêcher de téléphoner.

— Attends.

— Merde, Mag, il faut que je prévienne...

— Ça ne prendra qu'une minute. C'est très important.

— Ça ne peut pas attendre demain ?

— Non, ça ne peut pas.

— Qu'est-ce qu'il y a ? s'exaspère Thorins. Tu m'aimes ? Moi aussi je t'aime, mais il faut que je téléphone. C'est la merde. Tu ne peux pas savoir à quel point c'est la merde !

Mlle Poinseau pose sa paume sur la bouche de Thorins pour le forcer à se taire.

— Je suis enceinte, chuchote-t-elle, les pupilles légèrement dilatées.

Retour

Les protections qui barricadent la grille d'entrée sont doublées par du câble en acier. Des bouteilles de gaz, des sacs de chlorate et des jerricans d'acide chlorhydrique sont placés de façon visible et menaçante. Ce ne sont plus un homme ou deux qui contrôlent les entrées et les sorties par l'unique petite porte mais une dizaine d'ouvriers, armés les uns de barres de fer, les autres de bouts de tuyaux ou de fils électriques tressés en guise de gourdins. Les membres de la SFS ont levé le camp quand les trois cars de CRS sont revenus se poster face à la Méka. Les déménageurs, eux, sont toujours là, surveillant leurs camions coincés dans la cour, passant de la tentative de négociation à l'insulte, de l'insulte à la tentative de négociation.

À l'intérieur tout le personnel tient une AG improvisée.

Carvin prend la parole :

— Nous avons eu de la chance que Sidot soit là avec un fusil. Oui, un fusil ! Je ne sais pas ce qu'il foutait à la Méka avec un flingue pour chasser l'éléphant et je ne veux pas le savoir, mais nous lui devons une fière chandelle.

Dans son coin, Sidot fait le modeste quand tout le monde l'applaudit. Dès que le silence est revenu, Carvin poursuit :

— Reste un point obscur. Leur attaque a eu lieu juste après que nos cars sont partis pour la manif et que les CRS ont débarrassé le plancher. Ce qui veut dire que la direction, Socko, l'avocat ou je ne sais qui, avait un relais ici ou à proximité. Je dis ça parce que le déménageur en chef s'attendait à ce que nous ne

soyons que huit à l'intérieur pour garder la boîte. Pas deux ou douze, exactement huit. Ça a été sa première réaction quand il nous a vus. Il n'en revenait pas. Il disait en scie : « Vous ne deviez être que huit ! Mais vous ne deviez être que huit ! » Conclusion : ceux qui veulent nous virer étaient parfaitement informés de combien nous serions et forcément informés par l'un des nôtres...

— C'est moi, intervient Mlle Poinseau, au dernier rang du personnel.

Tout le monde se retourne vers elle.

— Oui, c'est moi, confirme-t-elle d'une voix franche. J'ai eu un appel de M. Thorins qui prétendait vouloir s'associer à la manif pour montrer sa solidarité avec le personnel. Il m'a posé un tas de questions sur ce qui se passait ici, ce que nous comptions faire, et où, et comment, et combien ; moi, comme une imbécile, je trouvais ça super qu'un de nos directeurs veuille défiler avec nous, je n'ai pas compris qu'il me faisait parler.

— Thorins ! s'exclame Monnier. Si c'est Thorins, c'est Socko. Ils sont toujours main dans la main.

Mlle Poinseau ne peut pas retenir ses cris :

— C'est un salaud ! Un salaud ! Il s'est servi de moi !

Elle sanglote :

— Excusez-moi, excusez-moi...

Carvin, comme tous, l'excuse volontiers :

— Ne pleurez pas, mademoiselle, ce n'est pas votre faute. Vous vous êtes fait avoir, c'est tout. Ce qui compte, c'est qu'on ait pu empêcher leur saloperie et qu'on sache qui était derrière. Merci de nous l'avoir dit ! Au moins, les choses sont claires...

Mlle Poinseau n'en revient pas mais, au signal de Carvin, tous l'applaudissent comme ils ont applaudi Sidot.

— Non, non. Merci, merci, il ne faut pas, dit-elle en filant vers les toilettes, trop émue pour rester au milieu des autres.

Weber tente d'orienter la discussion sur la réunion à la préfecture :

— Ce qui s'est passé change la donne. Nous n'avons plus d'illusions à nous faire sur la position de la direction. Nous n'avons plus à nous interroger. C'est limpide : ils veulent qu'on dégage et faire dégager les machines à l'est ou ailleurs, j'en sais rien.

— Le « J'en sais rien » est un beau pays, plaisante Chavarre, j'y suis allé en vacances !

Le parti des rieurs manifeste bruyamment son approbation.

— Vos gueules ! grogne Weber. C'est pas le moment de déconner. Je veux qu'on décide ce qu'on va dire à cette putain de réunion.

— Faudra déjà décider si on doit y aller ou pas, remarque Carvin en se tournant vers lui.

— Bien sûr qu'on doit y aller, affirme Weber. Il ne faut pas donner l'impression que nous sommes retranchés ici, assaillis, incapables de bouger. Nous ne sommes pas sans biscuit : on occupe l'usine, on a la main sur les machines et les stocks et, en prime, une belle collection de camions !

— Et vous m'avez, moi, glisse Anath.

Carvin la remercie de le rappeler :

— C'est vrai que nous avons Mme Werth avec nous ! Pour ceux qui ne le savent pas encore, elle a décidé de rester ici de son plein gré, de se battre à nos côtés...

Une nouvelle salve d'applaudissements s'élève dans l'atelier n° 1. Anath, rougissante, réclame le silence :

— Les Américains sont très légalistes. Detroit contraindra Socko et les membres de la direction à assister à la réunion, même s'ils n'ont aucune envie de se trouver face à vous après ce qui s'est passé. Vous devez donc vous y préparer.

— Et l'avocat ? demande quelqu'un.

— Il sera là lui aussi. Vous savez, un avocat n'a ni ego ni affect. Il opère à froid et présente la note, c'est tout. Son intérêt est d'abord financier, ensuite stratégique, puisqu'il escompte rejoindre la direction de l'AMC comme associé...

Djuna lève la main :

— Vous le connaissez, le médiateur ?

— Je sais qui c'est, répond Anath. C'est un homme de droite, plutôt intègre pour un ancien président de la chambre de commerce. Je crois qu'il a commencé sa carrière comme ingénieur avant de faire de la politique...

— C'est bon ou c'est mauvais pour nous ?

— Ce n'est pas le pire, répond Anath, faisant ricaner autour d'elle.

Tandis que la discussion repart sur l'éternelle question de la prime, Anath s'éclipse discrètement.

Laugier, Weber, Chavarre, Mme Gobert, Paulin, Bouquet s'écharpent sur la justification de la prime, son montant éventuel ou son éventuel refus. Carvin, soutenu par Bogdan et Corda, plaide pour une stratégie alternative à ce qu'il décrit comme une fosse à purin dans laquelle on veut les noyer.

Personne n'écoute personne, tout le monde parle en même temps.

Labo

Anath retrouve Mlle Poinseau à sa place habituelle, dans le labo de chimie. Elle sèche ses larmes, se remaquille, essayant de ne pas trembler, de ne pas s'apitoyer sur son sort.

— Qu'est-ce qu'il vous a raconté ? demande Anath sans préalable.

— Qui m'a raconté quoi ?

— Thorins.

— Ce que j'ai dit : il m'a fait parler, voilà, c'est tout... J'ai été conne. Je m'en veux d'avoir été si conne. Vous ne pouvez pas savoir comme je m'en veux ! Je me fais toujours avoir comme ça. Je crois que le monde est bon, je fais confiance aux gens, total : qu'est-ce que je reçois en retour ? de l'indifférence et du mépris. Je serais une garce comme les autres, une salope qui ne penserait qu'à son cul et au fric, sans doute me respecterait-on davantage. On me trouverait toutes les qualités.

— Et pour l'enfant, Thorins compte faire quoi ?

Mlle Poinseau sursaute, alarmée :

— Taisez-vous !

— C'est lui le père, n'est-ce pas ?

— Laissez-moi tranquille ! Allez-vous-en ! Allez écouter...

— Ne faites pas l'idiote, ordonne Anath. Je ne vais pas aller le crier sur les toits. J'essaie simplement de vous aider. Ça s'est passé comme vous le craigniez ?

— Oui... concède Mlle Poinseau du bout des lèvres.

— Vous avez quel âge ?

— Vingt-cinq, bientôt vingt-six...

— Vous y arriverez toute seule avec un bébé ?

— Mes parents m'aideront et j'ai deux sœurs...

Mlle Poinseau veut chasser les larmes qui ne demandent qu'à revenir :

— Je me demande ce que j'ai avec les hommes, dit-elle très vite. Je devrais voir un psy. C'est toujours la même histoire. Je me mets en quatre, je me donne à fond et ils me larguent au premier caillou sur la route.

— Là, ce n'est pas exactement un caillou, remarque Anath avec une douce ironie.

La réplique claque, directe, sans retenue ni pudeur :

— Je dois aimer me faire baiser, assène Mlle Poinseau. Je me fais toujours avoir par les hommes avec qui je sors...

Anath ne se formalise pas de ces grossièretés :

— Quand l'enfant sera né, dit-elle, cherchant à revenir sur les nécessités immédiates, vous pourrez demander des analyses et contraindre Thorins à reconnaître sa paternité.

— Je m'en fous, de sa paternité ! Je veux un père pour mon bébé, pas un bout de papier.

— Et ça ne peut pas être Thorins ?

— À quoi ça servirait ?

— À le mettre en face de ses responsabilités.

— Pour me venger ?

— C'est un salaud, non ?

Mlle Poinseau hausse les épaules, la bouche amère :

— C'est vrai qu'il a été ignoble. Qu'il a été cruel. D'abord il ne m'a pas crue, ensuite il a mis ma parole en doute, puis il m'a conseillé de le faire passer, et vite, si je ne voulais pas avoir d'ennuis, enfin il m'a envoyée me faire foutre et m'a plantée là sans un mot de plus.

Rêve

L'AG est terminée.

Djuna doit filer, aller rejoindre son mari, ses enfants. Mais elle n'y arrive pas. Elle sait qu'elle ne peut pas rester, qu'elle devrait s'en aller, fuir sans se retourner, mais une douleur lancinante la retient prisonnière. Elle ne peut pas quitter Carvin, partir, avouer qu'ils ne se verront plus ou alors dans une autre vie. Ça se bouscule dans sa tête : Marseille, Mme Werth, adieu mon amour, bagarre, déménagement, fusil... Des jeux de mots idiots la tourmentent : « Faire des devis, faire des deux vies, d'une vie faire deux vies, devis pour deux vies. »

— C'est con, mais j'étais heureuse ici, dit-elle, regardant tout autour.

Ses yeux se voilent.

— Mais je n'ai pas le droit d'être heureuse...

— Qu'est-ce que tu racontes ?

Djuna hausse les épaules, son visage est dans un brouillard, sa voix embrumée :

— Laisse, c'est sans importance.

— Pourquoi tu n'as pas le droit d'être heureuse ?

— Ici, je suis heureuse.

— Déconne pas, tu ne peux pas être heureuse quand tu...

— Si, je suis heureuse.

— Ici, à la Méka ? s'inquiète Carvin.

— C'est déjà pas mal d'avoir un endroit où on est heureux, non ?

— Si tu le dis.

Elle lui raconte un rêve pour le garder près d'elle tant qu'elle peut :

— Nous étions tous les deux dans le Sud, sur un chemin de terre rouge, dit-elle à Carvin. Il faisait super chaud. Nous marchions, tout nus au milieu des collines. C'était beau. Au loin, on voyait la mer. Et on sentait la force de la terre sous nos pas. Un peu comme si le feu qui brûle à l'intérieur nous transmettait son énergie, que tous les morts qui sont en dessous nous soutenaient. Je pensais : ils nous lavent de nos erreurs, nous guérissent de nos blessures, de nos angoisses. Je le pensais et, en même temps, j'étais en colère. Je me disais que ce n'était pas moi qui pouvais penser ça comme ça. C'était toi ! Tu pensais dans ma tête !

— Je pensais dans ta tête ?

— Oui, tu pensais en moi. Tu étais moi et nous avons fait l'amour par terre. Il n'y avait personne pour nous voir ! Le soleil tapait dur. Et cette terre rouge si compacte était confortable comme un super matelas, le lit le plus moelleux du Sylvania, l'édredon le plus doux, comme celui que j'avais chez mes parents. C'était bon, c'était tellement bon... Mais, au fur et à mesure que nous faisions l'amour, nous nous enfoncions, jusqu'au moment où nous avons disparu sous terre et que je me suis réveillée, toute tremblante d'être enterrée vive.

— Je suis dans tes rêves, soupire Carvin, brûlant de l'embrasser.

Pas de chance, ils ne sont pas seuls :

— Je suis dans tes rêves et je n'ai pas le droit de te prendre la main, de te serrer contre moi...

— Oui, tu es dans mes rêves et tu y seras toujours, dit Djuna.

Sa voix chevrote légèrement. Carvin fronce les sourcils, troublé :

— Pourquoi tu me regardes comme ça ? Qu'est-ce qu'il y a ?

— Tu es tout pâle.

— Je suis comme d'habitude, affirme-t-il en se tâtant les joues. C'est la lumière, les néons.

Djuna s'obstine :

— Non, tu es tout pâle.

Carvin n'aime pas sentir Djuna se laisser gagner par des imaginations qui lui brouillent la vue et lui serrent le cœur :

— Pâle comment ? plaisante-t-il, comme si elle plaisantait elle aussi. Pâle comme un spectre ? Pâle comme un mort ? Un fantôme ?

Djuna, entre alarme et surprise, hésite à répondre.

— Tu sais ce que je crois ? dit-elle, avec le regard sérieux d'une élève appliquée. Quand nous rêvons, nous nous retrouvons dans le ventre de notre mère. Le rêve c'est la nuit d'avant. D'avant de naître. Et quand nous mourons, nous sommes rendus au grand rêve général, à la nuit, aux étoiles...

Carvin s'empresse de répondre qu'il faut vivre aujourd'hui, pour aujourd'hui, sans rêver d'un demain qui n'existe pas, quand Weber le hèle, arrivant droit sur eux :

— Eh ! Rapplique. Il y a un type de FR3 qui veut te parler !

— À moi ?

— À notre porte-parole... Tu te souviens que c'est toi notre porte-parole ?

— Ah merde ! Il n'y a personne d'autre ? Tu ne veux pas y aller ?

— Arrive !

Djuna tressaille. Elle ferme les yeux comme si elle venait de recevoir un coup :

— J'y vais moi aussi, dit-elle, deux larmes de glace dans les yeux.

— Tu pleures ?
— Non.
— Attends-moi, je vais parler au type de la télé et je...
— Non, je dois y aller.

Et, comme les paroles incohérentes d'un enfant qu'on berce et qui s'assoupit, elle répète :
— J'y vais...
— Tu vas où ?

Djuna tourne les talons sans rien dire de Marseille, sans rien dire de Mme Werth, sans oser « adieu mon amour », sans rien dire, sans oser, sans rien, sans plus rien pour la retenir. Elle s'éloigne, comptant un pas pour la tristesse, un pas pour la rage, un pas pour la tristesse, un pas pour la rage...

Interview

Entouré d'une vingtaine de grévistes, Carvin répond aux questions de Marc Bormant de FR3. L'interview a lieu devant les camions de déménagement confisqués par les ouvriers de la Méka.
— Pouvez-vous me résumer la situation en quelques mots ? demande le journaliste placé à côté du cameraman.

Il montre ses yeux d'un geste impératif :
— Regardez-moi pour répondre...

Carvin fixe Bormant, se forçant à ne pas parler trop vite pour ne pas bafouiller ni dire n'importe quoi.
— Le groupe AMC, dont le siège est à Detroit aux États-Unis, a décidé de fermer ce site, seulement celui-là

sur les trois qu'il contrôle en France. Fermeture que l'ensemble du personnel refuse. Je vous rappelle que le groupe a reçu des sommes considérables de l'État, sans compter celles de la municipalité, pour favoriser son installation et…

Le journaliste veut l'interrompre :

— Oui, mais il y a une perte de compétitivité…

Carvin ne se laisse pas distraire :

— Je n'ai pas fini. La Méka est en pointe dans le secteur de la motorisation, nos machines sont toutes quasi neuves et très performantes, et l'entreprise peut se vanter d'avoir un personnel particulièrement qualifié.

— Cela ne suffit pas à résoudre les difficultés structurelles, tente à nouveau Bormant.

Carvin est formel :

— Cela suffit parfaitement à assurer la viabilité de la Méka, dit-il un ton plus haut. Pourquoi fermerait-elle, mettant plus de trois cents personnes au chômage ? Ni pour des raisons structurelles, ni pour des raisons de perte de compétitivité. Uniquement pour des raisons financières. Ce qui est inacceptable, honteux. Les actionnaires du groupe veulent toucher le beurre, l'argent du beurre et je reste poli pour ce qu'ils veulent de la crémière. Avec la fermeture de la Méka, ils escomptent empocher non seulement les fonds publics mais les dividendes produits par la délocalisation de l'usine en Serbie. Comment justifier la suppression d'un seul emploi quand vous engrangez en un trimestre 666 millions d'euros de bénéfice net ?

— Vous êtes sûr de ce que vous avancez ? Je crois que ces chiffres concernent AMC monde, pour la France…

Carvin ne l'écoute pas. Il se tourne vers les camions :

— Vous voyez ces camions ? Ils devaient charger nos machines pour les livrer à l'est. Heureusement, le personnel de la Méka a pu déjouer la manœuvre et empêcher ce qui aurait été ni plus ni moins qu'un vol.

— Vol pour vol, vous avez pris les camions ?

Carvin s'astreint à répondre avec mesure :

— Les camions des déménageurs, comme les machines de la Méka, ses stocks, sont sous la responsabilité et la protection des ouvriers et de l'ensemble du personnel. Si vous cherchez des voleurs, c'est du côté de la direction que vous devez enquêter.

— C'est quand même une sorte de prise d'otages.

— Et nous, ne pensez-vous pas que nous sommes pris en otages ? Ne croyez-vous pas que cette fermeture annoncée menace nos vies, celles de nos familles, celles des familles des sous-traitants, des intérimaires avec qui nous travaillons ? Combien croyez-vous que cela provoquera de divorces ? de dépressions ? de suicides ?

Le journaliste n'insiste pas. Il a une dernière question :

— Justement, un cadre que vous reteniez s'est suicidé...

Carvin prend une profonde inspiration :

— M. Bischoff n'a rien laissé qui puisse expliquer son geste. Ce drame demeure, pour nous comme pour tous, sans explication. Cet homme est mort emportant avec lui le secret de sa mort. Le premier devoir que nous avons envers lui et sa famille est de respecter le secret de son geste.

— Vous n'avez vraiment aucune idée de ses raisons ?

— Je viens de vous le dire, aucune.

Bormant consulte ses notes :

— Un autre cadre est toujours retenu ici, Mme Werth, la DRH je crois...

Carvin offre son sourire le plus charmeur à la caméra :

— Mme Werth n'est pas retenue, elle reste à nos côtés de son plein gré, estimant que sa place est auprès du personnel de la Méka et nulle part ailleurs. Mais le plus simple serait peut-être que vous l'interrogiez directement...

Le journaliste s'excuse :

— Non, je ne peux pas, je suis déjà dix fois trop long.

— Vous avez interrogé quelqu'un d'autre ? demande Carvin avant que Bormant s'en aille.

— Oui, M. Socko, votre directeur.

— Qu'est-ce qu'il vous a dit ?

Le journaliste se raidit. La question le froisse :

— Vous n'aurez qu'à regarder mon reportage pour le savoir, répond-il, l'air mauvais, comme si Carvin avait violé son intimité.

— Eh bien moi, je vais vous le dire, s'amuse Carvin en le retenant : « L'occupation de l'usine est totalement illégale et je vais porter l'affaire devant les tribunaux pour que force reste à la loi ; quant à la séquestration de cadres de l'entreprise, je la juge parfaitement inhumaine et abjecte dans un État de droit. Il est facile de voir devant de tels actes la main de l'ultra-gauche manipulant des syndicats depuis longtemps dépassés. Nous voulions mettre en œuvre un plan de sauvegarde de l'emploi extrêmement important, misant sur le reclassement des personnels de la Méka, mais il est clair que le vol de camions et le suicide du directeur financier mettent en péril les solutions envisagées par la direction. Les grévistes se tirent une balle dans le pied, alors qu'ils ne viennent pas se plaindre ensuite... » Je continue ?

Bormant ne répond pas mais son cameraman, pris de fou rire, est obligé de filer rapidement jusqu'à leur camionnette.

Le soir, ils entendront Socko déclarer au journal télévisé :

— Tout cela est piloté de l'extérieur. Il y a un décalage entre le professionnalisme avec lequel cette action a été menée et le niveau intellectuel de certains ouvriers. Le groupe est abasourdi. J'ai eu un appel de Detroit, me demandant s'il n'était pas nécessaire d'envoyer un commando pour nous sortir de là. Bien sûr, j'ai refusé. Personnellement, je privilégie la négociation et je m'apprêtais à convoquer un CE exceptionnel, mais qui se trouve face à nous ? Des enragés, prêts à tout, qui veulent se poser en victimes. Il faut qu'ils comprennent que, s'ils sont des victimes, ce sont des victimes d'eux-mêmes.

Rendez-vous

Les rues sont vides, comme si un couvre-feu avait été secrètement décrété et que plus personne n'ose mettre le nez dehors. Pourtant Socko arrive en retard au rendez-vous fixé dans l'arrière-salle d'une petite pizzeria tenue par la femme de Moulin, une blonde bien en chair prénommée Nathalie. Il est furieux, emporté, comme s'il se débattait au milieu d'hallucinations cauchemardesques. Il s'assied sans saluer personne, ni Thorins, ni de Villedieu, ni Moulin.

— Comment vous avez pu merder à ce point ?

— Nous ne pouvions pas savoir qu'ils seraient armés ! se défend Moulin.

— Vous n'avez rien pu faire ?

— On n'avait que des matraques.

Moulin décrit la scène d'une voix haletante :

— Le type avait l'air complètement dingue avec son flingue. Un truc pour chasser le gros, presque une arme de guerre !

— Vous étiez combien ?

— Quatre à l'intérieur et quatre à l'extérieur pour ouvrir les grilles.

— Et les autres ?

Moulin, gêné, avoue :

— On était tous là.

— Comment ça, « tous là » ? Vous étiez combien ?

— Huit…

Socko, excédé, interpelle Thorins :

— Tu m'avais dit qu'ils seraient une trentaine !

Thorins se tourne vers Moulin :

— Vous deviez être une trentaine ?

— À partir du moment où on a su qu'ils n'étaient qu'une poignée à l'intérieur, je n'ai pas cru nécessaire de mobiliser tout le monde. J'ai pris les meilleurs. Si j'avais pu prévoir que…

— Si j'avais pu prévoir ! Mais vous vous foutez de ma gueule ! Les meilleurs ? Une bande de connards qui chient dans leur froc parce qu'un type a un fusil de chasse !

Moulin cherche à le rassurer :

— Calmez-vous. Je vais réunir tous mes gars et on va y retourner. Cette fois-ci avec ce qu'il faut, et ils verront si…

— Vous n'allez retourner nulle part, aboie Socko. Maintenant, c'est la police qui va s'en charger. Le tri-

bunal de grande instance est saisi, il statuera en référé demain après-midi et l'évacuation suivra.

De Villedieu n'est pas aussi optimiste :

— Ce ne sera pas aussi simple. Ils sont remontés comme des pendules là-bas et le préfet y regardera à deux fois avant d'envoyer les flics faire le ménage. Si j'ai bien compris, en ville, ils sont nombreux à soutenir les grévistes…

Il desserre un peu sa cravate :

— Moi, ce que je veux, c'est d'abord récupérer mes camions. Je n'interviendrai pas avant que vous me donniez la garantie qu'il n'y a plus personne à l'intérieur pour nous faire chier. Quand je serai absolument sûr de ne pas me faire flinguer par un gugusse armé jusqu'aux dents.

— Tu penses que le préfet nous appuiera sur ce coup-là ? demande Thorins.

Socko est affirmatif :

— Il n'a pas le choix. Et s'il avait soudain des états d'âme, je ferais donner l'artillerie lourde pour lui rappeler ses devoirs.

— L'artillerie lourde, vous voulez dire le ministre ? demande de Villedieu.

Socko le rembarre :

— Occupez-vous de vos camions et ne posez pas de questions, dit-il en se levant brusquement.

Ils n'ont plus rien à se dire.

Socko tend un doigt accusateur vers Moulin.

— Vous, écume-t-il, vous et vos huit tapettes avez intérêt à oublier de me présenter votre facture ! Vous vouliez faire des économies, eh bien c'est moi qui vais en faire !

Et, à de Villedieu :

— Vous, vous ferez ce qu'on vous dira, et ne la ramenez pas avec vos histoires de garanties et d'assurances ! Je vous en foutrai, moi, des garanties !

Il part aussi furieux qu'il est arrivé.

Thorins le rattrape à la porte :

— T'as eu Million ?

— Les Américains sont furax. Ils ne veulent rien savoir, ils ne veulent pas être au courant. C'est nous qui portons le chapeau quoi qu'il arrive. Million aussi affirmera qu'il ignorait tout. En tant qu'avocat, il ne tient pas à être mêlé à un déménagement illégal. Ni de près, ni de loin. Putain, quand je pense que c'est lui qui nous a conseillé de « démeubler » !

— Je t'avais dit que ce type n'était pas net.

— Ceux de Detroit l'ont chargé de me transmettre le message. Ou tout ça se règle sans faire de vagues ou on saute.

— Ils ne t'ont pas appelé ?

— Ils ne veulent avoir aucun contact direct tant que c'est pas clean. Je peux te dire qu'on est salement dans la merde !

Socko fait quelques pas et revient vers Thorins qui n'a pas bougé.

— Qu'est-ce que je fais là ? Tu peux me dire ce que je fais là ? Pourquoi tu veux toujours que je sois avec toi quand tu rencontres ces types ? C'est ton boulot d'organiser ces trucs, pas le mien. Je n'ai rien à foutre ici. Rien à foutre avec eux !

— C'est eux qui veulent te voir !

— Ne me prends pas pour un con, Raph. Tu ouvres le parapluie. Tu te dis que, si ça tourne mal, autant que ça ne tourne pas mal pour tout le monde. Peut-être même est-ce ce que tu espères. Eh bien moi je vais te dire, si ça tourne mal pour moi, ça tournera mal pour

toi ; et ça tournera d'abord mal pour toi parce que je ne suis pas né de la dernière pluie et que, ton parapluie, je te le mettrai dans le cul jusqu'à la poignée !

Message

Dès qu'il a repris la route, Socko branche son Dictaphone. Il rédige une note pour Franck Walters, le directeur des opérations à Detroit. Marie-Christine lui mettra ça dans un anglais correct et l'e-mail partira au siège aussitôt.

— Mon cher Franck, j'ai conscience d'avoir commis une faute en laissant les mains libres à mon directeur technique, Raphaël Thorins. Je le connais depuis longtemps, mais je ne pouvais soupçonner qu'il prendrait l'initiative de faire ce qu'il a fait, comme il l'a fait. Surtout sans m'en avertir ni avertir maître Million. Cela m'amène à m'interroger : pourquoi l'a-t-il fait ? Aurait-il joué une sorte de double jeu ? Je sais qu'il a un contact très personnel parmi les employés qui occupent le site. Aurait-il à la fois reçu des informations de ce contact et utilisé celles-ci de telle sorte que l'opération place nette ne puisse qu'échouer ?

Réunion

L'intersyndicale travaille à formuler une proposition à soumettre au vote. Après une discussion longue et

mouvementée, Carvin se charge d'une première rédaction : « Soit la Méka redémarre au sein du groupe AMC, soit avec un repreneur, en tout cas en garantissant que les emplois seront conservés sur le site et l'argent public réorienté dans cette perspective ; soit la Méka est définitivement fermée et le groupe AMC s'engage à verser à chaque membre du personnel une prime supralégale de cent mille euros et à garantir dix-huit mois de stages de reconversion. L'intersyndicale donne trois jours à la direction pour répondre à ses propositions qui ne sont pas négociables. Si, par malheur, une fin de non-recevoir était la seule réponse adressée au personnel de la Méka, celui-ci serait de fait autorisé à poursuivre la lutte par d'autres voies. »

L'ultimatum sera adressé à la direction dans le Nord, à Paris et au siège à Detroit.

Ils en sont encore à remettre en cause la formulation, Monnier chipote sur le terme « supralégale » auquel il préfère « extralégale » voire « exceptionnelle », Mortier veut que la prime soit calculée à partir du prix estimé de l'entreprise et des stocks divisé par le nombre de membres du personnel, Weber revient sur les actions en justice qu'il souhaite voir mises en exergue quand Corda entre dans la salle de réunion accompagné d'un homme.

— C'est le mari de Djuna, dit-il pour le présenter. Il la cherche. Quelqu'un sait où elle est ?

Carvin ne l'avait pas immédiatement reconnu, engoncé dans un blouson, les mains enfouies dans les poches, une casquette sur la tête. Il se recule sur son siège.

— Elle n'est pas rentrée chez elle ?

— Non, dit l'homme. Je suis inquiet. Elle ne fait jamais ça.

Carvin se tourne vers Weber :
— Elle est partie il y a un bout de temps, non ?
— Quand je t'ai appelé pour la télé...
— T'es sûr ?
— J'ai pas vérifié.
Weber s'adresse à tous :
— Elle était à l'interview ?
— Non.
— Non, je ne crois pas.
— On l'a pas vue.
Ils sont unanimes. Personne n'a aperçu Djuna près du journaliste de FR3, ni à la grille, ni ailleurs. Personne n'a la moindre idée d'où elle se trouve.
— Et si elle était encore là ? s'interroge Corda. Vous avez fait le tour des ateliers ?
L'homme secoue la tête, il n'a pas eu le temps.
— Vous êtes allé voir au self ?
— Non, je n'y suis pas allé.
— Et au labo ? suggère Mme Gobert, c'est souvent là que les femmes se réunissent.
L'homme n'est allé nulle part. Ni dans les ateliers, ni au self, ni ailleurs. Il a déjà eu du mal à entrer. Heureusement quelqu'un savait qui il est. Corda l'invite à le suivre :
— Laissons-les travailler, dit-il en saluant les membres de l'intersyndicale. Je vais vous faire faire le tour complet de la baraque. Si Djuna n'est pas partie, on ne peut pas la rater...

Vies parallèles 5

Le mari de Djuna patrouille dans les rues à la recherche de sa femme. Une seule certitude, elle n'était pas à la Méka ou, si elle y était, elle se cachait si bien qu'elle restait introuvable. Socko rejoint Marie-Christine dans le petit restaurant où ils dînent en tête à tête une fois par semaine, quand les enfants sont chez leurs grands-parents maternels, bonne maman et bon papa.

Restaurant

La table des Socko, toujours la même, est réservée d'une semaine sur l'autre. À gauche de l'entrée dans la seconde salle. Le patron se charge du menu. Les plats arrivent et disparaissent comme par enchantement. Ils se laissent faire, heureux de n'avoir rien à commander, rien à préparer, rien à choisir. Socko et sa femme sont uniquement là pour déguster.

— Tu savais que Raph avait une maîtresse ? demande Marie-Christine devant un foie gras poêlé, servi tiède avec du chasselas frais.

— Première nouvelle ! répond Socko, en s'étranglant.

— Une fille de chez toi : Pointeau... Monceau... Quelque chose comme ça, je n'ai pas retenu son nom.

Socko déglutit en s'essuyant la bouche, « Mlle Poinseau qui n'est point sotte ! ».

— J'ai eu Rose juste avant que tu arrives. Elle est désespérée. La fille a téléphoné. Elle est enceinte. Elle

exige que Raph reconnaisse sa paternité. Sinon elle fera en sorte de le contraindre à le faire.

Socko a envie de rire : Thorins engrossant la belle plante du labo ! Il ne manquait plus que ça. Il a en tête une expression yiddish que son grand-père servait dès qu'il croisait une fille enceinte : « Regarde celle-là, maintenant elle a quat'z'oreilles. »

— Que compte faire Rose ? demande-t-il, se forçant à être grave.

— Elle attend Raph. Tu sais où il est ?

— On a de gros emmerdes. J'imagine qu'il s'en occupe.

La serveuse vient débarrasser leurs assiettes dès qu'ils ont fini. Marie-Christine attend qu'elle soit repartie en cuisine pour interroger son mari d'une voix où perce de la colère :

— Et toi, tu as une maîtresse ?

— Et toi, tu as un amant ? rétorque Socko, les joues brûlantes d'indignation.

— Ne sois pas ridicule.

— Ne le sois pas non plus ! Je n'ai pas de maîtresse. Je n'en ai jamais eu. Tu es ma femme, je t'aime, je t'ai épousée devant Dieu et devant les hommes, je te suis fidèle et nous avons quatre enfants.

— Raph en a trois...

Elle se reprend :

— Enfin, bientôt quatre.

— Écoute, dit Socko, peut-être que Raph a fait une connerie. Ce n'est pas pour autant que...

— Pourquoi tu me mens ?

— Je te mens ?

— Tu me dis que tu vas répéter à la chorale, pas de chance, l'autre jour le père Andrej a téléphoné à la maison. Il n'y avait pas de répétition prévue...

La serveuse revient avec les plats suivants, des cailles caramélisées accompagnées de leurs petits légumes croquants à la vapeur. Socko en profite pour affûter sa défense.

— Je fais un certain nombre de choses que tu dois ignorer, dit-il sans presque ouvrir la bouche ; que d'ailleurs tout le monde doit ignorer. Et, pour le coup, des choses auxquelles je n'aurais jamais dû être mêlé.

— Vous faites ça à plusieurs ?

— Quoi ?

— Tes choses…

— Pas de grossièretés, je t'en prie ! Ça ne te va pas.

— Je sais que Raph était avec toi à cette fameuse « répétition ». Sa « fiancée » était de la partie ?

Socko n'en peut plus des sarcasmes de sa femme.

— Tu m'emmerdes. Mange. J'ai dit ce que j'avais à dire. Je ne veux plus parler de ça.

— Ne me parle pas comme à tes employés.

— Mes employés pour l'instant occupent l'usine, retiennent des cadres, séquestrent des camions et finiront par tout faire sauter rien que pour me faire chier et me faire sauter avec eux !

Marie-Christine sourit.

— Eh bien, tu vois, je les comprends.

Rues

Le mari de Djuna dérive dans les rues. Il va à gauche, à droite, tourne soudain à un carrefour, repart dans l'autre sens, se perd dans une impasse, manque de se faire écraser en traversant une avenue. Il va la tête au

vent, l'air égaré, les bras ballants. Soudain, pas très loin de chez eux, il retrouve Djuna accroupie entre deux voitures.

— Va-t'en ! lui dit-elle avant même qu'il prononce un mot. Je suis malade. Fous le camp. Je ne veux pas te voir.

— Ça fait des heures que je te cherche !

— Du balai ! Ouste ! Dégage ! Je suis malade. T'as compris ?

— Tu as bu ?

— Et alors ?

— Viens, je te ramène à la maison. Les petits sont chez Mme Lopez. Ils nous attendent. Ils ne comprennent pas que…

Djuna, la bouche pâteuse, articule :

— Va-t'en.

Une petite bouteille vide de whisky est posée sur le toit de la voiture.

Djuna est ivre. Les cheveux en désordre, affreusement décoiffés. Son mari fait quelques pas, comme s'il se résignait à partir, mais il s'arrête vite, guettant sa réaction. Djuna se redresse péniblement :

— T'es encore là ? dit-elle en l'apercevant dans le halo orangé d'un réverbère.

Elle porte la robe rouge qu'elle avait à la manif. Elle n'a plus de veste, plus de chaussures non plus. Elle veut sentir la terre sous ses pieds. La sentir, s'y enfoncer, disparaître. Mais la terre de son rêve n'est plus en réalité qu'un goudron dégoûtant de poussière et de saletés.

— Je t'ai dit de partir ! crie-t-elle, bousculant le flacon d'un grand geste de la main pour le faire exploser sur le trottoir.

La bretelle de sa robe tombe, la décolletant jusqu'à l'indécence. Son mari roule des yeux ronds. La beauté

de Djuna l'émerveille toujours, mais il est furieux de la voir s'exhiber comme une bohémienne, une grignou.

— Bon, maintenant tu arrêtes tes conneries, on rentre ! dit-il en la saisissant par un bras.

Djuna se dégage d'une secousse :

— Lâche-moi ! Ne me touche pas ! Va-t'en !

Son mari gémit avec une sorte d'incrédulité outragée :

— Djuna, sois gentille. On rentre, on récupère les gosses. Je te fais un café, tu te couches, je m'occupe de tout. Et demain...

Djuna l'interrompt d'un claquement de langue :

— Je veux parler à mes parents.

— À tes parents ?

— Je veux parler à ma mère ! dit Djuna, si fort qu'elle le crie presque.

Son mari sue. Son front se plisse, il enlève sa casquette. Il respire mal.

— Mais, bébé, ta maman est morte, dit-il la gorge tout encombrée.

— Je m'en fous, je veux lui parler !

Ses yeux sont deux trous sans fond, sa bouche semble mâcher l'air avant de le recracher.

— Je ne veux pas partir à Marseille, dit-elle en remontant sa bretelle qui tombe encore. Non, je ne veux pas. Mes parents n'auraient jamais voulu. Si tu veux qu'ils reviennent te le dire, ils vont revenir. Je le sais, ils me l'ont écrit sur un mur : « Reste ! » Et arrête de m'appeler bébé ! Je ne suis pas ton bébé.

— Rien ne nous retient plus ici, pleurniche son mari. C'est fini. On va sortir de la merde.

— Que tu crois ! ricane Djuna. Pour des gens comme nous, la merde sera toujours là, comme celle

que j'ai laissée entre les bagnoles. On ne la voit pas, mais elle est là et elle pue !

Le mari de Djuna la tire par le bras pour la forcer à le suivre.

— C'est pour ça qu'il faut partir. Et vite ! Se tirer d'urgence !

— En laissant les autres ?

— Quels autres ?

Djuna refuse de faire un pas de plus.

— Ceux qui manifestent, ceux qui se battent, ceux qui ne courbent pas la tête. Ceux qui refusent l'humiliation, qui ne se contentent pas de regarder passer les balles.

— Tu sais aussi bien que moi qu'ils n'ont aucune chance de s'en sortir à la Méka.

— Ce n'est pas une raison pour déserter en plein combat. Tu comprends pas ça ? Si tu désertes, si tu participes pas au combat, t'as aucune chance. Au contraire, si tu te bats, t'en as une. Pas des milliers, pas des milliards, mais une. Une qui vaut tous les apparts à Marseille.

Son mari tente de la raisonner :

— Tu ne désertes pas, argumente-t-il, tu t'offres une nouvelle vie. Tu crois que les autres, tes collègues, refuseraient un tel cadeau s'il se présentait ? Tu ne crois pas qu'ils luttent justement pour ça, pour avoir une vie meilleure ? Une nouvelle vie. Tu ne crois pas qu'ils partiraient tout de suite s'ils en avaient la possibilité ? Tu crois qu'ils t'attendraient ?

Djuna s'humecte les lèvres. Ses yeux se ferment malgré elle. Elle les rouvre avec effort.

— Et tu veux me présenter le devis pour deux vies ? demande-t-elle en se pendant à la veste de son mari qui n'y comprend rien.

Elle rit par saccades.

— Un devis pour deux vies ? Tu ne comprends pas ? Tu ne comprends rien ? Tu ne comprends jamais rien ? Devis : deux vies.

Son haleine est chargée d'alcool.

Encore une fois son mari encourage Djuna à le suivre. Il a honte. Des fenêtres se sont allumées dans la rue.

— Allez, viens, on rentre, plaide-t-il d'un air malheureux. Il est tard. Viens. On nous regarde...

Mais Djuna, travaillée par un désespoir terrible, adolescent, ne veut rien entendre. Une sorte de lueur semble irradier son visage, agrandir ses yeux. Elle braille en se tenant le ventre :

— Je suis une salope ! Tu ne peux pas savoir à quel point je suis une salope ! Toi, tu es bon. Tu es con mais tu es bon. Je ne te mérite pas. Regarde comme je suis une salope !

Djuna se penche et retrousse sa robe au-dessus de ses hanches.

— Regarde ! Regarde bien ! Je suis un trou du cul merdeux ! Une lâche ! Une déserteuse !

Son mari se précipite pour la couvrir.

— Tu n'as pas de culotte ?

Djuna fait volte-face, s'accroche à lui, traversée par une vague, un élan de chaleur, presque un sentiment de triomphe :

— Ma culotte, je me suis torchée avec !

Visite 1

Bona arrive très tardivement à la Méka.

La manif à Hénin a été un tel succès ! Il a fallu répondre à tant de questions, remercier tant de gens, se laisser photographier, serrer des mains, embrasser des enfants, boire à la santé des grévistes et de la Zitex, répéter, chanter « La crise c'est eux, la solution c'est nous », crier que non non non jamais ils ne céderaient devant la loi du profit.

Il se laisse tomber sur une chaise plus qu'il ne s'assied.

— Je n'ai pas pu venir plus tôt !

Mlle Poinseau lui tend des couverts en plastique et une assiette : salade de pâtes au jambon et au gruyère. Bona accepte bien volontiers.

— Merci, c'est gentil ! J'ai rien avalé de la journée... enfin, presque.

Bona a un solide coup de fourchette :

— Bon sang, dit-il la bouche pleine, vous ne mollissez pas : le gaz, l'acide, et vous êtes combien pour tenir le siège ?

— Ce soir, plus d'une centaine, affirme Carvin, fier du chiffre.

Bona siffle d'admiration :

— Faut dire qu'après ce qu'ils ont essayé de vous faire, mieux vaut être sur vos gardes.

Mlle Poinseau sert à boire à Weber, à Anath, à Corda, à Bogdan, à Chavarre et aux deux jeunes qui dînent avec eux dans ce coin de l'atelier, Lauris et Lucien Jean.

— Vous ne craignez pas que vos patrons fassent la même chose à la Zitex ? demande-t-elle, remplissant le verre de Bona.

— J'en sais rien, avoue-t-il. A priori, ça paraît infaisable, impossible. Mais je sais d'expérience qu'il n'y a rien d'impossible ni d'infaisable dès qu'on trouve une poignée de types déterminés...

— Ça, c'est ma philosophie ! plaisante Carvin. Ce que tu viens de dire, c'est exactement ce que je pense...

— Ce que tu penses de quoi, des patrons ?

— Ce que je pense de nous. Ce devrait être gravé dans nos têtes : il n'y a rien d'impossible ni d'infaisable pour des hommes déterminés...

Il soupire :

— Weber va encore m'accuser d'être un extrémiste !

— T'es un extrémiste ! approuve Weber, les yeux rieurs.

De sa fourchette il pique Carvin.

— Au fond, t'es comme Sidot. T'as pas de fusil mais t'es comme lui. Toi, c'est dans la tête que t'as un pétard.

Anath se tourne vers lui :

— C'est vrai ? demande-t-elle à Carvin avec une pointe d'ironie. Vous êtes un extrémiste ?

— Peut-être.

Et, tout de suite, comme s'il voulait rattraper ses paroles :

— Je suis un extrémiste parce que je suis né sous le signe de la Balance et que je ne supporte pas l'injustice. C'est un peu pompeux de le dire comme ça mais, c'est vrai, je ne la supporte pas. Je suis né en colère et je mourrai en colère.

Elle se moque :

— Vous avez la haine ?

— Pas la haine, la colère, c'est différent.

Anath le taquine encore :

— Et on ne se refait pas ?

— Si, répond Carvin avec sérieux, je me refais chaque jour. Mais dans le même sens. De plus en plus à cran, de plus en plus révolté. Je crois qu'on ne sera jamais assez révoltés. Et vous, qu'est-ce que vous croyez ?

— Ce que je crois ? Moi ?

Anath sent tous les regards peser sur elle.

— Je ne sais pas, dit-elle avec une moue d'hésitation.

Sa moue s'estompe doucement.

— Au fond, si, je le sais très bien...

Comme une actrice en scène, elle prend le temps de ménager le suspense, les dévisage un à un en silence et finalement chuchote au seul Carvin – mais de manière à être entendue de tous :

— Comme vous je crois qu'on ne sera jamais assez révoltés.

Visite 2

Mlle Poinseau est désignée pour faire visiter l'usine à Bona. Elle lui montre les presses à emboutir, les lignes de fabrication, d'assemblage mais, plutôt qu'à l'outillage, c'est à elle que Bona s'intéresse :

— Pardonnez-moi de vous demander ça, mais vous mesurez combien ?

— Un mètre soixante-seize sans les talons, répond-elle en se redressant instinctivement. Pourquoi ?

— Je trouve ça bien, une grande femme. Moi, je fais un mètre quatre-vingt-quatre et dans les quatre-vingt-dix kilos !

— Avec ou sans les talons ?

Bona rigole.

— Tout nu, tout mouillé !

Mlle Poinseau lui plaît.

— On peut dire que vous avez de l'allure ! Et de la repartie...

— Vous n'êtes pas mal non plus, dit-elle.

— Je suis trop petit.

— Trop petit ? Un mètre quatre-vingt-quatre !

— Je ne plaisante pas.

Il explique :

— À quinze ans, je faisais déjà ma taille. Je pensais que je ferais deux mètres et peut-être même plus. Eh bien, je n'ai jamais plus grandi même d'un centimètre. Tous les jours ces centimètres me manquent. Je les cherche. Oui, je les cherche, sans plaisanter.

Bona soupire :

— Avec eux, j'aurais pu être un grand homme...

Ils doivent se baisser pour traverser entre deux presses à emboutir.

— Vous habitez où ? demande Bona, redoutant que le silence s'installe entre eux.

— Depuis qu'on occupe, j'habite ici !

Bona ouvre de grands yeux :

— Vous ne rentrez jamais chez vous ?

— Vous savez, nous sommes très peu de femmes directement dans l'atelier. Au labo nous sommes sept et c'est tout. Les Sept Mercenaires, ou, comme on nous appelle, les Sept Mémercenaires. Les autres sont dans les bureaux et la plupart sont mariées, ont des enfants. Moi, je suis célibataire et je crois que tous les zouaves sont bien contents de me trouver là le soir pour préparer à manger et le matin pour faire des courses.

Elle ricane :

— Des sales machos, oui, c'est sûr, mais je les aime bien quand même...

— La dame qui était là travaille dans les bureaux ?

— Mme Werth ? C'est notre DRH. D'abord on l'a retenue pour faire pression sur la direction puis elle a décidé de rester de son plein gré. Son mari est professeur. C'est une femme très bien, sur qui on peut compter.

Bona revient sur la tentative de déménagement des machines :

— Vous ne croyez pas que c'est elle qui a informé les...

— Non, c'est moi, dit crânement Mlle Poinseau. À cause de vous !

Et, devant l'air ahuri de Bona, elle explique :

— Je me suis fait manipuler par le directeur technique qui voulait soi-disant participer à la manif, la vôtre ! J'ai été idiote. Pour savoir comment organiser son coup tranquillement, il m'a fait parler. Vous pouvez constater que ce n'est pas très difficile. Je parle facilement, comme tous les gens qui vivent seuls...

— Moi aussi je vis seul, dit Bona, content de pouvoir le faire remarquer.

— Ah ?

Ils sont au bout de l'atelier n° 1. Mlle Poinseau invite Bona à faire demi-tour et à la suivre jusqu'au labo.

— C'est pas qu'il y ait grand-chose à voir, mais c'est là que j'officie quand on n'est pas en grève...

— Allons-y ! s'enthousiasme Bona, allons-y ! Ça m'intéresse !

Mlle Poinseau sourit poliment et pousse les grandes portes en plastique pour laisser passer Bona.

— Vous aussi vous réclamez une prime ? demande-t-elle.

— Oui. C'est même devenu le cœur de la bagarre.
— Pour nous aussi. On s'est mis d'accord pour demander cent mille euros par personne. Il y en a un qui voulait deux cent mille, mais on a préféré s'en tenir à la moitié.
— Cent mille pour tout le monde ? Pour les cadres, pour les ouvriers, pour ceux qui ne sont pas là depuis longtemps ?
— Oui, à égalité. Tous pareils.
Bona est dubitatif :
— C'est compliqué, l'égalité. C'est un principe extraordinaire mais terriblement difficile à mettre en œuvre.
Il hoche la tête :
— Chez nous, la majorité a voté pour réclamer des primes différentes selon les âges, les fonctions, le temps passé dans l'entreprise…
Mlle Poinseau n'apprécie pas.
— Ce qui veut dire que ce sont encore une fois ceux qui sont au bas de l'échelle qui toucheront le moins.
Bona marque le pas. Il se gratte la tête, il se masse le front comme s'il cherchait à rassembler ses idées.
— Vous avez déjà réfléchi à la devise de la République ? Liberté, égalité, fraternité.
Mlle Poinseau ouvre la bouche mais ne dit mot. La question la prend de court. Bona professe :
— « Liberté, égalité, fraternité »… Robespierre, qui en est l'auteur, ajoutait « ou la mort » mais ça n'a pas été conservé. Vous vous êtes déjà demandé pourquoi l'égalité est entre la liberté et la fraternité ?
Mlle Poinseau en riant avoue que non.
— Je peux même jurer que ça ne m'a jamais traversé l'esprit !

Bona pose délicatement ses mains sur ses épaules :

— Eh bien, moi, j'y ai réfléchi, dit-il sans la quitter des yeux. Et les révolutionnaires y avaient réfléchi avant moi. La liberté, on voit ce que ça recouvre et la fraternité, tout le monde en rêve. Mais qu'est-ce que vient faire l'égalité en plein milieu ? L'égalité est placée au centre parce que c'est elle qui doit assurer l'équilibre entre la liberté et la fraternité qui sont, en réalité, deux objectifs contradictoires. C'est un pont et un garde-fou. La liberté, poussée à l'extrême, peut devenir un instrument d'asservissement. Exemple : c'est au nom de la liberté que le capitalisme prétend s'affranchir de toutes les règles, de toutes les lois, sinon celle du marché qu'il édicte lui-même. Quant à la fraternité, elle suppose une juste répartition des richesses entre tous – pas seulement des richesses matérielles, aussi des richesses intellectuelles, spirituelles, artistiques. C'est la solidarité pour tout et pour tous dans tous les domaines. Y parvenir nécessite de la vertu. Or la cupidité, l'égoïsme, l'envie, la jalousie, l'individualisme se portent toujours mieux que la vertu. Et de nos jours plus que jamais !

Bona explique d'un ton convaincu :

— Comme disait Jésus, « il y aura toujours des pauvres ». Et, il ne faut pas se leurrer, il y aura toujours des différences de fortunes, de talents, d'intelligence, mais il faut se battre pour que le produit de ces différences bénéficie à tous, sinon de manière parfaitement égale, en tout cas de manière équitable.

Il s'enflamme soudain.

— C'est le contraire de l'équarrissage pour tous à la mode stalinienne ou maoïste ! Systèmes qui d'ailleurs prônaient dogmatiquement l'égalité mais se gardaient bien de la mettre en œuvre ! C'est aussi le contraire du capitalisme à la sauce libérale qui, à l'égalité, préfère la

charité, un million de fois moins coûteuse, un million de fois plus flatteuse. Appliquer la devise républicaine à la lettre, dans tout ce que cela induit, ça définit un système vraiment révolutionnaire. Une façon radicalement autre de penser le monde. Ce qu'ils ont commencé en 1789 n'est pas achevé. C'est à nous de finir le boulot !

— Je ne dis pas le contraire, avance timidement Mlle Poinseau, un peu noyée par ce torrent de paroles, impressionnée.

Bona s'excuse :

— Oh pardon ! Je m'emballe, je m'échauffe, je dois vous raser avec mes délires sur l'égalité, la Révolution…

— Pas du tout, au contraire, certifie-t-elle. Vous devriez en parler à Carvin. Lui, il est tout à fait contre l'idée de réclamer une prime. Il dit que, dans le système actuel, quelle que soit la somme, ce ne sera jamais qu'une aumône. Qu'on n'a rien à y gagner, hormis de l'humiliation.

Visite 3

Il se fait tard. Comme chaque soir Carvin et Weber vont ensemble au self. Ils s'installent à côté de Sidot, attablé devant un gros volume, une tasse de café à la main.

— Faut qu'on te parle, dit Carvin en s'asseyant.
— Je suis en train de lire.
— Qu'est-ce que c'est ?
— Un machin sur la guerre, grogne-t-il. Qu'est-ce que vous voulez ?

Carvin repère le titre : *De l'Algérie des origines à l'insurrection.*

— Qu'est-ce que tu fous ici avec un flingue ? demande-t-il en posant ses mains à plat sur la table.

Sidot prend le temps d'avaler son café.

— Ah, c'est ça...

La question l'amuse.

— Je fais partie d'un club de tir, dit-il en raclant le sucre au fond de sa tasse. Comme j'avais peur de m'emmerder, j'ai apporté le bijou de ma collection pour l'entretenir. J'aime bien le monter et le démonter.

Weber est curieux de savoir quel genre d'arme c'est.

— C'est du lourd, s'enorgueillit Sidot. C'est pour la chasse au gros. Une vraie merveille...

— T'as l'intention de le garder ?

— Pourquoi, tu veux l'acheter ?

— Garder un flingue ici, dans l'usine, ça craint.

Sidot ricane.

— Des fois, ça vaut mieux, non ?

— Je ne sais pas, répond Carvin en passant sa main dans ses cheveux. Ça a été génial quand les autres sont venus déménager mais maintenant ça pourrait être dangereux, très dangereux. Surtout que la présence d'une arme à l'intérieur de la boîte peut être un bon prétexte pour nous envoyer les flics.

— Je n'ai pas peur des flics. J'ai le permis.

— Oui, mais si ça se mettait à tirer de partout, s'inquiète Weber.

Sidot ne tient pas à discuter. Il se lève :

— Je croyais qu'on n'avait rien à perdre ?

Weber est comme un roc au bord d'un rocher. Il se bascule sur la chaise.

— On n'a rien à perdre, mais on n'a pas forcément envie de prendre une bastos.

Sidot se rassied sur un coin de la table.

— Moi, je n'ai rien à branler de la Méka, affirme-t-il. Si on ferme, je veux mon fric et je me tire en Afrique pour ne plus jamais refoutre les pieds dans cette taule de merde ni dans ce pays de merde. C'est tout. Et si ça doit partir en couille au point que ça tire de partout comme tu le dis, je ne me laisserai pas faire. En tout cas, je me garderai une balle pour la bonne bouche. Personne ne m'aura jamais, ni les flics, ni les patrons, ni vous.

— Nous ?

— Vous, les syndicats, les délégués, les grandes gueules, toujours prêts à blablater mais au-delà de ça : rideau, il n'y a plus personne.

— T'es contre les syndicats ?

— Je me fous des syndicats. C'est pas pour vous que j'ai foutu les autres cons dehors, c'est pour moi. Ce qui est ici, c'est à moi autant qu'à vous. Je ne vais pas laisser des tordus venir me piquer ma part et je ne vous laisserai pas non plus tout brader ou tout bousiller au nom d'idées à la noix.

Téléphone 3

Le portable de Carvin vibre dans sa poche quand il quitte le self. C'est Mireille, sa belle-mère. Elle est en larmes.

— Pauline n'est pas rentrée !

— Pauline ?

— Elle est restée là-bas, avec le médecin. La petite a la varicelle.

— Pauline a la varicelle ?

— Océane !

— Merde ! s'énerve Carvin. Essayez de mettre de l'ordre dans ce que vous me dites. Qui a la varicelle, Pauline ou Océane ?

— Océane.

— Et qui n'est pas rentré, Pauline ou Chantal ?

— Pauline, sanglote Mireille.

— Et Chantal ?

— Elle est là.

— Avec la petite ?

— Oui.

— Passez-les-moi.

— Elles dorment. La petite a eu votre lettre. Qu'est-ce qu'elle était contente !

— Océane a la varicelle ?

— Ce n'est pas grave. Faut faire attention qu'elle ne se gratte pas et on la badigeonne de partout. Vous verriez ça ! Ça me rappelle quand Chantal...

Carvin ne veut pas entendre ses souvenirs.

— Pauline est restée là-bas avec son mari ? reprend-il avec irritation. Ils ont du rab de vacances ?

— Non, Christian est rentré aussi. Il a déposé Chantal et Océane et il est reparti.

— Reparti où, en Espagne ?

— Non, chez lui.

— Qu'est-ce que fout Pauline en Espagne sans Christian ?

Mireille pleure de plus belle.

— Elle couche avec le médecin qui soignait la petite ! Christian les a trouvés au lit ! Ça a été terrible. Ils se sont battus. Le médecin lui a donné un coup de poing. Il lui a cassé le nez !

— Le nez ?

— Oui, et il a les yeux tout bleus !

Carvin se retient d'exprimer ce que lui suggère l'image de Christian la tête au carré. Il se veut rassurant.

— Le nez, ça se remet. Et quand Pauline reviendra...

— Elle ne veut plus revenir ! explose Mireille. Jamais ! Le monde est devenu fou ! Mes enfants, mes pauvres enfants ! Chantal ne veut plus vivre avec vous, Pauline fait Christian cocu, Muriel est morte et moi je suis toute seule !

Préfecture

La réunion a lieu dans une grande salle de la préfecture, sous la présidence du préfet Ghislain Viguier, accompagné de Paul-Marie Duchamp, le médiateur désigné par les pouvoirs publics, du directeur départemental du travail, du directeur régional du Pôle emploi et de son adjointe, une femme maigre d'une quarantaine d'années, Mme Hausner. Le groupe est représenté par maître Million, en attendant l'arrivée de Socko et de Fayet dont les noms sont imprimés sur des bristols à la place qui leur est réservée. Pour la Méka, outre Weber, il y a les membres du CE : Carvin, Étienne Rolland, Monnier, et Mme Gobert.

Anath est là aussi. C'est la première qui réclame la parole, avant même l'ouverture formelle de la rencontre.

— En tant que DRH de la Méka, si toutes les parties en sont d'accord, j'assisterai à cette réunion à titre d'observatrice.

— Vous ne voulez pas y participer ?

— Non, je préfère observer. Je n'ai ni mandat ni autorité pour intervenir à ce stade.

Le préfet se tourne vers maître Million :

— Une objection ?

— Aucune, répond l'avocat, guettant la porte pour voir si Socko arrive.

— Nous non plus n'avons pas d'objection, indique Weber.

Le préfet prend acte.

— Très bien, madame, vous pouvez rester.

— Je vous remercie, monsieur le préfet.

— Vous ne voulez pas vous installer près de maître Million ? Je peux faire imprimer rapidement un carton à votre…

— Non, je préfère rester là.

Anath s'installe à une extrémité de la table, exactement à l'opposé de maître Million, mais droit dans son regard.

Le préfet se lève.

— Mesdames, messieurs, comme disait Picasso : « Je ne cherche pas, je trouve. » Nous ne sommes pas ici pour chercher une solution aux problèmes que pose la fermeture de la Méka, mais pour la trouver. Et nous la trouverons, dussions-nous y passer la journée entière !

Weber lève la main.

— Je crois que nous devrions attendre M. Socko avant de commencer…

— C'est vrai, dit le médiateur, qui n'avait pas remarqué son absence. Il est en retard.

Il se tourne vers l'avocat.

— Peut-être pourriez-vous l'appeler ?

— Il est sur répondeur, Fayet aussi.

— Que faisons-nous ? demande le médiateur en se tournant vers le préfet.

Le préfet réfléchit un instant.

— Pour gagner du temps, maître, je propose que vous exposiez la position du groupe, si vous êtes en mesure de le faire, puis que les représentants du personnel exposent la leur afin que nous entamions nos travaux sur des bases concrètes.

Les positions sont inchangées. Million donne lecture d'un court message de la direction à Detroit : le groupe réitère sa décision de fermer définitivement la Méka comme prévu à la fin du mois. Rien d'autre. Les représentants du personnel remettent un document écrit et chiffré par la Syntex sur la rentabilité de l'entreprise, ses performances industrielles, son carnet de commandes, et réclament une expertise approfondie de l'usage qui est fait des fonds publics et municipaux versés au groupe AMC.

Socko arrive en compagnie de Fayet, s'excusant de leur retard.

— Nous avons crevé...

Ils vont s'asseoir à côté de maître Million, étonnés de découvrir Anath assise à l'autre bout de la salle, mais ils s'abstiennent de tout commentaire.

C'est d'abord une bataille de chiffres, c'est ensuite une bataille de mots, une bataille de procédure mais, en réalité, rien ne bouge et les heures filent, stériles, décourageantes.

Dans le milieu de l'après-midi, maître Million prie une assistante du préfet de remettre une lettre sous enveloppe à Anath.

— C'est pour vous, madame, chuchote la jeune femme en transmettant le pli.

Weber obtient la parole qu'il réclame depuis plusieurs minutes :

— Une fois encore, monsieur le préfet, je vous rappelle que le président de la République lui-même a déclaré que les fonds du FMEA devaient, en contrepartie des aides aux groupes, empêcher de « démanteler l'outil industriel français » et n'étaient versés que contre l'engagement de « ne plus délocaliser ». Je cite de mémoire : « Mettons l'argent public pour le travail. Je veux que l'on garde en France nos usines. Je veux que l'on arrête les processus de délocalisation. » Or, que fait AMC ? Il délocalise notre usine en Serbie et détruit un outil industriel des plus performants tout en encaissant de considérables fonds publics. En tant que citoyens, en tant que salariés nous allons porter cette affaire devant les tribunaux, mais je vous repose la question : que comptez-vous faire devant une telle situation ? Que compte faire l'État ?

— Je vous remercie de me rappeler les paroles du président de la République, répond le préfet d'un ton sec, je ne les avais pas oubliées. Ce que nous devons mesurer au plus juste, c'est l'ambition industrielle du groupe AMC. Or, dans les documents qui m'ont été remis, je vois que la fermeture de la Méka, aussi regrettable qu'elle soit, est la condition nécessaire pour assurer la continuité de l'activité sur d'autres sites du groupe qui ne sont pas déficitaires. Ravo et la CTI si je ne me trompe. Vous avez lu le journal, plus de mille emplois sont en jeu !

Carvin s'insurge sans attendre qu'on lui donne la parole :

— La Méka n'est pas déficitaire ! Elle ne l'a jamais été. Le ralentissement de l'activité des trois derniers mois est dû au groupe lui-même qui a donné ordre de

« réduire la voilure », comme peut vous le confirmer M. Socko, puisqu'il est là...

— C'est vrai ! s'exclame Monnier. C'est un plan concerté ! Comment expliquer autrement le transfert de notre activité en Serbie ?

— Messieurs, messieurs, intervient le médiateur. Nous ne sommes pas dans un café ! Je vous prie de réclamer la parole et de vous exprimer à tour de rôle après que je vous y ai invité. Monsieur Socko, une réponse sur ce point ?

Socko interroge Million du regard, cherche celui de Fayet. Il tarde à répondre. Le médiateur voit qu'Anath souhaite intervenir.

— Madame ? demande Paul-Marie Duchamp. Vous avez une observation à formuler avant d'entendre M. Socko ?

— J'aimerais vous lire le texte que vient de m'adresser maître Million.

Million se dresse d'un bond :

— Ne faites pas ça, Anath ! menace-t-il d'une colère froide.

Il est blême. Anath le défie :

— De quoi avez-vous peur ?

— Pas de vous, ricane l'avocat. Certainement pas de vous.

Et, les yeux rêveurs :

— De moi peut-être...

Le préfet n'est pas sûr de comprendre.

— De quoi s'agit-il ? Il s'agit du groupe ? De quoi parlez-vous ? De quel texte ? Qu'est-ce que cela a à voir avec...

— À vous de juger, dit Anath.

Elle lit haut et clair :

— « Vous vous croyez loin de moi, mais vous êtes près de moi, Anath. Si près que je pourrais vous prendre ici, sur la table. Ce serait un jeu de ravager vos vêtements, de vous maltraiter et de vous fourrer à plat ventre comme la garce que vous êtes. Vous pouvez me frapper au visage, m'insulter, pisser sur moi, chier sur moi, vous ne m'échapperez pas. Vous êtes à moi, à personne d'autre, ni à votre mari gâteux, ni à votre amant disparu, ni à vos nouveaux amis qui puent le Ricard et la merguez. Je vous veux et je vous aurai. Vous serez ma chienne et votre chiennerie sera la mienne jusqu'à ce que je sois vengé de votre beauté et que vous adoriez ma laideur. »

Million ne bronche pas du début à la fin de la lecture, soutenant le regard d'Anath sans ciller, sans tenter d'y échapper. Quand elle se rassied, passe sur le visage de l'avocat un étrange sourire.

Un silence de sépulcre s'installe.

Le médiateur, le préfet, les représentants des administrations échangent des regards de poules affolées par un renard. Socko demeure impassible alors que Fayet semble avoir du mal à retrouver son souffle.

Carvin se lève.

— Tout ceci n'est qu'une mascarade, prononce-t-il avec lenteur. Cette réunion est une mascarade, un jeu de rôles. Et la bouffonnerie insultante que nous venons d'entendre exprime clairement le cynisme et le mépris dans lesquels nous tiennent nos dirigeants, puisque leur représentant peut se permettre de se livrer à son obscénité alors que la survie de notre entreprise et près de quatre cents emplois sont en jeu. Alors cessons. Cessons de jouer au plus malin, au plus retors, au plus menteur. Allons droit au but. Pour nous, l'alternative est simple : ou le gouvernement contraint le groupe AMC à relancer l'activité de la Méka et à financer cette reprise avec les

fonds publics qui ont été mis à sa disposition ou la Méka cesse toute activité et, dans ce cas, chaque salarié, en plus de ses indemnités, touchera une prime supralégale fixée à cent cinquante mille euros. À nouveau, nous vous accordons quarante-huit heures pour nous faire connaître votre réponse. Une réponse véritable, pas une réponse dilatoire ou d'intenables promesses. Une réponse qui nous sera faite au cours d'un CE exceptionnel, dans les formes prévues par la loi.

— C'est un ultimatum ? s'indigne le préfet.

— Oui, monsieur le préfet, répond Carvin. Du latin *ultimus,* dernier.

— C'est inadmissible.

— C'est inadmissible ! répète le médiateur, ne voulant pas se laisser déborder par le préfet.

Mme Hausner l'approuve de vigoureux hochements de tête.

— Ce qui est inadmissible, messieurs, c'est votre passivité, votre complicité, voire votre adhésion aux propos de maître Million comme aux arguments de l'AMC que, comme nous, vous savez mensongers.

Le préfet furibond se lève en bousculant son siège.

— Vous croyez que ça va se passer comme ça ?

Carvin sourit, les mains ouvertes, l'air dégagé, charmeur, très homme du monde.

— Je ne suis pas croyant, monsieur le préfet.

Retour

La réunion tourne court. Maître Million disparaît sans saluer personne. Le préfet s'isole dans son bureau

avec le médiateur, son adjointe, Socko et Fayet. Weber ramène en voiture Carvin, Anath et Mme Gobert. Étienne Rolland et Monnier partent ensemble. Weber a du mal à se contenir :

— Qu'est-ce qui vous a pris de lire publiquement cette saloperie ? demande-t-il à Anath.

Et, sans attendre sa réponse :

— Et toi, avec ton ultimatum et les cent cinquante mille euros que tu as tirés de ton chapeau, où tu veux nous emmener ?

Carvin reste calme.

— Tu seras d'accord avec moi pour dire que le report du CE n'était qu'un moyen pour avoir le temps d'organiser le déménagement ? S'il n'y avait plus de machines, il n'y avait plus besoin d'un CE et passez muscade ! Basse manœuvre. Dès lors, à quoi servait cette réunion ? À remplacer le CE ? Non, à l'escamoter. À nous faire accepter, sous prétexte de médiation, les décisions prises à Detroit et qui n'ont pas varié d'un iota depuis l'annonce de la fermeture. Autre basse manœuvre. On nous promène, on nous fatigue, on nous amuse et, tous autant qu'ils sont, le préfet, le médiateur, Socko savent que tout ça, c'est du théâtre. C'est pour la forme, pour l'extérieur, mais en réalité ils n'en ont rien à foutre de ce que nous allons devenir. Pour eux, tout est déjà réglé, plié, signé. Ils en ont si peu à foutre, ils sont tellement convaincus que nous sommes K.-O., que l'autre enfoiré d'avocat a le temps de se branler sur Anath et l'esprit à ça...

Il corrige :

— Sur Mme Werth, pardon.

Anath n'est pas choquée d'être appelée par son prénom.

— Je vous en prie, si vous préférez m'appeler Anath, appelez-moi Anath...

Puis, s'adressant à Weber :

— Je crois que Carvin analyse bien la situation. Toutes ces histoires de CE reporté, de réunion, de médiation ne sont que l'application de techniques de management. Jouer sur le temps, désorienter l'adversaire, lui renvoyer ses questions plutôt qu'y répondre, etc., ils apprennent ça dans des stages. Je sais, j'y ai participé.

— Et c'est là que vous avez appris à foutre en l'air une réunion ?

— Je me suis défendue.

— Je suis d'accord, approuve Mme Gobert. Ce qu'il vous a écrit, c'est comme un viol ! Je ne comprends pas d'ailleurs que Mme Hausner...

— Ce type est un malade, soupire Carvin, l'interrompant.

— Un grand malade, ajoute Anath. Il se prend pour Richard III. Mais je ne suis pas Lady Anne et je ne traîne pas derrière moi le cadavre de mon mari...

L'idée l'amuse :

— Enfin, pas encore.

Weber n'est pas là pour entendre commenter Shakespeare.

— OK, c'est un malade. OK, vous vous êtes défendue. OK, vous avez eu raison de le faire. OK. Mais maintenant, nous, comment on s'y prend ?

Carvin n'hésite pas.

— D'abord nous allons informer le personnel de l'échec de la médiation, répéter la position du groupe et la nôtre et communiquer les termes de l'ultimatum que nous avons lancé au groupe et aux pouvoirs publics.

— Tu crois vraiment avoir une réponse dans quarante-huit heures ?
— Pas toi ?
— Ne me prends pas pour un con ! s'emporte Weber. Et tu le sais bien ! Ils ne peuvent pas croire que nous soyons capables de faire tout sauter. Ils pensent qu'on bluffe comme ceux de la Zitex avec leurs containers d'encre...
— Ils paieront pour voir.
— Et s'ils refusent ?
— Dette de jeu, dette d'honneur...

Carvin penche la tête, soudain trop lourde.
— S'il n'y a pas de réponse, ou une réponse qui n'en est pas une, nous ferons comme ils font. Comme font tous les patrons.

Il détaille avec dureté :
— Nous ferons exactement ce que nous avons dit.

Bureau

Ghislain Viguier, le préfet, ferme la porte de son bureau et n'invite personne à s'asseoir. Il en a après Socko.
— Vous perdez complètement la tête ! Vous déraillez ! D'abord toutes vos déclarations dans les journaux, comme si vous vouliez exciter encore plus les grévistes ! Leur mouvement n'est pas piloté par l'extérieur, par Moscou ou par Pékin. Ni l'ultra-gauche ni les syndicats ne sont aux commandes. Leurs actions sont pilotées par la colère d'être foutus à la porte alors qu'ils font bien leur boulot et que l'usine est rentable.

D'un geste autoritaire, le préfet empêche Socko d'intervenir.

— Ne me dites pas le contraire, je sais lire. Leur rapport est sérieux, bien argumenté, alors que le vôtre, c'est de la merde, de la poudre aux yeux. Excusez-moi, mais votre charabia technocratique…

Il dénoue un peu sa cravate qui l'étrangle.

— Croyez-moi, le parti de la colère est bien plus puissant que tous les autres ! Surtout quand on l'alimente comme vous le faites. Cette histoire de déménagement sauvage…

— C'est Thorins qui en a pris l'initiative ! se défend Socko. Je vous ferai passer une copie du mémo que…

— Thorins ou vous, c'est la même chose, réplique le préfet. Je me moque de savoir qui a monté le coup. Je veux simplement que vous compreniez bien que maintenant, si ça doit se faire, c'est moi et personne d'autre qui déciderai du jour et de l'heure, dans des formes légales.

— C'est tout ce que je souhaite.

— Eh bien, tant mieux.

— Nous avons demandé au tribunal de faire évacuer l'usine, dit Fayet.

— Qui ça « nous » ? Votre avocat ? Lui, je ne veux plus en entendre parler. Je ne sais pas d'où il sort mais il a intérêt à y rentrer. Ce type est à gerber !

Le médiateur s'interroge à propos d'Anath :

— D'abord, je n'ai pas compris pourquoi votre DRH n'était pas à vos côtés. D'ordinaire, dans ce type de conflit, on s'attendrait plutôt à la trouver en première ligne avec vous qu'auprès des grévistes. Maintenant, je sais pourquoi elle ne tenait pas à siéger avec…

Le préfet ne trouve pas comment qualifier Million, tant son attitude le révulse.

— Notre chère DRH doit souffrir du syndrome de Stockholm, ricane Socko. Elle était séquestrée en même temps que celui qui s'est suicidé et, visiblement, elle a décidé de rester avec ceux qui la retenaient. Elle doit aimer le jambon sous plastique et les chips !

— Taisez-vous, dit le préfet, que les remarques de Socko indisposent. C'est complètement déplacé.

Il fait quelques pas dans son bureau et se retourne brusquement :

— Vous avez quarante-huit heures pour donner une réponse aux questions que les membres du CE vous posent, dit-il sous le nez de Socko. Quelle réponse allez-vous leur donner ? C'est pour moi la seule chose importante. Je veux être le premier informé.

Socko prend Fayet à témoin :

— Nous n'avons pas besoin de quarante-huit heures, dit-il en faisant un pas en arrière. Nous fermons la Méka, nous réglons toutes les indemnités légales et c'est tout.

— Comment ça, c'est tout ?

— J'ai des instructions très précises du siège. Nous respectons la loi jusque dans sa moindre virgule, mais rien au-delà.

— Pas de primes extralégales ?

— Non.

— Pas de reclassement sur vingt-trois mois ?

— Non.

— Ce n'est pas négociable ?

— Non.

— Et que pensez-vous qu'il va se passer quand vous l'annoncerez ? demande le préfet qui se remet à marcher de long en large dans son bureau.

Socko réfléchit un instant.

— Sans doute des cris, des manifestations, des menaces et puis le temps fera son œuvre, ils finiront par comprendre et partir comme ça s'est passé dans des dizaines de boîtes. Et quand ils ne seront plus là, nous pourrons tout déménager comme prévu, l'affaire sera réglée.

— Vous n'imaginez pas qu'ils puissent faire du vilain ?

— Quoi ? Foutre le feu ? Brûler les stocks ? Casser les machines ? Non, je n'y crois pas une seconde. S'ils foutent le feu ce sera à des pneus et à des palettes pour faire plaisir aux journalistes de la télé. Mais tout foutre en l'air, non, je n'y crois pas.

Le médiateur n'y croit pas non plus.

— C'est devenu une sorte de rituel dans les conflits. Ici on annonce qu'on va jeter de l'acide dans la Meuse, là de l'encre ou des colorants industriels, ailleurs qu'on va incendier les réserves, mais ça ne se passe jamais. Et heureusement ! Les grévistes sont des gens raisonnables. En revanche, ce qui n'est pas raisonnable, c'est de fermer la porte à toute indemnisation supplémentaire, à toute négociation sur les reclassements…

— Allez dire ça à Detroit ! grogne Socko en lui tournant le dos. Les Américains sont légalistes, pas philanthropes.

Et, revenant vers le préfet :

— Je suis arrivé en retard parce que j'avais notre ami au téléphone. Juste une chose : je peux vous dire que le ministre – c'est-à-dire le président – compte sur vous autant que sur moi pour régler cette affaire sans bobo.

Il pointe son index sur la poitrine du préfet et lui chuchote à l'oreille en le tutoyant :

— Sur toi en particulier…

Signe

En arrivant à la Méka, Carvin cherche Djuna parmi ceux qui les attendent. Il n'a pas de nouvelles d'elle depuis la dernière AG, pas un SMS, pas de message, pas une visite.

Rien.

Djuna n'est pas à l'usine, ni dans la cour, ni à l'intérieur.

Carvin n'aime pas ça. Ça l'angoisse. Ce n'est pas normal. Il doit se passer quelque chose qui l'empêche de le joindre. Djuna ne reste jamais longtemps sans lui faire signe.

Anath se faufile jusqu'à lui tandis que tout le monde se rassemble.

— Vous avez l'air bien morose…

Carvin tente de plaisanter :

— Je me sens comme le drapeau des anarchistes espagnols, rouge et noir. Rouge parce que le sang humain est rouge, noir parce que son esprit est sombre…

— C'est la réunion qui vous met dans cet état-là ?

— Non, répond Carvin.

Il respire comme s'il n'était pas sûr de pouvoir remplir ses poumons d'assez d'air chaque fois, comme s'il redoutait une chose terrible. Il n'ose l'avouer, mais le fait quand même :

— Je m'inquiète pour Djuna. Nous n'avons pas de nouvelles depuis que son mari est passé, la cherchant partout.

— Vous l'avez appelée ?

— Je n'ai plus de batterie, ment Carvin, sentant la honte lui rougir les joues.

— Vous avez son numéro ?
— Bien sûr.
— Vous voulez que je le fasse ?
— Oui, si ça ne vous embête pas…

Anath sort son portable, un peu étonnée de la demande, mais après tout…

Carvin lui dicte le numéro de Djuna. L'appel échoue.
— J'ai son répondeur…
— Laissez un message.
— Vous ne préférez pas le faire ?
— Non, faites-le, je vous en prie. C'est mieux que ce soit vous.

Anath obéit sans sourciller, elle demande à Djuna de la rappeler le plus vite possible « pour une question concernant le service ».

— Merci, dit Carvin, les yeux pleins de reconnaissance.

Anath a compris. Il en est sûr. Il voudrait se justifier, lui dire que…

Mais Weber lui fait signe de le rejoindre au micro.

Tous les présents sont impatients de les entendre.

Quand Carvin prend la parole, l'enthousiasme des premiers jours a fait place à une froide détermination. Son intervention est très brève : rappel des positions respectives de la direction et de l'intersyndicale, court récit de la réunion à la préfecture, conclusion sur l'ultimatum lancé au groupe et aux pouvoirs publics.

— Vous vous rappelez quand je vous disais qu'il n'y avait qu'une question à laquelle nous devions répondre : « Qu'est-ce qu'on fait ? » Eh bien nous y sommes, au pied de la montagne « Qu'est-ce qu'on fait ? ». Si dans quarante-huit heures rien ne se passe, qu'est-ce qu'on fait ?

Un instant il ferme les yeux. Il doit à tout prix chasser de son esprit la question qui le taraude et qu'il est à deux doigts de leur crier : « Pour Djuna, qu'est-ce qu'on fait ? »

Purgatoire

L'obscurité n'est pas complète, la nuit attend son heure. L'heure magique, l'heure du loup. Thorins guette Socko près de chez lui. Il l'interpelle dès qu'il le voit sortir de sa voiture :

— Hubert, viens, faut que je te parle.

La rangée d'arbres qui borde la grille du jardin donne un reflet verdâtre à la lumière. Un éclairage de morgue, sinistre et froid, qui menace les passants et décourage les promeneurs de chiens. Socko n'a pas envie de parler avec qui que ce soit, surtout pas avec Thorins.

— Attends, j'en ai pris plein la gueule à la préfecture aujourd'hui et ce n'est qu'un début à côté de ce qui m'attend avec le groupe. Alors, sois gentil, on parlera quand ça ira mieux. Téléphone-moi.

— Ça n'ira jamais mieux, constate amèrement Thorins, s'arrangeant pour lui couper la route. Regarde, tout se casse la gueule autour de nous, tout s'effondre, dégringole, c'est la guerre, les ruines... Ma femme va sans doute vouloir divorcer, l'autre salope va avoir un môme que je ne verrai jamais et qui un jour surgira pour m'accuser, la Méka ferme, le groupe nous envoie en Serbie ! Eh bien, je ne souffre pas, je n'ai pas peur, pas d'angoisses, pas de craintes, ça ne me fait rien,

comme si tout ça ne m'arrivait pas à moi, mais à un autre que je regarde de loin.

Il s'interrompt un instant, amusé par ses pensées :

— Qu'est-ce qu'on va foutre à Novi Sad ? Qui connaît Novi Sad ? Qui a envie d'aller à Novi Sad ? Personne. On va toucher un paquet de fric, ça, c'est sûr. Mais à part ça ? On va être dans un logement de fonction sans doute moche, sans doute froid, sans rien d'autre à foutre que de bosser à l'usine, de bosser, bosser, bosser et tirer un coup le dimanche avec une pute. Alors, tu sais, j'ai eu comme une vision ! La Serbie, c'est le purgatoire ; on en sortira pour aller au paradis ou en enfer. C'est pour ça que nous y allons, pour rien d'autre. Pour nous éprouver.

Socko pince la racine de son nez entre son pouce et son index, Thorins lui fait mal à la tête.

— C'est du purgatoire que tu voulais me parler ? articule-t-il sombrement.

Thorins hoche la tête :

— Oui, du silence de Dieu…

Socko émet une sorte de grognement découragé, pas ça, non, pas ça.

— Du silence de Dieu ? T'es sûr que ça va ? T'as picolé ?

— Ça va couci-couça depuis que j'ai lu la copie du mail que tu as expédié à Franck. Ton anglais s'améliore.

L'attaque est sans préliminaires, droit au but.

— Et toi, tu n'as pas pris tes précautions ? réplique Socko, serrant instinctivement les poings.

Thorins se tord la bouche.

— Je me demande ce qui me dégoûte le plus. L'autre putain qui me dénonce à ma femme ou toi qui me dénonces aux Américains ?

Socko tourne les talons.

— Salut, Raph, on n'a plus rien à se dire. On se reverra en enfer !

— Au purgatoire, rectifie Thorins en le retenant. Au purgatoire, où les juges sont impitoyables.

— Les juges ? Quels juges ? Tu veux aller devant les tribunaux ?

— Les juges de ton âme…

Socko s'écarte brusquement en faisant de grands gestes des bras.

— T'es devenu dingue ! Complètement dingue ! Barre-toi ! Va te faire soigner !

— C'est toi qui vas devenir dingue ! crie Thorins en le poursuivant. Tu vas être jugé et damné et moi je rirai, je rirai !

Préfet

L'appartement de fonction du préfet n'est pas à la préfecture, mais deux rues plus loin, dans une allée légèrement en retrait où ne sont que des immeubles anciens, cossus, donnant tous sur de beaux jardins intérieurs. Quand le préfet rentre chez lui, ce n'est plus « M. Viguier, M. le préfet », c'est Ghislain, le mari de Maryvonne, le père d'Éric, d'Étienne et de la petite Véronique. Un autre homme pressé de se dépouiller de son uniforme, de ses obligations, des corvées protocolaires, du langage administratif où les mots sont comme des oiseaux morts. Il se passionne pour la numismatique et n'a qu'une hâte, plonger dans ses livres, échanger des e-mails avec les spécialistes, chercher les pièces rares qui compléteront sa collection des cinq premiers siècles.

Mais à peine a-t-il franchi le seuil de son appartement que la sonnerie de son portable le rappelle à ses fonctions.

La conversation est brève, peu amène avec Robert Lonlai, le directeur de cabinet du ministre de l'Intérieur. Le président de la République envisage de faire un déplacement dans le Nord au début du mois, il n'est pas question que son voyage se cristallise autour des problèmes de la Méka. D'abord, son cas n'est pas unique, ensuite le préfet possède tous les éléments pour conduire la fermeture du site en douceur, sans léser les personnels, sans provoquer nos partenaires américains. Le préfet tente d'arguer que les éléments dont il dispose ne sont pas...

Lonlai coupe court.

Sans l'écouter, il lui répète de façon très ferme ce qu'on attend de lui, d'autant que le président, qui prépare un important discours sur la valeur travail, est informé chaque jour de l'évolution de la situation.

Déterminés

La nuit, l'atelier n° 1 ressemble à une ruine antique abandonnée. Les machines sont des tours d'ombre et les passerelles des chemins de ronde désertés de leurs sentinelles. Seules les veilleuses de sécurité restent allumées, bleuissant l'air d'un halo mièvre. Le silence n'est jamais total car, même à l'arrêt, le matériel reste sous tension, émettant une sorte de souffle continu. Un râle sifflant et obsédant dès qu'on y prête garde.

— Qu'est-ce qu'une « poignée d'hommes déterminés » ? demande Carvin, reprenant l'expression de Bona. C'est combien « une poignée », c'est quoi être « déterminés » ?

Chavarre fait rapidement le compte de l'assistance. Dans le coin où ils se sont installés pour fumer, il y a Weber, Corda, Bogdan, Mortier, Étienne Rolland, Lucien Jean, Lauris, Bourdon. Les autres sont déjà partis se coucher après une longue discussion qui ne les a pas menés très loin.

— C'est ça une poignée, conclut Chavarre. C'est nous, huit ou dix. Et pour être déterminés, nous sommes déterminés !

— À quoi ?

— À la même chose que toi. À nous battre jusqu'au bout. Pas vrai, les gars ?

Tous acquiescent. Cela ne suffit pas à Carvin.

— Jusqu'à mettre nos menaces à exécution si on nous claque la porte au nez ? demande-t-il.

Étienne Rolland a des réserves.

— Moi, je suis d'accord jusqu'à un certain point. Qu'on fasse un truc maousse, exceptionnel, OK, mais pas qu'on détruise tout.

— Quel truc maousse ?

— Je ne sais pas, dit Étienne Rolland. Si, j'ai pensé qu'on pouvait foutre le feu aux camions des déménageurs. Symboliquement c'est très fort, ça reste dans nos cordes et ce sera populaire.

Weber est séduit :

— C'est vrai que ça aurait de la gueule ! Quel symbole ! Les délocaliseurs associés qui partent en fumée…

— Oui, dit Corda, ce serait bien de faire ça mais ça ne nous avancerait à rien. On se retrouverait avec des camions brûlés dans la cour et puis quoi ? Et puis rien.

C'est comme les mômes dans les banlieues qui font tout brûler devant chez eux et qui n'ont pas l'idée d'aller foutre le riff chez les véritables responsables de la merde dans laquelle ils sont. C'est du désespoir, pas de la révolte.

Carvin est sur la même longueur d'ondes.

— Si nous frappons, nous ne devons pas nous tromper de cible. Les camions, ce n'est pas la Méka, ni l'AMC. Ce sont des mercenaires payés par eux mais ce n'est pas la tête qui commande. Ce sont les chefs que nous devons frapper, pas les mercenaires qu'ils utilisent.

— En détruisant quoi si on laisse tomber les camions ? Les machines ? s'inquiète Weber.

Carvin secoue la tête.

— Non, si on ne fait que ça, ça ne servira à rien...

Weber s'étouffe :

— « Que ça » ? Tu charries. Ce serait énorme !

— Bien sûr que ce serait énorme, approuve Carvin avec une sorte de patience rageuse. Je ne dis pas qu'il ne faut pas le faire ! Je dis qu'à mes yeux ce ne serait pas suffisant.

Il marque un temps. Tous l'écoutent. Carvin ressemble à un boxeur qui médite et calcule le seul coup qu'il pourra donner. Un coup unique qui ne pourra être suivi d'aucun autre. Un coup où tout se joue en une fraction de seconde.

— Je me souviens d'une remarque de Corda pendant une de nos premières AG : on est trop isolés, on ne fait pas le lien avec les autres conflits, on ne s'intéresse qu'à notre cas. Grosso modo c'était ça, hein ?

— Oui, confirme Corda. D'ailleurs, c'est ce qui nous a amenés à nous associer à la manif de la Zitex.

Étienne Rolland veut intervenir mais Carvin le prie de le laisser terminer.

— Pour moi, ce qui serait énorme, ce serait – si ça tourne mal pour nous –, non seulement de mettre nos menaces à exécution, mais de foncer illico à la Zitex pour les convaincre d'en faire autant si on leur apporte les mêmes réponses qu'à nous.

— Si après un mois de grève on leur dit : « Allez vous faire foutre et ne nous faites pas chier ! » ricane Chavarre.

— Oui, ce genre.

Weber appuie sa tête sur sa main :

— Que je comprenne bien, dit-il, pour toi, le scénario, c'est : réponse négative du groupe sur tout, incendie des stocks et des machines, délocalisation du conflit à la Zitex ?

Pour Carvin, oui, c'est ça.

Vies parallèles 6

Bona n'a pas le courage de retourner dormir à la Zitex, avec ceux de garde au piquet. Il va s'allonger chez lui pour les quelques heures qui lui restent avant le jour, la grève, l'occupation, les débats sans cesse recommencés. En Espagne, Pauline attend Mariano Paz, le médecin d'Océane, dans sa chambre d'hôtel. Elle s'est mis du rouge aux ongles des mains et des pieds et ne porte qu'un déshabillé vert pâle en mousseline transparente. Elle a aussi allumé une dizaine de bougies parfumées avant d'éteindre la lumière.

Secrets

Bona vit dans un grand appartement dont il a hérité. Mais, des quatre pièces hautes de plafond, il n'occupe vraiment qu'une chambre, la cuisine et la salle de bains. Ailleurs tout est resté comme avant le décès de ses parents. Des meubles massifs, noirs, protégés par des draps-housses, comme les fauteuils et le canapé du salon.

C'est un ours ébouriffé qui se laisse tomber sur son lit avec un soupir à fendre l'âme.

Bona a Mlle Poinseau dans la tête.

Il tente de se raisonner, de se dire que ça ne se passe comme ça que dans les romans, un regard, un sourire et la certitude absolue qu'il vient de rencontrer celle qu'il a toujours espéré rencontrer. Une femme à sa taille ! Il attrape sur son étagère un faux livre, la boîte à secrets où il jette régulièrement des pensées, des formules, des bouts de poème écrits sur n'importe quoi et qu'il ne relit jamais. Il pioche au hasard comme s'il consultait un oracle. Mais ce qu'il lit ne lui révèle rien, le sphinx est muet. Bona remet la feuille dans la boîte, la referme et la repose sur l'étagère. Il s'allonge sur son lit sans se déshabiller, les mains posées derrière la tête. Il s'en veut d'avoir bassiné Mlle Poinseau avec ses théories sur l'égalité et son cours à la gomme sur la Révolution. Et plus encore de n'avoir su l'interroger que sur sa taille ! Pourquoi pas sur son poids, tant qu'il y était ! On ne peut pas être plus maladroit. Il ne manquerait plus qu'il lui récite un de ses poèmes pour que la catastrophe soit totale. Peut-être devrait-il quand même essayer de lui en lire un ? Un seul… le premier sorti de la boîte :

> *Tu connaîtras ma tristesse*
> *Elle s'épellera comme ton nom*
> *Tu apprendras son nom*
> *Mes larmes te l'écriront*
> *Mais peut-être*
> *Ne sauras-tu rien de cela*
> *Rien que le silence méthodique*
> *Des vagues emportées*
> *Et du vent qui s'enfuit...*

Pourquoi l'a-t-il écrit ? Quand ? À qui pensait-il ? Bona ne s'en souvient pas. Pensait-il déjà à Mlle Poinseau sans imaginer qu'il pensait à elle ? Mais à quoi cela sert-il de penser à quelqu'un qui l'ignore ? S'il n'ose pas écrire à Mlle Poinseau, lui parler, à quoi cela sert-il de répéter son nom comme si cette récitation avait le pouvoir de la faire apparaître ? Bona essaye de revenir à la lutte pour écarter de son esprit le visage de celle qui l'obsède. À la Méka, les décisions lui semblent plus fermes, les hommes plus assurés. Il en parlera demain à son comité de grève. Peut-être sont-ils trop timides à la Zitex, trop polis, trop respectueux des formes et des hiérarchies. Leur affaire n'avance pas entre le liquidateur, les actionnaires et la mairie qui joue les bons offices. Ils sont dans un marais vaseux et puant. Comme il l'a dit à Mlle Poinseau : en théorie tous les hommes sont égaux ; mais la situation sociale de certains fait qu'ils sont dans l'incapacité d'exercer les droits qui leur sont reconnus par la loi : les sans-papiers, les sans-logement, les sans-travail, les victimes des plans prétendus sociaux, chômeurs, précaires, intérimaires qui finissent par constituer une armée de citoyens de deuxième classe, voire de troisième ! Eux, à la Zitex, quand ils n'auront plus de travail, plus rien sur leur compte en

banque, qu'en sera-t-il de leurs droits ? Comment garantir l'égalité entre ceux qui sont privés de tout et ceux qui possèdent et s'enrichissent ? Carvin a raison de parler d'aumône. Aujourd'hui la charité remplace l'égalité. Pour les médias, le gouvernement, les politiques, les entreprises sont des églises intouchables. Sous la protection du dieu Marché, les patrons « donnent » du travail aux salariés et ne reçoivent qu'ingratitude de ceux qui ont le privilège de leurs largesses. Ils « donnent » aussi des primes de licenciement comme au XIXe siècle les bourgeois faisaient aligner les pauvres devant chez eux pour bien montrer à tous qu'ils leur donnaient de la soupe. Il faut refuser ce « don » qui n'engendre qu'humiliation pour celui qui reçoit et profit pour celui qui pose en généreux bienfaiteur. Refuser ce « *charity business* » appliqué à l'entreprise où les salariés reçoivent le coup de grâce pour la gloire et la fortune de celui qui les exécute.

Bona éteint et ferme les yeux.

Il ne veut plus penser à ça, plus ressasser ses idées sur l'égalité, la charité, la République, la représentation populaire, le facho-libéralisme, le marché qui est le cancer de la démocratie et le reste. Bona veut se concentrer sur Mlle Poinseau dont il a encore dans l'œil les boucles d'oreilles en forme d'étoiles de mer.

Mariano

Le docteur Mariano Paz frappe à la porte de Pauline exactement à l'heure où elle l'attendait. Et, secrètement,

elle remercie le médecin de cette ponctualité qui la rassure, qui la conforte.

— Entre ! crie-t-elle, c'est ouvert.

Son cœur bat.

Mariano n'a pas encore fermé derrière lui qu'elle est déjà pendue à son cou, le couvrant de baisers, de caresses.

— *Estas loca ! Estas completamente loca !* dit-il, se dégageant d'un grand rire.

Pauline se fait légère. Elle danse, virevolte, se montre dans son déshabillé transparent à la lueur des bougies.

— Je suis une libellule ! Je vole ! Je suis la libellule folle !

Mariano abandonne sa sacoche, tombe la veste, défait sa cravate et enlevant Pauline dans ses bras la porte jusqu'au lit.

— Je vais t'attraper et te manger !

Se penchant sur elle, il lui chuchote du García Lorca en picorant ses seins à travers la mousseline :

> *Vert c'est toi que j'aime vert.*
> *Un essaim d'astres de givre*
> *escorte le poisson d'ombre*
> *qui ouvre la voie de l'aube*[1].

L'amour leur a donné faim. Ils sont assis côte à côte dans le lit avec sur les genoux le plateau-repas commandé au room-service.

— Qu'est-ce que tu aimes en moi ? demande Pauline, sans oser regarder Mariano.

---

1. « Romance somnambule », *Poésies*, t. II, *Chansons, Poèdu Cante Jondo, Romancero gitan*, trad. de l'espagnol par André Belamich, Pierre Darmangeat, Jean Prévost et Jules Supervielle, Paris, Gallimard, « Poésie », 1966.

— « Vert c'est toi que j'aime vert », murmure-t-il.

Et, faussement sérieux :

— J'aime tes ailes de libellule qui font bzzzzzz quand je suis en toi.

— Tu ne me trouves pas trop maigre ?

Mariano s'esclaffe :

— Tu as déjà vu de grosses libellules ? Avec des grosses fesses, des gros seins, des gros ventres ?

— Mon mari me trouvait trop maigre.

— Tu parles déjà de lui au passé ?

Pauline esquisse un pauvre sourire :

— C'est du passé. C'est fini. Il est passé dans ma vie, il n'y repassera plus. Il est passé…

— Mais tu as ta vie en France ?

— Ma vie ? Je m'occupe de vieux dans une institution. C'est comme vivre au milieu d'un cimetière où les morts seraient en promenade.

Mariano l'embrasse du bout des lèvres.

— Tu ne peux pas rester ici…

— Je me suis arrangée. Avec ce que j'ai, ils me laissent la chambre pour cinq jours encore.

— Et après ?

Pauline pose le plateau sur la moquette et s'agenouille face à Mariano.

— N'aie pas peur, je ne vais pas m'accrocher à toi. Je veux qu'on vive tout ce qu'on a à vivre tous les deux. Qu'on le vive jusqu'au bout. Ça durera un jour, cinq jours, un mois, deux heures. Je m'en fous. Ce sera ma vie, toute ma vie en une fois. Après je pourrai retourner torcher des grabataires, bouffer des pâtes et du riz, voir mes cheveux tomber et mes mains s'engourdir, j'aurai vécu comme une reine. J'aurai fait provision de tant d'amour en moi que le reste ne comptera pas…

Pauline se tait, étonnée d'avoir parlé, elle qui se tait d'ordinaire ; elle à qui on ordonne si souvent de se taire. À son tour, Mariano pose le plateau et prend Pauline dans ses bras. Leurs yeux s'émerveillent, leurs bouches se trouvent, leurs corps s'étreignent à nouveau. Pauline s'ouvre, escalade, s'arc-boute, s'enfonce, aspire, se balance, tandis que ses yeux s'envolent vers le ciel et ses météores.

— Attends, dit Mariano, la saisissant par les deux bras.

— Non, gémit Pauline, encore ! J'ai envie...

— Écoute-moi.

Pauline baisse la tête, la nuque dégagée comme s'il devait la frapper. Son souffle est court, rauque, venu du ventre.

— Tu vas venir chez moi, ma libellule, dit Mariano, la forçant à lever les yeux. Je ne suis qu'un minable petit médecin espagnol mais je te prends, je te garde, je t'enlève. Durera ce que cela durera. Je veux être aussi fou que toi ! Mon grand-père criait : « La liberté ou la mort ! », je veux qu'on le crie ensemble.

Réu

Une fois encore, Bogdan le rappelle : l'histoire de la Méka vient de loin. Elle se confond avec la destruction de toutes les grandes industries du Nord, la mine, la métallurgie, le textile... Le sentiment général des salariés est que le combat qu'ils mènent est, sinon le dernier, du moins l'avant-dernier avant qu'il ne reste

plus qu'une terre désolée, un désert où ils erreront sans fin et où leurs enfants qui n'auront pas fui se perdront. C'est dans une ambiance très lourde que Weber fait une déclaration devant tout le personnel de la Méka, à nouveau assemblé face aux délégués.

— Le CE, c'est notre dernière chance, dit-il, plus pénétré que jamais. Je ne répète pas ce que tout le monde sait : ou ça passe ou ça casse. Dans les deux cas, il faudra prendre des décisions immédiates. Ce que nous devons savoir tout de suite, c'est si vous nous donnez mandat, à nous les délégués, pour prendre ces décisions ou si nous revenons vers vous avant de les prendre.

— Quel genre de décisions ? réclame Mme Landreau. Soyez précis !

C'est Carvin qui répond d'autorité :

— La pire décision que nous aurions à prendre serait de mettre nos menaces à exécution si la réponse du groupe persistait à être : « On ferme, pour le reste, voyez les services sociaux. » Est-ce que, oui ou non, nous confirmons les termes de notre ultimatum ?

Laugier se manifeste :

— Vous avez l'intention de tout envoyer en l'air ?

— Voilà, tu viens de toucher du doigt le cœur du problème, pointe Carvin. Tu viens de dire « vous avez l'intention ». Qui « vous » ? Si nous étions amenés à prendre cette décision, ce ne serait pas nous, les délégués, qui la prendrions de notre propre chef, ce serait vous, nous, tout le personnel de la Méka, syndiqués et non-syndiqués. Ce serait une décision collective, en tout cas, portée par un collectif. C'est bien pour ça que Weber vous posait la question : avons-nous mandat pour agir immédiatement après le CE si la

négociation est un échec ou préférez-vous que nous discutions de l'échec pour mesurer quelle pourrait être la contre-offensive ?

— On te connaît ! répond Laugier. J'ai l'impression que tu espères que ça se passera mal pour faire ce dont tu as envie depuis le début. Pourquoi ? J'en sais rien. Mais c'est sûr que tu as envie que ça pète ! Pour moi, rien ne dit que le CE doive être un échec.

— Tu te trompes. J'espère autant que toi que ça n'en sera pas un. Tu crois que j'ai envie de me retrouver au Pôle emploi ?

Carvin n'attend pas de réponse.

— Mais, objectivement, dit-il, à la lumière des derniers événements, de la séance à la préfecture, je ne suis pas très optimiste. Et je préfère envisager le pire qu'avoir de la ouate dans les oreilles, du sable dans les yeux et ma lettre de licenciement dans la bouche pour me faire taire.

— Tu crois que ta femme te préfère sur pied avec une lettre de licenciement ou en photo sur un faire-part ?

— Ma femme, tu sais…

Anath demande à intervenir. Weber lui passe aussitôt la parole pour tirer Carvin de l'embarras.

— Mesdames, messieurs, je ne veux pas m'immiscer dans votre discussion, je veux simplement vous rappeler certains faits : la décision de fermer la Méka a été prise bien avant que la crise frappe l'économie mondiale. La délocalisation de ses activités est actée depuis plusieurs mois, MM. Socko et Thorins étant pressentis pour devenir directeur et directeur adjoint de ce nouveau centre de production dont les locaux sont déjà construits en Serbie. Enfin, ayez bien en tête que les Américains paieront au centime près les indemnités que la loi les

oblige à payer, mais n'espérez pas qu'ils vous indemnisent au-delà.

— Le gouvernement peut les contraindre à le faire ! dit quelqu'un.

Anath nuance :

— Le gouvernement pourrait… mais il ne le fera pas, au nom de sa doctrine qui lui interdit d'intervenir dans les affaires privées.

— Il ne se gêne pas pour le faire quand ça l'arrange, lance Chavarre, approuvé par tous ceux qui l'entourent.

Anath fait un geste las de la main. Elle ne veut pas discuter :

— Je voulais juste vous rappeler cela…

Weber s'avance, le visage bleui par une barbe qui commence à pousser.

— OK, je propose de passer au vote. Je me répète mais, tant pis, c'est trop important : j'espère que vous avez tous bien conscience que c'est la décision la plus grave que nous ayons jamais eu à prendre…

Il s'humecte les lèvres mais parle de plus en plus bas :

— En cas d'échec du CE, ceux qui sont pour aller jusqu'au bout de nos menaces lèvent la main…

Il y a comme un flottement parmi le personnel puis une main se lève, celle de Corda, une autre, beaucoup d'autres, Mortier, Bogdan, Lucien Jean, Lauris, Mlle Poinseau…

— Ceux qui sont contre ?

Moins de mains se lèvent, dont celles de Mme Gobert, de Laugier et de Sidot.

— Le sort en est jeté, dit Weber, qui n'a levé la main ni pour ni contre. Nous allons prendre dès main-

tenant toutes les dispositions pour nous préparer au pire.

Il ajoute, mi-figue mi-raisin :

— Comme ça, s'il y en a un parmi nous qui est le correspondant des RG, ils sauront que nous ne bluffons pas.

Brecht

Personne n'a envie de se disperser. Tous ont besoin de revenir sur ce qui vient d'être décidé, comme s'il y avait dans ce choix quelque chose d'irréel, d'incompréhensible. C'est un abîme sans fond, même pour ceux qui ont levé la main en sa faveur. Les discussions s'organisent par groupes, par affinités de services, de syndicats, d'âges et de sexes.

Anath entraîne Carvin à l'écart.

— Si vous faites ce que vous menacez de faire, vous allez vous y prendre comment ?

— Il vaut mieux que vous ne le sachiez pas.

Elle se braque :

— Vous vous méfiez de moi ?

— Pourquoi je me méfierais ?

— Je suis sûre qu'il y en a qui se méfient de moi. Pas vous ?

— Personne ne se méfie de vous, madame Werth, dit Carvin, mais si ça tourne mal, ça tournera encore plus mal pour ceux qui auront allumé la mèche. Moins il y en aura, mieux ce sera.

Anath réfute l'argument :

— Je n'ai pas besoin d'être protégée...

Carvin lui sourit.

— Je sais, dit-il d'une voix chaude. J'ai pu constater que vous n'avez pas froid aux yeux. Mais cela ne sert à rien de s'exposer juste pour prouver sa témérité.

— Vous le faites bien, vous.

Carvin baisse la tête.

— Moi, soupire-t-il, ma femme est partie vivre chez sa mère, je ne verrai pas grandir ma fille…

— Et Djuna n'a toujours pas fait signe ? complète Anath.

— Non, répond Carvin sans relever l'allusion. Je ne sais pas ce qui se passe.

— Elle vous manque ?

— Oui.

— Et votre femme ?

— Elle me manque aussi. Et ma fille encore plus.

La voix de Carvin devient plus pénible :

— Pourtant, j'ai un sentiment qui m'envahit régulièrement, dit-il, plein d'étonnement. J'ai l'impression d'être bien plus avec elles depuis qu'elles m'ont quitté.

Il s'efforce de faire bonne figure.

— Vous voyez, je n'ai plus rien à attendre, plus rien à craindre, je peux exposer ma poitrine au feu ! conclut-il avec un entrain de façade.

Et, se ravisant :

— Si, il y a quelque chose qui me fait peur. Vraiment peur…

— Dites… murmure Anath sans le regarder.

— C'est qu'un jour elles ne me manquent plus.

Carvin fait quelques pas en silence pour mettre de la distance entre Anath et lui. Il sent comme un trou s'élargir dans sa poitrine chaque fois qu'il prononce le nom des femmes de sa vie. Il frémit à l'idée qu'il

pourrait perdre le souvenir du visage de sa femme, de sa fille, de Djuna ; perdre le souvenir même d'avoir eu une femme et une fille ; perdre la mémoire de tout ce qu'il a vécu avec Djuna, des lieux où ils sont allés, celle des jours et de la seule nuit qu'ils ont partagés. Les perdre dans une crevasse si profonde que, plus jamais, il ne pourrait les atteindre. Oui, ça lui fait vraiment peur...

Carvin se tourne vers Anath.

— Qu'est-ce qu'il me reste ? demande-t-il à brûle-pourpoint dès qu'elle l'a rejoint. Allez, n'hésitez pas, dites-moi : qu'est-ce qu'il me reste ?

— La colère, suggère spontanément Anath.

Carvin s'enthousiasme, gesticulant, remonté comme un jouet mécanique :

— Oui, la colère ! Vous avez raison. Seulement la colère !

Il rit « la colère ! Ah ah ! Oui, la colère ! », mais, quand son rire s'essouffle :

— Est-ce que ce sera suffisant ? demande-t-il avec gravité.

Carvin secoue la tête et la laisse retomber sur sa poitrine :

— Excusez-moi, balbutie-t-il, je dois être fatigué. Quand je suis fatigué, je m'emballe et je dis n'importe quoi...

— Ne vous excusez pas. Il faut de la colère pour vaincre l'injustice.

Anath réfléchit, le regard fixe comme si elle avait à déchiffrer une plaquette d'argile ou un manuscrit en vieux cananéen.

— J'ai vaguement le souvenir d'un poème de Brecht sur ce thème...

Carvin l'encourage timidement :

— Si vous le retrouvez, je le lirai volontiers.

Anath fronce les sourcils, elle se concentre. Ça lui revient ! Elle récite :

Nous allions, changeant de pays plus souvent que de souliers
À travers la guerre des classes, désespérés
Là où il n'y avait qu'injustice et pas de révolte[1]...

Sans s'en rendre compte ils s'éloignent des autres. Les yeux de Carvin s'attardent sur les machines à l'arrêt, les postes de commande éteints. Une ville déserte, des animaux fossilisés sous la lumière crépusculaire des plafonniers.

— Écoutez, dit-il, avançant dans l'atelier. Écoutez ce silence. Le silence de la grève. C'est un silence qu'on n'entend pas souvent dans une usine comme celle-là. Un silence très rare. Extrêmement rare et précieux. Vous entendez ?

— Oui, dit Anath.

Et elle répète :

— Oui.

Avec ferveur.

Ils tournent derrière une presse à découper, dans l'ombre d'un poste de commande.

Carvin s'assure qu'ils sont seuls. Il veut savoir :

— Qu'est-ce qui s'est passé avec votre mari ? demande-t-il, hors de vue des autres. Vous n'êtes pas forcée de me répondre si je suis trop indiscret...

Anath n'a pas ce genre de secret ni de pudeur.

— Je crois qu'il couche avec un de ses élèves, dit-elle, sans émotion particulière.

---

1. « À ceux qui viendront après nous », *Poésies*, t. I, Paris, L'Arche, 1965.

— Un homme ?

— Un jeune homme ! Tout rond, tout rose, tout potelé. Très intelligent. Très très intelligent...

— Et vous, vous couchiez avec Bischoff ?

La gifle claque sur la joue de Carvin. Il ne bronche pas.

— Vous aimez taper les gens ?

— Vous n'avez pas le droit de me dire ça.

— Je suis sûr que vous savez pourquoi il est mort.

— Vous voulez me faire pleurer ? demande Anath d'une voix défaillante.

La lueur d'une larme couvre son regard. Carvin s'excuse, loin de lui l'idée de...

— Êtes-vous sensible au hasard ? lance-t-il brusquement pour détourner la conversation.

— Le hasard ? Quel hasard ?

— Réfléchissez : si la Méka ne voulait pas nous liquider, si nous n'étions pas en grève, si nous ne vous avions pas retenue, si, si, si... jamais nous ne serions là, à parler tous les deux.

— Vous en déduisez quoi ?

Carvin lève les yeux au ciel, paumes ouvertes :

— *Mektoub*, comme disent les Arabes, c'est le destin.

Anath se voit attachée à une cible sur laquelle Carvin, les yeux bandés, lance des poignards. Lequel lui tranchera la gorge ? Lequel se plantera dans son cœur ? Lequel l'aveuglera ?

— Vous en avez beaucoup des comme ça ? demande-t-elle en le défiant du regard.

— Comme quoi ?

— Des théories sur la vie, la mort, l'amour, le destin...

— Quelques-unes... dit Carvin, pratiquement sans élever la voix.

Sûr de la force de son geste, d'un mouvement très doux, très lent, presque au ralenti, il prend Anath dans ses bras. Elle l'observe, étonnée, sans montrer ni émoi ni frayeur, pleine de circonspection. Elle ne le repousse pas, non. Au contraire. Elle l'attire par son attitude, son abandon, sa langueur. Sa bouche se gonfle pour un baiser, ses lèvres s'ouvrent sur un soupir. Son cœur s'emballe, le sang lui monte au cerveau. Elle cède à son désir comme s'il était naturel qu'elle le fasse, qu'elle n'avait pas d'alternative, que c'était dans l'ordre des choses. Carvin la console du chagrin qui la blesse, du vide horrible qui la ronge, du silence qu'elle s'impose. Anath s'offre à ces mains qui la frôlent, qui la palpent, qui parcourent les lignes secrètes dont l'amour abolit les frontières. C'est une folie, un égarement, mais c'était écrit !

C'est le destin.

Mektoub.

Elle ne peut échapper à ce corps plaqué contre le sien.

— Je sais ce que tu veux, murmure-t-elle, tutoyant Carvin pour la première fois.

Il ne parvient pas à faire de même.

— C'est vous qui le voulez, lui renvoie-t-il.

— Je le veux aussi. Mais toi tu l'as voulu en premier et tu ne veux pas autre chose.

— Parce que vous voulez autre chose ?

Ils s'embrassent les yeux fermés. Ils s'embrassent les yeux ouverts. Ils s'embrassent et ne cessent de s'embrasser, comme si leurs baisers étaient les derniers échangés sur la terre.

Labo

Carvin se sent un peu ivre. Une veine palpite contre sa tempe, son front se plisse, ses yeux brûlent. Il n'a pas bu une goutte d'alcool mais la tête lui tourne. Un petit vertige qui passe dès qu'il aborde Mlle Poinseau dans son labo :

— T'es chimiste, dit-il d'un ton d'expert.

Mlle Poinseau confirme avec une pointe d'indulgence résignée :

— Quelle perspicacité !

C'est la première fois que Carvin lui parle comme ça. Ça lui plaît de sentir qu'avec la grève les barrières tombent entre les ateliers, le labo, les bureaux...

— Tu travailles sur quoi ?
— Les composants de peinture et les colles.
— C'est dangereux ?
— C'est pointu !

Carvin arrête de tourner autour du pot.

— Nous avons besoin de vous, prononce-t-il sans hâte, soulagé d'avoir réussi à le dire.

— De qui ? De moi ou des Mémercenaires ?
— De toi, déjà. D'elles aussi...

Mlle Poinseau l'invite à s'expliquer sans détours. Carvin aime autant ne pas finasser.

— Si on en vient à mettre nos menaces à exécution, il faut que nous puissions le faire vite, fort et sans danger pour quiconque...

— Vous comptez sur moi pour... ? demande-t-elle, d'un souffle si précipité qu'elle ne peut finir sa phrase.

— Oui, dit Carvin.
— Je ne sais pas si j'en suis capable.
— Je te fais confiance.

Il insiste avec solennité :

— *Nous* te faisons confiance.

Mlle Poinseau ne sait que répondre. Elle est émue. Sa poitrine se soulève, un long frisson court dans son dos, sa bouche s'ouvre et se ferme sans qu'elle puisse émettre le moindre son. Elle est si troublée qu'elle n'a pas même l'idée de s'informer. Qui se cache sous ce « nous » qui lui fait confiance ? Elle tourne une boucle de ses cheveux dans ses doigts, passe d'un pied sur l'autre, autant flattée qu'inquiète.

— Écoute, dit Carvin pour la rassurer, tu es là tous les jours depuis le début, tu n'as pas raté une seule AG, tu nous as emmenés à la Zitex, t'étais à la manif...

— Je me suis fait avoir par Thorins !

— Aucune importance. L'important est que tu aies eu le courage de nous le dire. Rien que pour ça et parce que tout à l'heure tu as voté pour la proposition la plus radicale, tu es toute désignée pour...

Il hésite, puis :

— Pour devenir chef de projet !

Et, tout à trac, Carvin demande d'une voix cordiale mais ferme :

— Tu couchais avec Thorins ?

Mlle Poinseau rougit jusqu'aux oreilles.

— Qu'est-ce qui te fait croire que...

Elle hausse les épaules. Après tout, elle n'a plus rien à cacher.

— Oui, je couchais avec lui. Mais c'est fini, bien fini, assure-t-elle avec rage et conviction.

Carvin ne peut s'empêcher de pouffer.

— Ça t'amuse ?

Il s'excuse.

— Non, ça n'a rien à voir, c'est une idée qui m'a traversé la tête.

Carvin pense que Mlle Poinseau couchait avec le directeur technique ; que le directeur financier était l'amant d'Anath, que l'avocat de l'AMC veut coucher avec elle et qu'Anath s'offre finalement à lui derrière les machines. Il ne manquerait plus que Socko et Fayet couchent ensemble comme le mari d'Anath et son élève... Ils sont en grève, ils luttent pour ne pas passer à la trappe et c'est le sexe, sinon l'amour, qui les gouverne en secret !

Et ça le fait rire.

Weber

Weber n'est pas souvent chez lui pour la nuit. Quand il y est, il veut en profiter jusqu'à l'aube, faire d'une nuit un jour, une semaine, un mois. Son grand plaisir, c'est de voir ses enfants dormir. Il serait capable de rester dans leur chambre une heure entière si Geneviève ne venait pas le tirer par la manche. Elle aussi veut profiter de son mari, le cajoler, se blottir dans ses bras, mais elle ne peut cacher qu'elle est préoccupée.

— Qu'est-ce qu'il y a ? demande Weber, lorsqu'il remarque qu'elle doit faire un effort pour être douce et attentive avec lui.

— Je n'aime pas ce qui se passe, répond sincèrement Geneviève. J'ai l'impression que tout part de travers. Que vous foncez sur une pente vertigineuse où rien ne pourra vous arrêter.

— Quelle pente ?

— Tu sais, je connais Carvin depuis longtemps. Aussi longtemps que toi. Il y a toujours eu quelque chose qui m'a fait peur dans ses idées.

— Je croyais que tu en pinçais pour lui ?

— Non, c'était ma copine Muriel, la sœur de Chantal, celle qui a été assassinée...

— Oh, ne me dis pas que tu n'avais pas un petit...

— Que t'es bête ! Carvin ? Pas même en rêve...

— Qu'est-ce qui te fait peur chez lui ?

— Je ne sais pas. Il est imprévisible. Tu sais comment sa sœur le surnommait, à l'époque où on sortait tous en bande ? Cobra. Il s'était même fait tatouer...

Weber ricane :

— Si c'est ça, t'inquiète, je suis une mangouste !

— Rigole si tu veux, mais moi, ça ne me fait pas rigoler. J'ai bien vu l'autre jour, quand je suis passée voir Chantal et que je l'ai croisé. Il fait semblant mais il est à vif. Il veut se battre, il veut en découdre, il cherche. Tout s'écroule autour de lui, la Méka, sa femme, Djuna...

Weber lève un sourcil.

— Djuna ?

— Il avait une histoire avec elle. T'es pas au courant ?

— Comment tu sais ça ?

Geneviève rétorque qu'elle n'est pas assistante sociale pour rien.

— Maintenant qu'elle est partie à Marseille avec mari et enfants, dit-elle, Carvin est seul, vraiment seul. Et c'est ça qui me fait peur. Plus le cobra est seul, plus il est dangereux.

Weber n'a pas ce genre de craintes.

— On n'est pas dans le même syndicat mais on fait tout la main dans la main, explique-t-il. Carvin est peut-être imprévisible mais, avant de faire quoi que ce soit, il annonce toujours et ne baratine pas. Il n'est ni hypo-

crite, ni cynique. Et puis, il n'est peut-être pas si seul que ça, la DRH semble s'intéresser beaucoup à lui...

— Mme Werth ?
— Oui.
— C'est pour ça qu'elle est restée ?
— Qui sait ?
— Eh bien, la pauvre chérie, elle n'a pas fini d'en voir des vertes et des pas mûres !

Le visage de Weber s'éclaire. Il soulève sa femme dans ses bras et ouvre la porte de leur chambre avec le pied.

— Et toi, tu préfères les vertes ou les pas mûres ? dit-il, guilleret.

Nuit

Les vents ne hurlent plus. Le chant des feuillages est plus doux. La lumière aussi semble plus douce, comme apaisée. Tout repose et se tait, il n'est pas encore tout à fait minuit. Mortier vient relever Carvin, de faction à l'entrée.

— Rien de spécial ?
— Non, rien, dit Carvin. Si, un des chauffeurs est venu pour discuter, le plus gros. Seulement pour discuter, pas pour chercher la bagarre. Ils comprennent ce qu'on fait mais ils sont emmerdés. Leur patron ne veut pas qu'ils rentrent chez eux sans leurs véhicules...
— Faudra qu'on en discute.
— C'est ce que je lui ai dit. Avant le CE, faut pas espérer voir bouger quoi que ce soit. C'est une guerre de tranchées.

Mortier bâille, le deuxième quart c'est souvent le pire. Il se sent moulé dans un cor de chasse.

— Vas-y, va te pieuter, dit-il à Carvin.

Il s'étire.

— Putain, j'ai les côtes en long !

— Je vais passer chez moi relever le courrier.

— Ta femme n'est pas là ?

— Elle est chez sa mère, répond Carvin en se raclant la gorge pour ne pas en dire plus.

Mortier ouvre le cadenas et défait la chaîne pour le laisser sortir.

— T'as du bol ! Je voudrais bien que la mienne soit chez la sienne ! Elle me ferait moins chier : et « Tu rentres quand ? », et « Qu'est-ce que tu fais tout le temps là-bas ? », et « Tu crois que je vais supporter ça longtemps ? »...

Il conseille à Carvin de profiter de la vie de célibataire et de ne pas s'en faire.

— T'as qu'à pioncer là-bas ! dit-il. Tu seras toujours mieux que sur ton tas de mousse !

Carvin n'est pas convaincu.

— Quand je suis chez moi, je me demande pourquoi je ne suis pas ici ; et quand je suis ici, je rêve d'être dans mes draps. Du coup, je dors par quarts d'heure et chaque fois que je me réveille je me demande où je suis...

Barre

Carvin salue Mortier, monte sur sa bécane et fonce sans rabattre la visière de son casque. Les cinq pre-

mières minutes il atteint une vitesse très au-delà de ce qui est permis. Il bruine légèrement, rien à voir avec ce qui est tombé pendant la tempête, mais tout de même la chaussée est mouillée, glissante. Carvin s'en moque. Il aime sentir la pluie sur son visage. Elle le lave de tout, du doute, de la douleur, de la peur du lendemain, comme Djuna le lui faisait dire dans son rêve. Il ne remarque rien des zones qu'il traverse, ni des rues mortes aux vitrines aveugles, ni des champs écrasés sous le poids de la nuit. Par petites vagues successives la lucidité lui revient, l'apaise, le ralentit. Le silence de Djuna le tourmente plus que les baisers d'Anath. Il l'imagine assise devant lui, incapable de parler, les yeux fermés, les oreilles bouchées, claquemurée dans son silence. Que fait-elle ? Où est-elle ? Est-elle malade ? Est-elle prisonnière ? Que lui arrive-t-il ? Carvin a beau tourner et retourner ces questions dans sa tête, il ne parvient pas à formuler la moindre réponse. Il craint pour elle. Il se souvient de ses protestations, de sa véhémence quand il lui a demandé si son mari la cognait. Et si c'était ça, le secret ? Si son mari avait appris leur histoire ? Si Djuna était battue et se terrait pour ne pas en montrer les traces ? Ou s'il l'avait tabassée à mort et enfermée à triple tour dans une cave ou dans un garage ?

Carvin s'est toujours méfié des hommes aux petits bras. Et le mari de Djuna a des petits bras. Il ne peut pas ne pas y penser. Son père aussi avait des bras courts. Quand il rentrait contrarié, il valait mieux se mettre aux abris. Ses petites sœurs se cramponnaient l'une à l'autre, lui enfouissait sa tête dans un livre et aurait voulu s'y enfouir tout entier, seule sa mère faisait face pour les protéger. Elle prenait des coups pour qu'ils n'en prennent pas. Parce que, quand il était comme ça,

son père tapait sur tout ce qui lui tombait sous la main, hurlant contre les patrons, le gouvernement, les autres, sa femme, ses enfants qui lui bouffaient la vie et se payaient du bon temps pendant qu'il se crevait la paillasse. Il cognait en jurant que sa femme n'était qu'une pute qui se faisait ramoner dès qu'il avait le dos tourné, ses filles, de futures putains qui ne savaient que pisser et chialer, son fils, un petit merdeux qu'il ferait mieux d'écraser tout de suite sous son pied, un vrai connard obligé d'apprendre la vie dans les livres. La corrida pouvait durer une heure entière, entrecoupée de grandes scènes de larmes où son père se repentait de tout ce qu'il avait fait et dit, jurait qu'il les aimait, qu'il préférerait se faire couper un bras que de ne pas tout faire pour eux. Et, sans prévenir, il se remettait à frapper, les accusant de se foutre de sa gueule, de le traîner dans la boue dans le quartier, de vouloir le faire crever pour mener la grande vie alors qu'il se saignait aux quatre veines. Tout ça a duré jusqu'au jour où, rentrant de l'école, il a trouvé ses deux sœurs à l'arrière de la voiture. Sa mère, un œil fermé, deux doigts bandés ensemble, lui a dit : « Viens, on part. » Et ils sont partis sans se retourner, le plus loin possible.

Carvin n'a jamais revu son père.

D'ailleurs, il ne porte pas son nom, mais celui de sa mère.

Il veut être sûr que Djuna ne vit pas ce qu'il a vécu jusqu'à douze ans.

Pour en avoir le cœur net, au premier carrefour, au lieu de filer droit chez lui, il se détourne pour aller chez elle dans une ruée d'amour et d'angoisse.

Carvin n'y est allé qu'une fois. Le mari de Djuna était en déplacement, sur un chantier en Auvergne, et ses gosses en classe verte. Carvin avait trouvé l'appar-

tement aussi banal que le sien, les mêmes meubles bon marché, les mêmes décorations punaisées sur les murs, des dessins d'enfants, des photos de famille, des bibelots plus horribles les uns que les autres. Ils avaient fait l'amour à la va-vite dans le lit conjugal, sans plaisir ni pour l'un ni pour l'autre, simplement comme un rite qu'ils devaient accomplir.

Djuna habite une barre de HLM semblable à toutes les autres dans la région.

Carvin se gare devant l'entrée de l'escalier n° 5 et coupe le moteur.

Toutes les fenêtres sont noires. Pas de bruits, sinon le faible crépitement de la pluie sur les toits des voitures garées là, le grondement sourd de l'autoroute au loin et le vent qui s'engouffre par rafales entre les bâtiments.

D'où il est, Carvin peut voir qu'au quatrième étage, chez Djuna, les rideaux ne sont pas tirés dans le salon. Ce qui signifie que Djuna n'y dort pas avec son mari, que sa belle-mère a dû partir. Si sa belle-mère n'est plus là, qu'est-ce qui peut la retenir ? Qu'est-ce qui l'empêche de l'appeler ? De venir à la Méka ? De l'attendre au Sylvania ? L'inquiétude le déchire. Carvin hésite un instant à crier son nom ou à jeter des cailloux contre les carreaux mais il n'est pas sûr d'atteindre la cible et redoute surtout de ne réussir qu'à faire du bruit qui attirerait les regards sur lui et sur elle.

Il renonce.

La pluie se transforme en neige fondue, glaciale.

Le temps chavire.

Il neigeote, puis il neige un instant et l'eau reprend vite ses assauts, lâchant dru ses fléchettes argentées. Appuyé à la selle de sa moto, sans bouger, minéral, Carvin ressasse leur éternelle discussion. Ses yeux

s'agrandissent : il ne voulait pas quitter sa femme à cause d'Océane ; Djuna, à cause de ses enfants, ne pouvait pas quitter son mari. Il se souvient qu'elle lui avait dit : « Le jour où la société tolérera que les femmes comme les hommes puissent laisser tomber leur mari et leurs gosses, le monde aura changé. Mais on n'en est pas là, Carvin, on n'en est pas là... » Aujourd'hui Chantal est partie avec Océane, Djuna a disparu et le secret de leur amour les condamne. Pourquoi n'a-t-il pas eu le courage d'aimer Djuna en plein vent, de lui dire « Viens, partons », et de l'emmener sur cette terre chaude aux collines accueillantes où elle rêvait qu'ils fassent l'amour ?

Pourquoi ?

Autour de lui, la nuit se fait plus dense, le vent chasse le peu de neige collé aux branches des arbres. Carvin n'arrive pas à partir, ignorant le froid et la pluie qui cesse et reprend. Il reste là plus d'une heure, récitant la litanie des questions sans réponses. Il ne voit personne entrer ni sortir, ni s'allumer aucune fenêtre, ni au quatrième ni ailleurs...

Lettre

Carvin a du mal à glisser la clef dans la serrure de son appartement, ses mains sont engourdies. À l'intérieur, tout sent l'humidité, le renfermé. Il se débarrasse de son blouson et file entrouvrir la fenêtre du coin cuisine avant de revenir sur ses pas pour ramasser le courrier, espérant trouver une lettre de Djuna.

Il n'y en a pas.

En revanche il y en a une de Chantal au milieu des paperasses habituelles, des factures, des publicités.

Elle écrit :

> *Lucas, mon avocat est maître Bozzeli. C'est une femme. Elle prendra contact avec toi et, si les conditions te conviennent, s'occupera de notre divorce. Océane a la varicelle, mais elle va bien et t'embrasse.*
> *Chantal.*

La lettre va rejoindre les papiers dispersés sur le canapé. Carvin s'allonge sans chercher à les écarter, sans se déshabiller, la tête sur un coussin, les pieds sur l'accoudoir. Il replie sa main contre sa tempe, comme il le fait toujours pour s'endormir, et attend d'être emporté par le sommeil, égrenant :

— Chantal, Djuna, Anath... Océane... Anath, Djuna, Chantal... Djuna, Océane, Anath... Anath...

Il ferme les yeux, fait le vide, se laisse glisser hors du jour et de la nuit. Le silence est absolu. Carvin ne rêve pas. Ou, s'il rêve, son souvenir s'efface. Son sommeil est une épaisse coulée de béton ou de lave. Il se sent disparaître sous une mer pâteuse, son corps n'est qu'une boue en fusion. Il n'a plus ni nerfs ni muscles, rien qu'un magma brûlant qui l'écrase. Le sommeil l'enfonce, le sommeil l'assomme sans qu'il puisse y échapper. Le mot « implacable » le tourmente ; sans cesse il revient exciter son oreille. C'est une guêpe, un frelon, un insecte obstiné qui loge dans sa tête. Carvin se débat, agite les bras, les jambes. Gifle l'air de grandes claques vaines. En fait, il demeure immobile, raide comme un transi de granit dans un abandon sans larmes. Seuls ses yeux courent derrière ses paupières, pris au piège.

Quand Carvin se réveille en sursaut, le jour pointe.

Un ciel d'une atroce blancheur, sans nuages, sans soleil, comme si le monde était cousu dans un linceul. Le salon baigne dans une lumière maladive. Carvin frissonne, trempé de sueur, désorienté. Où est-il ? Que fait-il là ? Pourquoi tout ce qui l'entoure semble-t-il prêt à tomber en poussière au moindre geste ? Lentement, il remonte une à une les marches de la nuit : Océane, Chantal, Djuna, Anath...

Anath dont les doigts invisibles s'offrent, secourables, aux siens.

C'est elle qui le guide aujourd'hui, elle qui le force à remettre son blouson et à partir sans même fermer le verrou ni prendre du linge propre. Carvin dégringole l'escalier quatre à quatre, poursuivi par des ombres assassines, Océane, Chantal, Djuna... Il double Mme Ben Saïd qui conduit ses enfants à l'école et, sans la saluer, sort d'un bond, laissant la porte se refermer.

Il fuit la nuit sévère.

Il fuit le jour glaçant.

Il fuit l'âpre matinée.

Heureusement, sa moto démarre au quart de tour.

Paroles de dirigeants

Jean-Claude Trichet (président de la Banque centrale européenne) : « La crise a révélé de façon frappante l'adhésion à l'économie de marché qui demeure le moyen le plus approprié pour créer des richesses. J'observe aujourd'hui une remarquable unanimité au niveau mondial sur ce sujet. »

Daniel Cohn-Bendit (député européen) : « Je suis pour le capitalisme et l'économie de marché. Si Renault peut produire moins cher en Espagne, ce n'est pas scandaleux que Renault choisisse de créer des emplois plutôt en Espagne, où, ne l'oublions pas, il y a plus de 20 % de chômage. »

CE

Weber et Carvin attendent près de la grille l'arrivée des membres de la direction pour le CE exceptionnel. Avant d'accepter de venir, Socko et Fayet ont exigé que les délégués se portent garants de leur sécurité et de leur liberté de mouvement. Conditions acceptées par le comité de grève. Socko et Fayet ne seront retenus en aucun cas. Ils viendront et repartiront sans entraves, sans menaces. Weber s'allume une cigarette pour éviter de regarder Carvin.

— Je ne savais pas que tu avais une histoire avec Djuna, dit-il, toussotant pour s'éclaircir la voix.

Carvin répond, très calme.

— Qui t'a raconté ça ?

— Geneviève. Je ne sais pas comment elle se démerde, elle sait tout ce qui se passe dans le coin. Mais elle ne dit rien...

— Elle t'a quand même raconté pour Djuna et moi, remarque Carvin avec aigreur.

Weber regrette d'avoir parlé. Il se sent fautif.

— Oui, dit-il, cherchant comment excuser son indiscrétion. Elle a peur de ce qui se passe ici. Elle pense

que tu es tellement imprévisible que tu peux nous entraîner dans un truc dont on ne pourra pas se tirer.

— Qu'est-ce que vient faire Djuna là-dedans ?

— Rien. Geneviève a sorti ça comme ça, en passant, parce que, après le départ de Chantal...

— Qu'est-ce qu'elle t'a dit encore sur Djuna ? demande Carvin qui, maintenant, veut savoir tout ce que sait Weber.

— Il paraît qu'elle est partie à Marseille avec son mari et ses gosses. C'est pour ça qu'on ne la voit plus ici et qu'on ne la trouvait nulle part.

Carvin sursaute :

— À Marseille ?

— Si j'ai bien compris, sa belle-mère leur laisse un très grand appart là-bas. Le déménagement s'est décidé en quarante-huit heures...

Weber pose sa main sur l'épaule de Carvin.

— Excuse-moi, je n'aurais pas dû parler de ça maintenant. Je suis con de...

Carvin n'a pas besoin de compassion. Il lui coupe la parole d'une voix hargneuse :

— Alors comme ça, je suis « imprévisible » ? lance-t-il, le regard froid.

— C'est ce que pense Geneviève. Mais, d'après moi, elle se trompe. Elle ne te connaît pas. Moi, je dirais plutôt le contraire. Tu es trop prévisible !

Un souffle de vent soulève brusquement les drapeaux syndicaux plantés sur la grille. Le temps se couvre, menaçant. Weber s'apprête à partager son inquiétude avec Carvin quand celui-ci lui montre ses mains.

— Tu vois toutes ces lignes qui se barrent dans tous les sens ? Est-ce que c'est ça, ma vie ? Peut-être. Mais, en même temps, si tu regardes bien, au milieu de ce fouillis, tu vois qu'il y en a une toute droite, toute belle,

qui ne dévie pas d'un bord à l'autre. Est-ce que ce ne serait pas plutôt celle-là qui compte ? Est-ce qu'une vie n'est pas celle qu'on s'invente au milieu de mille autres possibles, de voies détournées, de chemins de traverse, d'impasses ? Une qu'on est seul à pouvoir penser, à tracer comme l'artiste qui trace une figure qui ne ressemble à rien de ce que les autres imaginent, prévoient, supposent...

Socko et Fayet arrivent enfin avec un peu de retard. Dans un silence de mort, derrière Weber et Carvin, ils traversent la cour entre deux rangs du personnel et rejoignent rapidement la salle de réunion au-dessus de la ligne de fabrication n° 4. Ni Thorins ni maître Million ne sont avec eux.

Les tables ont été disposées face à face.

D'un côté la direction à laquelle se joint Mme Werth, de l'autre Mme Gobert, Weber, Étienne Rolland, Monnier et Carvin. Weber, en tant que secrétaire du CE, ouvre formellement la séance et passe la parole à Socko.

Socko sort une feuille dactylographiée de la chemise cartonnée posée devant lui. Il se lève. Son front et son crâne sont blancs mais ses joues sont rouges, hérissées de petits poils blonds.

— Je serai bref, dit-il dans un toussotement.

Il lit d'une voix morne un texte justifiant la fermeture définitive de la Méka par une baisse de productivité et des difficultés structurelles. Il confirme le transfert des activités sur d'autres sites, sans préciser lesquels, et l'ouverture d'un plan de sauvegarde de l'emploi assurant au personnel le plein exercice de ses droits.

— C'est tout ? demande Weber, dans le silence consterné qui suit la lecture.

— Oui, répond Socko.

Weber refuse d'en rester là :

— En quoi consiste votre « plan de sauvegarde de l'emploi » ?

— Vous verrez le détail avec Mme Werth. Notamment la partie qui concerne ceux qui accepteraient d'aller travailler en Serbie.

— À quelles conditions ?

— Voyez avec Mme Werth.

Il se tourne vers Anath pour lui tendre un document :

— Vous avez tout là-dedans...

Weber ne s'en tient pas quitte.

— Vous parlez de « plein exercice » des droits du personnel, ce qui signifie quoi, très précisément ? demande-t-il.

Socko s'impatiente :

— Les indemnités légales dans le cadre d'un licenciement économique.

— Et pour les périodes de reclassement ?

— Ce qui est prévu par la loi.

— Il n'est donc pas question d'une prime exceptionnelle, « extralégale » ?

— Non.

— Pour quelles raisons ?

— C'est la décision du groupe. Je n'ai pas à la discuter et je n'ai pas autorité pour la remettre en cause.

Weber, le visage creusé, les joues pâles, toute colère contenue, articule :

— Vous réalisez que c'est une réponse inacceptable ? Une scandaleuse provocation ? Que croyez-vous que le personnel dira ?

Socko ne bronche pas, ce n'est plus son problème. Il range ses affaires avec soin et referme son attaché-case. Fayet se lève comme s'il attendait ce signal.

— Si vous voulez bien nous faire raccompagner jusqu'à la porte, je crois que c'est inutile que nous prolongions plus longtemps cette rencontre, dit Socko en s'adressant à Weber. Le CE peut prendre acte. J'ai tout dit : la décision du groupe est irrévocable et les pouvoirs publics ne la remettent pas en cause.

Weber ne lâche pas :

— Qu'adviendra-t-il des machines et des stocks ?

— Nous organiserons leur déménagement dès que les conditions seront réunies pour le faire.

— Vous êtes un homme raisonnable, dit Fayet, s'adressant lui aussi à Weber. Nous avons tous intérêt à ce que cette fermeture, aussi pénible soit-elle, se fasse pour tout le monde dans les meilleures conditions possibles. Je vous connais. Je suis sûr que nous pouvons compter sur vous pour faire évacuer l'usine dans le calme et laisser chacun faire son travail. Qu'avez-vous à gagner à rester ici ? Rien. Qu'auriez-vous à gagner en vous livrant à des actions violentes ? Rien non plus. Au contraire, vous condamneriez votre avenir et celui de tous ceux qui y participeraient. Je vous conseille de…

— Qui vous demande des conseils ? demande brutalement Carvin, sans lever la tête.

Fayet sursaute, il veut répondre mais, d'un signe de tête, Socko l'invite à le suivre. Ce n'est plus l'heure de faire du zèle. Ils s'en vont, accompagnés en silence par Weber, Mme Gobert et Étienne Rolland.

Weber téléphone à la CGT de Paris, à la fédé. Lemesle, le secrétaire fédéral, attendait son appel.

— Alors ?

— Ça a duré un quart d'heure pas plus, de l'arrivée de Socko à son départ. La réponse est non sur toute la ligne.

Lemesle laisse échapper un grognement :

— Je sais, l'AFP a déjà fait passer quelque chose. Je me demande s'ils n'étaient pas informés avant vous...

— Ça va péter. Les types sont à bout de nerfs.

— Arrête, ce ne sont que des paroles.

— Socko a fermé la porte à toute négo. Il s'est même offert le luxe de se foutre de notre gueule en nous proposant de partir bosser en Serbie !

— T'as son portable ? demande Lemesle.

— Qu'est-ce que tu veux faire ?

— Donne-le-moi. Je vais essayer de le joindre. Je dois avoir le préfet dans une heure, lui aussi peut lui parler.

— Il te dira la même chose que lui : la décision de fermer est irrévocable.

— On verra bien ce qu'il me dira...

— Je crois que tu ne mesures pas ce qui se passe, dit Weber. Ils nous pissent dessus et disent que ça ne mouille pas. Ce n'est pas supportable.

Lemesle proteste. Il est parfaitement conscient de la situation.

— Moi aussi je suis en rage, qu'est-ce que tu crois ? Vous avez combien de durs dans la boîte ?

Il précise :

— Je veux dire, vraiment durs.

— Peut-être dix pour cent ou un peu plus.

Lemesle est catégorique :

— Il faut que je puisse m'adresser à eux ou que Bernard le fasse.

— On n'en est plus là. Il aurait dû le faire dès le début...

— Vous en êtes où ?

Weber ne sait que répondre.

— J'en sais rien, dit-il, découragé. C'est vrai, j'en sais rien...

Sa voix s'éteint :

— Je vais te dire, en vérité, j'ai peur.

— Toi ? T'as peur ? rigole Lemesle. Non, dis-moi tout ce que tu veux, mais pas ça. Non, pas ça !

Répondeur

Carvin n'appelle pas Sud à Paris. Plutôt que son syndicat, il tente, une fois encore, de joindre Djuna sur son portable, mais encore une fois il tombe sur le répondeur et ne laisse pas de message.

— Marseille... répète-t-il à mi-voix. Marseille !

Le cœur lui manque. Le silence de Djuna, c'est comme s'il était soudain dans un pays étranger, ignorant la langue, incapable de se diriger, de s'orienter, entouré de menaces qu'il ne peut deviner, muet, stupide, sans même l'excuse de l'innocence.

Elles sont sept à travailler au labo, sept femmes, sept mercenaires au milieu des hommes, sept Mémercenaires. Six plus Mlle Poinseau. De Sabrina, la plus jeune, encore en stage, à Mme Ferrier qui va vers ses cinquante-cinq ans. Carvin a été clair : personne ne doit savoir ce qu'elles préparent, personne ne doit savoir comment elles s'y prendront. Et, si l'une d'entre elles émet la moindre réserve, le moindre doute, Mlle Poinseau doit immédiatement tout annuler et le prévenir d'urgence.

Pendant qu'elles travaillent, Carvin prend la parole devant le personnel :

— D'abord une bonne nouvelle, il n'y en a pas tant que ça. Le comité de grève a reçu onze mille euros de la part de nos collègues de Ravo et de la CTI qui ont organisé une collecte pour soutenir notre action…

Carvin laisse les applaudissements s'éteindre avant de poursuivre :

— Deuxième bonne nouvelle : quand nous quitterons l'usine pour aller déposer une gerbe au monument aux morts, par solidarité tous les commerçants baisseront leurs rideaux de fer. Nous traverserons une ville morte.

— Quel genre de fleurs tu veux aller déposer ?

— Je ne veux pas déposer de fleurs, à la Méka, c'est sur les timbres de nos lettres de licenciement qu'ils les collent !

Tous s'en souviennent dans un grondement sourd d'indignation et quelques rires jaunes.

— La gerbe, reprend Carvin, on va la faire ici avec notre matériel, nos outils. Une gerbe de fer. À la place

des fleurs, on accrochera nos photos, toutes nos photos. Il faut que tout le monde sache qu'en nous supprimant, ce n'est pas une unité de production qu'on fait disparaître, mais des hommes et des femmes, avec un visage, une identité, une histoire. Plus il y en aura, plus ça aura de la gueule. S'il pouvait y en avoir plus de trois cents…

Il se tourne vers Étienne Rolland :

— Étienne a installé une sorte de petit studio au self. C'est facile : vous passez, il vous tire le portrait et on le sort sur une imprimante.

Mme Landreau lève la main :

— Pour ceux et celles qui en ont, on peut aussi scanner les photos des enfants !

— Et celles de nos maris ! Et celles de nos parents ! renchérit Lise, à côté d'elle, déclenchant des rires.

Mais elle ne plaisante pas :

— Ne vous marrez pas ! Nous, on est foutus dehors. Mais ceux qui sont avec nous, ceux qui vivent avec nous, ceux qui ont besoin de nous pour vivre, ils sont aussi jetés à la rue ! Cette gerbe, elle doit montrer que nous ne sommes pas les seules victimes.

— Elle doit montrer que ce qui nous arrive nous fait gerber ! lance Chavarre, jamais en retard d'une remarque.

Son mot est accueilli d'un « ah » unanime et accablé.

— Tu veux qu'on sorte quand ? demande Corda, animé d'une vigueur réjouissante.

Carvin se tourne vers Weber, guettant son assentiment, mais Weber ne bronche pas, la tête ailleurs.

— Le temps de fabriquer la couronne, de faire les photos de tout le monde, je pense qu'on ne peut pas être prêts avant demain après-midi, dit Carvin. Ce qui serait bien, ce serait d'y aller vers quinze heures en ayant prévenu les journaux et les télés de notre sortie.

— Au monument aux morts, propose Monnier, nous devrions donner la lecture intégrale de la liste des licenciés, en précisant chaque fois la situation de famille et le nombre d'enfants à charge.

Weber semble émerger d'un mauvais rêve :

— C'est une idée formidable ! Il faudrait que ce soit le plus jeune ou le plus vieux qui fasse la lecture pour bien marquer la symbolique.

— Il faudrait que ce soit une femme ! revendique Mme Landreau.

— Une qui sache lire ! ricane Chavarre, attirant sur lui une bordée de cris de protestations.

Il lève les mains en signe de reddition :

— Eh ! Oh ! Je disais ça pour déconner ! Si on n'a plus le droit de se marrer...

Anath se met en avant :

— Moi, je sais lire, dit-elle, narguant Chavarre. J'aimerais beaucoup que vous acceptiez que je sois celle qui lira la liste...

— Non, conteste Corda, il faut que ce soit quelqu'un de la base. Pas un cadre !

— Pourquoi pas un cadre ?

— Parce que ça n'aura pas la même force. Tout le monde pensera que c'est la liste que vous avez vous-même établie et que ça vous fait ni chaud ni froid de la lire !

Il y a les pour, les contre. Carvin vole au secours d'Anath.

— Qu'est-ce que fait Mme Werth ici ? Elle n'est pas retenue. Elle reste avec nous volontairement. Elle a choisi d'être à nos côtés alors que tout le monde l'attend avec Socko et consorts. Ce qui veut dire qu'ici il n'y a plus ni cadres, ni salariés, ni stagiaires, ni apprentis, mais des hommes et des femmes à égalité dans la lutte.

Et je te rappelle que, quand les enfoirés sont arrivés pour déménager le matériel, Mme Werth est aussitôt montée en première ligne pour les en empêcher. Alors je crois que, pour toutes ces raisons, si elle le souhaite, nous pouvons lui faire la grâce d'accepter qu'elle soit notre lectrice…

Anath adresse un petit signe de la main à Carvin.

— Je vous remercie de votre intervention, dit-elle. Mais je crois que M. Corda a raison. Si je lis la liste ça n'aura pas la même force. Plus exactement, s'il n'y a qu'une personne pour lire…

Carvin ne comprend pas.

— Si tout le monde est d'accord, explique Anath, je commencerai la lecture et, après dix noms, je passerai la liste à mon voisin ou à ma voisine qui dix noms plus tard en fera autant, ainsi de suite jusqu'au bout. Il faut faire entendre toutes les voix qui sont ici, sans distinction. Si nous sommes tous unis, c'est que nous sommes tous concernés.

Un vote n'est pas nécessaire.

La proposition d'Anath est acceptée par acclamation.

Réduit

La réalisation de la couronne prend la nuit entière mais personne ne songe à dormir. Une colère farouche semble accrochée à tous les visages. Les regards sont durs, comme tournés vers un intérieur brûlant. Peu de mots sont échangés. Juste le minimum pour que le travail soit fait au plus vite, solide et spectaculaire. Étienne Rolland photographie et édite ses clichés sans relâche.

Au bout du compte, en ajoutant ceux des enfants et des conjoints, il y en aura au moins trois cents et peut-être plus.

Carvin fait agrandir une photo de Djuna qu'il cachait dans son portefeuille. Il raconte qu'il vient de la trouver dans un tiroir et la fixe à côté des autres. Bien sûr, une fois encore il appelle son numéro et n'obtient que le sempiternel message le priant de parler après le bip sonore. Furieux, déçu, il court boire un café quand il aperçoit Anath entre le self et l'atelier n° 1. D'un signe de tête autoritaire, il lui ordonne de le suivre. Ils bifurquent et quelques escaliers plus loin, quelques couloirs, ils entrent dans la réserve à côté de la chaufferie.

Il n'y a toujours qu'une veilleuse pour les éclairer.

Sitôt la porte fermée, sans un baiser, sans une caresse, Carvin déboutonne le pantalon d'Anath et le fait tomber jusqu'à ses chevilles.

— Tourne-toi, dit-il d'une voix intense, étouffée.

Anath n'offre aucune résistance. Elle obéit comme s'il devait la corriger, aiguillonnée par sa présence sévère.

— Appuie-toi.

Anath se penche, pose les mains sur un conduit graisseux, les pieds entravés dans sa délicate culotte en soie brodée. L'air sent le chaud, l'huile et la poussière. De l'eau goutte le long du mur, plic ploc, plic ploc, comme s'il fallait une horloge pour leur rappeler qu'ils courent contre la montre. Sur les étagères, les vestiges mécaniques des vieilles bécanes patientent comme des chats morts. Carvin s'amarre solidement aux hanches d'Anath et vient en elle. Il est en rage contre Djuna, en rage contre lui, contre la mer houleuse qui le chavire dès qu'il pense à elle. Très vite il est en sueur. Il va, il vient, sans jamais relâcher ses longues passes de rameur.

Anath sent son regard sur sa nuque, son souffle, sa chaleur ; elle sent ses mains brutales, impatientes sur sa peau sans deviner les pensées qui l'animent. L'humidité la fait suffoquer. Anath geint, râle bouche ouverte. Elle est pétrie, pincée, écartelée. Carvin, les yeux clos, veut faire payer son absence à Djuna, se venger du mal qu'elle lui fait, son silence provocant, implacable. Il veut la chasser de son esprit, de sa vie. Il pense grève, occupation, combat, coups, incendie. Djuna réapparaît sans cesse. Il pense explosion mais quand le mot « implacable » revient l'étrangler il cède d'un râle étouffé.

— Ça te plaît, espèce de salaud ! dit Anath, se retournant vers lui. Ça te plaît de baiser ta DRH comme une chienne ?

— Je m'en fous que tu sois DRH ou femme de service, grommelle Carvin dont la colère tombe d'un coup.

Il est au bord des larmes d'être comme il est, de faire ce qu'il fait.

— Pardon, pardon, dit-il, sans oser s'expliquer.

Anath l'embrasse sur la bouche, sur les joues, sur les yeux pour effacer le voile de douleur qui soudain couvre son regard. Elle s'excite.

— Tu n'as pas à t'excuser. Moi, ça me plaît que tu me baises comme ça ! Je n'ai aucune pudeur. Je n'en ai jamais eu. Même ado, ça ne me faisait rien de montrer mon cul au gymnase ou à la piscine.

Elle guide la main de Carvin jusqu'à son sexe, pour qu'il la tienne par la fente, pour qu'il la sente inondée, toute imprégnée de lui. Elle se frotte, le dos creusé, la bouche gourmande.

Tout à l'heure le présent reprendra ses droits.

Plic ploc, plic ploc, tout à l'heure…

Anath réclame son dû d'une voix rauque. Elle le revendique sans honte, sans peur, insouciante du vacarme qui gronde dans son ventre. Aboli le mur de béton, abolies les étagères, abolies les pièces étiquetées une à une ! Carvin l'embrasse toute fureur contenue. Ses doigts la fouillent, la percent. Il est à elle. Il ne veut être qu'à elle. Que pour elle. Anath s'élance, Anath s'envole, ses joues se colorent, ses bras, ses jambes tremblent et soudain ses yeux s'écarquillent.

Carvin n'a pas eu d'enfance. Pas d'adolescence non plus. À douze ans il était entré dans le monde réel et devenu adulte. Il était l'homme de la maison, supportant sa mère qui sombrait régulièrement dans la dépression, surveillant les études de ses deux sœurs, assurant les courses, la propreté et le rangement des deux petites pièces nues et désolées où ils avaient trouvé refuge près de Roubaix.

À l'âge où on déambule des après-midi entiers en se tenant par la main et où on se jure un amour éternel dans les squares, Carvin avait eu sa première expérience sexuelle avec une voisine de palier dont le mari avait fichu le camp. L'adolescent malingre et taciturne s'était ouvert à son contact, avait pris du muscle et s'était forgé une confiance en lui qui, depuis, ne lui avait jamais fait défaut. Mais, au bout d'un an, l'homme était revenu chercher la femme et elle l'avait suivi sans un mot de reproche, morose, résignée. Parfois cette enfance perdue, cette adolescence troublée le poussaient aux excès. Carvin devenait irascible, violent. Il renâclait pour tout et pour rien, refusait qu'on ne veuille de lui qu'une seule chose : faire ce que les autres ne voulaient pas faire.

Anath et lui remontent vers les ateliers, épaule contre épaule.

Ils ne se hâtent pas. Plus rien ne les presse. Toute mémoire déchirée, ils sont comme embrumés, les membres gourds, le corps secrètement marqué par la foudre. Anath montre ses mains noircies :

— Regarde, se désole-t-elle, on dirait qu'elles sont passées au feu.

Celles de Carvin sont blanches.

— J'ai lavé les miennes…

— Quand ça ?

Il susurre :

— Je les ai lavées à ta fontaine…

Anath le récompense d'un baiser sur la bouche.

— Nous ne reviendrons jamais à la Méka… dit-elle, l'air grave.

— Tu pars à Paris ? demande Carvin, sur la réserve, malheureux d'avoir été si brutal.

— Non, je n'ai rien à faire là-bas.

— Un travail t'attend…

— J'en ai aussi un qui m'attend ici.

Ses yeux sont ceux de l'enfance rebelle, sa voix impérieuse. Carvin avance timidement :

— Tu as entendu Socko : la Méka, c'est fini.

Anath le toise, retrouvant sa superbe :

— Et alors ?

— Alors ? Nous allons aller déposer la gerbe au monument aux…

— Alors, à moi de t'interroger, l'interrompt Anath avant qu'il ne prononce le mot « morts ». Pour toi, c'est fini ?

Carvin avale sa salive :

— Pour moi, c'est différent.

— Pour moi aussi, dit Anath, le rouge aux joues.

Ils ne font pas de bruit, les couloirs sont déserts, les escaliers vides.

— T'as des enfants ?

— Non.

— T'en voulais pas ?

Anath s'arrête.

— Si, j'étais féconde et consentante...

Un nuage de cendres obscurcit soudain son regard. Brève seconde, sourire triste, colère muette. Elle demande d'une voix terreuse :

— Tu sais ce que c'est, la mort subite du nourrisson ?

Carvin se mord la langue.

— Oui, dit-il, piteux d'avoir posé la question de trop.

Mais rien ne doit gâcher l'heure qu'ils viennent de s'accorder, Anath entraîne Carvin derrière elle, chantonnant bouche fermée :

> *À la claire fontaine*
> *M'en allant promener*
> *J'ai trouvé l'eau si claire*
> *Que je m'y suis baignée...*

Couronne

C'est le matin.

La couronne est terminée. Le monument de trois mètres de diamètre est fixé sur deux perches parallèles de neuf mètres, de telle sorte que six porteurs sont nécessaires pour le déplacer. Les photos font un arc de

couleurs, léger, fragile, plus oiseau des îles que bouquet de fleurs séchées.

Weber monte sur une chaise.

— Que ceux qui veulent passer chez eux pour se changer, par exemple pour se mettre en deuil, le fassent maintenant. Vous devez impérativement être ici, au plus tard à quatorze heures, pour que nous puissions démarrer à quinze heures comme prévu. Vous avez aussi le droit de piquer un petit roupillon, la nuit a été longue et blanche pour beaucoup d'entre vous.

Il se tourne vers la gauche, vers la droite :

— Des questions ?

— Et après ? demande une voix.

— Après, on fera la lecture au monument aux morts, comme l'a suggéré Mme Werth. J'ai prévenu le journal et les types de la télé, ils devraient être là. Les photocopies vous seront distribuées sur place.

— Et après ? insiste la voix.

— Après on fait ce qu'on a prévu de faire, répond Carvin à qui on n'a rien demandé. Mais commençons déjà par le commencement.

Plus personne n'ose lever la main.

— OK, dit Weber en descendant de son perchoir, préparez vos mouchoirs, parce qu'une fois qu'on sera sortis d'ici, on n'y remettra plus jamais les pieds.

Anath sollicite Carvin.

— Vous ne me conduiriez pas chez moi ? J'ai cherché partout Mlle Poinseau : introuvable. Vous savez où elle est ?

— Non, ment Carvin. Déjà chez elle, sans doute. Mais si vous voulez que je vous emmène, pas de problème. J'ai ma moto.

— Vous avez un casque pour moi ?

— Je vous passerai le mien.

Maison

La maison d'Anath est située au milieu d'une rue parfaitement droite ; une rue d'hôpital ou de prison. Tout cela a l'air très propre, très entretenu, planté d'arbres dont une bonne partie a été malmenée par la tempête. Un quartier où Carvin ne met jamais les pieds. Pour quoi faire ? Il n'y a ni commerces, ni stade, ni salles de spectacle alentour, que le morne quotidien d'un monde bourgeois, tentures, argenterie et crédences. Carvin ne veut pas entrer chez Anath. Il préfère l'attendre sur le trottoir, même s'il y a du vent.

— Je suis bien là, s'excuse-t-il, l'air buté.

Anath frissonne, elle a froid. Elle prie Carvin de ne pas faire de manières.

— Venez, dit-elle en croisant ses bras sur sa poitrine, je ne vous mangerai pas. Vous n'avez rien à craindre.

Carvin, se reprochant sa docilité, la suit, nerveux, comme la fois où il était monté chez Djuna.

Il y a une tonne de courrier dans la boîte et sous la porte. Anath le ramasse et le dépose sur la grosse commode du vestibule sans même y jeter un coup d'œil.

— Ça ne vous intéresse pas ? s'étonne Carvin.

— Comme dit l'autre, « les mauvaises nouvelles arrivent toujours par la poste ». Et je n'ai pas envie de recevoir de mauvaises nouvelles...

— De votre mari ?

La question arrache un petit rire de gorge à Anath :

— De lui ? Non, ça ne risque pas ! Nous avons un pacte entre nous : pas de cris, pas de larmes, pas d'esclandres ; du silence, de la tendresse et de l'humour. Rien de moins, rien de plus.

Et, s'amusant de ce qu'elle va proférer :

— Surtout qu'en ce moment il doit avoir la tête à autre chose !

Carvin s'arrête au milieu du salon, une pièce sombre, alourdie par deux grands portraits aux figures goudronnées par le temps.

— Vous n'avez pas cherché Mlle Poinseau, affirme-t-il, regardant Anath dont les yeux brillent d'un pâle soleil.

— Je ne l'ai pas trouvée.

— À d'autres.

Il ne la croit pas.

— Pourquoi avez-vous voulu que je vienne ici ?

Anath tend gracieusement le bras vers la droite, évitant de lui répondre :

— Vous voulez voir le bureau de mon mari ? demande-t-elle, très maîtresse de maison.

— Non merci. Je n'y tiens pas.

— Vous avez tort, ça vaut le coup d'œil.

Elle offre sa main à Carvin.

— Venez.

C'est un ordre qui ne souffre pas de discussion.

Le bureau du professeur Werth croule sous les livres. Il y en a sur toutes les étagères qui cernent la pièce, sur les deux bureaux, par terre, sur les rebords des fenêtres, sur et sous le lit, partout...

— Puisque vous aimez lire... dit Anath, ravie de constater que Carvin ouvre de grands yeux devant ce qu'il découvre. Je me souviens qu'aux réunions du CE vous aviez toujours une citation à nous balancer dans les gencives.

— Ça faisait mal ?

— Ça m'intriguait. Et ça énervait beaucoup Socko !

Carvin reçoit ses paroles comme un compliment.

— Oui, j'aime lire, confirme-t-il modestement, mais je n'ai pas lu le quart de ce qu'il y a ici !

— Mon mari aime ses livres autant qu'il les déteste.

— On ne peut pas détester des livres.

— Si, dit Anath les yeux mi-clos, comme les hommes.

Anath se rapproche de Carvin, elle lui caresse la joue :

— Vous devriez vous raser.

Et, lui reprenant la main, elle l'entraîne hors du bureau comme un enfant rétif dont il faut guider chaque pas.

— Pourquoi voulez-vous que je me rase ? demande-t-il, avec un temps de retard.

Anath claironne :

— Pour m'embrasser ! Regardez mon menton, avec votre barbe il devient tout rouge ! Ça finira par faire jaser...

Ils montent à l'étage.

Anath et son mari font chambre à part. Dans les premiers temps de leur vie commune, c'était un jeu de s'inviter l'un chez l'autre, de se surprendre au milieu de la nuit, de s'offrir des week-ends, tantôt chez Anath, tantôt chez Richard. Désormais, le professeur Werth dort le plus souvent dans son bureau, vient rarement à l'étage, sinon pour prendre des vêtements propres.

Anath fait les honneurs de sa chambre à Carvin.

C'est un vaste espace où presque tous les murs sont couverts de bibliothèques aussi chargées que celles du bureau de son mari. Ceux qui ne le sont pas de livres, le sont d'une collection de miroirs de toutes tailles et de toutes formes, venant des quatre coins du monde.

Pour Carvin, Anath a soudain mille visages.

Sur la cheminée il y a deux grosses conques nacrées et, entre elles, entouré de coquillages, un énorme buste de Beethoven en pierre dure sur lequel s'appuie une pile de livres. Dans le bow-window, les fenêtres latérales sont teintées d'un bleu léger et la plus haute, en demi-lune, ornée de fleurs prises dans le verre. Au-dessus du lit, il y a un grand dessin au crayon d'un couple qui s'étreint, sur la petite table à côté le portrait d'un jeune homme torse nu et une peinture d'enfant encadrés.

— Ça, c'est mon petit frère Dany, dit Anath en désignant le jeune homme en photo.

Et, prenant le dessin d'enfant :

— Et ça, c'est Bozo.

— Qui ?

— Bozo, ma conscience... C'est Dany qui l'a peint quand il avait cinq ans.

Carvin n'est jamais entré dans une maison comme celle-ci. Tout l'oppresse, tout l'inquiète. Non pas parce qu'il est chez une femme mariée en l'absence de son mari, qu'il suffirait d'un geste pour qu'ils se jettent dans le lit et se donnent l'un à l'autre. Non, parce que derrière les meubles, les objets, les livres, il ressent quelque chose d'inexorable en train de s'accomplir, une fatalité dont il est l'instrument à son corps défendant.

Anath repose le dessin à sa place. Elle s'ébroue.

— Je vais me changer, dit-elle, secouant son épaisse chevelure.

Elle indique à Carvin une porte entrebâillée :

— Si vous voulez profiter de la salle de bains, il y a tout ce qu'il faut : rasoir, blaireau, mousse...

— Vous n'avez pas répondu à ma question, dit-il sans bouger, alors qu'elle commence à se déshabiller sans gêne.

— Laquelle ? Vous en posez tellement...

— Pourquoi avez-vous voulu que je vienne ici ?

Anath prend un air songeur. Elle regarde Carvin comme on observe un feu qui s'allume ou une vague qui se dresse. Elle fait un pas craintif vers lui. Elle s'apprête à dire que... Mais non. Non, elle ne peut pas. D'un geste incompréhensible, elle cache soudain ses yeux dans sa main.

— Je ne peux pas, non, désolée, je ne peux pas... plaide-t-elle, comme si ses pensées s'envolaient sans qu'elle puisse les retenir.

— Vous ne pouvez pas quoi ?

— Je ne peux pas... bredouille Anath, incapable de dire autre chose. Je ne...

Carvin la force à le regarder en face.

— Vous avez voulu que je vienne, rappelle-t-il d'un ton sec.

— Oubliez ça. J'ai eu tort de vous...

— Où est la petite porte qu'on ne peut pas ouvrir ?

Son ironie la blesse.

— Non, je vous en prie, ne plaisantez pas avec... Vous devriez...

— Allez, conduisez-moi, ordonne-t-il, lui saisissant le poignet.

— Non, supplie Anath, essayant de se libérer. Je croyais que j'aurais la force, mais je ne l'ai pas. Sois gentil...

— On recommence à se tutoyer ?

— Je t'en prie, laisse-moi.

Carvin ne cède pas, insensible à ce qu'il juge un caprice d'enfant. Son visage est froid, immobile :

— Allez, répète-t-il durement.

Anath guide Carvin le long de la balustrade qui domine le vestibule. Elle cherche un moyen de se défi-

ler. Elle pense à s'offrir à lui, à se jeter dans le vide, à se... Mais elle continue d'avancer comme si une force secrète la poussait à faire toujours un pas de plus. Ce n'est pas elle qui marche, c'est une autre. C'est comme si elle se suivait elle-même ; suivait l'autre qui marche la tête droite, les mains serrées, crispées sur son ventre. Un fantôme commandé par un maître dissimulé dans les murs, les tentures, le bois du parquet. Anath imagine qu'elle rêve, qu'elle chemine dans un rêve, sans hâte, paisible. Son corps s'absente, son esprit s'envole dans un fracas d'armée en campagne. Ce qu'elle fait ne lui arrive pas, ce qu'elle pense ne lui appartient pas. Pas à elle, pas ça, sûrement pas à elle ! Pourquoi ferait-elle ce qu'elle ne veut pas faire ? Pourquoi irait-elle où elle ne veut pas aller ? Pourquoi n'aurait-elle en tête que des images atroces de blessures et de mort ? Sa respiration s'altère dans une sorte de rage impuissante. Sans qu'elle en ait conscience un essaim de petits gémissements s'échappe de sa bouche. Des larmes sèches.

Anath et Carvin s'engagent dans un couloir baigné d'une lumière jaune. Brusquement, Anath s'arrête devant une porte en face d'une haute fenêtre décorée de pâte de verre. Ses jambes ne peuvent la porter plus loin. Elle ne pense plus à rien, elle ne souffre pas, elle se tait.

Anath a peur.

— C'est là ? demande Carvin.

L'air est lourd.

— C'est là ? répète-t-il, la bouche sèche, frissonnant.

On pourrait croire qu'il veut la punir, la battre.

Anath baisse la tête, ses yeux se ferment. Elle murmure « oui » et, résignée, sa voix s'éteint. Mais Carvin ne lève pas la main sur elle – il n'en a jamais eu l'intention. Il tourne la clef et ouvre d'un geste énergique. C'est une chambre d'enfant tapissée d'un papier bleu

ciel sur lequel volent des mouettes. Il y a un petit lit à barreaux, une table à langer, un miroir coccinelle comme dans celle de sa fille. Dans une penderie en toile sont encore empilés des habits de bébé. Près de la fenêtre, un tabouret en forme de champignon monte la garde à côté d'un paquet de couches, juste sous des rideaux ornés d'ancres et de cordages de marine. Carvin s'étonne de ne voir ni photos encadrées, ni affiches punaisées au mur, alors qu'il peut en observer la trace sur le papier peint. Rien n'a bougé, rien n'a été déplacé, enlevé depuis le jour où…

Anath tire la porte, la referme, et donne un tour de clef.

— Je ne reviendrai jamais ici, dit-elle.

Ses yeux scintillent de larmes, elle ne pleure pas.

Vies parallèles 7

Chez sa mère, Chantal dort dans le canapé du salon. Sans le déplier. Quand elle veut s'isoler, elle s'enferme dans les toilettes et, les yeux fixes, mange des Mars et des Bounty en douce. Le professeur Werth et Alain Cerus sont à Tübingen. Werth donne une conférence devant un cercle choisi de la bonne société. Il disserte sur la transformation du discours religieux en discours politique dans l'opposition entre Thomas Münzer et Martin Luther.

Chantal et sa mère se disputent tous les jours à propos de tout et de rien. À propos des courses, des repas, du ménage, de la télé, d'Océane, de Carvin et du reste. Les cris fusent, les portent claquent et ça finit toujours par un torrent de larmes et de reproches.

— Tu crois que tu vas rester ici toute ta vie ? Pourquoi t'as fichu le camp, comme ça, d'un coup ? T'étais pas bien là-bas ?

— J'ai grossi ! T'as vu comme j'ai grossi ?

— Si tu arrêtais de bouffer des saloperies, tu retrouverais ta taille ! Un kilo de plus ou de moins, c'est pas une raison pour bazarder ton ménage ! Les hommes aiment bien…

— J'étais malheureuse ! C'était pas un kilo, c'était dix !

— Et moi, je ne suis pas malheureuse ?

Même si elle ne comprend pas tous les mots, tout ce boucan fait mal aux oreilles d'Océane. Du bruit pas gentil, pas beau. Du barouf. Maman pleure aux cabinets, mamie Mireille pleure dans sa chambre. Elles pleurent toutes les deux, sans s'occuper d'elle. Comme la porte d'entrée est restée entrouverte après la visite du facteur, la petite sort sur le palier. Elle est contente, c'est une grande fille maintenant. Une grande fille qui sait sortir toute seule ! Sa main court sur les petits carreaux qui font une frise le long du mur. Des petits carreaux jaunes et noirs. Elle va retrouver papa. Lui, il est gentil. Il ne crie pas. Jamais. Elle est sûre qu'il est en bas, que les carreaux sont comme les petits cailloux de l'histoire qu'il lui a racontée souvent. Il fait un peu froid dans l'escalier, mais ce n'est pas grave. Papa lui

soufflera sur les mains et dans le cou pour la réchauffer quand elle sera dans ses bras. Les marches sont hautes, Océane est prudente. Elle en descend une puis une autre, toujours appuyée sur le carrelage décoratif.

Presque arrivée au palier du dessous elle appelle :
— Papa ?
Comme il ne répond pas, elle descend encore quatre marches, satisfaite d'avoir si bien réussi à descendre un étage. Si elle en a descendu un, Océane peut bien en descendre un autre. Elle s'engage dans l'escalier, le pouce dans la bouche, prenant bien garde de ne pas trébucher contre les tiges de fer au bord des marches. La descente lui paraît plus longue que la première. Il y a des papiers gras dans l'escalier, des cochonneries et une drôle d'odeur qui pique le nez. Peut-être a-t-elle un peu peur ? Non. Elle est déjà descendue tout en bas en donnant la main à maman. Elle peut bien le faire comme une grande.

À nouveau, elle appelle :
— Papa ?
Toujours pas de réponse.

Océane étouffe un petit rire. Papa est un farceur. Il aime bien la faire marcher. Il est caché quelque part et attend qu'elle passe pour lui faire « hou ! ». Oui, papa aime bien rigoler. Quand ils vont au manège, il lui fait des grimaces et même parfois monte à côté d'elle pour la chatouiller ou la faire sauter en marche. Océane s'arrête un instant pour tenter de découvrir où ce drôle de papa peut bien être. Elle sait qu'il est là. Il lui a écrit qu'il est partout où elle est, qu'elle doit le découvrir. Elle soulage sa vessie mais sans y prêter plus d'attention que ça. Papa ne la gronde jamais quand elle fait pipi dans sa culotte. Il dit toujours que ça arrive et lui chante la chanson de la maman des poissons qui font sur leurs

chaussettes. Maman est plus méchante. Elle crie qu'elle en a marre de laver, qu'elle va lui remettre des couches, lui flanquer une fessée. Mais elle ne le fait jamais et c'est elle qui pleure en lui demandant pardon, pardon, pardon…

Océane arrive au rez-de-chaussée un peu désorientée entre les boîtes à lettres cassées et les poubelles pleines, un peu étonnée aussi que papa ne se soit toujours pas montré, à moins qu'il soit dans les poubelles ou dans les boîtes à lettres ?

Non, il n'a pas l'air d'y être.

Océane décide d'aller voir dans la rue.

Dehors il fait moins froid que dans l'escalier. Il fait même un peu chaud. Océane regarde à droite, à gauche, mais elle ne voit pas papa. Elle voit au loin une dame qui promène son chien, un petit toutou à l'air gentil, mais maman lui a interdit de s'approcher des chiens. Elle part résolument de l'autre côté. Ça commence à l'embêter de jouer à cache-cache. Elle est fatiguée, elle a faim. Il faut que papa arrête de faire le zouave, comme il dit.

— Papa ? crie-t-elle, le cou tendu, les poings serrés.

Toujours rien.

Océane a envie de pleurer.

— Papa ? gémit-elle, avant de remettre son pouce dans sa bouche.

Un monsieur d'une cinquantaine d'années, plutôt bien mis, s'arrête près d'elle.

— Qu'est-ce que tu fais là, ma petite ?

— Papa, chouine Océane.

— Tu cherches ton papa ?

Océane pleure, incapable de répondre.

— Tu habites où ? demande l'homme, sortant un mouchoir en papier de sa poche. Dis-moi où tu habites, je vais te raccompagner chez toi…

— Papa...

L'homme invite Océane à se moucher.

— Tu t'appelles comment ? Dis-moi comment tu t'appelles et on va aller retrouver ton papa. Moi, je m'appelle Paul, et toi, dis-moi comment tu t'appelles.

Océane voit l'homme lui sourire à travers ses larmes. Elle se mouche très fort.

— Tu sais où est papa ?

— Non, dit l'homme en lui caressant la joue. Mais on va le trouver, donne-moi la main...

Océane lui donne la main. Il se penche vers elle :

— C'est par où chez toi ?

Des cris lui font lever la tête.

— Océane ! Océane ! crie Chantal.

— Salaud ! Lâchez-la ! Lâchez-la tout de suite ! J'appelle la police ! crie sa mère.

Chantal se précipite et enlève sa fille dans ses bras, l'arrachant de terre comme si elle l'écartait d'un monstre prêt à la dévorer.

— Qu'est-ce que vous faites avec cet enfant ? s'époumone sa mère. Je vais appeler la police. Va falloir vous expliquer !

— Et vous, vous expliquerez pourquoi vous laissez la petite traîner dehors ! réplique l'homme, rouge de colère. Je m'occupe de votre gosse et vous, vous m'insultez ? C'est moi qui vais appeler la police ! Espèce d'incapable...

— Je veux voir papa ! beugle Océane.

— Il est où son père ? demande l'homme, ne bougeant pas d'un pouce. Je serais content de le rencontrer, j'aurais des choses à lui dire. Allez-y : appelez la police, on va voir ce qu'on va voir !

— Mêlez-vous de ce qui vous regarde ! aboie Chantal.

Et lui tournant le dos, à sa mère :

— Viens, on rentre.

Chantal et sa mère repartent vers leur immeuble, vexées, furieuses.

— C'est ça, rentrez, surtout ne me remerciez pas ! crie l'homme en les suivant. Vous préférez regarder la télé que surveiller cette petite ? Eh bien, je la plains, d'avoir une mère comme ça.

Les deux femmes l'ignorent, accélérant le pas, l'entendant pester, prenant les passants à témoin : « Si c'est pas malheureux ! Des gens comme ça, faudrait les signaler ! Il n'y a qu'à les regarder pour savoir à qui on a affaire ! »

— T'as encore fait pipi ? grogne Chantal, tâtant le linge mouillé de sa fille.

— Papa ! Papa ! réclame Océane.

— J'en ai marre ! J'en ai marre de laver ! Je vais te remettre des couches, tu vas voir ! Tu vas voir tes fesses !

Sa mère s'emporte :

— Tu ferais mieux de t'en occuper un peu plus, au lieu de dire n'importe quoi ! C'est quand même pas une affaire si elle...

— Je m'en occupe très bien. Je ne fais même que ça, m'occuper d'elle ! Et puis tu ne vas pas me dire comment m'occuper de ma fille !

— Tu crois que je vais me gêner ? Si cette petite fait tout le temps pipi, c'est qu'il y a quelque chose qui ne va pas. Cette nuit aussi elle a...

— Ce qui ne va pas, c'est toi. C'est pas elle.

— On ne parle pas comme ça à sa mère !

Océane se bouche les oreilles. Ses larmes coulent dans sa bouche, elle sanglote :

— Papa, papa, papa...

Tübingen

Le professeur Werth et Alain Cerus quittent Tübingen après la collation qui a conclu la conférence autour d'une tasse de thé. Ils rejoignent leur voiture, emportant une tarte aux abricots offerte avec insistance par la femme de leur hôte qui l'a faite elle-même.

— Croyez-vous que Jésus était homosexuel ? demande Cerus, plaçant le précieux paquet sur la plage arrière.

Werth s'installe au volant.

— À la lumière de l'Évangile secret de Marc, à l'instar de Morton Smith son inventeur, je dirais que oui ! proclame-t-il avec force quand Alain vient s'asseoir à côté de lui, claquant la portière.

Le professeur démarre en faisant crisser les pneus :

— Mais, comme lui, jamais je ne publierai une telle affirmation !

Ils rient.

— Et vous, diriez-vous que vous êtes homosexuel ? demande gravement Cerus lorsqu'ils retrouvent leur calme.

— Non, je ne le crois pas, répond Werth, faisant la moue.

— Comment définiriez-vous ce que vous faites avec moi ?

Le professeur prend le temps de réfléchir.

— Je dirais que je suis un homme libre, dit-il en regardant la route.

— Et moi votre esclave ?

Werth se tourne vers son élève.

— Oui, mais un esclave consentant.

Cerus s'appuie contre son épaule.

— Vous êtes dégueulasse de dire ça, mais je vous aime.

— CQFD ! triomphe Werth, d'humeur joyeuse.

Ils roulent en direction de la Forêt noire qu'ils veulent traverser pour aller dormir à Strasbourg.

— Vous savez que vous les avez choqués avec votre grande sortie contre le monothéisme ? Ça tombait un peu comme un cheveu sur la soupe…

— Tant mieux si je les ai choqués ! J'ai été moi aussi choqué quand le type qui était au fond à gauche avec une bouteille en plastique, dont il se tapait régulièrement la tête, m'a invité au respect des idées religieuses !

— C'est vrai qu'il était très bizarre, ce type, dit Cerus, revoyant le grand échalas au crâne tondu qui intervenait à tout propos et hors de propos, sans jamais rien écouter.

— Pourquoi devrais-je respecter les idées religieuses ? s'enflamme Werth. Parce que la religion est « respectable » par essence ? Laissez-moi rire. Ce ne sont que des superstitions : les catholiques croient qu'un mort est revenu à la vie, les juifs qu'un berger a fait s'ouvrir la mer en deux, les musulmans qu'Allah lui-même a écrit le Coran ! Qui peut croire des choses pareilles ? Qui peut « respecter » de telles bêtises ?

— Ce sont des traditions, tempère Alain.

Sans succès.

Werth tient à réaffirmer ses convictions :

— Des traditions qui n'ont apporté que du malheur sur terre, martèle-t-il. Et l'on revient au monothéisme ! Les Grecs ne s'y trompaient pas en disant que les juifs étaient « ennemis du genre humain », ce que les Romains ont répété à propos des chrétiens et que l'on pourrait dire aujourd'hui des musulmans.

— Je ne suis pas d'accord, intervient Cerus, vous êtes excessif.

— Mais non ! Mais non ! Je vous l'ai déjà dit, en décrétant qu'il n'y a qu'un seul dieu à l'exception des autres, tous les monothéistes – qui, au passage, n'adorent pas le même dieu ! – rompent avec les deux plus vieilles lois de l'humanité : la loi de l'hospitalité et celle de la commensalité. Leur dieu unique ne peut pas accepter l'hospitalité des autres dieux – ni offrir la sienne – et ne peut ni ne veut partager leur repas. Il hait les autres et moi je déteste le monothéisme et les monothéistes !

— Pourtant vous êtes juif et votre femme est juive. Vous appartenez à une tradition…

— Je ne suis pas croyant. Je suis athée à un point que vous ne pouvez pas imaginer. Et ne mêlons pas ma femme à tout ça !

Cerus sourit :

— Vous avez de ses nouvelles ?

— Aucune.

— Elle vous manque ?

— Non. Mais je serais curieux de savoir ce qu'elle fabrique au milieu de tous ces types révoltés…

— Elle attise la révolte, suggère malicieusement Cerus. C'est Münzer prêchant : « Soyez plus hardis que vous le fûtes jamais. Un homme qui n'a pas connu l'épreuve ne prendra que du vent. Il faut que l'oreille soit souffletée par le fracas des soucis et de la pénitence » !

Le professeur Werth repart d'un rire tonitruant :

— On dirait que vous la connaissez aussi bien, sinon mieux que moi !

Et, lorsqu'il a repris son souffle :

— Je vais vous dire, Alain, l'intellectuel a un mode

de pensée critique, les religieux – tous les religieux – font de la propagande. L'intellectuel s'intéresse aux conséquences des religions sur la société, comme vous le faites dans votre travail sur Luther ; les religieux, qu'ils soient chrétiens, juifs ou musulmans, répandent des superstitions qu'ils finissent par présenter comme des faits historiques et en tirent des lois qui, par leur essence divine, établiraient une morale. Mais c'est de la blague. J'aurais mille exemples à vous citer pour vous le démontrer ! Comme les religieux vivent, et vivent grassement, de la religion, ils ne peuvent accepter qu'on mette en avant ses aspects négatifs. Vous vous souvenez peut-être que j'ai écrit dans un article : « La plus grande critique que l'on puisse faire du christianisme, c'est l'histoire du christianisme lui-même. » Et je pourrais en dire autant du judaïsme et de l'islam. Vous, moi, nous avons pour tâche d'étudier la religion à travers le prisme de la modernité. Et cette étude ne peut pas faire l'impasse sur la critique morale de la religion.

Cortège

Le cortège se forme à l'intérieur de l'atelier n° 1.
Weber, Carvin, Étienne Rolland, Monnier, les délégués du personnel, assurent l'organisation et le service d'ordre. Les consignes sont précises : la marche doit être parfaitement, totalement silencieuse et digne. Pas de slogans, de chants, de banderoles revendicatives, pas de fanions syndicaux, pas de pancartes, de drapeaux rouges ou noirs. On ne doit voir que la couronne, portée par les six plus jeunes ouvriers de la Méka. La

sortie de l'usine se fera en file indienne pour que le cortège soit le plus long possible. Derrière la couronne viendront Anath, les femmes et les enfants qui les accompagnent, les hommes ensuite, par secteurs, par ateliers. Tous alignés, tous silencieux. Ceux ou celles qui n'ont pas eu le temps de se mettre en habits de deuil doivent porter un brassard noir dont un stock est mis à disposition par Mme Landreau.

— Tu ne vas pas y aller avec ça ? demande-t-elle quand Sidot se présente à son tour, le fusil à l'épaule.

— Qu'est-ce que tu veux que j'en fasse ?

— Cache-le où tu veux, mais il n'est pas question d'avoir une personne armée dans le cortège !

— Tu fais chier !

— Reste poli et fais ce que je te dis, conclut-elle, lui tendant son brassard.

Mlle Poinseau et les Mémercenaires du labo sont les dernières à rejoindre les rangs. Le regard qu'elle échange au passage avec Carvin est éloquent : elles sont prêtes.

— Tout le monde est là ? s'assure Weber.

Un oui unanime lui répond.

— Alors on peut y aller… dit-il. On sort comme ça et, une fois dehors, on tient l'alignement.

Et, branchant son porte-voix :

— Personne ne reste à l'intérieur ! Personne ne reste à la traîne ! Personne !

CRS

Le commandant Constant de la CRS 9 avertit le préfet dès que les manifestants apparaissent dans la cour de la Méka. Il consulte rapidement sa montre :

— Ça y est, monsieur le préfet, ils sortent selon l'horaire prévu.

— Vous confirmez ?

— J'ai tout négocié point par point avec leur représentant. Ils évacuent l'usine, ils se dirigent vers le monument aux morts où ils déposeront une gerbe et se disperseront ensuite. Nous leur garantissons la sécurité du lieu pour éviter une nouvelle tentative de déménagement des...

— Oui, très bien, coupe le préfet. Très bien. Vous avez le nom de leur représentant ?

— Weber, un délégué CGT.

— Ah oui, je vois qui c'est. Ce n'est pas un excité...

Préfet

Le préfet appelle Socko qu'il joint, comme toujours, au club house du golf.

— Je viens d'avoir le commandant Constant qui suit l'opération minute par minute. Le personnel vient de quitter la Méka.

— Enfin quelque chose d'intéressant ! s'exclame Socko. Tu veux que je fasse quoi ?

— Rien, répond sèchement le préfet. Tu ne bouges pas. Il a été convenu avec les représentants du person-

nel que rien ne serait entrepris dans l'usine après leur départ. En tout cas pas tout de suite. Ils souhaitent qu'un délai décent soit respecté avant que les machines soient démontées.

— Putain ! Qu'est-ce qu'il ne faut pas entendre ! La décence, comme s'ils savaient ce que c'est, la décence…

Socko

La mort dans l'âme, Socko téléphone à Thorins.
— T'es où ?
Il est dans un taxi.
— Qu'est-ce qu'il y a ?
— C'est pour demain. Que tes types soient là-bas à la première heure. Avec un peu de chance on peut encore être dans les délais… Je m'occupe d'avertir le siège, je te laisse t'occuper de De Villedieu.
— T'as son numéro ?
— Oui, pourquoi ?
— C'est pas à moi de lui donner l'ordre, ni de m'en occuper. C'est à toi.
— Tu ne vas pas encore me faire chier avec ça ?

De Villedieu

De Villedieu est très clair. En raison de la situation, ses tarifs ne sont plus les mêmes.

— Qu'est-ce que vous voulez ? s'énerve Socko, à qui Thorins a raccroché au nez une minute plus tôt.

— Une prime exceptionnelle pour mes gars et pour moi un dédommagement compensant l'immobilisation de mon matériel. Il faudra d'ailleurs que je vérifie qu'il est toujours en bon état et chiffrer les dégâts au cas où…

— Une prime de combien ?

— Mille cinq cents euros par chauffeur, la même chose par déménageur et, pour moi, quarante mille euros en plus de ma facture.

— Vous êtes devenu dingue ?

— Je ne crois pas.

— Vous croyez que je vais payer ça ?

— Vous ne m'avez pas dit que c'était urgent ?

— Bien sûr que si, c'est urgent ! Je viens de vous expliquer que…

— Alors, si mon tarif ne vous convient pas, trouvez d'autres cons pour faire ce boulot pourri en urgence.

AFP

Opération ville morte.

Tous les rideaux de fer des commerçants sont baissés tandis que l'interminable colonne des employés de la Méka défile dans la rue principale à pas lents. Carvin quitte discrètement le rang et entre dans l'unique cabine téléphonique encore en service pour transmettre à l'AFP le message suivant :

— « Le personnel de la Méka avait accordé un délai de quarante-huit heures à la direction pour apporter

une réponse digne sur les conditions de la fermeture du site. Ce délai a expiré sans autre réponse que le silence et le mépris. Nous n'avons donc plus d'autre choix que de faire ce à quoi nous nous étions engagés, laissant à la direction la responsabilité de son attitude. »

— Qui êtes-vous, monsieur ?
— Je suis la Méka.
— Non, ça ne marche pas. J'ai besoin d'un nom et d'un numéro où vous rappeler.
— Et vous, vous êtes qui ?
— Ce n'est pas le problème. Je suis journaliste et...
Carvin l'interrompt d'une voix sourde :
— Alors si ce n'est pas le problème pour vous de rester anonyme, ce n'est pas non plus un problème pour moi.

Monument

Carvin laisse pendre le téléphone au bout de son fil et rejoint le cortège en courant. Il ne remarque pas Sidot qui court en sens inverse, sur le trottoir d'en face, jetant au passage son brassard noir dans le caniveau. Carvin arrive sur la place au moment où la couronne est déposée devant le monument aux morts. Les jeunes forment aussitôt une haie d'honneur, guidés par Lauris et Lucien Jean. Une équipe de FR3 couvre l'événement ; Jean-Baptiste, le stagiaire de *La Voix du Nord*, est là lui aussi, ainsi que les correspondants locaux de *Libération* et de *L'Humanité*. La municipalité est représentée par le maire, Mme Rousseau, et plusieurs membres du conseil municipal. Des commerçants sont là également,

des enseignants et des sympathisants anonymes. Pendant la minute de silence, les photos accrochées à la couronne bruissent comme les élytres d'un gros insecte. Carvin pense que, s'il y avait du vent comme il y en a déjà eu, toutes les photos s'envoleraient, symbole de leurs emplois perdus. Il ne resterait plus qu'une couronne de fer qui rouillerait lentement, appuyée à la liste des morts pour la France, morts pour le profit, pour la bourgeoisie, pour rien... L'émotion fait monter les larmes aux yeux de beaucoup, des femmes comme des hommes.

Mme Rousseau, ceinte de son écharpe tricolore, obtient de prononcer quelques mots.

— La fermeture de la Méka est une tragédie pour nous tous. Pourquoi fermer la Méka ? Au nom de quels sombres calculs financiers détruire ce merveilleux outil de production ? Pourquoi mettre presque quatre cents personnes au chômage alors que les expertises ont démontré la non-pertinence des restructurations successives et maintenant de l'abandon du site ? En mon nom, au nom du conseil municipal et je crois de tous nos concitoyens, je veux vous dire que nous ferons tout pour que les responsables de ce désastre répondent à ces questions et nous rendent des comptes. *Vous* rendent des comptes.

Pendant les applaudissements, Weber adresse un discret mouvement de tête à Anath et se tourne vers sa femme comme s'il attendait l'assentiment de Geneviève. Anath s'avance avec Luna, la fille de Weber. La fillette lui donne la main depuis le départ du cortège et refuse de la lâcher. Anath dépose un baiser sur sa joue et, d'une voix vibrante, entame la lecture de la liste des licenciés :

— Françoise Gille, mariée, trois enfants. Patrice Doyen, marié, deux enfants. William Mecks, célibataire.

Michèle Heller, mariée, trois enfants. Didier Braquet, marié, un enfant. Alphonse Calling, marié, cinq enfants. Rémy Brutzmann...

Carvin se glisse dans les rangs tandis qu'Étienne Rolland photographie soigneusement tous les présents, pour l'album souvenir.

— Maintenant ? chuchote Mlle Poinseau, sans regarder Carvin qui prend place à côté d'elle.

— Oui.

Mlle Poinseau glisse un portable dans la main de Carvin.

— À vous de taper le code.

— Je tape quoi ?

— « BB ».

— « Bébé » ?

Mlle Poinseau délivre à Carvin son plus beau sourire :

— Juste les deux initiales. Puisqu'ils nous font un enfant dans le dos, nous leur rendons la monnaie de leur pièce.

C'est au tour de Mme Landreau de lire les noms :

— Selim Benbouzide, marié, quatre enfants. Régis Matis, célibataire. Stéphanie Le Gouarch, divorcée, deux enfants. Jean Raud, marié, trois enfants. Annabelle Perri, mariée, un enfant. Larbi Boumendjel, marié, deux enfants. Marc Kamelita, divorcé, trois enfants. Karine Algazi, célibataire, trois enfants. Bénédicte Vandamme...

Carvin cherche Weber. Il l'aperçoit en face de lui, de l'autre côté du monument. Geneviève lui tient le bras, serrant contre elle ses enfants. Weber ne bronche pas. Il fixe Carvin, impassible, dans une sorte de défi muet où l'angoisse qui les habite serait leur juge. Carvin sent une force secrète saisir son cœur et le serrer comme

on écrase un fruit. Son souffle s'accélère, un étau compresse son ventre, il jette un rapide coup d'œil vers le portable et se rassure : sa main ne tremble pas. À nouveau Carvin interroge Weber du regard comme s'il craignait de le voir fondre d'un coup, inconsistant, liquide. Mais Weber est un roc dont les yeux seuls gardent une lueur enfantine, presque féminine.

La litanie des noms occupe tout l'espace sonore et les isole du reste.

— Roger Borerie, marié, trois enfants. Yves Gohin, célibataire. Arnaud Lastaire, célibataire. Clélia Chevalier, divorcée, trois enfants...

Il n'y a plus d'usine, plus de monuments aux morts, plus de manifestants, plus de ville morte, que des noms, des noms, encore des noms, comme si leur énoncé avait le pouvoir de faire naître autre chose que de la mémoire et du vent. Carvin secoue la tête, repeigne ses cheveux d'un geste énervé. Il voit Weber comme un reflet de lui-même dans un miroir. Comme son double, avec femme et enfants. Il attend le signal, décidé à ne rien faire jusqu'à ce qu'il vienne.

La liste arrive enfin à Weber.

Il se détache doucement de Geneviève et vient se placer au pied de la gerbe. Il met ses lunettes pour lire, ses épaules s'affaissent tandis qu'il cède d'un « vas-y » muet qui n'a rien de triomphant.

Carvin pianote aussitôt « BB » sur le clavier.

La première explosion survient lorsque Weber reprend la lecture là où Mme Gobert, la déléguée FO, l'avait laissée.

— Fanny Demecker, divorcée, deux enfants...

Incendie

L'incendie prend d'abord dans l'atelier de peinture et les stocks mais très rapidement il déborde et, poussé par le vent, s'étend et gagne les deux ateliers mitoyens avant d'atteindre le n° 4 et le n° 1 où sont les plus grosses presses à emboutir et à découper. Les matières dangereuses, la soude caustique, l'acide chlorhydrique provoquent une réaction en chaîne, des détonations profondes. Les réserves brûlent, les machines brûlent, les camions toujours garés devant la Méka brûlent en dernier mais brûlent aussi. À mesure que le feu avance, de petites explosions se produisent, déclenchant de nouveaux incendies qui, à leur tour, déclenchent de nouvelles explosions…

Une épaisse fumée ombre le ciel que le feu éblouit.

Un tonnerre noir.

La Méka n'est plus qu'un immense brasier.

II
Rouge dans la brume

Zitex

Ils sont partis, laissant la Méka en flammes derrière eux, une centaine de volontaires. Ils roulent sans se retourner sur le rideau de fumée qui ferme l'horizon. Têtes vides, cœurs lourds, ils foncent droit devant. Carvin, Weber et Anath sont dans la première voiture. Comme des soldats qui montent en ligne, ils ne se parlent pas, partagés entre la crainte et la colère. La campagne paraît charmante, vêtue d'une robe d'ombres, trouée de lumière. Le ciel est plus inquiétant, déchiré de nuages. Il est trop tard pour reculer. Trop tard pour s'interroger, pour douter.

Ils roulent.

Leur arrivée à la Zitex surprend tout le monde. En premier Zertal, le délégué qui préside le comité de grève.

— Qu'est-ce que vous foutez là ? lance-t-il, lorsqu'ils débarquent dans la cour de l'usine.

Ce ne sont pas franchement des mots de bienvenue.

— On vient vous épauler, répond Weber, filant droit à l'intérieur, suivi par tous les autres.

Zertal s'accroche à lui.

— Merde, qu'est-ce qui se passe ? Qu'est-ce qui se passe, réponds-moi. Vous ne pouvez pas entrer comme ça !

— On ne peut pas quoi ?

— Débarquer sans prévenir.

Weber s'arrête, bousculé par ceux qui se pressent derrière lui.

— Ce qui se passe, c'est simple : la Méka n'existe plus, l'usine est en train de brûler et les pompiers en ont sûrement pour la nuit à tout éteindre. Alors, on est venus vous rejoindre pour continuer notre mouvement avec vous.

— C'est la première grève « délocalisée », si tu préfères, ajoute Carvin, mettant en joie la compagnie.

Zertal l'interpelle :

— Vous n'êtes pas de la boîte et vous êtes plus nombreux que nous. Qu'est-ce que vous voulez qu'on fasse ?

— Où sont les autres ? Faut faire rappliquer les absents.

— Merde, je crois t'avoir déjà expliqué qu'il y a une grande démobilisation. Ça dure depuis trop longtemps. Tout le monde en a marre de cette situation. Les gens veulent toucher ce qu'on leur doit et tirer le rideau.

— Eh bien pas nous, répond brutalement Carvin. Peut-être que nous sommes là justement pour vous remobiliser.

Bona arrive en courant :

— Vous voulez occuper avec nous ?

— Oui, approuve Carvin. Montrer physiquement notre solidarité. Montrer que la Méka, la Zitex et les autres qui sont dans la même situation, ce n'est qu'un seul et même problème. Le problème du fric qui impose partout sa loi et nous écrase comme des merdes.

Et, plus véhément encore :

— À qui pouvons-nous faire confiance ? À personne, sinon à nous. À nous comme à vous, à nous-mêmes. À nos capacités de faire changer les choses. Nous pouvons être porteurs d'une autre façon de penser le monde. Comment ? En donnant un sens aux conflits sociaux. Et c'est exactement ce que nous faisons ici avec vous : nous donnons un sens politique à ce que les patrons, les médias, le gouvernement voudraient cantonner dans le local et le syndical.

Bona s'en fout de la théorie, il n'a qu'une question :
— C'est vous qui avez fait brûler la Méka ?

Carvin s'apprête à répondre mais Mlle Poinseau le devance :

— On ne sait pas qui c'est, affirme-t-elle crânement. Nous étions tous au monument aux morts pour déposer une gerbe sur nos emplois perdus. Il n'y avait plus personne dans l'usine quand ça a pris et le vent a fait le reste. Personne ne sait comment c'est arrivé, personne le saura jamais.

Bona la dévisage, essayant de ne pas se laisser aveugler par ce qu'il ressent pour elle. Il n'arrive pas à la croire. En même temps, la sincérité, la colère qui l'animent le touchent. Au fond, peu importe. Ce qu'il ressent, ce qu'il pense est secondaire. Ceux de la Méka viennent les rejoindre, partager leur combat. Un combat où ils n'ont rien à gagner. Ils sont là alors que tant d'autres se terrent.

— C'est génial, dit Bona, imposant le silence à Zertal d'un regard. C'est génial. Maintenant il va falloir voir comment on s'organise...

Et, s'adressant à la seule Mlle Poinseau :
— C'est mon tour de vous faire visiter ?

Pompiers

Socko arrive tardivement devant la Méka en compagnie du préfet, de son chef de cabinet et du secrétaire général de la préfecture. Ils se faufilent entre les voitures de pompiers et de police. Socko n'a pas de mots pour décrire l'ampleur de ce qu'il découvre : poutres calcinées, pans de murs effondrés, noircis, amas indistincts de ferraille dont s'échappent encore des fumerolles aux reflets verts, vestiges du mobilier couverts de suie, carcasses calcinées des camions qui semblent monter la garde devant les ruines... Il ne reste plus rien de l'usine noyée sous les jets des lances à incendie. La Méka n'est plus qu'une terre brûlée, boueuse, dégageant une fumée âcre qui attaque les yeux. Le commandant des pompiers vient au rapport, le visage en sueur, marqué par le feu :

— Nous maîtrisons la situation. D'ici demain matin tout sera sécurisé.

— Il ne reste vraiment rien ? demande le préfet, la gorge sèche, stupéfait lui aussi par l'étendue du sinistre.

Le commandant des pompiers a un geste découragé.

— Voyez vous-même : rien, absolument rien. Tout y est passé, les machines, les meubles, l'électronique, les camions, tout. Personnellement, j'ai rarement vu ça. Il faudra que les experts nous expliquent comment le feu a pu se propager aussi vite.

— Le vent ?

— Oui, le vent, bien sûr, mais quand même...

— Nous avions beaucoup de produits chimiques dans l'usine, avance Socko d'une voix blanche, et des stocks importants de peinture.

Il veut savoir.

— À votre avis, c'est accidentel ou criminel ?
— Je ne sais pas.
— Vous n'avez pas d'hypothèses ?

Le commandant des pompiers temporise en se grattant la joue :

— Ça peut être criminel, avance-t-il avec réserve. Surtout quand je pense au type que nous avons sorti de là.

— Quel type ?

— Je n'ai pas encore de nom. La police essaie de l'identifier, mais c'est difficile.

— Il est mort ?

— Oui, mort. Plus que mort, même !

Le commandant des pompiers a bien sa petite idée. Il hoche la tête :

— Ce qui me fait penser qu'il n'était peut-être pas étranger à l'incendie, c'est qu'il tenait un fusil serré contre lui, un très gros calibre. Nous l'avons trouvé crispé sur l'arme. Un peu comme les victimes de Pompéi saisies par la lave.

Il se tourne vers Socko et le préfet pour leur faire partager ses interrogations :

— Qu'est-ce qu'il foutait dans l'usine avec un fusil ? Hein, vous pouvez me dire ce qu'il foutait là ?

Socko a la réponse. Il sait qui c'est.

— C'est le même qui a braqué les déménageurs le jour de la manif, affirme-t-il.

Le préfet l'invite à un minimum de prudence.

— Ça ne suffit pas pour...

Socko est formel :

— Mes hommes m'ont dit qu'il avait l'air complètement dingue. J'imagine bien qu'à entendre les excités de la Méka menacer de tout foutre en l'air s'ils n'obte-

naient pas satisfaction sur leurs primes et tout le bazar, il a pris ça au pied de la lettre et est passé à l'action.

Le préfet n'est pas convaincu :

— Un homme seul aurait pu faire ça ?

— Oui, confirme le commandant des pompiers, un homme déterminé.

Télévision

Ceux de la Méka et ceux de la Zitex ne forment plus qu'un seul et même groupe. Plus d'une centaine de personnes qui se réunissent devant un poste de télévision pour regarder le journal du soir. Zertal et les autres délégués du comité de grève de la Zitex ont accepté qu'ils remettent à plus tard la discussion sur le fond avec ceux de la Méka, sur le rôle des uns et des autres, les actions envisagées, l'ordre et la teneur des prises de parole.

Le sujet sur l'incendie de la Méka ne vient que tardivement et brièvement à l'écran. Sur des plans de ruines encore fumantes de l'usine où les pompiers s'activent, après avoir estimé le sinistre en millions d'euros, le présentateur explique que la police privilégie l'hypothèse d'un acte criminel. Et, sur une photo d'identité de Sidot, il précise qu'un homme « puissamment armé », retrouvé mort dans les décombres, serait vraisemblablement l'auteur de l'incendie. « Un homme connu pour des actes de violence conjugale », conclut le journaliste en revenant à l'image avant de passer aux sports.

Mme Landreau tourne de l'œil.

Elle glisse de sa chaise, rattrapée de justesse par Corda, assis à côté d'elle. Moffat, de la Zitex, secouriste breveté, ordonne de l'allonger, de lui mettre les pieds en hauteur sur une chaise, quelque chose sous la tête et d'aller chercher de l'eau. Mlle Poinseau lui tapote doucement les joues alors que tout le monde s'agite autour d'elle.

— Corinne ? Corinne ? Réveille-toi. Corinne.

Mme Landreau retrouve doucement ses esprits, balbutiant :

— Quand il est... Quand il est venu chercher son brassard, il avait son fusil. Je lui ai dit... Je ne pouvais pas deviner ce qui allait se passer... Je lui ai dit qu'il n'était pas question qu'il vienne avec ça, non. Pas de... Je lui ai dit qu'il devait le laisser. Qu'il devait le laisser...

Elle pleure, une main plaquée sur la bouche.

— C'est moi qui lui ai dit !

— Quel connard ! jure Corda. Il sera retourné chercher son flingue ! Putain, c'est pas possible d'être si con !

— Je l'ai vu partir juste avant le monument aux morts, assure Bogdan. Oui, je m'en souviens maintenant. J'ai cru qu'il allait pisser.

Étienne Rolland est consterné :

— Deux morts ! Ça fait deux morts ! Bischoff, suicidé, et maintenant Sidot, carbonisé ! Il va y en avoir combien comme ça ?

— T'inquiète pas, on est nombreux ! lance Corda.

— Nombreux prêts à crever ?

— Nombreux à survivre.

Bona tire Carvin par la manche.

— C'est vous qui avez foutu le feu, dit-il à voix basse.

Ce n'est pas une question. Carvin sourit :

— Je vais te dire pourquoi je ne suis pas un bourgeois. D'abord, le fric ne compte pas pour moi, ni les honneurs, ni les baraques, ni les bagnoles. Je n'ai rien et je n'ai rien à perdre, « qu'un monde à gagner », comme disait Marx. Ensuite, je n'ai qu'une parole. Je n'ai besoin ni de contrat ni de notaire. Quand je m'engage à faire quelque chose, je le fais. Je le fais dans les temps et je le fais bien, comme mon boulot à la Méka.

— Et tu ne laisses personne te dire ce que tu dois faire ? glisse Bona.

— T'as tout compris.

Marie-Christine

Les volets sont fermés, la table est mise dans la salle à manger, les enfants à leur place, toujours la même. C'est au tour de Jean-Hervé de réciter le bénédicité. Socko vient d'éteindre la télévision quand maître Million l'appelle sur son portable. Marie-Christine rouspète :

— Hubert, viens, c'est servi ! Tu rappelleras plus tard.

Les enfants sont déjà à table. Socko fait signe qu'il en a pour une minute.

— Commencez, j'arrive ! C'est l'avocat...

Et sans préambule, il demande à Million :

— Qu'est-ce que vous voulez ?

— Je vous dérange ?

Socko répète d'un ton rogue :

— Dites-moi ce que vous voulez. Je n'ai pas le temps.

— Je ne veux rien, dit l'avocat. Je veux juste vous prévenir avant que vous le soyez officiellement : le groupe préfère se séparer de vous. Ils ont détesté la façon dont vous avez conduit cette affaire...

— Comment ça « préfère se séparer de moi » ? Vous voulez dire que je suis viré ?

— Walters vous fera une proposition demain, je vous conseille de l'accepter. Il n'en fera pas deux.

— Je ne vais plus en Serbie ?

— Non, ni en Serbie ni nulle part. *You're fired, OK ?* Pour la Serbie, ils ont nommé Thorins. Je crois qu'il est déjà parti.

— Quoi ? s'étrangle Socko. Cet enfoiré a...

Par respect pour ses enfants et pour sa femme, Socko se retient d'exprimer à voix haute ce qu'il pense de Thorins, de sa nomination, de sa trahison d'enculé, de salope, de pourri qui...

— Ça vous fait plaisir de m'annoncer ça ? dit-il à Million, écrasant son portable dans sa main. C'est pour ça que vous avez tenu à m'avertir ?

— Je n'ai jamais pu blairer les Polonais, répond très doucement l'avocat. Surtout les catholiques. Bonsoir, monsieur Sockovski.

Million raccroche. Socko ne peut plus se contenir, il hurle :

— Enculé ! Espèce d'enculé, je vais te défoncer la gueule ! Tu vas voir comment le Polonais va te mettre profond !

— Hubert ! Hubert ! crie Marie-Christine, bousculant sa chaise, se précipitant vers son mari. Tais-toi ! Tu deviens fou ? Tais-toi !

— Je t'em-mer-de ! beugle encore une fois Socko à son portable, avant de le jeter contre le mur où il explose.

Marie-Aude, la petite dernière, se met à pleurer. Sa sœur Anne-Laure aussi. Les deux grands, Jean-Hervé et Pierre-Marie, ne savent pas s'ils doivent rire ou s'effrayer de la fureur de leur père. Ils chuchotent « enculé » en baissant la tête pour ne pas se faire remarquer, « enculé », « enculé »...

Marie-Christine, blême, le souffle court, la poitrine soulevée d'émotion, demande :

— J'attends tes explications. Que se passe-t-il pour que tu te mettes dans un état pareil ?

— Il se passe que je suis viré, grogne Socko, les dents serrées, incapable de retrouver un semblant de calme.

— Viré ?

Socko s'emporte :

— Tu ne comprends pas le français ? Viré, « *fired* », comme m'a dit cet enculé d'avocat...

— Hubert, je t'interdis de parler comme ça ! Je ne tolérerai pas...

— Tu ne toléreras pas quoi ? dit-il en la saisissant par les bras. Tu ne toléreras pas que je sois viré ? Que Thorins soit envoyé en Serbie à ma place ? Que je sois jugé responsable de tout ce qui s'est passé à la Méka ? Qu'un enfoiré d'avocat m'appelle uniquement pour se régaler de m'annoncer la nouvelle ? Qu'est-ce que tu ne toléreras pas ?

— Je ne tolérerai pas que tu me parles sur ce ton et que tu me traites comme ça, réplique Marie-Christine en se dégageant.

Et, aux enfants :

— Prenez vos assiettes et allez manger dans la cuisine. Je dois parler à votre père.

— Pourquoi ils ne peuvent pas entendre ?

— Sortez ! répète Marie-Christine à ses enfants, pointant un doigt autoritaire en direction de la cuisine.

Jean-Hervé fait signe à ses frères et sœurs de le suivre et ils quittent la pièce, emportant leurs assiettes et leurs couverts. Socko soupire :

— Allez, vas-y, maintenant qu'ils ne sont plus là... Putain, c'est la journée !

Marie-Christine ferme bien la porte derrière Pierre-Marie, l'aîné :

— Je vais le dire, affirme-t-elle très calmement. Premièrement, je savais que Raph était nommé en Serbie, Rose m'avait informée. Il a dû partir juste avant ou juste après l'incendie.

— Quoi ? Tu veux dire que c'est lui qui...

— Écoute-moi. Deuxièmement : Rose engage une procédure de divorce. Elle tient à ce que Raph assume ses responsabilités vis-à-vis de la fille qu'il a engrossée. Mais, qu'il le fasse ou non, cela ne change en rien sa détermination. S'il le fait, elle considérera son attitude avec respect, s'il ne le fait pas, il n'aura droit qu'à son mépris.

Socko tente de l'interrompre, vraiment il n'en a rien à foutre de...

— C'est faire bien des histoires pour une pétasse qui...

— Attends, je n'ai pas fini.

Marie-Christine pâlit mais poursuit avec force :

— Troisièmement, je vais l'imiter. Je ne supporte plus tes mensonges, ton autoritarisme, tes absences, ton vocabulaire de charretier, ton cynisme vis-à-vis de ceux qui travaillent avec toi. Si tu étais parti en Serbie, peut-être aurais-je donné du temps au temps et l'éloignement nous aurait-il rapprochés, même si ça te paraît paradoxal. Le père Andrej m'a encouragée dans ce sens.

Mais, puisque tu ne pars plus, les conseils du père Andrej sont désormais sans objet et je n'ai pas de raison de différer ma décision.

Cantine

La cantine de la Zitex est plus vaste que le self à la Méka. Carvin attend que tout le monde soit installé pour monter sur une chaise.

— Vous avez tous entendu la télé, dit-il. Sidot va porter le chapeau et notre action va passer à la trappe comme l'œuvre d'un déséquilibré. Nous devons d'urgence remettre les pendules à l'heure.

— Remettre les pendules à l'heure ? demande Chavarre, toujours prêt à faire entendre sa voix. Ça t'emmerderait d'être plus clair ? On ne travaille pas dans l'horlogerie...

Carvin lui accorde un sourire et répond :

— Je vais l'être. Voilà ce que je propose : nous allons rédiger un texte revendiquant collectivement l'incendie de la Méka. C'est nous, nous tous ici – et j'espère vous de la Zitex –, qui revendiquons d'avoir mis nos menaces à exécution devant la fin de non-recevoir qui nous a été opposée par la direction et les pouvoirs publics. Cet incendie n'est pas un acte criminel, c'est un acte politique.

— Carvin a raison, s'enthousiasme Corda. Il faut revendiquer politiquement ce que nous avons fait et prévenir que nous recommencerons demain ici, si le même mépris, le même cynisme demeurent les seules réponses aux personnels en lutte pour leur emploi.

Zertal ne peut pas laisser passer l'affirmation :

— Attends, tu veux dire qu'ici, à la Zitex, si la négo foire comme elle a foiré pour vous, il faut tout faire sauter ?

— Oui, dit Corda avec un accent de tristesse. Nous, nous avons perdu, peut-être que vous perdrez aussi, et peut-être d'autres encore, jusqu'au jour où nous ne perdrons plus et que tout changera.

— Tu te rends compte de ce que tu proposes ?

— Parfaitement, confirme Corda. Comme Carvin l'a dit, nous ne pouvons compter sur personne d'autre que sur nous-mêmes. Sur ce qui est en nous. Ce que personne ne peut nous prendre. Notre colère, notre force, notre dignité.

— Tu veux la guerre ?

— Je ne veux rien, soupire Corda, c'est la guerre. La guerre de classes, comme disent les anciens.

Carvin reprend les choses en main.

— Je vais écrire le texte, ce ne sera pas long. Une revendication claire et nette que je demanderai à tous de signer et que nous ferons porter dès ce soir à *La Voix du Nord*.

— Il vaudrait mieux que vous le communiquiez à tous les journaux, suggère Anath. Par mail, c'est facile, et vous devez élargir vos actions…

C'est au tour de Bona de se faire entendre :

— Moi, je crois que tous ceux de la Zitex doivent signer sans se poser plus de questions. Il faut qu'on arrête de penser qu'il y a la Zitex et la Méka. Il y a la Mézi ou la Catex, comme vous voulez, mais ce qui fait sens, c'est notre unité dans la lutte. Le texte de Carvin, il faudrait que non seulement tous ceux qui sont ici le signent mais qu'on rameute tous ceux qui ne sont pas là. Personne ne doit rester en dehors. S'il y avait cinq

cents signatures disant : c'est nous qui avons mis le feu à la Méka comme la Méka a incendié nos vies, les flics ne pourraient rien faire et l'impact serait énorme. Ça voudrait dire ce n'est pas à la Méka ni à la Zitex que nous mettons le feu, mais au système qui permet à des boîtes de procéder de cette façon sans jamais en supporter les conséquences !

— En tout cas, moi, je ne signerai jamais en premier ! jure Moffat. Tu connais la règle : premier sur la liste, premier au Pôle emploi !

Plusieurs l'approuvent. Oui, c'est dangereux de signer, que ce soit par ordre alphabétique, par ordre d'arrivée, il y aura toujours des premiers et des derniers, et tout le monde sait que les premiers...

— J'ai la solution, dit Weber, qui s'était tu jusqu'alors. Mon grand-père m'a raconté qu'en 36 ils se sont trouvés devant le même cas : personne ne voulait signer en premier la déclaration de grève pour les mêmes raisons que celles du camarade...

— Moffat !

— Eh bien, camarade Moffat, qu'est-ce qu'ils ont fait ? Ils ont fait preuve d'ingéniosité, d'intelligence, ils ont signé en rond ! Comme ça, pas de premier, pas de dernier...

Noir

Sans que Socko en ait vraiment conscience, ses pas le conduisent jusqu'à la Méka. Il fait nuit noire, le ciel gris s'est dissous et répandu sur la terre. Après le feu et l'eau, après les sirènes des pompiers, celles de la

police, du Samu, après le grondement des brasiers, le tonnerre des lances, les cris, les ordres, c'est le silence dans le périmètre de l'usine. L'espace est sécurisé, entouré de barrières métalliques et des rubans de la police interdisant l'accès au site. Une voiture de patrouille est en faction, garée près de ce qui était l'entrée principale mais où il ne reste rien après l'incendie, ni grille, ni guérite de gardien, écrasées par les bulldozers des pompiers. Socko adresse un salut de la main au conducteur et se glisse sous le ruban sans que personne ne tente de le dissuader ou ne lui interdise de le faire. Le sol est encore détrempé d'avoir été arrosé et arrosé encore et arrosé longtemps par les lances à incendie de deux casernes de pompiers. C'est un magma noirâtre, boueux, qui colle à ses semelles. Socko s'en moque. Il pense qu'il patauge dans la merde comme il patauge dans sa propre vie et cette idée l'amuse, elle ne l'abat pas. La veille encore il était le patron d'une grande usine, promis à une carrière internationale, peut-être à la fortune, le mari comblé d'une femme riche, le père de quatre enfants en bonne santé, brillants à l'école, un membre éminent de la société lilloise, jouant au golf, au bridge, le meilleur des quatre basses des chœurs de la Vierge noire de Czestochowa… Il est toujours le même et pourtant il n'est plus rien, qu'un anonyme qui arpente une terre vaine et désolée, une ombre au milieu des restes calcinés de la Méka.

Socko s'arrête.

Lui qui vivait, le voici mort.

Comment continuer ? Comment marcher ? Comment se lever, se nourrir, respirer ? Un instant il est tenté de proférer haut et fort les paroles de Jésus en croix : « Mon Dieu, mon Dieu, pourquoi m'as-tu abandonné ? »

L'obscurité est telle que Socko doit avancer à petits pas, prenant garde aussi bien aux trous creusés par l'eau qu'aux morceaux de ferraille qui hérissent le sol. Il va droit devant. Il veut traverser la zone ravagée, parvenir de l'autre côté, atteindre les limites du monde et tout recommencer. Il voudrait penser à ce qui lui arrive, réfléchir à son destin, mais il n'analyse rien, ne ressent rien. Il marche, c'est tout.

Socko remonte son col. La veste qu'il a sur le dos pèse sur ses épaules et le protège peu du vent qui le fait frissonner. En se retournant, au loin, il peut voir briller l'éclairage qui borde les barrières de sécurité, mais ailleurs il ne voit rien. Ni devant, ni derrière, ni en haut, ni en bas.

Que du noir, du noir, du noir...

Soudain son pied s'enfonce jusqu'au genou dans la bouillasse. Il doit faire un grand effort pour se dégager. En tirant sa jambe, Socko y laisse sa chaussure droite.

— Putain de merde ! jure-t-il, plongeant le bras dans la boue pour tenter de la reprendre.

En vain.

Il ne réussit qu'à tremper la manche de sa veste.

À présent, il y a de l'eau sale et de la terre gluante sur le bras de Socko, qui semble ne pas en revenir. C'est une marque d'infamie, un affront qu'il essaye de nettoyer par petites tapes, mais il se décourage vite. Cela ne sert à rien. Comme cela ne sert à rien de garder une seule chaussure !

— Oui, dit Socko, parlant tout seul. Non, ça ne sert à rien !

Et il enlève sa seconde chaussure.

Et, comme il a enlevé ses chaussures, il enlève aussi ses chaussettes et sa veste souillée qu'il envoie loin de lui. Puis il reprend sa marche pieds nus, en chemise, la

tête au vent, défiant les ombres dangereuses des vestiges de la Méka, les voiles nuiteux qui l'aveuglent et l'égarent. Il avance, les bras tendus pour tâter la nuit. Il veut aller de l'avant, écarter les spectres qui se dressent devant lui. Les monstres qui veulent sa peau, qui l'acculent, cherchent à l'assaillir, à le déchirer, à le lacérer de leurs doigts crochus, Thorins, Million, Walters, Marie-Christine, le préfet, les membres du CE et les autres…

Socko, petit à petit, accélère le pas. Il sent quelqu'un qui avance à ses côtés. Un enveloppé de blancheur qui perce l'obscurité pour lui ouvrir la route. La nuit n'est plus un obstacle. C'est une force qui vient à son secours, qui le porte, l'exalte. Une légion d'anges armés va descendre combattre pour sa cause.

Il chante le psaume :

Élève-toi mon âme
Sans cesse élève-toi !

C'est à cet instant qu'il trébuche et tombe à plat ventre dans une grande flaque où surnagent des résidus d'huile de moteur, lourde et grasse. Il rampe le long d'un mur noirci, se relève en y prenant appui, dégoulinant, le visage maculé, les mains boueuses. C'est un golem jailli d'un marécage. Il crache, il peste, il jure. Puis, poussant un long cri, il arrache sa chemise et enlève son pantalon couvert d'ordure, le piétine avec rage avant de reprendre sa marche.

Élève-toi mon âme
Sans cesse élève-toi !

Socko n'a plus rien sur lui. Il est seul au creux des ruines, transi, tremblant de froid et de colère. Il hurle

son chant comme une bête blessée. Il n'y a personne pour l'entendre, ni sur terre ni au ciel. Il erre sale et nu dans le noir, dans le silence de Dieu.

Paroles de dirigeants

Catherine Procaccia (sénatrice UMP du Val-de-Marne) : « Il n'est pas contestable qu'un nombre important d'accidents du travail résultent en fait de l'imprudence du salarié. »

Laurence Parisot (présidente du Medef) : « La vie, la santé, l'amour sont précaires, pourquoi le travail échapperait-il à cette loi ? »

Interrogatoire 1

« Nous avions donné quarante-huit heures à la direction de la Méka et aux pouvoirs publics pour présenter un plan crédible de reprise de l'activité ou la mise en place immédiate de conditions décentes et dignes pour accompagner sa cessation. Ce délai a expiré sans que nous ne recevions autre chose qu'un silence assourdissant. Contrairement à la direction et aux pouvoirs publics, fidèles à nos engagements, nous avons mis à exécution ce que nous nous étions promis de faire si nous n'obtenions pas satisfaction sur l'un ou l'autre point. L'incendie des stocks de la Méka, des ateliers et

des camions venus déménager les machines n'est pas accidentel, ni l'œuvre d'un seul homme. Nous le revendiquons comme un acte politique en réponse à l'agression inouïe subie par le personnel de l'usine, qui a laissé près de quatre cents personnes non seulement sans emploi mais sans aucun avenir.

« Notre combat continue.

« Il continue et continuera dans la même forme, dans d'autres lieux tant que le mépris demeurera la seule réponse à nos revendications. Notre détermination est intacte, comme notre volonté d'accorder toujours nos actes et nos paroles. »

La publication de ce texte signé par l'ensemble des employés de la Méka et ceux de la Zitex présents sur le site, ouvriers, cadres, commerciaux, intérimaires, apprentis, provoque l'arrivée conjointe à l'usine de la gendarmerie et de plusieurs journalistes de la presse écrite et de la télévision. Weber, interrogé par un sous-officier, en profite pour lui soutirer des informations sur l'état de l'enquête, tandis que Carvin se retrouve nez à nez avec Jean-Baptiste, le stagiaire de *La Voix du Nord*, de nouveau en service commandé.

— Je peux vous poser quelques questions ?

— Non, répond Carvin, je n'ai rien à vous dire. Lisez le texte que nous avons publié, tout y est.

— Ce ne sera pas long, insiste Jean-Baptiste, je veux juste…

Carvin prend le bras du gros jeune homme pour le reconduire vers la grille.

— Je vais vous donner un conseil : allez donc interviewer le préfet ou Socko ou l'avocat Machin, celui qui « aime les prédateurs parce qu'ils vivent d'expédients »,

et recopiez soigneusement ce qu'ils vous dicteront. Dans deux ans, vous serez chef de service !

— C'est pas moi qui…

— Je sais que ce n'est pas vous. Si votre canard veut connaître ce que nous pensons, qu'il commence par publier exactement nos propos sans les réécrire à sa sauce ni les y noyer. OK ?

— Je ne sais pas s'ils seront d'accord. C'est Leroux qui devait venir mais il m'a envoyé parce qu'il est sur un coup, pour acheter un petit bateau pour sa femme et…

Carvin s'arrête net et force Jean-Baptiste à s'arrêter aussi.

— Eh bien allez dire de ma part à Leroux sur son bateau de merde que l'incendie de la Méka n'est qu'une étincelle. C'est comme pour la tempête, personne n'a rien vu venir et d'un coup elle était là. Pour nous, c'est pareil. Aujourd'hui, c'est la Méka, demain la Zitex, après-demain qui sait qui ce sera ? Mais ce sera, je peux vous l'assurer.

— Vous parlez trop vite, balbutie Jean-Baptiste. J'ai rien noté.

— Ce n'est pas grave, sourit Carvin, ce qui est dit est dit.

Interrogatoire 2

Le sous-officier de gendarmerie qui interrogeait Weber veut également entendre Carvin, ainsi que tous les délégués du personnel. Carvin ne fait que répéter ce que Weber a déclaré : comme tous les autres, il

revendique l'incendie de la Méka en réponse aux agissements non seulement de la direction française de l'usine, dont le cynisme le révulse, mais aussi des pouvoirs publics qui les ont abandonnés et des patrons du groupe aux États-Unis sous la coupe d'un fonds spéculatif.

Le gendarme n'a pas plus de succès avec Monnier, mais il hérite en prime d'une leçon de morale :

— Vous savez combien les États européens ont dépensé pour sauver les banques ? D'après Fabius, mille sept cents milliards de dollars, ou d'euros, je ne sais plus ! Plus que l'aide aux pays pauvres en cinquante ans. Mais, pour sauver nos emplois, combien croyez-vous que l'État, les banques, le groupe AMC sont prêts à dépenser ? Rien : zéro euro, zéro dollar, zéro centime. C'est indigne ! C'est immoral ! J'ai deux enfants et...

— Je ne suis pas là pour discuter de ça, monsieur.

— Mais c'est toute la question ! Mes enfants militent à RESF[1], eh bien, si l'on compare la situation des demandeurs d'asile...

Le gendarme revient fermement à l'objet de sa visite :

— Je vous en prie, monsieur, je ne suis pas ici pour parler de vos enfants, revenons à l'incendie ! Vous étiez au monument aux morts pour le dépôt de la gerbe ?

— Bien sûr. Où voulez-vous que je sois ?

— Vous n'étiez pas à l'usine ?

— J'imagine que vous avez des photos de la cérémonie ? Il y avait plein de photographes, il devait bien y en avoir un de chez vous. Vous n'avez qu'à regarder les clichés !

---

1. Réseau éducation sans frontières.

— Et, comme vos collègues, vous revendiquez l'incendie ?

— Évidemment que je le revendique ! Mais, que nous ayons mis le feu ou qu'il ait pris par accident, nous sommes innocents. Si vous cherchez des coupables, allez donc interroger ceux qui sans états d'âme sont capables de nous expédier *ad patres* comme si nous n'étions rien, comme si nous n'avions pas tout donné à l'entreprise. Vous savez depuis combien de temps j'y travaillais ?

— Monsieur, je vous en prie, ne nous égarons pas. Je...

— Je ne m'égare pas. Dix-sept ans que je travaillais à la Méka. Dix-sept ans sans un retard, sans un arrêt maladie, sans une faute... Et qu'est-ce que je reçois ? Une lettre avec un timbre de la Saint-Valentin. Un cœur fleuri pour me dire : vous êtes viré, sans autre motif que celui d'arranger les investisseurs américains. Vous ne trouvez pas qu'il y a de quoi foutre le feu à la baraque ?

Interrogatoire 3

Carvin s'approche de Mlle Poinseau qui, de loin, les mains dans les poches de son blouson rouge, regarde les gendarmes et les journalistes papillonner de l'un à l'autre.

— Les flics t'ont demandé quelque chose ?

Elle a pris froid. Encore le vent, toujours le vent...

— Non, dit-elle en se mouchant. Les journalistes non plus.

— Et tes collègues ?
— Les filles ?
— Les Mémercenaires...
— Personne.

Carvin hoche longuement la tête.

— C'est bien ce que je pensais. Ils ne savent pas vraiment sur quel pied danser mais, en tout cas, ils n'imaginent pas un instant que c'étaient des filles à la manœuvre. Vous serez peinardes.

— C'est le pompon ! Tu veux dire que notre tranquillité est assurée par la connerie machiste ?

Mlle Poinseau se met face à Carvin.

— Je suis fière de ce qu'on a fait, prononce-t-elle, presque sans ouvrir la bouche. Fière que ce soit des filles, des femmes qui aient été à la manœuvre, comme tu dis. Fière de l'avoir réussi comme nous l'avons réussi. Et, sincèrement, ça me fait mal de ne pas pouvoir le revendiquer à 100 %...

— T'as raison, tu peux être fière, vous pouvez toutes l'être. C'était vraiment du boulot de pro !

Ils se taisent, le temps de laisser passer le sous-officier de gendarmerie, poursuivi par Monnier qui a encore beaucoup de choses à lui dire. Et pas des moindres !

— Premièrement, notez bien que, si l'usine est française, la société est américaine et les Américains...

— C'est triste, pour Sidot, souffle Mlle Poinseau, serrant son mouchoir dans sa main.

— Nous ne pouvions pas prévoir. Les consignes étaient claires : personne ne devait rester dans l'usine et les CRS garantissaient que personne n'entrerait tant que nous serions au monument aux morts.

— À part toi, vous étiez combien à savoir ce qui allait se passer ?

— Est-ce que je te demande comment vous avez fait ? Non. Alors, ne me demande pas qui savait. Ce n'est pas important.

Carvin pose ses mains sur les épaules de Mlle Poinseau et l'embrasse sur les deux joues :

— Savait qui devait savoir.

Interrogatoire 4

À la Méka, parmi les ouvriers, Weber était le seul à porter une cravate, quelle que soit sa tâche. En grève, même après des nuits passées à assurer la permanence, il est toujours tiré à quatre épingles, toujours avec une chemise fraîche, repassée, impeccable. Weber fait face à une dizaine de journalistes de la télévision et de la presse écrite. Personne mieux que lui ne maîtrise les données du conflit. Comme il dit : « Hélas, j'ai déjà vu le film plusieurs fois. » Et c'est vrai, il en sait plus que les énarques poupins, les préfets fraîchement débarqués, les reporters pressés. Sa déclaration est profondément réfléchie, exposée d'une voix égale, sans hausser le ton, sans trémolos :

— Nous ne sommes pas des terroristes. Nous ne réclamons pas la lune. En tant que délégué du personnel, en tant que militant CGT, je demande que les responsables patronaux et politiques prennent enfin leurs responsabilités, sinon ce qui se passera demain sera encore plus grave que ce qui vient de se passer. Le désespoir des salariés de la Méka, de la Zitex et de tant d'autres en France réclame d'être entendu. Quand les pouvoirs publics, les directions et les actionnaires

des entreprises nous disent : il n'y a pas de ligne budgétaire pour régler vos problèmes, ils jouent avec le feu. Lorsque les gens portent le désespoir de toute une région sinistrée et sont acculés, dos au mur, tout devient possible.

— Croyez-vous qu'il n'y ait pas d'autre issue à ces conflits que la violence ? demande un reporter de France 2.

— Vous n'avez pas d'autre question ?

— Pourquoi ? Ça vous gêne de répondre ? Vous revendiquez pourtant l'incendie de la Méka comme un geste politique.

— J'appelle à se révolter contre le sort qui nous est fait. À nous et aux autres qui sont dans la même situation que nous. C'est le sens de notre présence ici. La Méka, la Zitex ne sont que des gouttes d'eau dans une mer d'injustice. Cette mer doit se lever en tempête contre la brutalité constante du patronat. Si vous voulez remettre ça sur la violence des salariés, pour une fois n'oubliez pas de la mesurer au regard de la violence patronale, et vous verrez alors où se situe la vraie violence, où sont les terroristes, où sont les incendiaires.

Interrogatoire 5

Bona réclame Mlle Poinseau pour poser avec lui devant une banderole *Zitex-Méka même combat !*.

— Voilà, dit-il au photographe, vous avez devant vous le symbole même de notre lutte : une femme de la Méka et un homme de la Zitex, réunis sur la même photo. Vous pourrez le marquer en légende…

L'homme plaisante :

— Souriez ! Vous êtes très beaux. On dirait une photo de mariage…

Bona fait semblant de ne pas avoir entendu. Le photographe conseille :

— Parlez-moi, ce sera plus naturel !

Bona ne demande que ça. Ceux qui le connaissent savent qu'il est dangereux de l'encourager à le faire. Quand il commence, plus rien ne l'arrête.

— Il faut cesser de présenter les conflits sociaux en France comme des conflits locaux, liés à des particularismes régionaux ou industriels. Il y a en réalité un seul et même conflit entre le patronat et les forces politiques qui le soutiennent et les salariés. En bon français, ça s'appelle la « lutte des classes ».

— Vous croyez encore à ce genre de vieilles lunes ? demande le photographe, déclenchant son appareil en rafale.

— Ce n'est pas une question de croyance, répond Bona. Nous ne sommes pas agenouillés à l'église, les yeux tournés vers le ciel. C'est une observation objective de ce que nous vivons. Et c'est d'une urgence vitale que chacun comprenne comment la lente accumulation du capital a donné à ce dernier au fil des siècles un pouvoir qu'aucun roi, aucun empereur n'ont jamais eu.

— Moi, je l'ai compris, dit Mlle Poinseau en lui offrant un joli sourire.

Et, faisant l'idiote :

— Pourtant, je ne suis qu'une femme…

Le photographe en profite pour la mitrailler pendant qu'elle parle.

— Qu'est-ce que vous avez compris ? relance-t-il, cherchant à la faire réagir.

Le rire de Mlle Poinseau se répercute en écho :

— Vous rigolez ou vous me prenez vraiment pour une conne ?

— Engueulez-moi ! Je veux voir vos yeux briller de colère !

Mlle Poinseau joue le jeu :

— Vous ne croyez pas que notre pays se transforme petit à petit en asile de fous ? Regardez, qu'est-ce qu'on voit ? Les plus pauvres des plus pauvres obligés de se battre avec encore plus pauvres qu'eux pour subsister. Des enfants qui ne mangent pas tous les jours ou alors des saloperies parce que les cantines scolaires ne sont pas gratuites, des femmes obligées de faire soixante heures par semaine dans trois petits boulots pour gagner à peine le smic, toute une armée de chômeurs errant sans espoir de retrouver un jour un emploi digne de ce nom. Et surtout, à tous les niveaux de l'État, du mensonge, du mensonge, du mensonge ! Voilà ce que j'ai compris. Et, si une pauvre conne de fille comme moi l'a compris, un crétin de photographe comme vous devrait le voir comme le soleil en pleine nuit.

La photo paraîtra dans *Aujourd'hui en France*, légendée : « La nouvelle lutte des classes : l'alliance de la révolte et de la beauté ».

Paroles de dirigeants

Nicolas Sarkozy (président de la République) : « Je propose à la majorité présidentielle le choix suivant : politique sociale, le travail, politique éducative, le travail, politique économique, le travail, politique

fiscale, le travail, politique de concurrence, le travail, politique commerciale, le travail, politique de l'immigration, le travail, politique monétaire, le travail, politique budgétaire, le travail. Je vous propose de faire comme politique celle du travail. »

Christine Lagarde (ministre des Finances) : « Je considère que l'influence sur l'emploi des mesures décidées par le gouvernement va continuer à monter en puissance même si la situation du marché du travail reste difficile. La tendance à la dégradation de l'emploi devrait se poursuivre plusieurs trimestres, car une reprise graduelle de l'activité ne se traduirait pas par un repli immédiat du chômage. »

Hôpital

Marie-Christine attend dans le couloir de l'hôpital où Socko a été admis en psychiatrie. Une patrouille de la police municipale l'a intercepté alors qu'il errait pratiquement nu au milieu des ruines de la Méka. Pour l'instant, elle n'a pas le droit de le voir, le professeur Jolas est à son chevet. Un psychiatre réputé, également psychanalyste, qu'elle a eu l'occasion de croiser lors de réceptions officielles à la mairie, à la préfecture ou à la fête annuelle du cours privé que Xavier, l'aîné du médecin, fréquente dans la même classe que le sien. Marie-Christine se raccroche à l'idée que cela crée un lien entre eux. Que son mari n'est pas entre des mains anonymes. Le professeur Jolas, nœud papillon, chemise brodée

à ses initiales, blouse négligemment jetée sur les épaules, est d'une politesse désuète :

— Mes hommages, madame, dit-il en saluant Marie-Christine.

— Comment va-t-il ?

— Pour l'instant, il dort...

— Je ne peux pas le voir ?

— Non, il dort, répète Jolas, invitant Marie-Christine à se diriger vers la sortie.

Leurs pas sonnent fort sur les dalles du couloir qui donne sur le jardin à l'herbe rare, une arcade couverte peinte en vert amande, aux ouvertures grillagées.

— Il ne vous a rien dit ? demande anxieusement Marie-Christine.

Jolas prend un temps pour répondre, mesurant ses paroles.

— Il était assez confus, cherchant quelque chose comme un nouveau monde, un au-delà. Je dirais qu'il est dans un état de déréalisation, un état confusionnel teinté de mysticisme...

— Qu'est-ce que vous allez faire ?

— D'abord, je vais le garder en observation, répond Jolas avec une certaine condescendance.

— Longtemps ?

— Chère madame, pardonnez-moi si je ne peux vous répondre avec précision. Sans doute quelques semaines.

Marie-Christine s'effraye :

— Quelques semaines ?

Jolas se veut rassurant :

— Pour l'instant il est sous anxiolytiques et sous antidépresseurs. Vous devez comprendre qu'il a subi un grand choc. Ce qui n'est pas inhabituel pour les hommes qui, comme lui, présentent une hypertrophie

du moi. Quand ils craquent, ils craquent. Il faut donc le temps qu'il redescende, qu'il retrouve suffisamment de lucidité pour verbaliser, pour établir les faits et les causes.

Ils sont arrivés à la porte. Jolas l'ouvre et demande négligemment :

— Tout se passait bien chez vous ?

— Vous savez, mon mari ne vit que pour son travail. La fermeture et l'incendie de l'usine...

— Ah oui, j'ai vu le journal, c'est moche, l'interrompt Jolas, hochant la tête.

— Si je reviens demain, je pourrai lui parler ? s'inquiète Marie-Christine.

— Je ne crois pas. À part ce que je vous ai dit, il se tait.

— Au moins le voir ?

— Ce sera encore trop tôt. J'ai votre portable, je vous préviendrai.

Un pâle sourire de politesse se dessine sur le visage de Marie-Christine.

— Merci, docteur, j'attends votre appel.

Jolas, plus porté à questionner qu'à informer, s'incline en lui serrant la main.

— Vous n'avez pas vraiment répondu à ma question : comment ça se passait à la maison ?

— À la maison ? Bien... Bien, pourquoi ?

Il insiste, sans la lâcher :

— Étiez-vous satisfaite ?

— Pardon ?

— Dans votre couple, les choses allaient bien ?

Des larmes de nervosité et de crainte montent aux yeux de Marie-Christine, elle se domine.

— Nous allions engager une procédure de divorce.

Discussion

Les journalistes et les gendarmes partis, ceux de la Méka et de la Zitex se regroupent pour la discussion qui doit fixer les positions de chacun. C'est une réunion importante, décisive même. Tous en sont conscients.

— D'abord, dit Zertal à l'attention des anciens de la Méka, je veux vous remercier de votre soutien et de votre présence ici.

Il s'éclaircit la voix.

— Je ne vais pas vous mentir : ça m'a gonflé de vous voir débarquer. J'avais l'impression que vous alliez nous nuire plus qu'autre chose. Que, d'une certaine manière, vous vampirisiez notre lutte pour poursuivre la vôtre...

Zertal marque un temps, mais, comme personne ne semble vouloir intervenir, il poursuit :

— OK, j'étais contre votre débarquement, j'avais tort. Pardon. Votre présence nous a permis de faire une chose à laquelle nous n'étions jamais parvenus : faire entendre notre voix au niveau national. Je ne sais pas ce qui restera de ce que nous avons dit aux journalistes, mais quelque chose passera et les pouvoirs publics, le gouvernement ne pourront plus dire qu'ils ne sont au courant de rien, qu'ils n'ont rien vu, rien su. Rien que pour ça, merci. Merci de tout cœur.

À nouveau Zertal s'arrête et en profite pour avaler une gorgée d'eau :

— Demain, nous avons un rendez-vous très important à la sous-préfecture...

Il ricane :

— Oui, je sais, vous à la Méka, vous aviez rendez-vous à la préfecture... Eh bien nous, sans doute parce qu'on nous considère comme une entreprise de seconde

division, c'est la sous-préfecture ! N'empêche, demain nous devrions prendre connaissance d'un plan de reprise piloté conjointement par le sous-préfet, l'administrateur et la chambre de commerce.

— Alors qui reprend, finalement ? s'inquiète Weber.

— Pour l'instant on ne sait pas le nom du repreneur, ni la nature de la reprise et des compensations prévues pour ceux qui ne seront pas gardés dans la nouvelle organisation.

Monnier s'étonne.

— Vous ne savez pas qui est le repreneur ? L'administrateur ne vous a pas informés, ni lui ni personne ?

— Si, corrige Zertal, on sait qu'il est soutenu par un fonds de pension, qu'il est intéressé uniquement par notre département « luxe », impression sur cuirs et sur tissus. Mais le nom du fonds et qui sera à la tête de la nouvelle entité, ça, nous n'en savons rien. Nous devrions le savoir demain.

— Et pour les indemnités ? demande Carvin, assis près d'Anath, cuisse contre cuisse.

— Ça, je crois que c'est du ressort de l'administrateur sous le contrôle de l'État... avance Lousson, incertain de son affirmation.

Zertal est plus précis :

— C'est une négo à quatre. Nous, le repreneur, l'État et l'administrateur...

Moffat intervient :

— Ils savent bien ce que nous voulons. Nous l'avons mis noir sur blanc dans un mémorandum adressé à tous ceux qui sont concernés. Nous attendons des réponses claires sur les conditions de la reprise, les salaires, la prime allouée aux partants, etc. Il ne s'agit plus de discuter mais de décider.

— T'es de quel syndicat ?

— Je ne suis pas syndiqué, ça te pose un problème ?

Le ton agressif de Moffat n'impressionne pas Carvin.

— Aucun, répond-il aimablement. Syndiqués, pas syndiqués, nous sommes tous dans la même galère et, si t'as de bonnes idées, toutes les bonnes idées, d'où qu'elles viennent, sont bonnes à prendre.

— Tu vois, dit Moffat en regardant Zertal, il n'est pas comme toi, il ne m'en chie pas une pendule que je ne sois pas syndiqué...

Zertal refuse de polémiquer. Carvin regrette de l'avoir mis dans l'embarras. Il lève la main et reprend la parole :

— Excusez-moi, je ne veux pas foutre la merde, mais j'ai envie de vous poser la question que j'ai posée dix fois à ceux de la Méka quand nous étions dans cette situation : si les réponses que vous attendez sont toutes négatives ou très loin de ce que vous espérez, qu'est-ce que vous faites ?

— Je te retourne la question, dit Zertal. Si nous obtenons gain de cause sur tous les points, qu'est-ce que vous faites ? Vous continuez d'occuper la Zitex comme si c'était la Méka ou vous pliez bagage avec nous si on décide de mettre fin au conflit ?

Weber s'empresse d'affirmer :

— Si – ce que je vous souhaite ! – vous obtenez réellement des réponses concrètes en termes d'emplois et de dédommagements et que vous décidez de reprendre le collier et de tirer le rideau sur la grève, nous le tirerons avec vous, quitte pour nous à trouver ailleurs de nouvelles formes de lutte.

— Et si vous n'obtenez rien, insiste Carvin, je me répète : qu'est-ce que vous faites ?

Zertal s'amuse de son obstination. Il est convaincu d'une chose : le radicalisme ne mène jamais à rien dans

les négociations, ni le « spontanéisme ». Carvin ne veut faire aucune distinction entre syndiqués et non-syndiqués, OK, il exalte l'impatience, très bien, il nie le rôle de l'organisation, la responsabilité des organisations syndicales et veut passer à la trappe la précieuse expérience accumulée dans les luttes antérieures, parfait... Le modèle est classique. Zertal le connaît par cœur ! S'il l'écoutait, ils iraient droit à la catastrophe.

Heureusement, Zertal a la tête solidement arrimée sur les épaules.

— Sincèrement, je crois qu'il y a très peu de chances que nous n'obtenions rien, dit-il d'une voix d'instituteur. Et, encore une fois, grâce à vous. Tu te souviens de notre discussion sur la menace symbolique et l'exécution réelle d'une menace ? Eh bien, ce qui était pour nous symbolique est devenu pour eux réel. Pourquoi ? Parce que vous aviez menacé de foutre le feu à la Méka et que vous l'avez fait. Que vous l'ayez voulu comme ça ou que ça vous ait dépassé, c'est la même chose. Ça a brûlé. Ça a brûlé réellement. Grâce à ça, aujourd'hui nos interlocuteurs savent que nos menaces ne sont pas du bluff, que nous avons les moyens et les hommes pour les mettre à exécution. C'est pour ça que je dis, que j'affirme qu'ils ne prendront pas le risque d'arriver les mains vides...

Carvin se bute :

— OK, admet-il, mais si ça arrive ?

Zertal n'en peut plus de ces questions qui ne servent qu'à montrer à tous qu'on en a dans la tête. Pour jouer l'avocat du diable. Il s'emporte :

— Ah, tu me fais chier, Carvin ! Si tu veux, je te le signe tout de suite : ça n'arrivera pas.

Il détache les syllabes une à une :

— Ça n'ar-ri-ve-ra pas.

Et, pointant son index vers la poitrine de Carvin :
— Parce que, si ça arrivait, j'aime mieux ne pas penser à ce qui leur tomberait dessus !

Vies parallèles 8

La Zitex est vaste et vide. Anath et Carvin trouvent un coin tranquille au sous-sol pour se parler sans témoins. Bona et Mlle Poinseau font la même chose, ailleurs, dans les stocks.

Sous-sol

Sombre et farouche, Anath a envie. Elle brûle d'impatience. Ça la travaille, ça l'envahit, ça la déborde. Elle est en tempête. Elle veut que Carvin la prenne là, sur le sol, le long du mur, n'importe comment, n'importe où, à la sauvage comme dans la chaufferie. Plus d'une fois, par provocation, son mari l'a présentée en société, disant : « Méfiez-vous d'elle, ange au-dehors, démon au-dedans ! »

Anath se pend à Carvin, l'embrasse, glisse sa main entre ses jambes.
— Attends, ordonne-t-il en la retenant.
— Qu'est-ce qu'il y a ?
— Dis-moi ce que tu penses de ce que Zertal vient de raconter.

Anath fait sa mauvaise tête, prête à mordre. Elle regimbe, répond à côté :

— Alors, ça y est, on se tutoie ? C'est le jour ? C'est l'heure ?

Carvin l'ignore. Il réfléchit :

— La réunion, le sous-préfet, le repreneur... Tout ça me paraît trop beau pour être vrai.

— Bien sûr que c'est trop beau pour être vrai ! s'énerve Anath, les yeux au ciel, haussant les épaules, secouant la tête. Ou ce type est con au point de prendre ses désirs pour des réalités ou il s'aveugle comme on aveugle Michel Strogoff avec une barre de fer chauffée à blanc...

— Tu es d'accord avec moi ?

— Le sous-préfet n'a aucun pouvoir, tranche Anath. Déjà que le préfet...

— Et le fonds de pension est un leurre et le repreneur un fantôme ?

— Des spectres !

— Et leur prime un beau rêve ?

Anath tapote le front de Carvin :

— Mais c'est qu'il y en a, là-dedans...

— Ne te fous pas de moi !

— Je ne me fous pas de toi. Je suis sérieuse. Tu penses et tu comprends vite. J'aime ça, ça m'excite, ça me donne envie. Tu sens comme j'ai envie ?

Plus tard...

Anath a eu ce qu'elle voulait. En cherchant autour d'eux, ils ont trouvé des piles de rouleaux de papier peint pour s'allonger et ils s'y sont aimés, même si c'était dur, même si c'était froid, même si c'était comique de se rouler sur des oiseaux des îles et des grosses

fleurs éclatées. Anath n'avait jamais remarqué le tatouage de Carvin sur le biceps gauche, un serpent.

— C'est quoi, ça ? dit-elle en posant son doigt sur le dessin à l'encre noire.

— Un cobra.

— Un cobra ? Pourquoi un cobra ?

— Pour faire parler les filles ! proclame Carvin, heureux de constater que ça marche toujours.

Anath roule sur lui :

— Je veux tout savoir de ta vie, commande-t-elle. Raconte-moi tout, du début au cobra et du cobra à maintenant ; je te raconterai tout de la mienne, de l'instant où j'étais dans le ventre de ma mère jusqu'à l'heure où je suis dans tes bras...

— Pas la peine, répond Carvin. Non merci. Pour moi tu es née la première fois où nous avons fait l'amour. Avant, avant avant, ça n'a pas de place dans mon sac à souvenirs. Tu m'as fait voir ce que je devais voir, je l'ai vu, je n'ai besoin de rien d'autre sinon de toi aujourd'hui, de toi maintenant, de toi demain...

Il ne veut rien entendre sur la chambre vide, sur Bozo, sur Bischoff, sur son mari, ses peines de cœur passées, ses rêves d'adolescente, son frère Dany...

Anath persiste, s'entête :

— Tu as encore tes parents ?

— Non, répond Carvin à regret, ma mère est décédée et j'ai perdu de vue mon père depuis des lustres.

— Il est mort ?

— J'en sais rien, je m'en fous et je ne veux pas le savoir.

— Tu as des frères et sœurs ?

— Deux sœurs à qui je rends visite tous les trente-six du mois. Voilà, tu sais tout.

— Pourquoi tu ne veux rien dire ?

Carvin fait une grimace décourageante :

— J'entends encore ma mère m'envoyer promener quand je la bassinais avec mes histoires : « Raconte pas ta vie ! »

— Eh bien moi, je ne suis pas ta mère, proteste Anath. Sois gentil, j'ai besoin de savoir quelque chose de toi...

— Qu'est-ce que tu veux que je te raconte ?

— Je ne sais pas. Une chose de toi, juste une chose qui t'a marqué et que je garderai pour moi, pour moi seule, que j'emmènerai partout avec moi, en moi...

Carvin cède. Il n'a pas besoin de beaucoup réfléchir.

— Mon père était un homme violent, dit-il, prenant la main d'Anath dans la sienne. Il rendait ma mère responsable de tout ce qui n'allait pas dans sa vie. Et rien n'allait jamais, son boulot, la maison, ses enfants. Tout était une charge, une torture. Il se vengeait sur ma mère...

— Il la battait ?

— Oui, et nous aussi quand ça le prenait. Quand ma mère ne pouvait plus s'interposer. D'ailleurs mes sœurs ne s'en sont jamais remises. Elles vivent seules, sans homme, sans enfants.

— Elles vivent ensemble ?

— Oui, dans un coin perdu de Haute-Savoie. L'une est institutrice et l'autre assistante sociale.

Anath n'ose pas l'interrompre, demander comment s'appellent ses sœurs, leur âge, s'il a une photo, s'il a...

— Un jour qu'il était déchaîné, poursuit Carvin sans s'interrompre, mon père a pris le livre que j'étais en train de lire et l'a jeté par terre, me défiant de le ramasser. Je n'avais qu'un désir, qu'une envie, reprendre ce livre qui était mon secours, ma vie. Mais ma mère

m'avait appris qu'il ne faut jamais baisser la tête ni s'agenouiller devant quiconque. J'avais douze ans, mon père était beaucoup plus fort que moi. Et c'était mon père. Mais j'ai tenu bon. Je n'ai pas baissé les yeux et je ne me suis pas agenouillé. Alors il m'a frappé, frappé encore jusqu'à me faire saigner du nez et m'arracher des poignées de cheveux, mais je n'ai pas cédé.

Carvin ferme les yeux et les rouvre, furieux d'avoir parlé trop vite.

Il défie Anath :

— À toi ! dit-il avec brusquerie. Vide ton sac, puisque tu y tiens tant.

Anath se confie plus volontiers, sans manières, sans chichis.

— Mes parents sont morts, dit-elle, un stupide accident de voiture. Mon père était un chirurgien réputé et ma mère enseignait l'histoire ancienne, elle donnait en particulier un cours magistral sur Flavius Josèphe, l'historien juif. C'était une spécialiste des premiers siècles de l'ère chrétienne.

— Comme ton mari ?

— Non, lui, c'est plutôt le XVIe siècle... Ma mère était sa collègue à la fac.

— Il est beaucoup plus âgé que toi ?

— Vingt ans et un peu plus, avoue Anath. Je me suis mariée très jeune, contre l'avis de mes parents.

— T'avais peur de rester vieille fille ?

— Au contraire, je n'en pouvais plus de tous ces jeunes gens qui me tournaient autour comme des chiens en chaleur, qui me reniflaient, qui se frottaient. Avec Richard, ce n'était pas pareil, il...

Anath préfère parler d'autre chose :

— Il y a aussi mon frère Dany, dont tu as vu la photo, qui travaille dans l'industrie chimique, à Rouen.

Un sacré numéro ! Et toi, toi, toi, mon présent et mon « futur », comme auraient dit les jeunes bourgeoises avec qui je faisais des rallyes.

— Ça, ça me plaît d'être ton futur et que tu sois le mien ! Je ne veux regarder que devant moi et ne plus jamais me retourner.

Anath le taquine :

— « Du passé, faisons table rase » ?

— D'un certain passé, oui, sans hésitation ; mais pas de la mémoire.

Carvin l'attendrit.

— Ça me rappelle un cours de philo, soupire Anath : « Les trois catégories de l'esprit humain sont la raison, la mémoire et l'imagination »...

— Pour la mémoire et l'imagination, tu peux compter sur moi. Pour la raison...

— Tu es vraiment un drôle de type, avise Anath en le dévisageant.

— C'est toi qui es une drôle de fille !

Anath secoue la tête, non, non, non.

— Grave erreur de jugement, mon petit bonhomme ! Je suis toute simple, un vrai bébé qui mange, qui dort, qui veut aimer, être aimé et n'en faire qu'à sa tête.

— Mais qui n'hésite pas à faire le coup de poing, insinue Carvin avec l'air de celui à qui on ne peut rien cacher.

Anath se redresse, ses yeux rient :

— Définissez-moi le direct du droit, monsieur Qui-a-beaucoup-lu ?

Carvin se rembrunit.

— J'en sais rien, je n'ai jamais fait de boxe.

Au ralenti, Anath le frappe à la pointe du menton.

— C'est le plus court chemin du poing à la face de l'adversaire... dit-elle, professorale.

Et, roulant sous lui :

— C'est comme l'amour !

Stocks

Bona et Mlle Poinseau se glissent entre les énormes rouleaux de tissu conditionnés sous plastique. Bona tient à s'excuser.

— L'autre jour, explique-t-il maladroitement à Mlle Poinseau, je vous ai demandé votre taille. C'était déplacé, ça ne se fait pas. Je vous demande de bien vouloir m'exc...

— Ne vous en faites pas pour ça ! s'exclame-t-elle en riant. Ça ne m'a pas choquée !

— Quand même, je n'aurais pas dû...

— Vous m'avez bien avoué la vôtre et même votre poids !

— Oui, mais un homme, ce n'est pas la même chose.

— Vous voulez que je vous dise combien je pèse ?

Non, non, surtout pas ! Bona se lance d'une voix précipitée :

— Non, je veux que vous me disiez... ce que vous aimez manger ! Et, pour me faire pardonner mon manque de délicatesse... que vous acceptiez de dîner avec moi un soir où nous ne serons pas de piquet.

Voilà, il l'a dit. Il est sorti du bois et s'expose en plein champ, fantassin poitrine offerte à la mitraille. Mlle Poinseau observe avec une tendresse amusée ce

grand sifflet, rose d'émotion, tremblant comme un enfant ne sachant s'il va recevoir une tape ou un baiser.

— Je ne suis pas difficile, j'aime tout, dit-elle malicieusement. Et c'est quand vous voulez…

Bona est aux anges.

— Dans une autre vie, je serai cuisinier ! J'adore me mettre aux fourneaux. Vous verrez, vous ne serez pas déçue.

Mlle Poinseau fait un pas en avant.

— Embrassez-moi, dit-elle, très décidée.

— Hein ?

— Prenez-moi dans vos bras et embrassez-moi.

La franchise de la proposition paralyse Bona, qui reste droit comme un i, bloqué, les bras le long du corps.

— Je ne vous plais pas ?

— Ah si, vous me…

— Alors, embrassez-moi, vous me plaisez aussi, avoue Mlle Poinseau, très à l'aise. Ce n'est pas la peine de perdre du temps ni de faire comme si nous ne pensions pas à la même chose tous les deux. Demain, peut-être que ce sera trop tard. Peut-être que la grève sera finie. Vous repartirez dans votre vie, moi dans la mienne, et nous aurons tous les deux une pierre dans le cœur qui nous fera mourir de regret.

Mlle Poinseau se laisse embrasser, se laisse caresser, laisse la main de Bona prendre ses seins, glisser entre ses jambes, la sonder par-devant, par-derrière.

— Ne faites pas ça, dit-elle, s'écartant doucement de lui.

— Pourquoi ?

— Parce que ça me plaît…

Mais elle ne veut pas aller plus loin.

— Pas ici, pas comme ça…

Bona comprend. Elle a raison. Oui, lui aussi préférerait…

— « Si tu veux, nous nous aimerons avec tes lèvres sans le dire… » récite-t-il tout bas à son oreille.

Mlle Poinseau s'émerveille :

— Que c'est beau !

Sa bouche s'entrouvre, suppliante :

— Oui, aimons-nous avec nos lèvres…

Bona ne se dérobe pas, mais avoue honnêtement :

— Ce n'est pas de moi, c'est de Mallarmé.

— Maintenant, c'est de toi, puisque tu me l'as glissé dans l'oreille.

L'idée l'enchante :

— Tu sais, dit Bona, que c'est comme ça qu'on raconte que la Vierge a été fécondée. L'Ange lui a porté la parole de Dieu et c'est par l'oreille que Jésus est entré dans son ventre.

Mlle Poinseau blêmit. Si Bona savait…

— Je ne suis pas croyante, réplique-t-elle d'un ton sec. Je ne veux pas de ces histoires. Je n'aime pas ça.

Bona ne comprend pas pourquoi Mlle Poinseau semble soudain si irritée.

— Pardon, s'excuse-t-il, je disais ça comme ça…

Elle se radoucit, l'embrasse à nouveau :

— Je veux aller chez toi, murmure-t-elle en se blottissant contre lui.

— Maintenant ?

Mlle Poinseau lance en se sauvant :

— Dès que je connaîtrai le menu en détail !

Moulin réunit l'ensemble de son effectif dans les locaux de la SFS, la Société française de sécurité, dont il est le créateur, le patron et le leader dans les opérations délicates. Ils sont plus d'une trentaine sous ses ordres. Moulin revient sur le fiasco de la Méka, sur les paroles blessantes de Socko et les conséquences qu'elles peuvent avoir pour l'entreprise.

— C'est pas tellement qu'il refuse de me payer qui me fait chier, explique Moulin, c'est qu'on puisse dire que la SFS n'a pas été à la hauteur alors que ça semblait un jeu d'enfant...

— Rappelle-toi ce que le type tenait en main ! modère un de ses hommes.

— OK, c'était du lourd, mais c'est pas le problème. Le problème, c'est que tout le monde a pu voir que nous nous faisions virer.

— Il aurait pu aussi nous aligner comme des perdreaux.

— Il aurait pu... Ce n'est pas arrivé, tant mieux pour nous. Et d'ailleurs, si j'en crois les infos, ce dingue s'est fait cramer tout seul. Très bien, super, qu'il crève en enfer ! Reste que ça ne change rien, notre réputation en a pris un coup. Et on va corriger ça !

Il frappe du poing dans sa paume.

— Il paraît que tous les types de la Méka sont maintenant à la Zitex.

— C'est pas « il paraît », c'est sûr, affirme le grand Glosori, j'ai mon neveu qui habite juste en face. Il les a vus débouler.

— Impec. Donc, ils sont à la Zitex.

— Oui, ils sont à la Zitex, confirme Glosori.

Moulin prend un temps avant de continuer :

— Il se trouve que je connais bien la Zitex. Certains d'entre vous la connaissent aussi puisque nous avons déjà été faire le ménage là-bas pendant les grèves de 2002. Eh bien, on va y retourner. On va tous y retourner mais cette fois-ci avec ce qu'il faut pour être sûrs de ne pas se faire balader comme l'autre fois.

Glosori veut être sûr de bien comprendre :

— Tu veux dire qu'on fait une descente ?

— Tu l'as dit bouffi !

Le rire est général.

— On y va quand ?

— On va attendre qu'il fasse nuit et on va leur tomber dessus quand ces connards seront en train de saucissonner. Et on récure tout, du sol au plafond. On fait place nette, sans contrat, sans ordres, juste pour faire une démonstration de ce qu'on sait faire et donner la leçon qu'ils méritent à ces ouvriers de merde.

— Comment on fait le tri entre ceux de la Zitex et ceux de la Méka ?

— Je vais te raconter un truc, dit Moulin, tu vas comprendre. Un soir, à Toulon, j'ai vu une descente des MP américains dans un bar. Ils venaient récupérer des gens à eux qui foutaient le bordel en ville. Ils sont rentrés et, dix minutes plus tard, tout était sur le trottoir. Non seulement les hommes et les putes mais les tables, les chaises et même le comptoir ! C'est là qu'ils ont fait le tri entre les tafs ricains et les Français, tous pareillement matraqués, tous à moitié K.-O., sans distinction de sexe ni de nationalité.

Dany

Anath erre seule dans le grand atelier de la Zitex quand elle reçoit un appel de son petit frère, Dany, le directeur adjoint d'une usine chimique près de Rouen.

— T'es où ? demande-t-il, sans s'annoncer ni dire bonjour.

— Où tu veux que je sois ?

— J'ai vu aux infos que tout avait brûlé dans ta boîte… T'es chez toi ?

— Je suis dans une autre boîte, répond Anath avec un soupçon d'amusement dans la voix.

Dany comprend qu'elle a rejoint son nouveau poste au *Herald Tribune*.

— Ça y est, t'es à Paris ?

Anath le détrompe :

— Non, j'ai suivi les grévistes qui sont venus en renfort sur un autre site de la région. Une usine d'impression sur tissu occupée elle aussi par son personnel. La Zitex, tu devrais en entendre parler…

— Tu as suivi les… Arrête, tu déconnes ?

— Non.

Décidément Dany ne comprendra jamais sa sœur. Dans quoi encore a-t-elle été s'embarquer ? Heureusement que son mari est là pour lui remettre les pieds sur terre.

— Qu'est-ce que dit Richard ?

— J'en sais rien, il n'est pas là. Il est en Allemagne avec un de ses élèves.

— Il ne t'appelle pas ?

— Non.

— Et tu ne l'appelles pas non plus ?

— Pour quoi faire ?

— Vous êtes vraiment à part ! s'exclame Dany. Si je n'appelle pas Justine au moins trois fois par jour, je ne te dis pas la vie qu'elle me ferait !

— Comment va-t-elle ?

— Elle s'arrondit un max.

— C'est pour quand, déjà ?

— Dans deux mois.

— Vous avez choisi le prénom ?

Pour Dany l'occasion est trop belle :

— Si c'est une fille, ce sera Anath, et Bozo si c'est un singe ! En fait, on n'a pensé à rien. On ne sait pas et on ne veut pas savoir le sexe du bébé. Dans les deux cas, ce sera un cadeau du ciel ! On se décidera quand il ou elle sera là.

— Je ne savais pas que tu avais le ciel dans ton pantalon... ironise Anath, mais sans gaieté dans la voix, avec une sorte de fatalisme qui entraîne ses paroles comme un métal lourd coule au fond.

Dany rétorque, mi-figue mi-raisin, grave lui aussi, tapi derrière ses idées :

— Pourtant tu devrais le savoir...

Il y a un silence, le portable grésille, la communication se perd.

— Allô ?

Dany est toujours là. Il avale sa salive et prend une grande inspiration, comme s'il redoutait d'avance ce qu'il allait dire.

— Tu vas te foutre de moi, t'avais vu juste, constate-t-il du bout des lèvres.

— *As usual...*

— Tu vois, tu te fous de moi !

— Je t'écoute. Et n'essaye pas de pleurnicher sur mon épaule.

Dany ne pleurniche pas. Il raconte d'un ton calme, réfléchi, comme s'il posait les termes d'une équation qu'il fallait résoudre :

— Tu te souviens, je t'avais dit que nous avions dû fermer un premier atelier...

— Oui. T'étais content que ce soit fait sans bobo.

— Eh bien, nous devons en fermer deux autres ! Mais cette fois-ci, ça se passe très mal. Le personnel des deux unités a unanimement refusé le plan de sauvegarde de l'emploi que nous leur avons présenté. Au CE, il y a eu des cris, des injures et ils ont fini par se retrancher dans le bâtiment où est installée notre principale ligne de production.

— Ils occupent l'usine ?

— Non, ils ont essayé mais la police les a délogés. C'était trop dangereux de les laisser là. On est classés « Seveso + ». Alors ils campent dehors jour et nuit. Je ne te dis pas l'ambiance. Surtout qu'en plus des flics ils ont en face d'eux notre société de gardiennage et que ce ne sont pas des tendres.

Anath veut en savoir plus.

— Qu'est-ce qu'ils espèrent ? demande-t-elle à son frère.

Dany devient subitement muet, non pas parce qu'il réfléchit mais parce que la question le dérange. Elle l'irrite, blesse son orgueil plus que ses convictions même si ses convictions le portent à comprendre les grévistes. Il s'énerve :

— J'en sais rien, mais c'est très dur. Ceux qui viennent travailler se font injurier et cracher dessus.

— Des jaunes ?

— Non, dit-il, pas vraiment, des ouvriers de la ligne principale. Mon patron, l'inimitable Léonard, les a mis en garde sans prendre de gants : « Ceux qui ne répon-

dront pas "présent" à leur poste auront violé la loi et seront révoqués pour avoir, de fait, renoncé à leur emploi. »

Dany soupire.

— Je ne suis pas certain que ce soit la bonne méthode, mais je n'ai pas eu mon mot à dire. Léonard veut leur montrer qu'il en a. Il en a sûrement, mais il devrait se méfier, les types sont très sûrs d'eux.

— À ton avis, qu'est-ce qui va se passer ?

Anath corrige vivement sa question :

— Qu'est-ce qui *peut* se passer ?

— Dieu seul le sait et Dieu ne me l'a pas dit ! répond Dany, ricanant. En tout cas, moi, je suis consigné dans mon bureau avec interdiction de le quitter.

— Tu dors sur place ? demande Anath que la nouvelle amuse plutôt.

Dany le casanier, Dany le douillet, Dany l'enfant gâté, obligé de vivre à la dure, il n'y a pas que des mauvaises nouvelles !

Dany se défend :

— Je ne suis pas comme toi ! Je n'ai pas le goût des matelas en mousse et des sacs de couchage. Dès qu'il fait nuit, je sors en douce et je rentre au chaud, à la maison. Tu comprends, je ne peux pas laisser Justine toute seule, déjà qu'elle se ronge les sangs en temps ordinaire, alors là…

— Sa grossesse se passe mal ?

— C'est pas ça ! Elle a peur qu'on me séquestre ! Si je ne l'ai pas entendu dix fois : « Regarde ce qui est arrivé à ta sœur ! »

— Rassure-la. Il ne m'est rien arrivé et je vais très bien.

— Malgré le suicide d'Antoine ?

Anath s'emporte, son frère n'est qu'un petit mer…

— Tu es dégueulasse de me dire ça ! crie-t-elle, furieuse. Absolument dégueulasse ! C'est ignoble.

Mais Dany persiste :

— Tu vois, je le savais. Je te connais par cœur. Tu dis « je vais bien » mais tu fais semblant. Richard savait, pour vous deux ?

— Richard n'est pas comme toi, répond-elle d'un ton froid.

Et, pour mettre les choses au point une fois pour toutes, d'une voix où on ne perçoit plus rien de doux ni de féminin :

— Il s'en fout de savoir si je baise ou si je ne baise pas avec d'autres. Et moi je m'en fous de savoir avec qui il couche.

— Il te trompe ?

La question est si stupide qu'Anath préfère répondre par le sarcasme :

— Que tu es petit, mon pauvre Dany... Petit-petit-bourgeois. Et ta Justine, tu la trompes ? Et elle, toute la journée toute seule, elle se fait...

— T'es dingue ! Nous allons avoir un bébé et...

Dany laisse sa phrase en suspens. Il s'excuse :

— Oh pardon, dit-il, sincèrement désolé. Pardon, je...

La blessure est toujours vive mais Anath ne laisse pas Dany s'enferrer.

— Parle-moi de la grève, ordonne-t-elle d'un ton tranchant, contenant sa colère et son chagrin.

— Nous avons une énorme commande à sortir pour les Néerlandais. Si ça dégénère, si les types ne se contentent plus de gueuler sur ceux qui travaillent, s'ils arrivent à les convaincre de bloquer la production, je ne sais pas ce qui peut se passer. J'aime mieux ne pas y penser. Surtout que Léonard ne connaît qu'une méthode de

management, la manière forte. Tu n'as pas lu son interview dans *Challenges* ? : « Personnellement le social, le politique, je m'en fous. Je ne m'intéresse qu'à la nation et à la croissance économique. »

Sous-préfecture

Ils sont trois représentants désignés par le personnel de la Zitex à être reçus à la sous-préfecture : Zertal (CGT), Deubel (CFDT) et Moffat pour les non-syndiqués. Mais ils sont plus d'une cinquantaine dehors à attendre les résultats de l'entrevue. Pour la Méka, Corda, Bogdan, Lucien Jean et Lauris sont là, tenant à manifester leur solidarité, ainsi que Mlle Poinseau, qui accompagne Bona.

Ils ne se quittent plus.

— J'ai repensé au photographe de l'autre jour, dit Bona, se frappant vigoureusement les bras pour se réchauffer.

— Celui qui me prenait pour une gogole ?

— T'as eu vachement raison de pointer le « mensonge » des médias devant lui. On nous ment tout le temps ! D'ailleurs, pour eux, je suis sûr qu'il ne s'agit pas de mensonges mais d'une vérité intangible, la vérité officielle qui n'est pas celle du commun. Et à laquelle le commun ne peut pas accéder. Une vérité qui dépasse l'homme ordinaire ; que le citoyen de base ne peut pas comprendre ; une vérité révélée par le journal télévisé où le doute et l'interrogation sont bannis comme l'ombre et le flou.

— C'est vrai ! s'exclame Mlle Poinseau, moi je fais toujours des photos floues et, à la télé, il n'y en a jamais !

— Et il n'y en aura jamais, reprend Bona, parce que sans te le dire on te met dans la tête que tout ce qui est dit en pleine lumière, carré, sans taches, parfaitement au point, du nez du présentateur au fond du studio, c'est la vérité. Le présentateur ou la présentatrice pourraient raconter n'importe quoi, ça ne changerait rien. L'image nette et sans ombres te parle. Les mots n'ont aucune importance.

Effectivement

Après un bon quart d'heure d'attente sur une banquette dans le couloir, à l'invitation d'une stagiaire rougissante, Zertal, Deubel et Moffat s'installent dans une longue salle grise, sans autre décoration qu'une horreur peinte posée sur la cheminée, grise elle aussi. Dix minutes plus tard, ce n'est pas le sous-préfet qui les reçoit, mais un de ses collaborateurs, Claude Lafait, qui les salue rapidement avant de s'asseoir face à eux, derrière une table monumentale couverte de feutrine grise.

— M. le sous-préfet s'excuse de ne pouvoir être là, dit-il embarrassé, il a été appelé à Paris pour une réunion urgente au ministère de l'Intérieur...

— Et l'administrateur ? demande Zertal, étonné que Maurice Sarter soit absent, alors qu'ils ont près d'une demi-heure de retard sur l'horaire prévu.

— Nous allons en parler, dit Lafait, ouvrant une chemise cartonnée d'où il sort un simple feuillet.

— Il y a un problème ?
— Nous allons en parler.

Moffat tend le cou pour tenter de lire à l'envers ce qui est écrit mais la table est trop large et il est trop loin pour voir quoi que ce soit. Lafait prend le temps de relire ses notes avant de commencer.

— Bon, dit-il en passant rapidement sa langue sur ses lèvres, effectivement il y a un problème…

Les trois de la Zitex se redressent sur leurs sièges.

— Voilà, soupire Lafait, effectivement, M. Sarter, l'administrateur de la Zitex, s'est un peu imprudemment avancé sur la réalité des intentions du repreneur…

Zertal sent tous ses muscles se contracter.

— C'est pour ça qu'il est absent ?
— Non, ce n'est pas pour cette raison. Non…
— Pourquoi, alors ?
— Il s'est fait excuser.
— Excuser de quoi ? De s'être « imprudemment avancé » ?
— Je ne dirais pas ça.

Lafait tergiverse, embarrassé.

— En croyant bien faire il arrive qu'on fasse effectivement plus de mal que de bien, dit-il enfin, soulagé d'avoir su répondre.

Zertal n'en peut plus des « effectivement » du fonctionnaire et de ses faux mystères sentencieux.

— Il n'y a plus de repreneur, c'est ça ? demande-t-il en le regardant droit dans les yeux. C'est pour ça que vous nous faites poireauter dans le couloir et que le sous-préfet joue l'Arlésienne ?

Lafait hoche gravement la tête.

— Oui, dit-il plein de confusion, enfin non, il n'y a plus de repreneur. Effectivement, pas à l'heure actuelle, non.

Sa déclaration les glace.

— Je comprends pourquoi M. Sarter se fait excuser, articule lentement Zertal, les lèvres blanches de colère. Il craignait tant que ça de nous l'apprendre lui-même ?

Lafait s'empresse de dédouaner l'administrateur :

— Il est alité. J'ai eu sa femme qui...

Moffat ne tient plus sur sa chaise. Il se lève en la cognant sur le parquet.

— Le sous-préfet est en vadrouille, l'administrateur est alité ! Il est malade ! Et quoi encore ? Il nous prend pour quoi ? Des abrutis ? Des demeurés ? Comment qualifieriez-vous son attitude, et je ne parle pas du sous-préfet ? C'est qui, ce M. Sartre : un imbécile, un lâche ? Hein, c'est une ordure ? Un enculé ?

— M. Sarter, corrige Lafait, pas Sartre...

— C'est la même chose !

— Je vous en prie, asseyez-vous, monsieur... ?

— Moffat.

— Monsieur Moffat, M. Sarter a été effectivement très imprudent de prendre ce qui était un intérêt a priori pour un intérêt réel du fonds de pension qui, après étude circonstanciée, a décliné toute participation à la reprise de la Zitex, ce qui fait que le repreneur n'avait plus rien où s'adosser. Et, du côté de votre branche, je ne crois pas que quiconque se soit manifesté, bien qu'effectivement nous fassions tout sur le terrain industriel et social pour faciliter une reprise de l'activité.

Moffat se rassied, les poings serrés. Il grogne :

— Admettez que c'est difficile de rester calme quand, après trois semaines de grève, on apprend que l'administrateur a agité devant notre nez un repreneur comme un sucre qu'on promet à un chien pour le faire taire...

Zertal ne veut pas laisser la discussion déraper sur une question personnelle.

— Que comptez-vous faire *maintenant* ? dit-il en pesant sur le dernier mot. Sans repreneur, sans perspective industrielle, il n'y a plus que les pouvoirs publics pour nous sortir de la merde, pardonnez-moi l'expression.

Lafait veut répondre mais il n'émet qu'une sorte de gémissement doublé d'une toux qui l'empêche de prononcer le moindre mot. Zertal fait claquer sa langue pour attirer son attention.

— Nous avons réclamé un minimum de vingt mille euros de prime aux partants et cinquante mille pour les plus anciens. C'est vous qui réglez la note ?

Lafait referme sa chemise cartonnée.

— Vous connaissez la formule de M. Jospin, l'État ne peut pas tout, dit-il d'une voix timide.

— Vous nous laissez tomber ?

— Vous ne pouvez pas demander à l'État de se substituer au financier défaillant.

Il répète, surveillant son vocabulaire :

— Nous pouvons tout mettre en œuvre pour vous aider à trouver un repreneur mais effecti...

La porte s'ouvre soudain avec fracas.

Les cinquante ou soixante salariés de la Zitex qui attendaient sur le trottoir font irruption dans la salle malgré les efforts désespérés de la petite stagiaire et d'un huissier pour les en empêcher. Lousson, le visage empourpré d'émotion, agite son portable :

— Catherine vient de me prévenir ! Le tribunal a rendu sa décision. Il nous déboute de notre action pour empêcher la fermeture et décide que la Zitex est mise en liquidation !

Moffat bouscule sa chaise et la saisit à deux mains.

— Eh bien nous, on va liquider les liquidateurs !

Et, avant que Zertal ait pu esquisser un geste pour l'empêcher, il la fracasse sur la table.

— Messieurs ! Messieurs ! crie Lafait, appelant au calme. Cela ne sert à rien de...

Trop tard.

Lousson crève d'un coup l'horreur peinte qui trônait sur la cheminée. C'est un signal. La table est renversée, ses pieds brisés. Zertal et Deubel ont beau crier :

— Arrêtez, mais arrêtez, merde ! Déconnez pas !

C'est la ruée. C'est un feu de colère qui se propage dans la sous-préfecture, provoquant la panique dans les bureaux. Des femmes s'enfuient, certaines s'enferment dans les toilettes, des hommes s'échappent aussi, d'autres moins nombreux tentent de freiner les enragés, des voix réclament la police, les pompiers, appellent au secours. Mais rien ne stoppe ceux de la Zitex. Les dossiers sont jetés au sol, éparpillés, maculés, déchirés, les ordinateurs fracassés, les tables et les chaises jetées par les fenêtres. M. Lafait, collé au mur de la salle grise, tremble, affolé devant le saccage. Il bredouille en boucle : « C'est une catastrophe, c'est une catastrophe, effectivement ! », sans que l'on sache s'il parle de la décision du tribunal ou du saccage de la sous-préfecture. Mouret et Guillaume tracent sur la feutrine qui recouvrait la table le mot *TRAHISON* et, pour que tout le monde puisse le lire, ils pendent le tissu au balcon.

Des cris fusent, des slogans :

— Zitex, voleur d'avenir !

— Parachute doré pour tous !

— Actionnaires au caviar, ouvriers au placard !

Quand les sirènes des voitures de police se font entendre au loin, Bona prend Mlle Poinseau par la main et l'entraîne dans l'escalier :

— Vite, tirons-nous d'ici !

Oreilles

Bona n'habite pas très loin de la sous-préfecture. En courant, ils sont chez lui en moins de cinq minutes. Ils font d'autant plus vite qu'une averse éclate et que la pluie, soudain, tombe dru. Quelques instants plus tard, Mlle Poinseau découvre le grand appartement vide aux meubles couverts de draps, les miroirs aveuglés, les toiles cachées sous des linges, le vélo de course appuyé contre la cheminée. Un décor étrange qui l'inquiète un peu. Mais Bona ne lui laisse pas le temps de s'interroger. Il lui tend une serviette pour s'essuyer les cheveux et la guide jusqu'à sa chambre. Le joyeux désordre de livres, de vêtements, de CD et de vieux vinyles redonne le sourire à la jeune femme. Tout mouillés encore, Bona et Mlle Poinseau s'embrassent à pleine bouche, s'agrippent l'un à l'autre, se caressent, se rassurent d'avoir échappé au pire.

— Aime-moi, chuchote Mlle Poinseau au creux de l'épaule de Bona, le cœur battant, les lèvres tremblantes. Aime-moi tout de suite…

— Tu ne veux pas connaître le menu ?

— Aime-moi !

Et, sans attendre, elle déboutonne la chemise de Bona, à moitié trempée.

— Tu crois qu'ils vont tout casser ?

— Ils cassent tout, tu veux dire. J'aime mieux ne pas penser à ce qui va se passer avec les flics !

— On aurait peut-être dû rester ?

À son tour, Bona aide Mlle Poinseau à ôter son pull et défait son corsage avec beaucoup de dextérité malgré ses gros doigts.

— Il pleut des seaux et des coups de matraque ! Rester pour se faire embarquer et sécher au commissariat ? Ça ne sert à rien. La vraie bagarre va commencer maintenant, dehors.

Ils se déshabillent l'un en face de l'autre, collant, culotte, slip, soutien-gorge, quand ils sont nus, d'un geste généreux, Bona ouvre son lit aux draps saumon et ils s'y laissent tomber en se tenant l'un à l'autre, sans prendre le temps de s'observer, de se découvrir.

— Carvin avait raison de faire chier Zertal avec sa question, dit Mlle Poinseau.

— Quelle question ?

— Qu'est-ce que vous allez faire ?

— Qu'est-ce qu'on va faire ? J'en sais rien, mais on va le faire. On n'a plus le choix. Tu nous aideras ? demande Bona, s'enfouissant entre les seins généreux de Mlle Poinseau.

— À quoi ?

— Tu n'as pas besoin de me le dire, mais je sais que la Méka n'aurait pas flambé sans que des petites fées préparent le bouillon magique, dit-il en lui donnant un baiser du bout des lèvres.

— Tu ne sais rien, affirme Mlle Poinseau, très sérieuse soudain.

— Non, c'est vrai, je ne sais rien sur la Méka. Mais je le sais quand même et je sais autre chose.

La remarque enchante Mlle Poinseau :

— Je sais, je sais... Un vrai puits de science ! Qu'est-ce que tu sais ?

Bona, soudain très ému, déclare en levant la main comme s'il prêtait serment :

— Je sais que je t'aime.

Elle rit pour se défendre :

— Ah oui, tu sais ça ?

— Oui, je t'aime, je t'aime, je t'aime ! Je te le jure : je t'aime !

Bona bascule au-dessus d'elle mais Mlle Poinseau bloque son élan, saisissant sa tignasse de chien mouillé :

— Écoute-moi bien, dit-elle. Après ce que je vais te dire, peut-être m'aimeras-tu un peu moins, voire plus du tout...

Elle avale sa salive et avoue sans chercher à fuir :

— Je suis enceinte.

Bona ne laisse rien paraître de ce qui le renverse. Il plaisante au contraire, faisant bonne figure :

— Déjà ? se réjouit-il. Nous n'avons pas encore fait l'amour et tu es enceinte. C'est un miracle !

Mlle Poinseau veut être franche avec lui, tout expliquer, ne rien cacher du beau, du laid, du pour, du contre. Elle est encore humiliée des paroles de Thorins.

— Ce n'est pas un miracle, assure-t-elle en se redressant sur un coude, et ça ne m'est pas entré par l'oreille comme la Sainte Vierge... Je suis enceinte d'un salaud qui s'est foutu de moi, m'a méprisée et jetée comme une merde. Un homme marié, un chef.

Bona réfléchit.

— T'es enceinte de combien ? demande-t-il, le plus délicatement possible.

La question la déconcerte. Mlle Poinseau hésite à répondre :

— C'est le début... Deux mois, peut-être un peu plus... Mais pourquoi...

— Laisse-moi te regarder.

— Qu'est-ce qu'il y a ?

— Tu permets ? Il faut que je t'ausculte...

Bona glisse doucement sa main sur le sexe, sur le ventre de Mlle Poinseau, sur ses seins, sur ses joues,

sur l'aile de son nez, sur son front, la regarde dans le blanc des yeux...

— C'est bien ce que je pensais, constate-t-il doctement.

— Quoi ? s'inquiète Mlle Poinseau. Qu'est-ce que j'ai ?

Bona pousse un profond soupir :

— Va falloir être courageuse, dit-il en la prenant dans ses bras.

— Courageuse ?

— C'est grave.

— Qu'est-ce que tu racontes ? s'énerve-t-elle, déboussolée. Il n'y a rien de...

— Es-tu assez forte pour entendre ce que j'ai à te dire ? Mon diagnostic.

— Ton diagnostic ? Mais quel diagnostic ? Qu'est-ce que...

Bona, portant le masque de la sévérité, assène avec la détermination d'un chirurgien professionnel :

— Il faut se rendre à l'évidence : cet enfant n'est pas fini.

Et, d'une voix terrible et définitive :

— Il n'a pas d'oreilles.

Mlle Poinseau ne sait plus si elle doit éclater de rire ou fondre en larmes. Bona fronce les sourcils comme un acteur au temps du muet.

— Je vais devoir intervenir pour lui en fabriquer tant qu'il est encore temps, poursuit-il. Je vais aussi refaire ses pieds et ses bras qui sont trop maigres à mon goût et, si tu n'y vois pas d'inconvénient, lui donner mes yeux et mes dents qui sont particulièrement solides. Et tu sais quoi ?

— Quoi encore ? gémit Mlle Poinseau, éperdue, heureuse.

Bona se glisse entre ses cuisses et l'étreint.

— Je vais t'épouser, dit-il en la pénétrant. Je vais lui donner mon nom, comme ça cet enfant sera enfin fini et parfait.

Retour

C'est une armée en déroute qui rentre à la Zitex, pataugeant dans la boue et les flaques d'eau. Il y a des larmes, des plaintes, des cris de rage. L'affrontement avec les forces de l'ordre a été bref mais violent. Aussi bref et violent que l'orage qui leur est tombé dessus. Plusieurs ont pris des coups de tonfa, se sont cognés dans la bousculade au milieu des lacrymogènes ou se sont blessés en cassant tout.

— Il n'y a plus de sous-préfecture, il n'y a plus de meubles, plus de carreaux, plus de dossiers, plus de bureaux. Voilà, dit une voix.

— Ça fait combien de jours qu'on entend raconter que ceux de la Zitex sont gentils ? dit une autre. Jusque-là, on pouvait retenir les gens. Mais, après l'annonce du tribunal, ce n'était plus la peine d'essayer. Les gentils Zitex sont devenus des méchants gremlins.

Et une troisième ajoute :

— Ceux qui voulaient tout exploser dès le premier jour et mettre le feu comme à la Méka vont maintenant être écoutés d'une autre oreille...

Moffat, Deubel, Lousson, Lucien Jean, Lauris et Smaïn sont en garde à vue.

Zertal s'arrête devant Carvin. C'est un homme brisé.

— Traite-moi de con, de débile, de tout ce que tu

veux, dit-il les yeux rougis. Invente des mots s'il le faut… Tu peux me couvrir de merde, je ne mérite que ça. Je suis un idiot inutile.

— Ferme-la, répond Carvin. Personne ne peut te reprocher d'avoir voulu y croire…

— Non, je n'avais pas le droit d'être si aveugle, si naïf. Je suis délégué, j'ai été élu, je suis là pour défendre les gars qui bossent ici et qu'est-ce que je fais ? Je les entretiens dans un rêve auquel je crois, comme un gosse au Père Noël. C'est stupide. Criminel.

Monnier convoque tout le monde devant la télé.

Au journal, sur FR3, ils parlent de ce qui s'est passé à la sous-préfecture. Zertal est à l'image : « Le gouvernement nous prend pour des cons. Il y avait un prétendu repreneur, il n'y en a pas. Il y avait un prétendu plan de réindustrialisation du site, il n'y en a pas. Il n'y a rien, rien de ce que nous attendions, rien de ce qui nous avait été promis. En revanche, il y a eu aujourd'hui la décision du tribunal décrétant la liquidation de la Zitex. Quand elle est tombée, tout le monde s'est énervé. Je suis totalement solidaire de ce qui s'est passé. Je n'ai rien fait pour retenir les hommes et les femmes de la Zitex poussés au désespoir. »

Suit une déclaration du Premier ministre : « Il y a une petite minorité, à la Zitex, qui rend les choses très difficiles. Même les organisations syndicales ont du mal à jouer leur rôle de médiateur dans cette crise en raison de cette minorité très agissante et très violente. Je le dis clairement, pour le saccage de la sous-préfecture, il y aura des poursuites. Je veux bien tendre la main à une majorité de salariés mais je ne tolérerai pas qu'on s'en prenne aux locaux de l'État. »

Enfin, c'est au secrétaire d'État à l'Industrie de conclure le sujet : « Je déplore ces débordements por-

tant atteinte à des bâtiments et à des biens publics. Je puis vous assurer que, dans ce dossier difficile, l'État s'est toujours engagé pour faciliter le dialogue social et aider à la recherche de solutions. »

Zertal va lui-même éteindre le poste quand le présentateur enchaîne sur l'augmentation prévisible du prix du gaz.

— Putain ! dit-il, pas même un mot sur ceux qui ont été arrêtés... Sinon qu'ils seront poursuivis ! Mais pourquoi ils étaient là, pourquoi ils ont fait ça, rien !

— Ils ont été pris en flagrant délit ? demande Anath.

— Mais non, même pas. Les flics ont ramassé ces six-là comme ils en auraient pris d'autres.

— Attends, c'est dingue ! s'exclame Weber. On ne peut pas coffrer des gens comme ça.

— La preuve que si !

Zertal risque une explication, comme s'il pensait à voix haute :

— Les flics étaient moins nombreux que nous. Je crois qu'ils avaient les jetons. Ils ont assuré le service minimum pour dégager la sous-préfecture mais, dès qu'il s'est mis à pleuvoir, ils se sont tirés comme des voleurs avec ceux qu'ils ont ramassés au passage. Rien que Deubel, tiens. Il était dans la rue à appeler au calme, à essayer de faire arrêter le saccage. Du coup, c'est lui qui s'est fait serrer ! Et je ne parle pas de Smaïn et du Black de chez vous, c'est pas dur de savoir pourquoi ils ont été embarqués !

— Ils sont partis quand vous y étiez encore ?

— Moi, j'étais au deuxième en train de faire redescendre tout le monde. C'est pour ça que j'ai échappé à la rafle. Quand je suis arrivé en bas, il n'y avait plus de flics mais les journalistes étaient là, sous la flotte. Qui les avait prévenus ? J'en sais rien.

— Il faut appeler le commissariat, ordonne Anath, et envoyer tout de suite un avocat sur place.

— Maître Million ? suggère Chavarre, un sourire en coin.

Zertal ne comprend pas la plaisanterie.

— Il est bien ?

— Ah, l'écoute pas ! dit Carvin, menaçant Chavarre de lui en retourner une. C'est le pourri qui était l'avocat du groupe qui nous a liquidés…

— Si vous voulez, je peux contacter quelqu'un, propose Anath.

— Nous aussi, renchérit Weber. À la Méka, on avait une fille très bien à l'intersyndicale, maître Dangerville.

— Une femme ?

— Oui, une femme, une avocate.

— Vaudrait mieux un homme, dit Zertal. Dans un commissariat, une femme va se faire emmerder, surtout si elle vient pour un Black et un Rebeu.

— Tu crois ?

— Oui, il a raison, approuve Carvin.

Il se tourne vers Anath.

— Vous pouvez appeler qui ?

— Maître Dufay, mon avocat. Un monsieur assez vieux, enfin de l'âge de mon mari, mais très droit, très pugnace, un battant. Vous n'avez pas lu son petit livre sur la Terreur ?

— Non, avoue Carvin. J'en ai même jamais entendu parler.

— C'est très fort, il défend l'idée que la Terreur n'est pas la suite de crimes que l'on décrit volontiers, mais une volonté de l'Assemblée révolutionnaire de canaliser la colère du peuple après l'assassinat de Marat qui était perçu comme l'assassinat de la Révolution elle-même.

— Peut-être devrions-nous nous aussi décréter la Terreur, puisqu'on nous assassine ? grince Zertal, essayant de sourire.

Mais il se sent si mal qu'il doit s'asseoir d'urgence, la tête dans les mains, comme s'il redoutait de la voir rouler à ses pieds.

RAID

Moulin et ses hommes envahissent le site de la Zitex quand tout le monde dîne au réfectoire. C'est la panique. Les vigiles de la SFS sont armés de battes de base-ball, de tonfas comme les CRS, de bidules en bois et de chaînes de moto. Zertal est l'un des premiers touchés. Un coup dans les reins qui l'envoie au sol, hurlant de douleur. Puis Monnier, puis Fontaine, Jeantet, puis trois autres. Zitex, Méka, les hommes de Moulin cognent sans distinction sur ceux qui passent à leur portée. Les femmes ne sont pas épargnées. Anaïs – une des Mémercenaires – reçoit en pleine figure le plat qu'elle s'apprêtait à servir. Les chaises volent, les tables sont renversées avec les assiettes, les couverts, les verres et les bouteilles qui se brisent sur le carrelage. Moulin encourage sa troupe à pousser tout le monde vers la sortie :

— Virez-moi cette bande de connards ! On fait le ménage ! *Schnell !* Tout le monde dégage, et fissa ! La fête est finie !

Passé un moment de stupeur, une contre-attaque s'organise. Weber se sert d'un banc pour forcer les vigiles à reculer, Bogdan et Corda s'arment de chaises,

d'autres ramassent des bouteilles aux tessons coupants. Anath évite de justesse un coup de bidule. Elle se plaque contre le mur et se dissimule d'urgence derrière un empilement de chariots à pain. Là, gardant son sang-froid, elle appelle la police depuis son portable et, discrètement, ôte ses collants que, de surprise et de peur, elle a un peu mouillés.

Dans la bataille, Moulin et Carvin se retrouvent face à face.

Moulin ricane :

— Je te reconnais, toi ! La grande gueule de la Méka…

— Moi aussi, je te reconnais.

— Tu vas en rabattre, mon con ! dit Moulin, faisant tourner dans sa main une lourde chaîne de moto.

Carvin le nargue malgré la différence de poids qui donne un avantage certain à Moulin :

— Tu parles trop.

Moulin attaque. Il plonge sur Carvin, cinglant l'air à toute volée avec sa chaîne. Carvin pare le coup de son bras gauche et, malgré la douleur, parvient à la saisir fermement. Son poing droit se détend aussitôt, Moulin l'esquive. Les deux hommes se trouvent nez à nez. Moulin repousse violemment Carvin d'un coup de genou mais, d'une traction, Carvin le ramène vers lui et réplique d'un direct au visage sans lâcher la chaîne. Puis il redouble sa frappe, vise la tête et cogne au foie. Moulin jure « enculé ! » et répond d'un swing qui touche Carvin à la pomme d'Adam.

Carvin s'étrangle, crache, peine à reprendre son souffle.

Moulin en profite pour glisser sa jambe derrière lui et l'entraîner au sol. Carvin bascule sur le dos, recevant tout le poids sur lui.

— Tu vas voir si je parle trop ! triomphe Moulin.

Il arme son bras pour l'assommer quand Anath lui saute sur le dos, une vraie chatte sauvage, toutes griffes dehors, prête à mordre. Elle enroule ses collants autour de la gorge de Moulin et, arc-boutée contre lui, le garrotte de toutes ses forces. Étouffant, étranglé, les yeux exorbités, Moulin se débat comme un dément. Carvin en profite pour se dégager. D'un sursaut, il roule sur le côté et, doublant la clef d'Anath, cravate Moulin avec la chaîne qu'il lui arrache des mains.

— C'est bon, je le tiens !

Anath lâche prise et s'écarte, épuisée, hors d'haleine. Carvin force Moulin à se relever.

— Écoutez-moi ! crie-t-il aux vigiles. Vous avez cinq minutes pour décamper ou je vous rends votre chef bon à foutre à la décharge !

Les combats sont suspendus. Tous les regards se fixent sur les deux hommes. Une assemblée de masques figés dans la stupeur.

Carvin, tenant solidement Moulin, lui chuchote à l'oreille :

— Tu leur demande de partir ou je serre un peu plus ?

Carvin lui fait sentir la chaîne autour de son cou. Moulin capitule.

— Barrez-vous, dit-il à ses hommes d'une voix à peine audible, barrez-vous...

Le grand Glosori ne sait pas s'il doit obéir.

— T'es sûr ?

— Oui, râle Moulin, oui, décrochez...

Les vigiles de la SFS se replient.

La police arrive enfin, juste après leur départ, comme s'ils avaient voulu éviter de se croiser. Il y a des blessés, des contusionnés, un peu de sang sur le carrelage et,

au milieu des débris, Moulin allongé au sol, les poignets et les chevilles entravés par des colliers serflex.

Bilan

Pour ceux de la Zitex, le bilan de la journée est terrible : échec des négociations sur toute la ligne, saccage de la sous-préfecture, arrestation de six d'entre eux et attaque d'une bande de vigiles agissant en toute impunité. Tous sont meurtris, las, découragés. Plusieurs se demandent à voix haute si le jeu en vaut la chandelle, s'ils ne feraient pas mieux de rentrer chez eux et de dormir pour oublier à jamais ce jour maudit.

Hermance, touché à l'arcade sourcilière, interpelle Carvin, Bogdan et Corda qui lui donnent un coup de main pour nettoyer le réfectoire :

— Je crois qu'il va falloir que vous vous tiriez, les gars. C'est pas votre place, ici. On se noie dans les emmerdes et vous en amenez d'autres avec ces mecs qui veulent vous régler votre compte…

Un rouquin, Mirmant, renchérit :

— C'est bien beau de faire l'unité ! Mais regardez ce que ça nous rapporte : les flics au cul et des copains en zonzon parce que vous leur avez chauffé la tête !

— Je ne t'ai pas beaucoup vu à la sous-préfecture, remarque Zertal. J'en ai vu de la Méka, mais toi…

Mirmant hausse les épaules :

— C'te blague ! Je ne suis pas resté ! Je devais passer chez moi pour…

— Alors ne la ramène pas, ordonne Zertal. T'étais chez toi, t'y étais pas, donc tu la boucles.

Et, s'adressant à tous :

— Il faut arrêter de séparer ceux de la Méka et ceux d'ici. Nous sommes à égalité. Une fois pour toutes, nous menons le même combat. Sans eux, on serait K.-O. avant même d'avoir quitté les vestiaires. Ces types sont venus ici pour casser de l'ouvrier et ils se foutaient bien de savoir à quelle boîte nous appartenons. D'ailleurs nous n'appartenons plus à aucune boîte.

Carvin ne rate pas l'occasion de l'asticoter :

— Parce que tu appartenais à la Zitex ?

— Lâche-moi, répond Zertal avec un gros soupir.

Il se tient les reins.

— J'ai le dos en bouillie, je suis dézingué, ne chipote pas sur les termes. Je voulais simplement dire que nous ne devons plus penser nos actions en référence à telle ou telle entreprise mais en fonction d'une lutte générale des salariés contre la finance.

— Une lutte politique ?

— Bien sûr, une lutte politique ! Qu'est-ce que tu voudrais qu'elle soit ?

— Syndicale ?

Zertal dévisage Carvin comme s'il voyait le diable.

— Ça me fait chier, mais t'avais raison, est-il contraint d'avouer. Jamais je n'aurais cru penser ça un jour, maintenant je pense que la lutte syndicale, le respect des formes, des procédures, la négociation, tout ça ne vaut plus rien quand on voit ce qui nous arrive et de quelle façon on nous traite. Nous devons monter une marche, peut-être deux, peut-être trois, dix, cent !

— « Français, encore un effort pour être révolutionnaires » ? lance Carvin, l'œil narquois.

Zertal fait un grand geste de dépit.

— Et pourquoi aurions-nous peur d'être révolutionnaires ?

Il y a des applaudissements.

— D'accord, d'accord, râle Mirmant, on va être vachement révolutionnaires. N'empêche que, non seulement il n'y aura pas vingt mille euros de prime, mais il n'y aura peut-être rien du tout, pas même ce qu'ils nous doivent !

— Qu'est-ce que tu proposes ?

— J'en sais rien, merde ! C'est à vous, c'est aux syndicats, c'est aux délégués de faire quelque chose !

— Tu crois qu'on reste les deux pieds dans le même sabot ?

— Je ne dis pas ça, mais ce que je vois, c'est qu'on est dans la panade et qu'avant d'en sortir…

— C'est vrai ! s'insurge Anaïs, un pansement sur le nez, un œil au beurre noir. Ça ne suffit plus de faire la grève ici ou à la Méka, de défiler en chantant des slogans débiles, d'obéir aux consignes syndicales. Moi, je veux qu'on se batte. Qu'on se batte vraiment !

Elle montre ses blessures et ses lunettes brisées, recollées avec un bout de sparadrap.

— Parce que ceux d'en face, les patrons et les salauds qui travaillent pour eux, ils ne font pas semblant. Regardez ma tête ! Eux, ils se battent sans se poser de questions !

À la surprise générale Anath intervient :

— Vous n'avez donc toujours pas compris ? lance-t-elle avec une vivacité rageuse qui en surprend plus d'un.

Tous les regards se tournent vers elle, perplexes.

— Ce qui se passe ici est unique, reprend-elle sur un ton plus posé. Pour la première fois depuis des lustres, deux entreprises qui ne sont pas du même secteur, deux entreprises du privé mettent leurs forces en commun. Et, croyez-moi, ce n'est pas de trop ! Je ne

sais pas si vous mesurez exactement ce à quoi vous vous affrontez. C'est énorme, c'est puissant, très dangereux, sans règles morales et sans états d'âme. Ça s'appelle le capitalisme, le libéralisme, le néolibéralisme, l'ultralibéralisme, ce que vous voulez, c'est la même chose. C'est fort, très très fort. Vous pouvez me croire, j'ai été payée pour le connaître de l'intérieur. Contre un adversaire comme celui-là, votre solidarité doit être sans faille.

— Tout ça, c'est du baratin ! s'emporte Mirmant. C'est que des mots, encore des mots. Vous croyez qu'on est complètement cons ? Qu'on ne sait pas déjà tout ça ? Vous pouvez remballer tous vos « -ismes », ça ne nous impressionne pas. On s'en tape. D'ailleurs, je me demande ce que vous foutez avec nous. Si c'est pour nous débiter des conneries pareilles, vaudrait mieux que vous retourniez avec ceux qui vous ressemblent !

Carvin l'amarre par le revers de sa veste.

— Ferme-la.

Mirmant l'envoie promener :

— Fais pas chier ! Je dis ce que j'ai envie de dire. Qu'est-ce que ça peut te foutre qu'elle soit là ou pas ? Tu crois qu'on doit lui lécher le cul parce qu'elle était DRH ? Après tout, on ne sait pas qui c'est, cette bonne femme. Hein, c'est qui ? C'est une taupe des patrons ou c'est ta pute ?

Le coup part aussitôt. Un crochet du droit qui touche Mirmant à la pointe du menton et l'envoie au sol. Il tombe et reste immobile, sans bouger, mais les yeux ouverts, sans avoir perdu connaissance, avec une expression de curiosité, d'étonnement, comme si le coup de Carvin ne lui avait fait aucun mal, ne l'avait pas touché. Mais Carvin n'en a pas fini avec lui. Il a le temps de lui donner un second coup, bref, puissant. Tous se précipitent pour les séparer. Carvin est arrêté

avant d'avoir le temps de filer une vraie raclée à Mirmant, juste réussit-il à le faire saigner du nez et à lui pocher un œil.

— Arrête ! Arrête, merde ! crie Weber en le tirant en arrière. Il a son compte...

Bogdan et Corda le maîtrisent, tandis que Zertal, malgré la douleur qui lui scie le dos, Hermance et Anaïs aident Mirmant à se relever.

Zertal est hors de lui.

— Espèce de connard, dit-il à Mirmant, qu'est-ce que tu cherches ? Tu crois qu'on n'a pas assez pris de gnons aujourd'hui ? Tu crois que c'est malin d'insulter tout le monde ? Ça t'excite de chercher des crosses, ou quoi ? Tu vas présenter tes excuses à Mme Werth, et tout de suite. Tu m'entends ?

Mirmant, groggy, absent, bredouille des mots incompréhensibles mêlés de bave et de bulles de sang.

— Laissez tomber, dit Anath, je me fiche de ce qu'il peut dire. Je sais pourquoi je suis là et pourquoi je suis avec vous.

Couchage

Anath et Carvin ont réuni leurs deux sacs de couchage en un seul grâce aux fermetures Éclair. Allongés dans le noir, ils ne veulent pas dormir. Ils veulent juste rester dans la paix et le silence. La grève leur interdit de penser au lendemain. Anath colle ses fesses contre le ventre de Carvin comme si elle pouvait s'incruster dans son corps. Elle se love, se blottit, avec d'imperceptibles gémissements de petit chat frileux. Carvin

peut sentir son cœur battre sous sa main posée contre sa poitrine. Il peut respirer l'odeur de ses cheveux, mettre son souffle au diapason du sien qui lentement est gagné par les brumes du sommeil.

— Ne ferme pas les yeux, je t'entends, prévient-il.
— Tu m'entends fermer les yeux ?
— J'entendrais un papillon s'il se posait sur ton nez.
— Vantard…
— Si, je l'entendrais, comme si quelqu'un d'autre te disait ce que seul je peux te dire…

Anath se tait. Sa respiration se fait plus lente, presque inaudible.

— Tu dors ? questionne Carvin.

Non, elle ne dort pas.

— C'est moi qui dois te dire quelque chose, chuchote-t-elle.
— Que tu m'aimes ?
— Quand j'ai appelé maître Dufay tout à l'heure, j'ai reçu un SMS de Djuna…

Le coup est rude, plus douloureux que ceux échangés avec Moulin. Carvin se dresse au-dessus de l'épaule d'Anath :

— De Djuna ? répète-t-il bêtement, comme s'il était devenu sourd.

Anath ne se retourne pas.

— Oui.
— Qu'est-ce qu'elle disait ? demande Carvin, s'efforçant d'étouffer son inquiétude.

Anath hésite à répondre immédiatement mais pourquoi hésiter ? Le message était brutal, lapidaire…

— « Je ne reviendrai pas. Qu'il ne m'appelle plus, ça me ferait trop mal de lui parler. »
— C'est tout ? « Je ne reviendrai pas… »
— Oui. Juste ça. Et « ça me fait trop mal ».

Carvin se mord les lèvres. Il a envie de crier, de hurler le nom de Djuna pour qu'elle l'entende où qu'elle soit, quelles que soient les forces qui la retiennent et la font souffrir. Il oblige Anath à le regarder, même s'il devine ses yeux plus qu'il ne les voit dans l'obscurité.

— Pourquoi s'adresse-t-elle à toi et pas à moi ?
— Tu as entendu : ça lui ferait trop mal.
— Je ne comprends pas. Je n'ai jamais...
— C'est toi l'homme, c'est toi qui dois comprendre.
— Elle est à Marseille, bredouille Carvin, parlant autant à lui-même qu'à Anath.

Anath passe ses bras autour du cou de Carvin.

— Elle ne reviendra pas, dit-elle tout doucement.

Et, plus doucement encore :

— Elle est partie et moi je suis restée...

Chambre

Une chambre. « Je suis dans une chambre » sont les premiers mots qui viennent à l'esprit de Socko lorsqu'il ouvre les yeux. Il ne bouge pas, les bras allongés le long du corps, les jambes droites. « Je suis dans une chambre », se répète-t-il, observant la veilleuse rectangulaire fixée au plafond, les murs beigeâtres à moitié vert d'eau, l'unique chaise en plastique blanc, la table de chevet d'un bloc elle aussi sur laquelle sont posés une bouteille inentamée et un gobelet en carton. « Dans une chambre », « dans une chambre », « dans une chambre », Socko le dit trois fois à voix basse, persuadé que tout ce qu'il dit trois fois est vrai. Il ferme les yeux, se

concentre, rassemble ses forces et parvient à formuler une question : « Dans une chambre, mais dans quelle chambre ? », avant de sombrer à nouveau dans la somnolence.

Elle ne dure que quelques instants.

Socko reprend conscience : « Dans une chambre. Je suis dans une chambre. Mais dans quelle chambre ? » Chaque phrase qu'il formule lui fait l'effet d'un parpaing qu'il poserait sur un autre pour construire un mur. C'est ça, l'idée ! « Je suis entre les murs d'une chambre avec des murs. » Socko se redresse un peu dans son lit, prenant appui sur ses coudes, « des murs ». C'est sur les murs que se trouve la réponse. Mais il n'y a rien sur les murs qui puisse lui indiquer où il se trouve, le mobilier est réduit au minimum, à travers la porte il devine un couloir éclairé mais aucun bruit ne lui parvient de l'extérieur.

« Une chambre où je ne vois pas le ciel. »

Socko est traversé par l'idée fugace qu'il est mort. Mais non, il n'est pas mort. Il n'est pas mort puisqu'il peut penser qu'il est mort. Ça au moins, il en est sûr, s'il peut penser qu'il est mort, il n'est pas mort. « Pas mort, dans une chambre », murmure-t-il avec un certain plaisir. En baissant les yeux, il constate qu'il n'a sur lui qu'une sorte de blouse en tissu non tissé, sans boutons, nouée par-derrière. Cette découverte ruine le semblant de confiance qu'il avait retrouvé : « On m'a pris mes vêtements, gémit-il en se laissant retomber sur l'oreiller. Mes vêtements… »

Personne ne peut entendre sa plainte.

Socko fixe alors son attention sur la veilleuse. Il cligne des yeux. La lumière le gêne, surtout qu'il voit papillonner autour d'elle de petites particules dorées, des sortes d'insectes qui volent en rond au plafond.

Socko ne veut pas les voir, il ne veut pas non plus qu'ils puissent le voir. Il se retourne. À plat ventre contre son matelas, les mains posées sur sa nuque pour résister à la tentation de tourner la tête. Socko récapitule : « Je suis dans une chambre où je ne vois pas le ciel. Entre quatre murs. On m'a volé mes vêtements. » La conclusion s'impose : « Il faut que je sorte. Il faut que je sorte tout de suite ! » Mais il ne bouge pas, persuadé que la veilleuse dissimule en fait une caméra, un judas ou que les particules en suspension sont un moyen de surveiller ses moindres gestes.

Très doucement, Socko tire sa couverture au-dessus de lui.

Il se couvre.

Ainsi, personne ne peut le voir. L'obscurité, la chaleur, Socko se rendort un moment, la tête vide de mots, pleine de rêves d'incendie. Quand il se réveille, sa décision est prise, définitive, impérative, il doit sortir. Et sortir vite ! Le danger est dans les murs. Ils sentent le feu. La pièce se rétrécit sous les flammes, elle fond, se referme sur lui comme les mâchoires d'un étau géant. « Ils veulent m'écraser », confie-t-il à son oreiller. Il répète : « M'écraser », mais prononce « Mékaser ». Et, comme s'il redoutait ce qu'il vient de dire, égrène très vite « Méka, Méka, Méka » pour écarter les mauvaises pensées qui l'assaillent comme des mouches.

Socko se laisse glisser sur le matelas, une reptation en marche arrière dissimulée sous la couverture. Mais la barre chromée au pied du lit l'arrête. Il se recroqueville plutôt que de se découvrir. Il y a urgence. Il entend clairement que le mécanisme de la chambre s'est mis en route. Les murs sont brûlants, ils avancent, ils vont broyer la chaise, la table de nuit entre leurs pans

chauffés à blanc et ce sera son tour s'il ne fait rien. « Ah non ! dit-il, ah non, pas question de ne rien faire ! Pas question ! » Gardant la couverture en capuchon sur lui, il se lève soudain et, en deux pas précipités, est à la porte, excité, ricanant.

Socko ouvre brusquement et se glisse dans le couloir avec le sentiment d'avoir déjoué la surveillance de la veilleuse. D'avoir trompé les murs. Il reprend son souffle. Sa tête tombe sur sa poitrine, il se sent fatigué, très fatigué. Il a froid aux pieds sur le linoléum.

— C'est ridicule, mais c'est complètement ridicule ! s'insurge-t-il, comme s'il avait un interlocuteur devant lui.

Et, furieux, haussant les épaules, soupirant :

— On m'a pris mes vêtements et mes chaussures !

Au bout du couloir, une infirmière passe la tête hors d'un bureau.

— Monsieur Socko ?

Sans la regarder, Socko agite la main, non il ne veut pas la voir, non il n'a pas besoin d'elle, non il n'est pas celui qu'elle appelle, merci, merci mais non, non, non... Il lui tourne le dos et, d'un pas énergique, se dirige vers la sortie.

Impossible de sortir !

La porte n'a pas de poignée, il faut un passe, un badge, un code. Socko panique, il doit sortir ! Il doit sortir tout de suite ! Il doit, il doit, il doit ! Il se met à frapper des deux mains contre la porte.

— Je dois sortir ! Je dois sortir ! Ouvrez ! Ouvrez tout de suite !

Sa couverture tombe, sa blouse se détache mais il s'en moque. Il n'a plus qu'une idée en tête : sortir. Sortir à tout prix !

— Monsieur Socko, vous devez retourner vous coucher, lui conseille aimablement l'infirmière, arrivant derrière lui.

Socko fait volte-face :

— Hein ?

— Il faut retourner vous coucher, répète doucement la jeune femme en le prenant par le bras. Venez, je vous raccompagne.

Socko ne veut pas bouger.

— Où suis-je ? souffle-t-il, les yeux fixes, le dos plaqué contre la porte.

— Vous êtes à l'hôpital. Le professeur Jolas vous verra demain...

— On m'a volé mes vêtements !

— Ne vous inquiétez pas, ils sont dans un casier, fermé à clef. Venez.

— Non, je dois y aller. Je dois y aller tout de suite !

Il tente de s'échapper.

— J'y vais, laissez-moi. Il faut que...

Mais l'infirmière le retient.

— Où allez-vous ?

Socko ouvre la bouche, sidéré. La question lui serre la gorge au garrot en même temps qu'un nom resurgit des lectures de son enfance : Henryk Sienkiewicz.

Pourquoi se souvient-il de ce nom-là ?

L'infirmière le dirige fermement vers sa chambre, répétant pour l'apaiser :

— Dites-moi où vous voulez aller ?

« *Quo vadis* ? » Dans un éclair Socko réalise ce qu'elle lui demande. Oui, « *Quo vadis* ? », « où vas-tu ? ». Socko se tourne vers l'infirmière, Dieu parle. Dieu a brisé le silence. Il ne l'a pas abandonné. Il a parlé.

— Merci mon Dieu, grommelle-t-il.

— Pardon ?

Socko se signe. Le Seigneur a parlé par la voix d'un de ses anges. Socko a été choisi, il doit se montrer digne de cette distinction, suivre le chemin du Christ jusqu'au martyre, se laisser guider par cette main douce et ferme qui le force à se recoucher, remonte sur lui le drap, la couverture, sort et referme la porte, le laissant seul face à la veilleuse. Face à la lumière où les particules inscrivent au plafond en lettres d'or : « *Quo vadis ?* »

Paroles de dirigeants

Michel Rocard (ancien Premier ministre) : « Nous vivons une crise syndicale terrible. La France compte 8,5 % de syndiqués sur l'ensemble des salariés, alors qu'il y en a 75 % dans les pays scandinaves, plus de 50 % en Allemagne, en Angleterre ou aux Pays-Bas. Notre second problème, c'est que ces faibles troupes sont divisées en six centrales syndicales. Celles-ci se retrouvent forcément concurrentes entre elles, ce qui rend les négociations compliquées, chacun torpillant les concessions que pourrait faire l'autre. Partout ailleurs en Europe, les grèves sont des décisions lourdes, prises au niveau du syndicat mais qui n'interviennent que tous les trois ou quatre ans. Pensez au poids du syndicat suédois s'il lance ses 80 % de syndiqués dans la grève ! C'est un rouleau compresseur qui fait peur. Donc, cela oblige à négocier avant. Chez nous, au contraire, la grève part le plus souvent comme une expression de colère après une décision d'un patron

ou l'annonce d'un ministre. C'est forcément plus fréquent, mais cela a bien moins de résultats. »

Mis en examen

L'aurore est grise.

C'est le car de ramassage scolaire qui dépose Moffat, Deubel, Lousson, Lucien Jean, Lauris et Smaïn à la Zitex après qu'ils ont été remis en liberté. Des cris de joie, des applaudissements, des accolades saluent leur entrée dans l'usine. Zertal, boitillant, tient à être le premier à les accueillir.

— Putain, ils vous ont gardés toute la nuit !

— Qu'est-ce qui t'est arrivé ? demande Deubel, constatant que Zertal n'est pas au mieux de sa forme. C'est les flics qui t'ont fait ça ?

Corda répond à sa place :

— On a eu droit à une descente. Des vigiles qui voulaient nous faire dégager…

— Ah, les enculés ! jure Moffat, qui n'a pas décoléré depuis la veille. Ils étaient payés par qui ? Par ce connard de Sarter ? Par les actionnaires ? Par qui ?

Bogdan ricane :

— Comment tu veux qu'on le sache ? Les chaises volaient, on n'a pas vraiment eu le temps de leur poser des questions…

Anaïs arrive avec une Thermos de café et des gobelets.

— Ce n'est pas de refus, dit Lousson en se servant le premier.

Lucien Jean, Lauris et Smaïn prennent la queue. Moffat remarque le bleu qu'elle a sur la pommette qui jaunit et s'étend :

— Toi aussi ils t'ont amochée ?

— T'aimes pas mon nouveau maquillage ?

— T'es belle comme un cœur, mais tu as pris un sacré jeton !

Anaïs, légère, farouche, grimace :

— J'ai pris un plateau avec de la charcuterie...

La clownerie de la jeune femme les amuse.

Zertal raconte comment Mme Werth et Carvin ont réussi à coincer leur chef et comment les autres ont bien été forcés de battre en retraite s'ils ne voulaient pas repartir avec un macchabée dans le coffre.

— Quand les flics sont arrivés, on leur a livré le paquet, solidement ficelé, bon à emporter...

— Ah c'est lui, dit Lousson.

— Vous l'avez vu ?

— Non, mais un des gardiens nous a dit qu'un type avait été arrêté ici mais qu'il avait été relâché... On pensait que c'était...

— Que c'était qui ? demande Carvin, le sourire aux lèvres.

La réponse est évidente, les mots sont inutiles. Carvin les fait rire à nouveau, ça les détend.

Anath demande à Deubel :

— Vous savez ce qu'ils vous reprochent ?

— Plus ou moins.

Il se gratte la tête :

— D'après un flic, on devrait être mis en examen pour « destruction en réunion ». Destruction de biens de l'État...

— Si c'est ça, c'est grave, constate Anath.

— Grave pourquoi ?

— Vous risquez trois à cinq mois de prison et une grosse amende...

Et, pour contrebalancer l'effet dramatique de cette annonce, Anath précise :

— Encore faut-il qu'ils puissent prouver que vous êtes individuellement les auteurs des destructions : « Nul ne doit être passible de peine qu'à raison de fait personnel. » La notion de responsabilité pénale collective n'existe plus depuis l'abrogation de la loi « anticasseurs » en 82.

— En théorie, conteste Weber. En théorie seulement, parce qu'ils essayent de la remettre en service sous un autre nom.

Il réfléchit un instant.

— Ils veulent faire voter une loi contre les bandes. Je me souviens d'un truc particulièrement sournois. Un article qui invente une sorte de nouveau délit, genre « participer à un groupe décidé à commettre des dégradations ». Ce ne sont pas les termes exacts mais c'est l'esprit.

— C'est vrai, dit Anath, admirative, j'avais oublié ça...

Et, s'adressant aux six qui ont passé la nuit en garde à vue :

— J'ai contacté maître Dufay qui, si vous êtes d'accord, sera votre avocat. Je le connais bien, c'est un homme très compétent et qui d'emblée m'a dit vouloir agir pour vous sans demander d'honoraires.

— Pourquoi il ferait ça ? demande Moffat.

Il ne peut s'empêcher d'être agressif.

— Qu'est-ce que ça peut lui rapporter ? Il ne nous connaît pas.

Anath suggère, rosissant :

— Peut-être a-t-il une haute idée de la justice...

Carvin, écrasant dans son poing son gobelet, va le jeter dans une poubelle.

— Le vrai danger, dit-il en revenant vers les autres, c'est qu'ils veuillent faire un exemple. Qu'ils vous fassent plonger pour faire passer le message : « Ne faites pas comme eux, sinon gare ! » Surtout pour Lucien et Lauris à qui on reprochera d'avoir été là, alors qu'ils n'étaient pas de la Zitex. C'est ça, le danger.

Une fois encore Weber fait preuve d'une mémoire étonnamment précise.

— Il n'y a qu'à voir comment ils s'en prennent un peu partout aux ouvriers en lutte. Surtout aux syndicalistes, alors qu'ils devraient être protégés par la justice. Je pense aux types de Caterpillar, à ceux du gaz, aux Michelin, à Freescale...

— Là, c'est un délégué CFDT qui a été licencié ! intervient Deubel qui a suivi l'affaire de très près. Juste après les fêtes !

— Il y a une volonté de criminalisation du mouvement social, poursuit Weber. C'est devenu systématique, la liberté syndicale est attaquée dans presque tous les conflits. Il n'y a pas de raisons qu'on passe au travers.

— De toute façon, intervient Moffat, faut pas se la raconter, la justice n'est pas la même pour tous. Ceux qui planquent leur fric en Suisse, ceux qui se goinfrent avec leurs stock-options, ceux qui détournent des milliards ou qui sont responsables d'un tas de morts et de destructions comme l'usine AZF à Toulouse, ceux-là ne seront jamais condamnés. Mais nous, si on doit passer au trapèze, on peut être sûrs d'y avoir droit !

Moffat tend son gobelet pour avoir une autre tasse de café.

— On n'a plus de boulot, on n'a plus d'avenir, dit-il en remerciant Anaïs, mais on a un futur. Nous sommes des « futurs mis en examen »…

L'expression « mis en examen » réveille Smaïn.

— C'est dégueulasse, si c'est ça, c'est vraiment dégueulasse, bougonne-t-il. Qu'est-ce que ça représente, leurs dossiers de merde qu'on a balancés, à côté de nos vies qui sont foutues en l'air ? Pendant des années les patrons ont empoché des millions d'« aide pour l'emploi » et après ils nous virent comme ça, parce que ça leur permet de récupérer encore plus de fric. Et on vient nous accuser d'être des casseurs ! Moi je ne suis pas un casseur mais, s'il faut encore casser des trucs pour se faire entendre, je suis volontaire. C'est trop dégueulasse.

— C'est pourtant simple à comprendre, ricane Moffat, compréhensif, prenant Smaïn par les épaules. Quand tu respectes la loi, tu te fais niquer. Quand tu restes calme, tu te fais niquer. Et quand tu te retrouves le nez dans la merde, tu dois fermer ta gueule et te faire niquer en silence…

Lousson est épuisé de sa nuit en garde à vue. Il n'en peut plus.

— L'espoir ne nous fait plus vivre, il nous tue, dit-il.

Tous l'approuvent en silence, même si la sentence en fait sourire quelques-uns.

Anath dévisage ces hommes et ces femmes qui l'entourent et l'observent comme si elle venait d'un autre monde, d'une autre planète. Il y a des regards amicaux, d'autres pleins de rancune et d'animosité, comme ceux de Mirmant et d'Hermance, d'autres encore, indifférents, mornes, songeurs. Combien de temps faudra-t-il pour qu'elle cesse d'être « Mme Werth », pour qu'ils la considèrent comme l'une des leurs ? Pour qu'ils com-

prennent que, en participant à leur lutte, elle s'est dépouillée sans regrets et pour toujours de sa vie d'avant ? Qu'elle a jeté la clef de la petite porte derrière laquelle la peur se cache. L'idée la séduit : « Je suis passée de l'autre côté du miroir, pense-t-elle, je suis une personne déplacée. » Avec une assurance un peu forcée, pour combattre le découragement qui les gagne, elle affirme d'une voix ferme :

— Vous ne devez surtout pas vous laisser intimider. Pas maintenant ! Juste quand ça commence à bouger !

Carvin lui adresse un clin d'œil complice.

— Face au pire, nous devons faire preuve de raison, de mémoire et d'imagination, conclut-il. Surtout d'imagination !

Bonheur

Mlle Poinseau et Bona reviennent à la Zitex après la bataille, après le retour des futurs « mis en examen ». Tandis qu'on les met rapidement au courant, chacun fait semblant de ne pas remarquer qu'ils ont « les yeux bordés de bonheur », comme dit Chavarre.

Ils n'arrivent pas les mains vides.

Mlle Poinseau invite tout le monde à les rejoindre :

— Venez ! Venez tous ! crie-t-elle, déposant six bouteilles de champagne sur la table du comité de grève.

Bona en dépose le double, et des dizaines de flûtes en plastique.

— Allez, approchez ! Approchez, n'ayez pas peur ! crie-t-il à son tour.

Mlle Poinseau et Bona attendent que la cinquantaine de personnes présentes soient réunies devant eux.

— On a quelque chose de très important à vous dire, déclare Bona. Très, très important.

— Une bonne nouvelle ! précise Mlle Poinseau. Et en ce moment on ne peut pas dire que c'est ce qui pousse le mieux, les bonnes nouvelles.

Il y a un murmure d'approbation, quelques rires, quelques exclamations « Ça, tu peux le dire ! », « Pour être gâtés on est gâtés ! », « On se demande ce qui va encore nous tomber sur le coin de la figure ! »...

Bona et Mlle Poinseau se consultent du regard, cherchent un signe de soutien, une parole d'encouragement. Ils hésitent, échangent quelques mots dans une langue qui semble connue d'eux seuls. Finalement, c'est Mlle Poinseau qui se lance :

— Voilà, dit-elle avec un peu d'émotion, Bona et moi, nous allons nous marier.

Un tonnerre d'applaudissements, de hourras, de youyous saluent l'annonce, tandis que Mlle Poinseau et Bona s'embrassent en tournant dans les bras l'un de l'autre, comme s'ils valsaient.

Il ne manque que la musique...

Chavarre fait sursauter les dames en faisant partir le premier bouchon.

Zertal l'imite, puis Bogdan, Mouret...

C'est une tournée générale.

Mlle Poinseau s'approche d'Anath.

— Vous voulez bien trinquer avec moi ? demande-t-elle en lui offrant une flûte de champagne.

— Avec grand plaisir ! Je suis très heureuse pour vous. À la vôtre ! Santé, bonheur et prospérité !

Elles trinquent, Anath remarque une nouvelle bague

au doigt de Mlle Poinseau, un petit rubis serti par deux cœurs de diamant.

— Il ne s'est pas fichu de vous, dit-elle. Il a l'air rustre, mais il fait ça dans les règles...

— C'était à sa grand-mère...

Anath examine le bijou de plus près.

— C'est très joli.

— C'est ancien.

Anath et Mlle Poinseau se sourient, soudain embarrassées par le secret qu'elles partagent.

— Les noces sont prévues pour quand ? demande Anath, finissant lentement sa flûte, pour éviter d'avoir à trop parler.

— Le plus vite possible... Adieu « Mlle Poinseau », je vais bientôt m'appeler « Mme Bonaventure » ! Tout un programme...

Et, lisant dans les yeux d'Anath la question qui affleure :

— Je lui ai tout dit, il sait tout, il me prend comme je suis.

Anath est soulagée.

— Vous avez eu raison de ne rien cacher. Vous n'auriez pas pu vivre avec un tel poids sur le cœur.

Mlle Poinseau prend la flûte vide des mains d'Anath et la pose avec la sienne sur la table d'un geste décidé.

— Je peux vous demander quelque chose ?

— Je vous en prie...

Mlle Poinseau fait soudain la timide, elle n'ose pas, regarde ses pieds et demande tout à trac :

— Accepteriez-vous d'être mon témoin ?

Anath, stupéfaite, sent ses yeux briller d'émotion, de reconnaissance.

— Rien ne pourrait me faire plus plaisir ! dit-elle en

prenant Mlle Poinseau dans ses bras, en l'embrassant comme une sœur.

Appel

Carvin s'enferme dans les toilettes pour répondre à l'appel de sa belle-mère sur son portable.

— Je vous téléphone de la part de Chantal, dit Mireille, curieusement cérémonieuse.

— Elle ne peut pas m'appeler elle-même ?

— Elle fait un remplacement dans un salon. Vous savez qu'elle va peut-être prendre une franchise ?

Carvin fait comme s'il n'avait pas entendu.

— Où est Océane ?

— À l'école. Comme je connais la directrice, elle a bien voulu la prendre.

— Elle va bien ?

— Très bien ! Vous verriez ça, comme elle est contente d'avoir des copines. C'est vrai, avec sa varicelle, c'était pas marrant pour elle de rester toute la journée entre sa mère et sa grand-mère. Surtout, vous connaissez Chantal, on se chamaille vite pour un rien !

— Vous m'appelez pour quoi ? demande Carvin, qui ne voit pas où Mireille veut en venir.

— Chantal voudrait que vous lui envoyiez de l'argent.

— Elle a un chéquier. Mon compte, c'est le sien. Elle n'a qu'à prendre ce dont elle a besoin.

— C'est que vous êtes beaucoup à découvert.

— Combien ? Je suis à découvert de combien ?

— Je ne sais pas, au moins huit cents euros.

Carvin suggère d'un ton moqueur :

— Eh bien, si la banque ne peut pas supporter huit cents euros de découvert d'un bon client comme moi, il faut changer de banque, ce n'est pas une maison solide.

— Chantal ne peut plus faire de chèques. Ils veulent vous mettre au contentieux.

— Qu'ils fassent ce qu'ils veulent, qu'importe, dit-il, se retenant d'être plus grossier. Je suis en grève, je ne suis pas payé, je ne le serai plus et l'usine est rayée de la carte. Qu'est-ce que vous voulez que je fasse ?

Mireille insiste :

— Vous n'avez vraiment rien ?

— S'il n'y a plus rien sur le compte, j'ai ee qu'il reste dans mon portefeuille, une fortune d'au moins trente euros, sans compter la monnaie.

— Vous êtes sûr que vous n'avez pas plus ?

— Mais merde, Mireille, vous rêvez, ou quoi ? Je vous le dis et vous le répète : je suis en grève, sans salaire, sans rien. Je bouffe des pâtes, du riz, des chips et des tranches de jambon les jours de fête. Alors que Chantal se démerde. Si je pouvais, je le ferais, mais je n'ai rien, rien, rien ! Vous avez compris ?

— C'est pas une raison pour vous mettre en colère !

Morgue

Une brève cérémonie est organisée dans une pièce attenante à la morgue de l'hôpital où le corps de Sidot a été transporté pour autopsie. Seules quelques personnes de la Méka sont présentes : Étienne Rolland,

Weber, Carvin, Bogdan, Corda, Monnier, auxquels se sont joints Mlle Poinseau, Bona qui ne veut plus la quitter, et trois des Mémercenaires qui tenaient absolument à être là. Anath est là aussi, mais ce n'est pas Sidot qu'elle enterre, c'est Antoine Bischoff, à l'enterrement duquel elle n'a pu ni voulu se rendre. C'est à Antoine qu'elle pense, dont elle porte le deuil en secret, le visage impassible, les mains croisées sagement devant elle, recueillie, cernée d'ombres.

Sidot n'avait pas de famille, sinon une cousine à Aubenas où le corps sera inhumé. La cousine n'a pas fait le déplacement. En dehors des convoyeurs des pompes funèbres et d'un employé de la morgue, il n'y a personne d'autre dans cette pièce blanche et désolée où flotte une odeur de Javel et de parfum industriel. Rien n'est particulièrement prévu pour rendre hommage au défunt, les convoyeurs s'impatientent, ils ont de la route à faire jusqu'à Aubenas, l'employé de la morgue regarde ostensiblement sa montre.

Weber se sent obligé de prendre rapidement la parole :

— Notre camarade Sidot a disparu dans des circonstances tragiques, dit-il en venant se placer au pied du cercueil. Tragiques pour lui, tragiques pour nous. Sa disparition et celle de la Méka ne sont qu'une seule et même disparition, une même mort. Une mort physique et une mort sociale. Mais une mort. En perdant nos emplois, nous avons évidemment perdu nos salaires, mais, plus que ça, nous avons perdu notre savoir-faire, notre métier, nos relations de travail, notre histoire à la Méka, la nôtre et celle de ceux qui nous ont précédés, notre mémoire. Symboliquement, nous sommes morts, aussi morts que Sidot. Et, s'il fallait ancrer ce symbole

dans une réalité, sa mort montre combien nos vies sont mises en péril dans le combat que nous menons.

Weber marque un temps et, malgré les regards hostiles des convoyeurs et de l'employé de la morgue qui trouvent que ça n'en finit pas, il réclame une minute de silence.

Mme Ferrier se signe, Mlle Poinseau et Anath baissent la tête en même temps. Sabrina pleure sans bruit, une rose à la main ; à ses côtés Monnier, les yeux embués derrière ses lunettes, pleure aussi, gêné de le montrer. Carvin et les autres se tiennent raides, le regard perdu sur le mur du fond, comme s'ils refusaient de voir le cercueil qui leur fait face.

La minute s'achève.

Tous s'observent, ne sachant quoi faire, attendre la levée du corps, se séparer, retourner d'urgence à la Zitex ?

Au moment où les convoyeurs s'approchent du cercueil, décidés à partir, Carvin les arrête.

— Attendez, je veux ajouter quelque chose, dit-il, méprisant leurs grognements, leurs réclamations muettes.

Le front soucieux, il desserre la cravate que Weber lui a prêtée pour la circonstance et déclare, animé d'une curieuse lueur fanatique dans l'œil :

— Je ne suis pas sûr que Sidot partageait notre combat. Sans doute préférait-il mener la lutte pour son propre compte. N'empêche, par deux fois il s'est trouvé en première ligne : la fois où il a chassé les déménageurs venus enlever les machines, la fois où la Méka s'est embrasée. Rien que pour cela nous devons le compter parmi ceux qui n'ont jamais renoncé et je suis certain que, s'il avait été là quand les types de la SFS sont venus pour se venger, il aurait encore été avec nous, bien qu'il désapprouvait nos actions et n'ait eu aucune sympathie

pour les organisations syndicales. Pourtant, je ne voudrais pas que nous nous quittions sur un hommage, des condoléances formelles. Elles sont justes et nécessaires, mais elles me déplaisent, parce que je les ressens comme une façon d'enterrer notre cause. De pleurer sur nous-mêmes, de nous enfermer dans un cercueil et de visser le couvercle.

Carvin passe le dos de sa main sur ses lèvres.

— Je n'ai rien préparé, reprend-il, mais je connais par cœur les articles 33, 34 et 35 de la Déclaration des droits de l'homme et du citoyen, celle de 93 ; celle qui n'a jamais été reconnue… Je voudrais vous les dire et je souhaiterais que nous quittions Sidot sur ces mots. Des mots qui, pour moi, tracent la ligne que nous devons suivre. La mort de Sidot ne doit pas être une fin, mais un départ.

Il récite :

— « Article 33. La résistance à l'oppression est la conséquence des autres droits de l'homme. Article 34. Il y a oppression contre le corps social lorsqu'un seul de ses membres est opprimé. Il y a oppression contre chaque membre lorsque le corps social est opprimé. Article 35. Quand le gouvernement viole les droits du peuple, l'insurrection est, pour le peuple et pour chaque portion du peuple, le plus sacré des droits et le plus indispensable des devoirs. »

Paroles de dirigeants

Xavier Darcos (ministre de l'Éducation) : « J'ai envie de dire à ceux qui font la grève qu'il faut qu'ils

fassent attention parce que le monde, la France avancent plus vite que les cortèges. La casse du Service public, le manque de moyens, la colère des personnels, le ministre qui n'entend pas, le mépris. Combien de fois avons-nous entendu cela depuis une trentaine d'années ? La grève, c'est démodé. »

Nicolas Sarkozy (président de la République) : « Aujourd'hui, quand il y a une grève, personne ne s'en aperçoit. »

Paris

Ghislain Viguier est convoqué à Paris. Le préfet est reçu tôt le matin par le directeur de cabinet du ministre de l'Intérieur, Armand Lonlai, un petit homme replet aux manières disgracieuses.
— J'ai peu de temps. Asseyez-vous, je vous en prie.
Le préfet s'assied.
— Je vous préviens, le ministre est furieux. Le président également, et il n'a pas besoin de cela en ce moment. La situation économique est désastreuse, les conflits se multiplient, sans parler de la situation à l'étranger. L'opposition fait flèche de tout bois. Vous avez vu la semaine dernière à l'Assemblée ? Le ministre a été directement interpellé sur l'affaire de la Méka. Il s'en est tiré comme il a pu. Mais cela ne peut pas durer. Sans compter le Premier ministre qui ne se prive pas de répéter au président qu'à l'Intérieur nous sommes tous des nuls et qu'il l'avait prévenu.
— Je sais, monsieur le directeur. Croyez bien que...

— Écoutez, Viguier, il faut arrêter cela. Je ne veux pas que ça recommence avec la... la comment, déjà ?

— La Zitex, souffle le préfet. Ceux qui ont saccagé la sous-préfecture...

— Oui, c'est ça, la Zitex.

Lonlai note le nom sur son bloc.

— C'est toujours occupé par le personnel ?

— Oui. Nous avons reçu des menaces. Ils veulent déverser des containers d'encre industrielle dans les égouts ou dans la rivière...

— Vous y croyez ?

— D'après mes renseignements, ce serait plutôt des menaces symboliques, mais on ne sait jamais. Surtout depuis que ceux de la Méka...

Lonlai l'interrompt d'un ton sec :

— Vous savez que le président doit prononcer un discours très important dans le Nord. Le lieu n'est pas encore choisi. N'empêche, je vous l'ai déjà dit, il ne faudrait pas que ses déclarations soient parasitées par ces histoires de Méka, de Zitex ou de je ne sais quoi d'autre... Je me fais bien comprendre ?

— Parfaitement.

— Vous avez des enfants ?

Décontenancé par la question, le préfet bafouille :

— J'en ai trois. Une fille et deux garçons. Véronique, la petite, a...

Lonlai se moque des précisions.

— Votre petite fille, votre Véronique, vous ne la laisseriez pas traverser la rue en courant même s'il lui en prenait l'envie ?

— Non, je...

— Nous sommes d'accord : ce serait imprudent de lui laisser le choix. Eh bien, nous nous trouvons exactement dans cette situation. Vous comprenez ?

— Non, avoue le préfet, de plus en plus perdu. Je ne vois pas ce que…

Lonlai réprime un soupir de découragement. Il explique :

— Vous devez contrôler tous ces types qui foutent le bordel. Les bloquer sur leur lieu de travail, les empêcher de déborder sur l'espace public. Sinon, que va-t-il se passer ? Ils vont se mettre à faire n'importe quoi et on ne sait pas comment ça peut finir. Mal, à tous les coups.

Il consulte son bloc.

— Prenons les choses une par une. Pour la Zitex, établissez une zone de sécurité, mobilisez les CRS, faites établir des contrôles de gendarmerie tout autour et interdisez toute approche. Évitez le contact direct, je ne veux plus d'incidents, ni de violence, vous avez compris ? Isolement et négociations. Et s'il doit y avoir des journalistes, ne laissez pas venir n'importe qui…

— J'ai déjà prévu tout cela, assure le préfet. Pour les journalistes, pas de problème, mais les personnes sur place sont très déterminées et imaginatives. Je ne peux pas couper leurs téléphones, ni bloquer les photos réalisées avec des portables par les grévistes et envoyées sur Internet. C'était plus facile avant, quand…

— C'est pour ça qu'il faut aller très vite, tranche Lonlai. Très vite. Vous comprenez ? Sinon, je ne réponds pas de votre tête. Tenez-moi au courant heure par heure.

Lonlai se lève et se dirige vers la sortie, obligeant le préfet à le suivre.

— Si vous avez besoin de moyens supplémentaires, nous vous les donnerons, dit-il en ouvrant la porte, mais je veux que vous fassiez le ménage avant la visite du président. Que rien ne dépasse, que les chaussures

soient cirées et qu'il ne manque pas un pli aux pantalons.

— Très bien, dit le préfet, ne sachant s'il doit serrer la main à Lonlai ou sortir immédiatement.

Lonlai le retient un instant.

— Vous avez des nouvelles de M. Socko ?
— Non, aucune. Pourquoi ?
— Ah, vous ne savez pas...

Non, le préfet ne sait pas.

— Il est interné, dit Lonlai avec une légère grimace de dégoût. Il paraît qu'il courait nu dans les ruines de son usine.

— Je l'ignorais, dit le préfet, abasourdi. Personne ne m'a...

— Il s'était beaucoup plaint au ministre de votre attitude. Sans doute déraisonnait-il déjà...

Lonlai serre énergiquement la main du préfet.

— Je compte sur vous pour le ménage, et que ça étincelle !

Foule

Il n'y a jamais eu autant de monde à la Zitex. Ceux qui ne venaient plus au piquet de grève sont revenus, accompagnés souvent de leur femme ou de leur mari et de leurs enfants. L'incendie de la Méka, le saccage de la sous-préfecture ont eu un grand écho sur les chaînes de télévision, dans la presse régionale et nationale. Tous sont inquiets de l'après. De ce qui va se passer après, c'est-à-dire maintenant. S'il n'y a plus de repreneur pour la Zitex, pas de fonds pour soutenir

l'activité, si l'État se désengage, que vont-ils devenir ? Quel peut être leur avenir ? Le RSA ? Les stages qui ne mènent à rien ? Les formations bidon ? La dèche ? Les Restos du cœur ?

— Quand vous avez envoyé trois cents CV comme ma sœur, dit Catherine, la femme de Lousson, et que vous avez reçu seulement cinq ou six réponses, toutes négatives, que toutes vos demandes de formation sont rejetées, vous vous dites : à quoi je sers ? Est-ce que j'existe encore ? Le gouvernement et les patrons ne veulent pas admettre que le chômage est une souffrance. Mais c'est une souffrance réelle, croyez-moi. Il n'y a qu'à voir les suicides...

— C'est sûr, approuve Mme Landreau, on fait des cadeaux sans contrepartie aux banques responsables de la crise mais, en revanche, le chômeur qui touche mille euros, on l'accuse de ne pas vouloir bosser et on lui rappelle qu'il a des devoirs ! En réalité, son seul devoir, c'est de dire « amen » à tout ce qu'on lui propose, quand on lui propose quelque chose.

Mme Gobert a eu vent de cas dramatiques dans le Pas-de-Calais.

— Il y a des femmes seules qui, une fois le loyer payé, n'ont qu'un euro par jour pour vivre ! J'en ai rencontré une qui ne se nourrissait que de café au lait et de pain beurré à la margarine. Pour des femmes qui ont été indépendantes toute leur vie, c'est une honte d'aller aux Restos du cœur. Et puis toute vie sociale disparaît quand il n'y a plus comme priorité que de bouffer et de payer le loyer.

— Nous, on n'a que le salaire de mon mari, dit Catherine. S'il n'a plus de boulot, qu'il ne trouve rien en intérim, rien au noir, qu'on n'a plus que le RSA, je ne sais pas ce qu'on fera. J'aimerais bien voir comment

les politiques qui se croient si malins arriveraient à vivre avec quatre cents euros par mois et trois gosses sur les bras.

— Au moins t'as les allocs…

— Tu crois que je suis condamnée à faire des gosses tous les ans rien que pour survivre ?

— Je ne dis pas ça ! Je veux dire que, pour ça comme pour le reste, c'est terrible de dépendre de son mari, affirme Mme Landreau. Moi, je veux bien tout mais pas ça. Ah non, ça, je ne l'accepterai jamais !

— Vous savez que le seuil de pauvreté est à plus de huit cents euros ? fait soudain remarquer Mme Gobert.

Et toutes se taisent, car elles ont peur.

Conseil

Ce n'est plus une intersyndicale, c'est un véritable conseil de guerre qui se réunit autour de Zertal, de Weber et de Carvin, les trois leaders naturels du mouvement.

Zertal fait état d'une lettre adressée conjointement au ministère du Travail et à celui de l'Industrie, enjoignant les pouvoirs publics de contraindre les entreprises à restituer les aides de l'État, à rouvrir les négociations sur les indemnisations des personnes licenciées, la durée des congés de reconversion, la mise en place de nouveaux sites de production industrielle. Et, après avoir répété la colère et le désespoir des cadres et des employés des deux entreprises, la lettre se conclut par une menace à peine voilée de propager le feu allumé à la Méka à la Zitex et à d'autres usines en lutte.

Bona est sceptique sur l'utilité d'un tel courrier.

— À mon avis ça ne sert qu'à nous justifier et à nous conforter. Mais on n'a pas à se justifier de nos actes, ni à se conforter. D'une, parce que les ministères n'en ont rien à foutre de nous, nous ne comptons pas face aux intérêts des patrons, deux, parce que les politiques ne peuvent qu'habiller de discours patriotiques des décisions qui se prennent au niveau mondial. En réalité, ils n'ont pas voix au chapitre et ne peuvent rien.

Comme il n'est pas contredit, Bona enfourche sans hésiter son dada.

— Il faut avoir le courage de regarder les choses en face : le système « démocratique » tel qu'il fonctionne aujourd'hui n'est qu'un leurre. Je prends pour preuve le taux d'abstention qui ne cesse de grandir à chaque élection. Personne ne croit plus que la représentation nationale représente véritablement le peuple, mais personne n'ose le dire et en tirer les conséquences.

Il assène :

— La démocratie libérale ne repose pas sur un choix véritable. Le « bon choix », c'est le choix indiqué par les experts. C'est du plébiscite déguisé, ce n'est pas le choix du peuple pour le peuple. C'est le choix des experts pour leurs clients, des riches pour les riches. Faudrait que ce soit tout le contraire ! Rappelez-vous ce que disait Varlin pendant la Commune : « Ne perdez pas de vue que les hommes qui vous serviront le mieux sont ceux que vous choisirez parmi vous, vivant votre propre vie, souffrant des mêmes maux. »

— Tu nous fais chier avec le passé ! Qu'est-ce que tu veux ? crie Bogdan. Tu veux une dictature ?

— Non, mais regardez les députés : combien d'entre eux viennent des milieux populaires, du monde du travail ou de l'immigration ? Un ou deux peut-être, pas

plus. L'immense majorité, qu'ils soient de droite ou de gauche, vient de la bourgeoisie, petite ou grande, sort des mêmes écoles. Ils sont médecins, profs, hauts fonctionnaires, notaires ou architectes, et n'ont jamais foutu le pied dans une usine ni habité en HLM. Comment voulez-vous qu'ils nous comprennent ? Qu'ils mesurent les drames que nous vivons ? Gauche ou droite, ils défendent tous la même vision bourgeoise du monde, vénèrent le marché et professent que le capitalisme, c'est la démocratie. Est-ce que nous leur ressemblons ? Non. Est-ce que nous voulons leur ressembler ? Non. Est-ce qu'ils souhaitent que nous leur ressemblions ? Non. Non, non, non : trois fois non !

— Si on ne se tourne pas vers les politiques, demande Carvin, vers qui veux-tu qu'on se tourne ? Les syndicats ? Est-ce que t'as vu ici les cadors de la CGT, de la CFDT, de FO, même de Sud ? Non, personne. Ils préfèrent passer à la télé ou se faire photographier à l'Élysée. Il n'y a pas que les ministères qui n'en ont rien à foutre de nous...

— Pour revenir à ce que disait Bona, je te ferais remarquer qu'on n'a pas vu non plus de député ni de sénateur, glisse Weber, gêné par la mise en cause des centrales.

Bona, la peau rose et luisante comme celle d'un bébé, enfonce le clou :

— Mme Werth a dit une chose à laquelle nous n'avons pas assez prêté attention... dit-il, adressant un petit signe de tête à Anath. Ce qui se passe ici est unique, c'est du jamais vu. Quelque chose d'inédit, de puissant s'est mis en place. Et Carvin insistait sur le fait que nous devions faire preuve d'imagination, c'est ça ?

— Oui, acquiesce Carvin, et de raison et de mémoire !

— Si nous n'avons ni soutien politique ni soutien syndical, qu'est-ce qu'il nous reste ? Nos propres forces, notre énergie, notre courage, comme Carvin nous l'a dit dès le premier jour. Ce n'est peut-être pas grand-chose au niveau mondial mais, au nôtre, c'est déjà beaucoup. Partant de là, nous ne devons pas regarder nos pieds mais regarder devant nous. Que va-t-il se passer ? L'alternative est simple : ou ils nous laissent croupir ici, pariant que nous finirons par rendre les armes et par aller mendier à genoux quelques miettes d'aide, ou ils décident que la plaisanterie a assez duré et ils nous envoient la troupe pour nous faire dégager. Dans les deux cas nous sommes perdants. Pourquoi nous sommes perdants ? Parce que nous nous plaçons de notre plein gré la tête sur le billot en attendant que le bourreau nous la tranche.

— Tu proposes que nous tirions l'épée ? suggère Carvin.

Bona passe une langue gourmande sur ses lèvres.

— Oui, on peut le dire comme ça…

Zertal s'inquiète. Il ne sait pas pourquoi mais il n'aime pas le ton espiègle de Bona.

— Tu veux qu'on fasse quoi ? demande-t-il, brutalement fermé sur lui-même. Tu veux qu'on foute le feu, comme à la Méka ? Tu veux qu'on vide nos containers d'encre dans la rivière ou dans les égouts ? Qu'on pende l'administrateur, le liquidateur, le sous-préfet et tous ceux qui ne pensent qu'à se débarrasser de nous ?

— Pour un début, ce serait pas mal, s'émerveille Bona, plus malicieux que jamais.

La remarque provoque un tollé entre les pour, les contre, les indignés, les excités, ceux qui se proclament non-violents, ceux qui appellent aux armes, les décidés, les hésitants, les révoltés, les fatalistes, si bien que plus

personne n'écoute personne et que Weber doit se dresser sur sa chaise et hurler « silence ! » de sa grosse voix grave pour qu'enfin tous se taisent.

Anath en profite et réclame un peu d'attention.

— Si vous permettez, dit-elle, je me souviens de deux choses que j'ai apprises au collège. En histoire, c'est qu'il y a deux types de guerre : la guerre de tranchées et la guerre de mouvement. Pour l'instant, nous menons ici une guerre de tranchées et je crains, comme M. Bonaventure, que nous soyons en train de creuser notre propre tombeau en nous enterrant dans ce type de conflit. En SVT, j'ai appris qu'un requin meurt s'il s'arrête de nager…

— Les requins, c'est pas nous, c'est les autres ! crie Chavarre.

— Alors soyons des orques ! réplique Anath, sous les applaudissements.

Elle marque un temps, tous l'écoutent.

— Après ce qui s'est passé à la sous-préfecture, sans parler de la Méka, reprend-elle, vous pouvez être certains que l'appareil de l'État est d'ores et déjà mobilisé contre vous, et de plusieurs manières. Par la voie judiciaire d'abord : ceux qui se sont fait arrêter à la sous-préfecture vont être mis en examen, c'est inévitable, et, dès que la gendarmerie aura déposé ses conclusions, des mises en examen à la suite de l'incendie de la Méka tomberont aussi. Il y aura des amendes, des condamnations, au mieux avec sursis, au pire à de la prison ferme, même si je ne peux pas croire qu'ils oseraient. Par la voie policière ensuite : ce ne sera plus une bande de vigiles qui viendront faire évacuer l'usine, mais les forces de l'ordre, appuyées par une injonction du tribunal. Et cela, j'en suis convaincue, dans un délai très bref. Par la voie financière enfin, en vous étranglant de

toutes les manières possibles : séquestre des revenus, retard de paiement des indemnités, radiations du Pôle emploi, paralysie du fonds de garantie des salaires, refus de crédit personnel, etc. Non seulement vous n'aurez pas de primes exceptionnelles, mais ni payes ni aucune aide publique, plus rien. Pour le gouvernement, pour le patronat, ce que vous avez fait, ce que vous faites représente un danger plus redoutable encore que celui que représentaient les Lip dans les années soixante-dix...

Et, s'excusant :

— S'il y en a parmi vous qui connaissent cette histoire...

Un murmure lui répond qu'il y en a qui se souviennent du combat des Lip. Anath les remercie d'un geste et poursuit :

— Le gouvernement doit non seulement vous combattre, vous stopper, mais aussi et surtout faire un exemple, comme le disait Carvin. Vous clouer au pilori, si vous préférez le type de comparaison qu'affectionne M. Bonaventure.

À nouveau Anath fait une pause.

— J'en reviens à mes deux exemples scolaires, dit-elle d'une voix très ferme. Ce n'est pas une guerre de tranchées mais une guerre de mouvement que vous devez mener...

Elle se reprend :

— Que *nous* devons mener et ce mouvement ne doit jamais s'interrompre si nous ne voulons pas mourir comme meurent les requins qu'on empêche de nager ! Les orques, en l'occurrence...

Carvin bondit à ses côtés, s'il osait il l'embrasserait, tant ce qu'elle dit lui réchauffe le cœur.

— Vous ne vous rendez pas compte, mais vous êtes

devenus étrangers dans votre propre pays, enchaîne-t-il au-dessus des bravos qui saluent le discours d'Anath.

Il est très excité.

— J'entendais tout à l'heure Moffat qui téléphonait à sa femme ou à je ne sais qui. Qu'est-ce qu'il disait ? « Je t'appelle de l'usine. » Il ressentait le besoin de dire d'où il appelait et je fais le pari que vous faites tous la même chose. Pourquoi ? Parce que vous ne souhaitez rien d'autre qu'être quelque part. D'être « localisés » par votre correspondant.

Il ouvre les bras en grand comme s'il faisait face à une vague d'incompréhension.

— Mais dans quel monde vivez-vous ? La localisation, l'enracinement, le lieu de naissance, les anciens, l'histoire, tout ça, c'est fini. Le mot d'ordre de la modernité, c'est délocalisation et relocalisation ailleurs, n'importe où, nulle part, mais certainement pas où vous vous croyez attachés. Les attaches ne tiennent plus. Les vies sont devenues virtuelles, volages. Vous, vos familles, moi, la mienne sont désormais des particules en suspension emmenées par-ci, chahutées par-là au gré du vent du capitalisme. Voilà la situation. Notre situation.

Carvin se tourne vers Anath qui, d'un regard, l'encourage à continuer.

— Moi aussi, j'ai une question scolaire, dit-il, les poings sur les hanches, le menton en l'air. Quelle est la force des particules en suspension, sans attaches, sans territoire ? Pour moi, la réponse est évidente : c'est la force de la poussière, la force du sable qui se lève en tempête, de l'infiniment petit multiplié par des millions. Nous devons être cette tempête qui grippera le système. Et, si nous le sommes, rien ne pourra nous arrêter !

Vies parallèles 9

Dany, le frère d'Anath, conserve dans la reliure d'un vieux répertoire une série de Polaroïds en noir et blanc de sa sœur entièrement nue. Il les consulte souvent, une cérémonie privée d'adoration. Marie-Christine Socko et Rose Thorins se retrouvent dans le restaurant où se retrouvaient traditionnellement les Socko. Les deux femmes ont tant à se dire...

Bureau

La SCN, la Société chimique de Normandie, est en grève illimitée et occupée. Les ouvriers de la principale ligne de production, la ligne n° 7, ont rejoint ceux des deux ateliers promis à la fermeture. Léonard, le patron, ne met plus les pieds sur le site, depuis qu'il a reçu des œufs et des pierres à sa dernière apparition. Garant de la sécurité, Dany, le frère d'Anath, est le seul membre de la direction encore présent à l'usine, même s'il se tient à l'écart des assemblées générales du personnel. Après s'être assuré que son assistante est bien en bas avec les autres, il s'enferme dans son bureau puis bloque la porte avec une chaise.

Ainsi, personne ne le dérangera.

Dany s'assied confortablement et sort d'un tiroir son vieux répertoire. La reliure tient par du Scotch double face. Il la décolle délicatement et aligne devant lui six clichés d'Anath.

Dany a toujours aimé faire de la photo et Anath n'a jamais été pudique. Elle posait volontiers pour lui, se prêtait à toutes ses idées, à tous ses caprices d'artiste. S'il n'y avait pas eu ses parents pour le contraindre aux études supérieures, Dany serait devenu photographe professionnel, quelqu'un comme Bill Brandt, Helmut Newton, Jan Saudek ou Joel Peter Witkin, son préféré. Mais il n'a jamais osé sauter le pas, envoyer valser HEC et les stages aux États-Unis. Ses parents sont morts, et il est devenu ce qu'il est à trente ans, le directeur adjoint d'une grande usine, attendant d'en devenir le directeur général puis président-directeur général d'une plus grosse encore, l'administrateur de cinq ou six autres, un homme riche dont la vie se partagera entre ses fonctions, sa famille et les vacances à Saint-Briac où ils ont une maison qui donne directement sur la mer. Justine, sa femme, lui ressemble : mêmes études, même milieu, même fortune, même vie tracée d'avance. Elle va bientôt accoucher de leur premier enfant mais très vite ils se sont promis d'en avoir deux, trois, peut-être même quatre...

Dany n'a jamais trompé sa femme et n'est pas tenté de le faire, sinon en pensée, avec la seule pour qui il éprouve réellement de l'amour et du désir, sa sœur. Dany aime Anath. Cet amour interdit, secret, si violent lui tient le cœur toujours aux abois. Quand il ferme les yeux, c'est Anath qu'il voit ; quand il se couche près de Justine, c'est près d'Anath qu'il se couche ; et c'est Anath qu'il a dans la tête quand ils s'étreignent et qu'il jouit en serrant les dents pour ne pas lâcher son nom.

Sur la première photo, Anath est en pied, nue, des fleurs dans les cheveux, un genou légèrement replié, gracieuse dans la lumière qui vient d'une grande fenêtre. Sur la deuxième, elle est à genoux sur le lit, les bras

ramenés le long du corps, montrant ses fesses. Sur la troisième, assise au bord du matelas, elle se penche vers son sexe, son visage est un peu flou. Sur la quatrième, elle fait pigeonner ses seins. Sur la cinquième, elle se montre allongée jambes écartées, le visage dissimulé derrière une édition en poche de *Gatsby le magnifique*. Sur la sixième, enfin, prise dans leur jardin, tournant le dos au photographe, elle s'accroupit pour...

Dany laisse sa tête tomber sur le bureau, les ailes du nez palpitantes, les yeux à demi ouverts. Il ouvre sa braguette, frotte son visage contre les photos, les embrasse, murmurant « je t'aime, je t'aime » comme s'il avait un contact charnel avec Anath. Il transpire. Il appelle des larmes qui ne viennent pas. C'est un enfant souffreteux qui respire mal, qui cherche l'air, grogne des sortes d'imprécations obscènes. Dany se crispe, il râle, tout cet amour est vain, tout est fugitif, volatil, désespérant. Il ne peut pas, non, il ne peut pas, il a honte d'aimer sa sœur, il ne veut pas de ce désir, c'est innommable, de l'inceste. Il résiste, proteste contre son plaisir, larmoie, geint mais, comme si cela échappait à sa volonté, il jouit sur la moquette et bat en retraite, tombant à genoux pour effacer la trace blanchâtre qui le condamne.

Soirée

Marie-Christine, la femme de Socko, et Rose, celle de Thorins, s'embrassent trois fois sur les joues et une fois sur la bouche comme elles le font toujours depuis la pension où elles se sont rencontrées. Toutes les filles

de leur bande faisaient la même chose. Un signe de reconnaissance, de connivence. Rien d'autre. Marie-Christine commande deux coupes de champagne rosé.

— Il faut bien ça, dit-elle en levant son verre dès qu'elles sont servies.

— Et même un peu plus ! répond Rose en riant.

Elles trinquent.

— Raph est en Serbie ?

— Oui, répond Rose dont le visage se ferme, j'ai eu un message sur le répondeur.

— Qu'est-ce qu'il disait ?

Rose vide sa coupe et la pose bruyamment :

— Rien : « C'est moi, je suis bien arrivé, je t'embrasse. »

— Tu ne vas pas le rejoindre ?

— Non. Pourquoi irais-je m'enterrer là-bas ?

Marie-Christine fait signe à la serveuse de les resservir.

— Tu veux toujours divorcer ?

— Oui. Pas toi ?

— Si. Mais je ne sais pas quand je pourrai le faire...

— Tu l'as vu ?

— Non. Le professeur Jolas dit que c'est trop tôt, que c'est inutile, qu'il est sous le choc, muet, en proie à une sorte de délire, si j'ai bien compris... Il cherche un nouveau monde.

— Un nouveau monde ? Pfff ! Qu'est-ce que tu vas faire ?

— Je vais demander conseil à maître Gresset. Dans un cas comme ça, je ne sais pas ce qui est possible. Je crois que je peux quand même divorcer, mais...

Marie-Christine n'a toujours pas digéré la question de Jolas : « Étiez-vous satisfaite ? » Satisfaite ! Comme s'il s'adressait à une cliente à qui on vend un appareil,

« satisfait ou remboursé ». Elle n'est ni satisfaite ni remboursée. Elle est malheureuse mais elle fait face. Elle a toujours fait face.

Les deux femmes se taisent lorsqu'on vient leur servir les entrées : une marinade de saint-jacques à la citronnelle. Elles n'ont pas prononcé le nom de Socko, ni même son prénom.

— Comment vont tes enfants ? s'informe Marie-Christine, par pure politesse.

— Très bien, répond distraitement Rose. Enfin, je crois. Je les ai casés chez mes parents. Et les tiens ?

— C'est assez dur. J'ai un peu de soucis avec...

Rose pose sa main sur celle de Marie-Christine et se fait pressante :

— Arrêtons ces manières. Parlons de nous. Ne parlons que de nous. Pas de nos maris, pas de nos enfants, pas de nos parents. Nous, rien que nous. Tu es d'accord ?

— Si tu veux.

Rose baisse la voix :

— Tu n'as pas peur ? demande-t-elle.

— Peur de quoi ?

— Peur de te retrouver seule, sans mari, sans homme.

— Peur de ne pas être satisfaite ?

Rose avale de travers.

— Satis... quoi ? s'étrangle-t-elle.

— Oublie, ce n'est rien. Des bêtises qui me trottent dans la tête. Pour le reste, sincèrement, je n'ai pas le cœur à penser à ça ! s'exclame Marie-Christine.

Elle met la main devant sa bouche comme si elle venait de proférer une énormité que tout le monde avait entendue et regarde Rose avec tendresse.

— Tu as peur, toi ?

Rose se recule sur sa chaise.

— Plus maintenant, non, dit-elle de façon assez insolente.

— Plus maintenant ?

Rose se rapproche de Marie-Christine :

— Tu te souviens de mon premier ?

— Celui que ton père détestait ? Qui traînait toujours avec la bande de...

— Ilan.

Elle glousse.

— Eh bien, figure-toi qu'il y a deux jours, je suis tombée sur lui dans une librairie ! Tu ne peux pas savoir ce que ça nous a fait. On était là tous les deux, bouleversés, tremblants, incapables de savoir si on devait s'embrasser, se serrer la main, se tutoyer, se vouvoyer...

— Et alors ? demande prudemment Marie-Christine.

— Alors, on s'est retrouvés comme au premier jour. On avait seize ans, on était dans la réserve des bouées et des matelas à la piscine...

Marie-Christine fixe Rose droit dans les yeux.

— Ne me dis pas que vous avez...

— Si, on a. Et c'était merveilleux.

— Chez toi ?

— À l'hôtel.

Marie-Christine avoue qu'elle a du mal à croire aux contes de fées, au Père Noël sur son traîneau, à l'apparition du Prince Charmant...

— Pourtant, c'est vrai ! jure Rose. C'est exactement comme ça que ça s'est passé.

— Qu'est-ce qu'il faisait à Lille ?

— Il était en stand-by, explique Rose. Il est pilote d'hélicoptère sur les puits de pétrole en mer du Nord.

Il y avait un problème technique sur le Falcon qui devait le ramener en Norvège. Quelques heures à perdre et voilà !

Marie-Christine reste sceptique.

— Tu avais déjà trompé Raph ? demande-t-elle, l'œil inquisiteur.

— Jamais, répond franchement Rose.

Mais elle nuance, malicieuse :

— Enfin, jamais depuis que j'ai les enfants ! Et toi...

— Non. Pas une seule fois.

Marie-Christine omet de préciser qu'elle n'en a jamais véritablement eu l'occasion. Ni l'envie, d'ailleurs. Rose veut comprendre :

— Et tu veux quand même divorcer ?

— Oui, confirme Marie-Christine, mais ça n'a rien à voir avec le sexe. Il ne me trompe pas mais il me ment tout le temps. Je ne peux pas l'accepter.

— Tu supporterais qu'il s'envoie en l'air à droite à gauche et qu'il te le dise ?

— Peut-être, oui. Ça ne me plairait pas, mais je trouverais ça plus honnête.

Marie-Christine ne tient pas à s'appesantir sur ce qu'elle ressent, moins un sentiment de manque qu'une véritable frustration, une trahison.

— Tu vas le revoir, ton pilote d'hélicoptère ?

Les yeux de Rose s'illuminent.

— Je pars après-demain le rejoindre à Stavanger, dans le sud-ouest de la Norvège. Je pense que j'y resterai une quinzaine de jours et ensuite nous verrons...

— C'est pour ça que tu n'as plus peur ?

— Tu sais, j'ai l'impression que je m'étais éloignée très loin de moi et que je vais rejoindre ma vie. Et si je rejoins ma vie, je n'ai rien à craindre.

Lettre

Seul un néon sur deux est allumé dans le réfectoire. Carvin s'installe à une table éclairée pour écrire à sa fille. Il ne rentre plus chez lui. Pour quoi faire ? Il n'y a que des factures qui l'attendent, des prospectus, des pièces vides où courent les fantômes d'Océane et de Chantal. Des fantômes qui le tourmentent jour après jour, qui le poursuivent avec des piques, qui le déchirent à coups d'ongles, de souvenirs. Il pense à l'appartement où ils vivaient dans la cité, rien qu'un médiocre deux-pièces, pourtant ça lui serre le cœur de se dire que tout cela est fini, que c'est un lieu mort qu'ils n'occuperont plus jamais.

Carvin sort de son portefeuille une photo d'Océane. Il essaye d'imaginer où elle se trouve maintenant, ce qu'elle fait, ce qu'elle voit de sa fenêtre, comment est son école, sa maîtresse, à quoi ressemblent ses copains et ses copines.

Océane, ma sirène, mon petit poisson, mon petit amour,

Je suis content que tu sois retournée en classe et que la varicelle soit retournée au pays des varicelles avec son papa varicelle et sa maman varicelle. Tu dois bien t'amuser avec tes copines. À quoi vous jouez ? Tu sais que je suis toujours le meilleur à cache-cache et qu'à chat, pour m'attraper, il faut courir vite. Alors entraîne-toi bien, car moi, ici, je m'y entraîne tous les jours. Quand nous serons tous les deux, je te promets que nous y jouerons, et à la marelle, et à l'élastique, et à bien d'autres jeux que tu m'apprendras. Quand tu sauras écrire « PAPA » ça me ferait très plaisir que

tu m'envoies une lettre rien que pour moi. Une lettre où tu me ferais un dessin et où tu l'écrirais en dessous. Je compte sur toi, ma beauté, et je t'envoie ce gros billet comme un gros baiser pour que tu t'achètes ce que tu veux.

Je t'embrasse, mon ange,

Papa.

Carvin glisse son dernier billet de vingt euros dans l'enveloppe et la referme, à deux doigts de pleurer comme un gosse.

Maître Dufay

Quatre journalistes sont invités à pénétrer dans la Zitex pour rencontrer maître Dufay qui assure la défense de Moffat, Deubel, Lousson, Lucien Jean, Lauris et Smaïn, mis en cause dans le saccage de la sous-préfecture. La réunion a lieu dans la cour de l'usine, devant tout le personnel réuni autour des six. L'avocat ne veut pas répondre à des questions, il préfère lire une déclaration formelle.

— Au départ de cette affaire il y a une violence sociale énorme, dit-il, s'assurant que tous ses propos seront enregistrés. Alors qu'après une première grève en 2002, très dure, une autre en 2005, plus dure encore, les salariés de la Zitex avaient consenti de très gros sacrifices pour assurer la pérennité de leur activité, en 2010 la direction prend, sans aucune concertation, la décision de fermer l'usine, plongeant des centaines de familles dans le désarroi et la misère. Au regard de cette

violence, les actes commis à la sous-préfecture me paraissent bénins. Les salariés ont mené ces actions radicales pour exprimer leur exaspération face à l'injustice qui leur est faite, face aux promesses non tenues, face à l'indifférence criminelle des pouvoirs publics, sans parler de l'amoralité des actionnaires de la Zitex qui se lavent les mains du sort de plus de cinq cents personnes. C'est, en somme, un acte de légitime défense. J'ajouterais qu'il est particulièrement choquant de voir ces hommes désignés comme des délinquants alors que tant de patrons voyous ne sont pas inquiétés et ne le seront jamais. Pardonnez-moi d'utiliser de grands mots mais il s'agit d'une justice de classe, une justice qui n'est pas la justice mais de la vengeance. Et, dans le cas présent, une vengeance où l'État et le patronat opèrent en bande organisée. Merci.

Bénédicte Lerot, une journaliste de RTL, ne veut pas le laisser partir.

— Juste une précision, maître Dufay, les personnes mises en examen contestent-elles les faits qui leur sont reprochés ?

— Ils les contestent absolument. À travers eux, c'est tout le mouvement social que l'on cherche à intimider en désignant comme coupables six personnes prises au hasard. Premièrement, il faudrait que l'accusation apporte la preuve qu'ils sont bien, individuellement, les auteurs des faits incriminés et, deuxièmement, que l'État produise un état sérieux des prétendues dégradations. Aucune de ces deux conditions n'est aujourd'hui remplie et j'écarte comme contraire au droit la notion de « responsabilité collective » que le tribunal, comme un prestidigitateur, veut sortir de son chapeau.

D'autres questions fusent : « Vous parlez d'une justice à deux vitesses, avez-vous d'autres exemples à nous

donner ? », « Pensez-vous qu'un tribunal prendra le risque de condamner les hommes mis en examen ? », « Vous sentez-vous solidaire des actions de ceux que vous défendez ou est-ce le principe même de défense que vous protégez ? », mais maître Dufay se refuse à répondre et après avoir salué ses clients quitte rapidement la Zitex.

Escargots et jonquilles

Il fait presque nuit.

Après la conférence de presse de maître Dufay, tout le monde se disperse. Les uns pour aller grignoter quelque chose et boire du café en prévision des heures à venir qui seront rudes, les autres pour fumer et discuter, discuter encore, discuter toujours comme si les mots étaient les seules armes à leur disposition afin de briser le mur d'angoisse qui les enferme.

Anath prend Carvin à part, l'heure est grave.

— Ça ne peut pas durer comme ça...

— Nous ? s'effraye-t-il. T'en as marre... ?

— Nous, ça ne peut durer *que* comme ça, corrige Anath en lui prenant la main. Non, je te parle de la situation ici. Ce n'est pas possible de continuer, d'AG en discussions, de discussions en discours, de discours en déclarations. Aujourd'hui ou demain, les flics vont débarquer, je m'étonne d'ailleurs qu'ils ne soient pas déjà là. Ils viendront une fois, deux fois, trois fois s'il le faut mais, au bout du compte, l'usine sera évacuée, tout le monde lâché dans la nature, le liquidateur sur place, les machines vendues aux enchères ou débitées

à la ferraille et tout sera fini, enterré, oublié. Nous sommes en train de perdre...

Carvin sait qu'Anath a raison, ça ne l'empêche pas de faire le malin.

— Nous sommes retranchés dans des tranchées en attendant qu'on nous tranche la gorge ? articule-t-il comme pour un exercice de diction.

— Oui.

— Tu vois, j'ai bien écouté ta leçon d'histoire et de SVT, la guerre de tranchées et la nage du requin...

Anath le fait taire d'un regard plein de reproches. Ses facéties ne sont pas de mise. Ce qu'elle a à dire est important :

— J'ai encore eu un appel de mon frère...

— Celui de Rouen ?

— Oui, Dany, je n'en ai pas d'autres, Dieu merci ! Le grand patron veut la bagarre, la grève s'est durcie. Tout est bloqué, la police encercle les grévistes, il y a comme ici une société de sécurité qui grenouille dans le coin pour les empêcher d'occuper les locaux.

— Continue... dit Carvin, soudain très attentif. C'est quoi exactement comme chimie, ce qu'ils fabriquent ?

Anath lève la main pour l'arrêter.

— Attends, dit-elle. D'abord, il faut que je te raconte quelque chose.

Anath répète l'histoire que son mari lui a apprise sur la guerre des Paysans, en Allemagne au XVIe siècle. Comment des serfs à qui on avait ordonné d'aller cueillir des jonquilles et de ramasser des coquilles d'escargot pendant le carême s'insurgèrent et, de village en village, levèrent une armée de plus de cent mille hommes...

— Quand Richard m'a débité ça un matin, j'ai cru qu'il voulait me faire un cours pour me mettre le nez

dans mon ignorance. Maintenant, je pense qu'il savait parfaitement ce qu'il faisait.

— Il te montrait le chemin ?

— N'exagérons rien, il n'est ni prophète ni devin ! Je crois simplement qu'il fait toujours preuve d'une grande intuition politique, même s'il est fourré vingt-quatre heures sur vingt-quatre dans les livres et les histoires du passé.

Carvin coupe court à l'éloge de Richard Werth.

— Tu veux qu'on aille à Rouen ? demande-t-il sèchement.

Anath hoche la tête.

— Je crois qu'ils ont besoin de nous là-bas et qu'on a besoin d'eux pour continuer en Normandie ce qui a été commencé à la Méka et poursuivi à la Zitex.

Carvin fixe ses yeux hardis d'un bleu qu'il aime tant. Il la laisse parler.

— Dans les années quatre-vingt, dit-elle, il y a eu un mouvement comme ça aux États-Unis. Les ouvriers de Ford et de General Motors se sont déplacés pour soutenir la grève de ceux de Firestone et ça a été très efficace. Les grévistes ont obtenu ce qu'ils réclamaient. Mais c'est resté cantonné dans le domaine de l'automobile. Ici, c'est différent. En allant rejoindre ceux de la SCN, après la Zitex, le mouvement né à la Méka, vous inventeriez une nouvelle solidarité transbranches. Non seulement cela permettrait d'élargir votre combat mais cela manifesterait le lien indiscutable entre les situations, du nord au sud, de l'est à l'ouest, que ce soit dans la mécanique, le textile ou la chimie. Vous passeriez de la revendication syndicale à l'action politique. Il me semble urgent qu'aujourd'hui l'action syndicale et l'action politique se coordonnent à nouveau.

Carvin s'esclaffe :

— C'est complètement dingue comme idée, mais ça me plaît ! La grève délocalisée, ça, c'est moderne !

— L'usine de mon frère produit des engrais, précise Anath. C'est un site classé Seveso +. C'est pour ça que les forces de l'ordre, même sur le pied de guerre, restent prudentes... Si ça tournait mal, le risque serait majeur, parce que l'entreprise est vraiment installée aux limites de la ville.

Carvin n'a pas besoin qu'elle en dise plus. Il comprend vite.

— On y va, on fraternise, on détaille nos revendications, on les lie toutes entre elles, on en fait un joli bouquet et on menace de tout faire sauter si...

— Penses-tu pouvoir convaincre les autres de cette perspective ?

— Tu vas les convaincre, toi ! dit-il, pointant son index contre sa poitrine.

Anath lui prend la main.

— Non, ce n'est pas à moi de le faire. Sans compter que je sens bien qu'il y en a plus d'un qui se demande ce que je fais parmi vous.

Carvin glisse d'une voix de velours :

— Tu cueilles des jonquilles avec nous et tu ramasses des coquilles d'escargot.

— La jonquille, c'est la fleur de la renaissance, précise Anath dans un sourire. Et les coquilles, des crânes dont nous devons faire le deuil...

Carvin et Anath se dévisagent, chacun cherchant à lire dans le regard de l'autre les secrets qui s'y cachent.

Carvin émet brusquement une objection :

— On ne pourra jamais tous se transporter là-bas.

— Ce n'est pas nécessaire, répond Anath. Vingt ou trente hommes suffisent.

— Qu'est-ce que tu fais des femmes ?

— L'idéal serait qu'elles restent ici, à la Zitex, avec leurs enfants.

— Je ne comprends pas, s'excuse Carvin. Qu'est-ce que tu veux qu'elles fassent ici s'il n'y a plus personne ?

Le plan d'Anath est limpide :

— Quand les forces de l'ordre vont intervenir, il y a toutes les chances pour qu'ils viennent en même temps qu'un ou deux journalistes de la télé. Le gouvernement tiendra à montrer au vingt heures comment il fait respecter l'ordre. Ce n'est pas toi que je dois convaincre que les journalistes adorent monter ce genre de cirque, n'est-ce pas ?

— Ça fait partie de leur propagande, confirme Carvin. C'est aussi pour ça que je ne veux pas de télé. Pour ne pas voir ce genre de trucs qui me donnent envie de tout casser.

Anath connaît sa théorie, elle conclut sans le laisser aller plus loin :

— Donc, si la police ne trouve que des femmes et des enfants à évacuer, les journalistes ne filmeront que des femmes et des enfants qu'on évacue. Une colonne de femmes et d'enfants entre des rangs de policiers. Imagine : des images très fortes ! Si fortes qu'elles se retourneront contre ceux qui voulaient les instrumentaliser.

— Tu as pensé à tout !

— J'ai eu le temps de réfléchir, glisse Anath, comme suspendue soudain dans l'espace.

Le cœur anxieux, la tête froide :

— Tu devrais réunir tout le monde, suggère-t-elle, invitant Carvin à ne pas perdre une minute.

— Tu es sûre que tu ne veux pas exposer ton plan toi-même ?

— Non, il faut que ce soit toi.

Et, d'un ton enjôleur :

— Mais je t'ai à l'œil ! Tu sais bien que derrière tout grand homme se cache toujours une femme...

Cercle

Carvin ne réunit pas tous les présents mais un cercle restreint d'hommes devant lesquels il peut parler librement : Weber, Zertal, Corda, Bogdan, Monnier, Moffat... et quelques autres dont Bona, toujours accompagné de Mlle Poinseau. Contrairement à ce qu'il craignait, le plan d'Anath n'est pas immédiatement repoussé avec des hauts cris. Au contraire, il suscite plus d'intérêt que de rejet. Les réserves viennent des questions pratiques. Si tout le monde évacue le site, qu'advient-il des machines ? Faut-il les détruire en partant ou les conserver en pariant sur une éventuelle reprise ? Et les containers d'encre, cela aurait-il un sens de les déverser dans la rivière ou dans les égouts ? Que risquent-ils en investissant une autre usine ? Comment seront-ils accueillis ? Quelle sera l'attitude des flics ? Des salariés ? Est-ce – ou pas – pour eux l'occasion inespérée de frapper un grand coup ? Un coup qui restera dans l'histoire des luttes sociales ? Ou risquent-ils de connaître la Bérézina ? Carvin intervient le moins possible. Il ne veut pas donner l'impression qu'il a réponse à tout, mais il est prêt : Anath l'a convaincu de la pertinence de son plan, de sa nécessité. Weber, au contraire, a du mal à adhérer à ce qui se dessine.

— C'est bien, c'est vrai, c'est bien, ça fait rêver. En même temps, je ne crois pas que ça puisse vraiment marcher, dit-il.

Corda le contre avec assurance.

— Le doute, c'est une forme d'égoïsme.

— Peut-être, mais il y a une tradition dans la lutte syndicale. Et si on ne respecte pas cette tradition, si on plonge dans l'inconnu, c'est presque à tous les coups les patrons qui ramassent la mise.

— Eh bien moi, « presque », ça me suffit comme but de guerre.

Et c'est reparti pour les questions, les suggestions, les spéculations.

Anath, assise en hauteur sur des caissons métalliques, veille sur eux, tel un ange gardien sur de simples mortels. Comme Carvin s'y attendait, Corda, Bogdan et Moffat sont les plus excités, Zertal et Weber les plus modérés. La discussion bascule quand Bona prend clairement parti pour l'expédition en Normandie. Il soutient qu'en restant à la Zitex ils s'enferment d'eux-mêmes dans une cave, que les flics n'auront aucun mal à les enfumer comme des putois dans leur terrier.

— Je crois qu'on doit se décider à y aller et rapido, dit-il, comme nos anciens se sont décidés à faire la guerre d'Espagne ou à résister.

— Ça n'a rien à voir ! proteste Weber. Faut quand même pas déconner et comparer...

— Attends, dit Bona sans le laisser finir. Je ne dis pas que la situation est la même ! Je parle pour moi. Je veux simplement vous faire sentir que, si je me décide à aller en Normandie, j'y vais avec autant de courage que de trouille. Comme nos anciens, comme tous ceux qui, un jour, sont passés à l'action.

— Si tu crois que tu vas aller te faire voir ailleurs sans m'emmener, plaisante Mlle Poinseau, tu te trompes ! Si t'y vas, j'y vais. Je viens avec toi !

Elle les fait rire.

— OK, dit Zertal, supposons qu'on y aille… Avant de se barrer d'ici, faudrait être certains que là-bas on ne sera pas reçus à coups de pierres par les types et à coups de matraques par les flics !

— Je peux téléphoner à la fédé, propose Weber. Ils me donneront quelqu'un à contacter sur place pour nous renseigner.

— Tu peux le faire maintenant ? demande Carvin pour le presser.

— Si tu veux… mais ça ne veut pas dire que je…

— Téléphone ! ordonne Corda, rigolard.

Carvin dit aux autres :

— Pendant que Weber appelle sa fédé, je propose que chacun d'entre nous aille informer dix ou quinze personnes de nos plans et qu'ensuite on réunisse tous les groupes pour une AG qui entérinera nos décisions.

— Et si personne ne suit ? s'inquiète Bona.

Carvin fait un clin d'œil à Anath.

Une bonne réponse est parfois une fausse question.

— L'autre soir, combien disais-tu qu'il fallait d'hommes décidés pour faire une révolution ? demande-t-il à Bona.

Bona s'esclaffe « T'es qu'un enfoiré ! » quand le portable d'Anath sonne.

Elle s'excuse : c'est son mari.

Téléphone

Anath surveille discrètement les hommes qui se séparent pour réunir des groupes. Carvin lui adresse un faux salut militaire et serre le poing avant de lui tourner le

dos. Elle répond d'une petite moue satisfaite et s'appuie contre le mur de l'atelier pour prendre la communication.

— Je suis rentré, annonce le professeur Werth.

— C'était bien ?

— Malgré tous mes excès je n'ai pas pris un gramme.

Il se vante.

— Et toi ? demande-t-il avant d'être forcé d'avouer son poids. Tu rentres quand, saoule comme d'habitude ? Tu as une tonne de courrier qui t'attend.

— Eh bien, il attendra. L'usine de Dany est en grève. Je pars leur donner un coup de main.

— Un coup de main à ton frère ? s'étonne Werth.

— Aux grévistes.

— Tu plaisantes ?

— Non, pas du tout. Après la Méka et la Zitex, cap à l'ouest, sur la SCN...

Le professeur ricane :

— Tu te prends pour Louise Michel ou pour Rosa Luxemburg ?

— Et toi pour Gilles de Rais ? rétorque Anath.

— Les pucelles ne m'intéressent pas...

— Les puceaux ?

— Ne parlons pas de ça, s'il te plaît, demande le professeur sans prononcer le nom d'Alain.

— C'est toi qui en parles !

— Eh bien n'en parlons plus, grogne-t-il, excluant toute réplique.

Anath n'a pas l'intention de discuter.

— Très bien, dit-elle très posée, n'en parlons plus.

Le professeur veut reprendre l'initiative :

— Je peux savoir quelles sont tes intentions ?

Anath persifle :

— Sur le plan sexuel ou sur le plan politique ?
— Sont-ils liés ?
— Peut-être...

Ils se taisent, comme deux boxeurs après le round d'observation. Le professeur Werth se radoucit. Il avance avec une certaine prudence :

— Tu es sûre que tu n'idéalises pas ce que tu es en train de faire ? Les gens avec qui tu es ?

— Pourquoi veux-tu que je les idéalise ?

— Parce qu'il y a toujours eu des bourgeois pour idéaliser les ouvriers, assure le professeur, certain de marquer un point.

Anath ne se démonte pas.

— Je te répondrai que si j'idéalise les ouvriers, la lutte, l'action, tu idéalises le savoir, la pensée, la recherche, l'écrit, les livres...

Le professeur propose :

— Peut-être sommes-nous, au fond, deux idéalistes ?

Anath le rembarre :

— Ce doit être ça, oui.

Ces joutes verbales ne l'intéressent plus, ne l'amusent plus. Leur hypocrisie l'irrite.

— Bon, dit-elle à deux doigts de raccrocher, je crois que nous nous sommes...

Werth la prend de vitesse.

— J'ai peur que tu sois en train de te détruire, dit-il sincèrement.

— Je ne vois pas pourquoi soutenir le combat de ceux qui se battent me détruirait, répond Anath. Je dirais plutôt que ça efface des années de sommeil, que ça me galvanise.

— Je ne vois pas très bien ce qu'il y a de galvanisant à aller d'une usine à l'autre, répéter les mêmes discours,

entretenir les mêmes espoirs, en étant sûr de se faire avoir à la fin.

— Il n'y a jamais rien de sûr. Pour savoir, il faut le faire. Le faire jusqu'au bout.

Le professeur refuse l'argument.

— Ou tu me mens ou tu te leurres.

— Ni l'un ni l'autre, se défend Anath.

— Tu te souviens de ce texte d'Adorno où il affirme que « les femmes d'une beauté exceptionnelle sont condamnées à être malheureuses » ?

Anath ne peut s'empêcher de rire.

— Alors, je suis sauvée ! s'exclame-t-elle. Je ne suis pas d'une beauté exceptionnelle !

Werth la contredit gravement :

— Tu sais bien que si. Sans compter que tu as la naissance, la richesse, le talent. Toutes les bonnes fées se sont penchées sur ton berceau et c'est ça qui t'est insupportable.

— Arrête, c'est du roman.

— Non, pas du tout. J'ai toujours senti chez toi cette impulsion à te détruire toi-même. Avec ces grèves, je crois que tu viens de trouver les conditions idéales pour le faire.

— Retour de l'idéal... susurre Anath.

Werth ne veut rien entendre.

— Plaisante si ça te soulage, grogne-t-il, mais je crains qu'au bout du compte tu te retrouves sans rien, les mains vides, sans même les lambeaux d'un amour pour sécher tes larmes.

— C'est toi le lambeau d'amour ?

— Si tu me voyais : une vraie charpie !

Richard n'est pas drôle.

— J'aurai peut-être les mains vides, dit Anath, mais toi, de quoi les auras-tu pleines ?

— Pas pleines de merde, si c'est ça que tu penses, pleines d'une vie. Peut-être une vie médiocre d'enseignant médiocre, d'auteur sans lecteur. Une vie peut-être sans aventures révolutionnaires, sans passion prolétaire, mais réelle, terriblement réelle.

La conversation déplaît de plus en plus à Anath.

— Eh bien, sois heureux, lui souhaite-t-elle pour en finir. Sois le plus heureux possible !

— Je m'y emploie, répond Werth avec lassitude, je m'y emploie…

Anath a une dernière question avant qu'ils se quittent.

Werth craint le pire.

— Comment se porte le charmant Cerus ? demande-t-elle.

— Cela ne te concerne pas.

— Tu me dois au moins quelques mots… réclame Anath. Je ne te demande pas la lune, juste quelques mots.

Le professeur cède :

— Il te compare à Münzer !

— Rien que ça !

— Je crois qu'il te connaît mieux que moi.

— Tu parles ! Je parie qu'il s'endort en voyant ma tête en haut d'une pique, comme celle de ce malheureux après la bataille de Frankenhausen.

— Non, tu te trompes, ça, c'est ma vision ; dans l'histoire je suis le Prince noir. Lui, il te voit comme celle qui accomplira sa prophétie protocommuniste, *omnia sunt communia*, « toutes choses sont communes » !

Alain Minc (économiste) : « On sait bien que le coût du travail non qualifié est une des causes du chômage. »

François Bayrou (président du Mouvement démocrate) : « Ne nous cachons pas derrière notre petit doigt : l'emploi en France est en péril, parce que l'activité créatrice s'y trouve en péril. Je vais me risquer à des affirmations inusitées… La vieille loi de l'économie, la loi schumpétérienne de la destruction créatrice, je suis désolé de le dire aux économistes que je lis et respecte, cette loi ne marche plus. On nous disait : "Laissez partir sans regret les entreprises de main-d'œuvre. Concentrez-vous sur l'innovation, les nouveaux produits et les nouveaux services. Vous créerez plus de valeur ajoutée, vous gagnerez plus de nouveaux emplois que ceux que vous perdrez, choisissez le haut de gamme contre le bas de gamme et ce sera un avenir heureux", nous disait-on. Peut-on le dire sans ruser ? En France, en tout cas, cela ne marche plus. »

Descente

Les forces de police investissent la Zitex en début de matinée. Invités par la préfecture, le correspondant du *Figaro*, Leroux de *La Voix du Nord*, une jeune femme de France Info et trois reporters de TF1, de

France 3 et de LCI couvrent l'opération. Le préfet est sur place avec le sous-préfet, mais ils ne sont pas sortis de leur voiture, garée à une centaine de mètres en contrebas de l'usine.

Le sous-préfet est inquiet, la ruine de ses bureaux, la colère, la violence des grévistes ne lui inspirent rien de bon.

— Vous croyez que ça va aller ? Je ne sais pas si...
— Force doit rester à la loi, tranche le préfet pour le rassurer, bien que lui-même ne le soit qu'à moitié.

La surprise est de taille.

Passé les barricades qui protègent l'entrée, les CRS ne rencontrent aucune résistance. Des enfants gambadent dans la cour, jouent à chat, crient « tous ensemble ! tous ensemble ! », faisant voler les drapeaux syndicaux en se poursuivant entre les palettes. À l'intérieur des bâtiments, il n'y a que des femmes vêtues de la blouse réglementaire de la Zitex qui les attendent de pied ferme. L'adjudant-chef Bonnet se tourne de tous côtés, cherchant les grévistes, il est furieux.

— Putain ! Ils sont où ?

Le lieutenant Vieu donne ses ordres :

— On verra ça plus tard ! On fait sortir tout le monde et on relève les identités !

Debout derrière la grande table du comité de grève, Catherine Lousson interpelle les hommes qui envahissent l'atelier :

— J'espère que vous êtes fiers de ce que vous faites ! Mettre à la rue des femmes et des enfants, vous pouvez vous vanter de faire du beau boulot ! Et d'être drôlement courageux.

— Je vous en prie, madame, sortez, ordonne le lieutenant Vieu, l'invitant à ne pas faire de vagues.

Ses hommes sont moins polis. Toutes les grévistes ou femmes de grévistes sont poussées dehors sans ménagement, traitées de « connasses », de « putes », de « salopes », menacées d'« en prendre une » si elles la ramènent...

Les reporters de France 3, de TF1 et de LCI sont aux premières loges pour filmer la colonne grise qui sort des bâtiments de la Zitex. Encadrés par deux rangs de CRS, les femmes et les enfants, traînant des pieds, têtes basses, traversent la cour comme des forçats à la chaîne.

À couvert derrière un empilement de rouleaux prêts à être expédiés, personne ne voit William, le fils aîné de Moffat, avec une petite caméra...

La colonne est stoppée à l'entrée de l'usine pour un contrôle général d'identité. Des enfants pleurent, des femmes protestent, des injures fusent. Le préfet arrive en hâte, suivi du sous-préfet.

— Qu'est-ce qui se passe ? Qu'est-ce que vous faites ?

— Il n'y avait que des femmes et des enfants à l'intérieur, monsieur le préfet, répond le lieutenant Vieu. Nous contrôlons toutes les identités. Mais c'est le bordel, elles n'ont rien sur elles et...

— Et les hommes ? Ils sont où ?

— Je ne sais pas.

— Vous vous foutez de moi ? Ils n'ont pas disparu comme ça, d'un coup ! Ils se cachent ? Vous avez regardé partout ?

— Le site est sous contrôle. Ils ne sont pas là.

Le préfet fait volte-face, levant la main pour masquer l'objectif du cameraman de France 3 qui filme les

femmes et les enfants alignés en rang le long du mur. Surtout Anaïs avec son pansement sur le nez, sa joue tuméfiée, son coquard et ses lunettes tordues.

— Je vous interdis de filmer ça ! Vous m'entendez, je vous l'interdis !

Et, au lieutenant Vieu :

— Qu'est-ce que vous attendez pour intervenir ? Vous ne voyez pas qu'ils sont en train de filmer n'importe quoi ?

Le neveu de Glosori, le vigile de la SFS, se présente spontanément aux CRS.

— Ils sont tous partis cette nuit…

— Comment ça « partis » ? demande l'adjudant-chef Bonnet.

— J'en sais rien. Ils avaient plein de bagnoles et vroum ! ils sont partis. C'était un sacré boxon, on se serait cru sur le Paris-Dakar !

— Ils sont partis où ?

— J'en sais rien, moi.

— Vous ne leur avez pas demandé ?

— Pour en prendre une ? Non merci. J'aurais voulu vous y voir ! C'est pas des rigolos…

L'adjudant-chef dévisage ce jeune vieux ingrat, lunettes verdâtres et pull jacquard.

— Vous les avez vus partir, c'est tout ?

— Oui, pourquoi ?

— Avec ça on est bien avancés ! s'exclame Bonnet, congédiant le neveu sans un mot de remerciement.

Catherine Lousson est interviewée par la jeune femme de France Info et le reporter de France 3.

— Vous travaillez à la Zitex ?

— Plus maintenant. J'ai toujours ma blouse, mais je

n'y travaille plus. J'ai trois enfants et j'attends le quatrième, dit-elle en passant machinalement sa main sur son ventre. Mais mon mari y est toujours.

Elle se reprend.

— Enfin, y était...
— On peut le voir ?
— Non. Il n'est pas là.
— Il est où ?
— Il est là où il doit être pour que la lutte continue, répond vivement Catherine Lousson, qui n'apprécie pas de se faire asticoter. Ce n'est pas parce que la police vient de nous chasser de la Zitex que la grève est terminée. Elle n'est pas terminée, elle continue comme vous pouvez le voir, soutenue par les femmes grévistes, les femmes des grévistes, les sœurs des grévistes, les mères des grévistes, leurs familles. Mes trois enfants sont là, si vous voulez...

— Excusez-moi, madame, intervient le cameraman de France 3. Mais où sont passés les hommes ? Il n'y avait pas que des femmes qui travaillaient à la Zitex...

— Pourquoi vous me demandez où sont les hommes ? Des femmes qui font la grève, ça ne vous suffit pas ? Des femmes qui se battent, ce n'est pas sérieux ? Ce n'est pas important ? Ça ne mérite pas qu'on s'y intéresse ? Ça ne fait pas de belles images ?

— Ne me faites pas dire ce que je n'ai pas dit, se défend le cameraman.

— Quand la police nous a mises dehors, nous nous sommes fait traiter de « putes » et de « connasses » et d'autres trucs dégueulasses.

Et, interpellant directement la jeune femme de France Info :

— Mademoiselle, vous trouvez ça normal, dans un conflit social, de traiter des femmes de « putes » et de

« salopes » simplement parce qu'elles défendent leur emploi ou celui de leurs proches ? Qu'est-ce que les flics auraient dit s'ils étaient tombés sur des hommes ? La même chose, ou ils auraient eu peur de l'ouvrir ?

La jeune femme n'a rien à répondre.

— Tout à l'heure, j'ai entendu une copine crier « Non au machisme capitaliste ! », dit Catherine Lousson. Eh bien, je suis d'accord avec elle : les femmes en ont ras les ovaires.

Cette interview ne sera jamais diffusée. D'autant que Catherine Lousson ajoutait que, si elles avaient osé, les femmes se seraient mises toutes nues et leurs enfants pareil pour bien montrer que la fermeture de la Zitex les laissait sans rien, vraiment sans rien !

Et qu'elle pleurait...

Le préfet exige de faire une déclaration pour les journaux télévisés.

— Force doit rester à la loi, commence-t-il pour se lancer. La Zitex, qui était illégalement occupée depuis plus de trois semaines, a été évacuée ce matin par la police sans aucun incident. Les conditions sont maintenant réunies pour que ce conflit trouve une issue qui respectera les intérêts et la dignité de chacun au terme des négociations entre les différents partenaires sous le contrôle des pouvoirs publics.

Les femmes et les enfants partis, seuls quelques CRS restent en faction devant l'usine pour en interdire l'entrée. Les banderoles *En grève* et *La Zitex vivra* flottent au vent, un chien erre dans la cour. Toujours caché, toujours invisible, le fils aîné de Moffat jubile : il a tout filmé.

Il lui reste encore quelque chose à faire avant de s'éclipser.

Suivant les instructions de son père, il retourne dans l'usine sans se montrer, ouvre une à une toutes les valves des containers et se sauve par l'arrière avant qu'une marée d'encre arc-en-ciel inonde les ateliers…

Nouvelle

À l'hôpital, dans le couloir qui mène aux chambres, l'ombre semble avoir dévoré toute clarté. En passant, Marie-Christine et son fils aîné Pierre-Marie aperçoivent, par les portes ouvertes, un adolescent qui se déshabille en gémissant, un homme âgé, debout, le visage comme cimenté, la bouche entrouverte, bavant un peu, un jeune homme en slip qui fait des mouvements de gymnastique, scandant « trop peu ! » à chaque flexion.

Pressant le pas, ils arrivent enfin dans la chambre de Socko.

Socko est assis au bord de son lit. Il ne semble pas vraiment remarquer leur présence, même quand Marie-Christine se penche pour l'embrasser ni quand son fils l'embrasse à son tour quatre fois sur les joues. Il demeure indifférent, le regard mort, les traits luisants comme frottés à l'huile. Dansant d'un pied sur l'autre, Pierre-Marie est terriblement mal à l'aise. Il préfère rester debout tandis que sa mère s'assied à côté de Socko.

— Ça va ? demande-t-elle timidement, posant la main sur la cuisse de son mari.

Et n'obtenant que du silence en réponse :

— Nous t'avons apporté quelque chose…

Pierre-Marie tend le sac en plastique qu'il tenait à la main. Sa mère en sort un pyjama en coton, rouge avec de fines rayures blanches.

— Ça te plaît ?

Socko demeure muet. Marie-Christine le pose derrière elle.

— J'ai eu le professeur Jolas au téléphone, dit-elle pour ne pas laisser le silence s'installer. Tu es entre de bonnes mains. Ce sera peut-être un peu plus long que nous pourrions le souhaiter, mais il a été très positif sur l'évolution de ton état…

— Tu ne veux pas qu'on aille dehors ? s'impatiente Pierre-Marie. L'infirmière nous a dit que tu as le droit d'aller dans le jardin.

Socko se lève au mot « jardin », sans rien dire, mécaniquement. Marie-Christine et son fils se consultent du regard.

— Tu veux y aller ?

Marie-Christine prend le silence de son mari pour un acquiescement. Elle aide Socko à enfiler sa veste de pyjama et son pantalon, qu'il enfile plus difficilement.

— T'as envie ? Si tu veux qu'on y aille, on y va… dit Marie-Christine en lui prenant le bras.

Pierre-Marie ne tient plus en place. Il ouvre la marche mais sa hâte à quitter les lieux ne fait pas pour autant accélérer son père. Socko avance à pas traînants dans le couloir, comme si chaque mètre à franchir représentait un danger qu'il devait mesurer avant de l'affronter.

— Vous sortez ? C'est bien, commente l'infirmière lorsqu'ils passent devant son bureau de garde.

— C'est par où ? demande Marie-Christine.

— Là, juste à droite, la petite porte !

— Merci, mademoiselle.

Le jardin n'en est pas un. C'est une étroite cour carrée au centre de laquelle quelques fleurs sont plantées sur un maigre tapis d'herbe poussiéreuse. Et, chose étrange, une poule semble vivre là en liberté. Marie-Christine, Socko et Pierre-Marie vont s'asseoir sur l'unique banc en ciment.

— Tu n'as pas froid ? demande Marie-Christine, vérifiant le boutonnage de la veste de pyjama.

Socko ne répond pas. Marie-Christine se penche vers son fils.

— Dis à papa sur quoi tu as eu un devoir. Je suis sûre que ça l'intéressera...

Pierre-Marie répond de mauvaise grâce, chassant la poule qui s'approche de lui en picorant le sol :

— En philo, on a eu à commenter une question d'Adam Smith : « Est-ce que la liberté simple et naturelle est compatible avec les besoins de la société humaine ? »

Mais l'énoncé n'éveille aucune réaction chez Socko.

— Tu as eu combien ? insiste Marie-Christine.

— J'ai eu 14...

— Tu aurais dû apporter ton devoir.

Ils se taisent, comme si toutes leurs espérances étaient enterrées sous le sol brûlé de la Méka. Qu'ils vivaient désormais dans une longue nuit ; même le jour.

Marie-Christine feint soudain d'avoir oublié quelque chose de très important.

— Oh, tu ne sais pas ! s'exclame-t-elle. Il faut que je te lise un article que j'ai découpé dans *Le Figaro*...

Elle fouille nerveusement dans son sac à main et en tire une coupure de presse. Elle lit sans lunettes :

— « Accident mortel sur les Champs-Élysées : un avocat d'affaires américain, maître Million, traversant hors des passages protégés, voulant éviter une moto qui

fonçait vers lui, a fait un pas en arrière sans voir un 4 × 4 qui arrivait en sens inverse à une vitesse supérieure à celle autorisée sur la chaussée parisienne. Touché de plein fouet, l'homme a été projeté à une dizaine de mètres contre une Sanisette et est mort sur le coup. Selon des témoins, il téléphonait sur son portable au moment du drame. Cet accident témoigne... »

— Ordure, dit Socko, interrompant sa femme d'une voix claire.

Il se lève et, sans attendre Marie-Christine ni Pierre-Marie, retourne à l'intérieur, répétant :

— Ordure. Ordure. Ordure.

Tandis que la poule s'ébroue dans la poussière.

Net

Armand Lonlai, le directeur de cabinet du ministre de l'Intérieur, est atterré. Il vient de visionner pour la troisième fois les images que le fils de Moffat a mises sur le Net. On y voit les forces de l'ordre faire sortir les femmes et les enfants de la Zitex, les injures et les cris sont parfaitement audibles. La suite n'est pas mieux. La colonne des femmes en blouses grises comme des prisonnières, alignées le long du mur d'enceinte de l'usine, le visage blessé d'Anaïs, les enfants en larmes, tout cela est détestable. Déjà plus de quatre cent mille personnes ont vu ces images qui, sans qu'il soit besoin de les commenter, en rappellent d'autres qui font honte à la France.

Une polémique naît parce que les principales chaînes publiques et privées refusent de les diffuser, mais Canal +

le fait dans son « Grand Journal » et Arte dans son édition du soir.

La revue de presse est tout aussi décourageante.

L'Humanité titre « Délocalisées ou déportées ? », *Libération* renchérit « La colonne du chômage », *La Croix* s'interroge sur l'attitude de la police : « En quoi cela sert-il l'ordre public d'injurier des mères de famille et des épouses ? », *Le Monde* n'y consacre qu'une brève mais publie un texte de soutien aux grévistes signé par une vingtaine d'écrivains, d'acteurs et de cinéastes, *Le Figaro* dénonce l'« odieuse mise en scène » et, dans la presse régionale, les éditorialistes se partagent entre ceux qui contestent la méthode mais approuvent, au nom du réalisme économique, la fermeture de la Zitex et ceux, moins nombreux, qui dénoncent le démantèlement des usines françaises et voient dans les exactions policières la démonstration parfaite de la sujétion des pouvoirs publics au capital.

La situation impose au président de la République de différer son voyage dans le Nord. En revanche, il interviendra sur les chaînes de télévision...

La secrétaire de Lonlai avertit ce dernier que Ghislain Viguier, le préfet, est en ligne.

— Ah, quand même ! Passez-le-moi.

Et, sans préambule :

— Qu'est-ce que c'est que ce bordel ? Vous avez vu la presse, vous avez vu Internet ?

— Je...

Lonlai ne lui laisse pas placer un mot.

— Mais qu'est-ce que vous avez dans les yeux ? Et dans les oreilles ? Vous n'êtes pas foutu de savoir que les grévistes sont partis et qu'ils ont laissé femmes et enfants comme bombe à retardement ?

— Vous m'aviez recommandé de faire...

— Je vous avais prévenu, Viguier, qu'après la Méka il n'y aurait pas de deuxième chance. La nomination de votre remplaçant passe au prochain Conseil des ministres. J'ai l'accord du Premier ministre et celui du président. Vous êtes révoqué.

Paroles de dirigeants

Nicolas Sarkozy (président de la République) : « La France n'a pas besoin d'assistanat. La France a besoin qu'on trouve du travail pour les gens. Je ne veux laisser tomber personne. La solution n'est pas dans la multiplication des aides de toutes sortes. »

Marc Desplats (Mouvement national des chômeurs et précaires) : « Il faut enfin reconnaître que, dans ce pays, il n'y a pas d'emplois pour tout le monde et que le droit à l'emploi n'est pas respecté. À partir de là, la société doit arrêter de rendre les chômeurs responsables de leur situation et garantir le droit à un revenu décent. »

SCN

La SCN est implantée sur les bords de la Seine, dans la banlieue de Rouen, près du Petit-Quevilly. Le flanc droit de l'usine donne directement sur un quai où les péniches viennent charger les engrais fabriqués à l'inté-

rieur. Le flanc gauche de l'entreprise est protégé par un grillage haut qui court le long de l'ancienne départementale. L'arrière est défendu par une palissade de béton plus basse sur laquelle s'entortille une frise de barbelés.

La SCN est une forteresse mal défendue.

Seul l'accès principal est solidement surveillé. D'autant plus surveillé que trois cars de CRS sont en faction à proximité et qu'à l'intérieur deux équipes de la Fight, une société privée de gardiennage, interdisent l'entrée de la ligne 7, la principale ligne de production. Les ouvriers lock-outés campent dehors. Une vingtaine de gros bras les empêchent de pénétrer dans le bâtiment devant lequel sont stockées toutes les matières dangereuses.

Le face-à-face dure depuis douze jours.

La direction rejette toute négociation et maintient son ordre de fermeture de deux unités, la suppression de cent quarante-sept emplois ; les ouvriers non seulement refusent ces fermetures mais exigent une revalorisation des salaires au nom de la pénibilité et de la dangerosité de leurs tâches. Les deux positions paraissent inconciliables et les tentatives de médiation des pouvoirs publics ont été vaines de part et d'autre.

Comme le titre *Aujourd'hui en France* dans sa dernière édition : « Blocage et blocus à la SCN ».

Chaufferie 2

La surface de l'usine a été réduite de près d'un tiers après sa reprise par le groupe néerlandais Chemical

Inc., la société mère, établie à Rotterdam mais dont les principaux actionnaires sont deux fonds d'investissement américains. À une centaine de mètres des murs d'enceinte, dans les installations vétustes laissées à l'abandon, il y a une chaufferie désaffectée. C'est là qu'une équipe de la SCN, Carvin et les volontaires de la Zitex qui l'ont suivi ont rendez-vous. Librizzi est stupéfait du nombre.

— J'y crois pas. Non, j'y crois pas ! Vous êtes frappés, complètement frappés, mais c'est génial !

Carvin le salue chaleureusement, entouré de Moffat, Corda, Bogdan, Lucien Jean, Lauris et les autres, tous pressés d'entrer en action.

— Tu pensais qu'on serait combien ? demande-t-il en lui serrant la main.

— J'en sais rien ! Je savais que c'était arrangé entre votre type de la CGT et les nôtres, mais…

— T'es sûr qu'on peut entrer par là ? demande Carvin, montrant la porte de la chaufferie rouillée, à moitié défoncée.

— Bien sûr que j'en suis sûr ! s'exclame Librizzi. Les gros cons de la Fight et les flics s'imaginent nous tenir en cage mais nous on connaît la boîte comme personne. Et, là-dessous, il y a un tunnel qui relie directement ce poste à la salle de contrôle à l'intérieur…

— Et ça passe encore ?

— Ça pue un peu, c'est humide, on n'y voit pas grand-chose, c'est encombré de tout un tas de bordel mais ça passe, même si ça fait des lustres que ce putain de tunnel n'est plus utilisé…

Carvin fait approcher Anath, la seule femme du groupe.

— Je veux te présenter Mme Werth. Si nous sommes là, c'est grâce à elle. C'est elle qui a eu l'idée…

— Enchanté, madame, dit Librizzi. Je suis heureux de vous saluer. Vous devez être la plus frappadingue de ces frappadingues, mais j'applaudis des deux mains : c'est gé-nial !

Carvin tient à ce que les choses soient claires.

— Elle a eu l'idée de venir ici, précise-t-il, parce que c'est la sœur de votre directeur adjoint…

— Monsieur Rosen ?

— Oui, confirme Anath, Daniel Rosen.

Librizzi recule d'un pas pour la dévisager :

— Vous lui en voulez ?

— Non, pourquoi ?

— Parce que, pour vous pointer en plein milieu de…

— Je l'adore, assure Anath. C'est mon petit frère.

— Je ne sais pas s'il va adorer vous voir débarquer avec une bande de gus prêts à la bagarre…

— Faites-moi confiance. Ce ne sera pas un problème. Je le connais depuis qu'il est né !

Librizzi fait la moue. Il reste sceptique, M. Rosen est plutôt…

— Vous faisiez quoi dans votre boîte ? demande-t-il, gardant ses remarques pour plus tard.

— À la Méka ? J'étais DRH…

Librizzi la fait répéter.

— DRH ?

— Oui, DRH…

Et, dans un demi-sourire, pour conclure :

— Voilà, vous savez tout, femme, DRH et sœur d'un de vos dirigeants, dit-elle.

Mais, pour Librizzi, ce n'est pas suffisant.

— Je sais tout mais je n'en comprends pas la moitié.

Anath ne lui en veut pas. Comment pourrait-elle le lui reprocher ?

— Vous ne comprenez pas qu'une DRH s'associe à un mouvement social ou qu'une femme comme moi soit là, au milieu d'hommes comme vous ?

Librizzi ne veut pas répondre.

— Là, c'est plus qu'un mouvement social, dit-il, plutôt préoccupé.

— Disons que je suis plus qu'une DRH... répond Anath, les yeux dans les yeux.

Pottié les presse de se dépêcher :

— Faut y aller maintenant, c'est l'heure !

Les consignes sont simples : tout le monde suit l'équipe de la SCN en colonne par un :

— Surtout faites attention de ne pas vous cogner la tête sur les tuyauteries, de vous blesser avec la ferraille qui traîne ni de mettre les pieds dans des flaques d'eau croupie...

— T'es sûr qu'on peut ? s'inquiète Carvin, se mettant en route.

— Si les vôtres déconnent pas, répond Librizzi, il n'y a pas de raison que ça ne marche pas. Ils sont en route ?

— Oui, dit Carvin, sur la réserve.

— Alors, il n'y a pas une seconde à perdre. On sort par l'arrière de la salle de contrôle, on se planque derrière les bacs de stockage, on attend le bon moment et on fonce.

— Les Fight, ils sont combien ? demande Carvin.

Librizzi lui donne une bourrade à l'épaule :

— Vous êtes costauds, non ?

Délégation

Une délégation de la Méka et de la Zitex se présente à l'entrée principale de la SCN. Elle compte six personnes : Zertal, Lousson, Bona, Mlle Poinseau, Monnier et Weber, plus soigné que jamais, très élégant dans un costume trois-pièces, chemise bleue, cravate rouge à la mode des représentants de l'UMP. Après avoir traversé d'autorité les rangs de CRS, la délégation est stoppée devant le poste de garde par un lieutenant. Weber se présente :

— Je suis député, dit-il sans se démonter. Nous venons apporter notre soutien aux grévistes en lutte. Je vous prie de nous laisser passer.

— Je regrette, monsieur, mais je ne peux pas vous y autoriser.

— Pour quelle raison ?

— Aucune personne étrangère à l'entreprise n'est autorisée à pénétrer sur le site. Pour des raisons de sécurité...

— Je vois pourtant des gens qui ne me paraissent pas appartenir à l'entreprise, remarque Weber, désignant deux employés de la Fight en tenue de combat kaki qui s'approchent de la grille.

— Ces hommes sont missionnés par la direction pour garantir la sécurité du site et sont sous sa responsabilité.

Les deux hommes de la Fight viennent aux nouvelles.

— Qu'est-ce qui se passe ? demande le premier, un talkie à la main.

— C'est qui, ceux-là ? demande le second, un blond mal dégrossi.

— Monsieur est député, répond le lieutenant en se tournant vers Weber, et ces personnes l'accompagnant pour apporter leur soutien aux grévistes.

Le premier type de la Fight réprime un sourire. Il allume son talkie :

— C'est une délégation qui vient apporter son soutien aux grévistes... Il y a même un député !

La réponse est inaudible. Le type de la Fight hoche la tête :

— D'accord, d'accord, répète-t-il, bien reçu.

Et, tendant le cou vers Weber :

— Désolé, monsieur le député, mais vous allez devoir leur transmettre votre soutien par portable, par mail ou comme vous voudrez, mais certainement pas en direct.

Il tend le bras vers le lointain.

— Ce n'est pas la peine d'attendre, vous pouvez repartir d'où vous venez. Les ordres sont formels : personne n'entre, c'est trop dangereux. Nous sommes responsables de la sécurité sur tout le site.

Weber interpelle le lieutenant des CRS.

— Lieutenant, je vous prie de me faire ouvrir cette grille et de me faciliter l'accès. Je n'ai pas d'ordre à recevoir de ces nervis, vous non plus, j'espère ? Quant à ma sécurité...

— C'est quoi des nervis ? demande le blond de la Fight qui n'a jamais entendu ce mot.

Bona se charge de l'explication :

— Des gros connards qui se la jouent et font les malins.

La réaction est immédiate. L'homme bondit contre les grilles.

— Tu vas voir si je suis un gros connard !

— Nazi ! crie Mlle Poinseau, pour crier quelque chose.

Lousson, Monnier et Zertal profitent de la confusion pour se diriger vers la barrière de l'entrée.

— Allons-y !

Deux CRS leur barrent la route.

— Restez où vous êtes !

— Laissez-les entrer ! Je vous rappelle que je suis un représentant de la République ! tonne Weber, jouant parfaitement son rôle. Faites prévenir M. Rosen !

Il y a une bousculade.

Les types de la Fight veulent sortir pour corriger Bona et Mlle Poinseau qui continuent de les injurier. Monnier, Lousson, appuyés par Zertal, tentent plusieurs fois de passer en force. À chaque tentative, les CRS les repoussent. Mlle Poinseau crie tout ce qui lui passe par la tête : « salauds ! », « vendus ! », « pourris ! ». Alertés par les exclamations, la moitié des hommes de la Fight qui bloquent l'entrée de la ligne de production principale montent en soutien de leurs collègues. Des CRS descendent d'urgence des cars pour séparer ceux qui veulent en découdre. Dany, le frère d'Anath, arrive précipitamment des bureaux de la direction, réclamant des explications.

— Qu'est-ce que c'est que ça ? Qu'est-ce qui se passe ? s'époumone-t-il, courant vers le poste de garde.

La mêlée est générale.

C'est exactement ce qu'attendait Librizzi, aux aguets derrière les cuves.

— C'est bon, on fonce !

Tout se passe comme dans un rêve d'enfant.

Librizzi, ceux de la Méka et de la Zitex jaillissent de leur cachette. Ils filent droit devant, rallient au passage les grévistes de la SCN et, ensemble, chargent le rang des vigiles alignés devant l'entrée de la ligne n° 7. Des

coups de poing sont échangés, des coups de pied, des injures. Les hommes de la Fight sont vite submergés par le nombre, bousculés, débordés...

Victoire !

Les grévistes s'engouffrent dans le bâtiment dont l'accès leur était interdit.

La manœuvre est effectuée à la perfection, vite et bien.

Les types de la Fight se replient en toute hâte.

Trop tard.

Près des grilles, c'est la consternation.

Dany s'emporte :

— Mais est-ce qu'on va enfin m'expliquer ce qui se passe ?

Le lieutenant fait barrer l'entrée par ses hommes.

Weber donne le signal du départ.

— Nous n'avons plus rien à faire ici !

Dany

Dès qu'ils sont à l'intérieur, Anath appelle son frère.

— Dany ? C'est moi, dit-elle, parlant tout bas.

Son frère répond, retournant à grands pas dans son bureau.

— Salut, sœurette, toujours sur la brèche ? On se rappelle, ici, c'est le bordel ! Tu ne peux pas imaginer ce que...

— Je sais, je suis là.

Dany plaisante :

— Là où le loup n'y est pas ?

— Je suis dans...

Anath jette un coup d'œil autour d'elle sur les turbines, les tuyaux, les cuves, les stocks de matières premières.

— Dans une grosse ligne de fabrication.

— Attends, j'ai pas le temps de déconner, il y a une bande de types qui viennent d'envahir...

— Je suis avec eux, répète Anath d'une voix ferme. Viens me voir...

— Anath, j'ai pas le temps, il faut que je joigne...

— Je te dis que je suis là.

Dany semble enfin comprendre.

— Hein ? T'es ici, à la SCN ?

Les vigiles de la Fight, regroupés devant l'entrée du bâtiment, refusent de laisser passer Dany.

— Vous voulez vous faire prendre en otage ? demande leur responsable, lui interdisant de s'approcher.

Dany se contient pour ne pas l'envoyer promener.

— Ma sœur est à l'intérieur, je veux la voir, dit-il sans élever la voix. La voir, c'est tout.

— Votre sœur ? Vous voulez voir votre sœur ?

Le chef des vigiles est à deux doigts de rire au nez de Dany.

— Il n'y a pas de sœur ici... affirme-t-il, goguenard.

Un des vigiles confirme que, si, il y avait une femme avec les grévistes :

— Une salope est avec eux ! crie-t-il, un mouchoir plaqué contre son nez qui n'en finit pas de saigner. C'est elle qui m'a...

Soudain, le responsable de la Fight ne rigole plus.

— Et cette femme, c'est votre sœur ?

— Oui. Laissez-moi passer...

— Vous en êtes sûr ?

— C'est ma sœur, elle vient de m'appeler sur le portable, s'énerve Dany.

— Qu'est-ce qu'elle fout là ?

Dany ne veut pas discuter.

— Si vous voulez que je le sache, poussez-vous, j'y vais.

L'homme hésite à le laisser passer.

— Je suis obligé d'en référer, monsieur. Je ne comprends pas ce que votre sœur fait là ni pourquoi elle est là. Et je dégage toute responsabilité de la Fight s'ils vous gardent une fois que vous serez entré. S'ils vous laissent entrer.

Dany n'a que faire des remarques du vigile.

— Oui, c'est ça : dégagez ! lance-t-il en se hâtant vers le bâtiment.

Les hommes sont en train de bloquer les entrées, de sécuriser tous les accès possibles, les fenêtres, les bouches d'aération, quand Dany arrive. L'intrusion du directeur adjoint jette un froid parmi les grévistes, surtout quand ils le voient embrasser Anath. Librizzi se charge de rassurer tout le monde.

— Il ne fait que passer !

Et, à Dany :

— N'est-ce pas, monsieur Rosen, que vous ne faites que passer ?

— Je ne reste qu'un instant, répond Dany. Vous n'avez pas l'intention de me garder ?

— On préfère garder les machines ! ricane Librizzi.

— C'est bien ce qu'il me semblait…

Ceux de la Méka et de la Zitex sortent les provisions qu'ils ont apportées dans cinq grands sacs à dos. De

quoi tenir trois jours, pas plus. Anath et Dany s'écartent pour les laisser déballer.

— Tu sais que tu me mets dans une merde noire, souffle Dany d'une voix émue, à moitié à cause de ce qui se passe, à moitié à cause d'Anath elle-même dont la présence le trouble toujours.

— Et moi, je suis dans quoi ?

— T'es dans ton truc. Mais ton truc c'est pas le mien. D'ailleurs, je ne sais même pas ce que c'est, ton truc.

Anath répond sans hésiter :

— Solidarité avec les grévistes de la SCN.

— T'entends ce que tu dis ? Solidarité mon cul ! Je ne sais pas à quoi tu joues mais ce n'est pas drôle.

— Je te dis la vérité.

— Tu crois que je vais avaler ça ?

— Avale ou n'avale pas, mais je suis là et j'ai l'intention de rester avec ceux qui sont avec moi.

Dany est nerveux. Il se passe la langue sur les lèvres, passe la main dans ses cheveux, fronce les sourcils, refusant de céder à la colère qui se lève en lui :

— C'est une grève sauvage, dit-il, hachant les mots. Aucun préavis n'a été déposé. Tout s'est arrêté d'un coup. C'est totalement illégal. Les flics vont vous faire dégager, et vite fait. Ils sont prévenus.

— Il ne suffit pas de le dire, tempère Anath.

— Vous voulez tout faire sauter ?

— Qui sait ?

Dany ne tient plus. Il s'empêche de crier, étouffant sa voix, marchant de long en large, faisant de grands gestes.

— Tu prends de la coke, ou quoi ? T'as plus ta tête ? Tout faire sauter, mais tu ne sais pas ce que tu dis ! Tu

te rends compte ? Tu sais ce qui est stocké ici ? On est classés Seveso risque haut...

— Je me rends compte que tu as peur, dit Anath en l'arrêtant.

— Oui j'ai peur, avoue Dany, dont la respiration s'accélère. J'ai peur pour toi. Peur qu'à force de faire n'importe quoi tu bousilles ta vie.

Anath l'embrasse sur la joue.

— C'est drôle, chuchote-t-elle, Richard m'a dit à peu près la même chose.

— Tu devrais l'écouter.

— J'écoute mon cœur.

Dany se tourne vers les grévistes, sans distinguer Carvin qui le surveille à distance.

— Tu es folle !

— Je suis heureuse. Est-ce que tu peux comprendre ça ?

Café

Weber et les autres de la délégation Méka/Zitex font halte dans le premier bar-tabac qu'ils trouvent sur leur route après avoir quitté l'entrée de la SCN. L'ambiance est aux congratulations, aux rires, aux grandes claques dans le dos. Weber enlève sa cravate rouge d'un geste rageur.

— Mme Werth avait raison, la chemise bleue et la cravate rouge, ça fait député de la majorité ! Le flic n'a même pas osé me demander mes papiers !

Monnier tient à le féliciter.

— Vous avez été excellent. Je m'y serais laissé pren-

dre si je ne vous connaissais pas. Vous devriez vous présenter aux élections. Je voterais pour vous. Comme député, vous en imposez...

— Qu'est-ce que vous prenez ? demande Bona. Il faut fêter ça !

Mlle Poinseau se tortille sur sa chaise.

— Vous avez des nouvelles des autres ? demande-t-elle à Weber, avant de se lever pour aller aux toilettes.

— Carvin m'a envoyé un SMS...

Weber fait circuler son portable pour que tout le monde puisse lire le message.

— « Bingo » ? s'étonne Bona.

— C'est ce qui était convenu. « Bingo », ça veut dire qu'ils sont à l'intérieur et que tout a bien fonctionné.

— Tu ne veux pas l'appeler ?

Weber répète ce qui a été décidé après l'AG :

— À partir de maintenant, plus de communications par portables. On ne sait jamais. On est peut-être sur écoute, ou on le sera.

Zertal n'y croit pas.

— Tu pousses un peu, non ?

— J'en sais rien, dit Weber. Principe de précaution, c'est tout.

Le garçon prend la commande, des bières et un chocolat chaud pour Mlle Poinseau qui revient s'asseoir avec un grand ouf de contentement, toutes ces émotions l'ont...

Zertal consulte sa montre.

— Allez, buvez vite, après on file. Il y a de la route...

Une réunion est prévue à L'Escapade, à Hénin, pour informer les familles et ceux qui n'ont pas pu ou pas voulu venir. Mlle Poinseau se sent triste de devoir repartir.

— Quand même, c'est bête de ne pas être avec eux...

Bona l'embrasse dans le cou.

— On ne sait pas comment ça peut tourner...

— Mme Werth est bien là-bas...

— Elle est là-bas parce que son frère est directeur.

— Oui, mais c'est mon témoin. Si ça devait reculer le mariage...

— T'inquiète, elle sera sortie d'ici là.

Lousson aussi regrette de ne pas pouvoir occuper la SCN avec les autres, mais il a trois gosses, bientôt quatre, et risque déjà une mise en examen pour le saccage de la sous-préfecture, alors...

— Vous avez fini ? En route, on y va ! dit Zertal, réglant la note.

— C'est toi qui invites ? demande Lousson.

— C'est le comité de grève.

Tous se lèvent, sauf Weber qui se fait houspiller.

— Allez, décoince !

— Je ne rentre pas avec vous.

Zertal fatigue, c'est une perte de temps, ce n'est pas le moment de...

— Qu'est-ce que tu veux faire ? Visiter Rouen ? Aller embrasser Jeanne d'Arc ?

— Je vais rejoindre les autres, dit calmement Weber.

— Tu pourras jamais rentrer ! Déjà qu'il y avait des flics partout, je ne te dis pas ce qui va rappliquer.

— Ne jamais dire « jamais »...

Monnier s'essuie soigneusement la bouche avec une serviette en papier et demande à Weber de bien mesurer les conséquences de sa décision.

— Je ne suis pas certain que votre femme approuve que vous fassiez ce genre de folie...

— Ma femme a peur que Carvin pousse tout le monde aux extrêmes. Si je suis avec lui, je le contrôlerai.

— Il n'est pas bête, admet Monnier, mais c'est un enragé.

— Que croyez-vous que je suis ?

Léonard

Dany regagne son bureau, partagé entre sa colère contre Anath, qui a perdu la tête, contre les types de la Fight, incapables de faire leur boulot, contre les CRS, dépassés par les événements, contre la police qui n'arrive pas et contre tout ce qui lui tombe sur les épaules à un moment où il n'aspire qu'à la quiétude et au silence. À peine a-t-il fermé la porte derrière lui que son portable sonne. C'est Léonard, son patron. Il ne manquait plus que ça !

— Rosen ?

— J'allais vous appeler, monsieur.

— Alors, c'est le pied ?

— Pardon ?

Léonard hausse le ton :

— Ne me prenez pas pour un débile, rugit-il dans le combiné. Je ne sais pas exactement quel jeu vous jouez, mais, d'une, ça n'amuse que vous, et de deux, vous n'allez pas vous amuser longtemps, faites-moi confiance.

— Je ne comprends pas un mot de ce que vous me dites. Quel jeu ? Quel...

— C'est bien votre sœur qui est avec les grévistes ?

— Oui. Mais je vous assure...

Léonard l'interrompt sèchement.

— Ne m'assurez pas. Je suis assez grand pour comprendre. Vous avez choisi votre camp, c'est votre choix, assumez-le. Je ne suis pas comme vous. Je ne vous prends pas en traître, je vous préviens : vous allez me trouver devant vous et ça va saigner.

— Vous croyez que c'est moi qui ai fait venir ma sœur et tous les gens qui l'accompagnent ? demande Dany, du ton le plus froid possible.

— Qui d'autre ?

— Je n'en sais rien ! En tout cas, pas moi ! s'insurge-t-il.

La réponse fait rire Léonard, ah oui, elle le fait rire.

— Elle a trouvé toute seule le chemin de la SCN ? Elle s'est dit : « Tiens, si on allait faire un tour là-bas avec une chouette bande de copains… ? »

Dany refuse d'entendre ça. Ce genre d'ironie n'a pas lieu d'être. Surtout dans leur situation.

— J'ai toujours été parfaitement loyal, affirme-t-il. Je ne vous autorise pas à douter de ma loyauté vis-à-vis de l'entreprise.

— Eh bien, rétorque Léonard, dès que j'aurai nettoyé toute cette merde, vous irez loyalement vous faire voir ailleurs.

— Vous voulez me virer ?

— Si formellement ce n'est pas encore acté, psychologiquement, c'est fait. Vous n'avez plus rien à foutre à mes côtés.

Dany est scandalisé.

— Vos allégations sont absolument sans fondement. Je n'ai pas souhaité l'arrivée de ma sœur, ni de qui que ce soit, d'ailleurs. Et moi je suis ici, en première ligne. Tout cela est aussi désagréable pour moi que ça peut l'être pour vous.

— Vous auriez dû être avocat, persifle Léonard.

Dany est décidé à ne pas se laisser faire.

— Je connais mes droits et mes devoirs, déclare-t-il solennellement. N'essayez pas de me faire endosser la responsabilité d'une situation alors que, je vous le rappelle, je n'ai pas eu mon mot à dire sur la conduite des opérations.

— Encore heureux ! s'exclame Léonard. J'ai du pif, croyez-moi. On a fait une erreur en vous recrutant. Vous n'êtes pas fait pour diriger. J'ai tout de suite senti qu'au premier coup de vent vous diriez amen à toutes leurs revendications.

— C'est votre interprétation.

— Qu'est-ce que vous me chantez là, monsieur Rosen ? C'est une observation objective des faits, conteste Léonard. Tout se passait bien, les crétins qui campaient dans la cour croyant m'impressionner allaient craquer, tout était sous contrôle et, badaboum, une horde de types et une bonne femme venus d'on ne sait où envahissent l'usine, bloquent tout, nous forcent à repartir de zéro, à laisser la police, le gouvernement se mêler de nos affaires.

Et, savourant ses propres mots :

— Une question : qui leur a donné la clef ? Une réponse : quelqu'un qui les connaît bien. Une autre question : qui les connaît bien ? Une autre réponse : quelqu'un qui met sa famille au-dessus de l'entreprise. Encore une question : qui a de la famille parmi ceux qui me font chier ? Une dernière réponse : M. Daniel Rosen. C.Q.F.D.

Préfecture

Le préfet de Haute-Normandie convoque une réunion d'urgence dans ses bureaux, place de la Madeleine, à Rouen. Autour de la table, se retrouvent Jean-Pierre Legay, le directeur départemental de la Sécurité publique, Yves de Roscoat, colonel de gendarmerie, Charles David, commandant de CRS, et le commandant des pompiers, Bernard Garçon. Le préfet ne s'embarrasse pas de préambule :

— J'ai eu l'Intérieur, dit-il, je n'ai pas besoin de vous faire un dessin. On attend de nous des résultats. Et vite ! Vous avez vu comment Viguier, mon collègue du Nord, a été éjecté… Je n'ai pas l'intention de suivre le même chemin.

— J'ai deux personnes sur place, fait remarquer Legay. Je suis informé tous les quarts d'heure.

— Nous avons aussi renforcé notre présence, ajoute le commandant de CRS. Il y a cinq cars là-bas maintenant.

Le préfet les remercie mais ce ne sont pas dix hommes de plus ou de moins qui changeront la donne.

— Pour moi, les seules questions sont quand, et comment. Quand les faisons-nous sortir du bâtiment où ils se sont repliés ? Comment les faisons-nous sortir, sachant que l'usine est classée Seveso et qu'ils sont justement en zone Atex[1] ?

Pour Legay, cela semble clair.

— Nous devons faire appel au RAID et nous en remettre à ce qu'ils décideront. Ce sont les plus compétents dans un cas comme celui-ci.

---

1. Zone Atmosphère explosive.

Yves de Roscoat et Charles David sont du même avis.

— Il est certain que nous ne pouvons pas mener un assaut classique, conclut de Roscoat. Ce serait très dangereux et avec une très faible probabilité de succès.

— Très bien, dit le préfet, je sollicite l'intervention du RAID.

Il se tourne vers le commandant des pompiers.

— Soyez sur place dès que possible et je vous laisse alerter la Sécurité civile. Je veux que tout soit fait dans les règles.

Le commandant de gendarmerie a une question :

— Qui a les plans de l'usine ?

— C'est nous, répond Legay. Vous aurez tous des copies dans un quart d'heure.

Avant de lever la séance, le préfet procède à un dernier tour de table.

— Si vous avez d'autres suggestions, c'est le moment.

— Vous pensez qu'une médiation n'est vraiment plus possible ? demande le commandant des pompiers.

— Je crains que non, répond Legay, prenant le préfet de vitesse. Je n'ai pas tout suivi en détail, mais les types de l'usine étaient déjà très chauds avant l'arrivée des renforts. Quant à leur patron, je crois qu'il préférerait se couper une main plutôt que de céder quoi que ce soit, ne serait-ce que d'un millimètre.

Le commandant de CRS voudrait savoir ce qu'il doit faire avec les gens de la Fight.

— Ils vous servent à quelque chose ?

— Non. Ils nous gênent plutôt. Sans eux, il n'y aurait pas eu...

— Alors tenez-les à distance, tranche le préfet. Je ne veux pas d'interférences. Encore des questions ?

Mme Balland, la collaboratrice du préfet, entre dans

la salle, agitant une feuille imprimée sur un papier jaune :

— Ça vient de tomber sur le Net !
— Qu'est-ce que c'est ?
— Leurs revendications.

Le préfet prend le papier et lit à voix haute :

— « Pour la première fois, trois entreprises de trois secteurs différents mènent ensemble le combat pour le maintien de leurs emplois, une entreprise de mécanique, la Méka, une de textile, la Zitex, et la SCN qui produit des engrais chimiques. Il ne s'agit pas de trois situations différentes, de trois histoires sectorielles, de trois problèmes locaux mais d'une seule et même cause : lutter contre la destruction de tout le tissu industriel français au nom de la seule rentabilité financière à court terme. C'est donc au nom de ces trois entreprises qui n'en font plus qu'une que nous réclamons l'abandon de tous les plans de licenciements, la réouverture des sites en utilisant les sommes incroyables versées à perte aux entreprises par les pouvoirs publics, l'abandon de toute poursuite et le paiement des jours de grève.

« Il ne s'agit pas d'ouvrir des négociations mais d'apporter des réponses urgentes à la situation dramatique que nous vivons. Nous sommes désespérés et, si nul ne veut entendre ce désespoir, nous retournerons cette arme contre ceux qui veulent notre mort.

« Que cela soit bien clair !

« Par ailleurs, nous appelons toutes les entreprises françaises dans le même cas que le nôtre à nous rejoindre ou à créer des points de résistance semblables au nôtre. Nous n'avons rien, mais nous sommes nombreux et nous sommes forts, montrons-le. »

Un grand silence suit la lecture.

— Ça n'a rien à voir avec ce qu'on lit d'habitude, fait remarquer Legay qui réclame une copie du texte.

— Vous croyez qu'ils sont manipulés ? demande le préfet.

Legay ne l'envisage pas une seconde.

— Manipulés par qui ? Les cocos ? Le NPA ? Les syndicats ? D'ailleurs, à la SCN, il n'y a de syndicats que depuis l'année dernière ! Je ne crois pas qu'ils soient manipulés. Je crois au contraire qu'ils se sont affranchis de toutes les organisations syndicales et politiques.

— En somme, c'est une position « anarchiste », constate de Roscoat.

— Plutôt « anarcho-syndicaliste », corrige Charles David.

— Ne jouez pas sur les mots.

— C'est important.

— Bon, soupire le préfet, « anarchiste » ou « anarcho-syndicaliste », ce n'est pas la question essentielle au jour d'aujourd'hui. Il s'agit avant tout de ne pas faire de conneries... Quand on sait ce qu'il y a là-bas, il y a des mots qui font peur : « arme », « désespoir », « résistance »...

Son visage se fige :

— J'appelle l'Intérieur, dit-il, les épaules basses.

Fuite

Le professeur Werth ne veut plus enseigner, ni cours, ni livres, ni articles. Il prétend ne plus vouloir écrire que des bâtons sur un cahier d'écolier, et vivre.

— Vivre ! répète-t-il plusieurs fois par jour, laissant le verbe résonner dans sa tête et dans son corps.

Werth ne veut plus habiter chez lui. Il préfère rester chez Alain, dans le grand deux-pièces que son élève occupe sous les toits. Un atelier d'artiste au centre du vieux Lille.

Confortablement installé dans le canapé en cuir bleu, le professeur se sert du saké et allume la télévision.

— Viens, ça va être les infos !

— Voilà ! Voilà ! répond Cerus, jouant le garçon de restaurant japonais, vêtu d'un kimono noir, chaussé de socquettes blanches et de tongs en corde.

Il dépose un grand plateau-repas sur la table basse et, glissant son bras sous celui du professeur, vient se blottir contre lui.

— Chut ! On écoute…

L'occupation de la SCN par un groupe d'ouvriers de trois usines différentes n'est évoquée qu'en fin de journal. Quelques mots sans images rappelant l'origine du conflit dans l'usine chimique, l'incendie de la Méka, le saccage de la sous-préfecture par les ouvriers de la Zitex ; le présentateur insiste sur la constance du ministre de l'Industrie, qui a déclaré au *Figaro* : « Lorsqu'il y a une menace de violence, je refuse tout dialogue. C'est inacceptable, même si je peux comprendre le désarroi des salariés dont l'emploi est menacé. »

Werth grommelle, éteignant le poste :

— Toujours la même morgue, la même stupidité…

— Vous devriez appeler votre femme, dit Cerus en disposant un assortiment de sushis sur l'assiette du professeur.

— À quoi bon ?

— Pour lui dire que vous l'admirez. Parce que vous l'admirez d'être là-bas, n'est-ce pas ?

Werth ne veut pas répondre. Il feint de se concentrer sur le maniement des baguettes qu'il a du mal à utiliser. Alain les lui échange contre une fourchette.

— Vous l'admirez, insiste-t-il, d'un ton doux et velouté.

— Non, ce n'est pas de l'admiration, c'est de…

Le professeur se sert du saké tiédi à la bonne température. Il ne trouve pas ses mots.

— Si elle revenait, vous me quitteriez pour la rejoindre, avance Alain que la jalousie fait rosir.

— Elle ne reviendra pas.

— Comment pouvez-vous en être si sûr ?

Le professeur pose son assiette et s'essuie la bouche.

— Parce que je ne reviendrai pas non plus, dit-il, regardant Alain droit dans les yeux. Nous avons atteint l'un et l'autre un point de non-retour, Anath avec sa bande d'insurgés, moi avec toi.

L'explication ne satisfait pas le jeune homme.

— Qu'est-ce que vous fuyez ?

— Je ne fuis rien.

— Ne mentez pas, professeur. J'ai l'impression qu'avec votre femme vous êtes partis l'un vers le nord, l'autre vers le sud, comme si vous vous effrayiez mutuellement, mais que vous n'attendiez qu'une chose : vous rejoindre après avoir fait le tour de la terre.

— Non, proteste Werth. Non, nous ne nous rejoindrons pas, nous ne nous rejoindrons plus.

Il secoue la tête, il ne peut pas le dire, l'enfant mort qui le sépare à jamais d'Anath, c'est trop tôt, trop douloureux d'ouvrir la chambre fermée, impossible d'en affronter le vide, le secret…

— Je t'aime, dit-il en caressant les lèvres si douces de son élève, ne pose plus de questions.

Alain persiste :

— Vous parlez de point de non-retour et je comprends point de fuite. Je ne suis pas un point de fuite. Je ne veux pas l'être, je ne veux pas...

— Tais-toi, je t'aime, et si je fuyais quelque chose j'ai cessé de le fuir le jour où nous nous sommes trouvés.

Paroles de dirigeants

Frédéric Lefebvre (porte-parole de l'UMP) : « Le vrai sujet, ce n'est pas le droit de grève. C'est l'abus du droit de grève. Et quand il y a abus, il doit y avoir sanction. Quand vous avez des syndicalistes comme Sud qui ne respectent pas la démocratie, vous ne pouvez pas laisser faire. Il va falloir créer une responsabilité syndicale et ceux qui ne respectent pas la loi seront traduits devant des tribunaux qui prononceront leur interdiction d'exercer leur responsabilité syndicale. »

Jean-Paul Delevoye (médiateur de la République) : « Notre société est fracturée. Jamais le risque de basculer dans la précarité n'a semblé aussi grand à autant de nos concitoyens. »

Discours

Le leader des grévistes de la SCN s'appelle Jackie Lancelot, un CAC – un conducteur d'appareils chi-

miques –, il n'est syndiqué à la CGT que depuis trois mois. Il est le premier à prendre la parole.

— Léonard, notre patron, veut nous empêcher de faire la grève. Il nous menace d'une fermeture complète de l'usine et du licenciement, pas seulement des employés des deux ateliers qu'il veut supprimer, mais de l'ensemble du personnel. Nous refusons que le chômage puisse être utilisé contre nous comme une arme dans un conflit social. Nous allons tenir bon ! dit-il sous les acclamations. Ici, on a la réputation d'être des durs, et nous allons prouver que nous sommes *vraiment* des durs.

Et, s'adressant plus particulièrement à ceux de la Méka et de la Zitex :

— Pour les camarades qui viennent de nous rejoindre, juste quelques mots pour vous remettre en tête comment ça s'est passé pour nous, même si c'est pas difficile d'imaginer que ce doit être à peu près la même chose pour vous…

Il prend une grande inspiration avant de se lancer.

— Il y a douze jours, les chefs d'équipe sont passés dans les ateliers vers midi. Ils nous ont demandé de prendre nos affaires et de nous réunir pour écouter une communication de la direction. On était sûrs qu'ils allaient nous annoncer un nouveau plan social après une première fermeture d'atelier il y a un mois. En fait de plan social, c'était la fermeture de deux autres ateliers qui avait été décidée et Léonard, le patron de la boîte, n'a pas hésité à nous dire que nous pouvions tout de suite rentrer chez nous, que c'était fini : cent quarante-sept licenciements secs. Enfin, pas tout à fait secs. Ils avaient prévu de la vaseline pour que ça passe mieux.

Lancelot serre le poing.

— Ça a été vite vu ! J'ai aussitôt dit qu'on n'allait

pas se faire mettre pour une poignée d'euros d'indemnités et quelques mois de chômage. J'ai pas eu besoin d'en dire plus pour qu'on débraye et décide d'occuper l'usine.

Il prend un temps.

— Malheureusement, dit-il la bouche amère, on n'était pas assez préparés et ces enfoirés nous ont envoyé les flics pour nous déloger. Et ils nous ont virés avec l'aide des enfoirés de la Fight qui sont payés par la boîte pour assurer la sécurité du site. Douze jours qu'on se gelait le cul dehors, douze jours jusqu'à ce que vous arriviez. Maintenant, on est à nouveau dedans avec tout ce qu'il faut pour se défendre ; avec le courage de le faire, d'aller jusqu'au bout, quoi qu'il puisse en coûter !

— Et il pourrait en coûter un max à Léonard et aux Néerlandais ! assure Librizzi, approuvé bruyamment par les autres CAC. On branche A sur B et plus personne ne se souviendra d'AZF, à Toulouse. Ça paraîtra de la gnognotte à côté de ce qu'on peut faire !

Carvin, le visage fiévreux, se hisse sur une armoire basse pour que tout le monde puisse le voir et l'entendre.

— La France n'a pas besoin de réformes, elle a besoin d'une révolution, dit-il alors qu'on applaudit encore Lancelot et Librizzi. Une révolution comme celle de 89 qui renversa un ordre réputé immuable, de droit divin, la monarchie. Aujourd'hui, un autre ordre est réputé immuable, le capitalisme. Hors du marché point de salut ! Le capitalisme serait la fin de l'Histoire et le paradis pour tous. Il me suffit de vous regarder pour savoir que, si vous êtes au paradis, vous ne le savez pas encore, personne ne vous a prévenus ; ça ne se voit

pas, et vous n'avez pas l'air de folâtrer dans un jardin de sucre et de miel.

Il martèle :

— Aucun ordre n'est immuable. Aucun ! Pas plus la monarchie de droit divin qui nous voulait comme « sujets » que la monarchie capitaliste qui nous classe comme « variables d'ajustement ». Cet ordre prétendu immuable du capitalisme, nous devons le renverser. Nous allons le renverser. C'est pour ça que je parle de révolution, parce qu'il ne suffira pas de quelques mesures sociales-démocrates, de quelques aménagements de bon sens, d'une vague répartition des richesses un peu plus équitable pour que nos vies changent. Non, il faut penser un autre monde et le créer. Changer celui-là aussi puissamment que ceux de 1789 ont changé la France et l'Europe !

Carvin s'arrête un instant, juste pour dévisager les grévistes un à un.

— Que faisons-nous ici en nous battant à vos côtés avec ceux de la Zitex ? demande-t-il à l'assemblée où personne ne moufte. Nous inventons un nouveau langage. Car ce monde que nous voulons créer naîtra de la lutte elle-même, inventera son langage, mettant au rancart les vieux mots des promesses non tenues et le cadavre du vieux monde.

Il se tourne vers Anath.

— Je sais que nous ne l'emporterons pas sans violence, dit-il d'une voix assourdie. Il y en a à qui la violence fait peur, il y en a qui la récusent, d'autres qui ne veulent même pas en entendre parler. Mais que sera notre violence sinon une réponse à la violence de nos adversaires, je devrais dire nos ennemis ? À la violence qu'ils exercent contre nous depuis des dizaines, des centaines d'années ? Pas la peine que je fasse ici le

compte des vies ruinées pour le profit de quelques-uns. Vous pouvez le faire vous-mêmes. Et c'est un compte infini... Un de nos copains a fait, l'autre jour, une grande sortie contre le leurre que représente, à ses yeux, la démocratie élective, puisque ceux qui sont censés nous représenter ne se soucient que de préserver leurs privilèges d'élus et votent les lois qui nous oppriment.

Carvin passe sa main sur son front. Il a chaud, il continue :

— C'est à une nouvelle nuit du 4 août que j'appelle. Une nuit où on abolira les privilèges, tous les privilèges ! Ceux de la naissance, ceux de la politique, ceux du fric. Une nuit de clarté après laquelle aucun homme ne pourra empocher en une minute ce qu'un autre met une vie à gagner... Un autre ? Je devrais dire dix autres, cent autres, plus, même, tant les revenus les plus hauts atteignent des sommes inimaginables. Alors, oui, nous allons nous battre contre cette société qui produit des chômeurs par millions et réclame chaque jour plus de policiers, plus de surveillance, plus de contrôles, craignant que la colère accumulée depuis deux siècles ne lui explose à la figure. Oui, nous irons jusqu'au bout, portés par cette colère, brandissant cette colère en étendard. Oui, comme l'a dit Lancelot, nous sommes armés, et pas seulement de nos convictions !

— T'es armé de quoi ? tonne une voix puissante s'élevant du fond de l'atelier.

Weber sort de l'ombre, se débarrassant d'un masque de sécurité et d'une combinaison jaune qui le couvre de la tête aux pieds.

— Tu parles toujours aussi bien, Carvin, mais je me demande si tu réalises exactement la portée de ce que tu dis.

Il s'adresse à ceux qui se tournent vers lui :

— Et si vous réalisez, vous aussi ?

Carvin n'apprécie pas vraiment cette arrivée.

— Qu'est-ce que tu fous là ? Tu ne devais pas être à... ?

— T'aimerais bien savoir ce que je fous là ! répond Weber, narquois. C'est que je me suis dit que je ne pouvais pas vous laisser seuls et que, sans moi, vous alliez faire des conneries.

Ruchat, le délégué CGT de la SCN, prend Weber par les épaules.

— C'est Weber, de la Méka, dit-il un sourire jusqu'aux oreilles, nous sommes du même syndicat. C'est avec lui que j'ai monté le coup...

Carvin descend de son perchoir.

— Faut que tu nous expliques comment t'es entré, insiste-t-il en allant vers Weber. Parce que si tu as pu le faire sans que personne s'en aperçoive, ça veut dire qu'il y a un sacré trou dans nos défenses.

— Il y a un trou, intervient Librizzi, mais personne le sait, sauf moi et les gars du contrôle...

— Le tunnel ?

— Non, pas le tunnel, c'est grillé, ça, maintenant. Il y a des flics devant l'ancienne chaufferie.

— Quoi alors ?

Librizzi consulte ses collègues du regard.

— La grande canalisation qui sort sur le quai, dit-il avec une certaine condescendance. Quand les machines tournent, la fosse de décantation est pleine de merde et vaut mieux pas essayer d'y foutre le nez si tu ne veux pas tomber comme une mouche. Mais là, puisqu'on ne tourne plus, en s'équipant et avec des masques, on peut passer par la canalisation et sortir au pied de la fosse. Faut ramper, mais ça le fait.

Carvin interpelle Weber :

— T'as rampé par là ?

— Fallait bien que je passe par quelque part, répond Weber sans aménité. Un copain m'a fait traverser la Seine et deux autres m'attendaient à l'entrée avec ce qu'il fallait pour que je ne crève pas en rampant dans la merde…

— Si t'es passé, les flics peuvent en faire autant.

— Non, affirme Librizzi. S'ils s'y risquaient il suffirait d'ouvrir une vanne manu pour libérer les déchets dans la canalisation et je ne te dis pas ce que…

— Et tu le sauras comment, qu'ils sont dedans ?

— On a des testeurs tous les vingt mètres.

— Des testeurs, ça se désactive…

— Les classiques, oui, admet Librizzi, un sourire en coin. Mais on a profité de la venue de ton pote pour en placer des spéciaux que nous sommes seuls à contrôler.

Altercation

Carvin et Weber se retrouvent derrière une cuve d'ammoniaque liquide qui les dissimule au regard des autres. Seule Anath est témoin de leur altercation.

— OK, dit Carvin la mâchoire serrée, t'apparais comme la statue du Commandeur, tu délivres la bonne parole, tu joues bien ton rôle, aussi bien que celui de député d'après ce qu'on m'a raconté. Mais, pardon, je ne crois pas un mot de ton histoire.

— T'as tort, répond calmement Weber.

— Prouve-le-moi.

— J'ai rien à te prouver. Je suis arrivé exactement comme Librizzi l'a expliqué. Et si je suis là, c'est parce qu'il est absolument nécessaire que j'y sois.

— Pourquoi c'est si nécessaire ? Tu trouves qu'on n'est pas assez nombreux ?

— Je trouve qu'on vient de réussir un coup formidable qui marquera l'histoire du mouvement social. Et je sais que tu y es pour beaucoup et Mme Werth aussi. Je le sais. Mais ce coup formidable, il ne faut pas le laisser partir en couille en faisant n'importe quoi.

— Genre ?

— Genre les conneries que tu débites sur la révolution, les armes, l'abolition des privilèges et tous ces trucs qui font plaisir à entendre mais qui ne nous servent à rien.

— Tu défends le système ?

— Mais non ! Je suis d'accord avec toi. Tu le sais, que je suis d'accord avec toi. C'est évident qu'il faut un changement radical du modèle social et économique. Mais, pour moi, le changement passe par le renforcement des services publics et du rôle de l'État ; par l'augmentation de la dépense et de l'investissement, et surtout par l'instauration d'un régulateur national, européen, international de l'économie. Pas par une révolution.

Weber ajoute :

— Écoute-moi, il ne faut pas qu'on puisse nous reprocher d'entraîner un conflit national sans être certains d'avoir l'assentiment de tous. La situation n'est pas encore mûre pour appeler à la grève générale.

Carvin n'a pas envie de continuer à débattre sur ce terrain. Ce n'est ni le lieu ni l'heure.

— Tu ne crois pas que les flics vont chercher à nous virer et qu'il va falloir les en empêcher ? demande-t-il, regardant ses chaussures.

— Non, répond fermement Weber.
— Ah ?
— Les flics vont faire leur cirque, prendre position autour de nous, on va voir débarquer le GIGN ou le RAID, mais tout ça ce sera du théâtre. Oui, du théâtre, parce que la vraie pièce, elle se joue ailleurs.

Carvin se braque, douché d'eau glacée :

— Ça veut dire quoi « elle se joue ailleurs » ? C'est un jeu ?

— Ça veut dire que j'ai eu Thibault en direct, explique Weber, qu'il a eu le ministre, que le ministre a eu le Medef et que de tous les côtés ça se remue pour qu'on sorte d'ici avec les honneurs, aussi bien pour les gars de la SCN, que pour ceux de la Zitex, que pour nous. Quitte à ce que l'État mette la main au portemonnaie, il y aura un règlement global. Pour la première fois depuis 68 il y aura un règlement global ! C'est génial. Tu comprends ? Et s'il y a un règlement global pour trois entreprises ça veut dire qu'il peut y en avoir un pour dix, pour cent entreprises frappées par des plans sociaux. Ça veut dire qu'on est sorti de la nasse du local, de la branche, du corporatisme, pour passer à une remise en cause de la politique industrielle. Notre victoire, ce sera d'abord une victoire politique. C'est ça qu'il ne faut pas gâcher !

— Une victoire politique pour qui ?

— Pas pour moi. Pas pour tel ou tel parti. Pour tous les salariés.

Carvin reste dubitatif.

— Toutes nos revendications seront acceptées ?

— Pas toutes, non, admet Weber avec un geste d'irritation. Il ne faut pas rêver, il n'y aura pas de reprise à la Méka, ils ne vont pas reconstruire l'usine, ni à la Zitex, ou alors de façon ultra-limitée, et ici ils suspen-

dront provisoirement les fermetures d'ateliers. En revanche, ça deviendra une règle : tout licencié touchera une prime supralégale qui ne pourra être inférieure à cinquante mille euros, quelle que soit son ancienneté dans l'entreprise qui licencie, deux ans de salaire seront garantis, sans parler des stages de reconversion et des accès prioritaires à l'emploi.

Carvin se tient le front, hoche la tête, fait la moue, en proie à une intense réflexion.

— C'était quoi, la tenue que t'avais sur le dos en arrivant ? demande-t-il comme si la question lui revenait soudain. Ça avait l'air bien.

— C'est la tenue de sécurité des pompiers de la boîte, répond Weber, heureux que la situation se détende. Du super costaud et étanche. Heureusement que j'avais un masque parce que...

— Elle est de quelle couleur, la tenue, déjà ?

— Jaune, pourquoi ?

— Parce que ça te va bien...

Anath est obligée de se jeter entre Weber et Carvin pour les empêcher d'en venir aux mains.

RAID

Dès qu'il arrive sur place, le commandant Bernaux du RAID fait le point avec Pilloni des CRS, Carabédian et Coulombel, les deux commissaires envoyés par Legay, le directeur départemental de la Sécurité publique.

— Ils sont combien à l'intérieur ? demande-t-il, tenant à la main la feuille de revendication des grévistes.

— Exactement, nous ne savons pas, répond Coulombel. Mais, à vue de nez, une cinquantaine de bonshommes et une femme.

— Une femme ?

— La DRH de la Méka.

— Qu'est-ce qu'elle fout là ? Elle est otage ?

Coulombel consulte son collègue d'un regard avant de répondre, le sourire aux lèvres :

— Ça n'a pas l'air. Elle a plutôt l'air d'être là de son plein gré et ce n'est pas la dernière à chercher la bagarre. Mais vous demanderez à M. Rosen, le directeur adjoint, c'est sa sœur.

Et, devant la mine stupéfaite de Bernaux :

— Oui, sa sœur, redouble-t-il.

— Il est où ? soupire Bernaux.

— Il est sur téléphone. On peut le joindre à tout moment mais il ne voulait pas rester, sa femme attend un bébé... Je le fais rappliquer ?

— Inutile. Autant qu'il pouponne...

— Vous allez intervenir ? demande Pilloni.

Bernaux fait signe que non, pas immédiatement.

— Je veux d'abord leur parler, dit-il. Nous avons un contact ?

— Ruchat, un délégué du personnel, répond Carabédian.

— Quel syndicat ?

— La CGT.

— Appelez-le-moi.

Coulisse

Anath embrasse Carvin, le serre contre elle, le caresse, l'empêche de s'imposer dans la discussion tandis que Weber parle aux autres d'une voix forte, répète des vérités premières, convaincu, convaincant.

— Calme-toi, dit-elle, calme-toi. Rien de tout cela n'est fait. Pour l'instant ce ne sont que des mots.

— C'est de la trahison !

— C'est du réformisme. C'est un social-démocrate...

— Appelle ça comme tu veux ! s'insurge Carvin d'une voix vibrante. Mais, si c'est pour ça que nous avons fait tout ça, je me demande pourquoi nous sommes là ! Pardonne-moi d'utiliser des grands mots, mais nous risquons notre liberté, peut-être notre vie, pour une prime ? Pour des stages ? Des emplois privilégiés ? Non, on l'a fait pour quelque chose de bien plus grand, de bien plus fort. Quelque chose qui n'a rien à voir avec l'emploi, sa sécurité, sa pérennité, ses retraites. On est là comme tes paysans du XVIe siècle pour lever une armée et foutre en l'air ce système !

Anath prend le visage de Carvin entre ses mains. Elle est émue.

— T'as raison, va leur dire ! dit-elle sans le quitter des yeux. Je suis avec toi.

— Jusqu'à quand ?

— Jusqu'au bout, répond Anath sans l'ombre d'une hésitation, offrant ses lèvres à celles de Carvin.

Weber conclut son intervention, le visage tendu, les yeux brillants :

— Il y a une chose dont je suis fier. Nous pourrons dire que nous y étions. Nous y étions tous ensemble et cela comptera dans l'histoire du mouvement social...

— Non ! s'exclame Carvin, revenant au milieu des autres.

Il est pâle, pas rasé, il a les yeux rouges, ses gestes ont quelque chose de saccadé.

— Ça ne comptera pas, dit-il la mâchoire serrée, parce qu'on nous ment. Pas Weber, non, je suis sûr qu'il est sincère. Mais on lui ment...

— Qui me ment ? proteste Weber. Qui ça, « on » ?

— Ceux qui t'ont envoyé jouer au commissaire politique.

— Je t'interdis de dire ça.

— À force de s'aplatir à l'Élysée ou au Medef, de négocier, d'aller de compromis en compromis, les syndicats sont devenus des organismes d'assistance ! C'est le bureau des pleurs au royaume de l'immobilité...

— Sud, c'est le bureau des pleurs ?

— Sud n'est pas...

Le portable de Ruchat sonne alors que dix voix se mêlent à la dispute entre Weber et Carvin. C'est Bernaux, du RAID.

— Mes respects, mon commandant.

Et masquant le micro du combiné :

— Fermez-la ! crie Ruchat. J'ai le RAID en ligne.

Le silence revient immédiatement.

La conversation est brève, ponctuée de « Oui. Oui... je transmets... ». Ruchat raccroche.

— Ils sont prêts à intervenir. Il nous donne deux heures pour nous décider à évacuer les lieux, dit-il d'une voix lugubre. Entre-temps, il va joindre le préfet et Léonard pour mettre sur pied une réunion de négociation. Il garantit qu'aucune poursuite ne sera engagée contre nous si nous sortons sans rien tenter contre eux ni contre les biens.

Lancelot réagit le premier :

— Il n'a rien compris ! Il n'y a rien à négocier. Est-ce qu'il pense qu'on est assez cons pour croire que...

— Et si dans deux heures on n'évacue pas ? demande Carvin, lui coupant la parole.

Ruchat, meurtri, baisse la tête, les mots ne sont pas nécessaires pour comprendre ce qui se passera.

Librizzi pousse un profond soupir.

— Alors, on y est, dit-il d'une voix grave.

Puis il donne des ordres, clairs et précis :

— Pour les accès directs on a ce qu'il faut, je veux qu'il y ait au moins deux ou trois personnes sur chaque point pour monter la garde. Et pas les mains dans les poches ! On s'occupe en priorité de surveiller la grande canalisation et le système d'aération. On ne sait jamais, les flics pourraient avoir l'idée de nous envoyer des gaz par là. Maintenant, je veux qu'on monte sur le toit pour placer des guetteurs. A priori, ils ne pourraient arriver par là qu'en hélico...

— Non, il y a aussi les échelles de sécurité, fait remarquer Pottié.

— T'as raison. Il y en a combien, déjà ?

— Deux, une à l'est, une à l'ouest.

— OK, dit Librizzi, on passe par l'intérieur, on grimpe sur le toit et on scie les échelles. Il n'y a qu'une porte qui donne là ?

— Oui.

— On se tient prêts à la souder s'il faut se replier.

Carvin lève la main.

— Je suis volontaire pour grimper là-haut. J'ai besoin de prendre l'air...

— Je vais avec lui, dit Anath.

— Vous avez peur qu'il se perde ?

— Sans moi, il ne sait pas quoi faire de ses dix doigts !

Rires et applaudissements, Librizzi, beau joueur, incline la tête en signe de reddition tandis que Carvin et Anath se dirigent vers l'escalier qui mène sur le toit. Huit autres les suivent, emportant leurs outils.

Weber s'isole pour appeler Lemesle, son secrétaire fédéral, sur son portable.

— Le RAID vient de nous adresser un ultimatum. On a deux heures pour dégager, sinon ils se chargent de le faire ! Qu'est-ce qui se passe ? C'est du flan, ou quoi ? Vous en êtes où ?

— Calme-toi. Les flics ne sont pas encore là.

— Merde, j'ai besoin de concret, si tu veux pas que tout explose !

Lemesle ne sait comment le dire, il hésite, tergiverse et finit par lâcher le morceau :

— Ça coince de tous les côtés, concède-t-il. Bernard n'arrive pas à joindre le patron de la SCN, au Medef ils ne veulent pas s'en mêler et le gouvernement fait marche arrière sur l'idée d'une négociation globale. Ils veulent du cas par cas.

— Du cas par cas ? Tu déconnes ?

— Non. On en est là. T'imagines qu'on fait ce qu'on peut.

— Et moi, qu'est-ce que tu crois que je fais ?

— Je sais, c'est dur pour tout le monde.

— Je te rappelle que si je suis ici, c'est parce que tu me l'as demandé. Je suis solidaire à cent pour cent des gars mais je n'aurais jamais foutu les pieds dans ce merdier sans que t'insistes pour que j'y sois. Sans que la fédé insiste pour que j'y sois ! Même, quand j'ai eu Bernard…

— Calme-toi, merde, t'as pas besoin de gueuler comme ça. Je ne suis pas sourd !

— Je gueule parce que je veux bien faire des choses pour eux, je veux bien faire des choses pour vous, mais que je ne veux pas me faire baiser des deux côtés !

— Tu ne te fais pas baiser !

— Ah oui ? T'appelles ça comment ? Tu viens me dire la bouche en cœur que, si ça se trouve, tout ce que j'ai fait, c'est pour des prunes. Pour du « cas par cas », comme pour les sans-papiers ou les fins de droits. Tu sais où ça mène, le « cas par cas » ?

— Il peut encore y avoir du changement ! On ne laisse rien tomber mais c'est…

— Tu sais que je vais me faire tuer, ici, si je dois annoncer que ça capote, après les avoir convaincus de mettre la pédale douce pour sortir en beauté !

Lemesle s'énerve :

— De toute façon, ils ne vont pas tout faire sauter ?

— Qu'est-ce que t'en sais ?

— Tu connais la formule, elle est célèbre : « Il faut savoir terminer une grève. » Et on ne termine pas une grève en foutant tout en l'air.

— Tu retardes d'un siècle ou tu ne veux pas voir la réalité en face ? Ce qui se passe ici, ce n'est pas une grève comme au temps de Thorez ou de Benoît Frachon. On est en 2011, c'est autre chose.

— Ne me fais pas rire, c'est pas la guerre.

— Ah non ?

Moulin

Moulin, le patron de la Société française de sécurité, a la carrure d'un taureau mais la peau blanchâtre d'un homme qui vit les fenêtres closes, travaille en sous-sol et préfère sortir la nuit. Il est en T-shirt et en caleçon, attablé devant la table de sa cuisine, un pack de bière à portée de la main. Ses petits yeux d'un bleu cruel vont et viennent sur un Sig-Sauer de la police nationale qu'il a démonté pour le vérifier. Moulin opère en musique. Il aime le classique, surtout la 5e de Beethoven, la *Symphonie du Destin*, qu'il ne se lasse pas d'écouter.

— Tu viens pas te coucher ? crie Nat, sa femme, déjà au lit. Coupe cette putain de musique et viens, j'en ai marre d'entendre ça !

— Fais pas chier, j'ai pas fini !

— Qu'est-ce que tu branles ? Je t'attends !

— Dors !

— J'ai pas sommeil, viens !

— Compte les moutons et lâche-moi la grappe !

Depuis qu'il a aperçu Carvin à la télé dans le reportage sur la SCN, Moulin est comme un fou. Il se renverse sur sa chaise, fixe le plafond en soufflant :

— Je vais me le faire. Je vais me le faire !

Il se redresse, abattant son poing sur la table :

— Putain, je vais me le faire !

La Méka puis la Zitex, deux défaites en rase campagne qui ne passent pas. Deux défaites et toujours la même grande gueule pour se foutre de lui. C'est inacceptable, insultant. Aux cartes, son père jurait : « On ne met pas un homme trois fois capot. » Moulin a retenu la leçon. Personne ne pourra se vanter de l'avoir mis trois fois capot. La prochaine partie sera pour lui !

Nat, un visage poupin plein de taches de son, charpentée comme son mari, les cheveux d'un beau blond naturel, le peignoir bâillant sur son gros corps, entre dans la cuisine et, sans discuter, coupe la musique.

— Qu'est-ce que tu fous avec ça ici ? grogne-t-elle, découvrant l'arme posée sur un linge. Tu peux pas faire ça au bureau ?

— Je t'ai dit de ne pas me faire chier. Alors remets mon CD, va au pieu et ne t'occupe pas de ce que je fais. Compris ?

— Continue comme ça et je te ferai pas chier longtemps.

— Tu me cherches ?

— Oublie-moi. Je vais me coucher, t'auras qu'à te mettre sur le canapé. J'ai pas envie que tu viennes te frotter contre moi.

— Tu dis pas toujours ça.

— Aujourd'hui, je le dis.

— Va te faire foutre !

— J'aimerais bien me faire foutre mais monsieur préfère faire joujou avec son pétard qu'avec le mien !

Nat tourne les talons et claque la porte de la cuisine derrière elle.

— Tu vas voir, tu perds rien pour attendre ! crie Moulin.

Il ne veut pas se laisser distraire par des conneries de bonne femme. C'est une question d'honneur. Il se lève, remet la 5e de Beethoven à fond et entreprend de remonter son arme.

— Ils me font tous chier. Ils vont voir s'ils peuvent me faire chier comme ça. Ils vont voir. Ça va changer. Et pas qu'un peu !

Vies parallèles 10

Dany rentre chez lui à la nuit tombée, il trouve sa femme devant la télévision, en pyjama, comme si elle ne s'était pas habillée de la journée. À Neuvin, Geneviève et ses enfants attendent le retour de Weber pour se mettre à table. Mais c'est Monnier qui sonne à la porte.

Bois-Guillaume

Dany et sa femme occupent une belle maison à Bois-Guillaume, sur les hauteurs de Rouen. Dany traverse le jardin sans se hâter, pour se laisser le temps de se composer un visage. Justine ne doit rien savoir de ce qui se passe à la SCN, rien soupçonner. Il sera toujours temps de lui expliquer la situation une fois que le bébé sera né et qu'elle aura retrouvé son calme. Il referme la porte, accroche sa veste à la patère de l'entrée.
Justine l'entend arriver :
— C'est toi ? demande-t-elle, depuis le salon.
— Non, c'est Jack l'Éventreur ! rugit Dany, expulsant d'un coup tout l'air qu'il a dans les poumons.
— Arrête, je n'aime pas que tu dises des choses comme ça, gémit Justine, affalée sur le canapé devant un programme de jeux à la télévision.
Dany vient l'embrasser.
Elle est en pyjama, comme il l'a quittée le matin.
— Tu ne t'es pas habillée ? demande-t-il, s'asseyant à côté d'elle.
— Non, pas eu envie, grogne-t-elle, boudeuse.

— Tu devrais faire un effort pour...

— Je me suis sentie malheureuse toute la journée.

Dany éteint la télé.

— Tu as mal quelque part ?

— Non, je me sens triste, découragée. J'ai tout le temps envie de pleurer, ça monte et je ne pleure pas...

Dany connaît une bonne médecine contre ça :

— Tu veux que je te fasse rire ? propose-t-il d'un air joyeux.

— Je ne sais pas.

— M. et Mme Titegoutte ont trois filles, comment s'appellent-elles ? demande Dany, s'amusant d'avance de la réponse.

— Qui t'a raconté ça ?

— Allez, cherche !

— Je ne sais pas. Je ne sais pas, dit Justine, se mordant les lèvres, comme prise en faute.

Dany lui prend les mains et, approchant son visage de celui de sa femme :

— Écoute bien, dit-il, adoptant un accent improbable : Anne... Titegoutte, Corinne... Titegoutte, Justine... Titegoutte !

Et part d'un grand éclat de rire qui laisse Justine de marbre.

— Tu te moques de moi ? demande-t-elle en reniflant.

— Tu n'as pas compris ?

— Non. Qu'est-ce qu'il y a à comprendre ?

Dany renonce. Il se lève, plein d'allant.

— Et si j'allais nous préparer quelque chose à manger ?

Justine n'a pas faim. Elle a mangé des cochonneries toute la journée. Il en reste sur la table basse, des bonbons, de la réglisse, des gâteaux, des corn-flakes,

des chips, des cacahuètes, des yaourts, la moitié d'une banane...

— Aux infos, ils ont parlé de la SCN... dit-elle en avalant une fraise en sucre.

— Qu'est-ce qu'ils ont dit ?

— Il paraît qu'il y a des types d'une autre usine qui sont venus occuper avec les vôtres.

— Oui, c'est un peu le bazar, admet Dany, mais les flics ont la situation bien en main et ça va vite se régler.

Il ne veut surtout pas mettre cette histoire sur le tapis. Mais Justine insiste.

— Pourquoi tu ne m'en parlais pas ?

Dany lui tend les mains pour la forcer à se lever.

— Courage, remue-toi ! Nous avons des choses bien plus importantes auxquelles penser ! dit-il en l'attirant contre lui, caressant son ventre. Si tu allais prendre un bain pendant que je prépare le dîner, ça te détendrait...

— Ta sœur est avec eux ?

— Ma sœur ?

— Ce sont bien des gens de chez elle qui sont là ?

Dany soupire :

— Oui, et d'une autre boîte du Nord.

Il a déjà assez de soucis comme ça sur place pour ne pas avoir envie d'en parler à la maison.

— Pourquoi tu ne me réponds pas ? demande Justine, un éclat métallique dans la voix.

— Qu'est-ce que tu veux que je te dise ?

— Ta sœur est là ?

— Oui, elle est là, et alors ? convient Dany. Où est le problème ?

— Le problème, c'est que tu ne me le dis pas. Ta sœur débarque avec des types pour occuper ton usine et tu fais comme si ça n'avait aucune importance.

Dany veut écarter tout risque de dispute.

— Que ma sœur soit là ou pas, ça ne change pas fondamentalement la situation, dit-il avec un sourire conciliant. S'il n'y avait qu'elle...

— Tu l'as vue ?

— On s'est engueulés.

— Oui, mais tu l'as vue !

— C'est elle qui a insisté.

Le menton de Justine tremble, ses sourcils se rapprochent, une barre ride son front mais elle ne pleure pas.

— Je sais pourquoi je me suis sentie malheureuse toute la journée, dit-elle, la voix mal assurée, soutenant son ventre qui déborde de son pantalon de pyjama. Je l'ai senti dès ce matin. J'ai senti qu'il y avait quelque chose qui se tramait contre moi. Elle est là, c'est ça. Elle est là entre nous. Comme toujours, entre nous, contre nous.

— Calme-toi, je t'en prie, soupire Dany. Personne ne trame rien contre toi. Que ma sœur soit là...

— Ta sœur et toi, je ne sais pas ce que vous faites ensemble, mais vous faites quelque chose, je suis sûre de ça. Je le sens dans tout mon corps.

— Qu'est-ce que tu sens ? Je ne fais rien avec ma sœur.

Justine rougit violemment :

— Tu crois que je n'ai pas compris qui était le père de son fils ? Tu crois que je ne le sais pas ? Tu crois que personne ne le sait ? Cet enfant est mort parce qu'il ne devait pas vivre. Parce qu'il ne pouvait pas vivre ! C'était un mensonge vivant !

Dany fait volte-face. Il saisit Justine par les deux bras :

— Ce n'est pas à la maternité que je vais te conduire, mais en psychiatrie, menace-t-il en la secouant.

— Lâche-moi, tu me fais mal !
— Tu es bonne à enfermer !

Les mains de Dany sont deux étaux. Le visage de Justine s'affaisse soudain, ses genoux ploient. Elle gémit « maman ! », ses yeux se mouillent, son nez coule en même temps que se rompt la poche des eaux, inondant son bas de pyjama et le parquet.

Geneviève

Marilou, l'aînée des enfants Weber, finit de mettre la table sous le regard circonspect de sa petite sœur qui n'a pas un geste pour lui prêter main-forte.

— Tu fous rien ! s'indigne la grande, la voix assourdie pour que Geneviève n'entende pas. Tu m'aides pas ! T'aides pas maman ! Tu te demandes jamais à quoi tu sers ?

Luna réfléchit un instant, fronce le nez, plisse les yeux et dans une grimace-sourire répond à sa grande sœur :

— À faire joli !

Nils apporte le pain et le pose n'importe comment sur la table, la croûte vers la nappe. Marilou le retourne d'un geste plein de reproches.

— Papa t'a pas dit qu'on ne gagne pas son pain sur le dos ?

— Qu'est-ce que ça veut dire ?
— Si on te le demande, tu diras que tu ne sais pas.
— Et toi, tu le sais ?
— Bien sûr que je le sais.
— Pourquoi tu ne veux pas me le dire ?

— T'as pas l'âge.

Nils file à la cuisine, criant :

— Maman, Marilou veut pas me dire pourquoi on ne gagne pas son pain sur le dos !

Geneviève n'est pas d'humeur à entendre ce genre de bêtises.

— Allez, à table ! dit-elle, encourageant les enfants à s'asseoir en vitesse. On commence, ça fera arriver papa…

Ils viennent tout juste de s'installer quand on sonne à la porte, un coup bref.

— Papa ! crie Nils, se précipitant pour ouvrir.

— Il a encore oublié ses clefs, râle Geneviève, prenant ses deux filles à témoin de la négligence de leur père.

Ce n'est pas Weber, c'est Monnier.

Geneviève se lève d'un bond, alarmée :

— Il est arrivé quelque chose ?

— Non, non, ne vous inquiétez pas… Mais je vous dérange, vous allez dîner ?

Geneviève pousse Nils à retourner à table.

— Mangez, ne m'attendez pas, ordonne-t-elle à ses enfants. Je dois parler avec M. Monnier. Le dessert est dans le frigo.

— Il est où papa ? demande Luna.

— Il est encore à son travail, répond Monnier en lui souriant. Il est très, très occupé, tu sais ?

— Il rentre pas faire dodo ?

— Peut-être pas ce soir. Mais bientôt…

Geneviève entraîne Monnier dans le coin salon.

— Il est où ? demande-t-elle, pâle d'inquiétude.

— Il est allé rejoindre les autres qui occupent la SCN.

Et, empêchant Geneviève de protester :

— Il m'a raconté que vous craigniez que Carvin entraîne tout le monde dans une folie… C'est pour ça, il préférait y être. Pour s'assurer que tout se passe bien, pour le contrôler. C'est ce qu'il m'a dit : « pour le contrôler ».

— Pourquoi il ne m'appelle pas pour me le dire ?

— Par prudence. Il a été convenu qu'il n'y aurait aucune communication avec qui que ce soit par portable ou autrement. En plus, je crois que, dans l'usine où ils sont, c'est interdit de se servir d'un portable à cause des risques de…

— Ils se font du cinéma ! peste Geneviève. Qu'est-ce qu'ils croient…

Monnier tient à la rassurer :

— Je suis venu vous prévenir, c'est aussi pratique, intervient-il d'une voix suave. Ça me permet de vous saluer et de voir vos enfants. Ils sont très mignons…

— Merci.

Monnier s'attendrit devant les trois petits anges, sagement attablés, mangeant en silence, prêts à aller au lit.

— Moi, j'en ai deux, dit-il, un grand de vingt-quatre ans et une fille de vingt… Je suis persuadé que les enfants ont un sens particulier pour deviner ce que les gens de notre âge, pardon, du mien, ne voient pas, ne sentent pas.

Il a besoin de parler, toutes ces actions, toutes ces paroles…

— Vous savez, confesse-t-il, sans mes enfants, jamais je ne me serais aventuré dans une histoire pareille ! Regardez-moi : je suis délégué de la CGC, un petit bourgeois catholique qui collectionne les figurines en plomb de la guerre de 70, un modéré, un centriste. Je n'ai rien d'un révolutionnaire. Eh bien, c'est mon fils

qui m'a poussé à faire tout cela. Et vous savez pourquoi ?

— Non, avoue Geneviève, un peu embarrassée d'être prise comme confidente.

— Pour des raisons morales ! Avec sa sœur, ils militent à RESF. Ce sont eux qui m'ont ouvert les yeux ; eux qui m'ont fait comprendre que ce qui nous arrive à la Méka et ailleurs n'est, au fond, pas différent que ce qui arrive aux demandeurs d'asile, aux immigrés. Pour les travailleurs sans-papiers c'est pire ; mais, si on y réfléchit bien, eux et nous sommes victimes du même mépris, de la même cruauté, de la même indifférence.

— Oui, dit Geneviève, se levant pour l'encourager à se lever.

Mais Monnier est tout à son idée.

— Comme si aujourd'hui les vies ne comptaient pas, ni les leurs, ni les nôtres, dit-il, laissant Geneviève se rasseoir. Et ça, je ne peux pas l'accepter, ni comme homme, ni comme syndicaliste, ni comme croyant. Je ne remercierai jamais assez mes enfants de me l'avoir fait toucher du doigt. C'est immoral, abject, répugnant. Oui, totalement immoral !

— Vous avez raison, approuve Geneviève, pressée de le voir partir. Mon mari ne vous a rien dit d'autre ?

— Rien. Mais vous ne devez pas vous en faire. Vous savez mieux que moi que c'est un homme qui a la tête sur les épaules. Vous l'auriez vu jouer le député, il était impressionnant !

Geneviève ouvre de grands yeux :

— Jouer le député ?

— Il vous racontera.

Monnier se lève enfin.

— Je ne vous dérange pas plus longtemps. Le premier de nous qui a des nouvelles prévient les autres...

Geneviève le remercie :

— C'est très aimable de vous être déplacé...

Elle raccompagne Monnier jusqu'à la porte.

— Moraliser le capitalisme ! s'exclame-t-il avant de sortir, haletant d'indignation. Sur ce point-là, au moins, je suis d'accord avec Carvin : ils se foutent de nous et nous prennent vraiment pour des imbéciles. Qui peut croire une ânerie pareille ?

Toit

Les deux échelles de sécurité sont vite découpées à la scie électrique et balancées quinze mètres plus bas. Le toit est plat, la visibilité parfaite et même avec des grappins cela paraît difficile à quiconque d'approcher par cette voie. Dès qu'ils ont fini, les hommes rangent leurs outils et laissent Anath et Carvin comme guetteurs. Ils s'en vont, plaisantant à voix basse sur les amoureux qui se croient seuls au monde, mais sans méchanceté, avec chaleur et affection.

Anath attend qu'ils aient refermé la porte métallique pour demander à Carvin, d'un air mystérieux :

— Tu sais ce qui fait ta force ?

— C'est toi ? répond-il sur un ton plus léger, presque railleur.

— C'est ton opacité, corrige Anath.

— Ma capacité à quoi ?

— Ton opacité, répète-t-elle en articulant. Tu n'es pas mystérieux ni compliqué, tu es opaque.

— C'est-à-dire ?

— Tu te poses comme une évidence, bien campé

sur tes jambes, le regard droit, la bouche fière, mais tu n'es jamais évident. C'est une façade. Tu te tiens en permanence aux aguets derrière cette évidence. C'est pour ça que je dis que tu es opaque, insiste-t-elle.

Carvin ne comprend pas. Il regarde ses mains, ses jambes, son torse.

— Je ne vois pas d'opacité.

— Elle est précisément dans cette façon de t'offrir en évidence et de ne laisser personne lire dans ton cœur ni dans ta tête.

— On ne m'a jamais dit un truc pareil !

— Pourquoi crois-tu que tu m'as rencontrée ?

Trois étoiles brillent dans un pan de ciel déchiré. Entre le réseau serré de tuyaux qui quadrillent le toit, la nuit exhale une sournoise odeur de gaz, presque indécelable ; l'air est d'une volatilité troublante. D'où ils sont, Anath et Carvin peuvent surveiller les cars de CRS établis devant l'entrée de la SCN, voir la Seine et, au loin, sur l'horizon violet, les lumières de Rouen. Il n'y a pas de vent, au contraire, c'est comme si soudain tout était fixé une fois pour toutes dans le monde. Immobilité et silence. Ils restent là, sans bouger, sans compter les minutes qu'ils passent à scruter l'obscurité.

Anath frissonne. Elle se serre contre Carvin :

— Tu entends ? Quelqu'un pleure, dit-elle doucement.

— Je n'entends rien. Il n'y a personne qui pleure. Tu es sûre ?

Anath pose ses doigts sur les lèvres de Carvin pour retenir les mots qui tenteraient de sortir de sa bouche.

— Quelqu'un pleure en moi, explique-t-elle avec lenteur. Je l'entends...

Sa main se crispe sur son ventre.

— C'est là...

Carvin referme ses bras sur elle, il l'enserre, la fait prisonnière, cherchant à lui transmettre sa chaleur, sa force ; pas son courage : elle en a tout autant que lui, peut-être même plus.

— Je vais boire tes larmes, promet-il, l'embrassant sur le front, les pommettes, les paupières.

Anath lève les yeux. Carvin découvre un visage d'elle qu'il n'a jamais vu, à la fois innocent et marqué de chagrin.

— Mon corps pleure l'enfant que j'ai perdu, murmure-t-elle, dodelinant de la tête, sans le moindre battement de paupières.

Puis, avec quelque chose de farouche :

— Ma belle-sœur est sur le point d'accoucher, Mlle Poinseau est enceinte, la femme de Lousson aussi, partout des femmes sentent la vie dans leur corps, sentent leurs seins grossir, leur ventre s'arrondir, leurs hanches s'élargir. Je n'en peux plus de n'avoir que du vide en moi... Si tu savais comme je n'en peux plus !

Anath incline son visage. Le temps n'a rien apaisé. Elle parvient mieux à se dominer maintenant, c'est tout. La joie est au-dessus de ses forces, l'anxiété son pain quotidien. Elle sait que les mots sont vains, impuissants à nommer vraiment ce qu'elle ressent depuis la perte de son enfant. Le mot « mère » est comme une immense salle déserte et froide. Un préau où l'écho de sa propre voix mesure l'étendue de sa solitude. Trop de mots la déchirent, trop de mots la tourmentent.

— Fais-moi un enfant, dit-elle, comme si entendre sa propre voix pouvait lui rendre sa sérénité.

Carvin répond d'un ton rêveur, détaché, impersonnel :

— Un enfant pour te consoler ?

— Rien ne pourra me consoler, jamais. Je veux que tu me fasses un enfant pour la vie. Pour la mienne, pour la tienne, pour la nôtre...

Et, le nez en l'air, le menton levé, comme un défi :

— Je suis toujours consentante et féconde...

— Je croyais que...

— Baise-moi.

Attaque

Lancelot a conscience qu'il ne doit pas cesser de parler s'il ne veut pas que l'attention se relâche, que la mobilisation faiblisse. Sa gorge l'irrite, ses yeux le piquent, il se sent terriblement vieux, mais il a encore de la ressource et une voix en lui qui l'enjoint de ne rien lâcher.

— Il reste quoi ? Vingt minutes, pas plus, et nous aurons dépassé le délai fixé par les flics. Nous devons nous tenir prêts. Parce que, dans vingt minutes, ils nous tomberont sur le râble et qu'il n'est pas question qu'une fois encore nous nous laissions déloger. Weber s'est fait promener, on ne peut pas lui en vouloir, n'importe qui d'autre se serait fait avoir par les mêmes bobards. En coulisses, il ne se joue qu'un acte, le dernier, celui qui scellera notre défaite. Alors, je ne sais pas ce que vous en pensez, mais moi, je ne me vois pas du tout dans la peau d'un perdant...

Librizzi sursaute lorsque son contrôle de testeurs s'allume et clignote en continu :

— Les enfoirés !

Et, donnant l'alerte :

— Ils entrent dans la grande canalisation !

Aussitôt les hommes postés près des vannes manuelles manœuvrent pour mettre en vidange la fosse de décantation :

— Ils vont pas être déçus du voyage !

Aux issues, tous les autres s'arment de barres de fer et ferment les bouches d'aération.

Librizzi ordonne à Ruchat de rappeler le RAID :

— Dis à ces enculés de faire marche arrière et fissa ! Dans vingt secondes, tout se met en route !

Ruchat active le rappel du dernier numéro sur son portable en tremblant.

— Commandant, dites à vos hommes de se replier d'urgence, ils vont en prendre plein la gueule ! On ouvre les vannes de la fosse !

— Comment est-ce que vous savez que...

— Vous nous prenez pour des abrutis ? Merde, faites ce que je vous dis ! Vous avez vingt secondes avant de recevoir la sauce !

Weber sort de sa torpeur.

— Il faut monter sur le toit ! Carvin est tout seul là-haut !

— Il est avec sa chérie ! ricane un des hommes qui a scié les échelles.

— Tant qu'il n'est pas avec le RAID...

— C'est plutôt lui qui doit être raide ! lance Chavarre, toujours prompt à faire le zouave.

Les hommes de Librizzi n'attendent plus que son signal pour donner le dernier tour avant l'ouverture des vannes.

Weber, Corda, Bogdan, Chavarre et une demi-douzaine d'autres se précipitent dans l'escalier qui mène au toit.

Librizzi, les yeux rivés sur le contrôle des testeurs, arrête tout brusquement.

— Ils se tirent ! Stoppez tout ! Ils se tirent !

Le téléphone de Ruchat sonne.

— On décroche ! annonce le commandant Bernaux. Arrêtez vos conneries, on décroche !

Librizzi se précipite et enlève le portable des mains de Ruchat.

— Ne vous amusez plus à jouer à ça ! gronde-t-il, rouge de colère. Si nous devons sortir, nous déciderons de sortir, mais personne ne pourra nous y forcer ni maintenant, ni dans une heure, ni dans deux. Si vous voulez nous y forcer nous vous en empêcherons et, si nous n'y arrivons pas, nous sommes décidés à faire tout sauter. Compris ?

— Ne dites pas n'importe quoi ! intervient Bernaux. Je ne crois pas que...

— Je ne veux pas discuter avec vous. Je n'ai rien d'autre à vous dire.

Librizzi raccroche et rend son portable à Ruchat.

— « Nous ferons tout sauter »... T'es sûr qu'on fera tout sauter ? demande Lancelot en s'approchant.

— Vaudrait mieux pas, dit Librizzi.

Il avoue sincèrement :

— Putain, j'ai eu peur, j'ai cru qu'on...

— Moi aussi, j'ai eu peur, appuie Lancelot, se mordant les lèvres.

Ruchat n'est pas en reste.

— Comme ça on est trois !

Dans le véhicule de commandement, Bernaux est mis en relation avec Lonlai, de directeur de cabinet du ministre de l'Intérieur.

— Qu'est-ce qui s'est passé ?

— Ils sont malins. Ils avaient placé des testeurs pirates dans la grande canalisation...

— Et par l'extérieur ?

— Peut-être... Mais, en tout cas, pas cette nuit. D'ici, aux infrarouges, on voit qu'ils sont au moins une dizaine sur le toit à nous attendre.

— Et le fameux tunnel ?

— Ça ne mène pas dans le bâtiment où ils sont.

Lonlai émet une sorte de grognement.

— Alors, vous faites quoi ?

— On ne bouge pas jusqu'à l'aube, annonce Bernaux d'un ton sans réplique. Je reste en contact avec eux, on les fatigue et on se tient prêts à intervenir. Je suis convaincu qu'à un moment ou à un autre il y aura une ouverture.

— Vous allez voir débarquer des journalistes, des télés et des radios, soupire Lonlai sans masquer son découragement. J'ai rien pu empêcher...

— C'est peut-être ça, l'ouverture.

Lonlai n'y avait pas pensé.

— Oui. C'est vrai, dit-il, intéressé. Comme dans l'affaire de Neuilly...

Bernaux juge inutile de le contredire. Il réclame des informations sur les négociations entre le ministère du Travail, Léonard et le médiateur désigné par le Medef.

— Et de votre côté ?

— Pour l'instant, les retours sont tous négatifs. Je crois que le patron de l'usine ne veut pas entendre parler d'une intervention du gouvernement et encore moins des syndicats. Sa maison mère le soutient. Pour lui, il n'y a qu'une solution, la sienne : fermeture des ateliers. Qu'une seule issue au conflit : la reddition sans condition des grévistes.

Lonlai marque un temps.

— Il y a deux sortes de cons : les cons finis et les cons pas finis. Lui, c'est un con fini.

Bernaux approuve d'un grognement, par politesse, et revient à sa préoccupation majeure.

— Ici, dit-il, les types menacent clairement de tout faire sauter si nous intervenons.

— Ils se croient à Massada ? ironise Lonlai.

Bernaux le recadre sèchement.

— Je prends ce genre de menace très au sérieux, affirme-t-il. Il n'est pas nécessaire qu'ils soient tous d'accord pour la mettre à exécution. Il suffit d'un ou deux, plus déterminés ou plus désespérés que les autres...

— Des dingues ?

— J'ai dit « désespérés »...

Lonlai en a assez entendu pour l'instant.

— Tenez-moi au courant toutes les demi-heures, tranche-t-il, grognon. Je ne quitte pas mon bureau.

— Le ministre est averti ?

— Il est au dîner officiel avec les Gabonais, mais il est au courant.

Weber et les autres ont pris le relais aux quatre coins du toit.

Carvin et Anath redescendent dans la grande salle de la ligne 7. Les néons pèsent comme autant de sabres au-dessus de leurs têtes. Les machines sont à l'arrêt. L'air sent malgré tout l'ammoniaque et l'huile. Ici, il y en a un qui dévore un sandwich, là un autre qui lit un magazine de cul, la bouche entrouverte, les yeux ronds ; ailleurs un petit groupe joue au tarot sur une caisse en plastique. Librizzi, Lancelot et Ruchat invitent Anath et Carvin à partager un café, pour se remettre de leurs émotions ; même si les émotions des uns et des autres ne sont pas exactement de même nature.

— Je crois qu'ils ont compris, dit Librizzi, ils ne nous feront pas chier pendant un petit bout de temps.

— Ils attendent qu'il fasse jour ?

— Oui, sans doute.

Ruchat s'inquiète auprès d'Anath :

— Vous êtes sûre que vous ne voulez pas aller vous reposer ?

— Je vous remercie, mais ça va. Je ne dors jamais beaucoup. Même enfant, même adolescente, j'étais toujours la première levée. C'est une chance...

Ils finissent leurs tasses sans un mot.

Carvin imagine Anath, debout à l'aube, filant en chemise de nuit à travers la maison endormie pour regarder dehors, à travers la vitre du salon ou de la cuisine... À quoi rêvait-elle les yeux ouverts ? Parce qu'elle rêvait. Il est sûr qu'elle rêvait. Chez lui, Carvin aussi était presque toujours le premier sur le pont. Lui ne rêvait pas, n'imaginait rien au-delà du jour qui venait, ni

dehors, ni dedans. Il se lavait sans bruit et s'habillait sans se montrer avant de préparer le café de sa mère et le chocolat de ses sœurs qui le rejoignaient en piaillant dès qu'elles sentaient la bonne odeur du pain grillé. Quand sa mère se levait, il…

— Allez, on s'y recolle ! ordonne Librizzi, l'arrachant à ses pensées.

Ils se séparent.

Librizzi retourne avec les autres CAC, Ruchat et Lancelot reprennent leurs postes, l'un à la porte principale, l'autre sous une fenêtre ; Carvin entreprend de visiter méticuleusement la ligne de production. Il s'arrête devant chaque machine, observe les branchements, les flexibles, les systèmes de sécurité des cuves et des circuits d'alimentation, la nature des matériaux stockés derrière des grilles. Il s'arrête un instant devant une affiche illustrée de pictogrammes : *Ça tue. Ça empoisonne. Ça ronge. Ça pique. Ça flambe. Ça fait flamber. Ça explose.* Puis il interroge Librizzi, va, revient, pose d'autres questions et repart pour une nouvelle tournée d'inspection.

— Qu'est-ce que tu cherches ? demande Anath, lasse de le suivre à la trace.

— Tu te souviens quand Librizzi a affirmé qu'il suffirait d'additionner A + B pour tout faire sauter ?

— C'était plutôt énigmatique.

Carvin opine.

— Je cherche à résoudre l'équation…

— Il ne veut pas te dire ce que sont A et B ?

— Il garde ça pour lui. Il m'a juste expliqué que c'était très ciblé et sans risque pour la population. Donc, j'en ai déduit que ça ne touchait ni le gaz ni les acides…

Carvin pose un baiser discret sur la joue d'Anath.

— Et, eurêka, j'ai trouvé…

Anath demeure sans réaction.

— Tu ne me demandes pas ce que j'ai trouvé ?

— Non.

— Pourquoi ?

— Parce que tu vas me répondre que je le saurai bien assez tôt, dit Anath, les yeux mi-clos. Et je suis d'accord : je le saurai bien assez tôt.

Carvin doit se rendre à l'évidence : Anath lit en lui à livre ouvert ! Elle reçoit un second baiser en récompense.

— Et tu prétends que je suis opaque !

Anath et Carvin s'assoient un instant sur le marchepied d'une machine, l'œil vague, le corps fatigué, comme coincés dans un scaphandre d'abattement.

— Des fois, comme maintenant, des choses étranges me viennent à l'esprit, commence-t-elle. Je pense qu'on peut voler par amour et tuer par pitié...

— Ce n'est pas si étrange que ça, reconnaît Carvin. Ça se défend.

— Oui, mais pourquoi je pense à ça ?

— Parce que tu penses à nous.

Anath fait la moue :

— Si c'est ça, qu'est-ce que nous tuons ? Qu'est-ce que nous volons ?

Sans réfléchir, Carvin débite d'une traite :

— Nous tuons le passé et nous volons l'avenir.

— Quel avenir ?

— L'avenir de ceux qui veulent le garder pour leur usage exclusif.

Anath pousse un petit grognement.

— Ce serait trop beau !

— Il suffit de le vouloir, dit Carvin, comme s'il s'acquittait envers elle d'une dette d'espoir.

Elle se moque :

— Tu n'es qu'un puritain qui croit que la volonté et la vertu suffisent à gagner le ciel !

— Je veux faire quelque chose de ma vie, pas toi ?

— Si, bien sûr...

— Avec moi ?

— C'est une demande en mariage ?

Carvin fouille dans sa poche, en sort un petit raccord métallique chromé de la taille d'une bague et prend la main d'Anath qui espère toujours une réponse.

— Qu'est-ce que c'est ?

— Je l'ai trouvé là-haut, sur le toit...

Carvin fait glisser l'anneau sur l'annulaire d'Anath :

— Je l'ai volé pour toi... se reprend-il. Par amour pour toi.

Elle minaude :

— Tu as pitié de la pauvre Anath qui porte le deuil d'un amour ?

— J'ai pitié de ton idiotie, oui ! Moi aussi je porte le deuil d'un amour mais, pour toi, je serais prêt à...

— Ne dis rien. Je sais.

Anath passe sa langue sur l'anneau chromé. Elle cligne des yeux comme si du sable la piquait ou qu'elle voulait retrouver le goût des larmes.

Point flash

La nuit s'étire, lourde, poisseuse. Personne ne s'assoupit, personne ne somnole, tous veillent, tendus, aux aguets, sur les nerfs. La fatigue grise les visages et engourdit les corps, mais nul ne se plaint. Les hommes

sont soutenus par une excitation si forte qu'elle irrigue leurs veines et leurs muscles. Au matin, Ruchat laisse Lancelot négocier les conditions de la rencontre avec les journalistes qui se pressent à l'entrée de la SCN : pas de forces de police à proximité, communication de l'identité des personnes autorisées à s'approcher du bâtiment, liste complète des journaux et des télévisions présents, un seul porte-parole pour les grévistes...

Après une brève discussion, c'est Anath qui est désignée.

Aux yeux de tous elle présente l'avantage d'être une femme – la seule femme ! –, d'être un cadre, de ne pas être syndiquée et de parler un langage que la presse ne s'attend pas à entendre chez des salariés en lutte.

Elle sort entourée, protégée par Lancelot, Moffat, Carvin, Weber, Ruchat et deux autres, chargés de surveiller à droite et à gauche de l'entrée. C'est une reine et sa cour, ou Blanche-Neige et les Sept Nains, selon Chavarre. Quant aux journalistes, ils arrivent en groupe, encadrés par quatre hommes de la Fight, les vigiles ayant réussi à convaincre les forces de l'ordre que la sécurité de l'usine était de leur responsabilité et, que, accord ou pas avec les grévistes, il n'était pas question qu'ils renoncent à cette prérogative.

Leur présence est une mauvaise surprise pour Anath et ceux qui l'accompagnent. Ils sont à deux doigts de se replier, craignant une manœuvre sournoise. Mais, après quelques échanges de regards, Anath et les hommes qui la protègent décident de rester, plus vigilants que jamais, prêts à toute éventualité, surtout qu'à l'intérieur Librizzi maintient tout le monde en alerte rouge.

Il y a un moment de flottement.

C'est un reporter de France 2 qui se risque à poser la première question.

— Comment qualifieriez-vous l'action que vous menez ?

— C'est une grève avec occupation, répond aimablement Anath, se repeignant d'un geste gracieux.

— Vous avez proféré de très graves menaces...

— Des menaces ? Lesquelles ? Nous avons formulé un certain nombre d'exigences.

— Justement, si je suis bien informé, en cas de refus de vos revendications, vous menacez de tout détruire, comme cela s'est passé dans le Nord, sauf qu'ici c'est une usine chimique...

Anath réfléchit un instant.

— Nos revendications sont claires, dit-elle, rompant son silence. Elles appellent des réponses immédiates. Nous ne sommes pas dans une négociation.

— Croyez-vous que ces revendications puissent être si rapidement satisfaites ?

— Évidemment.

— Et si elles ne le sont pas ? insiste le journaliste.

Anath répond dans un sourire :

— À la Méka, comme à la Zitex, je crois que les salariés en lutte ont prouvé que leurs menaces n'étaient pas des paroles en l'air.

— Dans une usine comme la SCN, le risque est énorme. Surtout si près d'une ville. Il pourrait y avoir des victimes...

— Il y a déjà des victimes, les hommes et les femmes dont les emplois sont détruits sans que cela pose le moindre problème de conscience à ceux qui en ont donné l'ordre. Entre la Méka et la Zitex, neuf cents emplois sont supprimés. Si j'ajoute ceux d'ici, nous dépassons largement les mille. Et, si j'additionne ces

chiffres à ceux de toutes les entreprises qui sont aujourd'hui dans la même situation, c'est plus d'un million de personnes qui sont concernées. Plus d'un million de victimes, peut-être plus encore demain.

C'est au tour d'un journaliste de *Paris-Normandie* de l'interroger :

— Ne pensez-vous pas que la situation de la SCN et des deux autres entreprises qui ont rejoint ce mouvement est, en réalité, le résultat immédiat de la crise que nous subissons ?

Anath s'attendait à cette question.

— Vous, les médias, vous répercutez sans réfléchir cette idée de crise du capitalisme, répond-elle en croisant les bras. Mais quelle crise ? Et, surtout, quel capitalisme ? Je suis sûre que, si je vous demandais de m'en donner une définition, vous en seriez bien incapables. Comme d'ailleurs une définition de l'« économie de marché » dont vous célébrez le dieu invisible et inconnaissable.

Anath poursuit, étonnée de ne pas être interrompue, contredite :

— Je ne cherche pas à vous faire un cours, mais permettez-moi de vous proposer une définition du capitalisme, pour que nous sachions de quoi nous parlons, dit-elle aimablement. Le capitalisme, c'est le rapport au commerce, à la propriété et au salaire. Avec, mais cela va de soi, l'accaparement du travail et des moyens de production par les propriétaires des entreprises. C'est ça, le capitalisme, n'est-ce pas ?

Les journalistes demeurent muets. Anath conclut :

— S'il y a une crise, ce n'est pas la crise du capitalisme, qui se porte mieux que jamais, c'est la crise des moyens de production capitaliste...

— Vous croyez que des actions comme la vôtre sont capables de mettre à bas ce système ?

— Si nous n'avions pas cette conviction, cet espoir, nous ne serions pas là. Parce que la seule question qui se pose à nous demeure : jusqu'à quand ? Jusqu'à quand allons-nous accepter comme une vérité révélée ce qui n'est qu'une doctrine économique reposant sur l'exploitation des plus faibles par les plus riches ? Jusqu'à quand les salariés vont-ils accepter d'être volés des fruits de leur travail ? Jusqu'à quand allons-nous avoir peur de penser qu'un autre monde est possible ?

— Le meilleur des mondes ? ironise le journaliste.

— Non, je ne rêve pas – nous ne rêvons pas – au meilleur des mondes, nous nous battons simplement pour un monde meilleur...

Elle se tourne vers le mur et désigne du doigt un panneau qui indique « Point flash ».

— Vous savez ce que c'est qu'un « point flash » ?

Et, sans attendre de réponse :

— Un « point flash », c'est la température à laquelle le produit risque d'exploser. Eh bien, pour répondre à votre première question, c'est très précisément notre situation. Nous sommes ici, maintenant, à un « point flash »...

Parmi les visages des vigiles de la Fight, Weber croit reconnaître quelqu'un. Mais qui ? Sa mémoire lui joue des tours. Il râle intérieurement, bon sang, il est sûr de savoir qui c'est... Ce n'est pas possible, c'est... Ah, c'est...

Le nom lui revient à l'instant où Moulin, en tenue de combat comme ceux de la Fight, se dégage du groupe et met en joue Carvin.

— À mort les cocos !

— Non ! crie Weber, écartant instinctivement les bras pour le protéger.

La balle sort du Sig-Sauer à la vitesse de sept cents mètres par seconde. Sans fumée, sans bruit, sinon un claquement sec, très léger. Sa trajectoire est rectiligne, parfaite, sans obstacle. Cinq ou six mètres au plus la séparent de sa cible.

Immanquable.

La balle atteint Weber en plein cœur.

Éclats

Le temps s'arrête.

L'image se fige.

Pendant une fraction de seconde qui dure une éternité plus rien ne bouge.

Et, soudain, tout s'accélère à une vitesse prodigieuse et vole en éclats.

Le reporter de France 2, dans un mouvement réflexe, désarme Moulin d'un coup de caméra qui l'atteint en pleine tête. Au même instant Carvin, Lancelot, Moffat, Ruchat se ruent sans réfléchir sur le vigile et le jettent au sol pour l'assommer. Ceux de la Fight interviennent pour le dégager. C'est une mêlée de chiens enragés, scandée de coups, de râles, de gémissements.

Le journaliste de *Paris-Normandie* ramasse le revolver en criant :

— Qu'est-ce que j'en fais ? Qu'est-ce que j'en fais ?

Weber meurt dans les bras d'Anath agenouillée près de lui. Il meurt sans un mot, les yeux grands ouverts,

la bouche éclairée d'un fin sourire, comme s'il ne pouvait croire à ce qui lui arrive ; que c'était impossible de finir comme ça ; que ce n'était qu'une farce, qu'un tour qu'on lui jouait…

Le commandant Bernaux profite de l'« ouverture » qu'il espérait depuis la veille. Par les toits, par le tunnel, par les côtés, par les entrées sud et nord, le RAID investit le site avec l'appui des CRS arrivés en renfort.
La SCN est évacuée sans que quiconque oppose la moindre résistance.

La police prend position dans et autour de la ligne de production n° 7, tandis que les hommes sont conduits vers la sortie en rang par trois. Anath marche en queue avec Carvin, sonné et furieux, le visage frappé du masque de la mort comme si lui-même avait été touché d'une balle.
Moulin, jurant, hurlant, un œil fermé, la lèvre saignante, deux doigts cassés, est embarqué dans une voiture de police sous haute protection.
Le corps de Weber est transporté en ambulance jusqu'à la morgue de l'hôpital Charles-Nicolle pour autopsie.

Portable

Corda se charge d'alerter Monnier et ceux de la Méka pour les faire venir au plus vite. Il revient à Carvin, et à personne d'autre, de prévenir Geneviève.

Anath tient à rester à ses côtés lorsqu'il l'appelle sur son portable.

— Geneviève, c'est Carvin.

— Oui, qu'est-ce que tu veux ? Dépêche-toi, faut que je m'en aille.

— T'es où ?

— Chez moi, pourquoi ?

— Les petits sont là ?

— Qu'est-ce que tu veux ?

— J'ai un truc à te dire...

— Je sais ce que c'est ! T'as pas à prendre tant de précautions ! soupire Geneviève. Allez, passe-moi mon mari, puisqu'il n'a pas pu s'empêcher d'aller vous rejoindre. Je croyais que vous n'aviez pas le droit de...

— Assieds-toi.

— Tu crois que j'ai le temps de...

— Weber est mort, annonce froidement Carvin.

— Quoi ? Qu'est-ce que tu racontes ?

— Geneviève, Weber est mort. Un putain de vigile lui a tiré dessus, et il est mort. Tu comprends, il a été tué...

Carvin entend un cri rauque, une sorte de râle animal dans l'appareil.

— Geneviève ?

Seuls des gémissements inarticulés lui parviennent.

— Geneviève, les copains vont arriver, parle-moi. Dis-moi quelque chose... Geneviève ?

Il y a un cri plus déchirant que les autres, un bruit de chute et la communication est coupée.

— Geneviève ? Geneviève ?

Gymnase

Carvin et Anath sont les derniers à être interrogés par la police. Après avoir fait leur déposition, ils retrouvent les grévistes expulsés dans le gymnase André-Bouvard, à trois cents mètres de la SCN.

Carvin en veut à Librizzi.

— Putain ! Qu'est-ce que t'attendais ? Tu dormais, ou quoi ? T'avais pas les mains sur les commandes ?

— Un mort, ça ne te suffit pas ? T'est complètement con ! C'est pas la mèche d'un pétard de 14 Juillet que j'allais allumer !

— Ah bon, je croyais qu'A + B c'était…

Librizzi l'empêche de finir sa phrase :

— Ça aurait servi à quoi que je fasse tout péter ?

— Ça aurait servi à montrer qui nous sommes, assène Carvin.

— Eh bien moi, je ne suis pas comme toi. Je ne pense pas comme toi. Nous avons peut-être perdu une occasion de nous faire entendre, mais nous n'avons tué personne.

Carvin lui fait face :

— Je croyais que t'en avais !

— Ne t'en fais pas pour moi, j'en ai ! Mais j'ai aussi quelque chose dans le crâne. J'allais prendre le risque de tuer cent personnes pour te faire plaisir ?

— Tu les as tuées quand même.

— Arrête tes conneries, grogne Librizzi, faisant un grand geste de la main comme pour chasser un insecte importun.

— Nous ne sommes pas morts, peut-être ? demande Carvin, les bras écartés pour les embrasser tous. Regarde : les flics nous ont virés en douceur et vous êtes

sortis sans un mot, tête basse. Ils ont repris l'usine. Weber a été flingué pour quoi ? Pour rien. Tu peux me dire ce qu'il nous reste à négocier, à part l'heure de notre enterrement ? L'ordre des noms sur le faire-part ? T'appelles ça comment ? Une victoire ? Un triomphe ? Valmy, Austerlitz ?

— Ce qui nous arrive, ça n'a pas de nom, admet Librizzi. Mais nous ne sommes pas morts, tu te trompes. Sûrement pas ! Et on va leur montrer qui on est.

Carvin reprend espoir :

— Tu veux dire qu'on y retourne ?

— Avec les flics ? Aucune chance.

— Même par la canalisation ?

— Aucune chance, je te dis. Ils ne se feront pas avoir deux fois. Les gars du RAID, c'est des pros.

— Alors, qu'est-ce que tu veux faire ? demande Carvin, qui ne comprend plus.

Librizzi cherche Lancelot du regard puis, assuré de son soutien, propose :

— On va mettre sur pied la plus grande manif qui a jamais eu lieu à Rouen.

— Une manif ?

— Oui, et je peux t'assurer qu'on va gueuler si fort qu'on nous entendra jusqu'à Paris.

Carvin se tourne vers ceux qui les entourent :

— Vous êtes d'accord pour faire une manif ? demande-t-il, haletant.

L'approbation est unanime.

— Oui, tout le monde, tous les syndicats, toutes les associations, tous les partis politiques, les étudiants, les lycéens ! Tout Rouen ! Une énorme manif, gigantesque !

Carvin a du mal à ne pas perdre son sang-froid.

— Je dois être complètement con, constate-t-il d'une voix volontairement basse, mais j'avais compris que nous étions partis pour faire autre chose que de la marche à pied en chantant *L'Internationale* ; que ce qui se passait à la SCN avec la Méka et la Zitex, c'était si nouveau, si fort que ça allait bouleverser l'histoire des luttes sociales.

— Tu sais bien que tout ça, c'est du rêve, intervient Ruffat. Sûr qu'on doit y croire pour se lancer dans la bagarre, mais il faut aussi savoir garder les yeux ouverts. Weber t'aurait dit que...

Carvin l'interrompt sèchement :

— Ne parle pas de Weber. Même si on n'était pas toujours d'accord, au moins lui n'avait pas peur.

— Tu crois qu'on a peur ?

— Non, vous n'avez pas peur. Pas peur de l'ordinaire, de ce qui se fait, des occupations, des grèves, des manifs, mais vous avez peur de l'extraordinaire, de ce qui changerait tout si on osait seulement une fois !

Ruffat le rembarre :

— Tout ça, c'est des mots.

— T'as raison, c'est des mots. Voire une question philosophique : jusqu'où sommes-nous prêts à aller pour que justice nous soit rendue ?

— Sûrement pas jusqu'à mettre des vies en danger, si c'est à ça que tu penses, affirme Lancelot, défiant Carvin du regard.

— Alors, vous n'irez guère plus loin que la chaussée sur laquelle vous allez défiler.

— T'es prêt à mourir, toi ? ricane Librizzi.

Carvin répond d'un autre ricanement :

— Pour moi, il n'y a pas plus grand déshonneur que la peur...

Diable

Carvin ne veut pas rester. Il entraîne Anath avec lui et ils quittent le gymnase malgré Corda, malgré Bogdan, Moffat, Lucien Jean, qui tentent de le retenir.

— Vous n'avez pas besoin de moi pour préparer une manif !

— Merde, Carvin, il n'y a pas que ça !

— Faites ce que vous croyez devoir faire, mais ne comptez pas sur moi pour aller défiler !

— Tu rentres à Neuvin ? Les autres arrivent avec Geneviève.

— Je vais au diable !

Hôpital

Carvin et Anath patientent longtemps à l'accueil de l'hôpital Charles-Nicolle, assis côte à côte, sans se parler, sans se regarder, sans même se toucher. Anath saisit brusquement la main de Carvin.

— Pour toi, quel est le plus vieux sentiment humain ? demande-t-elle, comme si elle craignait de le voir s'enfuir.

— Et pour toi ? lui renvoie-t-il.

— Pour moi, dit Anath avec une assurance troublante, c'est l'angoisse.

— L'angoisse ?

— Oui, celle qui surgit avec la nuit qui tombe ou le jour qui vient, celle qui s'allume dans le regard de l'autre...

— Pas pour moi, murmure Carvin en secouant la tête.

Puis, très sûr lui aussi :

— Il n'y a rien de plus ancien que la souffrance.

— Si, il y a l'angoisse.

Elle psalmodie d'une voix ténébreuse :

— L'angoisse, l'angoisse, l'angoisse...

Et, fixant un point imaginaire devant elle :

— Elle précède la souffrance, tu comprends ? Elle lui éclaire le chemin...

Carvin la contredit :

— La mort de Weber ne m'angoisse pas, elle me fait souffrir, dit-il avec tristesse. Tu ne peux pas savoir comme elle me fait souffrir...

— Si, je le sais, répond Anath, définitive. Mais ce n'est pas une raison pour s'y complaire.

Carvin baisse la tête. Anath le contraint à la relever.

— Tu m'écoutes ? Nous ne devons pas renoncer. Nous devons lutter ! Lutter pour écraser nos angoisses, les surmonter, les étouffer dans nos cœurs même si nous devons nous faire mal pour ça.

— Manifester, distribuer des tracts, chanter et crier des slogans, tu appelles ça lutter ?

— Tu vas baisser les bras, comme les autres ?

— Je ne veux plus souffrir...

— Alors, tu sais ce qu'il te reste à faire, dit Anath d'un ton querelleur.

L'arrivée de ceux de la Méka les empêche de continuer.

Bona, Mlle Poinseau, Zertal, Étienne Rolland et même Mme Gobert sont là... Carvin se lève dès qu'il voit Geneviève encadrée par Monnier et Mme Rousseau, le maire de Neuvin.

— C'est trop con ! laisse échapper Mlle Poinseau, les yeux humides.

— C'est tellement injuste ! ajoute Bona. C'est dégueulasse et je vais vous dire…

— Tais-toi, murmure Mlle Poinseau, s'accrochant à son bras.

Bona obéit, ravalant son indignation.

Geneviève et Carvin s'observent sans bouger, chacun cherchant dans l'œil de l'autre une tendresse, un réconfort, un appel qui ne vient pas. La douleur les rend muets. Carvin ouvre les mains en signe d'impuissance ou pour encourager Geneviève à venir se réfugier dans ses bras. Mais elle ne bouge pas, cachant ses yeux dans un geste théâtral. Quand Carvin trouve enfin la force d'aller vers elle, elle se détourne et va s'appuyer au comptoir de l'accueil, réclamant dans un sanglot à voir le corps.

— C'est mon mari, dit-elle.

Condamnation

La mort de Weber, filmée en direct, provoque une immense émotion dans tout le pays. Les partis politiques condamnent unanimement le geste de Moulin. Le patron de la SFS est décrit comme un forcené, un irresponsable, un extrémiste lié à la droite de la droite. Le président de la République adresse ses condoléances à Geneviève et le Premier ministre l'assure publiquement que justice sera faite. Les syndicats mettent en cause les entreprises qui, de plus en plus systématiquement, font appel à des sociétés privées, non seulement

pour assurer leur sécurité mais aussi pour mater les grèves et empêcher l'occupation des usines.

Un portait d'Anath est publié en dernière page de *Libération* sous le titre « La nouvelle pasionaria » ; Bona, interviewé par *L'Humanité*, réussit à citer Saint-Just qu'il n'avait pas réussi à placer quand ils étaient à l'hôpital : « Sans terreur, sans vertu, il n'y a que la corruption » ; *Témoignage chrétien* publie une longue lettre de Monnier revenant sur la mort de Bischoff, celles de Sidot et de Weber, trois hommes de bonne volonté, trois victimes du Veau d'or, du libéralisme criminel ; Librizzi, Ruffat et Lancelot sont en photo dans *Paris-Normandie* ; Carvin refuse toutes les sollicitations des télés et des radios mais, dans plusieurs quotidiens, il est présenté comme le tacticien des trois grèves alors qu'Anath, à la suite de son interview juste avant la mort de Weber, est plutôt considérée comme la « tête pensante » des opérations.

Aux cris de « Police partout, justice nulle part ! », une immense manifestation est organisée à Paris, de la gare du Nord à la Bastille ; des cortèges défilent aussi à Lille, à Hénin, à Neuvin et, bien entendu, à Rouen.

Une grève générale de vingt-quatre heures paralyse la France.

Léonard ne cède sur rien. Dès le lendemain de l'enterrement de Weber, il réitère sa décision de fermer les deux ateliers menacés et confirme le licenciement de plus de cent personnes. Comme toujours dans ces cas-là, le gouvernement nomme un médiateur...

Un vote scelle la défaite de Lancelot et de tous les hommes de la SCN.

La plupart des grévistes acceptent de s'en remettre aux pouvoirs publics pour sortir de l'impasse et négocier le reclassement de ceux dont l'emploi sera supprimé avec la fermeture des deux ateliers.

La reprise du travail est prévue le lundi suivant, après la signature d'un protocole d'accord.

Hôtel

Cloîtré dans une chambre d'hôtel avec Anath, Carvin se sent comme une maison vide peuplée de fantômes. Il ne participe à aucun défilé, n'assiste pas à l'enterrement de Weber ni aux négociations à la préfecture. La Méka, la Zitex, la SCN sont traitées dans le cadre des accords de branches, au cas par cas, et, dans l'immense majorité des situations, c'est la simple application de la loi qui prévaut. Au total, près de mille emplois sont supprimés et aucun des fonds avancés par les pouvoirs publics ou les municipalités n'est remboursé par les entreprises qui licencient.

Carvin boit, fait l'amour, reboit, refait l'amour, boit encore, fait encore l'amour, s'effondre comme une masse dans la nuit compacte, se réveille avant l'aube pour boire à nouveau et à nouveau faire l'amour. Il ne s'habille plus, ne se rase plus, ne mange plus. Il fait le singe devant la glace de l'armoire pour amuser Anath, gonfle ses muscles, pousse des cris, se cogne la tête contre le mur, tient de grands discours contre la trahison des politiques, des syndicats, des hommes et des femmes gouvernés par la peur, et, quand les bouteilles sont vides et le corps épuisé, il se laisse aller aux larmes.

Chantal appelle sur son portable.

C'est la première fois que Carvin l'entend depuis qu'elle l'a quitté. Elle a appris la mort de Weber par la télé, elle est effondrée, elle pleure, geint, invoque Dieu, maudit le gouvernement, bredouille des phrases incohérentes sans laisser Carvin lui répondre ne serait-ce que d'un mot. Et brusquement, très agressive, elle lance :

— Qu'est-ce que je t'avais dit ? Hein, qu'est-ce que je t'avais dit ?

Carvin déconcerté ne comprend pas de quoi elle parle.

— Qu'est-ce que tu m'avais dit ?
— Avoue : ils t'ont tous laissé tomber ?

Chantal le répète en criant presque :

— Ils t'ont tous laissé ! Non ?
— Ne me fais pas chier !
— Je t'avais prévenu, mais tu n'en avais rien à foutre de ce que je pouvais dire ! Maintenant, tu vois ce que tu as gagné avec tes grandes idées ? T'es tout seul, sans rien ni personne. Tout seul !
— Je ne suis pas tout seul.

Chantal ricane :

— T'es avec qui ?
— Avec ma conscience, déclare Carvin pour en finir.
— Ben, j'espère qu'elle baise bien, ta conscience, parce que t'as plus que ça, dit Chantal, soudain au bord des larmes.

Et, d'une voix mourante, elle lui passe Océane.

— Ta fille veut te parler...

Le cœur de Carvin bondit dans sa poitrine.

— Salut, mon bébé ! C'est papa.
— Tu sais quoi ? dit la petite, impatiente d'annoncer la grande nouvelle.

597

— Dis-moi, roudoudou !
— J'ai une super grande chambre, toute rose !
— Chez mamie ?
— Chez tonton !
— Tonton Christian est revenu ?
— Tonton Paul.
Carvin blêmit.
— Tonton Paul ? Je le connais ?
— Il est très gentil.
— Tu habites chez tonton Paul, maintenant ?
— Voui, avec maman.
— Repasse-la-moi, réclame Carvin d'un ton doux mais ferme.
— Tu reviens quand ? demande la petite.
— Je ne reviens pas tout de suite. Passe-moi maman, mon bébé.
— Elle fait pipi !
Et, riant de ce qu'elle va dire :
— Arrosoir papouche !
Océane raccroche aussitôt, laissant Carvin interdit.
Il y a un long silence, pendant lequel ni lui ni Anath ne font le moindre geste, ne disent le moindre mot. Deux statues de sel dans le décor mièvre de la chambre. Puis Anath ôte doucement le portable de la main de Carvin et le jette sur la moquette où il se brise. Anath force Carvin à s'allonger et bascule sur lui pour qu'il sente le poids de son amour, sans parler, sans chercher à le faire parler, patiente, présente, forte pour eux deux, prête à tout.

A + B

La SCN est une ville morte.

La veille de la reprise du travail, Carvin et Anath sautent par-dessus le mur de béton à l'arrière de l'usine et rejoignent en secret la ligne n° 7 où ils entrent sans difficultés. La direction n'a toujours pas fait installer de caméras de surveillance, jugeant la dépense inutile au-delà de la grille d'entrée. La crise passée, la présence policière demeure plus symbolique qu'effective. Un car de CRS stationné devant le poste de garde, une ronde de deux hommes toutes les demi-heures sur le périmètre extérieur et une toutes les heures entre les bâtiments et les ateliers.

Les banderoles *Grève générale !*, *Le capitalisme tue*, *Feu sur la police !* sont encore accrochées aux machines, des pancartes traînent par terre au milieu des restes de repas, des bouteilles et des canettes de bière vides...

— Je me souviens d'avoir entendu ma mère dire que, s'il faut deux personnes pour faire un homme, un seul suffit pour faire un mort, dit Carvin, écartant du pied un carton encore à moitié plein de tracts à l'effigie de Weber.

— Elle disait ça ?

— Oui. Je ne sais pas d'où elle tenait ça, mais elle avait toujours un mot, une sentence, un dicton à placer dans la conversation.

— La sagesse des nations, suggère Anath, se collant contre lui.

— Tu sais ce qu'on va faire ? demande Carvin, ignorant si c'est le souvenir de sa mère ou de Weber qui le saisit soudain par le bras.

— Tenir nos engagements ?

Carvin corrige l'expression d'Anath avec délicatesse :
— Nous allons faire une démonstration.
Elle est déçue :
— Une démonstration de quoi ?
Carvin la prend par les épaules, l'observant d'un œil coquin.
— Toi qui as fait des études supérieures, tu dois savoir ça, dit-il. Comment appelle-t-on une démonstration sans appel ?
— Sans appel ?
— Réfléchis.
— Non, je ne vois pas. Une démonstration concluante ?
— Une démonstration sans appel, c'est une démonstration par...
— Par ici la sortie ? suggère Anath en souriant.
— Par...
Anath savoure enfin la bonne réponse qui fleurit sur ses lèvres :
— Par A + B ?
Carvin prend ses mains dans les siennes et les embrasse :
— Nous allons faire une démonstration par A + B !

Souterrain

La déflagration surprend Anath et Carvin alors qu'ils fuient dans le souterrain conduisant à l'ancienne chaufferie. L'explosion est si forte que la moitié du tunnel s'effondre derrière eux. La lumière est soufflée d'un coup. Ils plongent dans un brouillard de poussière.

— Prends ma main ! crie Carvin.

Anath s'accroche à lui au milieu d'un tumulte dont elle ne peut dire s'il vient des bâtiments qui s'effondrent ou du plus profond d'elle-même. Elle suit, désorientée, toussant, crachant, pleurant. Une course aveugle. Elle s'effraye des spectres aux mains tranchantes qui les cernent, des ombres dégoulinantes, des monstres sans tête et sans jambes, de la ferraille, des tuyaux crevés, des bastaings en travers qu'il faut enjamber. Ils sont sans secours. Personne pour les sauver. Personne pour les sortir de là. Ils sont perdus, damnés.

Ils se hâtent.

Mais dans leur hâte ils se cognent, trébuchent, s'éraflent comme des prisonniers entre deux rangées de bourreaux qui les fustigent à chaque pas.

— Attends ! supplie Anath, forçant Carvin à s'arrêter.

Elle se sent chavirer. La voix des morts la traverse d'un cri strident. Tous les morts de sa vie, ses parents, son enfant, Antoine, les hommes et les femmes innombrables de son histoire se lèvent devant elle et réclament justice. Elle délire. Sa raison s'égare, leur rêve la dévore. Peut-être n'arriveront-ils jamais à en sortir ? Peut-être mourront-ils étouffés dans cette obscurité sans faille ? Elle vomit, penchée en avant, jambes écartées, le corps secoué de spasmes nerveux. Carvin la force à repartir, sans même lui laisser le temps de s'essuyer la bouche.

— Dépêche, ordonne-t-il, impitoyable.

Il craint que tout s'effondre, qu'ils restent ensevelis dans ce tombeau comme mouraient les constructeurs des pyramides. Anath n'en peut plus. Anath faiblit. Anath va lâcher, céder, se laisser tomber là et attendre que la poussière la couvre d'un linceul. Carvin la tire par la main, sourd à ses plaintes, à ses cris, à la peur

qui déborde de son corps. Il la tient si fort que rien ne peut les séparer.

— Dépêche ! Avance ! Allez !

Il n'a plus que des ordres à lui offrir. Chaque mot doit leur faire gagner un mètre. Chaque mètre gagné marque une victoire sur ceux qui n'ont que renoncement et démission en tête. Dépêche ! Avance ! Allez ! Et Anath avance, se dépêche, titubante, égarée, ivre du sang qui bout dans ses veines, de l'air fétide qui brûle ses poumons, de la boue qui encombre sa bouche. Encore cinq mètres, encore deux, encore, encore et, dans une nuée qui se dissipe, les premières marches de l'escalier, la promesse de la délivrance.

À la nuit succède une autre nuit.

Ils sortent à l'air libre comme on vient au monde, couverts d'ordure et de sang. C'est une forêt de cendres et de fumée qui les entoure. Un espace noir peuplé de rien d'autre qu'eux-mêmes, jaillis du feu et du chaos, muets, interdits, à moitié asphyxiés jusqu'à ce qu'enfin un cri les délivre.

Ils ont réussi !

Paroles de dirigeants

Nicolas Sarkozy (président de la République) : « Il nous faut une réflexion sur toutes les grandes filières industrielles. Si on ne garde pas d'usines, on n'aura plus d'emplois. »

Serge Dassault (industriel, propriétaire du Figaro) : « Le problème n'est pas seulement de trouver de

l'emploi mais aussi que l'assistance, et les aides diverses aux chômeurs sont trop élevées, à mon avis, pour qu'ils aient une certaine envie de travailler. Prime pour l'emploi, et bientôt RSA… c'est quand même anormal de vouloir donner de l'argent de l'État qui n'en a pas beaucoup à des gens qui ne veulent pas travailler parce qu'on les paye trop et coûtent aussi beaucoup d'argent à l'État. On réduirait carrément les aides aux chômeurs, ce serait quand même plus efficace, si on veut les faire travailler, que de vouloir donner de l'argent sur les deniers de l'État. »

Presse

L'explosion provoquée par Carvin détruit la ligne 7 de la SCN et seulement la ligne 7. Cependant, elle cause aussi d'importants dégâts matériels dans le reste de l'usine et le voisinage, sans faire aucun blessé grave ni mettre en danger la population de Rouen et des alentours. Comme l'avait affirmé Librizzi, A + B était parfaitement ciblé, circonscrit, contrôlé, de telle sorte qu'il n'y ait ni fuite de gaz ni débordement d'acides.

« Une explosion chirurgicale », titre *Libération*.
« L'explosion de la colère » est à la une de *L'Huma*.
Le Parisien préfère : « À quoi bon ? »
Le Monde ne consacre qu'un bref article à la SCN en pages intérieures, mais il publie une tribune de Dan Franck qui prend fait et cause pour les ouvriers en lutte. Le romancier ne cache pas son admiration pour leur parfaite maîtrise des explosifs, leur professionnalisme.

Il conclut qu'il y a un insoutenable paradoxe à licencier un personnel si qualifié, des ouvriers si responsables, dont l'emploi, le savoir et l'histoire sont détruits au nom du seul profit.

Au contraire, dans *Le Figaro*, Ivan Rioufol rappelle que « le capitalisme et le libéralisme ne sont pour rien dans la paupérisation des classes moyennes ». Il réclame des peines exemplaires à l'encontre des auteurs de ce qu'il nomme « un attentat répugnant ». Rioufol s'interroge ensuite sur l'opportunité de créer une cour spéciale de justice pour les « terroristes sociaux », qu'il compare aux islamistes d'al-Qaida. Son papier s'achève par un appel contre les islamo-bolcheviques : « Les fauves sont lâchés, notre civilisation ne survivra pas si nous ne sommes pas capables de les traquer et de les éliminer[1]. »

Geneviève

Deux jours après l'explosion, Anath se gare au bas de l'immeuble où vit Geneviève.

— Tu es sûre que tu ne veux pas m'accompagner ? demande Carvin sans conviction.

Anath tient à le mettre à l'aise.

— Ce serait déplacé, assure-t-elle. Tu dois y aller seul.

---

[1]. Citations extraites des *Éditocrates, ou Comment parler de (presque) tout en racontant (vraiment) n'importe quoi*, Mona Chollet, Olivier Cyran, Sébastien Fontenelle, Mathias Reymond, Paris, La Découverte, 2009.

Pourtant, au moment où il va quitter la voiture, elle retient Carvin.

— N'oublie pas que je t'aime.
— Pourquoi tu me dis ça ?
— Le passé est vorace.
— Tu crois que je pourrais ne pas revenir ?

Anath lui montre la bague que Carvin lui a glissée au doigt sur le toit de la SCN.

— Je t'attends...

L'ascenseur est en panne. Carvin grimpe jusqu'au cinquième par l'escalier.

Il entre sans regarder ceux qui sont attablés dans le salon devant des tasses de café, la mère de Geneviève, sa tante Lucette, deux voisines et la sœur de Weber. Il traverse rapidement la pièce et, conduit par son instinct, se dirige vers le couloir qui mène aux chambres.

Au fond, une porte est entrouverte.

Il s'arrête un instant et la pousse avec prudence. Geneviève est assise sur le lit, près de la table de chevet, les mains posées sur la couverture vieux rose, le regard éperdu, traversé de toute sa confusion. Elle porte une robe grise qui aurait pu appartenir à sa mère. Une robe sans charme, sans formes, qui lui donne l'air d'une vieille femme souffrant d'un peu d'embonpoint. Il remarque aussi qu'elle a un collant ou des bas noirs et des chaussures de la même couleur. Ses cheveux sont tirés en arrière, lui dégageant le front, laissant deviner les racines plus claires. Son visage est marqué d'une flétrissure, mais il est étonnamment apaisé, comme celui d'un enfant qui vient d'être consolé. Elle a sur le nez des lunettes qu'il ne lui a jamais vues. Carvin referme doucement la porte derrière lui mais ne s'approche pas. Il attend que Geneviève l'invite à le faire ou qu'elle le

chasse en hurlant. Mais Geneviève ne dit rien, ne semble rien ressentir à sa vue.

— Les petits ne sont pas là ? demande-t-il d'une voix qui s'éraille.

Geneviève retient un soupir et ne répond pas.

— Tu te souviens, dit-elle d'un ton monocorde, la fois où on s'est parlé en bas de chez toi, tu m'as demandé : « Est-ce que ça aurait pu être autrement ? », enfin quelque chose d'approchant...

— Oui, répond timidement Carvin, inquiet de l'entendre rappeler cette drôle de conversation.

— Et je t'ai répondu que ça n'aurait pas pu être autrement. Hein, c'est ça ?

Toutes fenêtres closes, tous rideaux tirés, la chambre est glaciale.

Carvin hoche la tête avec gravité.

— Tu aimais Weber, t'étais enceinte de lui, je n'avais pas ma chance, admet-il. Mais cela n'a plus aucune importance.

— Si tu avais eu ta chance, c'est toi qui serais mort aujourd'hui.

Carvin avale sa salive :

— Qu'est-ce que tu racontes ?

— Mon mari est mort en te sauvant la vie. Il est mort et toi tu es vivant.

— Je sais ce que je lui dois, reconnaît Carvin, le cœur lourd. Je le sais très bien...

Geneviève s'agite. Elle n'est pas d'accord, ah non, pas d'accord, elle n'est pas d'accord du tout.

— Ce n'est pas à lui, c'est à moi que tu le dois.

— À toi ?

— C'est moi qui t'ai sauvé la vie.

Carvin s'inquiète pour elle.

— Excuse-moi, Geneviève, dit-il, mais tu débloques.

Elle semble exténuée.

— J'ai épousé Weber pour qu'il te sauve, affirme-t-elle, visiblement avec effort. Si j'avais couché avec toi, tu serais mort, non ?

Carvin fait les trois pas qui le séparent du lit et s'assied à ses côtés. Geneviève le laisse faire. Carvin lui apparaît presque irréel, avec ses gestes si séduisants et cette façon de la regarder, comme s'il avait toujours en tête un désir spécial.

— Tu prends des médicaments ? demande-t-il, tendant le cou vers la table de chevet pour voir ce qui s'y trouve.

Rien de bien méchant.

— C'est ma faute, assure Geneviève, le regard absent. Tu comprends ? C'est ma faute s'il est mort.

— Arrête de dire des conneries, ordonne calmement Carvin. Tu as la tête à l'envers. Tu dois te reposer. Si tu préfères, je te laisse et…

Geneviève ne veut rien entendre.

— C'est moi qui lui ai dit que j'avais peur que tu les entraînes à la catastrophe, plaide-t-elle avec énergie. C'est pour me faire plaisir qu'il est allé vous rejoindre… Monnier me l'a confirmé.

— Monnier ne sait pas tout. C'est la fédé, à Paris, qui voulait…

— C'est moi, tranche Geneviève. Je sais que c'est moi, n'essaye pas de me faire croire le contraire !

Elle a des larmes dans la voix.

— Pourquoi j'ai fait ça ? Qu'est-ce que ça pouvait me faire que tu fasses tout sauter et que tu sautes avec le reste ? Pourquoi je l'ai envoyé à la mort pour te sauver la vie ?

— Tu n'y es pour rien, répète Carvin, cherchant à la réconforter. Weber a été tué par un allumé qui vou-

lait se venger. Un taré, un fasciste. Tu n'y es pour rien. Ça a été lui, ça aurait pu être moi, Mme Werth, le type de la SCN...

— Qu'est-ce que je vais raconter à mes enfants ? Papa est mort, parce que je lui ai dit d'aller se faire tuer pour un autre ? Quel autre ? Un autre qui n'était rien pour moi. Pas même un souvenir...

Carvin veut être raisonnable pour deux.

— Tu leur diras la vérité : papa s'est fait assassiner par le chef d'une milice patronale. Il est mort comme il a vécu, pour les autres, en luttant pour les autres. Comme un héros.

— C'est toi le héros, dit Geneviève. Dans le journal, ils disent que, depuis la Méka, c'est toi qui agites tout ça. Toi et Mme...

— Merde, Geneviève ! jure Carvin en se levant. Je me tire. Je ne suis le héros de rien ni de personne. Et Anath et moi ne sommes pas Bonnie and Clyde. Tu parles d'un héros ! Le héros des vaincus. Je suis convoqué chez les flics. Ils prétendent vouloir m'entendre comme témoin. Mais je sais qu'en réalité ils cherchent à me mettre sur le dos l'incendie de la Méka et l'explosion de la SCN. Je risque je ne sais combien d'années de prison. Si c'est ça être un héros, non merci.

Geneviève semble reprendre pied dans la réalité.

— Tu vas y aller ?
— Où ?
— Chez les flics.
— J'attendrai qu'ils viennent me chercher.
— Et c'est très dangereux de chercher un cobra ?
— Très, grogne Carvin entre ses dents.

Il ne tient pas à revenir sur leurs histoires de jeunesse. Ce n'est ni l'heure ni le moment. Geneviève l'invite à se rasseoir près d'elle, sur le lit.

— Viens, je veux te montrer quelque chose.

Elle ouvre le tiroir de la table de chevet :

— C'est la dernière photo de Weber. C'est drôle, non ? Je l'ai prise en vacances, cet été...

Carvin se rassied pour examiner le cliché. Weber est de dos, sur un port, face au large, il regarde partir un ferry dans le lointain sur fond de ciel d'orage.

— Il regardait déjà de l'autre côté... murmure Geneviève, reprenant la photo.

— Il regardait un bateau, reprend Carvin, impatient de rejoindre Anath et d'oublier tout ça.

Soudain, le regard de Geneviève s'éclaire d'une inquiétante lueur.

— Tu sais ce dont j'ai envie ? demande-t-elle.

— Non, avoue Carvin. Tu veux que j'aille te chercher quelque chose ? J'ai vu qu'il y avait du café...

Geneviève cligne des yeux, enlève ses lunettes qu'elle abandonne sur l'oreiller.

— J'ai envie de te tuer, dit-elle froidement, les lèvres blanches, le visage tressaillant.

Et, d'un coup, elle brandit devant Carvin la paire de ciseaux de couturière qui traînait dans le tiroir de la table de chevet. Carvin ne bronche pas, ne cherche ni à se protéger ni à se défendre. Il fixe Geneviève, prête à frapper, et soutient son regard sans trembler.

Quelques mois plus tard...

Chantal est devenue la maîtresse de l'homme qui avait trouvé Océane perdue sur le trottoir. Elle a emménagé avec lui. Grâce à la caution de son nouveau com-

pagnon, elle a pu prendre une franchise, un magasin qui vend des parfums bon marché. Océane vit avec eux et appelle l'homme « tonton Paul ». Raphaël Thorins n'a jamais revu sa femme ni ses enfants, il a été tué un dimanche à Novi Sad, en Serbie, dans son appartement de fonction, au cours d'un cambriolage qui a mal tourné. Socko est toujours interné et Marie-Christine ne lui rend plus visite que de loin en loin, entretenant une relation satisfaisante – mais compliquée – avec le professeur Jolas, le psychiatre de son mari. Rose, elle, vit le grand amour avec son pilote d'hélicoptère. Ses enfants sont en pension en France et en Angleterre, elle a vendu tous ses biens dans le Nord et s'est établie avec Ilan dans une charmante maison rococo au Vésinet, en banlieue parisienne. Bottle's, l'entreprise anglaise qui employait Christian, le beau-frère de Carvin, a été délocalisée en Australie et a licencié tout son personnel européen. Christian n'a jamais rien retrouvé. Il est au chômage, en fin de droits, et très dépressif à cause de son nez fracturé qui le fait toujours souffrir malgré deux opérations. Il sombre petit à petit dans l'alcoolisme, tandis que Pauline, son ex-femme établie en Espagne, attend son premier enfant, une fille, Esperanza. Geneviève ne s'est jamais remise de la mort de Weber. Elle a repris son travail d'assistante sociale mais ne vit plus vraiment. Elle survit pour ses enfants, grâce à eux. Moulin, incarcéré à Lille, ne passera pas en jugement avant un an ou plus, défendu par un avocat proche de l'extrême droite. La polémique sur les éventuelles complicités dont il a pu bénéficier au sein de la police ou de la Fight pour entrer à la SCN ne faiblit pas dans les journaux. Sa société, la SFS, a été vendue et Nathalie, la femme de Moulin, a quitté Lille pour Cassis où elle a ouvert une pizzeria avec le produit de la vente, sans

même attendre le verdict du procès. Bona et Mlle Poinseau se sont mariés à Neuvin, même si Anath, absente, a été remplacée par Anaïs comme témoin de la mariée. Au chômage l'un et l'autre, Bona et Mag ne sont pas partis en voyage de noces. Ils s'en moquent, ils sont heureux. La grossesse de Mlle Poinseau se passe bien…

Anath et Carvin sont toujours ensemble. Ils ne sont jamais retournés dans le Nord, ni à Rouen. Ils vivent dans une semi-clandestinité grâce à un réseau de camarades qui les hébergent un jour là, un jour ailleurs. Carvin intervient souvent dans les conflits qui se multiplient partout en France, il témoigne de son expérience, fait des discours, mobilise les grévistes, toujours porté par l'idée de provoquer un soulèvement général. Carvin ne s'est jamais présenté à la police et demeure sous la menace d'être appréhendé. Anath ne parle jamais de sa maison à Lille, de sa collection de miroirs, du régime du professeur Werth, du suicide d'Antoine Bischoff, de la mort de maître Million, de la Méka, du *Herald Tribune* où son poste est resté vacant pendant près d'un mois. Elle ignore – et ne cherche pas à savoir – que son frère et sa belle-sœur sont en train de divorcer, que son mari et Alain Cerus s'affichent désormais au grand jour. Le professeur Werth a fait encadrer le portait d'Anath publié dans *Libé* et l'a affiché dans les toilettes, Cerus a brillamment soutenu sa thèse qu'un grand éditeur publiera à la rentrée. Richard Werth et Alain Cerus travaillent ensemble à un essai, *Pour en finir avec le monothéisme, ennemi du genre humain*. L'appartement qu'occupaient Carvin et Chantal a été vidé et reloué à une autre famille, des jeunes sans enfants. Il y a deux lettres que Carvin ne lira jamais. Une de Djuna qui dit très simplement : « Merci de m'avoir offert une part de ta vie. Et je ne pense pas

seulement à nos heures dérobées. » Et une autre, écrite en capitales un peu tremblées sur papier vert : « PAPA, JE MAMUSE BOUCOU, Océane. » Quelques mots inscrits sous le dessin d'un grand personnage accompagnant un plus petit, un père et sa fille entourés de serpentins multicolores.

Pyrénées

Sud-Ouest : Anath et Carvin roulent de nuit.

Depuis des heures ils sont sous la pluie et l'orage. Un horizon noir qu'illuminent de grands éclairs informes. Ils filent dans la campagne, traversent des villages fantômes aux maisons d'averses, aux rues percées de bourrasques, peuplées de vacarmes assourdissants et de silences plus angoissants encore.

— Est-ce que Bischoff était un bon amant ? s'inquiète soudain Carvin, comme s'il souhaitait en débattre.

— Pourquoi tu me demandes ça ?

— Je ne sais pas…

— Tu deviens jaloux ?

— Non. Je pense à lui, c'est tout.

— Antoine était très drôle, très imaginatif, raconte Anath, faussement détachée. Il aimait organiser des jeux, se déguiser, nous déguiser, enchanter le monde autour de lui.

— Comme un enfant ?

— Oui, comme un enfant, tu as raison…

Cette idée l'émeut. Elle murmure :

— Et, comme un enfant, il n'avait pas peur de la mort.

Très vite, pour se défendre de la nostalgie qui l'envahit, elle demande avec une pointe d'insolence :

— Et ta femme, elle faisait bien l'amour ?

— Ma femme, soupire Carvin, pour elle c'était comme se jeter du sixième étage. Il fallait que ce soit violent, rapide, jusqu'au choc final où elle jouissait en hurlant.

— Et Djuna ?

Carvin s'apprête à répondre, Anath l'en empêche.

— Oublie, je m'en fous de Djuna et des autres. Je ne veux rien savoir, plus rien savoir. Je ne sais même pas pourquoi nous parlons de ça...

Carvin l'attrape par le cou et l'attire contre lui sans quitter des yeux la route.

— Parce que je voudrais qu'aucun homme ne t'ait aimée avant moi, dit-il en la serrant autant qu'il peut.

— Aïe ! Tu m'étrangles ! Tu me fais mal !

Carvin la libère d'un baiser :

— Je te fais mal parce que je t'aime ?

— T'es con !

— Je suis con, c'est vrai : je t'aime...

Très tôt le matin, le soleil réapparaît au milieu d'un ciel en grand abandon. Anath remarque soudain qu'un arc-en-ciel s'est formé à droite de la route.

— Stop, dit-elle à Carvin, stop ! Regarde !

Carvin se gare sur le bas-côté, coupe le moteur et sort de la voiture. Ils sont dans le pays Basque, au milieu de nulle part, sur une départementale entourée de champs cultivés, tout près d'un petit bois dont les arbres s'alignent en sentinelles. Carvin s'étire, saute un peu sur place pour se réchauffer et rejoint Anath adossée à la portière pour admirer les couleurs du ciel.

— C'est l'alliance que Dieu veut avec nous, murmure-t-elle, se souvenant des paroles de Münzer.

— Pardon ?

— Prends-moi fort.

Carvin se glisse derrière elle et l'enserre dans ses bras. Au loin, ils peuvent voir la chaîne des Pyrénées, rouge dans la brume. Ils ne sont ni beaux ni laids, ils sont ce qu'ils sont face à la vérité du jour. Dans leurs têtes, des images se détachent comme celles d'un album de famille. Elles se décollent, tombent, disparaissent ; les visages, les lieux, les noms se perdent jusqu'à ce que l'album lui-même soit abandonné sur le bord de la route. Anath et Carvin l'oublient sans regrets, sans remords, comme ils veulent oublier tout ce qui précède la première fois où leurs bouches se sont unies, où leurs deux corps n'ont plus fait qu'un. Chaque jour qui passe imprime un nouveau chapitre de leur histoire dans leurs muscles, dans leurs nerfs. Chaque jour qui passe, ils lisent leur amour sur la peau et dans les yeux de l'autre.

Ils rêvent.

Ils sont paisibles, presque inoffensifs, deux enfants ravis de l'aube qui se lève, de la lumière qui les caresse doucement, pleins de l'odeur de la terre grasse dont les sillons s'ouvrent devant eux.

— Tu ne t'arrêteras pas ? demande Anath.

— Pourquoi m'arrêter ?

— Pour ta fille ? suggère-t-elle.

— C'est pour ma fille que je dois continuer. Pour qu'un jour elle puisse me regarder sans honte.

Les yeux de Carvin s'embuent comme chaque fois qu'il pense à Océane. Il ajoute, la gorge serrée :

— Quand nous nous retrouverons…

Ils se taisent un instant puis Anath demande :

— Tu sais où tu vas ?

— Il y a des grèves en Espagne, au Portugal, en Grèce... Un type comme moi peut se rendre utile dans ces coins-là.

— Tu peux être recherché là-bas aussi...

— Je sais.

Et, lucide, ironique, il ajoute :

— Je sais aussi que, tôt ou tard, ils m'auront.

Anath demande, comme si elle devait tirer chaque réponse à la courte paille :

— Et tu ne te laisseras pas avoir ?

— À ton avis ?

— Et s'ils te tuent comme on a tué Weber ?

Une corneille s'envole en criaillant, une autre la poursuit, une nuée d'étourneaux file à l'horizon.

Carvin colle sa joue contre celle d'Anath, il chuchote à son oreille :

— J'aurai fait entendre ma voix.

Éveillé dans l'horreur du monde

> « *Tout homme qui vit éveillé dans l'horreur du monde doit être un créateur.* »
>
> Roger Gilbert-Lecomte

On m'a souvent présenté comme un écrivain, un cinéaste « engagé », et cette présentation m'a toujours laissé perplexe, parce que, quelles que soient les bonnes intentions du présentateur ou de la présentatrice, j'ai toujours senti que ce terme visait, consciemment ou inconsciemment, à enterrer l'écrivain ou le cinéaste sous l'étiquette qui lui était accrochée. À partir du moment où l'on qualifie d'« engagé » un écrivain ou un cinéaste, l'engagement prime sur la littérature ou le cinéma, vise à les annuler ou, pire, à les effacer. S'il est « engagé », un écrivain ou un cinéaste n'est plus vraiment un écrivain ou un cinéaste, c'est un « écrivain engagé » ou un « cinéaste engagé », sous-espèce d'écrivain ou de cinéaste. Alors je m'interroge : en tant qu'écrivain ou cinéaste « engagé », pourquoi le suis-je ou pour qui ? N'ayant jamais été membre d'un parti politique ou d'un syndicat, avant même de formuler une réponse, j'avoue ma perplexité. Ce type d'engagement – que je respecte, que j'admire – n'est pas pour moi. Contre vents et marées, envers et contre tout et tous, fidèle à la tradition anarcho-syndicaliste des ouvriers du livre, je tiens à conserver ma liberté de pensée et d'action…

Cela dit, je suis, bien sûr, un écrivain, un cinéaste « engagé », au sens où l'on entend d'ordinaire cette désignation. C'est-à-dire que, dépassant mes compétences littéraires ou cinématographiques, je me mêle de politique, d'économie, de luttes sociales. Certains diront que je me mêle de ce qui ne me regarde pas et que cela me disqualifie en tant qu'écrivain ou cinéaste. Je pense, tout au contraire, que la seule façon pour moi d'être écrivain ou cinéaste, c'est justement d'échapper à la cage dorée du narcissisme créateur pour affronter le réel, c'est-à-dire ce qui ne va pas. Autrement dit : rien de ce qui se passe dans le monde ne saurait me laisser indifférent.

Un apologue juif illustre parfaitement la tâche d'écrivain engagé dans le roman, la poésie, les essais, le cinéma, telle que je la conçois. La voici : un juif, bien de sa personne, riche, élégant, cultivé, s'observe avec satisfaction tous les jours dans son grand miroir. Et, tous les jours, il trouve dans son reflet toutes les qualités d'intelligence, d'élégance, de prestance, de beauté. Cela dure jusqu'à ce qu'un rabbin efface le tain de la glace. Soudain, cet homme riche, fier de sa culture et de sa personne, amoureux de son image, découvre le monde tel qu'il est, sa violence, ses horreurs, la pauvreté, la misère, la souffrance de ceux qui n'ont rien…

C'est cela, pour moi, écrire sur le monde du travail : effacer le tain du miroir où, trop facilement, nous nous satisfaisons de ce reflet qui nous rassure, nous conforte et nous enferme en nous-mêmes.

Les Vivants et les Morts, Notre part des ténèbres, Rouge dans la brume sont trois romans sur le monde du travail, sa vie et ses combats. Un triptyque plutôt qu'une trilogie parce que, même si ces livres sont dans une même humeur, même s'ils sont nés l'un de l'autre, ils ne reprennent ni la même action ni les mêmes personnages. Chacun existe indépendamment et aucun ordre obligé n'engage leur lecture.

Comment sont-ils nés l'un de l'autre ?

En écrivant *Les Vivants et les Morts*, avant même d'être

allé au bout du texte, j'ai été pris d'une grande angoisse : je retardais.

Je retardais !

L'actualité quotidienne non seulement me rattrapait mais elle me dépassait. Dans plusieurs entreprises, sous une forme ou sous une autre, le personnel s'en prenait à l'outil de travail, saccageait les bureaux, sabotait les machines, menaçait de verser de l'acide ou de l'encre dans un cours d'eau... Ce type d'action ne se banalisait pas, non, mais il se multipliait, comme s'il n'y avait désormais plus rien, ni morale syndicale, ni conscience politique, qui interdisait de le faire. Or, s'il y a un tabou que je croyais indestructible, c'est bien celui-là : quelle que soit la dureté du conflit, l'outil de travail est sacré, il faut l'entretenir, le protéger.

Et ce tabou volait en éclats sous mes yeux !

J'ai alors pensé que, si elles s'attaquaient aux machines et aux bureaux, les luttes sociales s'en prendraient immanquablement, dans un second temps, aux personnes. Et, sans avoir achevé *Les Vivants et les Morts*, j'ai commencé à écrire *Notre part des ténèbres*, et j'y organisais la rencontre improbable de l'état-major d'un fonds spéculatif américain, de ses actionnaires internationaux, et du personnel (cadres et employés) d'une entreprise vendue à l'Inde par l'intermédiaire de ce fonds. Cinq cents emplois détruits et de très gros bénéfices pour les vendeurs. Cette rencontre avait lieu sur un bateau de croisière, arraisonné par les ouvriers de l'entreprise et remontant le plus haut possible vers le Nord dans l'idée d'abandonner en mer les spéculateurs pour qu'ils puissent expérimenter dans leur chair la réalité de la métaphore « nous sommes dans la tempête ».

Les nécessités dramatiques du récit m'imposaient de m'en tenir à la règle classique de la tragédie : unités de lieu (le bateau), de temps (la nuit du 31 décembre au 1er janvier), d'action (la quête d'une tempête polaire). Cela fonctionnait parfaitement, sauf que cela heurtait mon analyse des conflits sociaux actuels.

J'écrivais en contradiction avec moi-même !

En règle générale, les médias nous expliquent que les occupations d'usines, les grèves, les manifestations sont liées à des problèmes de branches, des conflits locaux, ponctuels. Tout au contraire, je suis convaincu que ces conflits en réalité ne font qu'un. Je le définirai ainsi, de façon lapidaire et en termes marxistes : la lutte des classes oppose aujourd'hui le salariat à l'actionnariat. Dans *Notre part des ténèbres*, le fait d'être sur un bateau induisait que le conflit qui mettait aux prises les salariés et les actionnaires exprimait la situation particulière de cette usine travaillant sur les lasers militaires, et rien d'autre. Un monde clos, un conflit fermé, spécifique.

Alors, une fois de plus, parallèlement à la rédaction de *Notre part des ténèbres*, je me suis mis à prendre des notes, à rédiger des scènes de *Rouge dans la brume*. Dans ce livre, justement, un mouvement de grève se déclenche dans l'usine d'un sous-traitant mécanique travaillant pour l'automobile avant de s'étendre et de ne faire qu'une avec la grève des ouvriers d'une usine d'impression sur tissu, pour, enfin, rejoindre un autre mouvement dans le secteur de la chimie alimentaire. Trois grèves, une dans l'automobile, une dans l'impression sur tissu, une dans la chimie, et un seul et même conflit, un seul et même combat.

Voilà comment et pourquoi ces trois livres sont nés l'un de l'autre.

Trois livres sur le monde du travail, les salariés, le peuple mais pas trois « romans sociaux » comme ils ont été trop souvent présentés. Je m'explique : dire d'un roman qu'il est « social » est aussi disqualifiant que de dire d'un auteur qu'il est « engagé ». On ne dit pas, par exemple, que Jean d'Ormesson écrit des romans « bourgeois » ni que Michel Houellebecq est l'auteur de romans « petits bourgeois ». Quoi que l'on pense de l'un et de l'autre, ils écrivent des romans et leurs livres doivent être considérés uniquement comme de la littérature, sans autre qualificatif. Dire d'un auteur qu'il est « engagé » et d'un roman qu'il est « social »

constituerait donc une sorte de mesure prophylactique pour les gardiens des belles lettres qui cherchent à s'assurer que ceux et celles qui écrivent sur le monde du travail ne sortiront pas du pré grillagé qui leur est dévolu. Une autre mesure de précaution consiste à refuser de voir dans ces textes autre chose que de la sociologie, de l'économie, de la politique, c'est-à-dire tout ce que l'on veut, sauf de la littérature. Enfin, on pose comme a priori que ce roman ne peut être le fruit que de décryptages d'interviews, d'enquêtes, de documentation... pour résumer, de la télévision mise par écrit.

Parler du monde du travail, c'est être poussé hors du champ de la création.

Poussé, le mot est faible : marginalisé, exclu, chassé, ignoré...

J'y vois plusieurs raisons. La plupart des auteurs et des commentateurs sont issus de la bourgeoisie ou de la petite bourgeoisie. Après un parcours classique – famille, lycée, études... –, ils n'ont jamais connu d'autre monde que celui dans lequel ils vivent. Ils sont donc par nature enclins à le considérer comme le monde réel ; celui du travail est, pour eux, inévitablement, un univers exotique dont ils ignorent l'histoire, la culture, la mémoire. Les lecteurs eux-mêmes, dont l'origine sociale est bien sûr plus diverse, se reconnaissent ou aspirent à faire partie de ce monde. Les Français se vivent comme un peuple petit bourgeois ou bourgeois. Le cinéma, la télévision, le roman sont tenus de les conforter dans ces rêves et, pour cela, de faire fonctionner la machine à rêves, la grande illusion de la promotion sociale, de la réussite, du luxe et du farniente. Quant au travail lui-même, il est le grand absent des images et des textes. On ne voit jamais personne travailler dans les fictions filmées ou écrites, sauf les policiers. Qui pourrait citer un roman, un film, un téléfilm dont le héros ou l'héroïne serait ajusteur-outilleur, coloriste sur tissu, ouvrier imprimeur, facturière ou comptable... Le travail est tout aussi absent des médias, des images télévisées, des émissions radiophoniques et de la presse écrite. C'est un paradoxe mais l'image du travail

la plus présente médiatiquement est celle du chômage, c'est-à-dire l'absence de travail !

Il y a donc peu de films de fiction, peu de romans sur le monde du travail pour des raisons sociologiques, pour des raisons culturelles et pour des raisons politiques. Parler du réel, de « ce qui ne va pas », c'est tenir un discours d'opposition au pouvoir en place (quel que soit ce pouvoir). Mais, dans la situation actuelle, alors que l'on constate que le discours politicien est soit complice des politiques libérales meurtrières pour l'emploi et les services publics, soit muet de saisissement, incapable de s'arracher aux ornières de l'invocation, ce discours d'opposition – comme en Angleterre au temps de Margaret Thatcher – peut et doit être aujourd'hui porté par les écrivains, les cinéastes, les dramaturges, les poètes, les artistes, tous ceux qui sont conscients du réel et engagés dans leur art...

Si la révolte a besoin de mots, elle a aussi besoin d'histoires. Donner des mots à la révolte, l'inscrire dans un récit, voilà les deux piliers de mon engagement d'écrivain et de cinéaste. Comme le disait Antonin Artaud à Jacques Prevel : « Vous n'êtes pas assez révolté, monsieur Prevel ! » C'est vrai, je ne le suis pas assez, nous ne le sommes pas assez, nous ne serons jamais assez révoltés.

G. M.

Gérard Mordillat
dans Le Livre de Poche

L'Attraction universelle n° 9721

Ppa, Mman et Bijou quittent le Nord pour s'exiler dans un pays inconnu, à la recherche du travail et du bonheur. C'est un regard d'enfant sur le monde des adultes, un monde déchiré par l'amour et l'angoisse, guetté par la folie et l'obsession du crime.

Notre part des ténèbres n° 31245

Dans la nuit du 31 décembre, Gary et les autres membres de l'atelier de recherche mécanique de Mondial Laser, une entreprise de pointe vendue à l'Inde par un fonds spéculatif américain, s'emparent d'un navire de luxe, le *Nausicaa*. À bord, les actionnaires et leurs invités célèbrent au champagne une année de bénéfices records.

Les Vivants et les Morts n° 30497

Lui, c'est Rudi. Il n'a pas trente ans. Elle, c'est Dallas. Rudi et Dallas travaillent à la Kos, une usine de fibre plastique. Le jour où l'usine ferme, c'est leur vie qui vole en éclats, alors que tout s'embrase autour d'eux. À travers l'épopée d'une cinquantaine de personnages, le roman d'amour d'un jeune couple emporté dans le torrent de l'histoire contemporaine.

Du même auteur :

VIVE LA SOCIALE !, Mazarine, 1981
VIVE LA SOCIALE ! REVU ET CORRIGÉ, Seuil, « Point virgule », 1987
À QUOI PENSE WALTER, Calmann-Lévy, 1987 ; Seuil, « Point virgule », 1988
LES CINQ PARTIES DU MONDE, Mazarine, 1984
CÉLÉBRITÉS POLDÈVES, Mazarine, 1984
ZARTMO, Calmann-Lévy, 1984 (éd. hors commerce) ; Calmann-Lévy, 2004
L'ATTRACTION UNIVERSELLE, Calmann-Lévy, 1990 ; Le Livre de Poche, 2007
BÉTHANIE, Calmann-Lévy, 1996 ; Le Livre de Poche, 1998
CORPUS CHRISTI, ENQUÊTE SUR LES ÉVANGILES (en collaboration avec Jérôme Prieur), Mille et une nuits/Arte éditions, 1997
LE RETOUR DU PERMISSIONNAIRE, La Pionnière, 1999
LA GRANDE JUMENT NOIRE – LES CHEMINOTS DANS L'AVENTURE DU SIÈCLE, La Martinière, 2000
JÉSUS ILLUSTRE ET INCONNU (en collaboration avec Jérôme Prieur), Desclée de Brouwer, 2000
JÉSUS CONTRE JÉSUS (en collaboration avec Jérôme Prieur), Seuil, 1999
VICHY-MENTHE, Eden, 2001
L'OMBRE PORTÉE (dessins de Patrice Giorda), La main parle, 2002
MADAME GORE (dessins de Bob Meyer), Eden, 2002 ; Grand Prix de l'humour noir
RUE DES RIGOLES, Calmann-Lévy, 2002 ; Livre de Poche, 2004
LES RUDIMENTS DU MONDE (photographies de Georges Azenstarck), Eden, 2003

Yorick, Eden, 2003
Comment calmer M. Bracke, Calmann-Lévy, 2003 ; Le Livre de Poche, 2004
C'est mon tour, Eden, 2003
Jésus après Jésus, essai sur l'origine du christianisme (en collaboration avec Jérôme Prieur), Seuil, 2004
Les Vivants et les Morts, Calmann-Lévy, 2005, Grand Prix RTL-Lire 2005 ; Le Livre de Poche, 2006
Scandale et Folie, neuf récits du monde où nous sommes, Seuil, « Points », 2007
Jésus sans Jésus, la christianisation de l'Empire romain (en collaboration avec Jérôme Prieur), Seuil/Arte éditions, 2008
De la crucifixion considérée comme un accident du travail (en collaboration avec Jérôme Prieur), Demopolis, 2008
Notre part des ténèbres, Calmann-Lévy, 2008 ; Le Livre de Poche, 2009
Les Invisibles (photos de Joël Peyrou), L'Atelier, 2010
Subito presto, Calmann-Lévy, 2011 (éd. hors commerce)
Le Linceul du vieux monde, Le Temps qu'il fait, 2011
Il n'y a pas d'alternative (en collaboration avec Bertrand Rothé), Seuil, 2011

Composition réalisée par PCA

Achevé d'imprimer en décembre 2011 en France par
CPI BRODARD ET TAUPIN
La Flèche (Sarthe)
N° d'impression : 66063
Dépôt légal 1re publication : janvier 2012
Librairie Générale Française
31, rue de Fleurus – 75278 Paris Cedex 06

31/6209/6